國際

村上春樹

研究

輯二

黎活仁————總編輯

林翠鳳
李光貞————主編

《國際村上春樹研究》

顧問委員／林金龍（國立台中科技大學）
　　　　　李思齊（江蘇師範大學）
　　　　　伍懷璞（江蘇師範大學）
總 主 編／黎活仁（香港大學）
主　　編／林翠鳳（國立台中科技大學）
　　　　　李光貞（山東師範大學）
出 版 地／台灣・台北
聯絡地址／404 台中科技大學應用中文系
　　　　　（台中市北區三民路三段 129 號）
　　　　　電話：886-4-2219-6423
　　　　　傳真：886-4-2219-6421
　　　　　網址：//http://ac.nutc.edu.tw/bin/home.php
出版單位／秀威資訊科技股份有限公司
　　　　　（台灣台北市內湖區瑞光路 76 巷 65 號 1 樓）
　　　　　電話：886-2-2796-3638
　　　　　傳真：886-2-2796-1377
　　　　　網址：http://showwe.tw/

International Journal for the Study of Murakami Haruki

Advisory Committee:
King Long LING (National Taichong University of Science and Techology)
Si Qi LI (Jiangxu Normal University)
Wai Pok NG (Jiangxu Normal University)

Editor-in-Chief:
Wood Yan LAI (The University of Hong Kong)

Editors:
Cui Feng LIN (National Taichong University of Science and Techology)
Guangzhen LI (Shandong Normal University)

Correspondence Address:
Department of Applied Chinese Language, National Taichong University of
    Science and Techology 129 Sec. 3, Sanmin Rd. Taichung, Taiwan 404
TEL: 886-4-2219-6423
FAX: 886-4-2219-6421
Homepage: http://ac.nutc.edu.tw/bin/home.php

Published by:
Showwe Information Co., Ltd.
1F, No.65, Lane 76, Ruiguang Rd., Taipei, Taiwan
TEL: 886-2-2796-3638
FAX: 886-2-2796-1377
Homepage: http://showwe.tw/

合作單位 Jointly launched by:

主辦　國立台中科技大學 Department of Applied Chinese Language, National Taichung University of Science and Technology

山東師範大學外語學院日語系 Japanese Division, Foreign Language College, Shandong Normal University

廈門大學海外教育學院 Overseas Education College, Xiamen University

〔美國〕哈佛大學 Department of East Asian Languages and Civilizations, Harvard University

〔美國〕聖地亞哥大學 Confucius Institute, University of California

〔美國〕特拉華大學 Confucius Institute, The University of Delaware

〔新西蘭〕惠靈頓維多利亞大學 Confucius Institute, Victoria University of Wellington

〔加拿大〕聖瑪麗大學 Saint Mary's University

〔英國〕卡迪夫大學 Confucius Institute, Cardiff University

〔英國〕南安普敦大學 Confucius Institute, The University of Southampton

〔英國〕紐卡斯爾大學 Confucius Institute, The University of Newcastle

〔法國〕西巴黎南戴爾拉德芳斯大學 Confucius Institute, West Paris - Nanterre- La Defense University

〔德國〕特里爾大學 Confucius Institute, University of Trier

〔日本〕大阪府立大學 Faculty of Language and Culture, Osaka Prefecture University

Dong　東北師範大學中文系 School of Literature, Northeast Normal University

Hua　華東師範大學日文系 Department of Japanese, Foreign Language College, Huangdong Normal University

Ji　吉林大學外國語學院 Foreign Language College, Jilin University

Jiang　江蘇師範大學文學院 Faculty of Arts, Jiangsu Normal University

Shan　山東師範大學文學院 Faculty of Arts, Shandong Normal University

Shang　上海交通大學人文學院 School of Humanities, Shanghai Jiao Tong University

Shan　陝西師範大學文學院 Faculty of Arts, Shaanxi Normal University

Zhong　中山大學外國語學院日語系 Japanese Department, School of Foreign Languages, Sun Yat-Sen University, Guangdong

Zhou   周異夫 Yifu ZHOU 吉林大學外國語學院, Foreign Language College, Jilin University

Fang   方環海 Huanghai FANG（廈門大學海外教育學院 Overseas Education College Xiamen University）

Fu   符杰祥 Jiexiang FU（上海交通大學人文學院 School of Humanities, Shanghai Jiao Tong University）

Liang   梁偉峰 Weifeng LIANG（江蘇師範大學文學院 Faculty of Arts, Jiangsu Normal University）

Lin   林嘯軒 Xiaoxuan LIN（山東農業大學外國語學院日語系 Japanese Department, College of Foreign Languages, Shandong Agricultural University）

Liu   劉　研 Yan LIU（東北師範大學文學系 School of Literature, Northeast Normal University）

Lyu   呂周聚 Zhoujiu LYU（山東師範大學文學院 Faculty of Arts, Shandong Normal University）

譯文編輯 Translation Editors:

Bai   白春燕 Chun Yan PAI（清華大學台文所 Tsinghua University, Taiwan）

Lao   勞保勤 Po Kan LO（倫敦大學 The University College of London）

Li   李葉玲 Yeling LI（廣東輕工職業技術學院 Guangdong Industry Technical College）

《國際村上春樹研究》輯二（2015 年 12 月）i-iv。

到北九洲訪尋村上春樹：我的文化苦旅

■總編輯　黎活仁

在熊本的一家書店看到山崎真紀子的新書《村上春樹與女性、北海道》，無疑除了因《多崎作》而可到「名古屋」周遊之外，到東京或北海道訪尋村上春樹蹤跡比較符合實際。可是《挪威的森林》的綠蹺課避居的福島，卻因為海嘯而出現核污染的災難。退而思其次，於是就有北九洲之行，希望在舊書市訪尋到村上春樹的專輯，或者是急用的新著。

在香港的電視，也偶然看到福島災後的情況，有一本關於劫後餘生的動物報導，目前也有中譯，讀來至感惆悵。扶桑恩足以及禽獸，有專業殯儀師為之善終（《村上朝日堂反擊・貓的死》，主人到寵物靈園作春秋二祭，向斷碑澆水，如喪孝妣。發願《國際村上春樹研究》能有中譯本《1Q84》的暢銷，或如韓劇《來自星星的你》一樣熱賣，受到歡迎，當為這些人類忠僕捐建庇護所千萬家，所謂人窮志短，也只能如此，只要不墜青雲之志，可以像香港影業鉅子邵逸夫再上一層樓，邵氏生前曾陸續給每個內地高等院校蓋大樓，又成立國際知名的科學獎。富可敵國的李嘉誠稍事布施，亦使弱勢社群免於飢寒。誠所謂取法乎上，是所宜致力的方向，不過我的宏願，不知需要多少個光年來兌現，女神松隆子如果能夠來主持揭幕就好了，相對論說在光速中時間是靜止的，黑洞的空間也可扭曲，女神也就可以不老，禮成，我就到她的電影中的紅頂東京小屋，喝杯咖啡。

村上的女神是山口百惠和藥師丸博子（《村上朝日堂反擊・日記這東西》），這無疑是受《美少女戰士》以來開始流行的「卡娃兒」風潮的影響。四方田犬彥的專著（《論可愛》），至感興味。四十年前，女神是大原麗子，電視連續劇定鏡所見，噓氣如蘭，不可方物，願在絲而為履，附素足以周旋；願在晝而為影，常依形而西東。女神後改適森進一，兩人其時紅透半邊天，得媒體贊助，世紀婚禮，冠蓋雲集。麗子忘不了與前度劉郎在風裡的擁抱，寂寞的長巷，而今斜月清照，冷落的鞦韆，而今迎風輕搖，重複往日甜蜜的叮嚀。好景不常，亦告紕離。蓬山路隱宜重到，此

山口百惠（左）、大原麗子（右）

外不堪行。美麗佳人日已遠，舊歡與進一都來送麗子最後一程，以示未忘故劍。

森進一與美少女藤圭子（《村上朝日堂‧我所遇見的名人（2）》）同期出道。山口百惠一起在《明星誕生》登龍的森昌子，後為實力派歌手，與森進一門當戶對，正是夫唱婦隨，亦屬璧人，於麗子勞燕紛飛之後，共偕連理。新人雖言好，未若故人妹。昌子長男亦能藝事，擬初中畢業後遊於歌台舞榭，老父以人望高處，志在四方，深厭菊部，有隙，遂亦別居。

山口百惠婚後豹隱，以相夫牧兒為樂，得到國民尊敬。與百惠、昌子同時出道的，還有美少女櫻田淳子，後嫁作商人婦，與世事乎長辭。

村上在《1Q84》（Book 3，第 19 章〈牛河〉）中提及的坂本九，在數十年前在熒屏見過多次，坂本以 Sukiyaki 一曲成名，售出千百萬張，紅遍花旗國，至今東瀛歌手無出其右。有一次司儀偶然提及夫人亦在左右，因催其妻出拜，瓜子口臉，美目盼兮，蓋亦天人也。坂本於八十年代中期遇空難，得年才四十又三。未亡人守在窗前，獨自怎生得黑！

《海邊卡夫卡》的少年，是由東向西，到四國止步，而我卻坐著快速火車在福岡、別府、熊本、阿蘇、鹿兒島、櫻島然後回到福岡，像挪亞的方舟，原地踏步團團轉。在香港買了兩組供境外地區旅客使用的套票，作十一天汗漫遊。那天抵達阿蘇，才知有小爆發，越過火山口上空的吊車停開，白走一遭，當地人或早就知道，故甚為冷清，山上朔風淒緊，坡土慘裂，才有了苦旅之實。之前有過一本叫做《文化苦旅》的暢銷書，偶然拾得，可以借重。阿蘇不宜居停，山體作蓑草牛羊野。附近溫泉偏遠，於是趁急行回到熊本。

　　重訪了小泉八雲舊宅，當年青春放浪，曾到此一遊。內人還保有初次路過有田時燒製的陶杯，畫風揉合張大千潑墨與畢加索的超現實主義，渾然天成，大巧若拙，誠為拙作。村上有著巴什拉《水的夢》所謂「深入物質的想像力」，《多崎作》一書主人公遠適異國的昔日同窗，為業餘陶藝愛好者，即具備巴什拉所謂手指伸進黏土內部的力的意志，此一遐想未見於他作。

　　《國際村上春樹研究》第三期是《奇鳥行狀錄》特輯，在熊本打書釘時翻閱了一本介紹羅門幹戰役的新書。隨手作一紀錄，以便訂閱，這些資料目前中山大學團隊在聯絡作者及進行翻譯，作為編輯萬眾期待的中譯日本學者《奇鳥》研究論集的準備，當期的《海邊卡夫卡》目錄，亦據此作了補充。點滴歸心，算是不枉此行。

《國際村上春樹研究　輯二》
International Journal for the Study of Lu Xun

目　次

《國際村上春樹研究　輯二》
International Journal for the Study of Lu Xun

Contents

From *Norwegian Wood* to *1Q84*

《國際村上春樹研究》輯二（2015 年 12 月）1-26。

村上春樹戰爭觀的集大成之作：
《海邊的卡夫卡》論

■邱雅芬

作者簡介：

邱雅芬（Ya Fen QIU），女，1967 年生於上海，浙江寧波人，日本福岡大學日本文學博士、中國中山大學中國文學博士、中山大學外國語學院、海外中國學研究中心教授，博士生導師。

論文提要：

《海邊的卡夫卡》可謂村上戰爭觀的集大成之作，其中包含了日本的戰爭記憶及村上對戰爭之因、戰爭之惡、如何走出戰爭陰影等的全面思考。關於日本的戰爭記憶，村上通過「相對化」的寫作策略，在弱化日本民族戰爭責任的同時，積極喚起其「被害者」的身分記憶，以遮蔽日本的「加害者」形象。為了開出「忘卻」的藥方，村上關註了佛教的實修技巧及「四劫」宇宙觀，但他無視佛教戒律，其佛學思想亦僅僅是一個幌子而已，其充滿「隨意性」的寫作策略不可能帶來真正意義上的「救贖」，或僅有短期的「麻痹」效應。

關鍵詞：村上春樹、《海邊的卡夫卡》、戰爭觀、佛教宇宙觀

一、引言

　　1995 年是戰後日本重要的轉折之年。在經歷了戰後的廢墟與重建，又經歷了物質的極度豐富與經濟的極度繁榮後，1995 年 1 月，日本發生阪神淡路大地震，這是戰後日本 50 年來最大規模的天災，數十萬人受災。同年 3 月，東京地鐵發生震驚世界的沙林投毒事件，造成十餘人死亡，大量人員受傷，日本的安全神話崩潰了。這一場天災和一場人禍給當代日本人的心理留下了深刻的陰影，也改變了村上的人生軌跡，他終於結束為期四年半的美國生活，於 1995 年 6 月返回日本，開始了他的「介入」行動。此前，他剛剛完成長篇巨制《奇鳥行狀錄》的創作。事實上，村上對作家責任感的自覺意識始於旅美時期，即《奇鳥行狀錄》的創作時期。他曾說：

> 　　自從我來到美國，我就開始以絕對嚴肅的態度思考我的祖國日本以及日語這門語言。我青年時期開始寫作時一門心思想的是如何逃離那種「日本狀態」，逃得越遠越好。我曾想盡可能遠地離開日語這個詛咒[1]。
>
> 　　居留海外的最後一年我過得有些渾渾噩噩，而正在此時有兩個重大的災難襲擊了日本：阪神大地震和東京的毒氣襲擊事件……這是日本戰後歷史上兩個最悲慘的悲劇。可以毫不誇張地說，這兩個事件在日本人的意識中清楚地劃出了一道事件「之前」與事件『之後』的界限。這兩大災難將深深地刻入我們的精神，成為我們人生中的兩塊里程碑[2]。

於是，在《奇鳥行狀錄》的「深井」中思考了日本的戰爭、暴力等重大問題後，村上迫切地返回了日本。筆者認為，對日本「戰爭」問題的思考是村上重要的「介入」方式之一，《海邊的卡夫卡》看似一部十五歲少年的成長記，實際上卻是繼《奇鳥行狀錄》後的又一部戰爭問題力作，可謂村上戰爭觀的集大成之作。所謂「集大成」是指，該作品包含了日本的戰爭

---

[1]　傑‧魯賓（Jay Rubin, 1941-　），《洗耳傾聽：村上春樹的世界》（*Haruki Murakami and the Music of Words*），馮濤譯（南京：南京大學出版社，2012）211-12。

[2]　魯賓　217。

記憶及村上對戰爭之因、戰爭之惡、如何走出戰爭陰影等的全面思考。關於戰爭之因，正如貫穿作品始終的俄狄浦斯神話的「命運」意象所暗示的，村上傳達了命運使然的觀點，未見任何超越性的自省意識。由於已有較多成果從俄狄浦斯神話抑或俄狄浦斯情結的視角展開研究，故拙論將從村上的「介入」意識、日本的戰爭記憶以及村上對戰爭之惡、走出戰爭陰影的思考等方面探討其戰爭觀問題。

二、村上春樹與石原慎太郎

村上春樹（MURAKAMI Haruki, 1949- ）與石原慎太郎（ISHIHARA Shintaro, 1932- ）的排列似乎令人感到不可思議，但這並非空穴來風。有「始於日本，世界同步暢銷書」[3]之稱的《海邊的卡夫卡》中可見石原的身影，即中田老人所謂的「知事大人」。村上在作品中借用歌德之言「世間萬物無一不是隱喻」[4]，這也許是進入作品的關鍵詞之一。《海邊的卡夫卡》的「隱喻」貫穿作品的始終，從小說題名的「海邊」、「卡夫卡」，至哀婉動人的「海邊的卡夫卡」背景音樂、隱約指向靈界的「海邊的卡夫卡」畫作，還有作品中涉及的龐大的作品群、世界知名品牌名等，不勝枚舉。尤其值得註意的是作品中無處不在的神話基調、夢幻境界、時而閃現的童

---

[3]　村上春樹，《海辺のカフカ》，（東京：新潮文庫，2006）腰封宣傳語。

[4]　村上春樹，《海邊的卡夫卡》，林少華譯（上海：上海譯文社，2003）116。本文所用《海邊的卡夫卡》文本依據林少華譯本，但在引用時對照《海辺のカフカ》（東京：新潮文庫，2006）略有改動。以下不贅。

話意象等，更暗示了充滿隱喻的象徵性語言之於該作品的重要性。關於作品的神話基調，俄狄浦斯神話無疑是典型代表。在寂靜的暗夜中展現的田村卡夫卡與佐伯的戀愛則似真似幻，與夢境具有無限的近似性，而田村卡夫卡的自我催眠術亦不容小覷，這亦是夢幻境界的重要組成部分。村上在作品開篇部就展示了田村卡夫卡的如此功力。

> 叫烏鴉的少年嘆口氣，用手指肚按住兩邊的眼瞼，隨後閉目合眼，……我也同樣閉起眼睛，靜靜地深吸一口氣。……我按他說的，想像很兇很兇的沙塵暴。其他的忘個一乾二淨，甚至自己本身也忘掉。我變成空白。事物頓時浮現出來。……我默然。真想在肩上的少年手感中緩緩沈入睡眠。……叫烏鴉的少年在即將睡過去的我的耳邊靜靜地重複一遍，就像用深藍色的字跡刺青一般地寫進我的心……[5]。《海邊的卡夫卡》

就是在如此催眠場景中拉開了序幕。再看「童話」意象，瓊尼·沃克是吹著迪士尼電影《白雪公主》中七個小矮人的「哈伊呵」口哨開始殺貓行徑的。

神話、童話和夢的共同點，即三者都使用象徵性語言。弗洛姆（Fromm Erich, 1900-80）在《被遺忘的語言》（*The Forgotten Language*）中指出象徵語言：

---

[5] 林少華譯，《海邊的卡夫卡》 3-4。

其內在經驗、感覺、思考被表達出來，好像它們是外在世界的感官經驗、事件一樣，它是一種完全不同於我們白天講話習慣邏輯的語言，象徵語言的邏輯不是由時空這些範疇來控制，而是由激情和聯想來組織。它是人類曾產生的唯一一種普遍語言，是一切文化以及整個歷史中都相同的語言，它有自己的語法和語義，如果要瞭解神話、童話和夢的話，這種語言就必然被理解。……象徵語言是我們每個人都應當學習的唯一一門外語，對它的理解可使我們觸及到智慧的最重要的源泉之一：神話的源泉，它還可以使我們觸及到我們自己的人格的更深層次[6]。

村上曾在某訪談錄中指出：

我認為人的存在就是一棟二層樓住宅。一樓是人們聚在一起吃飯、看電視、聊天之處，二樓有單間和臥室，人們去那裏獨自看書、聽音樂。還有地下室，那是特別之處，放有各種東西，一般不使用，偶爾進去發發呆。我認為這地下室之下還有一間地下室，那裏有非常特殊的門，一般不為人所知，所以人們進不去，或終其一生不能進入，如若不小心進入，可見裏面的黑暗，那是近代以前的人們實際體驗的黑暗。——因為沒有電——我認為與此相關。進入如此黑暗中，人們可以看到普通家裏看不到之物，因為它與自己的過去相連，是進入自己的靈魂世界。然而，還是要回來，不回來就無法回歸現實了。我認為作家是能夠有意識地進入這一世界者。自己打開祕密之門進去，看該看之物，體驗該體驗之物，然後關上門，回歸現實，我認為這是作家原本具有的能力。我早就感到這一點，只是最初覺得有點害怕，剛跨入一步便退回了。但如果掌握了某種技巧，就能不斷深入，還能將其作為物語記錄下來。……所謂近代的自我，我也說不好，幾乎都是在地下一層進行的，所以人們能讀懂，能用頭腦理解，因為有一種思考體系存在。但進入地下二層，就不

---

[6] 弗洛姆（Fromm Erich），《被遺忘的語言》（*The Forgotten Language*），郭乙瑤、宋曉萍譯（北京：國際文化出版社，2001）4，6。

能單靠頭腦理解了。……在那裏進行創作，創作手法自然融現實與
非現實於一體，或現實與非現實之間的壁壘被打破[7]。

此處所謂「技巧」，應與田村卡夫卡使用的催眠術相近，佛家的「數息法」、
「禪定」則是更古老的方法。「地下二層」則與佛教「末那識」、「阿賴耶
識」的概念相近，那是比一般心理學所言「潛意識」更深入的一種意識狀
態，也是一個被象徵性語言統攝的意象世界，即「不能單靠頭腦理解」之
處。由此亦可見潛入深層意識的村上文學所具有的豐富的隱喻特徵，這也
許就是村上借作品人物大島之口所言「世間萬物無一不是隱喻」的重要內
涵吧。從某種意義上講，小森陽一的《村上春樹論：精讀〈海邊的卡夫
卡〉》[8]即是一部致力於闡釋作品龐雜而晦澀難懂的隱喻世界的力作，其學
術勇氣及對文學倫理性的清醒意識，使該著成為《海邊的卡夫卡》研究領
域的必讀書，亦成為該研究領域的一個學術高峰。那麼，中田老人時常掛
在嘴邊的「知事大人」石原的象徵意義也就不容忽視了，其創作靈感應該
亦來自村上「地下二層」的竊竊私語聲抑或其靈魂深處的吶喊聲。可以說，
石原亦是《海邊的卡夫卡》那龐大無比的隱喻世界的一環，是作品不可忽
略的背景之一。

---

[7]　村上春樹、湯川豊（YUKAWA Yutaka）、（KOYAMA Tetsuro），《ロングイン
　　タビュー　村上春樹〈海辺のカフカ〉を語る》，《文學界》（2003.4）16。本文
　　涉及的日文參考文獻均由筆者譯出。以下不贅。
[8]　小森陽一（KOMORI Yōichi, 1953- ），《村上春樹論：〈海辺のカフカ〉を精読す
　　る》（東京：平凡社，2006）。

村上曾在 1995 年 11 月，即他剛從美國回國不久，與河合隼雄（KAWAI Hayao, 1928-2007）進行了一次對談。河合隼雄是日本著名心理療法專家，文化功勞者，曾任日本文化廳高官，所以該對談涉及日本社會的諸多重大問題，如阪神大地震與心靈創傷、日本的個體與歷史的縱線、日本社會的暴力問題等。在該對談錄中，村上開宗明義地談及了「介入」問題。他說：「在旅美三年多之後，在最後階段，我反而更願意思考自己的社會責任感問題」、「我最近常常思考介入問題。例如，即便寫小說時，介入問題都變得非常重要了[9]。」在該對談錄的「日本社會的暴力」中，村上指出：

> 總之，日本最大的問題是戰爭結束後，未將絕對性的暴力相對化。……我們這一代人的問題應該也歸屬這一問題。……我今後的課題或許是，我將應在歷史中取得平衡的暴力性問題帶向何處。我感覺這也是我們這一代人的責任[10]。

由此可見，在日本發生了阪神大地震和東京地鐵沙林事件之後，即在村上決意回國的 1995 年 6 月之後，村上的「介入」態度清晰明瞭，而對「戰爭」及與戰爭如影隨形的「暴力」問題的思考是其最重要的介入方式，他將「日本最大的問題」及他那一代人的問題都歸結為戰爭問題，而他與東京都知事石原的結合點無疑來自於他那強烈的「介入」意識。石原是由作家華麗變身為政治家的典範，其右翼言論及《日本可以說「不」》（1989）、《新・墮落論》（2011）等著作都說明了這位作家政客一以貫之的「介入」態度。中田老人時常掛在嘴邊的「知事大人」的形象應與村上的「介入」態度有關，可謂其「介入」態度的符號化象徵。

三、日本的戰爭記憶：被害者的幻象

「在現代主義以及後現代主義的語境中，人們無法對一件文學作品作出理性的討論，對它的內容作出單一的概括。當作品是『自然分娩』的產物，情況就更是如此。然而，人們同時也知道，任何文學藝術作品，尤其

---

[9]　村上春樹、河合隼雄（KAWAI Hayao），《村上春樹、河合隼雄に会いに行く》（東京：新潮文庫，1999）15-18。

[10]　村上春樹、河合隼雄，203。

是『自然分娩』的作品，它必然以某種方式反映著作者至深的、並且相當無意識的痛苦和渴望[11]。」如前所述，村上的創作與所謂「地下二層」的深層意識密切相關，即具有鮮明的「自然分娩」傾向，《海邊的卡夫卡》的晦澀難懂正說明了這一特徵，但讀者還是能從作品蔚為壯觀的隱喻世界概括出具有諸多象徵性的意象，如失憶、忘卻、嗜睡等，而這些多與心理病相關的特徵均由一個個作品人物演繹出來，即讀者可以輕易地發現《海邊的卡夫卡》的出場人物多為精神或心理病患者，如田村卡夫卡有自閉癥傾向，中田老人是失憶癥患者，瓊尼抑或雕塑家田村浩一有殺貓嗜好，佐伯兼有自閉與偏執傾向，大島是性同一性障礙及血友病患者，就連沒有多少戲份的大島哥哥亦是在一位曾經跨入靈異世界的非常人物，由此與現實世界保持了疏離心態。可以說，這些病患本身就是某種罪與罰的象徵。村上的如此創作手法可能得益於他所崇尚的弗蘭茨・卡夫卡（Franz Kafka, 1883-1924）。

　　萊恩（R.D.Laing, 1927-89）曾介紹文學批評家特里林（Lionel Trilling, 1905-75）關於莎士比亞與卡夫卡文學世界的比較視野，

　　　　如果比較莎士比亞和卡夫卡對人之痛苦及普遍異化的揭露（而不考慮他們各自的天才），那麼當代讀者會認為，是卡夫卡而不是莎士比亞作出了更為強烈和更為全面的揭露。……莎士比亞的世界正是帕斯卡爾的世界，與卡夫卡的世界大致相同，是一間牢房。在這牢房裏每天都在死人。莎士比亞迫使我們看到生活中殘酷的非理

---

[11] 林和生，《「地獄」裡的溫柔：卡夫卡》（成都：四川人民出版社，1997）213。

性的力量，……在莎士比亞的牢房中，那些牢友……一個一個有血有肉，栩栩如生，完整無缺，到死方休。與此不同，在卡夫卡的牢房中，在死刑判決被執行之前很久，甚至在邪惡的法律程式被確定下來之前很久，某種可怕的結果就已強加在了被告身上。我們都知道那是什麼：他被剝奪了作為人的一切，只剩下抽象的人性，就像他自己的骨架，像一具骷髏，那是絕不可能作為人的。他沒有父母，沒有家，沒有妻子，沒有孩子，沒有承諾，甚至沒有嗜好；而可能伴隨這些人生內容的權力、美、愛、智慧、勇氣、忠誠、名譽、驕傲等等，都與他無關。因此我們可以說，卡夫卡關於惡的認識是完整的；他沒有用關於健全而合理之自我的認識與之對立[12]。

萊恩所言沒有父母、沒有家，沒有妻子，沒有孩子的弗蘭茨‧卡夫卡的主人公們與《海邊的卡夫卡》的人物何其相似！如此眾多的病患者，亦是集體病患、國家病患的隱喻。懷抱了「介入」意識的村上必將伸出「療癒」之手。那麼，他們的「罪惡」來自哪裏？這仍要作品稍縱即逝的意象中捕捉。構成作品基調之一的俄狄浦斯神話是切入點之一。田村浩一近乎詛咒似地預言兒子田村卡夫卡將殺死父親，與母親、姊姊交合。這是一個模擬俄狄浦斯神話的預言。但正如小森陽一所言，它與俄狄浦斯神話具有本質性區別。然而，「殺死父親，與母親、姊姊交合」無疑暗示了該作品對「罪惡」的界定，即源於「暴力與性」的罪惡，而這二者背後更巨大的本質性原因則是「戰爭」，這也是作品偶數章以美軍「絕密資料」及 B29 幻影開篇的重要原因吧。由此可見，作品由奇數章、偶數章的順序展開，似乎展現了一位十五歲少年的「個人」成長經歷，是一部個人救贖之作。但若以偶數章、奇數章的順序閱讀，則與近代日本的戰爭記憶密切相關，是一部有關近代日本「國家」歷程的作品，是一部民族救贖之作。這與村上在河合隼雄對談錄中表達的對戰爭、暴力的關注一脈相承。然而，村上混淆了個人經歷與國家歷史、個人暴力與國家暴力的邊界，不可否認具有明顯自欺欺人的特點。

---

[12] R. D. 萊恩，(R. D. Laing)，《分裂的自我：對健全與瘋狂的生存論研究》(*The Divided Self: An Existential Study in Sanity and Madness*)，林和生、侯東民譯（貴陽：貴州人民出版社，1994）33-34。

　　「戰爭」之於《海邊的卡夫卡》的重要性還表現在隨處閃現的戰爭意象方面。例如，作品第七章田村卡夫卡對《在流放地》的解讀，儘管他強調「卡夫卡更想純粹地機械性地解說那架複雜的機器」，但這部描述「殺人機器」的作品無疑也將讀者的關註點引向了第一次世界大戰時期的歐洲大陸，因為該作品創作於第一次世界大戰期間。第十五章對阿道夫・艾希曼（Adolf Eichmann，1906-62）屠殺猶太人的詳細描述亦值得關註，它喚起了讀者關於猶太人大屠殺的記憶。作品還涉及了 1812 年拿破侖遠征沙俄的戰爭，

> 　　一場幾乎不具實質性意義的大規模戰爭，使得將近四十萬法國士兵命喪陌生而遼闊的大地。戰鬥當然慘烈之極[13]。

當田村卡夫卡決意闖入森林中的幽冥世界時，其腦海中亦充滿了戰爭意象，

> 　　我思考戰爭，思考拿破侖的戰爭，思考日軍士兵不得不打的戰爭。……為什麼人們要打仗呢？為什麼數十萬數百萬人必須組成集團互相殘殺呢？那樣的戰爭是仇恨帶來的？還是恐怖所驅使的呢？抑或恐怖和仇恨都不過是同一靈魂的不同側面呢[14]？

以上文字表明村上擁有較豐富的近代戰爭史知識，遺憾的是他用大量筆墨喚起讀者對德國殺人機器、猶太人大屠殺及拿破侖遠征沙俄的戰爭記憶，卻對日本的侵略戰爭一筆帶過，而他借大島之口講述的兩位日本二戰逃兵的故事更有美化日本人反戰心理的意味。如此寫作策略，無疑起到了將日本的戰爭及戰爭暴力相對化的作用，對於戰爭發動者自然具有「療愈」的功效。如前所述，村上在河合隼雄對談錄中指出「日本最大的問題是戰爭結束後，未將絕對性的暴力相對化」。那麼，《海邊的卡夫卡》的如此「相對化」寫作策略應是村上對其自身問題意識的反饋，是解決該重大問題的實踐之舉，由此可見該作品對日本民族的救贖意義。然而，無視與日本人密切相關的南京大屠殺的記憶，能夠實現真正意義上的救贖嗎？事實上，村上的「相對化」寫作策略，不僅通過「空間」的相對化處理，即通過喚

---

[13] 林少華譯，《海邊的卡夫卡》　384。
[14] 林少華譯，《海邊的卡夫卡》　425。

起遙遠地區、遙遠民族的戰爭與大屠殺記憶，使日本民族的戰爭與暴力相對化，以弱化日本民族的戰爭責任，他還通過「身分」的相對化處理，喚起日本民族「被害者」的身分記憶，以弱化或消除日本「加害者」的形象，使日本戰爭「絕對性的暴力相對化」，最終達至「療愈」目的，這也是作品偶數章開篇即強調「美國國防部」、「B29」意象的原因所在，這是「身分」相對化的必要途徑。

B29 是二戰末期美軍對日本城市實施空襲的主力，也是美軍向廣島、長崎投擲原子彈的操作平臺，其象徵意義不言而喻，即明確指向日本人的「被害者」意識。

> 記得時間大約是上午十點剛過，天空很高很高的上方出現銀色的光閃。很鮮亮的銀色，閃閃耀眼。……我們估計是 B29[15]。

岡持節子的話語明顯具有喚起廣島、長崎原子彈事件的作用，其「廣島人」的身分亦暗示了村上的如此寫作策略。在日本式語境或村上語境中，這條由 B29→廣島→長崎→原子彈→被害者串起的聯想鏈條，似乎可以遮蔽橫行於亞洲大陸的日軍形象，即日本人的「加害者」形象。但一切發生過的都會留下痕跡，不能擁有「環視」的胸襟，想必只能再次陷於新的臆想癥中。

四、戰爭之惡與《麥克白》

戰爭必然與鮮血、暴力如影隨形，《海邊的卡夫卡》第十六章即展現了極血腥的你死我活的「戰爭」場面。當然，那是以殺貓為隱喻進行的，但作品人物明確指出那就是「戰爭」。瓊尼‧沃克當著愛貓人士中田老人的面，一隻隻地殺貓，並殘忍地剜出貓心吞入口中。

> 瓊尼‧沃克瞇細眼睛，溫柔地撫摸了一會兒貓的腦袋，之後用食指尖在貓柔軟的腹部上下移動，旋即右手拿手術刀，一不預告二不遲疑，將年輕公貓的肚皮一下子縱向分開，鮮紅的內臟鼓湧而出。貓要張嘴呻吟，但幾乎發不出聲，想必舌頭麻痹了，嘴都好像

---

[15] 林少華譯，《海邊的卡夫卡》　14。

張不開，然而眼睛卻不容懷疑地被劇痛扭歪了。中田想像不出會痛
到什麼程度。繼之，血突如其來地四下濺開。血染紅了瓊尼・沃克
的手，濺在馬甲上，可是瓊尼・沃克全然不以為意。他一邊吹著「哈
伊呵」口哨，一邊把手伸進貓腹，用小手術刀靈巧地剜下心臟。很
小的心臟，看上去還在跳動。……然後理所當然似的直接投入嘴
裏。他一鼓一鼓地蠕動兩腮，一聲不響地慢慢品味，細細咀嚼，眼
中浮現出純粹的心滿意足的神色，就像吃到剛出爐的糕點的小孩一
樣[16]。

一個冷面殺手的形象躍然紙上。面對田中老人的於心不忍，瓊尼・沃克斬
釘截鐵地指出：「這是戰爭！已然開始的戰爭是極難偃旗息鼓的。一旦拔
劍出鞘，就必須見血。道理論不得，邏輯推不得，也並非我的任性。註定
如此。所以，你如果不想讓我繼續殺貓，就只能你來殺我。」終於，

> 中田無聲地從沙發上立起，任何人、甚至中田本人都無法阻止
> 其行動。他大踏步地走向前去，毫不猶豫地操起臺面上放的刀……
> [17]。

此處模擬了戰爭的發生、發展過程，理性失去了存在的位置，「人不再是
人了」。這場戰爭的原因亦荒誕不堪，瓊尼・沃克說：「我所以殺貓，是為
了收集貓的靈魂。用收集來的貓魂做一支特殊笛子。然後吹那笛子，收集
更大的靈魂；收集那更大的靈魂，做更大的笛子。最後大概可以做成宇宙
那麼大的笛子[18]。」顯然，這裏僅有荒誕至極的「欲望」而已。瓊尼・沃
克的殘殺行為還令人聯想到戰時日本的活體實驗，那間書房儼然成了血腥
的實驗場。

> 瓊尼・沃克把全身癱軟的貓放在寫字臺上。拉出抽屜，雙手捧
> 出一個大黑包，小心翼翼地打開，把裏面包的東西放在臺面上：小
> 圓鋸、大大小小的手術刀、大型的刀，哪一把都像剛磨好一樣白

---

[16] 林少華譯，《海邊的卡夫卡》　157。
[17] 林少華譯，《海邊的卡夫卡》　161。
[18] 林少華譯，《海邊的卡夫卡》　153。

亮亮光閃閃的。瓊尼・沃克愛不釋手地一把把檢查一遍，排在臺面上[19]。

瓊尼・沃克「小心翼翼」的態度表明，這絕非一般意義上的戰爭，它似乎還暗示了令人髮指的戰爭犯罪之一，即活體實驗抑或細菌實驗。冰箱中排列整齊的「貓腦袋」不是活體實驗的象徵嗎？二戰時期，日本關東軍第七三一部隊的活體實驗基地是當時世界上最大規模的細菌戰實驗場。那一個個被「光閃閃」的手術刀切割下來、排列整齊的「貓腦袋」令人心痛。傑・魯賓指出：

> 這血腥的第十六章遂成為村上筆下最激烈、最深刻的篇章，其中提出的是浸滿鮮血的二十世紀的記憶中揮之不去的主題，而且將繼續困擾著二十一世紀的人類，其開端竟是如此令人心碎，如此暴力。這部小說的價值或者說成功所在必將建立於村上如何處理他如此急迫地予以表現的這些普世性的論題[20]。
>
> 《海邊的卡夫卡》在利用這類策略[21]時顯得相當武斷或隨意，而且其人物經常更多地以作者的便利為前提條件，而非遵從現實或者幻想前後一貫的邏輯。……不過更令人失望的是小說未能回答第十六章那傑出的殺貓情節的結尾提出的重大問題：對於一個愛好和平的人而言，通過殺死另一個人參與到人類歷史最醜陋的核心，即使他的殺人是為了制止別人繼續殺戮，到底意味著什麼？殺戮與戰爭是如何改變了一個人，使他不再是原來的他？小說的前十五章百川歸海般導向那場恐怖的血腥較量，但隨後的三十三章卻始終再未能達到那一探尋的高度，而且精心編織的中田童年時代有關戰時的章節也再未在以後的敘事中起到任何意義[22]。

作為英語世界最著名的村上文學譯者，傑・魯賓對村上文學的讚美可謂不遺餘力。例如，他曾讚美：

---

[19] 林少華譯，《海邊的卡夫卡》　156。
[20] 魯賓　260。
[21] 指以瓊尼・沃克或肯德基山德士上校為作品人物的寫作方式。筆者註。
[22] 魯賓　262-63。

村上春樹在記憶的內部世界進行的冒險目的就是步普魯斯特之後塵力圖捕獲時間之流，但有一個至關緊要的不同：村上一點都不沈悶。你可以輕鬆地讀完全書。……是為我們這個高度商業化、低膽固醇的時代提供的一種清新的低卡路里式的普魯斯特趣味。他處理的都是那些根本性的問題——生與死的意義、真實的本質、對時間的感覺與記憶及物質世界的關系、尋求身分和認同、愛之意義——但採取的是一種易於消化的形式，不沈悶、不冗贅、不壓抑[23]。

將村上與普魯斯特相提並論，可見傑·魯賓對村上的溢美之情。儘管如此，他還是指出了《海邊的卡夫卡》的不足之處，即故事演進中的「武斷與隨意」及莫名其妙的虎頭蛇尾。筆者以為，傑·魯賓的不滿源自他對該作品不切實際的「普世性」期待。那些指向「普世性」的要素，如拙文第二部分論及的猶太人大屠殺等戰爭記憶、第十六章的「浸滿鮮血」的戰爭隱喻不過是村上的「相對化」寫作策略而已，具有逆「普世性」特質。如此，懷抱了「普世性」期待的傑·魯賓自然無法理解「精心編織的中田童年時代有關戰時的章節」為何在此後的敘事中不能起到任何意義。由此可見，村上的寫作技巧具有極大的欺騙性，連傑·魯賓這樣的高手亦不免中招。

事實上，第十六章的處理之於村上本人也許盡善盡美，他應該充分地表達了他自己，這從瓊尼·沃克反覆強調的「註定如此」之言可知。例如，瓊尼·沃克在殺貓前表白：「註定如此。又是註定。諾諾，這裏面註定的事委實太多了。」[24]這話語與點綴其間的《麥克白》意象互為呼應，協調一致。當「戰爭」漸次走向高潮時，村上讓瓊尼·沃克的腦際不斷閃現《麥克白》的場景。

　　「『那滾滾而來的波濤，那一碧萬頃的大海，只要把手浸入，也頃刻間一色鮮紅』——《麥克白》裏的臺詞」[25]。

　　「『啊，我的心頭爬滿毒蠍！』這也是《麥克白》的臺詞吧[26]。」

23　魯賓，封面推薦詞。
24　林少華譯，《海邊的卡夫卡》　156。
25　林少華譯，《海邊的卡夫卡》　158。
26　林少華譯，《海邊的卡夫卡》　161。

《麥克白》是莎士比亞的四大悲劇之一，被認為是莎士比亞悲劇中最陰暗、最富於震撼力之作，也是最受歡迎之作。作品描寫蘇格蘭將軍麥克白被女巫預言他將成為蘇格蘭國王，其權欲和野心由此膨脹。在妻子的慫恿下，他暗殺了國王，自立為王。為掩蓋殺人罪行，他又不斷製造殺人事件，最終淪為殺人魔王，走向滅亡。《海邊地卡夫卡》第十六章與《麥克白》有諸多共同點。例如，二者都聚焦了「惡」，強調了荒誕的欲望與野心。尤其值得註意的是，二者都暗示了「命運」的力量，瓊尼・沃克不斷強調「註定如此」，麥克白的悲劇則肇始於女巫的預言。由此可見，第十六章細致入微地描寫了戰爭之惡，但更強調了「註定如此」的命運觀，其中未見任何「普世性」價值，也未見村上擁有任何超越一般日本民眾的戰爭觀。事實上，《麥克白》之於第十六章的作用與俄狄浦斯神話之於《海邊的卡夫卡》的作用互為呼應，它們分別從局部與整體的角度，暗示了「註定如此」的命運觀，這似乎有助於消解日本民族的戰爭罪惡感，但如此消解方式能夠達至真正的「療愈」嗎？其中不見任何富於反思的理性與勇氣，也就不可能具有客觀的「普世性」價值了。

五、佛教宇宙觀與忘卻：走出戰爭陰影

村上具有一定的佛學修養，這主要得益於家庭的薰習吧。「村上的父親是僧人。其作品深受佛教世界觀的影響，這也是村上文學成為『世界文學』的原因所在[27]。」但在村上研究蓬勃發展的今天，有關村上與佛教的研究成果依然少之又少，平野純《零的樂園　村上春樹與佛教》是僅有的一本著作，但全三章的內容中，僅最後一章匆匆地瞥視了《海邊的卡夫卡》的佛教因素，且

仍在文本的周邊徘徊，不免令人有隔靴搔癢之感。《〈海邊的卡夫卡〉的佛教因素》則是一篇短小精悍的論文，由小林隆司等五位作者聯名撰寫，

---

[27] 平野純（HIRANO Jun, 1953- ），《ゼロの楽園　村上春樹と仏教》（東京：楽工社，2008）腰封宣傳語。

主要通過作品舞臺「四國」所隱含的佛教意味，以中國唐代高僧玄奘所譯
《般若心經》為切入點，指出作品中的「空性」思想，認為田村卡夫卡在
與「空性」人物佐伯的接觸中，獲得了淨化與救贖[28]。正如該論文指出的，
「四國遍路」與「四國」的佛教內涵關係密切。所謂「四國遍路」是指人
們為緬懷日本真言宗開山祖師、曾留學唐朝的遣唐僧空海（KUKai,
774-835），重走空海修行之地「四國八十八所」，即四國的八十八間寺院。
四國八十八所及四國遍路的存在使「四國」成為日本佛教聖地，八十八所
巡禮之路也成為日本最著名的朝聖之路，它是修行之路、重新檢視自我之
路，也是體驗重生之路。由此可見作品舞臺「四國」內含的救贖意味，且
這種救贖是以佛教式救贖為底蘊的。

　　村上賦予「四國」的內涵不止於此。「四國」與「死國」諧音。傳說
空海曾發大願，願八十八所蘊藏解脫人生八十八個煩惱的智慧，以封住「死
國」之門，使「死國」成為重生之地。筆者認為，《海邊的卡夫卡》中連
接此岸與彼岸的重要通道──「入口石」、「出口石」的意象亦來自於空
海「四國八十八所」的相關傳說。此外，將奇數章、偶數章串聯起來，可
謂《海邊的卡夫卡》的樞紐人物──「佐伯」的姓氏亦富於象徵意義。至
今仍被日本人尊稱為「遍照金剛」的一代高僧空海亦出生於四國，其俗名
為「佐伯真魚」，這是「佐伯」這一姓氏的象徵意義，即該姓氏亦指向佛
教式救贖意象。然而，令人遺憾的是，滿含了救贖意象的「佐伯」無疑遠
離佛教的「空性」，其「我執」之深有目共睹，其靈魂遊移的生存形態更
表明她已病入膏肓，已是行屍走肉般的病態「空殼」，何來「空性」之言？
她本身就是一個急需被救贖的對象。

　　如前所述，《海邊的卡夫卡》隨處閃現著有關「記憶」的意象，這其
中自然包括失憶、忘卻等與記憶相關的概念。例如，偶數章主人公中田老
人是一位失憶癥患者，其失憶與戰爭密切相關。然而，中田老人因「忘卻」
而獲得快樂，他是該作品中最快樂的人物，他還擁有非凡的超能力及不可
思議的「權柄」，所以其人格魅力非同尋常，令素昧平生的卡車司機星野
一路追隨，彷彿桑丘追隨堂吉訶德般令人羨慕。中田老人的「權柄」表現

---

[28] 小林隆司（KOBAYASHI RYUJI）、南征吾（MINAMI Seigo）等，〈《海辺のカ
　　フカ》に見られる仏教的要素〉，《吉備国際大学研究紀要》（2012）：105-11。

在他一次次地將故事推向巔峰。他替田村卡夫卡達成了「弒父」的潛在願望，還銷毀了佐伯年復一年記載的三本「記憶」日記，使田村浩一和佐伯終於可以心無旁騖地前往寂靜的幽冥世界。此處隱約可見《海邊的卡夫卡》中記憶→痛苦→消除記憶（燒卻）→解脫的救贖程式，即「忘卻」抑或「消除記憶」是救贖的關鍵所在，且「失憶者」中田老人是救贖過程中至為關鍵的人物，即村上賦予了「失憶者」無上的權柄，使他看上去彷彿無冕的帝王。這或可成為小森陽一所言「處刑小說」的另類闡釋。這種由「燒卻」或「忘卻」達至的救贖方式亦與村上的佛學修養有關，因為「燒卻」或「忘卻」意味著通向「無」的世界。

事實上，《海邊的卡夫卡》的佛教因素隨處可見。例如，在描寫了殘暴的殺貓場景後，村上將視角轉向田村卡夫卡的林間生活。村上寫道：

> 看書看累了，就清空大腦呆呆地眼望爐裏的火苗。火苗怎麼都看不厭。形狀多種多樣，顏色各所不一，像活物一樣動來動去，自由自在。降生，相逢，分別，消亡[29]。

火苗雖然形狀、顏色各個不同，但它們「降生，相逢，分別，消亡」的生命歷程一致，這裏隱含了佛教的「四劫」宇宙觀。所謂「四劫」指成、住、壞、空四劫，這是佛教關於世界生滅變化的基本觀點，即佛教認為一個世界的成立、持續、破壞，又轉化為另一個世界的成立、持續、破壞，其過程分為成、住、壞、空四個時期。在殘暴的殺戮之後，村上迫不及待地提出「空」的宇宙觀，可見其寫作策略！這是對佛教思想的綁架。佛教超越善惡，但又以「善」為基礎，所謂「諸惡莫作，眾善奉行」就是這個道理。超越「善惡」必須經過「眾善奉行」的漫漫修行路。

前文指出《海邊的卡夫卡》是在催眠場景中揭開序幕的。田村卡夫卡雖然年少，卻精於此道。他應是在長年的自閉狀態中練就了這套本領吧，而如此技能與佛教「禪定」或「入定」的實修方式一致。從不靠催眠師，而僅靠集中自身意念的方式，更看出作品中的類似場面應屬於佛教的「入定」，這亦與村上的佛學修養有關。無獨有偶，中田老人亦精於此道！第十章描寫中田老人為尋找失蹤貓來到一片空地靜候逮貓人。在那片寂靜的

---

[29] 林少華譯，《海邊的卡夫卡》　163。

空地裏，中田老人「放鬆身體，關掉腦袋開關，讓存在處於一種『通電狀態』。對於他這是極自然的行為，他從小就習以為常了。不大工夫，他開始像蝴蝶一般在意識的邊緣輕飄飄地往來飛舞。邊緣的對面橫陳著黑幽幽的深淵。他不時脫離邊緣，在令他頭暈目眩的深淵上方盤旋。但中田不害怕那裏的幽深。為什麼要害怕呢？那深不見底的無明世界，那滯重的沉默和混沌，乃是往日情真意切的朋友，如今則是他自身的一部分。這點中田清清楚楚。那個世界沒有字，沒有星期，沒有可怕的知事，沒有歌劇，沒有寶馬車，沒有剪刀，沒有高筒帽。同時也沒有鰻魚，沒有夾餡麵包。那裏有一切，但沒有部分。沒有部分，也就沒必要將什麼換來換去。也無須卸掉或安裝上什麼。不必苦思冥想，委身於一切即可。這對中田來說，是最難得的了[30]。」稍具佛學修養者可知這是對「入定」境界的描述。

中田老人的「入定」程序與田村卡夫卡一致，他們首先「放鬆身體」，這在後者表現為「呆呆地眼望爐裏的火苗」。第二步是「清空大腦」的雜念，這在中田老人表現為「關掉腦袋開關」。二者還都是精於此道的老手。卡夫卡少年才十五歲就已諳於此道，而中田老人「從小就習以為常了」。由此可見，村上將非凡的「入定」或「禪定」技能賦予了他那一老一少兩位主人公，這使他們擁有了某種超常的能力，如田村卡夫卡可以與靈界親密接觸，中田老人可與貓、狗交流，且能令活魚、螞蝗從天而降。那麼，何謂「入定」或「禪定」呢？「禪定」是佛教「六波羅蜜」，又作「六度」之一。「六度」是大乘佛教的菩薩在成就佛道時必須實踐的六種德目，亦即佛教的六種修行次第，它們依次為佈施、持戒、忍辱、精進、禪定、智慧。這六種德目循序漸進，始於「佈施」，成於「智慧」，即成就於可以把握生命真諦的境界。可見「禪定」的次第極高，一位行者必須以佈施、持戒、忍辱、精進為基礎，才能達至「禪定」，並由「禪定」通向至高的「智慧」境界。禪定的基礎，即佈施、持戒、忍辱、精進這四種德目，每一種都需要明晰的理性與堅韌的意誌力，並以悲憫眾生的大愛心為基礎。然而，村上那一老一少兩位主人公怎樣呢？少年卡夫卡內心隱含了弒父奸母的情意結，這是極度違背人倫的罪惡之心，可見他與「禪定」境界無緣。而中田老人是重度失憶癥患者，其生命狀態幾乎處於無意識的本能狀態，

---

[30] 林少華譯，《海邊的卡夫卡》　93。

不可能「從小」就有意識地「放鬆身體，關掉腦袋開關，讓存在處於一種『通電狀態』」，而後進入「禪定」境界，因為「禪定」是以高度的理性與堅韌的意誌力為基礎的。可見村上在人物設定方面存有諸多牽強之處，他開出的「忘卻」藥方只能起到暫時性的麻痺作用。

六、結論

　　《海邊的卡夫卡》可謂村上戰爭觀的集大成之作，其中包含了日本的戰爭記憶及村上對戰爭之因、戰爭之惡、如何走出戰爭陰影等的全面思考。關於日本的戰爭記憶，村上通過「相對化」寫作策略，在弱化日本民族戰爭責任的同時，積極喚起其「被害者」的身分記憶，以遮蔽日本的「加害者」形象。對戰爭之因的看法，正如貫穿作品始終的俄狄浦斯神話基調及第十六章對《麥克白》意象的強調所暗示的，村上傳達了「命運」使然的觀點，其中未見任何超越性的自省意識。村上對戰爭之惡的揭示細致入微，但他在喚起讀者對戰爭之惡的思考後，即刻提出無可奈何的命運觀及「忘卻」的救贖方式，完全不見富於理性與勇氣的反思精神。小森陽一指出：

> 　　小說採用了將讀者一度喚醒的歷史記憶從故事內部割裂出去並加以消除的創作手法。這是一個對讀者記憶中的歷史進行篡改，甚至是消匿歷史記憶、使歷史記憶最終歸為一片虛空的方法。正是這個方法，使俄狄浦斯神話的套用最終只能無疾而終[31]。

---

[31]　小森陽一，《村上春樹論 精讀〈海邊的卡夫卡〉》，秦剛譯（北京：新星出版社，2007）178-79。

　　事實上，村上對佛教實修方式及佛教思想的套用亦牽強附會，無疾而終。為了開出「忘卻」的藥方，村上對人物設置頗費了一番心思，但依然難以掩飾其隨心所欲的虛妄性。他關註佛教的實修技巧，卻無視至為關鍵的人倫、道德基礎，具有明顯「為我所用」的隨意性。真正的「忘卻」必須建立在高度自省的理性基礎上，而如此「理性」也只是一種方便的稱謂，它與柔和的「感性」融為一體，並都以富於智慧的人倫道德為基礎。所以，村上那充滿「隨意性」的寫作策略不可能帶來真正意義上的「救贖」，當然不否認其短期的「麻痺」效應。從本質上講，村上的佛學思想僅僅是一個幌子而已，因為他完全無視佛教戒律，亦無視佛教修持的善業根基。

參考文獻目錄

CUN

村上春樹（MURAKAMI, Haruki）、河合隼雄（KAWAI Hayao）.《村上
　　春樹、河合隼雄に會いに行く》。東京：新潮文庫，1999。

DAO

道爾，約翰・W.（Dower, Jone W.）.《擁抱戰敗　第二次世界大戰後的日
　　本》（*Embracing Defeat: Japan in the Wake of World War II*），胡博譯。
　　北京：生活・讀書・新知三聯書店，2008。

FU

弗洛姆（Fromm, Erich）.《被遺忘的語言》（*The Forgotten Language*），
　　郭乙瑤、宋曉萍譯。北京：國際文化出版社，2001。

LAI

萊恩，R.D.（Laing, R.D.）.《分裂的自我》（*The Divided Self*），林和生、
　　侯東民譯。貴陽：貴州人民出版社，1994。

LIN

林和生.《「地獄」裏的溫柔：卡夫卡》。成都：四川人民出版社，1997。

LU

魯賓，傑（Rubin, Jay）.《傾聽村上春樹　村上春樹的藝術世界》（*Haruki
　　Murakami and the Music of Words*），馮濤譯。上海：上海譯文出版社，2006。

PING

平野純（HIRANO, Jun）.《ゼロの楽園　村上春樹と仏教》。東京：楽工
　　社，2008。

SHI

石原慎太郎（ISHIHARA, Shintaro）.《新‧墮落論》。東京：新潮社，
　　2011 年。

XIAO

小林隆司（KOBAYASHI, Ryūji）、南征吾（MINAMI Seigo）等.〈《海辺
　　のカフカ》に見られる仏教的要素〉，《吉備國際大學研究紀要》22
　　（2012）：105-111。

小森陽一（KOMORI, Yōichi）.《村上春樹論：〈海辺のカフカ〉を精読
　　する》。東京：平凡社，2006。

──.《村上春樹論 精讀〈海邊的卡夫卡〉》，秦剛譯。北京：新星出版
　　社，2007。

──、酒井直樹（SAKAI, Naoki）等編.《感情‧記憶‧戦争》。東京：岩
　　波書店，2002。

The Masterpiece
of Haruki Murakami's View on War:
The Analysis of *Kafka on the Shore*

Yafen QIU
Professor, The School of Foreign Languages
Sun Yat-sen University

Abstract

The master work of *Kafka on the Shore* includes the Japanese memories of war, the causes of war, the evils of war and how to walk out the shadow of war. These reflections collectively represented Haruki Murakami's view on war. In depicting the Japanese memories of war, Haruki Murakami uses "relativization" strategy to downplay Japanese wartime responsibility and meanwhile actively evoke the identity memory as "war victims" among the Japanese. This strategy serves the purpose of veiling the Japanese role as "war perpetrators." To prescribe the recipe of "forgetting," Haruki Murakami borrowed the techniques of dharma and the cosmology of four kalpa from Buddhism. However, considering his disregard of Buddhist disciplines, Haruki Murakami's Buddhist thoughts were used merely as facade. His arbitrary writing strategy cannot bring the true sense of "redemption," and may have temporary "numbing" effect.

**Keywords: Haruki Murakami, *Kafka on the Shore*, view on war,
the Buddhism cosmology of four kalpa**

論文評審意見

（一）

1) 小森陽一的《精讀〈海邊的卡夫卡〉》出版後，大陸很多學者也開始批判《海邊的卡夫卡》中曖昧的戰爭觀。該論文雖然全面考察了村上對戰爭之因、戰爭之惡、如何走出戰爭陰影等的態度，比先行研究有所深入，但是創新性略顯不足。

2) 我認為該論文最大的創新在於用佛教思想來批判村上的所謂「療癒」和救贖，並詳細分析了該作品中體現的佛教因素。

3) 該論文的第二節還有些牽強之處，需要進一步深化。

4) 雖然第二節分析了石原慎太郎的象徵意義，但是把村上的介入與石原的介入相提並論這一點是牽強的，建議進一步說明。

5) 與其像別人一樣去批判村上曖昧的戰爭觀，還不如專門從佛教這個新角度深入分析，所以建議將第二三四節的內容壓縮為一節，重點突出第五節。

（二）

1) 這是一篇很有研究深度的論文，在某種程度上是對村上研究的一個推進。

2) 文中對村上佛教宇宙觀的探討應該是眾多研究者沒有或尚未深入的話題，很有新意。

3) 第三部分「被害者的幻想」中對村上怎樣將暴力「相對化」也做出了較為明晰的解讀，也是本文較為深入的地方。

4) 如果有修改的地方的話，那麼我認為還是第一部分與石原慎太郎的關係問題，還需進一步闡明。

5) 第四部分中最後已經談到了「註定如此」的命運觀，其實村上利用《馬克白》進行了另一次巧妙而虛偽的置換，論者還可以說得更透徹些，讓讀者看到村上敘事的某種欺騙性。

（三）

1) 優點：提出對村上的批判，戰爭觀雖已有學者提及，但以佛教思想切入則較不常見。

2) 缺點：作者批判村上的「觀念」，而非文學結構或敘事技巧，意識形態相當明顯，做為學術論文有所偏頗。

3) 作者援引之先行論述不太充分，就戰爭論或佛教論皆主要各以一位日本學者論點為參考，作者雖提出村上對於日本的「介入」，或將村上與石原慎太郎比較，但是皆點到為止,沒有妥善發展自己的論述，使得論文流於浮面。

4) 由於論文涉及佛教相關思想，建議論文題目可以稍作修改，融入戰爭觀的主題之中。

5) 論文的篇幅並不大，雖然題目以「戰爭觀」為重點，但應更進一步聚焦，例如，為何作者認為《海邊的卡夫卡》為村上戰爭觀之集大成之作，而非《發條鳥年代記》？建議可在此基本命題上再做發揮，使論文更具說服力。

6) 建議淡化意識形態的批判，例如指出村上嘗試為日本人扭轉為「被害者」形象，是不是《海邊的卡夫卡》才特別具有這樣的特點？作者是否能夠提出更多論證？

（四）

1) 該論文的題目同論述的內容有些出入，「村上春樹戰爭觀的集大成之作」中的「集大成」，我個人的理解是全面和客觀地的闡釋了村上關於戰爭的思想。

2) 但論文中實際上是對村上戰爭思想的批判，比如該論文中指出的村上「相對化」的寫作策略，來弱化日本民族的戰爭責任,消除日本「加害者」的形象。以及佛學思想的牽強套用等。

3) 該論文前四部分缺乏新意，基本是對已有觀點的重複解析。

5) 該論文的精彩之處是第五部分，用佛學的宇宙觀來解讀人物，從佛學
的視角解析田村卡夫卡和中田老人，是一個很好的研究視角。在一定
意義上豐富了村上文學的研究。

6) 論文格式嚴謹，論述清晰。

《國際村上春樹研究》輯二（2015 年 12 月）27-50。

《海邊的卡夫卡》在日本如何被解讀
——少年卡夫卡與《少年卡夫卡》

■島村輝著
■白春燕譯

作者簡介：

島村輝（Teru SHIMAMURA），菲利斯女學院大學（Ferris University）文學部教授，近五年著有〈小林多喜二研究と貴司山治の役割——當館所藏資料を中心に〉、〈「蟹工船」から「黨生活者」へ——ノート・草稿に見る多喜二の挑戰〉、〈2013 年、『蟹工船』英語新譯と沒後 80 周年の多喜二祭から——戰爭とファシズムに抗する變革主體の形成をめぐって〉、"From 1010 to 2010: Japanese Colonialism and the Discursive Framework of High Treason"、〈1920-1930 年代日本文學中的馬克思主義與現代主義〉（王中忱、林少陽主編，清華大學出版社）。

譯者簡介：

白春燕（Chun Yen PAI），女，淡江大學日文系學士，東海大學日本語文學系碩士，台、清華大學台文所博士一年生。《國際魯迅研究》、《國際村上春樹研究》翻譯編委。研究範圍：1930 年代中國、日本、台灣的文學交流、左翼文藝理論流布、多元文化交流；近年發表的論文或著作：〈第一廣場の變遷〉（2010）、〈社會福祉系移住勞働者の公共性——對抗的な公共圈構築に向けた可能性——〉（2010）、〈1930 年代臺灣・日本的普羅文學之越境交流——楊逵對日本普羅文學理論的接收與轉化〉（2011）、〈論楊逵對 1930 年代日

本行動主義文學的吸收與轉化〉（2013）等。《國際魯迅研究》和《國際村上春樹研究》翻譯編輯。

論文提要：

村上春樹長篇小說《海邊的卡夫卡》在二○○二年九月一○日刊行。在刊行後經過十年以上的今日，依然是引發很多討論的作品。本論文考察加藤典洋、小森陽一等人的論述及小說發表之後馬上刊出的評論。並且考察了本作品執筆之時與村上相交甚篤、讓醉心的榮格派心理學者河合隼雄的影響程度及其功過。這是一部含有豐富的問題點的作品，在此明確瞭解到，要在現在這個時間點來做出決定性的評價，是有困難的。我想還被留著的可能性是，不同於不可知論、以及還原事實與理論，我們可以採用積極的態度來找出新的閱讀迴路。

關鍵詞：少年卡夫卡、小森陽一、河合隼雄、心靈筆記、伊底帕斯情結

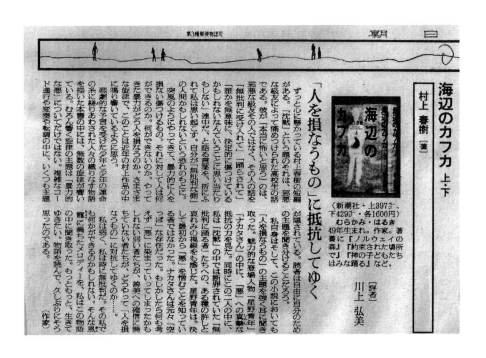

一、前言——「引發討論之作」的《海邊的卡夫卡》

　　首先要從我個人的回憶來談起。《海邊的卡夫卡》是村上春樹在《發條鳥年代記》第三部完成之後，隔了很久才推出的全新長篇，發行日為 2002 年 9 月 10 日。當時筆者從九月份的新學年開始，在廣東外語外貿大學進行為期三個月的密集課程，出版之時，我在中國廣州。我早就請住在日本的家人在書店發售時就馬上買來寄到中國給我。我很快就收到 EMS 寄來包裹，迫不及待地拆開包裝，拿起封面有淡藍色和淺橘色、上下二卷的這部作品翻檢了起來。果然一開始就被吸進爆炸的「村上世界」裡，就像「一口氣」這句話字面的意思一樣地讀完了。掩卷之後才發覺，或許是單行本的紙質之故，外觀看來並不是很厚重，但上下卷各有 400 頁之多，其實相當有份量。若跟頁數相比，外觀看起來並沒有那麼有份量，這麼做或許是為了避免看官因為厚重的外觀而產生排斥感，但我認為根本不需要有這樣的擔心，因為只要讀者拿起書開始啃起來，就會感受到其做為小說的實質感，被用力地往結局牽引。啃完此書之後，馬上前往北京參加學術研討會，在那裡遇到舊交林少華（1952- ），我拿這本書給他看，並建議他趕快進行翻譯。我對這件事還留著很鮮明的印象。

　　之所以要從個人的回憶開始談起，是因為我想要強調：即使是勉強擠身文學研究專家之列、瀏覽過不少名著，在讀過《海邊的卡夫卡》之後就會覺得到它有著超過「話題之作」的份量。這部小說有趣得沒法挑剔，但它的趣味絕對不是做為娛樂的好讀易懂。我從一開始就覺得到這是一部無法簡單處理的作品，不論在內容或小說形式方面，若要分析的話，內容都相當複雜。這部作品出版於 911 事件發生後整整一年、充滿恐怖攻擊以及後來對阿富汗的報復行動等極度暴力的社會情勢之中，對讀者而言也可能是時間性的問題。就這個意義來說，從《海邊的卡夫卡》問世的階段開始就是「引發討論之作」，梓行五年再重讀，並且看過各種不同的分析和評論，仍然覺得是一部「引發討論之作」。

　　將《海邊的卡夫卡》出版到目前為止對於這部作品的各種解讀方式加以整理，可以讓自己對於這個「引發討論之作」的態度得以清晰，並且可以將這部作品的分析做為一個開端，有助於瞭解位於東北亞一角的這個島國裡實際接收了怎樣的「文學話語」。基於這樣的動機，在此可以舉出的

是吉岡榮一（YOSHIOKA Eiichi, 1950- ）的《文藝時評　現況及真實是可怕的那個歷史》（彩流社，2007 年 9 月）的序章〈村上春樹《海邊的卡夫卡》為何出現極度好評和惡評的分歧〉[1]、以及第 1 章〈再談《海邊的卡夫卡》‧文本理論派的批評原理〉[2]為例加以說明，這是近幾年發表的論文裡相當專業的評論。

　　在該書的序章裡，吉岡先談及世界各地對於村上春樹文學的接受狀況，然後指出日本國內對於《海邊的卡夫卡》的評價分為極度好評和惡評兩者，並且分別對於「極度評派」、「中間派」、「否定派」做了概觀介紹。關於與村上同一世代、可以說是文學閱讀專家的評論家大多屬於「否定派」，吉岡參考小谷野敦（KOYANO Atsushi, 1962- ）的發言，指出這是「文壇政治」作用的緣故。在接下來的第一章裡有進一步的考察，說明在文學評論的領域裡，文本理論在 80 年代已廣被引進，評論家之間已產生了對於批評理論及分析策略的自覺與反抗，其反作用使得作品評價的對立變得表面化。這個結果可能會帶來文壇解體，並且造成「文學嗜好的共同性」崩潰。如果專業評論家的見解會影響大眾接受文學作品的方式的

---

[1]　吉岡榮一（YOSHIOKA Eiichi, 1950- ），〈村上春樹《海邊的卡夫卡》為何出現大好評及大壞評的分歧〉（〈村上春樹《海辺のカフカ》は、なぜ絶賛と酷評に分かれるのか〉），《文藝時評　現況及真實是可怕的那個歷史》（《文芸時評：現狀と本當は恐いその歷史》，東京：彩流社，2007）5-29：31-46。

[2]　吉岡榮一，〈再談《海邊的卡夫卡》‧文本理論派的批評原理〉（〈再び《海辺のカフカ》をめぐって‧テクスト論派の批評原理〉）　31-46。

話，那麼他們作為便承擔了重大的責任。吉岡的大作就是在這樣的問題意識下寫出的。

　　這本書的整體介紹及評價等另外的機會再行討論，不過光看本書序章裡關於《海邊的卡夫卡》同時代評論的調查及介紹、以及第一章關於評論家責任的見解，就感到非常有益，也十分刺激的。不過，將《海邊的卡夫卡》這部作品的代表性評論進行仔細考察，拿來做為本書的序，實在無法很充分的展開。

　　在本論文裡，將以吉岡為基礎，舉出《海邊的卡夫卡》出版到現在為止，可能對讀者的接受造成影響的代表性評論作一整理，以釐清吉岡所謂的「評價的對立」的背景。

二、接受《海邊的卡夫卡》的面向

1.三大報紙的書評

　　在當代人氣作家村上春樹隔了五年才推出的未連載新長篇《海邊的卡夫卡》開始販售的同時（其實早在販售之前就開始），就受到文壇各方面的關注。報章雜誌等媒體以該作品為主題刊載了書評或評論。對大眾有影響力的《朝日》、《讀賣》、《每日》三大報紙也很快地在「書評」欄談論這部長篇小說。

　　最早出現的「書評」刊登於《讀賣》9月15日的版面之中。評論人是文藝評論家川村二郎（KAWAMURA Jirō, 1928-2008）。川村指出「感覺好像是在看熟練的工匠製作的、結構精巧的人偶劇舞臺」，以極為辛辣的筆調展開了評論。川村指出，這部作品基本上採用「教養小說」做為框架，但是在四國山中森林迷宮接觸無時間感的生與死的根源之後回到現實，不具有以通過生命禮儀的方式來完成「教養」這樣的意象。

　　　　老人和女人因為死亡得以從被血腥的過去拖住的生命重擔中解放出來，但是這個死亡給人的印象是，與人的感覺離得很遠，好像是電池沒電而瞬間倒下的機械娃娃。這個死亡的印象為少年對於

‧‧‧‧‧‧‧
生的回歸及反轉意外地留下一股淡淡的恐怖感。[3]（底線為出自筆
者。以下無特別註記時，亦同。）

川村認同基本架構為「教養小說」，並指出有著「淡淡的恐怖感」，在有限
的版面暗示了這部作品的多樣性，值得加以注目。

　　刊載於次週 22 日《每日》的沼野充義（NUMANO Mitsuyoshi, 1954-）
的評論，非常極端地將之視為「即將進入大人世界的青春期少年的〈人生
入門〉的故事」，並指出下述從少年踏入另一世界（死者的國度）再回到
真實世界之事所讀到的訊息。

　　　　從這個靈魂接替的結尾發出的是「即使不懂存活下來的意思，
　　也要繼續留在這個世界上」這樣的訊息[4]。

沼野認為「村上春樹巧妙地使用伊底帕斯神話的架構、以及試鍊與冒險故
事的原型，成功地創造出獨特的『成長小說』」，並給予極高的評價。

　　在同日刊行的《朝日》書評欄，由當代實力派女性作家川上弘美
（KAWAKAME Hiromi, 1958-）執筆。相對於《讀賣》、《每日》的兩人

3　川村二郎（KAWAMURA Jirō, 1928-2008），〈《海邊的卡夫卡》少年的成長 神話
　　式的〉（〈《海辺のカフカ》少年の成長 神話的に〉），《読売新聞》（書評）
　　2002.9.15，12。
4　沼野充義（NUMANO Mitsuyoshi, 1954- ），〈少年們 繼續留在這個世界上〉（〈《海
　　辺のカフカ》少年たち この世界に踏みとどまれ〉），《毎日新聞》（書評）2002.9.
　　22，11。

以描繪「生命禮儀」的「成長小說」這條線為主軸來分析，川上的評論重視做為「教養小說」這條線以外的部分，從稍為不一樣的角度進行評論。川上雖然也說這是「賦予被悲劇性預言的少年及少年的命運牽繫糾纏的人們所交織出來的故事」，但對於「在複雜的合絃、變奏及轉調當中隱藏了好幾個主題」[5]的內容也予以重視，其中特別聚焦於「『使人受傷之物』的主題」。川上這篇評論裡，將村上春樹的短篇〈沉默〉拿來對照，值得令人注意。因為做為解讀這個作品的可能性之一，在「出現了這個〈沉默〉提及的主題」這個聯想，絕對不會只停留在川上的評論而已。這一點詳後所述。

2.文藝雜誌的評論

　　在時間不夠充裕、版面有限的報紙書評，以大架構的視點來解讀這個「教養小說」構圖，可以說是具有在初級階段形塑這部小說的力量。若從小說結構來看，將「包括生命禮儀（Initiation）在內的少年的成長故事」視為重要的線索，不能說是錯誤的。另一方面，文藝雜誌的評論能夠保有較充裕的言說空間，得以多加展現一些多樣化的論點。

　　福田和也（FUKUDA Kazuya, 1960-　）認為，目前為止的村上作品因藉由三角關係的引進而具備了漱石（NATSUME Sōseki, 1867-1916.）以來的近代小說結構，但是《海邊的卡夫卡》的主要主題不是三角關係，而是「近親相姦的禁止與成就」，並且主張，書中描寫的是「親人之間的問題全部來自於性，或者說是近親相姦、性與親人關係是並存的」，就透過這樣的所有事情使得「『與時間交換』這種人類秩序」的「真實性與框架被嚴重地損害」這一點而言，已經產生了讓「過去小說曾經創造出的真實性的框架」被徹底破壞、跨越、把這種「激進」變得毫無意義[6]。福田的結論是，由於偏重於近親相姦，使得近代小說做為框架的所有秩序變得無意義，讓夢境與真實、內心與社會現實之間的邊界消失，變成只有「「心」

---

[5]　川上弘美（KAWAKAME Hiromi, 1958-　），〈對抗「使人受傷之物」〉（〈「人を岡田なうもの」に抵抗してゆく〉），《朝日新聞》（書評），2002.9.22，12。
[6]　福田和也（FUKUDA Kazuya, 1960-　），〈真實之物、具體之物──關於村上春樹《海邊的卡夫卡》〉（〈現実的なもの、具体的なもの──村上春樹『海辺のカフカ』について〉），《文學界》56.11（2002）：200-08。

的具體性」才能保障世界的具體性。這個結論雖然有一種將這部具有多樣化
內容的作品明顯地簡單化，不過也為我們提示了不同於預定調和秩序
（*pre-established harmony*）的「教養小說」解讀方式的另一線索。

　　另一方面，刊載於福田評論同一期的《文學界》裡的千葉一幹（CHIBA
Kazumiki, 1961-　）的評論[7]同樣也提出了「近親相姦」，將之視為「文學的
正統主題」，這部作品的獨創性在於由「代理者」執行的。千葉似乎是想
要以「蒙混過『犬儒主義（Cynicism）與精神分析的實用主義（Pragmatism）』
這兩者」這樣的形式來找出這部作品的可能性。

　　在這個時期刊載於文藝雜誌的《海邊的卡夫卡》相關評論，還有角田光
代（KAKUTA Michiyo, 1967-　）[8]、河合隼雄（KAWAI Hayao, 1928-2007）[9]、
加藤典洋（KATŌ Norihiro, 1948-　）[10]諸作。新書問世不久就發表於報章
雜誌的這些評論屬於一種「同時代的評論」，會在一開始的階段對於這部
小說的解讀方式造成影響，或許會引導往好的方向，但也可能往壞的方向
發展。筆者希望在此嘗試加以作一探討。

三、精神分析式的解讀的問題點

1.精神分析式的解讀之代表例

　　在嘗試解讀《海邊的卡夫卡》這部作品時，如果說田村卡夫卡少年的
「成長故事」及「教養小說」這條線索是其中一個方向的主軸的話，另一
方向的主軸便是「殺父、與母交合」這個所謂「伊底帕斯故事」、以及做

---

[7] 千葉一幹（CHIBA Kazumiki, 1961-　），〈批評 クリニック_クリティック（33）
　　日朝会談 VS.ラカン=《海辺のカフカ》〉（〈日朝會談 vs.拉崗=《海邊的卡夫卡》〉），
　　《文學界》56.11（2002）：228-33。
[8] 角田光代（KAKUTA Michiyo, 1967-　），〈アパートのこと、砂嵐のこと、田村カ
　　フカくんのこと──村上春樹《海辺のカフカ》を読む〉（〈公寓、沙塵暴、田村
　　卡夫卡──閱讀村上春樹《海邊的卡夫卡》〉），《群像》57.13（2002.11）：156-61。
[9] 河合隼雄（KAWAI Hayao, 1928-2007），〈境界体験を物語る──村上春樹『海辺
　　のカフカ』を読む〉（〈邊界體驗的故事──閱讀村上春樹《海邊的卡夫卡》〉），
　　《新潮》99.12（2002.12）：234-42。
[10] 加藤典洋（KATŌ Norihiro, 1948-　），〈《海辺のカフカ》と「換喩的な世界」
　　──テクストから遠く離れて（2）〉（〈《海邊的卡夫卡》與「換喻的世界」
　　──遠離文本2〉），《群像》58.2（2003）：136-98。

為輔助的精神分析這條線。實際上，在《海邊的卡夫卡》裡，「你會殺父、與母親姊姊交合」這個內容是卡夫卡的父親田村浩一以「預言」的方式事先明確說出的，以此為線索來進行精神分析式的解讀方法，就像是在作者的手心跳舞一般，只能說創意甚為平凡。不過，由於框架裡放進了「伊底帕斯故事」的結構，要分析這個內容和形式錯綜複雜的故事時，在某個意義上，會在這裡尋求線索也是很自然的道理。以這種精神分析式的方法來對於這個故事加以整理的論文裡，則有木部則雄的〈以精神分析式的解讀來看《海邊的卡夫卡》〉的大作[11]。

　　根據木部的解釋，這部小說的主題是比父親的詛咒更為重要的「渴望母親之旅」。木部以病理學來解釋主要登場人物各自的角色，以病理從提出的結論是：「若以精神分析來看，本小說可以理解為因有過以放棄養育為主的受虐體驗而產生性格障礙病理的某個 15 歲少年體現了『確立母親這個內在對象、並且體驗伊底帕斯情結』這個精神分析式的治療過程」。

　　即便能夠在這裡找到多少的類推，木部在此採用的「將小說的登場人物套入『伊底帕斯故事』、將之適用於精神分析式的解釋」，是現在文學分析不太採用的作法。將登場人物進行某種意義的圖式再配置、將之套入一般的病理分類，使得「不過是以現成的裝置將讀到的印象賦予方便自己的意義」這個批判得以成立。事實上，只停留在這種程度的分類整理、無法提出令人耳目一新的見解，這種弊病之所以時常可見，其理由也可以說是出自於此吧。

　　　　卡夫卡在成長過程中沒有受到原本應有的適當的養育。進入青春期之後，不得不面對自己心理上的問題。對於這個問題的解題是，以超越時空進行描寫的就是本小說，也是卡夫卡的心理療法式記述。

我在讀過這個評論的歸納方式之後產生的深刻印象是，「這個結論本身並不會超過『讀了就知道』這個領域」。採用病理學的整理及分類這種靜態

---

[11]　木部則雄（KIBE Norio, 1957- ），〈精神分析的解題による《海辺のカフカ》〉（〈以精神分析解讀《海邊的卡夫卡》〉，《白百合女子大学研究紀要》39（2003）：103-23。

的方法，原本就無法適當地分析該作品。畫有底線的部分可以清楚地說明這一點。

　　就因為是小說，就因為能夠包含往返於夢想、奇幻、想像空間與真實之間的東西，所以才能夠在空間記述上添加各種不同方式的操作，此乃自明之理。問題不在於指出「有」這種「超越時空」的描寫，而是對於「怎樣的描寫才能使小說得以實現」這個部分加以分析。因此，不論結果是沿著怎樣的線索來解讀，在作業流程上應該對於文本裡的時間及空間操作進行確實的探求才是。木部的分析跳過這個部分，完全沒有處理。嚴格來說，這樣的方法所做的分析可以說已經暴露其分析的極限。

2.精神分析式的解讀與「俗流」文本解讀的黏連

　　加藤典洋的〈《海邊的卡夫卡》與「換喻的世界」〉在角色分析上依據精神分析式的解讀方法，對於木部論文裡被逼迫至「超越時空進行描寫的」及黑盒子的領域部分，以熟練的「文本解讀」方法來進行分析。就這點而言，乍讀之下給人論述極為平衡的印象，具有說服力。

　　首先，在對於登場人物賦予精神分析式的、病理學的意義上，加藤認為卡夫卡少年因為在四歲左右被母親拋棄而造成了幾種的解離人格。

> 　　由此可以知道的是，這個少年可能像那個酒鬼薔薇聖鬥少年一樣，身體裡住著第二自我（BAMOIDOOKI 神），並且患有「自己將自我放逐的」多重人格障礙（Multiple Personality Disorder）的少年[12]。

接下來，關於卡夫卡少年離家出走到田村浩一被殺害之間，在時間及空間上，看起來有矛盾的地方，加藤認為「就我個人的想法而言，作者村上有說過這部小說裡的都是真的發生過的」。若從卡夫卡少年的內側來觀看的話，少年殺害父親、然後離家出走。但若反過來從外側看的話，少年的父親在少年離家的時候還活著，十天之後被人用刀子刺殺全裸地死在書房裡。這樣解讀的話就沒有矛盾了。為什麼呢？因為主人公少年患有多重人

---

[12]　加藤典洋，〈《海邊的卡夫卡》與「換喻的世界」〉　180。

格障礙，原本應該視為「唯一的真實」的東西已然消失。而且這部小說的架構存在於「換喻的世界」的力學之中，原本被認為是「唯一的真實」的東西漸漸被移植成「假想的真實」的標籤。

　　加藤的論述看起來好像是依照文本解讀的方法，但在「敘事話語」與「敘事素材」、敘述與登場人物之間的關係分析方面，好像犯了一種錯誤、或者像思想犯罪那樣地企圖遺漏與「唯一的真實」之間的關連。

　　最大的問題在於他提出的結論：在這樣的「換喻的世界」裡，惟有讓主人公創造出的故事是「完全的荒唐」，讓這個「荒唐」被容許，「完全受損的人」才能有回復的道路。當這個「這部小說是一個自我放逐的少年前去會見向自己宣告「去死吧」的對象、藉由「原諒」對方來讓自己回歸的故事」結論，與前述木部論文一模一樣的、可謂陳腐的結論，於是不得不說其暴露出「只好事後承認這部作品被當作『原諒與療癒』的故事、被極為通俗地消費了」這樣的危險性。這裡指的危險性是，這部作品可能會被理解成是為了傳達「原諒」是位於完全不同於現實的某個位相，而且當它與本人的責任不相干地被實現時，就能夠帶來「療癒」這個訊息的一部小說。

四、《少年卡夫卡》這本書

1.與讀者之間的直接回路

　　《海邊的卡夫卡》在出版之際，運用了大眾傳媒、網路等各式各樣的媒體，進行了周全的行銷策略。其中值得特別一提的是設置限定期間開設的網站，這是「成為讀者的人們可以透過電子郵件直接與作者村上春樹進行對話的門路」。收錄了寄到「《海邊的卡夫卡》官方網站」[13]的 1220 封郵件，以村上春樹親自回信的《少年卡夫卡》[14]這本大部頭的書也被出版了。如後述所示，小森陽一（KOMORI Yōichi, 1953-　）出版了一本被視為全面否定《海邊的卡夫卡》的論集《村上春樹論》[15]，他自己也說過其原動力來自此書。小森對於《少年卡夫卡》裡只有來自於「解讀到〈救贖〉、感受到〈療癒〉」的讀者聲音，但沒有「感受到〈恐怖〉的讀者聲音」之事，察覺到強烈的危機。如果小森的說法是正確的話，那麼「這是加藤典洋流的『精神分析與俗流文本解讀』黏連之處產生的大眾化思想動員」這樣的看法也是可以成立的。

2.報紙、文藝雜誌、學術論文與「大眾感想」的相互延伸

　　寄出收錄於《少年卡夫卡》裡的電子郵件的人，大多應該是讀了村上的書（《海邊的卡夫卡》）、並從中找到了有什麼可以談的事。但是特意想向作者一申謝忱的，大半都是對於作品抱持肯定的感想，這並不令人感到訝異。事實上，部分的感想雖然有語感上有差異，但記載的都是肯定語氣的讀後感。但是，就因為寫在電子郵件裡的是各式各樣的人們的感受，不可能全部都一致。再者，也可以看到像№ 592 或№ 979 那樣尖銳的評論，其內容雖短，卻能直指這部小說的核心部分。就這個意義來說，小森的記述有點過火了。

---

[13] 〈《海邊的卡夫卡》官方網站限定在 2002 年 6 月到 2003 年 2 月 14 日期間公開。

[14] 村上春樹，《村上春樹編集長　少年卡夫卡》，5 版（東京：新潮社，2003 年初版，2010）。

[15] 小森陽一（KOMORI Yōichi, 1953-　），《村上春樹論——精讀〈海邊的卡夫卡〉》（《村上春樹論：《海辺のカフカ》を精読する》，東京：平凡社新書　321，2006）。

　　但是，不管是這樣的評論，又或者多數始終討論著與小說內容沒有直接深入相關的話題，村上都一一寫了回信，我們不得不承認這使得對於《海邊的卡夫卡》的解讀在整體上提供了某個方向性，而且是既有的解讀方法裡的其中一種方法。再者，小森對於「『大眾的感想』表現出與報紙、文藝雜誌、學術論文等評論及論文的意見完全一致」的這種單面性的組織化，感到強烈的危機感。因而以有別於之前的解讀方法的角度，嘗試進行了真正的（互文）文本分析及評論，寫成了前述之書。

五、小森陽一的《村上春樹論》

1.真正的《海邊的卡夫卡》否定論

　　目前系統地出版村上春樹研究書的出版社若草書房在《日本文學研究論文集成》系列中，在 1998 年出版以村上春樹為主題的第一本書[16]。並在隔年 1999 年以村上從《聽風的歌》到《地下鐵事件》為止的軌跡為對象出版了全五卷的論文選集《村上春樹研究》[17]。這象徵著關於村上春樹的討論已經多到可以編出這樣的論文選集，也同時意味著這些論文能夠被消

---

[16]　木股知史（KIMATA Satoshi, 1951- ）編，《日本文學研究論文集成 46 村上春樹》（東京：若草書房，1998）。

[17]　栗坪良樹（KURITSUBO Yoshiki, 1940- ）、柘植光彥（TSUGE Teruhiko, 1938-2011）編，《村上春樹研究》（《村上春樹スタディーズ》），卷 1-5（東京：若草書房，1999）。續篇今井清人（IMAI Kiyoto, 1961- ）編《村上春樹研究 2000-2004》（《村上春樹スタディーズ：2000-2004》）於 2005 年 5 月由同出版社發行。之後該出版社仍持續發行收錄了各家學者論文的論文集 *Murakami Haruki Study Books*。

費的市場（主要做為書寫大學或短期大學國文科畢業論文時用的資料）已經形成。事實上，當時以村上春樹為研究對象的論文或單行本數量之多，可以說已經到達一個高峰。若以 1995 年阪神淡路大地震及奧姆真理教地下鐵沙林事件為背景來思考的話，將《發條鳥年代記》到《地下鐵事件》視為一個週期（Circle），視為某種完結來討論，可以說是很方便的。事實上，從《發條鳥年代記》第三部完結到出版《海邊的卡夫卡》之間隔了五年，即使在《海邊的卡夫卡》出版之後，把這部作品一併討論的村上春樹論意外之少。我們可以說，在前述介紹的評論所做的零星討論裡，產生了像《少年卡夫卡》裡呈現的解讀傾向。

　　如同 2006 年 5 月發表的小森陽一《村上春樹論》[18]的副標題「精讀《海邊的卡夫卡》」所示，一整本新書只寫《海邊的卡夫卡》的分析及評論，其做為《海邊的卡夫卡》論（與其說是《村上春樹論》）是極具劃時代性的作法。小森的評論在其擅長的「文本分析」及包含精神分析在內的「文化理論」裡，交錯地放進他這幾年來的問題意識中心「『歷史的遺忘』及『思想控制（Mind control）』」這個主題，將目前的分析無法達到的領域做出了清楚的解釋。小森這個評論是由被認為是全面否定《海邊的卡夫卡》這部作品的論點所構成，因而引發了各式各樣的反應。

2.小森論的方法及目標

　　小森對於「之前的論述將這部作品的大框架視為『成長物語』和『伊底帕斯神話』的整合」這個看法提出質疑，由此展開論述。論述的必要程序是，先以置於括弧內這個框架，然後對這部錯綜複雜的小說進行分析。小森採用的方法是將作品提及的各種前代文學作品及歷史事實進行徹底的細讀及定位。對於〈伊底帕斯〉（"Oedipus"）故事、《一千零一夜》（*The Arabian Nights*）、《在流刑地》（*In the Penal Colony*）、《源氏物語》、《雨月物語》、《坑夫》、《虞美人草》這些文學文本是在何種文脈之下被引進在《海邊的卡夫卡》，進行了相當具體的考察。中田先生在戰爭時的經驗與《雷泰伊島戰記》被結合起來，從中帶出了「戰爭記憶」的問題。

---

[18]　《海邊的卡夫卡》官方網站。

　　對於只追求故事表面而被忽視的互文性的關係，小森依據文脈及事實
進行徹底的闡述，使得小森的這個文本分析位於加藤典洋指出的「換喻的
世界」解讀的相對位置。

　　　　在文本上製造出一連串無媒介的結合的連鎖，使得卡夫卡少年
　　　在想起記憶所相關的意識的連想敘述，發揮了將各種歷史事件之間
　　　本應存在的決定性差異加以消除的功能[19]。

小森將這種允許無媒介的結合視為「具有使關於理論的及合理的原因和結
果的思考停止」[20]，並提出了以下批判這部小說的決定性論點。

　　　　《海邊的卡夫卡》這部小說具有使閱讀小說文本的所有讀者停
　　　止思考的功能，這是欲對於因果論的思考予以處刑的企圖。就因為
　　　對於因果關係的思考能力是跟使用語言的生物──人類的根基有
　　　密切關連，所以我才會做出批判[21]。

這樣的「思考停止」使得被引進文本裡的戰爭、女性嫌惡、甚至與之結合
的強暴等的歷史事實得以被認為是出自於「不得已」。小森認為這才是這
部小說的起決定性作用的問題點。

---

[19] 小森陽一，《村上春樹論：〈海辺のカフカ〉を精読する》（東京：平凡社，2006）
155。
[20] 小森陽一　160。
[21] 小森陽一　160-61。

小森說《海邊的卡夫卡》使所有讀者停止思考，我們可以很簡單地提出一個疑問：小森是否算是這個「所有讀者」當中的一位讀者呢？既然小森已經提出這個「思考停止」的架構，那就不能說是「所有讀者」了。或許我們還可以反問小森：會不會該文本的本質早就將「使這個批評式的解讀成為必然的話語裝置」放入作品之內？不過，到目前為止惟有小森明確指出這種可能性，而且在作者及其四周確實存在著讓小森感到「一位文學表現者在文學根基上的轉向」[22]這種危機感。村上與精神分析家河合隼雄進行的對談極為重要，因為我們能夠在這裡明確指出造成這位作家從《發條鳥年代記》到《海邊的卡夫卡》在主體上的動搖。

六、河合隼雄と村上春樹

1.《村上春樹去見河合隼雄》的問題點

前一陣子過世的河合隼雄是代表日本榮格派心理學的臨床精神分析家，也是一位獲得高度評價的人物。他同時也是中曾根（NAKASONE Yasuhiro, 1918- ）總理斡旋設立的京都「日本文化研究中心」（1982- ）的所長（1995-2000），並且在小泉（KOIZUMI Junichirō, 1942- ）內閣時期擔任文化廳長官（2002-06），是一位與統治階層中樞結合的有力人士。村上在 1994 年居留美國期間曾經拜訪當時人在美國的河合，主要針對《發條鳥年代記》做了討論。後來在《發條鳥年代記》第三部完結之後進行的對談內容被整理出版，那就是《村上春樹去見河合隼雄》[23]。我們可以從村上在這場對談裡的發言裡，找到一些對於將來的發展意味深長的內容。

---

22 小森陽一　266。
23 河合隼雄‧村上春樹，《村上春樹去見河合隼雄》（《村上春樹、河合隼雄に会いにいく》），7 版（東京：新潮社，2001）。

　　　　波斯灣戰爭的時候，我住在美國，那時候真的很難過。我深刻
　　　地感受到，日本人對於世界的邏輯與日本以外的世界的邏輯終究完
　　　全無法吻合[24]。

　　　　我所說的這個狡猾性，用稍微不同的說法來說，若只想以論理
　　　上的整合性來守住人類的思想或政治立場的話，那就完了。這是我
　　　的想法[25]。

　　　　我的想法是，對小說來說，所謂平衡這個東西是非常重要的。
　　　可是，統合性是不需要的，整合性和順序也不是主要的[26]。

　　　　我想我們這個世代的問題應該也是如何歸屬於那裡。我們是和
　　　平憲法下長大的世代，在「和平最重要」、「錯誤不可再犯」、「放棄
　　　戰爭」這三個原則下成長的。孩童時期還好，因為那本身聽起來非
　　　常冠冕堂皇。不過，隨著我們的成長，那個矛盾和齟齬就隨之變得
　　　非常大了[27]。

　　　　因此，我今後的課題應該是「該將所謂對於歷史維持均衡的暴
　　　力性帶到何處去」這個問題吧[28]。

在此並非要以部分引用的話來說明村上的所有想法，但這裡令人強烈感
受到「村上說的話是因著河合的答問而被帶出的」這種印象。對這個時
期的村上而言，河合是對他的作品有深入理解的人，可以視為引發創意
的人。

2.河合隼雄的《海邊的卡夫卡》論

　　這樣的河合是如何看待《海邊的卡夫卡》的呢？讓我們來看看這部作
品發表不久之後在 2002 年 9 月 14 日於日本箱庭療法學會進行的演講[29]。

---

[24]　河合、村上　69-70。
[25]　河合、村上　74。
[26]　河合、村上　78。
[27]　河合、村上　201。
[28]　河合、村上　203。
[29]　河合隼雄　〈境界体験を物語る──村上春樹《海辺のカフカ》を読む〉　234-42。

　　河合對於這部作品的基本解讀是「生命禮儀故事」與「伊底帕斯故事」的整合。以接近榮格心理學原型分析的作法來對於這部作品的登場人物扮演的角色賦予意義，但是「這本書厲害之處在於將善與惡寫得無法簡單就能瞭解，我們可以清楚瞭解到，在這樣一本書裡有一種東西的力量在作用著，使得這個卡夫卡少年依然活著」這樣的感想，可以說是以相同於《村上春樹去見河合隼雄》裡支持村上想法的方向性來貫徹著。

　　河合在結論指出：

　　　　我認為其意義在於，與其說是 15 歲少年這個主人公的看法，不如說是透過少年的眼睛來描寫在異界的體驗及從那裡回歸的體驗。這應該也可以視為所有日本人或現代人的生命禮儀。

河合接著引用叫烏鴉的少年跟卡夫卡少年說的話：「看畫。聽風的聲音」，指出若無法重視心象（Image）就無法成為一名好的箱庭療法治療師。河合將卡夫卡少年對於生命禮儀的體驗一般性地擴大至「所有日本人」或「現代人」來談「心象的重要性」，令我們不得不想起河合在擔任文化廳長官時籌劃的、發布到全國中小學的《心靈筆記》。這本《心靈筆記》是非常危險的讀物，更能以「心象」帶來國民的「思考停止」，是心理學知識的大動員[30]。若從河合隼雄與村上春樹之間的關連來看，試著在《心靈筆記》與《海邊的卡夫卡》之間畫出一條輔助線的話，就可以理解小森為何認為必須以事實和理論做為門路來徹底地解讀《海邊的卡夫卡》了。

七、結語──「療癒與再生」之書？「隱蔽歷史」之書？或是……

　　以上是從目前已發表的代表性評論來談《海邊的卡夫卡》在日本如何被解讀。這是一本受損者的療癒與再生之書？還是帶來思考停止的隱蔽歷史之書？筆者現在還不能做出決定性的判斷。即使現在已經探討過一次，對於我這一介讀者而言，這部作品仍然是「引發討論之作」。對於本論文開頭介紹的吉岡指出的「作品評價的對立」，仍然停留在無法給予單純結

---

[30] 請參照島村輝，《〈心のノート〉の言葉とトリック》，《〈心靈筆記〉的語言和騙術》（東京：Tsunan 出版，2005）等。

論的狀況，這是沒有欺瞞的現況。但我認為這裡留下了一個可能性，那就是對於在出版之後馬上發表的短評裡川上弘美及川村二郎說的「真的覺得很恐怖」[31]及「淡淡的恐怖感」[32]、角田光代指出的「某種不自覺而做的事會變得非常恐怖」[33]之事的實質，應該可以用語言來盡可能地貼近，並將之明確化。我想這裡已為讀者開啟了前往不同於不可知論、也不同於回歸事實與理論的道路。

---

[31]　川上弘美　12。
[32]　川村二郎　12。
[33]　角田光代　161。

參考文獻目錄

CUN

川村二郎（KAWAMURA, Jirō）.〈《海邊的卡夫卡》少年的成長 神話式的〉（〈《海辺のカフカ》少年の成長 神話的に〉），《読売新聞》（書評）2002.9.15，12。

村上春樹（MURAKAMI, Haurki）.《村上春樹編集長　少年卡夫卡》。5 版，東京：新潮社，2003 年初版，2010。

DAO

島村輝（SHIMAMURA, Teru）.《〈心のノート〉の言葉とトリック》，《〈心靈筆記〉的語言和騙術》。東京：Tsunan 出版，2005。

FU

福田和也（FUKUDA, Kazuya）.〈現実的なもの、具體的なもの——村上春樹《海辺のカフカ》について〉（〈真實之物、具體之物——關於村上春樹《海邊的卡夫卡》〉），《文學界》56.11（2002）：200-08。

HE

河合隼雄（KAWAI, Hayao）.〈境界體驗を物語る——村上春樹《海辺のカフカ》を読む〉（〈邊界體驗的故事——閱讀村上春樹《海邊的卡夫卡》〉），《新潮》99.12（2002）：234-42。

——、村上春樹.《村上春樹去見河合隼雄》（《村上春樹、河合隼雄に會いにいく》）。7 版，東京：新潮社，2001。

JI

吉岡榮一（YOSHIOKA, Eiichi）.〈村上春樹《海邊的卡夫卡》為何出現極度好評及惡評的分岐〉（〈村上春樹《海辺のカフカ》は、なぜ絕賛と酷評に分かれるのか〉）《文藝時評　現況及真實是可怕的那個

歷史》（《文芸時評：現狀と本當は恐いその歷史》）。東京：彩流社，2007，5-29。

──.《文藝時評　現況及真實是可怕的那個歷史》（《文芸時評：現狀と本當は恐いその歷史》），《文藝時評　現況及真實是可怕的那個歷史》，31-46。

JIA

加藤典洋（KATŌ, Norihiro）.〈《海辺のカフカ》と「換喩的な世界」──テクストから遠く離れて（2）〉（〈《海邊的卡夫卡》與「換喩的世界」──遠離文本 2〉），《群像》58.2（2003）：136-98。

JIAO

角田光代（KAKUTA, Michiyo）.〈アパートのこと、砂嵐のこと、田村カフカくんのこと──村上春樹《海辺のカフカ》を読む〉（〈公寓、沙塵暴、田村卡夫卡──閱讀村上春樹《海邊的卡夫卡》〉），《群像》57.13（2002）：156-61。

JIN

今井清人（IMAI, Kiyoto）編.《村上春樹研究 2000-2004》（《村上春樹スタディーズ：2000-2004》）。東京：若草書房，2005。

LI

栗坪良樹（KURITSUBO, Yoshiki）、柘植光彦（TSUGE Teruhiko）編.《村上春樹研究》（《村上春樹スタディーズ》），卷 1-5。東京：若草書房，1999。

MU

木部則雄（KIBE, Norio）.〈精神分析的解題による《海辺のカフカ》〉（〈以精神分析解讀《海邊的卡夫卡》〉，《白百合女子大學研究紀要》39（2003）：103-23。

木股知史（KIMATA, Satoshi）編.《日本文學研究論文集成 46　村上春樹》。
　　東京：若草書房，1998。

QIAN

千葉一幹（CHIBA, Kazumiki）.〈批評　クリニック_クリティック（33）
　　日朝會談 vs.ラカン＝《海辺のカフカ》〉（〈日朝會談 vs.拉崗＝《海
　　邊的卡夫卡》〉），《文學界》56.11（2002）：228-33。

XIAO

小森陽一（KOMORI, Yōichi）.《村上春樹論──精讀〈海邊的卡夫卡〉》
　　（《村上春樹論：〈海辺のカフカ〉を精読する》）。東京：平凡社
　　新書　321，2006。

How is *Kafka on the Shore* Interpreted in Japan

Teru SHIMAMURA

Professor, Faculty of Literature, Ferris University

Translated by Chun Yen PAI

Ph.D Candidate, Institute of Taiwan Literature,
National Tsing Hua University, Taiwan

Abstract

Haruki Murakami's *Kafka on the Shore* was published in September 10, 2012. This essay explores the semantics of the work by examining elements of Jungian Psychology influened by Kawai Hayao and contemplating on the views expressed by critics such as Norihiro Kato and Yoichi Komori.

Keywords: Yōichi KOMORI, Hayao KAWAI, Jungian Psychology, Oedipus complex

《國際村上春樹研究》輯二（2015 年 12 月）51-88。

成長與自我破壞
——村上春樹《海邊的卡夫卡》
與法蘭茲・卡夫卡《在流刑地》

■松田和夫著
■白春燕譯

作者簡介：

　　松田和夫（Kazuo MATSUDA），男，日本大學法學部教授，研究領域：近代德國文學、比較文化、文學理論。近 5 年研究論文：1).〈カフカへの助走〉，《櫻文論叢》第 82 卷、2012）；〈消滅と打開——村上春樹『世界の終りとハードボイルド・ワンダーランド』をめぐって——〉、《櫻文論叢》第 81 卷、2011；〈忠實と自由——ふたたび翻譯をめぐって——〉，《日本大學法學部創立百二十周年記念論文集》第三卷，2009）；〈認識と抒情——古井由吉と R・ムージル——〉，《櫻文論叢》第 73 卷、2009；"Übersetzung und Interkulturalität," In *Koreanische Gesellschaft für Germanistik.* ed. Kulturwissenschaftliche Germanistik in Asien, Vol.1, Seoul, 2008）.

譯者簡介：

　　白春燕（Chun Yen PAI），女，淡江大學日文系學士，東海大學日本語文學系碩士，台、清華大學台文所博士一年生。《國際魯迅研究》、《國際村上春樹研究》翻譯編委。研究範圍：1930 年代中國、日本、台灣的文學交流、左翼文藝理論流布、多元文化交流；近年發表的論文或著作：〈第一廣場の變遷〉（2010）、〈社會福祉系移住勞働者の公共性——對抗的な公共圈構築に向けた可能性——〉（2010）、〈1930

年代臺灣・日本的普羅文學之越境交流──楊逵對日本普羅文學理論的接收與轉化〉（2011）、〈論楊逵對 1930 年代日本行動主義文學的吸收與轉化〉（2013）等。

論文提要：

　　對於村上春樹《海邊的卡夫卡》與法蘭茲・卡夫卡《在流刑地》進行比較，不只呈現了村上這部小說的特徵，也使法蘭茲・卡夫卡的中篇小說的特性得以相輔相成地浮現。以伊底帕斯神話來比較冠上卡夫卡之名的《海邊的卡夫卡》的結構，可以明確看出其做為〈成長小說・教養小說〉的特徵。接下來，分析村上小說裡提及的《在流刑地》的特質，釐清了法蘭茲・卡夫卡作品具有反〈成長小說・教養小說〉的文學性質及特異性。最後，從《在流刑地》的角度來審視《海邊的卡夫卡》的特性，並且同時將《在流刑地》投射於《海邊的卡夫卡》之上，發現兩部小說的特質被多層次地描繪出來。

關鍵詞：村上春樹、法蘭茲・卡夫卡、日本文學、德國文學、比較文學

一、引言

　　村上春樹（MURAKAMI Haruki, 1949-　）
《海邊的卡夫卡》（2002）的主人公自稱田村
卡夫卡。這個名字裡，姓氏「田村」是真實的，
但「卡夫卡」取自法蘭茲・卡夫卡（Franz Kafka,
1883-1924），並非本名。本名在小說裡最終沒
有被道出，本名不明的田村某少年以田村卡夫
卡少年的名字從作品的最初被使用到最後。從
東京中野區野方離家出走的這個少年，在位於
高松的私立圖書館、也就是甲村紀念圖書館及

Franz Kafka，卡夫卡

大島先生的山中小屋讀了很多書，也有他與大島先生的對話中提到的作品
群，這部小說在別處也提到很多作品。另外，與田村卡夫卡少年的故事保
持平行關係的中田老人與星野青年的故事裡，也曾提到一些書。田村卡夫
卡少年故事裡提到的書籍數量壓倒性地多，中田先生與星野青年的故事裡
只提到兩本書。在此列舉如下：伯頓（Burton）版《一千零一夜》（*Arabian
Nights*）、柏拉圖（Plato, 428/427 或 424/423 BC-348/347 BC）的《饗宴》
（*The Symposium*）、法蘭茲・卡夫卡的《城堡》（*The Castle*）、《審判》
（*The Trial*）、《變形記》（*The Metamorphosis*）、《在流刑地》（*In the
Penal Colony*）、夏目漱石（NATSUME Sōseki, 1867-1916）的《虞美人草》、
《坑夫》、《三四郎》、關於阿道夫・艾希曼（Adolf Eichmann, 1906-62））
但沒有講出書名的書籍、莎士比亞（William Shakespeare, 1564-1616）的
作品、索福克勒斯（Sophocles）的《伊底帕斯王》（*Oedipus the King*）、
《厄勒克特拉》（*Electra*）、葉慈（William Butler Yeats, 1865-1939）的詩、
紫式部（Murasaki Shikibu, 978-?）的《源氏物語》、上田秋成（UEDA Akinari,
1734-1809）的《雨月物語》、亨利・柏格森（Henri Bergson, 1859-1941）
的《物質與記憶》（*Matter and Memory*）、卡爾・達爾豪斯（Carl Dalhaus,
1928-89）的《貝多芬及其時代》（*Between Romanticism and Modernism: Four
Studies in the Music of the Later Nineteenth Century*）。附帶一提，最後的兩
本書是中田先生與星野青年的故事裡提到的。除此之外，還有未提及書名

的歷史書、科學書、民俗學、神話學、社會學及心理學的書籍也被閱讀過，
黑格爾（Georg Wilhelm Friedrich Hegel, 1770-1831）以及契訶夫（Anton
Pavlovich Chekhov, 1860-1904）有名的「槍」理論也曾被提及。

　　現在任誰都不會認為，一部文學作品是作者個人的原創物，與各種先
行作品不相關。「詩人天才生產 100％原創的作品」這個近代的神話，與
「在無神時代被視為全能之神的替代物──天才」這個概念大體上是一體
兩面的關係。在喪失了能夠依靠的神祇的時代裡，以取代神祇的原理發明
了〈天才〉。就這樣，天才這個概念是在近代時代要求下被創造出來的人
造物[1]。羅伯特・穆齊爾（Robert Musil, 1880-1942）的《沒有個性的人》
（*The Man Without Qualities*）描述主人公烏爾里希（Ulrich）讀到報紙上

---

[1] 關於「天才」，德文是 Genie，法文是 genie，英文 genius 的詞源是拉丁文的 genius。
genius（拉丁文）原本象徵產生精液之物的「生產者」，衍生為「守護神」之意。
康德（Immanuel Kant, 1724-1804）在《判斷力批判》（*The Critique of Judgement*, 1790）
將 Genie 定義為「天才就是為藝術提供規則的才能（自然的賜物〔天分〕）。不過，
因為這個才能是藝術家天生的能力，所以我們也可以定義為──天才就是天生的內
心素質（ingenium），自然透過這樣的內心素質將規則提供給藝術」（標記出自原
文）。Immanuel Kant, *Kritik der Urteilskraft*（Stuttgart: Reclam, 1971）235。翻譯採
用以下譯文。篠田英雄（SHINODA Hideo, 1897-1989）譯《判斷力批判》，上（東
京：岩波文庫，1964）256。德國精神史及文學史裡有一個名為「天才時代（Geniezeit）」
的運動，大約發生在 18 世紀後半期。這個運動批判社會裡的啟蒙主義及絕對主義
式的理性主義，主張新的、非合理的的生命感情，想要在天才裡找出具有人類整體
性的最高形態。這個運動的巔峰是「疾風怒濤」時期，在浪漫主義及尼采的超人思
想裡也可看到其影響。Günther Schweikle and Irmgard Schweikle eds., *Metzler Literatur
Lexikon : Begriffe und Definitionen*, 2nd ed. (Stuttgart: J. B. Metzlersche Verlagsbuchhandlung,
1990) 173.

寫著「天才的賽馬」的標題而感到困惑。因為「天才」是康德所說的人類，只用來形容對於人類在藝術為首的哲學或學問方面的傑出精神生活及這樣的人才對。烏爾里希驚訝的是，最近──《沒有個性的人》是以第一次世界大戰前夕 1913 年做為舞臺──在足球方面有人使用「天才的足球選手」這樣的說法，已經很令人訝異了，沒想到這個詞也可以用在馬匹身上啊[2]。馬已經上昇至人類才能擁有的天才領域了嗎？還是人類已經下降到馬的程度呢？烏爾里希這個困惑來自於天才這個概念的一般化（或者可用別的說法；通貨膨脹（inflation））；另一方面，也暗示著周遭到處都是天才，「天才」這個詞已變得不具什麼意義了。因為「天才」在他的時代已廣被使用，另外的意思是在抱怨真正的「天才」並不存在。烏爾里希的時代過了一百年之後的現在，「天才的賽馬」這樣的說法已變得大致上可以流通，幾乎不會感到不自然。

　　100％的原創性和天才都是近代的人造物，其有效性在現代已受到質疑。因此，在今日比較妥當的看法是，將一個文學文本視為與諸多先行文本之間的相互作用（interaction）、也就是互文性（intertextuality）之中產生的。不是像大海中的孤島那樣地遺世獨立，而是各個島嶼與其他島嶼之間有海底連接著，以這樣的方式來考量文學文本是比較適合的。

1.《海邊的卡夫卡》以伊底帕斯神話為樣板

　　我在讀完《海邊的卡夫卡》之後有一些看法。那就是，這部小說很明顯是以伊底帕斯神話為樣板。關於這一點，小森陽一（KOMORI Yōichi, 1953- ）在《村上春樹論》[3]已做了詳細的論述，但我對於有些分析不太能認同。由於有一些必須確認的內容，在此依據被視為希臘悲劇最佳傑作的索福克勒斯的《伊底帕斯王》來介紹伊底帕斯神話的梗概。底比斯王伊底帕斯為了知道國家為什麼會發生疾病及歉收而尋求德爾非（Delphi）的神諭時，被告知要捕捉殺害先王拉伊俄斯的犯人、並將之驅逐出境。當他開

---

[2]　Robert Musil (1880-1942), *Der Mann ohne Eigenschaften*, (英譯：*The Man Without Qualities*, Hamburg: Rowohlt, 1978)44ff.

[3]　小森陽一（KOMORI Yōichi, 1953- ），《村上春樹論：〈海辺のカフカ〉を精読する》（東京：平凡社，2006）。關於《海邊的卡夫卡》與伊底帕斯神話，請參照第一章（18-60）。

始追查犯人之後，才發現犯人竟然是自己，並且發現他與拉伊俄斯的妻、也是自己的親生母親伊俄卡斯忒之間生了孩子。伊底帕斯因絕望過度而弄瞎雙眼，放棄王位，將自己驅逐離開底比斯。

伊底帕斯之所以不知道自己是殺死父親拉伊俄斯的犯人，是因為拉伊俄斯曾收到「你的兒子將會殺了你，與你的妻子生下孩子」這樣的神諭，故在兒子伊底帕斯生下不久就叫侍從殺了他。但是侍從沒有殺死嬰兒，而將他丟在山中。嬰兒受到鄰國科林斯國的牧人幫助，以科林斯國王的親生兒子的身分被扶養長大。伊底帕斯一直認定科林斯王夫妻是自己的雙親，作夢也沒想到拉伊俄斯是自己的父親。

長期對自己的出身感到懷疑的伊底帕斯向神求問，得到了跟拉伊俄斯一樣的神諭：「兒子會殺了你，與你的妻子生下孩子」。伊底帕斯認為這是指他與科林斯王之間的事，為了避免殺王而出國了。當時底比斯王拉伊俄斯想要討伐跋扈的斯芬克斯，為了得到神諭而來到德爾非，在途中與兒子伊底帕斯相遇，在爭鬥之際丟了性命。伊底帕斯打敗了斯芬克斯，被國王驟逝、陷入混亂的底比斯國迎為國王，並在攝政克瑞翁的建議下娶了拉伊俄斯的妻子伊俄卡斯忒，跟她生了四個孩子，男女各二。在這之後，索福克勒斯的《伊底帕斯王》故事就展開了。

2.小森陽一的分析

在小森陽一的分析裡，《海邊的卡夫卡》裡，相當於伊底帕斯的是田村卡夫卡少年，而相當於拉伊俄斯的是卡夫卡少年的父親田村浩一，此自不待言。卡夫卡少年從小就受到父親像是被用鑿子將「你有一天會親手殺父親；有一天會和母親交合」[4]（標記出自原文）這個詛咒刻進去似的暴力對待，所以村上春樹這部小說以伊底帕斯神話做為框架，是不必懷疑的。但是，仔細想一想，卡夫卡少年的故事並沒有與希臘神話完全吻合。當父親田村浩一在東京中野區野方被殺時，田村卡夫卡正在四國的高松，即使卡夫卡少年的襯衫染上像血一樣的東西，但應該沒有讀者會認為他

---

[4]　村上春樹，《海辺のカフカ》，上冊，7 版（東京：新潮社，2002）348。為方便讀者，注釋附台灣賴明珠譯（31 版，臺北：時報文化出版社有限公司，2013）和中國內地林少華中譯（17 版，上海：上海譯文出版社，2012）頁碼，以為參照。又，引文由本文譯者另行中譯。

真的親手殺了他父親吧。不過，倒可以解讀成少年在精神上及心理上殺了父親。

這樣一來，將被擬為田村浩一分身的殺貓人瓊尼·沃克刺死的中田先生，就變成了田村卡夫卡的分身。如同伊底帕斯刺瞎自己的眼睛而變成眼盲，中田先生在太平洋戰爭時的避難地山梨昏睡之後，變得無法讀寫，也就是「文盲」。從中田先生對文字處於「盲目」狀態的這個事實，我們可以如小森指出的，將中田先生與伊底帕斯連結起來[5]。但我感到疑問，不能只因為如此，就認同小森以下的解釋。「卡夫卡少年是意識到自己罪行之前的伊底帕斯，而中田先生則是刺瞎自己雙眼、喪失視力後展開旅程的伊底帕斯。我們可以說，伊底帕斯故事的前半部和後半部分別由兩個人物分身式地分別擁有著」[6]。

3.我對小森的解釋感到疑問

我之所以會對引文的解釋感到疑問，是因為卡夫卡少年對於父親的詛咒一直是有自覺的，恐懼於殺父的可怕性，為了克服它而離家出走，決意成為「世界上最強悍的15歲少年」[7]（《海邊的卡夫卡》，上）。在面對父親的死亡，少年知道自己不是犯人，並沒有走上伊底帕斯那種毀滅的道路。對應於伊俄卡斯忒的佐伯小姐、也就是擬似田村卡夫卡少年母親的甲村圖書館長佐伯小姐，雖然與卡夫卡少年有了交合，但他在交合之前就一直在探究佐伯小姐可能是拋棄他的母親這個微小的可能性。也就是說，他不是在沒有考慮她可能是自己母親的情況下與她交合的。另外，關於中田先生的部分，如果他分別擁有了伊底帕斯故事的後半部，那麼中田先生的高松之行，確實與變成乞丐四處流浪的伊底帕斯重疊在一起──在這種情況下，與中田先生一起行動的星野青年就扮演了伊底帕斯的女兒安提戈涅的角色。在提修斯看照下死去的伊底帕斯，可以與達成尋找成為田村卡夫卡少年成長契機的「入口的石頭」使命後死亡的中田先生重疊在一起。雖說如此，但伊底帕斯的流浪是贖罪之旅，相對地，中田先生的旅行卻是為

---

[5] 小森陽一 24。

[6] 小森陽一 24。

[7] 村上春樹，《海邊的卡夫卡》 8。中國讀者可參考：賴譯 9、林譯 4。又，引文由本文譯者另行中譯。

了達成上述使命而展開的。不可否認地，伊底帕斯和中田先生的旅行表面上看起來很相似，但不能因為這樣就說內容一致，因為非但沒有一致，其實差異很大。然而，小森並沒有說明這個差異。如果是這樣的話，小森的讀者會將這個設定囫圇吞棗，將之當作是小森的解釋。如此解釋《海邊的卡夫卡》的話，即使被認為是有趣的分析，但仍不夠充分。

（一）借用伊底帕斯神話做——為框架的成長小說

我既然在此斷言小森的論述不夠充分，若不提出我自己的解釋，是不公平的。因此，我在此先行概略陳述我的解釋，更深入的論述則必須在拙論第三章卡夫卡與《在流刑地》的關係中才會提及。簡單來說，我的解釋是，《海邊的卡夫卡》明顯借用了伊底帕斯神話做為框架，但是在內容方面，村上春樹的小說不同於伊底帕斯神話，描寫的不是人類無法對抗的悲劇，而是著眼於田村卡夫卡少年的成長及自我形成。一方是描寫古典古代人類被命運無情捉弄的希臘悲劇，另一方是描寫在形成近代社會的同時進行的近代市民階級的個人形成之「教養小說」（Bildungsroman）——也稱為「成長小說」或「自我形成小說」，兩者的差異相當明確。因為有這麼大的差異，設定上的類似性因內容的差異而變成了不同的故事，使得這個類似性出現了破綻。

以上是簡單的說明，接著來看看《海邊的卡夫卡》與伊底帕斯王在設定上的類似性。小森將登場人物的對應關係整理為「卡夫卡少年和中田先生是伊底帕斯，田村浩一和瓊尼‧沃克是拉伊俄斯，卡夫卡少年的生母和佐伯小姐是伊俄卡斯忒，大島先生和瓊尼‧沃克是斯芬克斯，櫻花姐和星野青年是安提戈涅」（同前）。這是站在《海邊的卡夫卡》的角度來看《伊底帕斯王》時的對應關係，自不待言。

若站在索福克勒斯這部悲劇的角度來看村上春樹小說的話，將會如何呢？伊俄卡斯忒的弟弟、也就是底比斯的攝政克瑞翁這個角色，在《海邊的卡夫卡》裡是由誰來扮演的呢？向伊底帕斯告知實情卻受其誤解的失明預言家提瑞西阿斯，又是誰演的呢？伊俄卡斯忒的弟弟克瑞翁將伊底帕斯尊為底比斯的國王，可以對應到佐伯小姐的下屬、也就是成為田村卡夫卡少年進入甲村圖書館起點的大島先生。但是大島先生在另一方面又扮演著保護及引導田村卡夫卡少年的角色，與被動地接受命運安排的克瑞翁、甚

至與《伊底帕斯在柯隆納斯》（*Oedipus at Colonus*）裡對立於伊底帕斯的底比斯王克瑞翁，是不一致的。因此，《海邊的卡夫卡》沒有可以比擬為克瑞翁的角色。至於向伊底帕斯告知實情的失明預言家，有誰可以對應呢？應該是不僅引導星野青年找到「入口的石頭」、並且告訴他該採取何種行動的卡內爾・山德士。這確實會讓人不得不這麼想，但是這些對應關係，即使勉強找出了共同點，也不過是牽強附會。因此我認為，不要勉強地找尋類似點，直接說沒有相對應的角色會比較好。沒有對應於克瑞翁的人物，也沒有符合提瑞西阿斯的人物，這樣說反而比較符合道理。

（二）最困難的是如何處理「大島先生」

若這樣想來，就會發現小森從《海邊的卡夫卡》的角度來看《伊底帕斯王》而提出對應關係的說法是很勉強的。最困難的是如何處理「大島先生」。小森認為：

> 斯芬克斯這個帶來災禍的角色，由大島先生和瓊尼・沃克這種以男性身分生存的女性及最為暴力的男性分身式地分別擁有著[8]。

即使我們可以認同殺貓人瓊尼・沃克是一種暴力的存在、並將他視為斯芬克斯，但要如何才能將大島先生比擬成為底比斯帶來災禍、被伊底帕斯討伐的斯芬克斯呢？沒有任何根據被提出來。大島先生雖然有性別認同障礙，但與斯芬克斯仍有共通點：女性。兩位女性活動家來到甲村圖書館以女性性別觀點來指責圖書館的缺點，大島先生駁倒她們的行為，可以說是暴力嗎？從這一點來看，無法將大島先生比擬為斯芬克斯，即便是部分擁有，也是不行的。如前所述，大島先生扮演著守護田村卡夫卡少年、促使他成長的角色，幫助田村卡夫卡少年克服伊底帕斯神話。大島先生還扮演著幫助館長佐伯小姐、守護甲村圖書館這個空間的角色。如果將甲村圖書館比喻為底比斯的話，那大島先生就跟守護底比斯、伊俄卡斯忒的弟弟攝政克瑞翁很相近。伊俄卡斯忒被比擬為佐伯小姐，輔佐伊俄卡斯忒的也是克瑞翁，而且至少在《伊底帕斯王》裡，克瑞翁努力想要保護伊底帕斯免

---

[8]　小森陽一　25-26。

於毀滅，因此大島先生具有克瑞翁的元素。我們確實可以如此思考。因此，大島先生絕對不是斯芬克斯，而是克瑞翁。

　　但是這也不可免於被批評為牽強附會。在此已經釐清了大島先生扮演守護田村卡夫卡少年免於破滅、引導向成長之道的角色，將之視為伊底帕斯神話裡不曾有的人物，會比較有說服力。因為沒要必要勉強地將《海邊的卡夫卡》套入伊底帕斯神話裡。村上春樹在構想《海邊的卡夫卡》時借用伊底帕斯神話的框架，應該是沒錯的。田村卡夫卡是伊底帕斯，父親田村浩一是拉伊俄斯，佐伯小姐是伊俄卡斯忒。但是，所有登場人物無法完全一致，產生了些微或大幅度的差異。而且，伊底帕斯神話裡不曾出現的人物卻在村上春樹的這部小說裡相當活躍。那就是大島先生。大島先生應該是從迷宮將提修斯救出的阿里阿德涅。

　　不只是小森陽一，連讀者和我都陷入村上春樹設下的陷阱裡。在他的小說中有很多沒有回收、放著不管的謎題，《海邊的卡夫卡》也不例外。讀了村上春樹對於讀者郵件的問題回答整理而成的雜誌書《少年卡夫卡》[9]，可以發現作者＝村上春樹的基本態度是不解開謎底。村上把這些謎題丟給讀者，任憑讀者以自己的想像力來解決，無法解決就保持現狀也沒關係。今後我們也會繼續陷在他設下的陷阱裡。接下來要處理的是法蘭茲・卡夫卡的《在流刑地》。

二、離家少年的遊歷故事：《海邊的卡夫卡》和《失蹤者》的比較研究

　　如前所示，在《海邊的卡夫卡》裡，卡夫卡的《城堡》、《審判》、《變形記》及《在流刑地》，是在田村卡夫卡少年與大島先生的對話裡被提到的。如川村湊指出的，跟在滿 15 歲的前一天為了變成「世界上最強悍的 15 歲少年[10]」（上，8）而離家出走的田村卡夫卡少年一樣，《失蹤者》裡 17 歲的主人公卡爾・羅斯曼受到女侍誘惑而讓她懷孕，被父母趕

---

[9]　村上春樹，《村上春樹編集長　少年卡夫卡》，5 版（東京：新潮社，2003 年初版，2010）。

[10]　村上春樹，《海邊的卡夫卡》　8。中國讀者可參考：賴譯　9、林譯　4。又，引文由本文譯者另行中譯。

出家門，前往美國。就離家這一點而言，與田村卡夫卡是一樣的。但在村上的這部作品裡並沒有提到《失蹤者》。在《海邊的卡夫卡》和《失蹤者》裡，都可以看到離家少年的遊歷故事。「（……）這是從描寫主人公「田村卡夫卡」少年踏上離家旅途之前準備小刀、背包的場景展開〔《海邊的卡夫卡》──松田注〕的故事，當然這是與法蘭茲‧卡夫卡的小說《美國》裡主人公十六歲（註：沿用原文）卡爾‧羅斯曼少年的旅行重疊的故事（他拿著很珍惜的洋傘和一個行李箱，好不容易地才來到紐約。但是兩者都失去了。蝙蝠傘的插曲以互文性的方式被引用為中田先生「很珍惜的傘」）」[11]。

---

[11] 川村湊（KAWAMURA Minato, 1951- ），〈遠離《美國》──「九一一」之後與《海邊的卡夫卡》〉（〈アメリカ〉から遠く離れて「九・一一」以降と《海辺のカフカ》），收入《如何閱讀村上春樹》（《村上春樹をどう読むか》，東京：作品社，2006）44。以下在引用該書時，只在引文後面註明作者姓氏及引用的頁數。在此欲談談這本書。我認為川村之所以將卡夫卡以卡爾‧羅斯曼為主人公所寫的長編小說記為《美國》，是因為卡夫卡的朋友馬克斯‧布洛德（Max Brod, 1884-1968）在卡夫卡死後的 1927 年編輯了卡夫卡的遺稿，以 *Amerika*──這裡寫著卡爾‧羅斯曼 16 歲，Franz Kafka, *Amerika*, ed. V. M. Brod, Vol. 1,（Frankfurt a. M.: Fischer Taschenbuch Verlagr, 1976）──的標題出版的，而這本書在川村發表論文時的 2006 年當時還在流通著。在 1983 年出版卡夫卡手稿版全集時，《美國》被改為《失蹤者（Der Verschollene）》──這裡寫著卡爾‧羅斯曼 17 歲──這個標題，之後《美國》就被稱為《失蹤者》。卡夫卡的草稿筆記裡沒有標題，而小說的舞台是美利堅合眾國，卡夫卡曾經跟布洛德提到這部小說時，稱之為「那部美國小說」，布洛德或許因此將這部小說加上《美國》這個標題吧。但是，從卡夫卡 1914 年 12 月 31 日的日記裡可以知道他將這部作品取名為《失蹤者》，這裡寫著「已經完成的只有《在流刑地》及《失蹤者》的第一章，都是在 14 天的休假時寫好的」（Franz Kafka, *Tagebücher in der Fassung der Handschrift,* eds. v. H-G. Koch, M. Müller and. M. Pasley ,Frankfurt a. M.: S. Fischer, 1990, 715）。再者，卡夫卡在 1912 年 11 月 11 日寫給女友菲利斯.鮑爾（Felice Bauer）的信件中，也寫著「現在先跟妳說明，我現在寫的這個能夠延伸到任何地方的故事，標題是《失蹤者》，全部都是以北美的美利堅合眾國為舞台」（Franz Kafka, *Briefe 1900-1912*, ed. v. Hans-Gerd Koch, Frankfurt a. M.: S. Fischer, 1999, 225）。雖然全集的編輯馬克斯‧布洛德知道《美國》的標題是《失蹤者》，但在 1927 年出版時仍然持續採用《美國》這個已經在流通的標題。在日本，池內紀（IKEUCHI Osamu, 1940- ）在 2000 年以《失蹤者》的標題翻譯出版，之後《失蹤者》在日本也被接受了。川村湊雖然也認知到這個事實，但他還是將這部小說稱為《美國》。Manfred Engel, "Der Verschollene," in *Kafka-Handbuch Leben-Werk-Wirkung*, eds. Manfred Engel and Bernd Auerrochs（Stuttgart and Weimar: J. B. Metzler, 2010, 175-91）.另外也參考了池內紀翻譯的《失蹤者》的解說：池內紀〈解說〉，法蘭茲‧卡夫卡著，池內紀譯《失蹤者》（《卡夫卡小說全集》，卷 1（東京：白水社，2000）337-50。

1.川村湊迴避「美國」論

　　雖然有「田村卡夫卡少年主動，卡爾・羅斯曼被動」這樣的差異，但在離家少年這個共通點上，《海邊的卡夫卡》和《失蹤者》有所重疊是沒錯的。池內紀提出的問題是，《海邊的卡夫卡》裡提到了《城堡》、《審判》、《變形記》、《在流刑地》，但為何迴避《失蹤者》不願提及呢？池內紀提供的解答是，這不同於一般對於村上的評價「美國的影響很顯著」，村上春樹對於美國有所迴避，他的作品裡缺少了美國。這裡所說的美國有雙重意義，意指卡夫卡的作品《美國》、以及以美利堅合眾國、美國文化、美國製品做為表像的「美國」。池內紀的論述是，只要提到少年冒險故事（旅行故事）就一定會被想起的《美國》，卻被村上迴避了，這只能說是在迴避「美國」。

> 但是作者村上春樹真正「迴避」的是別的地方的「美國」。也就是說，那就是從「九一一」之後的美國阿富汗戰爭到伊拉克戰爭、很有耐心地前往前線的、由布希（George Walker Bush，1946- ，2001.1.20-09.1.20 在位）總統率領的現在進行式的「美國」[12]。

　　池內紀批評村上春樹在《海邊的卡夫卡》及其後的作品裡迴避描繪美利堅合眾國及與該國有關的政治情勢。

---

[12] 川村湊　47。

　　　不管是在「九一一」以後，或在此之前，在村上春樹的作品
世界裡，「美國」被巧妙地迴避了，因為在日本，美日戰爭、韓
戰、越戰、波斯灣戰爭、阿富汗戰爭、伊拉克戰爭，是在忽略「美
國」的情況下持續被談論著的。這與村上春樹的小說很密切地相關
著[13]。

伊斯蘭教激進分子挾持兩台客機衝入紐約世界貿易中心大樓進行的自殺
式攻擊事件發生於 2001 年 9 月 11 日，《海邊的卡夫卡》的末頁寫著的出
版日是 2002 年 9 月 10 日。池內紀認為，這部小說大部分應該是在九一一
之前就進行企劃、構思和執筆的，若考慮到脫稿、作者校正、印刷、裝訂、
流通等作業，要在九一一之後將其反應及回應寫進這部作品，在時間上是
有困難的[14]。雖說如此，池內紀仍強辯道:

　　　若從《海邊的卡夫卡》的後半段開始，在推敲及校正過程裡「寫
入」「九一一」以後的「美國」，並非完全不可能[15]。

該怎麼說呢。川村湊過於性急地要求作家「必須即時地透過作品來反應時
事性的問題」，在某些時候會變成強求而做不到的事。被批判社會性太薄
弱的古井由吉，在作品裡對於太平洋戰爭末期時的空襲場景有著很長的、
很持續的描寫，是廣義上對文明的批判。若將此事先放入念頭，那麼村上
春樹將地下鐵沙林事件直接寫成《地下鐵事件》(1997 年)，應該屬於一種
例外的現象。因為光要在《1Q84》(BOOK 1・2 是 2009 年，BOOK 3 是
2010 年)正式處理奧姆真理教事件，村上就花了十幾年的時間呢。
　　我們無法明白《海邊的卡夫卡》迴避《失蹤者》=《美國》的理由。
然而，雖然表面上沒有提及《失蹤者》，若是卡夫卡的讀者，應可從田村
卡夫卡少年的離家、以及累積各種經驗的這個過程裡想到《失蹤者》才對
(儘管田村卡夫卡一直在成長，卡爾・羅斯曼卻看不出有成長的徵兆)。
如此思來，我們可以認為，《失蹤者》雖然沒有被提及，但很明顯的已經
做為前提被放入作品的框架裡。

---

[13]　川村湊　53。
[14]　川村湊　48。
[15]　川村湊　49。

2.卡夫卡少年在與大島先生有關《在流刑地》的對話

現在回過來看看《在流刑地》。不同於其他《海邊的卡夫卡》曾提及的卡夫卡作品《城堡》、《審判》、《變形記》，卡夫卡少年在與大島先生的對話裡詳細地陳述了他對於這部作品的感想。

> 「當然你應該讀過幾本法蘭茲・卡夫卡的作品吧？」
>
> 我點點頭。「《城堡》、《審判》、《變形記》，還有，那個有不可思議的行刑機器的故事。」
>
> 「《在流刑地》。」大島先生說。「那是我喜歡的故事。世界上雖然有很多作家，可是除了卡夫卡，沒有人可以寫出那樣的故事。」
>
> 「短篇裡面我也最喜歡那篇。」
>
> 「真的？」
>
> 我點點頭。
>
> 「喜歡什麼地方？」
>
> 關於這個問題，我想了一下。花了一點時間思考。
>
> 「與其說卡夫卡想要說明我們所處的狀況，不如說是他想要單純地說明那台複雜的機器。也就是說……」我又思考了一會兒。「也就是說，藉由這樣做，他把我們所處的狀況比誰都更生動地說明出來。不是藉著述說狀況，而是藉著說明機械的細部。」
>
> 「原來如此。」大島先生說。然後把手放在我肩膀上。我從那動作感到自然的好感之類的東西。

「嗯，我想法蘭茲‧卡夫卡應該也會贊成你的意見吧。」（《海邊的卡夫卡》，第 7 章，上，[16]）

（一）卡夫卡自己也對《在流刑地》感到不安

在此對於田村卡夫卡少年認為「不是藉著述說狀況，而是藉著說明機械的細部」的方式來描述我們所處狀況的《在流刑地》（*In der Strafkolonie*），先做個簡單的確認。這部作品出版於 1919 年，跟《沉思》（*Betrachtung*）（1912）、《變形記》（*Die Verwandlung*）（1915）、《鄉下醫生》（*Der Landarzt*）（1919）一樣，是少數在卡夫卡生前出版的作品群之一。這是他為了開始寫《審判》而於 1914 年 10 月休假的 2 個星期裡寫成的。附帶一提，這個時候也寫了《失蹤者》裡關於奧克拉荷馬州的部分篇章。他的日記提到「這 14 天裡，有一部分時間工作很順利，可以完全掌握自己置身的狀況」[17]。在該年 12 月 2 日，他將這部作品唸給法蘭茲‧魏菲爾（Franz Werfel, 1890-1945）、馬克斯‧布洛德（Max Brod, 1884-1968）、奧圖‧匹克（Otto Pick, 1887-1940）聽，日記裡如是寫著：

「下午在魏菲爾那裡，朗讀《在流刑地》給馬克斯、匹克他們聽。若除掉那明顯的、難以消除的傷痕（Fehler）的話，並不意味完全沒有任何不滿」[18]。

這裡可以很清楚知道卡夫卡本身對於這個作品並不滿意。在 1916 年 11 月 10 日，他在詩人萊納‧瑪利亞‧裡爾克（Rainer Maria Rilke, 1875-1926）及女友菲利斯‧鮑爾（Felice Bauer, 1887-1960）也出席的慕尼克朗讀會裡朗讀了這部作品。根據報紙對其狀況的報導，觀眾的反應似乎是否定的。雖然無法確定其真偽，但聽說有三位女性在卡夫卡朗讀時昏倒了[19]。他曾經幾度與出版社討論，但出版社擔心銷路，卡夫卡自己也對作品的完成度感到不安，所以這部作品在執筆五年後才得以問世。

---

[16] 村上春樹，《海邊的卡夫卡》　97-98。中國讀者可參考：賴譯　82、林譯　61-62。又，引文由本文譯者另行中譯。

[17] Kafka, *Tagebücher in der Fassung der Handschrift* 678.

[18] Kafka, *Tagebücher in der Fassung der Handschrift* 703.

[19] Bernd Auerochs, *In der Strafkolonie*, M. Engel and B. Auerochs 208.

　　大致的情節是，某位從事學術研究的旅行家來到位於熱帶地區、像是
流刑地的地方，會同見證將要執行的死刑。軍官詳細地說明用來執行死刑
的行刑機器。要被行刑的是一位在長官房間前站崗時打瞌睡、被認為犯了
不服從罪名的士兵。囚犯將要在行刑機器讓針在身體上刻出「尊敬你的長
官！」這個判決文，這樣一來，他將在 12 個小時後死亡。這台行刑機器
是前司令官發明的，而負責行刑的軍官從最初就參與了這台行刑機器的發
明及行刑方法的確定。在前司令官死了之後，他就成了惟一精通這台機器
的人。現任司令官反對這種行刑形態。因此軍官請求旅行家設法讓現任司
令官能夠擁護這個行刑方法，但旅行家拒絕了。於是軍官自己躺在行刑機
器下方，實際表演行刑過程。機械一開始很順利地動了起來，但卻逐漸壞
掉，最後針刺穿軍官的身體，軍官自己被處刑了。

> 　　那時『馬耙』像平常一樣地進行十二個鐘頭後的動作。正在想
> 身體應該被大力刺穿時，身體卻被抬高到洞口上方。身體上佈滿無
> 數條的血流。水沒有清洗傷口，連水管也故障了。最後的功能也已
> 麻痺。針一直刺在身體上，無法離開。血液大量地噴出。軍官的身
> 體一直浮在洞口上方，無法落下。『馬耙』原本已經開始返回原來
> 的位置，但似乎發現工作還未做完，就這樣停在洞口上方[20]。

這裡的『馬耙』就是在囚犯身上刺刻判決文的針。軍官受到行刑、身體懸
掛在洞口上方之後，旅行家造訪位於郊外的咖啡店 Teehaus 的前司令官墳
墓。旅行家丟下那位原本要被行刑、請求他帶他一起離開的士兵和那位看
守的士兵，搭上輪船離開了此地。

---

[20] Franz Kafka, *In der Strafkolonie*, in Franz Kafka, *Drucke zu Lebzeiten*, （Frankfurt am
Main: S. Fischer, 1994, 245）. 譯文採用池內的翻譯。池內紀譯《在流刑地》，收入
《變形記等》（《卡夫卡小說全集》，卷 4，東京：白水社，2001，193）。

（二）過去對《在流刑地》不同解釋

　　這個文本可以有很多不同的解釋。若依據《卡夫卡事典》的說法，對於這部作品的解釋有以下這些例子。其中一種解釋是，這個故事講述一個人沉浸在遲鈍的英雄主義之中，為了發揮殺人機器的功能而睹上自己的性命，這是對於戰爭的諷刺。第二種解釋是，卡夫卡已經預感到強制收容所的世界。第三種解釋是將這裡的刑罰儀式視為宗教儀式，將犧牲者的死刑平行地對等於基督教的犧牲死。第四種解釋是，將之視為文學的自我處罰的記錄，卡夫卡在這個想像的產物裡放進了贖罪的故事[21]。此外，還可以像早在 1920 年的庫爾特・圖霍夫斯基（Kurt Tucholsky, 1890-1935）那樣，用權力論的觀點來解釋這個狂熱於行刑機器的軍官、前司令官、現司令官之間的關係[22]，甚至可以大膽地從 Kolonie、Tropen、Teehaus 這些詞句來進行後殖民的評論[23]。另外，華特・班雅明（Walter Benjamin, 1892-1940）對於《審判》的評論：「具有諷刺性和神祕性這兩種性質」[24]，也是可以

---

[21]　參照池內紀、若林惠（WAKABAYASHI Megumi），《卡夫卡事典》（《カフカ事典》，東京：三省堂，2003）125。

[22]　圖霍夫斯基對於《在流刑地》的評論如下：「如果他〔＝軍官——松田注〕是想要玩味被拷問六個時間後逐漸虛弱的男人臉上的痛苦表情，那麼這部被他稱為正義的機器，不過是以權力為前提的、無限的、隸屬性的點頭致意罷了。而且這個權力的重現不為所知……以無邊無際的程度——這在卡夫卡的心裡被夢想著、形成著」（池內紀、若林惠　125）。

[23]　Auerochs 212.

[24]　Auerochs 211.

被承襲下來。在檢證小森陽一的《在流刑地》評論時，確認這些不同的解釋，可以讓我們瞭解小森對於《海邊的卡夫卡》和《在流刑地》這兩者的看法，以此做為批判他的解讀的線索。

（三）小森陽一站在權力論的立場來進行分析

小森陽一雖然無視於《在流刑地》與《一千零一夜》之間的關係，但基本上是站在權力論的立場來進行分析的，可以說他除了這個以外什麼都沒說到。

> 這位軍官雖然不是司令官，但實際上卻在這個「流刑地」擔任了司法最高權力者「法官」的職責。在某種意義上，他的權力不具備正統性。為什麼這樣的事會成為可能呢？那是因為，確立「流刑地」的審判和行刑制度、並且發明了「行刑機器」的是「前任司令官」，在「前任司令官」死後，能夠熟知這個複雜系統的，只有這位軍官。於是原本屬於司令官的權限漸漸崩潰，最後就委讓給這位軍官了。
>
> 在這裡清晰地展現出，熟知系統、了解並熟悉制度的技術性官員、也就是官僚支配下的權力結構。但同時，也反襯出其權力結構脆弱的一面。
>
> 技術專家（technocrat）能夠熟稔運用既已形成的法律規範與制度，可以出色地按照系統予以執行。但是這必須有權力在背後撐腰才有可能。如果沒有權力的支撐，便會一事無成。存在於「前任司令官」任職期間的權力保障，在新任「司令官」手中已蕩然無存[25]。

負責行刑的軍官沒有得到司令官的權力背書，本來就不具備執掌審判的任何權限，不過是打著前司令官名號的狐假虎威罷了。因此，如果會同見證執行死刑的旅行家將這部行刑機器的行刑法做出批判性的報告、並呈給現任司令官的話，就會如現任司令官所願地廢除這個行刑法，行刑機器將被廢掉，負責的軍官也會被免職。充分意識到此事的軍官極力地說服旅行家

---

[25] 小森陽一　88-89。

同意現在的行刑法，想要將這個行刑制度保留下來。但是軍官失敗了，因為旅行家斷然拒絕了軍官的請求。

> 回答在一開始就決定好了。旅行家已經累積了豐富的人生經驗，事到如今想法是不會動搖的。他原本是個誠實、有勇氣的人，但當他看見囚犯和士兵的那一瞬間，有很短一段時間躊躇了一下，不過接著便說出了應該說的話。
>
> 「我拒絕。」他說。
>
> 軍官眨了好幾次眼睛，但即使如此還是目不轉睛地盯著他。
>
> 「我是否該說一下拒絕的理由？」。
>
> 軍官噤聲地點著頭。
>
> 「因為我不喜歡這裡的作法。」旅行家說[26]。

軍官已經覺悟到今後無法再繼續以這部行刑機器來處刑了，於是他自己躺在行刑機器的下方，讓行刑機器為他行刑，以此自裁了。

　　小森在《在流刑地》裡看到位於權力機制裡的技術專家的命運。或許也可以如此解讀吧。若將這個權力機制置換為「戰爭」的話，就可以讀出一位實際執行任務的中堅軍官埋首於執行戰爭、將之轉化為自我目的的模樣。我們可以從《在流刑地》連想到一味思考如何有效率地「處理」猶太人、「缺乏想像力的」阿道夫‧艾希曼[27]這種從事實務工作的官僚。這並非特別裝腔作勢要來嚇唬人的解釋，這是早在《卡夫卡事典》裡就被指出的、非常認真的解釋。不過，即便如此，仍然留下了謎題。那就是《在流刑地》這部作品的異樣性。

---

[26] Kafka, *Strafkolonie* 235.

[27] 最終位階級為納粹親衛隊中校（S.S. Obersturmbannführer）的阿道夫‧艾希曼因納粹政權主導的虐殺猶太人的罪名在耶路撒冷接受審判。在將其模樣寫成報導文學的漢娜‧阿倫特（Hannah Arendt, 1906-75）筆下，艾希曼是一位對工作有強烈責任心、平庸且 banal（平凡、陳腐）、對上司的命令唯諾盲從的人物。在阿倫特發表對於艾希曼的評論當時，受到了強烈的批評。但是，對於收容所問題發揮了指導性的角色、並且成為虐殺 600 萬猶太人的左右手的這個平庸的、「缺乏想像力的」艾希曼，不是惡的化身，而是平凡的中年男人，可能是我們無處不在的隣人，也可能是我們自己。參照漢娜‧阿倫特著，大久保和郎（ŌKUBO Kazuo, 1923-75）譯《艾希曼在耶路撒冷　關於平庸之惡的報導》（*Eichmann in Jerusalem: A Report on the Banality of Evil*, 東京：Misuzu 書房，2002）。

　　這個異樣性指的是，如同田村卡夫卡少年說的，好像是將行刑機器本身做為小說的中心。以下再次引用田村卡夫卡少年說的話。

> 　　「與其說卡夫卡想要說明我們所處的狀況，不如說是他想要單純地說明那台複雜的機器。也就是說……」我又思考了一會兒。「也就是說，藉由這樣做，他把我們所處的狀況比誰都更生動地說明出來。不是藉著述說狀況，而是藉著說明機械的細部。」（《海邊的卡夫卡》上，98）

「他想要單純地說明那台複雜的機器。（……）藉由這樣做，他把我們所處的狀況比誰都更生動地說明出來」這句話意味著，行刑機器也被視為主人公。因此我們可以說，不只是負責行刑的軍官，機器本身也被置於這部短篇作品的中心位置。可以佐證的是，在 46 頁原文當中，除了旅行家拜訪前司令官的墓地之後坐進前往輪船的小船的最後場景之外，這台機器每個場景都有出場。在 46 頁裡面出場了 43 頁。尤其是前半段三分之一的部分，幾乎都是關於行刑機器的說明。那麼，這台行刑機器是怎樣的東西呢？機器分為三個部分，最上面是『製圖機』，接下來是『馬耙』，最底下是『床台』。機台做得非常龐大，『床台』位於離地面一公尺高的位置，整個機台有三公尺之高。

> 　　這台機器巍然聳立著。『床台』和『製圖機』的大小差不多，看起來像是兩只陰森的棺木。『製圖機』設置在『床台』上方約兩

公尺的地方。四邊銅製的支柱發著光。兩只棺木之間吊著鋼鐵製的『馬耙』[28]。

將本次的判決文「尊敬你的長官！[29]」先輸入到『製圖機』裡，讓囚犯裸體躺在舖有棉花的『床台』上，已調整好符合囚犯身體的『馬耙』將判決文印刷、也就是刺進囚犯的皮膚和肉裡。此時『床台』會微微地上下左右移動。這裡有一場軍官向旅行家簡潔地說明如何行刑的描寫。

> 「（……）讓囚犯趴下躺著，『床台』開始動了起來。於是『馬耙』下降到身體的上方。針尖一稍微接觸到身體就會自動停下來。接下來這條鋼鐵線就蹦地伸長，開始執行刑罰。外行人不容易看出刑罰的程度，只知道『馬耙』像平常那樣地動著。針尖刺在隨著『床台』一起移動的囚犯身上。這個『馬耙』是玻璃做的喔。這是為了讓所有人都可以看到行刑的狀況。要將針植入玻璃裡，是需要技術的。經過各種錯誤嘗試，最後終於成功了。總之，現在任誰都可以相當清楚地看到刺在身體上的判決文。要不要再靠近一點去看看那些針？」（……）
>
> 「有看到散佈著兩種不同的針吧。長針的旁邊一定有短針，長針負責刻字，短針負責噴水。一邊把血洗淨，可以使刻痕更清楚。血和水從這邊的細導管流到這邊比較大的管子，最後流入排水管落入洞中[30]。

這部機器所進行的行刑會進行十二個小時。囚犯沒有反駁的機會，在行刑前也不會被告知判決內容，必須從被刻在身體的傷口來知道判決內容，在十二個小時之後，『馬耙』會刺穿囚犯，然後將他放在事先挖好的洞裡。就這樣，行刑結束了。

　　這裡描繪的是做得很龐大、但設計得很精巧的行刑機器。我們可以連想到什麼呢？我想到的是現在近代化的工廠裡常見的工作機器人。人類氣息稀少、LED 燈照得明亮的工廠裡，執行著比操作員及工匠更精細的作業

---

[28] Kafka, *Strafkolonie* 208．

[29] Kafka, *Strafkolonie* 210。

[30] Kafka, *Strafkolonie* 214f．

的工作機器人，會依照技術人員設計的程式來進行作業。若要這樣的工作機器人依照原本的程式來作業，是沒有問題的。但是如果機器人因為某種問題而不再按照程式動作，宛如要以自己的意志動作似地動起來的話，會怎麼樣呢？在旅行家造訪的執行死刑的那一天，由於機器無法依照意思動作，負責行刑的軍官努力地完成調整的工作。機器在最後將自願躺在『床台』的軍官刺穿了。在這裡很重要的是，軍官的屍體並沒有被放在洞裡，刺針沒有從軍官的身體離開。

> 那時「馬耙」像平常一樣地進行十二個鐘頭後的動作。正在想身體應該被大力刺穿時，身體卻被抬高到洞口上方。身體上佈滿無數條的血流。水沒有清洗傷口，連水管也故障了。最後的功能也已麻痺。針一直刺在身體上，無法離開。血液大量地噴出。軍官的身體一直浮在洞口上方，無法落下。「馬耙」原本已經開始返回原來的位置，但似乎發現工作還未做完，就這樣停在洞口上方[31]。

我們也可以將之視為機器單純的故障。但是，任誰都可以發現這裡並不是為了要表達"機器是會故障的，要小心喔"這種陳腔濫調。那麼，是在諷寓工業社會裡不當處理機器的話，即使身為主人的人類也會被它傷害、甚至喪失生命嗎？應該不是。若將《變形記》視為諷寓來解讀的話，並沒有多大的衝擊性。若再前進一步或兩步來解釋為「預見到機器反叛人類的這種科幻小說似的世界」，也是有可能的。這或許是機器的反叛，但故事並不只是停留在這裡，這只有在《在流刑地》可以看得到。例如，我們試著把「馬耙」置換成殺人狂「醫生」或「醫生的手術刀」來看看。這樣一來，上述的引文就會變成那位「醫生」所做的令人悲痛心酸的、逼真的殺人場面。在這個情況下，應該不會讓讀者有很大的驚嚇。設置了『馬耙』的機器好像活了起來似的這種為讀者帶來的真實感，才是具衝擊性的。也可以說，因為逼真的描寫像是惡夢和未被意識到的惡夢那樣地向讀者襲來，所以才具有衝擊性。卡夫卡的文章裡有一種衝擊力，他的描寫使讀者在閱讀當中逐漸無法區分現實和非現實，直接衝擊著讀者。這已是不能再大的衝擊性了。我決不認為村上春樹對《在流刑地》的解釋有所錯誤，但也無法

---

[31] Kafka, *Strafkolonie* 245.

說他很充分表達了卡夫卡文章的厲害之處。「他想要單純地說明那台複雜的機器。（……）藉由這樣做，他把我們所處的狀況比誰都更生動地說明出來」，這是正確的。但我的看法是，若沒有同時提及卡夫卡寫文章的功力，就會漏掉重要的事。再加上一點，行刑機器變得不能動，就現實的說法是故障的意思。但如果我們被允許將機器視像是生物的話，那麼機器停止就等於是死亡。行刑機器好像是以自己的意志停下來似的。這為我帶來的感受是，機器好像是自裁、也就是像在自我破壞。因此，這個故事具有雙重的、甚至三重的恐怖性。

接下來談談負責行刑的軍官。他不只負責開動行刑機器，也很勤奮地做著維修保養的工作，讓人想到相當忠於職務的忠實的官僚。他向旅行家說明機器的模樣，好像是在談自己喜愛不已的情人或家人似的。正因為如此，軍官不希望現任司令官廢掉這台行刑機器和行刑法，希望能夠一直保留下來，所以才會極力說服旅行家能援助他，好像若不這麼做的話就要失去重要的家人或戀人似的。所以他對於職務的態度，與其說是忠實，不如說是〈狂熱〉來得合適。也因為如此，對他而言，行刑法的非人性及殘酷都不是問題。以下有一段軍官請求旅行家協助的描寫。

> 司令官應該會以各種手段來質問你。婦女們會一窩蜂地圍過來，豎直耳朵注意聽。或許你會回答「我的國家不用這種方式審判」，或說「我的國家在判決之前會先做審問」，或說「我的國家除死刑之外還有其他各種刑罰」，或說「在我的國家，拷問不過是中世紀的遺物」等等。對你來說，這些都是理所當然，也是沒什麼要緊的意見，但在我們這裡是不會被批判的作法。然而，司令官會如何反應呢？我好像可以親眼目睹似地，司令官將椅子往後推，站了起來，急急衝往露台（……）
>
> 「這位是歐洲知名的學者，偉大的研究家，他在考察各國審判制度的旅行中來到我們這裡。根據這位學者的意見，認為我們舊有的制度非常沒有人性。既然有了這麼權威人士的見解，就不能再猶豫了。舊有的審判制度從今日起──」這時，你可能會走出來抗議，說你不曾講過『非常沒有人性』這樣的話。具有深度洞察力的你，或許認為這是比現在的制度更具人性的作法、更符合人性尊嚴的方

法。你不是看了行刑機器而不禁喝采了嗎？——但是為時已晚。婦女們在露台上排起了隊伍，不讓你過去。你想要設法做點什麼，想要大聲呼喊。但是婦女會伸出手，將你的嘴巴堵住——就這樣，我和前司令官的傑作會就此破滅[32]。

軍官應該相當瞭解自分職掌的這個前司令官的行刑制度＝審判制度並不是「更具人性的作法」，也不是「符合人性尊嚴的方法」，而是「非常沒有人性」的方法。而且軍官或許也知道應該指責其「在判決之前會先做審問」，「除死刑之外還有其他各種刑罰」，這種行刑法跟拷問類似，而「拷問不過是中世紀的遺物」。或許他也知道「我和前司令官的傑作會就此破滅」是早晚的事。那麼，為何他要執著於這個具有至高權力及權威的前司令官所設立的制度和方法呢？那是因為他是技術專家，也是中堅的官僚。像他們這樣的人所擁有的最大特徵，就是努力完成被交付的任務。他們為了完成這個任務，會使用〈想像力〉，但不會思考任務的對與錯。對他們而言，完成任務就是正義，至於任務本身的正義則不被當作問題看待。也就是說，他們是另一個阿道夫・艾希曼，或許是另一個「我們」也說不定。因此，我們在讀到這個軍官的故事時才會受到衝擊，真切地感受到自己盤踞著的地盤即將崩落。

> 軍官把身體朝向機器。他對這部機器如何瞭若指掌，這當然不用說。但現在看著他操作機器的樣子，還有機器的反應，是令人感動的。軍官只是將手伸出，『馬耙』就忙碌地上下動了起來，在正確的位置納入了身體。毛氈做成的塞子已經逼近。軍官出現排斥的表情，但那只是短短一瞬間的事，但是馬上溫順地含在口中。不過，皮繩還垂掛著。那明顯是無用的東西，因為不必特意將軍官的手腳固定住。此時，囚犯注意到垂下著的皮繩。囚犯的想法是，如果沒有用皮繩綁住，這個行刑就不完整，於是給了士兵一個示意，兩個人跑過來要固定軍官的手腳[33]。

---

[32] Kafka, *Strafkolonie* 229f.
[33] Kafka, *Strafkolonie* 241.

當軍官發現行刑機器和行刑法已經不可能保留下來時，他沒有像艾希曼那樣祈求延續自己的性命。軍官將自己的命運跟行刑機器連繫在一起，以完全的方法自裁了。他主動讓行刑機器為自己的身體行刑。如果行刑機器要被廢除，他也會被免職；如果行刑機器要被解體，他也必須被解體、破壞才行。就這樣，不只是軍官，連同跟他一心同體的行刑機器也從這個世界退場了。軍官要自我破壞，所以機器也必須自我破壞才行。也就是說，機器不是以正常的動作來對軍官行刑，它必須在中途壞掉才行。因此機器在中途停下了作業。

> 最後的功能也已麻痺。針一直刺在身體上，無法離開。血液大量地噴出。軍官的身體一直浮在洞口上方，無法落下。『馬耙』原本已經開始返回原來的位置，但似乎發現工作還未做完，就這樣停在洞口上方[34]。

「軍官的自我破壞與機械的自我破壞」這個圓環在此閉合了，完成了這部作品。這個故事可以解讀為雙重自我破壞的故事，更深入來看的話，會浮現卡夫卡等待死亡隨時來臨的模樣，即便他的死是自然死亡，但可以視為一種自我破壞。這樣的主題是否也出現在《飢餓藝術家》呢？因為自行斷食只能算是一種自殺行為。最後死去的這位飢餓藝術家對於藝術的狂熱，

---

[34] Kafka, *Strafkolonie* 245.

變成了對於無可挽回的死亡的狂熱，也成了對於自殺的清醒的狂熱[35]，這與《在流刑地》裡的軍官重疊在一起。最後臨終時的表情也極為相似。

> 　　突然，〔飢餓藝術家的——松田注〕氣息斷絕了。在他漸漸模糊的視力裡，似乎還殘留著"不論如何也要繼續斷食"那種已經不再是自豪、但卻很堅定的自信（Überzeugung）[36]。
>
> 　　這是跟活著的時候一樣的表情，完全看不到原本說好的淨化表情（kein Zeichen der versprochenen Erlösung）。被放在機器上的囚犯身上可以看到的東西，在軍官身上都找不到。屍體的嘴唇僵硬地緊閉著，眼睛張開著，看起來就像活著的一樣。目光安寧而充滿著自信（überzeugt）。他的額頭上深深地插著一根粗大的鐵針[37]。

與飢餓藝術家一樣，可以從軍官死去的臉上讀到對於自身行動的「信念」——在《飢餓藝術家》裡使用了 überzeugt 這個過去分詞式的形容詞，而在《在流刑地》裡使用的是 Überzeugung 這個名詞，但實質意思是一樣的——，但有一行對於軍官的描寫是「完全看不到原本說好的淨化表情」，這在飢餓藝術家的描寫裡是沒有的。沒有「淨化（Erlösung）」，用別的話來說，就是沒有「救贖」、「拯救」的死亡。可以說軍官的死是更淒絕悲慘的死。這裡令人想到芥川龍之介（AKUTAGAWA Ryūnosuke, 1892-1927）《地獄變》裡的畫師良秀眼看著自己的女兒在火堆裡痛苦被燒死時的模樣。

---

[35] 為何稱為「清醒的狂熱」？因為飢餓藝術家在臨死前向問他為何斷食的監視員回答道：「我找不到適合我的食物。假如我找得到，我不會招人參觀，我會跟大家一樣吃得飽飽的。」。Franz Kafka, "Der Hungerkünstler," in Franz Kafka, *Drucke zu Lebzeiten* （Frankfurt a. M.: S. Fischer, 1994）349. 譯文採用池內的翻譯。池內紀譯〈飢餓藝術家〉，收入《變形記等（卡夫卡小說全集 4）》，283 頁。他並非單純想要吸引世人目光而狂熱地斷食。其根源是因為對於任何食物都不感到美味、完全沒有好吃的食物，他對於這個無可奈何的事實感到絕望。由於狂熱是由這種清醒的現實認知在背後支撐的，所以才矛盾地將之稱為「清醒的狂熱」。

[36] Kafka, "Der Hungerkünstler," 349.

[37] Kafka, *Strafkolonie* 245f.

　　站在火柱前、凝固似地站著的良秀，──說起來，真是不可思
議的事啊。那個之前還受著地獄折磨的良秀，如今滿是皺紋的臉上
竟散發著不可言喻的光彩，宛如一種恍惚的法喜的光彩。他也許忘
記自己正在主公面前，你看他竟把兩隻臂膀緊緊的抱在胸前站在那
裡呢。（……）

　　最不可思議的是，這個人竟然很高興似地看著自己的獨生女臨
終的模樣。還不只如此呢，那時候的良秀看起來不像個人，有著夢
裡所見的獅王發怒般怪異的嚴肅感。（……）在這天真的鳥兒眼中，
大概看見了那人的頭頂上掛著圓光似的不可思議的威嚴罷。[38]。

將女兒的死昇華為藝術作品「地獄變屏風」之後，藝術至上主義者良秀也
自裁了。雖然沒有直接描寫女兒死去的樣子，但他眼看著女兒死去的模
樣，臉上充滿「恍惚的法喜的光彩」，那個模樣散發著「夢裡所見的獅王
發怒般怪異的嚴肅感」、「頭頂上掛著圓光似的不可思議的威嚴」。如果犧
牲女兒來使藝術精進的藝術家身上也有「法喜」的話，那他的姿態或許會
充滿著「威嚴」感。對於即使犧牲人類也要達到做為藝術家目的的藝術家
而言，當達到目的、也就是完成藝術作品時，即使只是自我滿足，但總之
是得到滿足了。良秀的自殺也是對於藝術家的完成所做的實現，是某種滿
足的死。這種藝術家的「法喜」、「威嚴」、「滿足」，不管是飢餓藝術家或
軍官身上都不曾有過。這簡直是沒有「淨化」、沒有救贖。不論是飢餓藝

---

[38] 芥川龍之介（AKUTAGAWA Ryūnosuke, 1892-1927），〈地獄變〉，收入《芥川龍
之介全集》，卷2（東京：筑摩文庫，1986）193。

術家的死，還是軍官的死，除了《審判》裡的約瑟夫・K 那種像狗一樣的
淒慘死法之外，就都找不到了。

> 但是其中一位紳士已經按住了 K 的喉嚨，另一位把刀刺入他的
> 心臟，還用那隻手轉了兩轉。K 那逐漸模糊的眼光仍能看見那臉靠
> 著臉地出現在他鼻頭前、一直在注意結果的那兩位紳士。
> 「像隻狗！」
> K 說。他感覺只有恥辱活了下來[39]。

這就是卡夫卡筆下的〈死〉，也是在卡夫卡之後活在現代的我們的〈死〉。

三、關於人物的死

　　《海邊的卡夫卡》裡自殺的只有佐伯小姐一人。瓊尼・沃克≒田村浩
一被殺，中田先生也死了。由於中田先生的死被視為是「必須找到『入口
的石頭』、將它關閉」這個使命達成之後——雖然關閉「入口的石頭」的
是中田先生的後繼者星野青年——的死，所以在性質上與軍官的自我破壞
的死是不同的。

1.佐伯小姐死亡的理由

　　關於佐伯小姐死亡的理由，小森陽一的主張是：

> 這只能說是「當一位女性無法對一位男性保守貞節的話，就必
> 須接受處罰」這種「近代兄長制的性邏輯」，恐怕是這種單純得可
> 怕的、古老的「邏輯」成為了《海邊的卡夫卡》這部小說裡對佐伯
> 小姐行刑的理由[40]。

跟卡夫卡一樣地，佐伯小姐請中田先生將她寫有半生故事的三本檔案夾燒
掉。關於她會死掉的根據，光是讀小說是無法清楚看出的，或者說並沒有

---

[39] Franz Kafka, *Der Proceß: Roman: in der Fassung der Handschrift*, （Frankfurt a. M.: S. Fischer, 1990）312. 譯文採用池內的翻譯。池內紀譯，《審判》，《卡夫卡小說全集》，卷 2（東京：白水社，2001）285。

[40] 小森陽一　97。

被寫進去，會比較妥當。我的看法是，作者村上並沒有很有說服力地將佐伯小姐的死寫得可以讓讀者接受。這好像是在說，一個人的死亡並不需要特別的理由。若是這樣也是可以的。若是這樣寫就好了。但並非如此。佐伯小姐的死並沒有描寫得很有說服力。

> 他把佐伯小姐的頭髮撩起來，細看她的臉。兩隻眼睛微微地張開。她不是在睡覺，是死了。不過臉上卻浮現作著安詳的夢的人所露出的表情。嘴角還留著微笑的淡影。大島先生想，這個人連死的時候也不失端莊啊。（《海邊的卡夫卡》，第 42 章，下[41]）

這裡描寫的佐伯小姐「安詳的」、「端莊的」死，與《在流刑地》裡軍官的死，是完全相反的。那麼《海邊的卡夫卡》裡有誰的死可以比擬成軍官的自殺呢？應該是在小森以伊底帕斯神話的類推裡，部分擁有具權力性及暴力性的拉伊俄斯和斯芬克斯的瓊尼・沃克之死。

2.瓊尼・沃克託中田先生把他殺死

瓊尼・沃克的使命是殺貓收集魂魄來做一支特別的笛子，吹這支笛子來收集更大的魂魄，做成全宇宙最大的笛子，為了達成這個使命而不斷地殺著貓。戲劇上的發展像是契訶夫的「槍」理論那樣地，尋貓人中田先生遇到了瓊尼・沃克。他已經厭煩殺貓，不想再這樣繼續下去，但是他並沒有自殺的權利。

> 「（……）而且即使我想殺自己也不行。那也是規定。不可以自殺。那裡有很多規定。如果想死的話，只能拜託別人來殺自己。所以我希望你殺我。懷著恐懼和憎恨，斷然殺了我。首先，你必須恐懼我，憎恨我，然後殺了我。」（《海邊的卡夫卡》，第 16 章，上[42]）

---

[41]　村上春樹，《海邊的卡夫卡》　297。中國讀者可參考：賴譯　251、林譯　434。又，引文由本文譯者另行中譯。

[42]　村上春樹，《海邊的卡夫卡》　245。中國讀者可參考：賴譯　199-200、林譯　152；參照。又，引文由本文譯者另行中譯。

像這樣地，無法殺掉自己的瓊尼・沃克託中田先生殺了他。中田先生雖然斷然拒絕，但瓊尼・沃克為了說服他，威脅說要繼續在他面前殺貓。這簡直跟艾希曼的論調一模一樣。

> 「（……）這就是戰爭啊。一旦開始的戰爭，想要停止就很難了。這是已經出鞘的劍，不見血是不行的。這不是講道理，也不是什麼邏輯，也不是我的任性，只是規定而已。如果不希望貓再被殺的話，你只能把我殺掉。站起來，懷著偏見，斷然殺吧。而且是現在馬上。這樣一來，一切將會結束。句號。」（《海邊的卡夫卡》，第 16 章，上[43]）

中田先生終於用刀子刺向他。瓊尼・沃克死了。

> 他側躺著，像小孩在寒夜裡縮著身子那樣，毫無疑問地死了。左手壓在喉嚨上，右手好像要探尋什麼而直直地向前伸去。痙攣已經消失，當然高聲大笑聲也消失了。但嘴角還淡淡地留下冷笑的影子，看來好像因某種作用而被永遠貼在那裡似的。（《海邊的卡夫卡》，第 40 章，上[44]）

瓊尼・沃克是間接自殺。若將中田先生視為巨大的行刑機器，那麼可以說他跟軍官一樣地自殺了。兩人的死都可以視為自殺。而且瓊尼・沃克死時的表情沒有滿足或安詳，連「淨化」也沒有，有的只是「冷笑的影子」。這跟《在流刑地》裡的軍官之死是有一些共鳴的。兩者都是悽慘的死法。那麼兩人的死是否有完全重疊呢？在先前瓊尼・沃克死亡的場景的引文後面，接著以下的敘述。

> 血在木頭地板上擴散著，絲綢圓帽在倒下時脫落了，滾到房間角落去。瓊尼・沃克的後頭部頭髮稀疏，可以看見頭皮。帽子不見了之後，他看起來蒼老虛弱多了。（《海邊的卡夫卡》，第 40 章，上[45]）

---

[43] 村上春樹，《海邊的卡夫卡》 254。中國讀者可參考：賴譯 207、林譯 158。又，引文由本文譯者另行中譯。

[44] 村上春樹，《海邊的卡夫卡》 258。中國讀者可參考：賴譯 209、林譯 160。又，引文由本文譯者另行中譯。

[45] 村上春樹，《海邊的卡夫卡》 258。中國讀者可參考：賴譯 209、林譯 160。

這裡寫得很有人類的氣味。瓊尼‧沃克原本像是強大的權力及暴力的執行者，在這個場景裡變身為後頭部毛髮稀疏、蒼老虛弱的平凡中年男人──在此令人想起的，應該是阿道夫‧艾希曼──。這個人類氣味與軍官死亡的樣子是無緣的，因為軍官的死是全然無機的。瓊尼‧沃克的死被還原為四處可見的中年男人之死，同時擁有脆弱與強勢。相對於此，軍官的死拒絕這樣的平整化。這裡存在著卡夫卡的偉大，與村上春樹之間是有極大距離的。

3.卡夫卡少年與大島先生提及「行刑機器」的事

　　我似乎太急著下結論。有另一件必須先做確認的事。那就是田村卡夫卡少年與大島先生談論卡夫卡之後，接著提到「行刑機器」的事。

> 　　我對於卡夫卡小說的回答，他〔＝大島先生──松田注〕應該已經理解了吧。多多少少。不過我真正想說的話應該還未真正地傳達。我並不是將之當做對於卡夫卡小說的一般論來說明，我只是將非常具體的事物，具體地陳述出來而已。那複雜又目的不明的行刑機器，在我們的現實裡是實際存在的。那不是比喻或寓言。不過，不只是大島先生，不管對誰、以什麼方式說明，應該都無法被理解吧。（《海邊的卡夫卡》第 7 章，上，標記出自原文[46]）

在卡夫卡少年周遭具有根本意義的「實際存在的」「行刑機器」，就是對他施以伊底帕斯詛咒的彫刻家父親田村浩一。像保險絲突然燒斷那樣突然忘我的、沒有任何朋友的學校生活，也可以視為一種「行刑機器」，但是最具行刑機器性質的，應該是他的父親。

> 　　「大島先生，我父親從好幾年前開始就一直對我說一個預言。」
> 　　「預言？」
> 　　「這件事我還沒有對任何人說過。因為我想就算我老實說，大概也沒有人會相信。」

又，引文由本文譯者另行中譯。。
[46] 村上春樹，《海邊的卡夫卡》　98。中國讀者可參考：賴譯　83、林譯　62。又，引文由本文譯者另行中譯。

　　大島先生什麼也沒說，沉默著。不過那沉默卻鼓勵著我。

　　我說。「與其說是預言，或許比較接近詛咒也不一定。父親不斷重複地說給我聽。好像要用鑿子將它一個字一個字刻進我的意識裡去似的。」

　　我深深吸一口氣，然後再一次確認是否我接下來非得說出來不可。當然根本不用確認，它就在那裡。它隨時都在那裡。但我不得不再一次衡量一下那重量。

　　我說。「他說你有一天會親手殺死父親，有一天會和母親交合。」（《海邊的卡夫卡》，第 21 章，上，標記出自原文[47]）

「用鑿子將它一個字一個字刻進」的父親簡直就像《在流刑地》裡的行刑機器，因為他剛好是一位彫刻家。雖然不是真的「用鑿子刻進去」，但對田村少年而言，伊底帕斯的詛咒就像行刑機器的『馬耙』刺入囚犯的皮膚和肉裡那樣地被刻入意識裡。這個詛咒同時也變成了住在少年心底的行刑機器，終有一天會從少年的內側將他吞食殆盡。如同「而且這裡有一個預言。那是以一種裝置的形式埋在我的體內」（《海邊的卡夫卡》上，17）那樣地。為了變成「世界上最強悍的 15 歲少年」來克服這個詛咒，他離家出走了。少年在離家前對自己有以下的描述。

　　肌肉像混入金屬般變得強壯，我越來越沉默寡言。盡量壓抑感情的起伏，不在臉上顯現出來。訓練自己不讓老師或身邊的同學察覺到我正在想什麼。（……）

　　我看著鏡子時，看到自己的眼睛就像蜥蜴一樣露出冷冷的光，表情變得更僵硬更淡薄。仔細一想，從我無法想起的從前開始，就一次也沒有笑過了。無論對是別人，或對我自己。（《海邊的卡夫卡》，第 1 章，上[48]）

---

[47] 村上春樹，《海邊的卡夫卡》 347-48。中國讀者可參考：賴譯 282-83、林譯 215-16。又，引文由本文譯者另行中譯。

[48] 村上春樹，《海邊的卡夫卡》 15。中國讀者可參考：賴譯 15、林譯 9。又，引文由本文譯者另行中譯。

這簡直是沒有感情生活的機器人。這是擁有鍛鍊出的強靭肉體、不講話、沒有感情起伏、眼睛露出冷冷的光、從來沒笑過的機器人。這樣的田村少年以田村卡夫卡自稱，在高松及高知的山中接觸到各式各樣的人，得到了各式各樣的體驗。然後他決定回歸現實生活，回到東京中野區野方的父親家中。離開高松之後，越過橋樑、渡過海洋，在岡山車站轉搭新幹線。在新幹線裡看著打在黑暗玻璃窗上的雨滴。

> 我閉上眼睛，放掉身體的力量，讓僵硬的肌肉放鬆下來。耳朵傾聽著列車發出的單調聲響。幾乎沒有任何預告地，流下了一道眼淚。臉頰感到那溫暖的觸感。它從我的眼睛溢出來，順著臉頰，流到嘴邊，在那裡過了一段時間而逐漸乾掉。我對自己說，沒關係的。只是一道而已。何況它甚至感覺不是我的眼淚。它感覺像是打在窗上的雨滴的一部分。（《海邊的卡夫卡》，第 49 章，下，標記出自原文[49]）

田村卡夫卡少年踏出了成為新的田村少年的第一步。壓抑著人類的情感、大笑或微笑都不曾有過的少年，現在要開始重拾人類的感情生活。他哭泣著。這意味著具有強靭肉體的「世界上最強悍的 15 歲少年」要成長為具有柔軟精神及肉體的「真正的世界上最強悍的 15 歲少年」（《海邊的卡夫卡》，第 49 章，下，標記出自原文[50]）。透過回歸到現實世界，他將在東京的現實生活裡強悍而柔軟地生存下去。而從田村卡夫卡少年回到田村少年的這個少年，當然已經克服了父親的詛咒。我只能說，這是多麼美麗的成長小說啊。

前面這句話當然是諷刺的說法。這是少年或少女以某個什麼為契機而成長的故事。但是像這種胸襟開潤的成長小說雖然讀起來心情很好，但可能會有因此出現充滿謊言、失去小說的真實性的危險性。《海邊的卡夫卡》也不例外，很容易閱讀，但也只是這樣而已。因為田村卡夫卡少年最後佔據的地盤是堅定不移的磐石，他無法與現實生活搏鬥的少年們、受苦於地

---

[49] 村上春樹，《海邊的卡夫卡》　428。中國讀者可參考：賴譯　356、林譯　513。又，引文由本文譯者另行中譯。
[50] 村上春樹，《海邊的卡夫卡》　429。中國讀者可參考：賴譯　356、林譯　513。又，引文由本文譯者另行中譯。

基即將崩壞感受的少年們分享他們的痛苦。他們對於卡夫卡的世界應該感覺到親近。淒慘的自我破壞的世界反而可以給予少年們勇氣。我是這麼想的。

四、結論：關於〈謎題〉

最後要來談談〈謎題〉。《海邊的卡夫卡》裡被放入了好幾道的謎題。關於謎題的部分，已在另一篇論文處理了[51]，在此只簡單敘述。有一個謎題是：人在東京的父親田村浩一是被同一時間人在高松的田村卡夫卡少年殺的嗎？關於這個謎題，可以將小說裡提到的《源氏物語》和《雨月物語》做為提示，視為是將「生魂」的故事轉用及應用於現代的小說當中。這種說法基本上是行得通的。雖然說明很充分，但是還留下了「這個『生魂』故事是否已在現代小說中獲得真實了呢」這樣的問題。即使是將星野青年引導至「入口的石頭」、極具魅力的的登場人物卡內爾・山德士，好像是在故事發展出現矛盾時突然跑出來的 deus ex machina，將故事的矛盾解除了（譯注：deus ex machina 是拉丁語，意思是「設有機關的神」。在希臘古典劇裡，當劇情陷入膠著時，這位神會坐著像起重機的機關突然降臨舞臺，為困窘的場面解圍）。如果〈謎題〉具有逼真性，也可以就這樣放著，讓讀者自行咀嚼。但我只能說《海邊的卡夫卡》的謎題欠缺了這樣的逼真性。

在此還要再說一下卡夫卡的〈謎題〉。在《在流刑地》本文裡，並沒有很多的謎題。但是一眼掃過就可以看出有很多種不同的解釋。無法完全收在一個解釋裡，就好像一個解釋自動產生另一個解釋似地。而且那個解釋變成了產生另外別的解釋的契機。解釋像連鎖一樣地連續下去。好像是一條永遠走不到盡頭的道路。

傳遞文書時沒有改變，但意見經常只是停留在表現對它的絕望[52]。

---

[51] 松田和夫，〈村上春樹試論——《海邊的卡夫卡》與法蘭茲・卡夫卡——〉（〈村上春樹試論——《海辺のカフカ》とフランツ・カフカ〉），《櫻文論叢》79（2011）：1-26。

[52] Kafka, *Der Proceß*, S. 298.

以上的引文是《審判》裡的〈大教堂〉裡的一節。在此可以將「意見」置換成「解釋」，事實上有的書裡真的是這麼翻譯的[53]。卡夫卡寫的意思是，「文書（Schrift）」不會改變，或許在傳達的時候也不會改變。但是我們卻永遠不滿足似地不斷地對它提出各式各樣的意見（Meinungen）。當我們讀到這一節的這個時間點，或許我們就已陷入卡夫卡的圈套之中了。但是我們沒有異議地、或者很高興地陷入或不得不陷入其中。因為卡夫卡神祕的文本把我們拉了過去。卡夫卡文本裡的謎題所能到達的範圍就是像這樣，很長的、深不見底的。

　　就因為如此，即使《海邊的卡夫卡》或許與法蘭茲‧卡夫卡並非無緣，但其文學性是南轅北轍的。這就是我現在的結論。

---

[53] 例如本野亨一（MOTONO Kōichi），1909-93 的譯本便是如此。法蘭茲‧卡夫卡著，本野亨一譯《審判》角川文庫，1953 年，234 頁。但是此處依據的是 1970 年出版的第 22 版。附帶一提，本野將這個部分譯為「書籍是不變的，但解釋在很多時候只是對於此事感到絕望的表現」。另外，中野孝次（NAKANO Kōji, 1925-2004）對這個相同的部分翻譯成「不變的是書籍，見解這種東西經常只是對此感到絕望的表現」。法蘭茲‧卡夫卡著，中野孝次譯《決定版 卡夫卡全集 5　審判《新潮社，1981 年，186 頁。這裡的 Meinungen 被翻譯為「見解」。相當於英語的 opinion 的 Meinung（單數形），一般被翻譯為「意見、想法、主張」等，之所以會翻成日文裡語感有微妙差異的「解釋」或「見解」，這就是譯者的 Meinung 吧。

參考文獻目錄

A

阿倫特，漢娜（Arendt, Hannah）.《艾希曼在耶路撒冷　關於平庸之惡的
　　報導》（*Eichmann in Jerusalem: A Report on the Banality of Evil*），大
　　久保和郎（ŌKUBO Kazuo）譯。東京：Misuzu 書房，2002。

村上春樹（MURAKAMI, Haruki）.《村上春樹編集長　少年卡夫卡》，5
　　版。東京：新潮社，2003 年初版，2010。

——.《海辺のカフカ》，7 版。東京：新潮社，2002。

——.《海邊的卡夫卡》，賴明珠譯，31 版。臺北：時報文化出版社有限
　　公司，2013。

——.《海邊的卡夫卡》，林少華譯，17 版。上海：上海譯文出版社，2012。

CHI

池內紀（IKEUCHI, Osamu）、若林惠（WAKABAYASHI Megumi）.《卡
　　夫卡事典》（《カフカ事典》）。東京：三省堂，2003。

CHUAN

川村湊（KAWAMURA, Minato）.《如何閱讀村上春樹》（《村上春樹を
　　どう読むか》）。東京：作品社，2006。

JIE

芥川龍之介（AKUTAGAWA, Ryūnosuke）.《芥川龍之介全集》，卷 2。
　　東京：築摩文庫，1986。

SONG

松田和夫（MATSUDA, Kazuo）.〈村上春樹試論——《海邊的卡夫卡》與
　　法蘭茲・卡夫卡——〉（〈村上春樹試論——《海辺のカフカ》とフ
　　ランツ・カフカ〉），《櫻文論叢》79（2011）：1-26。

XIAO

小森陽一（KOMORI, Yōichi）.《村上春樹論：〈海辺のカフカ〉を精読する》。東京：平凡社，2006。

Engel, Manfred. "Der Verschollene."in *Kafka-Handbuch Leben-Werk-Wirkung*, Eds. Manfred Engel and Bernd Auerrochs. Stuttgart and Weimar: J. B. Metzler, 2010, 175-91.

Musil, Robert. *Der Mann ohne Eigenschaften.* Hamburg: Rowohlt, 1978.

Kafka, Franz. *Amerika.*Ed. v. M. Brod, Vol. 1, .Frankfurt a. M.: Fischer Taschenbuch Verlagr, 1976.

---. *Tagebücher in der Fassung der Handschrift.* Eds. v. H-G. Koch, M. Müller and. M. Pasley. Frankfurt a. M.: S. Fischer, 1990.

---. *Drucke zu Lebzeiten.* Frankfurt a. M.: S. Fischer, 1994, 245.

---. *Drucke zu Lebzeiten.* Frankfurt a. M.: S. Fischer, 1994.

---. *Der Proceß: Roman: in der Fassung der Handschrift.* Frankfurt a. M.: S. Fischer, 1990.

Schweikle, Günther and Irmgard Schweikle eds. *Metzler Literatur Lexikon: Begriffe und Definitionen*, 2nd ed. Stuttgart: J. B. Metzlersche Verlagsbuchhandlung, 1990.

Growth and Self-Destructive:
Kafka on the Shore of Murakami Haruki and *In the Penal Colony* of Franz Kafka

Kazuo MATSUDA

Professor, College of Law, Professor Nihon University

Translated by Chun Yen PAI
Ph.D Candidate, Institute of Taiwan Literature,
National Tsing Hua University, Taiwan

Abstract

Comparing *Kafka on the Shore* of Murakami Haruki with *In the Penal Colony* of Franz Kafka is that not only present characteristics of the novel of Murakami Haruki's, but also that of Franz Kafka's also can be seen. As an initiation story or bildungsroman, these characteristics appear obviously by comparing structure of *Kafka on the Shore* which naming Kafka with Oedipus myth. And then, we analyze idiosyncrasies of *In the Penal Colony* referred by Murakami Haruki's novels, and clarify the specificity of anti-initiation story or anti-bildungsroman in Franz Kafka's novels. Finally, characters of *Kafka on the Shore* will be presented from the persepective of *In the Penal Colony*, and based on that, characters of two novels can be described step by step.

Keywords: Murakami Haruki, Franz Kafka, Japanese Literature, Germen Literature, Comparative Literature

《國際村上春樹研究》輯二（2015 年 12 月）89-144。

往黑暗的深處
——以《海邊的卡夫卡》為中心

■德永直彰著
■白春燕譯

作者簡介：

德永直彰（Tadaaki TOKUNAGA），男，大正大學
表現學部表現文化學科創意寫作課程助理教授。近年著
有〈柔道與 JUDO〉（《朝日新聞》「觀點」欄 2008 年
9 月 25 日）、〈關於阿綠——《挪威的森林》裡的女性〉
（《埼玉大學紀要教養學部》44 卷 1 號，2008）、〈往黑
暗的深處——以《海邊的卡夫卡》為中心〉（《埼玉大學紀要教養學部》
45 卷 1 號，2009）、〈老師站著小便——夏目漱石《心》裡的一個場景〉
（《埼玉大學紀要（教養學部）》46 卷 2 號，2010）等。

譯者簡介：

白春燕（Chun Yen PAI），女，淡江大學日文系學
士，東海大學日本語文學系碩士，台、清華大學台文所
博士一年生。《國際魯迅研究》、《國際村上春樹研究》
翻譯編委。研究範圍：1930 年代中國、日本、台灣的文
學交流、左翼文藝理論流布、多元文化交流；近年發表
的論文或著作：〈第一廣場の變遷〉（2010）、〈社會
福祉系移住勞働者の公共性——對抗的な公共圈構築に向けた可能性
——〉（2010）、〈1930 年代臺灣・日本的普羅文學之越境交流——楊逵
對日本普羅文學理論的接收與轉化〉（2011）、〈論楊逵對 1930 年代日本
行動主義文學的吸收與轉化〉（2013）等。

論文提要：

　　以《海邊的卡夫卡》裡引用的電影《現代啟示錄》台詞為線索，並將《尋羊冒險記》的關連性放入視野之中，對於《現代啟示錄》及其主題曲 "The End" 的內容、以及與《現代啟示錄》關係深遠的《星際大戰》進行比較考察，致力於探索人物造型及故事結構的根源。在這個過程裡，釐清了卡夫卡為何遭遇被施以「殺父、與母交合」詛咒的命運，並且確認了《挪威的森林》被定位為《海邊的卡夫卡》「前史」的位置。另外，在本論文執筆時出版的《1Q84》也有多處與本論文的考察相關之處，也一併簡潔地加以說明。

關鍵詞：敘事結構、人物造型、《挪威的森林》、現代啓示錄、星際大戰

一、"Terminate, with extreme prejudice." （「懷著壓倒性的偏見堅決地撲殺吧」）

> （前略）殺人時的要領啊，中田先生，就是不要猶豫。懷著巨大的偏見，快速斷然地執行──這就是殺人的要領。(《海邊的卡夫卡》第 16 章[1])

> （前略）這就是戰爭啊。一旦開始的戰爭，想要停止就很難了。（中略）如果不希望貓再被殺的話，你只能把我殺掉。站起來，懷著偏見，斷然殺吧。(同上[2])

這兩段引文都是村上春樹《海邊的卡夫卡》（以下簡稱《卡夫卡》）中，瓊尼・沃克（Johnnie Walker）對中田先生說的話。在第 48 章，星野青年想要撲殺「白色東西」時提供建言的黑貓土羅也說「無論如何要取它的性命。懷著壓倒性的偏見堅決地撲殺。」

　這句極具特色的措詞出自法蘭西斯・柯波拉（Francis Ford Coppola, 1939- ）的電影《現代啟示錄》（*Apocalypse Now*）裡主人公韋拉德上尉受命暗殺可茲上校的場景時的台詞"Terminate, with extreme prejudice."（懷

---

[1] 賴明珠譯，《海邊的卡夫卡》，村上春樹著，上（台北：時報文化出版企業股份有限公司，2003）201。本文所有引文皆由譯者根據日文原文並參考賴明珠譯本譯成。

[2] 賴明珠譯，《海邊的卡夫卡》，上　207。

著壓倒性的偏見堅決地撲殺吧）。關於此事，村上春樹在收錄了他與《卡夫卡》讀者往返郵件的《少年卡夫卡》[3]裡已表明過了。

星野青年為了找尋「入口的石頭」而和中田先生一起來到高松，從對星野青年提出協助的卡內爾・山德士（Colonel Sanders）身上，也可以看到與《現代啟示錄》的關連。「卡內爾」（Colonel）是「上校」之意——「卡內爾・山德士」這個稱呼最早源自於現實人物山德士氏所擁有的肯德基州「名譽上校」這個稱號——。他承認自己是炸雞的商品代表人物，並且說自己是「山德士上校」，星野青年也對他稱呼「喏，老伯，上校……」[4]（第26 章）。對於一般日本人（像星野青年那樣的）而言，炸雞和「上校」的結合相當怪異，但若考量先前瓊尼・沃克說過的話，就會浮現共通的原型人物：《現代啟示錄》裡的可茲上校。

作品裡已指明瓊尼・沃克是威士卡的商品代表人物（第 14 章），也是《卡夫卡》裡行為奇特的怪異人物，這與卡內爾・山德士是共通的。這些事情說明著，分別位於善（助人）與惡（殺貓）兩極的兩個怪異人物是同一張卡片的正反兩面。

二、迷宮入口、溯行之流

《現代啟示錄》描述的故事是，在越南戰爭最激烈之時，主人公韋拉德上尉沿著湄南河往上溯行，在越南內地暗殺已經瘋狂的可茲上校。韋拉德遇到可茲之後，也有一半像可茲的瘋狂，但他還是執行了暗殺行動。我們知道「沿著河川往上溯行、看到陷入瘋狂的人的真實」這樣的故事，是以約瑟夫・康拉德（Joseph Conrad, 1857-1924）《黑暗之心》（*Heart of Darkness*）做為創作基礎的[5]。在這

---

[3] 村上春樹，《少年卡夫卡》，5 版（東京：新潮社，2003 年初版，2010），Reply to 679，255。

[4] 賴明珠譯，《海邊的卡夫卡》，下　50。

[5] Eleanor Coppola, *Notes: On the Making of Apocalypse Now*（《〈現代啟示錄〉攝影全記錄》, New York: Simon & Schuster, 1979）・艾琳娜・科波拉（Eleanor Coppola），

次溯行的起點都朗橋，有人告訴韋拉德："You're in the asshole of the world, captain."（「上尉！你正位於世界的屁眼喔。」）。在《卡夫卡》裡，也有被認為是以此為依據的描寫。

> 我雖然這樣的打扮，但我不是女同性戀者。以性嗜好來說，我喜歡男人。也就是說，我雖然是女性，但卻是男同性戀者。陰道一次也沒用過，性行為時使用肛門。（《海邊的卡夫卡》第 19 章[6]）。

田村卡夫卡離家出走後來到了高松，在這裡的甲村圖書館工作的大島先生曾經訴說她複雜的性認同：生理性別是女性，性別取向是男性，但性欲對像是男性。就性別來說，屬於異性戀，但就性別取向來說，則是同性戀。大島先生呈現的這個複雜性可以直接反映到她與卡夫卡對於「迷宮」隱喻的對話。

> 「（前略）最初提出迷宮這個概念的，（中略）是古代美索布達米亞人。他們拉出動物的腸子——有時恐怕是人的腸子——以其形狀來占卜命運，並且讚賞那複雜的形狀。所以迷宮形狀的基本原型是腸子。也就是說，迷宮這個東西的原理位於你自己的內部，而且那跟你位於外部的迷宮性互相呼應。」

《〈地獄の默示錄〉撮影全記錄》（《〈現代啟示錄〉攝影全記錄》），岡山徹（OKAYAMA Tooru, 1951- ）譯（東京：小學館，2002）、Karl French, "*Apocalypse Now*": The Ultimate A-Z（*Bloomsbury Movie Guide*，《〈現代啟示錄〉完全指南》, London: Bloomsbury Publishing PLC, 1998）。卡爾‧法蘭琪（Karl French）《〈現代啟示錄〉完全指南》（《〈地獄の默示錄〉完全ガイド》），新藤純子（SHINDŌ Junko）譯（東京：扶桑社，2002）、立花隆（TACHIBANA Takashi, 1940- ）《解讀〈現代啟示錄〉》（《解讀〈地獄の默示錄〉》，東京；文藝春秋，2002，文春文庫，2004）等。另也請參照：加藤典洋（KATŌ Norihiro, 1948- ）編，《村上春樹黃頁》（《村上春樹 イエローページ作品別（1979-1996）》，東京：荒地出版社，1996）、拙稿〈村上春樹作品裡的基督教表象——以《尋羊冒險記》《挪威的森林》為中心〉（〈村上春樹作品におけるキリスト教の表像——《羊をめぐる冒險》《ノルウェイの森》を中心に〉），《埼玉大學紀要教養學部》43.1（2007）：1-32；及〈《挪威的森林》裡的基督教表象——關於邊疆（Limbo）〉（〈《ノルウェイの森》におけるキリスト教的表像——「辺土」をめぐって〉），收於《村上春樹研究 2005-2007》（《村上春樹スタディーズ 2005-2007》，今井清人（東京：若草書房，2008）62-88。

6　賴明珠譯，《海邊的卡夫卡》，上 251。

「隱喻。」我說。(《海邊的卡夫卡》第 37 章[7])

從大島先生的話語中發現了「隱喻」的卡夫卡，在前往四國深山裡的異空間森林村落的途中，想起約翰·柯川（John Coltrane, 1926-67）的《我的最愛》(*My Favorite Things*)[8]而吹起了口哨，斷斷續續地反芻著大島先生前述的這兩段話。

---

[7] 賴明珠譯，《海邊的卡夫卡》，上 187-88。

[8] 在這個場景之後到達的森林村落裡，卡夫卡看著電影《真善美》(*The Sound of Music*)的影片（第 45 章）。此時提到的歌曲只有《小白花》("Edelweiss") ，但是卡夫卡前往村落時以口哨吹著的《我的最愛》("My Favorite Things")也是出現在這部電影裡的曲子。在電影裡，主角瑪麗亞在下著雷雨的場景裡唱著這首歌，而在《海邊的卡夫卡》裡，在星野君開啟「入口的石頭」之前也有驚人的雷雨即將來臨的場景（第 32 章）。再者，在《挪威的森林》裡也出現渡邊拜訪直子接受療養的阿美寮時，他看著山的稜線說「很像《真善美》裡的風景」的場景（第 6 章）。村上春樹也說過，《卡夫卡》裡的森林村落和《世界末日與冷酷異境》的街道（世界終點）有基本的共通點（村上春樹，〈關於《海邊的卡夫卡》〉（〈《海辺のカフカ》を中心に〉），《夢を見るために毎朝僕は目覚めるのです 村上春樹インタビュー集，1997-2011》，湯川豐（YUKAWA Yutaka, 1938- ）、小山鐵郎（KOYAMA Tetsurō, 1949-）訪問，東京：文藝春秋，2012）138，原刊《文學界》2003 年 4 月號〉，在標榜現實主義的《挪威的森林》裡，離世獨立的阿美寮也可以說是一種特異的世界。就這個意涵而言，上述的森林村落和世界終點有著共通的部分。乍看之下明快愉悅的音樂電影《真善美》的底流裡，存在著「逃離納粹德國的迫害」這個沉重的主題。村上春樹作品裡共通存在著的現實世界與特異世界的往返，或許已放入了與法西斯等社會壓迫進行對峙的寓意。再者，在《真善美》裡，與瑪麗亞結合的崔普（Trapp）家庭的主人是海軍「上校」，這群孩子裡有一個叫做柯特（Kurt）——英語讀法是「可茲」——的男孩子，（與實際的崔普家庭設定不同），在此可以發現其與《現代啟示錄》的基本共通點。當然我們不可否認，這兩部電影裡或許沒有意圖性的關連，可能是村上恣意地以自己的作品來描繪其關連性。

　　不知不覺之間，約翰・柯川（John Coltrane）已經不吹高音薩克斯風獨奏了。現在耳朵深處響起了麥考伊泰納（McCoy Tyner, 1938- ）的鋼琴獨奏。左手彈出單調的伴奏旋律，右手彈著不斷累積的深厚暗沉的和弦。像是在描寫神話場景般，描繪出將某人（沒有名字的誰，沒有面貌的誰）微暗的過去，像內臟般從黑暗之中長長地用力地拉出來的樣子。歷歷在目。(《海邊的卡夫卡》第41章[9])

　　大島先生說。性交時用的不是陰道，而是肛門。(《海邊的卡夫卡》，同上，標記出自原文[10])

也就是說，上述的肛門就是通往腸子＝迷宮入口的隱喻。我們可以理解為，前往森林村落的卡夫卡是朝向謎底的核心、沿著河川往上溯行（與逆流──從肛門前往腸子的流動有基本的共通點）的《黑暗之心》及《現代啟示錄》的主人公的變奏曲。

　　另外，村上春樹作品最早出現上述隱喻的，並不是《海邊的卡夫卡》。在《尋羊冒險記》（以下簡稱《羊》）裡，朝向謎底核心前進的出發點十二瀧町被形容為「像是屁眼的土地」（第八章第一節），主人公〈我〉和有著美麗耳朵的女朋友經過有著「不吉祥的拐彎處」──若是《卡夫卡》之後的讀者，就會知道這是「腸子」隱喻──的道路（第八章第四節），逐漸朝著謎底的核心前進。在故事的開頭，有一個意味著與妻子別離的場景──在《現代啟示錄》開頭，韋拉德燃燒著已分開的妻子的相片，而在《羊》的開頭描述的是主人公〈我〉的離婚──，在為了找尋〈羊〉而最後來到的〈鼠〉的別墅裡，也出現了應該是《黑暗之心》這本書的《康拉德的小說》（第八章第四節）。由此也可以看出《現代啟示錄》對於村上春樹作品帶來多大的影響。（如上述所示，《羊》的出場人物：我、鼠和羊都以〈 〉括號框起。）

---

[9]　賴明珠譯，《海邊的卡夫卡》，上　235。
[10]　賴明珠譯，《海邊的卡夫卡》，上　237。

三、村上、柯波拉、三島──殺動物的關連性

　　這些影響關連性有著無法互相對應於各個作品的複雜性。《尋羊冒險記》從三島由紀夫（MISHIMA Yukio, 1925-70）自殺之日的記憶開始展開故事（〈第一章 1970.11.25〉），而法蘭西斯・柯波拉（Francis Coppola）的妻子愛琳娜・科波拉（Eleanor Coppola）記錄了丈夫正進行著《現代啟示錄》編輯作業的姿態。

> 　　這兩個星期，法蘭西斯一直讀著三島由紀夫的書。他從《豐饒之海》全四部曲的第一部開始讀，現在已經讀到第三部了。今天早上我們坐在門口談到日本，說日本相當有活力。這可能是因為西洋的技術和東洋的傳統有了充分融和之故。歐洲是浪漫的世界，在今日仍然濃厚地保留著歷史，給予人們過時的觀感。美國是技術大國，讓人感覺不到體溫。印度雖然重視精神層面，但為飢餓所苦。思及至此，日本或許是惟一能夠同時具備物質文化和精神文化、陰和陽、右腦和左腦、堅強和溫柔的國家。（艾琳娜・科波拉《《現代啟示錄》攝影全記錄》，〈第 3 部 1978──再生之時〉[11]）

在上記引文提到夫人的記錄裡提及的「第三部」──也就是《豐饒之海》第三部《曉寺》裡，有一幕必定會吸引科波拉的場景。那是在整個四部曲裡不斷關注輪迴轉世的本多繁邦在造訪加爾各答的迦梨女神廟時，看到祭神儀式中做為獻祭品的山羊被殺的場景。

> 　　（前略）年輕人的手按住小山羊的脖子。小山羊焦急地哀號起來，縮著身子往後退。（中略）年輕人提起新月刀，刀刃在雨中閃著銀光。那刀準確地落下，小山羊的頭向前滾去，眼睛睜大著，淡淡發白的舌頭從嘴裡伸出來。（三島由紀夫《曉寺》[12]第七章）

---

[11]　岡山徹譯　370-71。
[12]　三島由紀夫（MISHIMA Yukio, 1925-70），《曉寺》，《決定版 三島由紀夫全集》，卷 14（東京：新潮社，2002）66。

在前往貝納勒斯途中，本多好幾次想起這獻祭的情景。（原文換行）那情景似乎是在忙碌地準備著什麼。他覺得獻祭的儀式不會這麼簡單就結束，感覺好像有什麼東西正從那裡開始。一座橋樑已經被架起，那是通往不可見的、更神聖的、更令人敬畏的、更高的什麼之處。可以說，那一連串的儀式令人感覺像是為了迎接某個正在前來、無法言喻的人而在道路上鋪起的一塊紅布。（同上、第八章[13]）

這個場景反映了作者三島由紀夫實際看過的情景[14]，被認為對於三島本身的切腹自殺行為有所影響，不過，在《現代啟示錄》裡也出現與《曉寺》極為酷似的獻祭場景。柯波拉在菲律賓拍攝外景時，恰好遇到伊富高（Ifugao）族的祭神儀式時期，他將在此見到的水牛獻祭情景交叉剪接至暗殺可茲的場景[15]。

據說柯波拉在構思這部電影時，除了《黑暗之心》之外，還從 T.S.艾略特（T. S. Eliot, 1888-1965）《荒原》（*The Waste Land*）、《空心人》（*The Hollow Men*）、詹姆士・弗雷澤（James Frazer, 1854-1941）《金枝》（*The Golden Bough*）、潔西・魏斯頓（Jessie Weston, 1850-1928）《從儀典到傳奇》（*From Ritual to Romance*）等書籍獲得了創作的題材——事實上，有一幕場景拍到可茲的藏書，可以看到《金枝》和《從儀典到傳奇》等書[16]——。若簡潔地歸納這個創作題材的話，可以說是「由於獻祭儀式、王者更替和復活、神明和自然的恩寵，使不毛的狀況活了起來，豐饒的世

---

[13]　三島由紀夫，《曉寺》67-68。

[14]　三島曾在散文裡提及相同的景象。「（前略）印度教是從事獻祭的宗教，但在捷布（Jaipur），原本以數量眾多的活人來進行獻祭，現在大都改用公山羊。孟加拉州是夏克提（Shakti，能量）信仰特別興盛的地方，由於信仰對象是嗜血的迦梨女神，所以在加爾各答有名的迦梨女神廟裡，每天都有三、四十頭、特別祭日則有四百頭的公山羊被拿來在眾人面前進行獻祭儀式。或許全世界只有這裡如此公然地舉行獻祭儀式。（原文換行）被套進獻祭台的頸枷裡，發出悲鳴之聲的小山羊，一擊之下被切落的羊頭，……在這裡，原本是人類應該直接面對的事，近代生活卻窺視著被隱藏在厚重的、衛生的面具下的人性的鮮紅真相。」（三島由紀夫〈印度通信〉（《朝日新聞晚報》，一九六七年十月二十三、二十四日，卷34〈東京：新潮社，《決定版 三島由紀夫全集》，卷34，2003，597）。

[15]　科波拉　190-91；法蘭琪　34-35。

[16]　立花隆　87-88。

界就此復甦」。其中特別強調殺王及動物獻祭的《金枝》所造成的影響應該是很大的。

無論如何，《現代啟示錄》全部攝影作業結束、正在進行編輯作業的柯波拉在讀到《曉寺》時，必定會被本多見到的山羊獻祭的場景所吸引。《豐饒之海》四部曲是三島的遺作，事先在第四部《天人五衰》的結尾寫上自殺日期。若考量此事，也可以想像柯波拉在當下應該會想起三島由紀夫在八年前的自殺事件。

三島自己在第一部《春雪》卷末指出全四部曲的標題「豐饒之海」取自拉丁文"Mare Fecunditatis"（英文是"Sea of Fecundity"，日文一般譯成「豐富之海」。將之放進「狀似豐饒、實為不毛」這樣的反論，變得很容易理解。一九六一年約翰‧甘迺迪（John Fitzgerald Kennedy, 1917-63）總統發表美國的人類登陸月球計畫，一九六九年阿波羅 11 號成功登陸；在《春雪》發表（在雜誌發表最後一回是一九六五年一月）之時，人類已經知道月球表面是沒有生物存在的不毛沙漠。我們可以說，在這個即將造訪「豐饒之海」＝「不毛之海」的人類的身上，一生追求輪迴轉世卻無結果、感覺『自己來到既無記憶、又別無他物的地方』（《豐饒之海》第四部《天人五衰》[17]）的本多繁邦的身影重疊其上[18]。《豐饒之海》的結局一直沿著《現代啟示錄》描繪豐饒世界復活的故事群情節，不過在藉由韋拉德暗殺可茲來深刻凸顯戰場不毛景象這一點，卻能產生共鳴。而且，上述本多和韋拉德的姿態，與在尋〈羊〉過程中失去朋友和女友、只有不毛的現實被留下來的《尋羊冒險記》裡的〈我〉具有共通點。

《尋羊冒險記》承接《豐饒之海》最後一部結尾記載的日期，以此做為第一章的標題，最後的結局是主人公〈我〉的好朋友〈鼠〉在被具有壓倒性支配力的〈羊〉附身的狀態下自殺。對於有些相似但基本上沒有影響

---

[17] 三島由紀夫，《天人五衰》，《決定版 三島由紀夫全集》，卷 14，2002，648。

[18] 三島由紀夫是那種先想好結局才開始寫作的作家，但《豐饒之海》是未事先想好結局就起稿的例外。但想到「豐饒之海」這個標題的由來，無庸置疑的，從豐饒到不毛這個巨大之流應該早已在他的設想之下。筆者（德永）認為「迎接『豐饒』或『不毛』其中之一的結果都可以」是三島在《豐饒之海》裡事先埋下的伏筆。詳細請參見拙稿〈「盜取」的系譜──關於《豐饒之海》裡的《摩奴法典》〉（〈「盜み」の系譜──《豐饒の海》における《マヌの法典》をめぐって〉），《埼玉大學紀要 教養學部》42.2（2006）：1-20。

關連性的《豐饒之海》、三島由紀夫的自殺、《現代啟示錄》之間，《尋羊冒險記》在其間發揮了樞紐的作用，將它們連繫了起來。而《海邊的卡夫卡》可以視為位於這個樞紐的延長線上的作品。

四、"The End"——《海邊的卡夫卡》的原型故事

在《尋羊冒險記》裡，〈鼠〉的自殺（＝〈羊〉的撲殺）是為了對所獲得的壓倒性力量予以否定而做的，但在《海邊的卡夫卡》裡，瓊尼·沃克的殺貓行為是為了『用收集來的貓靈魂製作特別的笛子』（第 16 章）。就獻祭的動物都是貓這一點，出版時間早於《卡夫卡》、主要情節都是少年殺父和戀母的三島由紀夫《午後曳航》（一九六三年）造成的影響是可以想像的。（在《午後曳航》裡，少年在殺死即將與母親結婚而成為繼父的青年之前，已先做過殺貓的事了）。雖然《卡夫卡》的殺貓會比《羊》更接近《現代啟示錄》裡的動物獻祭場景，不過《現代啟示錄》有著與《羊》的殺羊和《卡夫卡》的主要情節（殺父·戀母）相連通的其他元素。那就是該電影的主題曲 The Doors 樂團的"The End"和 The Doors 樂團的作詞家兼歌手吉姆·莫里森這個人。

首先來檢視《羊》裡的殺〈羊〉和吉姆·莫里森的關係。

> 與柯波拉同時期就讀 UCLA（加州大學洛杉磯分校）電影系的搖滾歌手吉姆·莫里森，對於當時 UCLA 電影系裡被形容為無政府狀態的自由開放風氣做了以下的敘述。
>
> 「電影的好處是，那裡沒有所謂的專家。也沒有權威。任何人都可以將電影的歷史拉進來、整個同化在自己身上。這在其他藝術領域是不可能的。電影沒有所謂的專家。因為學生們都知道，自己與教授在知識上的差異並不是理論性的東西。」
>
> 閒話一句，我在數年之後進入早稻田大學電影系就讀，那裡雖然不及 UCLA 那種無政府狀態，但確實是那樣的風氣。
>
> （村上春樹，〈做為方法論的無政府主義者——法蘭西斯·柯波拉和《現代啟示錄》〉[19]）

---

[19] 村上春樹，〈《同時代的美國 3》做為方法論的無政府主義者——法蘭西斯·柯波

上述引文摘自村上的評論連作『同時代的美國』。在談及《現代啟示錄》的這一期，從前述《卡夫卡》援用的台詞"Terminate, with extreme prejudice."（懷著壓倒性的偏見堅決地撲殺吧）的相關記述開始寫起，由此可以看出村上對於這句台詞有很深的思考。將他對於大學時代的吉姆・莫里森就讀電影系的這個記述，與學生時代不是專攻文學的村上後來成為小說家的原委加以對照，也是饒富趣味[20]。

　　在上述評論連作裡，村上用一整期的篇幅介紹吉姆・莫里森，談論他的音樂和人生。村上在上述引用《現代啟示錄》那一回的最後談到，「這一回原本是要以《現代啟示錄》為基礎來寫吉姆・莫里森和 The Doors 樂團，但這個基礎卻不知不覺地寫得過長」，並且在距離《尋羊冒險記》發表（一九八二年）大約一年前的這個時期，已經意識到《現代啟示錄》和吉姆・莫里森是密切不可分的[21]。

　　若根據前述來重新審視莫里森在演唱會和私生活裡發生的無數脫離常規的事件，可以發現有一個可以說已成為莫里森的代名詞的某個事件，是跟「羊」有關連的。

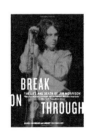

　　拉和《現代啟示錄》〉（〈同時代としてのアメリカ-3-　方法論としてのアナ-キズム──フランシス・コッポラと《地獄の默示錄》〉），《海》13.11（1981）：162-68。

[20] 關於村上在大學攻讀的科系的考察，請參見拙稿〈關於阿綠──《挪威的森林》裡的女性〉（〈綠に向かって──《ノルウェイの森》の女たち〉），《埼玉大學紀要　教養學部》44.1（2008）：1-21。。

[21] 另外有一回是介紹雷蒙德・錢德勒（Raymond Chandler, 1888-1959），他是與《黑暗之心》及《現代啟示錄》一同成為《尋羊冒險記》的創作基礎的《漫長的告別》（The Long Goodbye）的作者。這個評論連作整體可以說是在製作時《羊》所需的筆記。關於上述錢德勒那一回〈《同時代的美國 5》都市小說的成立與展開──錢德勒及錢德勒之後〉（〈同時代としてのアメリカ-5- 都市小說の成立と展開──チャンドラーとチャンドラー以降〉，《海》14.5[1982]：198-207），請參見拙稿〈村上春樹作品裡的基督教表象──以《尋羊冒險記》《挪威的森林》為中心〉　17。

　　莫里森對著聽眾熱情地吶喊著。「嘿，那邊的朋友們，到這裡來！來啊！一起快樂吧！規定和限制都去吃糞吧。上來就對了！」

　　於是有好幾個人跑向舞台。興奮的情緒包圍了整個會場，今晚什麼事都可能發生。（中略）比爾・西登斯（Bill Siddons）的感想是，那天晚上發生的事簡直是一場惡夢。「那場公演簡直是一場胡亂的演出。甚至出現一個抱著羊的男人。從來沒見過那樣的聽眾。」

　　羊的主人叫路易斯・默文（Louis Mervyn）。他是一個帶著羊四處倡議非暴力主義及素食主義的男子。莫里森在舞台上將羊抱起。「他就這樣抱了一陣子。騷動幾乎要把舞台壓垮了，那隻羊雖然很害怕，但卻只是像小貓咪那樣地發出喉鳴聲。聽說羊會很聽話地被帶到屠宰場，看來是真的。」（詹姆士・李奧登、傑利・柏尼基《吉姆・莫里森——搖滾傳說》[22]第 7 章〈惡夢〉）

在這之後，莫里森仍然不斷地煽動觀眾，並打算露出他的性器官——至於是否有實行，當事人之間的看法是分歧的——因而被逮捕了。在一九六九年三月一日邁阿密發生這個事件的稍早之前，莫里森經常參加當時具代表性的前衛表演劇團「美國劇院之翼」（American Theatre Wing，朱利安・貝克〔Julian Beck〕主持）的公演。總是將觀眾捲進來引起無節制的狂熱騷動的「美國劇院之翼」的表演，確實與 The Doors 樂團的表演有共通之處。由此可以看出，不只是吉姆・莫里森，這是當時的前衛表演者共通的傾向，他們以侵犯禁忌來做為對於反體制思想與和平主義的實踐。不過，莫里森（不是 The Doors 樂團）在其中非常突出，這也是事實。

---

[22] James Riordan & Jerry Prochnicky, *Break on Through: The Life and Death of Jim Morrison*（New York：Morrow, 1991）．詹姆士・李奧登、傑利・柏尼基（ジェームズ・リオダン，ジェリー・プロクニッキー），《吉姆・莫里森——搖滾傳說》（《ジム・モリソン：ロックの伝説》，安岡真（YASUOKA Makoto）、富永和子（TOMINAGA Kazuko）譯（東京：東京書籍，1994）。

　　但以莫里森的情況，在反體制思想與和平主義之前，追求侵犯禁忌本身的印象極為強烈，不可否認的，這成就了他突出的、前衛的表演。如前述引文所示，莫里森在舞臺上抱起的那隻腦海裡出現屠殺景象的羊，被視為和平主義的象徵。在莫里森的心中，或許只是即興地想到羊隻與殉教是相近的圖像，但我們在這裡應該讀出的是他那負面的性向：比起什麼宗教或意識形態，屠殺行為本身──也就是對破壞或死亡的衝動本身才是最吸引他的。莫里森在這裡可以說是與羊變成「一體化」，最後以時代的犧牲者之姿死去。以 The Doors 樂團的"The End"做為主題曲的《現代啟示錄》的動物獻祭之所以會被連想在一起，也是無庸置疑的。不過，若是村上春樹作品的讀者，也很容易看出這與《尋羊冒險記》裡一直否定〈羊〉的壓倒性支配力、但卻與它「一體化」而共同死去的〈鼠〉有基本的共通點。

　　前面提到村上以吉姆・莫里森為題材的評論連作最終回的標題是〈已準備好的犧牲者之傳說〉[23]。對於在六十年代後期出道，轉瞬間被奉祀為反體制的英雄，但也英才早逝的──在一九七一年因酒精和吸毒而意外死亡──吉姆・莫里森的一生而言，這是很貼切的標題；而村上自己描繪出的〈鼠〉或〈羊〉可以說是應被奉祀的「已準備好的犧牲者」，我們可以看出莫里森對其人物造形的影響。至於具有壓倒性的支配力、逼得〈鼠〉自殺的超自然的〈羊〉，或許是從被吉姆・莫里森抱起而從和平的象徵突然轉變為屠殺犧牲者的羊得到的逆說式（順接式？）的意象。

　　村上在散文〈告別所謂青春的心理狀態〉[24]中說吉姆・莫里森是「我以前的偶像」。在當時《現代啟示錄》已經上映的一九七九年（日本在隔

---

[23] 村上春樹，〈《同時代的美國 6》已準備好的犧牲者之傳說──吉姆・莫里森，The Doors 樂團〉（〈同時代としてのアメリカ-6-　用意された犧牲者の伝説──ジム・モリソン、ザ・ドアーズ〉），《海》14.7（1982）：274-83。

[24] 村上春樹，〈告別所謂青春的心理狀態〉（〈青春と呼ばれる心的状況の終わりに

年上映），吉姆・莫里森已經去世，我們可以想像此時的村上是將《現代啟示錄》認知為「以 The Doors 樂團的"The End"做為主題曲的電影」。也就是說，對於村上而言，"The End"不只是在時間順序上早於《現代啟示錄》，在他個人感興趣方面，也是優先於《現代啟示錄》的作品。我們必須考量到村上後來談論《現代啟示錄》或將之做為自己作品的題材時，總是將"The End"夾在裡面，甚至有些情況下將之做為核心的可能性。

　　《現代啟示錄》裡用到"The End"的場景是開場時以慢動作呈現森林被汽油彈燒盡的場面、以及動物獻祭和殺害可茲的場面交互連續的高潮場面。在這兩個場景，影像和音樂互相襯托，相輔相成地創造出卓越的效果。曲子的進行和電影的進展也有所呼應：電影開場使用歌曲開頭的部分，高潮場景也使用了歌曲的高潮部分。歌詞的內容並非完全與影像一致，但也不是完全不相關，給人一種暗示性的深奧。

　　尤其是高潮部分的歌詞極具象徵性。在這裡，莫里森對父親說我要殺了你，對母親吶喊著我想和妳交合（想和母親交合這一句裡最核心的單字以大叫來搪塞過去，但仍能充分傳達意思）。莫里森是以伊底帕斯（Oedipus）傳說裡的殺父及母子相姦做為侵犯的意象膨漲而成的。《現代啟示錄》雖然欠缺母子相姦的元素，但卻以韋拉德講述戰場瘋狂之事的方式，在殺害帶有父親性格的可茲之事裡放入殺王＝王者更替的元素（在殺害可茲之後，韋拉德從高臺俯視原住民的姿態簡直是像個新王的模樣）。在此可以看出一個有趣的過程："The End"裡莫里森欠缺的這個伊底帕斯傳說裡的另一個元素「王者更替」在《現代啟示錄》甦醒了。而村上春樹的《尋羊冒險記》聚焦於殺父和王者更替這一點，也是共通的。（不同點在於，以羊和鼠全部死掉來描寫王者更替的挫折。）也就是說，若將《羊》拿來與"The End"和《現代啟示錄》做比較的話，在情節結構方面較接近《現代啟示錄》，但是如前所述，村上對於吉姆・莫里森的感受並非平常。

　　　出生為平凡得不能再平凡的耿直軍人家庭裡的長子，詹姆斯（吉姆）・道格拉斯・莫里森（James "Jim" Douglas Morrison），以成為搖

ついて〉），《村上朝日堂嗨嘀！》（《村上朝日堂はいほー！》，賴明珠譯，臺北：時報文化，2007，18）。日文版原為 1989 年「文化出版局」出版。

滾歌手之事來象徵刺殺父親、與母親性交，將自己的過去燒毀、捨棄。（村上春樹〈吉姆‧莫里森的〈靈魂廚房（Soul Kitchen）〉〉[25]）

在上述引用的散文裡值得注意的是，村上在談論吉姆‧莫里森時，明確地使用了意識到"The End"最高潮的部分——殺父和母子相姦——的比喻。

> 「大島先生，我父親從好幾年前開始就一直對我說一個預言。」
> 「預言？」（中略）
> 「與其說是預言，或許比較接近詛咒也不一定。父親不斷重複地說給我聽。好像要用鑿子將它一個字一個字刻進我的意識裡去似的。」
> 我深深吸一口氣，然後再一次確認是否我接下來非得說出來不可。當然根本不用確認，它就在那裡。它隨時都在那裡。但我不得不再一次衡量一下那重量。
> 我說。「他說你有一天會親手殺死父親，有一天會和母親交合。」
> （《海邊的卡夫卡》第 21 章，標記出自原文[26]）

《海邊的卡夫卡》講述一個少年被烙印著殺父、與母親姊姊交合這樣的強迫觀念，其故事的原型可以說早在村上執筆書寫前述吉姆‧莫里森的散文時就已潛伏在他心裡了。如同前述引文所示，村上在這篇散文寫著『刺殺父親』。如預期地，《卡夫卡》裡殺害卡夫卡的父親田村浩一的方法是以小刀刺殺的。"The End"裡只唱出對父親的殺意，並未明示殺害方法。《現代啟示錄》裡韋拉德以山刀（獻祭場景中用來屠殺的恐怕是同樣之物）殺死可茲，《午後曳航》裡少年殺死父親（繼父）的場景並未被描寫、但在這之前少年以小刀殺貓的場景，可能也造成了影響。

將目前的考察加以整理可以發現，《尋羊冒險記》緊靠著《黑暗之心》及《現代啟示錄》[27]，但《卡夫卡》以《現代啟示錄》為踏板之後就離地

[25] 村上春樹，〈吉姆‧莫里森的〈靈魂廚房（Soul Kitchen）〉（〈ジム‧モリソンのための「ソウル‧キッチン」〉），賴明珠譯，《村上朝日堂嗨嗬！》 49。

[26] 賴明珠譯，《海邊的卡夫卡》，上 282。

[27] 如同前述，《尋羊冒險記》也有以錢德勒（Raymond Thornton Chandler, 1888-1959）《漫長的告別》（The Long Goodbye）做為創作基礎。詳細請拙稿〈村上春樹作品裡的基督教表象——以《尋羊冒險記》《挪威的森林》為中心〉 17。。

了，開始緊挨著"The End"的歌詞。我們可以說，《羊》裡不應該輸卻輸了的元素已在《卡夫卡》補齊了。（再者，《午後曳航》應該有比《現代啟示錄》更接近《卡夫卡》的情節，但是對於「戀母」這個元素只停留在淡淡的憧憬，而《卡夫卡》裡的少年實際與疑似自己母親的女性交合，兩者之間劃出了一條界線。若思及村上總是對於三島由紀夫作品表示不喜歡[28]，那麼能夠視為《卡夫卡》原型故事的，應該是直接唱出對母親的欲望的"The End"。）

> 你在世界的邊緣時 / 我正在死滅的火山口 / 站在門扉陰影裡
> 的是 / 失去文字的語言 // 月光照著沉睡的蜥蜴 / 魚兒從天空降
> 下 / 窗外有心意已決的 / 士兵們（《海邊的卡夫卡》第 23 章[29]）

上述引文是與卡夫卡交合、疑似自己母親的女性佐伯小姐，在十九歲時做的曲子《海邊的卡夫卡》歌詞前半段。在引文省略的部分，出現了在伊底帕斯傳說中扮演重要角色的「斯芬克斯（Sphinx）」、卡夫離家出走時帶走的「小刀」、中田先生和星野青年要找尋的「入口的石頭」、佐伯小姐在少女時代的幽靈所穿的「藍色衣服」等字眼，由此可以看出其與《卡夫卡》故事有基本的共通性。上述前半段的「魚兒從天空降下」[30]就是中田先生體驗過的事件，「士兵們」就是引導卡夫卡前往森林村落的二人。

---

[28] 在與中上健次（NAKAGAMI Kenji, 1946-92）的對談裡，當村上春樹被問到「您覺得三島如何呢？」時，他回答「並不是很喜歡」（〈對談 從工作現場開始〉（〈「対談仕事の現場か〉），《國文學》2（1985）：18）。在即將發表最新長編《1Q84》、於西班牙進行的訪問時，也被問到關於三島由紀夫的事情，他回答「我不喜歡三島的風格」、「以讀者的立場，無法去喜歡。沒有一部作品有全部讀完的。」（〈村上春樹訪談 我的小說被需求於混沌的時代〉（〈村上春樹インタビュー 僕の小說は、混沌とした時代に求められる〉），Courrier Japon 5.7（2009）：19）。附帶一提，上述村上的回答所回應的訪談問題是「做為日本新世代的偉大作家，是不是會感到殺死「父親」（引用註＝意指做為前輩的三島）的必要性呢？」，令人感到饒富趣味。村上嘴上回答著「我不這麼認為。（中略）我只是很單純不喜歡三島的文體和作品而已。還有，對於他的世界觀和政治思想，我也沒有感到共鳴」，但他的腦海裡或許浮現了《海邊的卡夫卡》呢。

[29] 賴明珠譯，《海邊的卡夫卡》，上 317-18。

[30] 關於從天空降下的魚或水蛭，在《少年卡夫卡》（"Mail no.100" 68-69）裡，有讀者指出與保羅‧湯瑪斯‧安德森（Paul Thomas Anderson）導演的電影《心靈角落（Magnolia）》（一九九九年，日本同年上映）類似，但村上春樹的回答是，並沒有受其影響，因為從天空降下魚或石頭的現象相當頻繁，在聖經裡也有出現過書。

　　再者，「世界的邊緣」、「死滅的火山口」、「失去文字的語言」這些字眼令人聯想到（像是）瓊尼・沃克的人對著被認為是卡夫卡第二自我的烏鴉提到的「靈薄獄（Limbo）」——

> 『嘿，你知道什麼是靈薄獄（limbo）嗎？所謂靈薄獄，就是橫亙於生與死的世界之間的中間地帶。一個模糊暗淡的寂寞地方。那也就是，我現在所在的地方。現在的這片森林。我已經死掉了。我以我的意志主動死掉。但我還沒有進入下一個世界。換句話說，我是移動中的魂魄。』（《海邊的卡夫卡》插入於第 46 章與 47 章之間的章節，〈叫做烏鴉的少年〉[31]）。

附帶一提，早於《卡夫卡》（二〇〇二年）出版的作品《挪威的森林》（一九八七年）裡，想要回憶已失去的女友卻記憶不起來的主人公渡邊的狀況，被形容是「記憶的邊疆（Limbo）」（第一章）。Limbo 原本是但丁（Dante Alightieri，1265-1321）《神曲》（*Divine Comedy*）裡地獄界的特殊場所。住在這裡的不是罪人，可免於遭受地獄裡各種痛苦折磨，但由於沒有基督教信仰而無法前往天國，只能過著平穩卻鬱悶的日子[32]。對於在失去戀人之後過著失意日子的《卡夫卡》裡的佐伯小姐，我們也可以用「記憶的邊疆（Limbo）」來予以理解。跟《挪威的森林》裡的渡邊一樣地，《卡夫卡》裡的佐伯小姐在戀人死後渡過了一段空白的日子，之後回到故鄉高松，開始寫起『我一路走來的人生』。這裡面當然也會提到已逝戀人的事吧。

　　關於「蜥蜴」的部分，有以下的記述。

> 我看著鏡子時，看到自己的眼睛就像蜥蜴一樣露出冷冷的光，表情變得更僵硬更淡薄。仔細一想，從我無法想起的從前開始，就一次也沒有笑過了。（《海邊的卡夫卡》第 1 章，卡夫卡追述往事[33]）

　　再者，御手洗陽在《海邊的卡夫卡》登場的中野區野方進行的田野調查結果是，鑑於瓊尼・沃克、中田先生、貓、魚之間發生的一連串殺與被的關連性，魚從天空降下應意味著對死者的追悼。（《Re: creation》（桑澤設計研究所）2（2009）：32-35。

[31] 《海邊的卡夫卡》插入於第 46 章與 47 章之間的章節，〈叫做烏鴉的少年〉。

[32] 《挪威的森林》和《神曲》Limbo 的關連，參拙稿〈村上春樹作品裡的基督教表象——以《尋羊冒險記》《挪威的森林》為中心〉　63-65 及〈《挪威的森林》裡的基督教表象——關於邊疆（Limbo）〉　73。

[33] 賴明珠譯，《海邊的卡夫卡》，上　15。

　　　　那裡已經沒有痛苦。有人已經幫她把痛苦永遠吸走了。圓再度完結。她打開遙遠的房間的門，在那裡的牆上，她看到兩組美麗的和音正以蜥蜴一般的姿態沉睡著。她用手指輕輕觸摸那兩隻蜥蜴。指尖可以感覺得到牠們安詳的睡眠。（《海邊的卡夫卡》第 42 章，面對著中田先生的佐伯小姐的描寫[34]）

將佐伯小姐的《海邊的卡夫卡》歌詞與上述引文接在一起，並無法明白「蜥蜴」代表著什麼意思。但若想起《卡夫卡》和"The End"及吉姆·莫里森之間不算淺的關係的話，就可以看得出來了。

　　　　莫里森開始對爬蟲類感到興趣，就是在這個時期（引用者註＝在十初頭歲之前的少年時代。雖然是個孩子，卻非常喜歡看書，其中最喜歡的就是這種跟生物有關的書。後來他將自己的第二自我（Alter ego）稱為蜥蜴王（Lizard king），其實是從尼采警句 276（《善惡的彼岸》）中擷取出來的。（前揭《吉姆·莫里森——搖滾傳說》第 2 章「野孩子」（Wild Child）[35]）

該《善惡的彼岸》（上述引文的文獻譯為《超越善與惡》，但該書的日文名稱已固定為這個譯名）裡擷取章節如下。

　　　　在遭受各種損害或損失時，粗糙的低等靈魂要比高貴的靈魂境況好。由於高貴的靈魂遭遇到的危險較大，而且生存條件複雜，所以蒙受災厄而被破壞的機率極大。——蜥蜴斷了爪子會再長出來，人則不能。（尼采《善惡的彼岸》第九章〈何謂高貴〉二七六[36]）

依據前揭《吉姆·莫里森——搖滾傳說》可知，莫里森將爬蟲類視為自然界的異端，憧憬其不受戰爭或自然災害的影響、在任何情況下都能活下來的存在性。（"The End"的歌詞裡也有「騎蛇」的句子。）雖說在某個意義上，這可以說是冀求絕對「自由」的搖滾基本精神裡理所當然的嗜好，不

---

[34] 賴明珠譯，《海邊的卡夫卡》，下　249。

[35] 李奧登、柏尼基　28。

[36] 弗里德里希·尼采（Friedrich Nietzsche, 1844-1900），《善惡的彼岸》（*Beyond Good and Evil*），《善惡的彼岸》，木場深定（KIBA Jinjō, 1907- ）譯（東京：岩波文庫，1970）294。

過上述引用的尼采以「蜥蜴」來代表即使遭受損害和損失仍會甦醒的存在，這一點對於《卡夫卡》裡「蜥蜴」的解釋也提供了線索。上記引文裡在離家前精神抖擻的卡夫卡希望成為「世界上最健壯的 15 歲少年」（《海邊的卡夫卡》開頭〈叫做烏鴉的少年〉），而且佐伯小姐將對於已逝戀人的記憶形容為「已完結的圓」（《海邊的卡夫卡》第 42 章，詳細後述）。也就是說，我們可以將《卡夫卡》裡的「蜥蜴」視為吉姆‧莫里森冀求的那種絕對自由和完全性的隱喻。

五、《海邊的卡夫卡》與《星際大戰》

1.《海邊的卡夫卡》與《星際大戰》（1）

　　如前一章所示，《海邊的卡夫卡》裡的殺父和母子相姦是從 The Doors 樂團的 "The End" 長出創作之芽，而促進這株嫩芽成長的另一部電影，那就是喬治‧盧卡斯（George Lucas）導演的《星際大戰》（Star Wars）。

　　先前引用的關於《現代啟示錄》的評論中，對於以吉姆‧莫里森為首的『在青春期開始時受到披頭族運動的洗禮、在青春期結束時與 60 年代後期的文化革命一同渡過的』世代，村上如此敘述著。

> 　　（前略）對他而言（或者也對我而言）比起史丹利‧寇比力克（Stanley Kubrick）的《2001 太空漫遊》（2001: A Space Odyssey），盧卡斯的《星際大戰》是較為嚴肅的電影；比起大衛連（David Lean）的《阿拉伯的勞倫斯》（Lawrence of Arabia），柯波拉的《現代啟示錄》是較為人性的電影。因為所有被確立的思想都已經是 Prejudice。（前揭〈做為方法論的無政府主義者——法蘭西斯‧柯波拉和《現代啟示錄》〉[37]）

我們應注意到這裡使用了 "Prejudice" 這個《現代啟示錄》裡的關鍵字，而且不可遺漏的對比是，在村上及其世代裡《現代啟示錄》的評價高於《阿拉伯的勞倫斯》，《星際大戰》的評價高於《2001 太空漫遊》。《現代啟示錄》

---

[37] 村上春樹，〈做為方法論的無政府主義者——法蘭西斯‧柯波拉和《現代啟示錄》〉166。

的導演法蘭西斯・柯波拉與《星際大戰》的導演喬治・盧卡斯兩人交情匪淺，兩人各自的代表作在內容上也有極大的關連。

對於盧卡斯而言，柯波拉是同樣身為電影人的大哥，盧卡斯初試影壇的佳作《美國風情畫》（*American Graffiti*）（一九七三年）也是柯波拉幫他製作的。《現代啟示錄》原本是盧卡斯和約翰・米利厄斯（John Milius）在南加州大學電影學系學生時期（一九七〇年代初期）企劃的作品，但由於無法付諸實現，之後將製片人讓給了柯波拉。（約翰・米利厄斯以《現代啟示錄》的編劇之名列入工作人員名單。）當初柯波拉原本要請盧卡斯擔任《現代啟示錄》的導演，但金錢方面的交涉不順利，而且之所以決定製作盧卡斯醞釀的另一個企劃《星際大戰》，也是基於上述的原因。在這個過程中，柯波拉與盧卡斯的友情曾經產生裂痕，但是之後兩人做為電影人的關係仍然持續著。在介紹三島由紀夫的一生及作品的《三島由紀夫》（原題 *Mishima: A Life In Four Chapters,* 一九八五年，日本未上映）中，兩人都是執行製作人[38]。

《現代啟示錄》於一九七九年（日本於次年上映）上映，《星際大戰》第一集於一九七七年（日本於次年上映）上映。但這是因為《現代啟示錄》的拍攝及編輯大幅落後而產生的差異，兩部作品的製作時期其實是重疊的。也有人說，《星際大戰》只是將「在旅程的最後打倒像父親那樣的存在」這個《現代啟示錄》的基本架構從越南內地搬到太空罷了[39]。立花隆根據此說法，做了這樣的敘述。

> 也就是說，韋拉德乘坐的巡邏艇變成了哈里遜・福特（Harrison Ford）乘坐的太空船。帝國是美國，叛軍是越共，而達斯・維德（Darth Vader）就是可茲。若以這樣置換來看的話，原本不易瞭解的可茲的存在感就變得清楚了（不過，若完全置換的話，所有的細節無法完全一致，而且變得太容易瞭解，反而看不見真正的可茲）。（立花隆《解讀〈現代啟示錄〉》[40]）

---

[38] 關於柯波拉和盧卡斯的經歷和關係，請參見法蘭琪　102-03。
[39] Peter Cowie, *The Apocalypse Now Book* (Cambridge, Mass.: Da Capo P , 2001).
[40] 立花隆　164。

如同立花指出的，兩部作品在人物關係和事件上有很多共通之處，但無法完全一致。事實上，上述立花引文裡的置換本身已經發生了矛盾。可茲是美國派出的殺手韋拉德想要暗殺對象，但是達斯·維德是帝國支配者達斯·西帝（Darth Sidious）的心腹，是一種君臨天下的存在。但是「偏離原本正道的父親（那樣的存在）與兒子（那樣的存在）的對決」這樣的主要架構是共通的。尤其是《星際大戰》裡達斯·維德和路克·天行者（Luke Skywalker）是真正血親的父子[41]，因此《星際大戰》較能忠實地反映前一章介紹的 The Doors 樂團"The End"的歌詞。如前所述，《現代啟示錄》裡欠缺伊底帕斯傳說及"The End"裡的近親相姦元素，而在《星際大戰》裡，主人公路克不知叛軍領導人莉亞（Leia）是自己雙胞胎妹妹，對她懷著愛慕之心。（此時母親帕德梅（Padme）已經去世。）莉亞之後與韓·索羅（Han Solo）（即上記引文裡立花指出的由哈里遜·福特扮演的太空船船長）結婚，而使得路克的戀情遭受挫折，但我們確實可以從中看出近親相姦的元素。

---

[41] 《星際大戰》系列的第一集是《星際大戰四部曲：曙光乍現》，在這一集裡尚未公開維德和路克的父子關係（一開始的預設本來就是要在續集之後才會展開，這是沒有錯的）。以下在進行《星際大戰》的考察時，將從以下列舉的全六部曲系列得到的所有訊息來加以援用，並視需要考量上映年度。《星際大戰首部曲：威脅潛伏》（The Phantom Menace，一九九九，日本也是同年上映）、《星際大戰二部曲：複製人全面進攻》（Attack of the Clones，二〇〇二，日本也是同年上映）、《星際大戰三部曲：西斯大帝的復仇》（Revenge of the Sith，二〇〇五，日本也是同年上映）、《星際大戰四部曲：曙光乍現》（A New Hope，一九七七，日本於次年上映）、《星際大戰五部曲：帝國大反擊（The Empire Strikes Back）》（一九八〇，日本也是同年上映）、《星際大戰六部曲：絕地大反攻》（Return of the Jedi，一九八三，日本也是同年上映）。各部曲的時間順序和作品的上映時間不一致，容易產生混亂，不過在此將星際大戰 4-6 部曲稱為舊三部曲，星際大戰 1-3 部曲稱為新三部曲。

也就是說，《星際大戰》不只具有《現代啟示錄》的元素，也有"The End"的元素。村上或許是意識到此事，所以才在以"The End"做為故事原型的《海邊的卡夫卡》裡大量使用了來自於《星際大戰》的設定和描寫。《卡夫卡》裡的卡夫卡的父親田村浩一不知為何不斷地向兒子做出宿命般的預言：殺父、與母親姊姊的交合，這也可以看出是以《星際大戰》的故事做為輔助線。首先，讓我們先來看看兩部作品的設定和描寫的關連。

2.《海邊的卡夫卡》與《星際大戰》（2）

《海邊的卡夫卡》裡出現的殺貓怪人瓊尼・沃克被認為是《星際大戰》裡的達斯・維德[42]。《星際大戰》裡有守護星際共和政體（銀河共和國）的絕地（Jedi）騎士。絕地騎士是卓越的戰士，信奉的是能夠將全宇宙結合起來的原力（Force，日本上映當時譯為「理力」），並能將之用來驅使念動力、讀心術、心理操作、預知未來等能力。能力非比常人的絕地騎士團被賦予抑制權力慾望及私利、禁止戀愛及結婚、不抵抗、禁止殺害無武裝的敵人等教條。「身為戰士卻具有求道者的性格」這種絕地騎士的原始形象被認為來自於西歐騎士、中國的少林寺修行僧、日本的武士等，而原力的原始形象被認為來自於西洋的魔術或東洋的「氣」。（附帶一提，「絕地」一詞據說源自日本的「時代劇（Jidaigeki）」。與此相關的是，黑澤明導演的《戰國英豪　隱砦三惡》是《星際大戰》的原型故事，其與前述的《現代啟示錄》的關連自不待言。）原本優秀的絕地騎士安納金・天行者（Anakin Skywalker）被惡勢力（即後述原力的「黑暗面（Dark side）」）所擄獲，與其師父歐比王・肯諾比（Obi-Wan Kenobi）對決失敗之後，變成了身體大部分機械化、被漆黑的面具及盔甲（生命維持裝置）包覆的達斯・維德，其怪異的裝扮與《卡夫卡》裡打扮成威士卡商品人物的瓊尼・沃克有共通之處。如同前述，兩部作品的主要架構都是變成怪人的父親與兒子的對決，而我們也可以發現「天行者」（Skywalker）與「瓊尼・沃克」（Johnnie Walker）兩者的發音是一致的。

---

[42] 先前曾經將《海邊的卡夫卡》和《星際大戰》加以類比討論的是仲俁曉生（NAKAMATA Akio, 1964- ）。雖然與筆者（德永）的見解不同，不過仲俁主張瓊尼・沃克擁有路克・天行者「在那之後」的那樣印象（PIA *Invitaion* 二〇〇二年十一月號，創刊準備號）。

（前略）我就出生在離這裡很近的地方，深深愛著住在這房子裡的一個男孩子。愛得不可能更深的愛。他也同樣地愛我。我們生活在一個完全的圓裡。一切都已在那個圓的內側完結了。（《海邊的卡夫卡》第 42 章[43]）

　　中田先生一直把自己的手重疊在她的手上。佐伯小姐終於閉上眼睛，讓身體安靜地沉入回憶之中。那裡已經沒有痛苦。有人已經幫她把痛苦永遠吸走了。圓再度完結。她打開遙遠的房間的門，在那裡的牆上，她看到兩組美麗的和音正以蜥蜴一般的姿態沉睡著。

（《海邊的卡夫卡》同上[44]）

第二段引文在先前已引用過，不過這兩段引文都是佐伯小姐向中田先生講述她與已逝情人的過去，是她從長年的傷痛中解放出來的場景。在此的「圓再度完結」這句話應該是擷取自《星際大戰》第一集（《星際大戰四部曲：曙光乍現》──早於《現代啟示錄》、最早上映的作品）裡歐比王·肯諾比與達斯·維德再次會面、再次對決時維德的台詞"The circle is now complete."（現在圓將要完結）。維德所說的「圓（circle）」是指前述歐比王與安納金（維德）的初次對決[45]，「完結（complete）」意指對過去進行清算和解決，這一點與《卡夫卡》是一致的。

　　這次歐比王與維德的再次對決，意味著續集星際大戰五及六部曲裡路克（兒子）和維德（父親）對決的前哨戰。而在《卡夫卡》裡，中田先生先殺死了瓊尼·沃克，如同呼應似地，卡夫卡也知道了田村浩一死掉之事。雖然書中並沒有明確指出瓊尼·沃克和田村浩一是同一人，不過從卡夫卡跟大島先生說「如果不提出對於假設的反證，就沒有科學的發展──父親經常這麼說」（第 21 章），以及瓊尼·沃克也跟中田先生說了完全相同的話（第 14 章）來看，兩者具有頗深的關連性，瓊尼·沃克的死和田村浩一的死應該也是連結在一起的。

---

[43]　賴明珠譯，《海邊的卡夫卡》，下　247。

[44]　賴明珠譯，《海邊的卡夫卡》，下　249。

[45]　歐比王和安納金（維德）的首次對決，是在全六部曲當中最後上映的《星際大戰三部曲：西斯大帝的復仇》裡首次出現，在舊三部曲（星際大戰 4-6 部曲）裡只暗示那是過去的事情。

「（前略）中田並不想殺人。可是被瓊尼・沃克先生引導，中田代替了本來應該在那裡的 15 歲少年，殺了一個人。因為中田不得不接受那個啊。」（《海邊的卡夫卡》第 42 章，標點出自引用者[46]）

也就是說，代替少年（兒子）來與他的父親和老人戰鬥的狀況，在兩部作品裡完全一樣，這影射著村上從《星際大戰》獲得了創作的靈感。以「以自由奔放的想像力追求迷宮形態所具有的美與回應性的大型『迷宮』系列」這個作品聞名（第 21 章）的雕刻家田村浩一、與以前做家具時只要看到『彎曲的東西』時『不管是什麼都想把它弄直』（第 24 章）的中田先生之間的對照，呼應了正當使用原力的歐比王與被黑暗面擄獲的維德之間的對照[47]。

---

[46] 賴明珠譯，《海邊的卡夫卡》，下　244。

[47] 有研究指出，《星際大戰》這種與偏離正道的弟子戰鬥的設定，是受了李小龍（李振藩，Bruce Jun Fan Lee, 1940-73）主演、羅拔・高洛斯（Robert Clouse, 1928-97）導演的《龍爭虎鬥（*Enter the Dragon*）》（1973）的影響（石川權太[ISHIKAWA Gonta, 1968-]，〈絕地武士　李小龍〉，《星際大戰完全基礎講座》，東京：扶桑社，1999，202-12）。除此之外，石川也該論文裡也提出了很多共通的場景，如潛入惡勢力的要塞、讓人在戰鬥正酣之時想起師父教誨的「有鏡子的房間」等等（如後述所示，在《星際大戰》裡描述了名為「死星」（Death Star）的要塞的攻略，在這個高潮場景中，路克聽到了歐比王的聲音）。附帶一提，在《現代啟示錄》開頭，有一場韋拉德在鏡子前做出像是太極拳動作的場景，被認為是受了《龍爭虎鬥》的影響。關於看著映在鏡子裡的自己的描寫，在《尋羊冒險記》裡也可看到（第八章第九節〈映在鏡子裡的東西。沒映在鏡子裡的東西〉）。村上曾經說過這個場景是從馬克斯兄弟主演、李奧・麥卡里（Leo McCarey）導演的《鴨羹（*Duck Soup*）》（1933）得到的靈感——村上春樹、川本三郎（KAWAMOTO Saburō, 1944- ）《電影冒險記》（《映画をめくる冒険》，東京：講談社，1985，15。）。從《現代啟示錄》與《尋羊冒險記》的親和性來看，村上應該也意識到上述韋拉德的場面。村上比較不可能意識到與《龍爭虎鬥》之間的共通性，但是村上夫人是李小龍的大粉絲，或許因而在《挪威的森林》裡做出了跟李小龍有關的描寫（詳細請見拙稿〈關於阿綠——《挪威的森林》裡的女性〉　1-21，即使只是偶然，卻是個饒富趣味的關連。

　　兩部作品的差異點是，《星際大戰》的歐比王戰敗死亡，但是《卡夫卡》的中田先生卻活了下來。就作者的立場來看，這樣的差異是可以接受的。中田先生後來扮演的角色是尋找「入口的石頭」並與佐伯小姐相會，所以在與瓊尼‧沃克的對決時不能死掉——因此，瓊尼‧沃克在這裡就必須死掉。但是，瓊尼‧沃克－田村浩一在這裡完全死掉的話，卡夫卡被賦予的殺父詛咒那種強迫觀念似的問題就變得只能空轉，無法再前進了。

　　此處意味著這部作品複雜的結構性。《卡夫卡》是由以卡夫卡為主軸的奇數章、以中田先生為主軸的偶數章、以及兩篇名為〈叫做烏鴉的少年〉的插入章所構成。這是村上春樹擅長的、以數個故事慢慢連結起來的結構，也藉由這樣的結構解決了上述的問題。在偶數章裡，中田先生殺死的是瓊尼‧沃克（第 16 章），但並沒有說他是「田村浩一」。但是如前述所示，瓊尼‧沃克與田村浩一肯定有很深的關連；在奇數章裡，大島先生和卡夫卡所瞭解到的（第 21 章）田村浩一被殺之事，在時間點及狀況上都可以對應到中田先生殺死瓊尼‧沃克的狀況。另一方面，卡夫卡因為自己襯衫上的血跡（第 9 章）而煩惱是否是自己殺了父親（第 21 章）。再者，被視為卡夫卡另一個自我的烏鴉也襲擊了瓊尼‧沃克（第 46 章和 47 章之間的插入章〈叫做烏鴉的少年〉）。也就是說，在《星際大戰》裡沿著歐比王與維德的對決（星際大戰四部曲）→路克與維德的對決（星際大戰五、六部曲）這個時間順序的流程，在《卡夫卡》裡，藉由雙重結構（若算進插入章〈叫做烏鴉的少年〉，就成了三重結構）的方式，被「壓縮」在同一個時間裡。（再者，兩個不同狀況交互連續的結構也是《星際大戰》系列的特徵。尤其是第二集《星際大戰五部曲》開始的五集作品裡，這樣的雙重結構非常明顯。）

3.《海邊的卡夫卡》與《星際大戰》（3）

　　中田先生在殺死瓊尼‧沃克之後遇到星野青年，展開了尋找「入口的石頭」的旅程。這對在旅程中屢次遭遇奇怪事件的雙人組，也可以比擬成《星際大戰》裡出場的雙人組——前文提及的太空船船長韓‧索羅與其搭檔邱巴卡（Chewbacca）。

　　來自卡希克（Kashyyyk）星球的烏奇（Wookie）族邱巴卡在第一集《星際大戰四部曲》裡是受路克和歐比王雇用來運送兩具機械人（Droid）的太

空船船長韓・索羅的搭檔。身長超過兩公尺的巨大身體及全身長毛的模樣被揶揄為「大猿」。在《星際大戰》的作品世界裡，人型生物（Humanoid）使用的語言（具體來說是英語）叫做基本語言（Basic），但是有很多異形（Alien）不是不懂基本語言，不然就是上顎構造的問題造成本身無法說話。邱巴卡屬於後者，只會說像野獸叫聲的烏奇語。那種逗趣的模樣和動作贏得了很多粉絲。另一方面，在《海邊的卡夫卡》裡，在少年時代喪失閱讀能力、因智能障礙而得到政府補助的中田先生，也有一種獨特逗趣的說話方式。若以日文來解釋邱巴卡這個名字，是「中度笨蛋」的意思（如同先前提到「絕地」＝「時代劇」，《星際大戰》裡經常可見疑似取自日文的名稱和用語）。烏奇族極為長壽，在《星際大戰四部曲》這個時間點，邱巴卡已經大約二百歲了，這一點與有智慧障礙、說話方式逗趣的老人中田先生的形象是重疊的。也就是說，中田先生在完成與瓊尼・沃克的對決之後，從歐比王變成了邱巴卡的模樣。

> 「可是，中田先生，隨便去移動那麼特別的石頭，該不會很危險吧？」
>
> 「是的，星野先生。這說起來，是相當危險的。」
>
> 「傷腦筋。」說著，星野青年一面慢慢地搖搖頭一面戴上中日龍隊的帽子，從後面的小洞將他的馬尾拉出來。「感覺起來好像變成了印第安那・瓊斯（Indiana Jones）的電影。」（《海邊的卡夫卡》第 26 章[48]）

在上述引文裡星野青年提到的「印第安那・瓊斯」，是《星際大戰》的喬治・盧卡斯擔任原始企劃及執行製作人、執導《第三類接觸》（*Close Encounters of the Third Kind*）（一九七七年，日本於次年上映）的史蒂芬・史匹柏（Steven Spielberg）擔任導演的系列電影，包括蔚為話題的第一集《法櫃奇兵》（*Raiders of the Lost Ark*）（一九八一年，日本也是同年上映）在內，於《卡夫卡》出版之時已有三部作品上映，目前共上映了四部作品。星野青年和中田先生找尋不知真正面目的「入口的石頭」之旅，確實令人不禁想到考古學者印第安那・瓊斯的探索和冒險。明里千章在《村上春樹

---

[48] 賴明珠譯，《海邊的卡夫卡》，下 41。

的電影記號學》[49]指出村上曾經提到《世界末日與冷酷異境》裡的奇數章（〈冷酷異境〉）與《印第安那・瓊斯》類似之處[50*]的事、以及他在談論電影的散文集《電影冒險記》[51]裡讚賞了《法櫃奇兵》、而且有傳聞指出史匹柏想將《尋羊冒險記》拍成電影但被村上拒絕等事情，因此從「石頭」相關的冒險這個共通點，推測上述引文中《卡夫卡》裡的星野青年想起的，可能是系列作品第二集《印第安那・瓊斯：魔宮傳奇》（*Indiana Jones and the Temple of Doom*）。若站在星野青年的立場來解釋的話，這是非常妥當的。不過，若以本論文進行的考察來看的話，上述的引文裡，除了《印第安那・瓊斯》作品的世界之外，扮演印第安那・瓊斯的演員哈里遜・福特也應加以關注。

哈里遜・福特是演出前述《星際大戰》裡以邱巴卡為搭檔的船長韓・索羅而出名的演員，他之所以能演出《印第安那・瓊斯》系列（之所以現在一躍成為好萊塢的代表性明星），可以說是他與《星際大戰》及喬治・盧卡斯的緣份所帶來的幸運。哈里遜・福特在《現代啟示錄》開場裡也扮演了對韋拉德做出「懷著壓倒性的偏見堅決地撲殺吧」指示的其中一名軍官（雖然說出「壓倒性的偏見……」這句台詞的是一位謎樣的民間人士）。附帶一提，影片裡軍服的身分識別牌雖然看不清楚，但據說這個角色的名字設定為「喬治・盧卡斯上校」[52]。或許是法蘭西斯・柯波拉為了向原本與這部電影有關的盧卡斯所做的致敬或嘲諷吧。再者，將軍叫這位上校播放可茲獨白的錄音帶時，他叫出的名字聽不出是「盧卡斯」，聽起來倒像是「路克」。我現在手上的 DVD 裡的英語字幕也是寫著"Luke, would you play that tape for captain, please ?[53]"。雖然不清楚這個場景的拍攝時間與《星

---

[49] 關於明里千章（AKARI Chiaki, 1952- ），《村上春樹的電影記號學》（《村上春樹の映畫記號學》，東京：若草書房，2008）第 3 章〈從電影作品解讀村上小說〉。雖然他關於《海邊的卡夫卡》的主張與筆者（德永）的見解不同，但本書仔細查閱村上春樹關於電影的散文、釐清了電影對村上小說作品造成極大的影響。這樣的研究方法讓筆者得到了很大的啟發。

[50] 〈訪談書 村上春樹 這十年 1979 年－1988 年〉（〈聞き書 村上春樹この 10 年──1979 年～1988 年（村上春樹ブック）〉，《文學界》（四月臨時增刊〔村上春樹 BOOK〕）45.5（1991）：35-59。

[51] 村上春樹、川本三郎 210-11。

[52] 法蘭琪 103。

[53] 摘自「日本先驅電影株式會社」製造・發售，先鋒 LDC 株式會社販賣《現代啟示

際大戰》拍攝及上映時間有何種程度的重複或者完全沒有重複，但是幾乎在同一時期演出《星際大戰》的哈里遜・福特會在片中出現，就可以確定以柯波拉為首的工作人員一定知道「路克・天行者」這個《星際大戰》裡主人公的名字。上述 DVD 的字幕應該是上映之後才製作的，並沒有決定性的證據可以證明在拍攝當時「路克・天行者」就已被意識到，但是上述場景裡將軍叫做「路克」也好、「盧卡斯」也好，這一定是以哈里遜・福特正在演出《星際大戰》的韓・索羅一角之事為前提所做出的不為人知的滑稽模仿。也就是說，本論文在《海邊的卡夫卡》的關連方面特別關注的台詞：「懷著壓倒性的偏見堅決地撲殺吧」出現的這個場景裡，《星際大戰》的元素早已經被放入其中。

　　將《卡夫卡》的星野青年與《星際大戰》的韓・索羅仔細做比較的話，可以看出很多極為類似的地方。韓・索羅是運送偷渡品的太空船船長，星野青年是長途卡車的司機。兩人都被捲入事件而展開旅程，成為主人公們的助手。兩人聽起有像不良份子的粗暴用詞及態度也極為相似。星野青年幫助中田先生尋找「入口的石頭」而放棄自己的本業運輸業，韓・索羅也為了協助路克和莉亞的同盟軍（對抗達斯・維德帝國軍的勢力）而離開偷渡業、甚至遭遇到生命危險（星際大戰五、六部曲）。最大的類似之處就是成為少年（路克、卡夫卡）的助力（星際大戰四部曲裡的路克已屆堪稱為青年的年齡，卻被年長又人生經歷較豐富的韓・索羅當小孩子耍，強調其像少年般的未成熟性）。如前所述，路克代替歐比王與維德對決，並且在攻擊太空要塞死星（Death star）時快要被維德擊落之前，被趕到的韓・索羅及邱巴卡所救（星際大戰四部曲）。中田先生和星野青年雖然沒有與卡夫卡見面，但兩人的行動可以說是間接幫助了卡夫卡。如此思來，以下稍微不易理解的描寫也變得饒富趣味。

　　　　「對不起，好像沒有人聽過這種名字的石頭。」她說。
　　　　「完全沒有嗎？」
　　　　女孩子搖搖頭。「不好意思。真抱歉，大家是為了找這石頭，而特地從遠方來的嗎？」

錄 特別完全版》DVD。以下《現代啟示錄》引用部分亦同。

　　　　「嗯，是不是該說特地呢，我是從名古屋來的。這位歐吉桑是
　　從東京的中野區來的。」（《海邊的卡夫卡》第 26 章，標點出自引
　　用者[54]）

在高松車站的旅遊服務中心的對話裡，服務台的小姐對著星野青年和中田
先生兩人說「大家」，是非常奇怪的。或許也可以解釋成誤認為是團體旅
遊的客人，但對讀者來說，比較妥當的解釋應該是，將已經來到高松的卡
夫卡和櫻花姊等人都算進去，才會說成「大家」。在《星際大戰四部曲》
裡，韓・索羅、邱巴卡、歐比王・肯諾比、路克・天行者、兩具機械人在
同一艘太空船上展開旅程（回程時，歐比王已死，但多了被救出來的莉亞）。
上述的「大家」的原始形象可能出自此處。

4.《海邊的卡夫卡》與《星際大戰》（4）

　　　　　從上了中學之後的兩年之間，我為了這一天的來臨，密集地鍛
　　　鍊著身體。從小學低年級開始，我就到柔道教室去練習，即使進入
　　　中學之後，也還某種程度地繼續著。（《海邊的卡夫卡》第 1 章[55]）

在上述引文之後，卡夫卡說他還記得到區立體育館使用健身器材鍛鍊肌
肉，聯繫到後來離家來到高松時仍同樣到體育館做運動訓練的描寫。在村
上春樹的作品裡極少有關於格鬥術或其練習者的描寫[56]，關於日本武道的
描寫尤其少見。長篇小說中的主人公正式進入教室或道場學習的這種設
定，《海邊的卡夫卡》算是頭一遭。

　　另外，在《卡夫卡》之前曾經出現日本武道的作品是《發條鳥年代記》，
這算是村上春樹作品的特例。主人公岡田亨從友人那裡學到空手道的踢腿
術並加以練習，但並沒有正式進入道場學習[57]。這裡要補充說明的是，這

---

[54] 賴明珠譯，《海邊的卡夫卡》，下　42。
[55] 賴明珠譯，《海邊的卡夫卡》，上　13。
[56] 如短篇〈沉默〉（《村上春樹全作品》，卷 5，東京：講談社，1991，403-26）。
　　全國學校圖書館協議會《沉默》，一九九三年、文藝春秋社《萊辛頓的幽靈》，
　　一九九六年，參賴明珠譯，臺北：時報文化，2005，35-58）描寫了主人公練習拳擊
　　的場景。這都是極為少見的例子。
[57] 「在高中時代，我曾經從一個空手道上段的朋友那裡，非正式地學到一點空手道的
　　初級技巧。不管哪一天，他只讓我練習踢。沒有什麼特別的花招，只是練習盡量用

個在《發條鳥年代記》發表於雜誌時及出版單行本時曾經有過的設定裡，
還提到了岡田亨的祖先輩「曾經有一位是新撰組的成員，雖然完全不知其
名，但在明治維新時，因為過度憂心日本將來的走向而在某間廟門口切腹
自殺了」。就像不太認同三島由紀夫切腹自殺的《尋羊冒險記》裡的〈我〉
那樣——另一個有關連的設定是，岡田亨的住址是「二丁目二十六號」，
暗示了作者對於三島由紀夫有很深印象而在作品裡寫下與二‧二六事件之
間的關連——，這裡所描寫出來的，也是與不太認同的日本武道或武士道
之間不可避免的因緣[58]。這種「雖然學習空手道的技巧、但並沒有正式入
門」的複雜設定，可以解讀成「對於因緣不太認同的感受」這種不即不離
的微妙性。代表現今日本武道之一的空手道是從琉球王國——以前不屬於
日本的國家——傳來的格鬥術，不同於以江戶時代武士的劍術和柔術為主
體的現代劍道和柔道，兩者在歷史進程上有所差異。這一點與上述岡田亨
的心理糾葛也是一致的。

　　因此，卡夫卡正式到柔道教室練習，可以說是村上春樹作品裡劃時代
的設定。若是將之視為村上往日本的武道或武士道靠近，是未免過於急躁
的結論。不過從村上春樹近年來在各種場合時對於「日本」的態度變化來
看，也可以視為其中一個面向。這也令人想起《卡夫卡》裡曾經直接提到
若山牧水、石川啄木、夏目漱石、志賀直哉、谷崎潤一郎、種田山頭火、
上田秋成等日本作家的名字或作品。不過單就卡夫卡入門柔道的經歷來
看，並不能直接視為對日本的回歸，因為這裡有《星際大戰》夾在裡頭。

　　　我離家出走時，默默地從父親書房帶走的東西，不光只有現金
　　而已。還有一個古老的、小小的金色打火機（我一直喜歡它的設計
　　和重量），一把刀鋒尖銳的摺疊式小刀。這是用來剝鹿皮的刀子，
　　放在手掌上時沉甸甸的，刀身有 12 公分長。可能是出國旅行時買

力、高高地筆直地把腿以最短距離踢出去而已。他說萬一遇到什麼狀況時這個最有
　用。」（參照賴明珠譯，《發條鳥年代記 第二部 預言鳥篇》（《ねじまき鳥クロ
　ニクル》）17 章，台北：時報文化，1995，229，標記出自引用者，譯者另作中譯）
[58] 關於「岡田亨的祖先有一位是新撰組的隊員」這個設定，在文庫版及現在以全集形
　式出版的《村上春樹全作品》（1999-2004 發條鳥年代記 1，東京：講談社，2003）
　裡被刪除了。筆者（德永）對於這個刪除的理由的見解，詳參拙稿〈村上春樹作品
　裡的基督教表象——以《尋羊冒險記》《挪威的森林》為中心〉 9。

回來的吧。後來還是決定把放在書桌抽屜裡的強光手電筒也拿走。
為了掩飾年齡也有必要戴太陽眼鏡。那是深天藍色的 Revo 太陽眼
鏡。（《海邊的卡夫卡》第 1 章發端[59]）

此處羅列的物品，給人欠缺統一性、有點不太自然的印象。如果想要表示
從對立的父親那裡偷出來──後文會談到這可能有「承接」的意思──的
話，一把小刀就足夠了。在此將前述卡夫卡入門學柔道的經歷對照上記引
文的用品，然後將之與《星際大戰》做比較的話，這個不自然就會消除。

　　卡夫卡正式入門學柔道這件事意味著他曾經有過柔道的經驗。（這一
點就與《發條鳥年代記》裡只學過空手道技術的岡田亨大逕庭。）特別
是在《卡夫卡》與《星際大戰》之間的對應關係，此事具有極大的意義。
如同前述的考察，背負著殺父宿命的卡夫卡可以比擬為路克・天行者，尤
其可以從第一集《星際大戰四部曲》裡看出，因為路克的穿著很明顯是以
柔道服為意象設計而成的衣服。（這種有夾衣的白色上衣就是柔道服。而
路克的師父歐比王（Obi-Wan）的名字在日文裡是柔道初段黑帶的意思，
意指繫著黑帶的武道高手，這也是互相呼應的。）

　　再者，將上述引文裡卡夫卡帶走的物品當中的摺疊式小刀、手電筒、
天藍色的太陽眼鏡這三種的意象混合起來的話，與《星際大戰》裡絕地騎
士使用的武器光劍（Lightsaber）很接近。光劍這種武器是只要按下劍柄上
的開關，光線刀刃就會從劍柄伸出，不使用時只留下劍柄部分。也就是說，
這與能夠收納刀刃的摺疊式小刀和手電筒的意象是重疊的。（或許光劍的
設計原本就是摺疊式小刀和手電筒的合體？）路克從歐比王手上拿到這把
被視為父親（安納金・天行者＝達斯・維德）遺物的光劍，這一點也與偷
走（承接）父親小刀的卡夫卡有所呼應。

　　　　（前略）在夢中，我位於洞窟的深處，手上拿著手電筒彎著腰，
　　正在黑暗中找尋著什麼。那時從洞窟入口那邊，傳來有人在呼喚名
　　字的聲音。是在叫我的名字。遠遠的，很小聲。我大聲朝那邊回答。
　　可是那個人好像沒有聽到我的聲音，還一直持續在喊著名字。沒辦
　　法我只好站起來，開始向洞窟入口走去，並且想「差一點就要找到

---

[59] 賴明珠譯，《海邊的卡夫卡》，上　11。

了，真可惜」。可是在同時，內心也因為沒有找到而鬆了一口氣。（《海邊的卡夫卡》第 35 章，標記出自引用者[60]）

《星際大戰五部曲：帝國大反擊》裡有一個令人想到上述引文的洞窟。跟著絕地大騎士（Jedi Master）尤達（Yoda）修行原力的路克有一個學習到不安和恐怖會毀滅自己──這與後述的「黑暗面」相近──的場景。尤達說「不需要武器」，但是路克聽不進去，帶著光槍（Blaster）和光劍進入洞窟。在這裡，達斯‧維德的幻影出現了。路克用光劍切斷維德的脖子，滾動著的頭上的面具毀壞之後，出現了路克的臉。兩部作品對於洞窟這個地方都表現出夢境與幻影，而且都描寫了與自己本身的對峙。（這裡的描寫暗示了作品裡不曾道出的卡夫卡的本名，這只有小說才能做到的表現，也是能夠突顯作者村上的獨創性的場景。）

　　另外，路克手裡拿的光劍刃身是接近水色的藍色，這個以特殊效果表現的顏色具有不可思議的透明感，與卡夫卡的「天藍色的太陽眼鏡」具有共通點。

　　　　「你有太陽眼鏡吧。」
　　　　我點點頭，從口袋拿出深天藍色的 Revo 太陽眼鏡，戴起來。
　　　　「很酷嘛」大島先生看著我的臉說。（《海邊的卡夫卡》第 35 章，標記出自引用者[61]）

將這個場景與村上的先行作品《舞‧舞‧舞》裡的下述場景並列來看，就可以看出與《星際大戰》的關連性。

　　　　「客人您何不直接打電話問警察呢？（後略）」
　　　　「說得也是，我會試看看。」我說。「謝謝。但願理力能夠與你同在。」
　　　　「不好意思。」她手碰一下眼鏡框，很酷地說。（《舞‧舞‧舞》第 14 章，與由美吉小姐的對話，標記出自引用者[62]）

---

[60]　賴明珠譯，《海邊的卡夫卡》，下　152。
[61]　賴明珠譯，《海邊的卡夫卡》，下　154。
[62]　賴明珠譯，《舞‧舞‧舞》，上　133。

上述引文裡的「理力」意指《星際大戰》舊三部曲上映當時對於「原力」的譯語，〈我〉對由美吉小姐說的「但願理力能夠與你同在」這句話，是絕地騎士和同盟軍經常掛在嘴邊的"May the force be with you."的譯文。（上述譯文是村上自己翻譯的，全六集裡的舊三部曲 4-6 部曲在日本上映時，被譯成「願理力與你同在」。附帶一提，新三部曲上映之後就被譯為「願原力與你同在」。）在《舞・舞・舞》裡也有提到《星際大戰》[63]，上述引文裡的「很酷（Cool）」很明顯是《星際大戰》「路克（Luke）」的易位構詞（anagram）。由此來看，先前提到的《卡夫卡》裡的「很酷（Cool）」可以連結到「路克」，並將卡夫卡的太陽眼鏡和光劍連結起來。

另外，光劍是只有絕地騎士才可以持有的特別武器，這樣的設定很明顯源自日本刀。在此可以看出，與柔道一樣地，村上春樹作品間接地朝著武道和武士道接近。若進一步將前述《現代啟示錄》的柯波拉與《星際大戰》的盧卡斯共同製作那部描寫三島由紀夫一生的《三島由紀夫》的原委加以考慮的話，會令人感到饒富趣味。

如前所述，我們可以從很多描寫看到卡夫卡與路克之間的共通點，而關於卡夫卡來自於父親的「詛咒」當中的與姊姊交合之事，也可以從中看出共通點。

> 「那（引用者註＝殺父、與母交合的預言）跟伊底帕斯受到的詛咒完全一樣。這件事情你當然也知道吧？」
>
> 我點點頭。「可是不只這樣。還有一個贈品。我有一個大我 6 歲的姊姊，父親說有一天我也會跟那個姊姊交合。」（《海邊的卡夫卡》第 21 章[64]）

---

[63] （前略）總之海豚飯店已經完全消失不見了啊。已經不存在了。在那塊地上蓋起了像《星際大戰》的祕密基地般愚蠢的高科技飯店。（《舞・舞・舞》第六章）（前略）在這裡的一切都令我想起《星際大戰》的太空城市。不過除此之外，則是一個感覺很好、很安靜的酒吧。（中略）兩個中年男人在靠裡邊的桌子坐著，一面喝威士卡一面悄悄壓低聲音說話。雖然不知道在說什麼，但光這樣看著，就覺得好像是在談非常重要的事情似的。或許是在推演暗殺達斯・維德的計畫也不一定。（同上）另外，村上在《海邊的卡夫卡》之後的長篇《黑夜之後》（《アフターダーク》，二〇〇四）第五章曾提到《星際大戰》（賴明珠譯，臺北：時報文化，2005，67）。

[64] 賴明珠譯，《海邊的卡夫卡》，上 283。

這裡可以清楚看到「與姊姊交合」這個伊底帕斯傳說裡沒有的內容，令人不禁想要拿來跟《星際大戰》做個對照。如前所述，路克的母親帕德梅在生了路克之後就死了（星際大戰三部曲），但是路克喜歡上出生之後就分開的雙胞胎妹妹莉亞，這將原本不足的近親相姦元素補齊了。莉亞最後嫁給了韓·索羅，路克的戀情受到挫折，而疑似卡夫卡姊姊的櫻花姊雖然有其他情人（雖然不是被比擬為韓·索羅的星野青年），但仍與卡夫卡親密，不過是在夢中交合，並沒有超越那一道防線。由這一點來看，路克與卡夫卡的共通點具有一貫性。

六、與理力同在

　　以上主要是針對故事設定及人物造形有相關的先行作品進行比對所做的考察，接下來的考察是以此為基礎來探討《海邊的卡夫卡》的根本性的謎題：將殺父、與母親、姊姊的交合的命運刻印在兒子腦海裡的田村浩一做出的「詛咒」的由來、以及佐伯小姐在失去情人之後的人生。

> 　　「（前略）父親把自己身邊的人全都玷污、損壞了。我不知道他是不是有意這樣做。不過或許他不這樣做不行。也許本性就這樣也不一定。不過不管怎麼說，我想父親在這層意義上，或許與某種特別的什麼連結在一起。你明白我想說的嗎？」
>
> 　　「我想我明白。」大島先生說。「那個什麼可能是超越善或惡這種嚴格區分的東西。也許可以說是力量的泉源。」
>
> 　　「而且我繼承了一半那樣的遺傳基因。母親會丟下我出走，可能也是因為這樣。可能因為我是從不祥的泉源生出來的，是被玷污的，被損壞的東西，所以才會拋棄我吧。」（《海邊的卡夫卡》第21章，標記出自原文[65]）

大島先生在這裡說的「力量的泉源」可以視為與《星際大戰》的原力大致相同的意思。絕地騎士使用的是正當的原力，背叛教義的絕地騎士（統稱「西斯（Sith）」）使用的是原力的黑暗面，兩者基本上是相反之物。具體

---

[65] 賴明珠譯，《海邊的卡夫卡》，上　284。

而言，運用憤怒和憎恨而特化為一味的攻擊和支配的，就是原力的黑暗面。西斯戰士具備單純的強度，能夠超越絕地騎士。但是兩者的能力同為原力的兩個極面，因此我們可以理解為，當出現上述《卡夫卡》說的「力量的泉源」時，不過是其狀態在表面上區分開來而已。另外，《現代啟示錄》裡也出現"the dark side"這句話。在"Terminate, with extreme prejudice."（「懷著壓倒性的偏見堅決地撲殺吧」）這句台詞登場的場景裡，將軍針對發瘋的可茲上校說了這樣的話。

> "There's a conflict in every human heart……between the rational and the irrational, between good and evil, and good does not always triumph. Sometimes……the dark side……overcomes what Lincoln called the better angels of our nature"（每個人心中存在著衝突，合理與不合理，善與惡，但善不一定都會贏。黑暗面有時會打敗林肯所說的人性中的善良天使。）

在《星際大戰》裡也曾在下述提到黑暗面[66]。

> "A young Jedi named Darth Vader who was a pupil of mine until he turned to evil, helped the Empire hunt down and destroy the Jedi knights."（「有一個叫做達斯・維德的年輕絕地騎士，在他變成邪惡之前是我的弟子，他幫助帝國獵殺絕地騎士。」）
>
> "Vader was seduced by the dark side of the Force."（「維德已被原力的黑暗面所擄獲。」）（《星際大戰四部曲：曙光乍現》，歐比王說的話）
>
> "A Jedi's strength flows from the Force. But beware of the dark side. Anger, fear, aggression……the dark side of the Force are they. Easily they flow, quick to join you in a fight. If once you start the dark path, forever will it dominate your destiny. Consume you it will, as it did Obi-Wan's apprentice."（「絕地騎士的力量來自於原力。但請小心它的黑暗面。憤怒、恐懼、攻擊，這就是黑暗面。它會在你戰鬥

---

[66] 英語台詞摘自 20 世紀福克斯家庭娛樂公司（日本）*Star Wars: A New Hope*、*Star Wars: The Empire Strikes Back* DVD 的英語字幕。

之際快速地將你俘虜。一旦步入黑暗之路，你的命運將會永遠被它
支配、吞噬──就像歐比王的弟子那樣。」）（《星際大戰五部曲：
帝國大反擊》，尤達的話）

從《現代啟示錄》和《星際大戰》雙方所說的「黑暗面」的意思大致相同
來看，或許是因為兩部作品的影響關連性和拍攝時間重疊，而出現了統一
性的用語。不論如何，村上從兩部作品得到了極大的靈感而描寫出田村浩
一的「超越善或惡這種嚴格區分的東西」──「力量的泉源」。將原力及
其黑暗面拿來對照，將是可以有效瞭解這個概念的輔助線[67]。另外，關於
《星際大戰》裡原力的兩極，被認為是受到描寫善惡逆轉的莫箚特《魔笛》
的影響[68]。若思及《海邊的卡夫卡》裡瓊尼・沃克為了做一支「特別的笛
子」（第 16 章）而殺貓收集魂魄之事，可以看出更具重層性的影響關連性。
　　安納金・天行者以原力預感到與他祕密結婚（這時已經背叛絕地騎士
的教義）的妻子帕德梅將會死亡，受到這個恐怖感的導引而墮入黑暗面。
安納金墮入黑暗面之後變成了達斯・維德，開始殺害絕地騎士。知曉此事
的帕德梅過於憂慮而在生出雙胞胎（路克和莉亞）的同時喪命了。這個諷
刺性的發展更進一步搧動安納金（維德）的哀傷，使他的墮入黑暗面變成
決定性之事（星際大戰三部曲）。

　　　　「或許父親是想對拋棄他離家出走的母親和姊姊復仇。或許他
　　　想要懲罰她們。透過我這個存在。」（《海邊的卡夫卡》第 21 章[69]）

卡夫卡在與大島先生的對話時雖是如此說，但在與之後交合的佐伯小姐的
對話裡，卻說出語感有些微差異的話。

---

[67] 附帶一提，現在頻繁使用的「黑暗面」一詞肯定源自於《星際大戰》，不過被用來
　　表示相同意思的「心之黑暗」一詞，也被認為是衍生自「黑暗面」，這與《現代啟
　　示錄》原型之一的康拉德《黑暗之心》〈Heart of Darkness〉的原題很接近，令人
　　感到饒富趣味。

[68] 谷崎 Tetora（谷崎テトラ, TANIZAKI Tedora, 1964- ），〈達斯・維德所落入的「原
　　力」黑暗面是什麼？〉（〈ダース・ヴェイダーの落ちた「フォース」の暗黒面と
　　は何なのか〉《スター・ウォーズ》とジョージ・ルーカス），《文藝》別冊《〈星
　　際大戰〉與喬治・盧卡斯》38 別冊（1999）：84-91。

[69] 賴明珠譯，《海邊的卡夫卡》，上　283。

「我想我父親是愛妳的。可是無論如何卻無法將妳帶回他自己
身邊。或者說，他從最初開始就無法真正得到妳。我父親知道這個。
就因為如此才想尋死。而且想要讓既是自己的兒子、也是妳的兒子
的我來親手殺死。還有，父親希望我以妳和姊姊為對象相交。那是
對我的預言，也是詛咒。他在我的身體設定了這樣的程式。」（《海
邊的卡夫卡》第 31 章，標記出自原文[70]）

此時的卡夫卡已將佐伯小姐視為自己的母親，並且抱持著愛慕之情，與前
述與大島先生的對話場面有所不同。這意味著卡夫卡已朝著父親詛咒的核
心前進。至少此時卡夫卡的想法已經變成「父親並不是將單純的惡意推向
自己和母親及姊姊身上」。

這個卡夫卡的推論也令人想去對照村上的先行作品《挪威的森林》裡
木月、直子、渡邊三人的關係。之前筆者（德永）曾經以下述引文為線索
指出，《挪威的森林》的直子無法忘懷已逝情人木月，渡邊雖然跟直子交
合，但始終不過是一場單戀而已[71]。

「不是在找藉口，不過真的很難過。」我對直子說。「每星期
這樣來和妳見面、說話，可是妳心中只有木月。想到這裡就非常
難過啊。所以我才跟不認識的女孩睡吧。」（《挪威的森林》第六
章[72]）

（前略）為什麼她要拜託我「請不要忘記我」，那原因現在我
也明白了。當然直子是知道的。她知道在我心中有關她的記憶總有
一天會逐漸變淡下去的。因此她才會不得不那樣對我要求。「請你
永遠不要忘記我。記得我曾經存在過」。

想到這裡我傷心得不得了。為什麼呢？因為直子甚至沒有愛過
我啊。（《挪威的森林》第一章[73]）

---

[70] 賴明珠譯，《海邊的卡夫卡》，下 96。
[71] 拙稿〈村上春樹作品裡的基督教表象——以《尋羊冒險記》《挪威的森林》為中心〉
1-32；及〈《挪威的森林》裡的基督教表象——關於邊疆（Limbo）〉 77。
[72] 賴明珠譯，《挪威的森林》，上 156。
[73] 賴明珠譯，《挪威的森林》，上 16-17。

將這裡木月－直子－渡邊之間的關係拿來對照《海邊的卡夫卡》，可以發現以下的對應。

木月和直子（相愛的兩人）／渡邊（單戀者）

情人和佐伯小姐（相愛的兩人）／田村浩一（單戀者）

如前所述，佐伯小姐在「年輕時失去情人（思念的人）之後仍繼續活著」這一點跟渡邊一樣，但在「年輕時失去相愛的對方」這一點則與直子重疊。

「為什麼你父親非要對你下那樣的詛咒不可呢？」

「我想他是想要讓我承接他的意志。」我說。

「也就是，來追求我這件事？」

「是的。」我說。（《海邊的卡夫卡》第 31 章[74]）

上述引文是在這之前引用的佐伯小姐和卡夫卡的對話中稍微後面的部分，但卡夫卡在此終於達到了父親的意志（遺志）。卡夫卡得知的田村浩一的哀傷──無法得到妻子的愛──與《挪威的森林》裡無法被直子所愛的渡邊的哀傷是一樣的，對於所愛之人的執著變成了無法切斷的虛妄執念的化身，結果為自己和他人帶來災厄，自己也被導往毀滅之路，並讓捲入其中的兒子受到困擾。這樣的過程與《星際大戰》裡的達斯・維德是一樣的。瓊尼・沃克要中田先生殺了繼續殺著貓的自己，這與《現代啟示錄》裡的可茲上校、《星際大戰六部曲：絕地大反攻》裡的達斯・維德，都有基本的共通點。（韋拉德深信可茲說"I worry that my son might not understand what I've tried to be."「我所擔心的是，我兒子可能無法理解我這樣努力的目的」，這句話是希望他自己能夠死掉，因此展開了暗殺行動。達斯・維德背叛帝國軍皇帝達斯・西帝而守住了路克，但卻身負致命傷，而拜託路克將他的生命維持裝置拿掉。）

　　筆者（德永）在前揭的論述[75]裡進一步提出了「直子或許是與渡邊發生了不想要的性行為而懷孕、因而接受墮胎手術」這樣的假設，佐伯小姐與直子、田村浩一與安納金・天行者（達斯・維德）、田村卡夫卡與路

---

[74] 賴明珠譯，《海邊的卡夫卡》，下　97。

[75] 拙稿〈村上春樹作品裡的基督教表象──以《尋羊冒險記》《挪威的森林》為中心〉　1-32；及〈《挪威的森林》裡的基督教表象──關於邊疆（Limbo）〉　79。

克・天行者，以上每個人的基本共通點間接地補強了直子這個懷孕及墮胎的假設。

> 「田村老弟，很抱歉，對這個問題我不能說有、也不能說沒有。至少現在不能說。（後略）」（《海邊的卡夫卡》第 27 章[76]）

關於佐伯小姐這個回答，除了可以解釋為關於是否有懷孕的經驗，還可以解釋為含有「（像卡夫卡的母親那樣地）懷孕生下孩子卻拋棄了」以及「（像《挪威的森林》的直子一樣地？）懷孕及墮胎」的意味。

> 「不過那樣不是太危險了嗎？」我說。「某個地方有深井，但誰也不知道那在什麼地方。那麼掉下去的話不是一點辦法都沒有嗎？」
>
> 「一點辦法都沒有吧。咻──碰！那樣就完了。」
>
> 「那種事情實際上沒發生過嗎？」
>
> 「有時候會發生啊。大概兩年或三年一次吧。突然有人不見了，不管怎麼找都找不到。於是這一帶的人就說，那是掉進荒郊野外的水井裏去了。」
>
> 「好像不是很好的死法噢。」我說。
>
> 「很慘的死法呢。」她說著，把沾在上衣的草穗用手拂落。（《挪威的森林》第一章[77]）

如同上述，《挪威的森林》裡失去了情人木月不久之後選擇自殺的直子害怕會掉入「水井」。水井可以視為精神性陷阱的比喻──當然，也可以說是心靈的黑暗面──，而《海邊的卡夫卡》裡的佐伯小姐在跟中田先生講述失去情人之後繼續活下來的原委時，也有談到「水井」。

> 「對我來說，我的人生在 20 歲時就已經結束了。之後的人生，只不過是日復一日的續集般的東西而已。那是微微陰暗的、彎曲的，哪裡也到不了的長廊似的東西。但是我卻不得不在那裡繼續活下去。（中略）有時候我會一個人縮到內側去活著。就像一個人活

---

[76] 賴明珠譯，《海邊的卡夫卡》，下　62。

[77] 賴明珠譯，《挪威的森林》，上　11。

在很深的水井底下一樣。我詛咒著外面所有的一切，憎恨著一切。（後略）」（《海邊的卡夫卡》第42章[78]）

柴田勝二指出，卡夫卡十五歲這個歲數，跟發表《挪威的森林》的一九八七年到發表《海邊的卡夫卡》的二〇〇二年為止的年數是相同的，故將卡夫卡假設為「《挪威的森林》主人公的『孩子』」，將佐伯小姐視為「繼續活下來的直子」（沒有自殺的直子）[79]。關於上述卡夫卡的年齡問題以及具體的論點和分析，筆者（德永）與柴田在見解上有很多差異，不過「繼續活下來的直子」這個觀點確實是真知灼見，也極為妥當。

　　將上述兩段引文加以對照，採用柴田提出的佐伯小姐＝「繼續活下來的直子」這個《挪威的森林》不曾有的設定，將《海邊的卡夫卡》視為《挪威的森林》後來的變奏曲來思考的話，就可以導出事情的原委：一直想著已死的木月（相愛的情人）的直子（≒佐伯小姐）懷了渡邊（≒田村浩一）的孩子，沒有自殺也沒有墮胎，但離開了渡邊；因受到對於直子的虛妄執念所驅使的──墮入了「黑暗面」──渡邊（≒田村浩一≒瓊尼・沃克）對於留下來的孩子（卡夫卡）施以「詛咒」。（這個類推的可能性本身證實了先前筆者〈德永〉舉出的《挪威的森林》裡直子懷孕及墮胎的假設。）

　　《海邊的卡夫卡》原本就設定了複雜的狀況：佐伯小姐與田村浩一其實是完全不相干的人，佐伯小姐與卡夫卡當然沒有真正的親子關係，只是各自過往的人生偶然呼應而產生關連。（當然，並非完全沒有三人有親子關係的可能性，這是作者村上特別下的工夫，也是這部作品最大的成果。不過在此是以「三人是完全不相干的人」為前提來進行推論的。）在先前的引文裡，佐伯小姐被問到有沒有小孩，她的回答是「我不能說有、也不能說沒有。至少現在不能說。」（第27章），「至少現在不能說」這句附言暗示了「隨著時間過往或發生什麼事時就會清楚回答上述的問題」這樣的可能性。若從之後故事的開展來看，與卡夫卡的交合是符合的。（卡夫卡在半夢半醒之中與佐伯小姐性交〈第29章〉，而且後來在清醒狀態

---

[78] 賴明珠譯，《海邊的卡夫卡》，下　247。

[79] 柴田勝二（SHIBATA Shōji, 1956- ），〈殺人、交合的對象─《海邊的卡夫卡》的過去─〉（〈殺し、交わる相手──《海辺のカフカ》における過去〉），《東京外國語大學論集》76（2008）：260。

再次與佐伯小姐性交〈第 31 章・第 33 章〉。）佐伯小姐以母親的身分與
卡夫卡交合，藉由成就田村浩一的詛咒，佐伯小姐成了卡夫卡的母親。這
像是一種角色扮演，完成交合使卡夫卡被施以詛咒所相關的佐伯小姐的角
色得以結束。不過，這個交合還有另一個層面。

> 我伸出手摟著她的肩膀。
>
> 你伸出手摟著她的肩膀。
>
> 「你知道嗎？很久以前我做過跟這完全一樣的事情。在完全一
> 樣的地方。」
>
> 「我知道啊。」你說。（中略）
>
> 「我們都在作著夢。」佐伯小姐說。
>
> 大家都在作著夢。
>
> 「你為什麼死了呢？」
>
> 「沒辦法不死啊。」你說。（《海邊的卡夫卡》第 31 章，標記
> 出自原文[80]）

由上述引文可以看出，佐伯小姐不只將卡夫卡當作兒子，也當作已逝情人
看待，而且卡夫卡本身也回應地扮演著角色。但是，對於佐伯小姐而言，
與卡夫卡的交合也是重現了與長得像已逝情人的人進行的（如同曾經是田
村浩一的妻做的那樣的？）交合。佐伯小姐想起已逝情人的少年時代，說
『以前一個 15 歲的男孩子』跟卡夫卡長得『有點像也不一定』（第 25 章，
標記出自引用者）。卡夫卡和佐伯小姐都很明白，卡夫卡不是佐伯小姐的
情人。這也像是田村浩一的妻子跟不愛的人生下了孩子那樣，佐伯小姐『也
跟很多男人睡過覺』，『有時甚至做過像結婚一樣的事情』（第 42 章）。與
不是已逝情人的卡夫卡所做的交合，將這段原委描繪了出來。《挪威的森
林》裡與不愛的渡邊交合的直子說過『請你永遠不要忘記我。記得我曾經
存在過。』（《挪威的森林》第一章，前揭引文），如同這句話完整的重現
似地，在森林村落相遇的佐伯小姐往返於少女時代與年齡增長的現在之
間，跟卡夫卡說了同樣的話。

---

[80]　賴明珠譯，《海邊的卡夫卡》，下　107。

> 「我要你記得我。只要你還記得我，那麼我就算被其他所有人忘記都沒關係。」（《海邊的卡夫卡》第 47 章[81]）

佐伯小姐在這裡說的『其他所有人』應該是指所有的生者，並不包括已逝的情人。在這裡可以看出佐伯小姐的死是不可避免的，這也令人擔心《挪威的森林》裡的渡邊和《海邊的卡夫卡》裡的田村浩一所陷入的對所愛之人的虛妄執念，是否也出現在卡夫卡身上。不過，因為中田先生和星野青年的介入，使悲劇的鎖鏈被切斷了。

> 中田先生一直把自己的手重疊在她的手上。佐伯小姐終於閉上眼睛，讓身體安靜地沉入回憶之中。那裡已經沒有痛苦。有人已經幫她把痛苦。永遠吸走了。圓再度完結。（《海邊的卡夫卡》第 42 章[82]）

上述引文裡中田先生所做的，可能不是單純的精神撫慰，而是更實際的作業，與以下的引文部分有關連。

> （前略）手電筒的光線照出細長的白色物體。物體從死掉的中田先生嘴裡，蠕動著身軀正要爬出來。（《海邊的卡夫卡》第 48 章[83]）

從已經死掉的中田先生嘴裡爬出來的「白色東西」會不會是在先前引文的場景裡從佐伯小姐那裡「永遠吸走」的東西呢？對於「白色東西」的描寫如下──「大約有身材高大的男人的手臂那麼粗」、「身體有像黏液般的東西，黏黏滑滑的，閃著白光」、「體長全部將近 1 公尺，還有著尾巴」、「沒有腳，沒有眼睛沒有嘴巴也沒有鼻子」（第 48 章）。將這個描寫與前述佐伯小姐和卡夫卡交合的意義放在一起來看，可以類推出「白色東西」＝卡夫卡的精子（本身或其象徵）這樣的結論。如果卡夫卡的母親、即田村浩一妻子的悲劇是「懷孕及生下不愛的丈夫的孩子」的話，那麼佐伯小姐和卡夫卡的交合應該也蘊含著重複相同悲劇的可能性。但是，佐伯小姐將「白色東西」委託給中田先生，而重拾心靈的平安──與已逝的情人一起體現

81　賴明珠譯，《海邊的卡夫卡》，下　316。
82　賴明珠譯，《海邊的卡夫卡》，下　316。
83　賴明珠譯，《海邊的卡夫卡》，下　333-34。

的「圓的完結」──，往死亡前進。星野青年負責撲殺正朝著「入口的石頭」前進的「白色東西」，這個作業相當於為了切斷悲劇鎖鏈誕生所做的「避孕」。

> （前略）這傢伙一定是從什麼地方出來，只是通過中田先生，打算進到入口裡面。想來的時候就來，把中田先生當作方便的通路利用罷了。中田先生不可以這樣被利用。所以我不管怎麼樣都要設法阻止這傢伙才行。就像黑貓土羅說的那樣，**懷著壓倒性的偏見堅決地撲殺吧**。（《海邊的卡夫卡》第 48 章，標記出自原文[84]）

這個場景令人想起先前稍微提到的《星際大戰四部曲》的高潮場景：攻擊太空要塞死星。路克他們同盟軍的攻擊部隊打算發射可以將同盟軍基地整顆星球破壞掉的雷射砲而進入死星，在小小的排熱口進行擊沈魚雷的作戰。擠在排熱口的路克受到達斯‧維德的追擊，在千鈞一髮之際被韓‧索羅和邱巴卡救起，他聽到死於與維德的對決中的歐比王的聲音"Use the Force, Luke"（「路克，使用原力！」）而發射魚雷，死星在雷射砲即將發射之前爆炸了。

　　就「使大型作戰的成功夭折」這個意義來看，兩個場景有著隱密的共通點。前述已提及星野青年被比擬為協助路克的韓‧索羅，但在上述引文中負責撲殺「白色東西」的場景裡，還可以看到攻擊死星時的路克這個元素（在前一個引文裡，星野青年拿手電筒〈≒光劍〉照著「白色東西」）。星野青年以疑似從聽得懂貓說話的中田先生那裡繼承的能力而得到的建言，令人想起傳授原力給路克的歐比王的建言。星野青年想起的那句話就是「懷著壓倒性的偏見堅決地撲殺吧」，若對照歐比王催促使用正當原力的那句話，也令人感到饒富趣味。從這個對照可以看出村上春樹所有作品裡共通的主題：所有的暴力，即使是再怎麼微小的暴力，看起來好像都帶著正當性，但其實都伴隨著「壓倒性的偏見」。

> 　　然後青年穿上 Nike 的厚底運動鞋，走出公寓。門沒有上鎖。
> 　　右手提起自己的波士頓包，左手拿著裝有**白色東西**死骸的布袋。

---

[84] 賴明珠譯，《海邊的卡夫卡》，下　334。

「各位，燒營火的時間到了。」他一面仰望著黎明的東方天空一面說。（《海邊的卡夫卡》第 48 章，標記出自原文[85]）

「各位」這句星野青年的呼喚，應該是對著稍後要拿到海岸焚燒的「白色東西」所說的。在此可以看出「白色東西」不是單一的生命體，也令人想到其與精子（精液）的親近性。從前做出的缺乏愛情的性行為所產生的悲劇就要在此切斷因果，詛咒不會被帶到下個世代，就此消失而去。

> 「你是指她已經喪失了生存的意志嗎？」
> 「是啊。失去了繼續活下去的意志。」
> 「你想佐伯小姐會自殺嗎？」
> 「大概不是這樣。」大島先生說。「她只是坦然安靜地朝向死亡的方向前進。或者說，死亡正朝著她走來。」（《海邊的卡夫卡》第 35 章，卡夫卡與大島先生的對話，標記出自原文[86]）

與《挪威的森林》裡的直子不同，佐伯小姐是自然死亡的。但如上述引文所示，大島先生感覺她已經喪失「生存的意志」。或許佐伯小姐已經預感到，與卡夫卡和中田先生的相會將會使「圓」得到完結。另外，《星際大戰三部曲：西斯大帝的復仇》裡有一個酷似上述引文描寫的場面。稍早曾提及憂心安納金‧天行者墮入黑暗面的妻子帕德梅，醫療機械人對於她的病情做了以下的說明。

> "Medically, she's completely healthy. For reasons we can't explain, we are losing her."（「就醫學上來看，她是很健康的。但無法說明為何她已經瀕臨死亡。」）
> "She has lost the will to live."（「她已經喪失了生存的意志。」）[87]

後來，帕德梅生下路克和莉亞之後就死了。若加以類推可以發現，比起帕德梅的死，《卡夫卡》裡的佐伯小姐之死晚了一個世代才發生，但是她們

---

[85] 賴明珠譯，《海邊的卡夫卡》，下　339。
[86] 賴明珠譯，《海邊的卡夫卡》，下　160。
[87] 英語台詞摘自 20 世紀福克斯家庭娛樂公司（日本）*Star Wars: A New Hope*、*Star Wars: The Empire Strikes Back*　DVD 的英語字幕。

有一個完全相同的共通點：身為一位母親，自己的孩子遭遇必須與父親對決的命運，這個（處於這種的立場的）女性因喪失「生存的意志」而死去。二〇〇五年上映的《星際大戰三部曲》是《星際大戰》系列全六集當中最後製作的一部作品，《海邊的卡夫卡》的出版（二〇〇二年）是在稍早之前。《星際大戰三部曲》的上映與《卡夫卡》英譯版的出版都是在二〇〇五年，但鑑於本論文已談過的喬治・盧卡斯對於日本文化有所關心，以及前揭明里千章提及盧卡斯的盟友史蒂芬・史匹柏想要將《尋羊冒險記》拍成電影而做過詢問的傳聞等，可以認為上述《星際大戰三部曲》受到了《海邊的卡夫卡》影響[88]。

> （前略）我覺得與其在意周圍的人這樣那樣，不如多想一下如何提升自己。你的想像力只有你可以使用，所以先設法讓自己能夠自由運用它。至於之後的事，就等之後再來思考吧。這是我的想法。思考社會的事情當然很重要，但是在這之前，你必須獲得你自己的「原力」才行。（《少年卡夫卡》Reply to 1188[89]）

這是村上對於《海邊的卡夫卡》讀者（十九歲的男學生）的電子郵件所做的回答。村上曾在散文《電影冒險記》裡將合作拍攝《法櫃奇兵》的盧卡斯和史匹柏讚譽為"Wonder Kids"[90]，與他們幾乎相同世代的村上本身，即使表現領域不同，但在創造力方面，當然也是一位不遜色於盧卡斯和史匹柏的"Wonder Kids"。筆者（德永）從上述引文裡村上對年輕人的關懷，看到了長大成人的"Wonder Kids"的圓熟性。就像是向路克・天行者勸說「原力」正道的老歐比王・肯諾比那樣——這樣的類推是否太過了呢？

---

[88] 該處的英譯（菲利普・加布里爾〔Philip Gabriel〕譯）如下（一併將原文補充舉出）。
"You're saying she's lost the will to live?"（「你是指她已經喪失了生存的意志嗎？」）
"I think so. Lost the will to go on living."（「是啊。失去了繼續活下去的意志。」）
（*Kafka on the Shore*, Vintage Books, 2005）「生存的意志」的翻譯"the will to live"與本文指出的《星際大戰三部曲》該處完全相同，這間接暗示《星際大戰》的工作人員參照《海邊的卡夫卡》的可能性。

[89] 村上春樹，《少年卡夫卡》　465。

[90] 村上春樹、川本三郎　210-11。

七、結語——《地下鐵事件》、《1Q84》

村上在奧姆真理教地下鐵沙林毒氣事件的受害者訪談報導作品《地下鐵事件》後記〈沒有指標的惡夢〉裡有以下的描述。

> （前略）麻原（引用者註＝前奧姆真理教教祖・麻原彰晃）在某種限定的意義上，或許是掌握了所謂「現在」這個氣氛的稀有的說故事人。他不懼怕認知到自己心中的想法和意象是垃圾這回事——不管是有意識與否。他積極地收集周圍的垃圾零件（就像電影 E. T. 用儲藏室的廢物組成與故鄉星球通訊的裝置一樣），在那裡創造出一種趨勢。（中略）
>
> 那就是奧姆真理教＝「那邊」所提出來的故事。真愚蠢，你或許會這樣說。確實很愚蠢吧。事實上，我們大多會嘲笑麻原所提出的荒誕無稽的垃圾故事。（中略）
>
> 但相對的，「這邊」的我們到底又能提出什麼有效的故事呢？無論在次文化的領域，或正統文化的領域，我們真的已經有了足以驅逐麻原的荒誕無稽故事、具有正當力量的故事嗎？
>
> （前略）我是小說家，正如你所知的，所謂小說家是以說「故事」為職業的人。（中略）關於這件事，或許我往後也還必須一直認真切實地繼續思考。而且我想也許必須做出自己的「與宇宙通訊的裝置」才行。我想我必須一一深切追究自己內在的垃圾和缺陷才行（寫到這裡讓我重新感到驚訝的是，其實這才是我做為一個小說家長久以來一直想要做的事啊！（《地下鐵事件》——〈沒有指標的惡夢——（3）被讓渡的自我，被賦予的故事〉[91]）

在這裡可以看到（可以說是）對於麻原彰晃的評價及同鳴，值得一提[92]。在奧姆真理教事件當時，大多數的人們始終將他們視為與自己完全不同的

---

[91] 賴明珠譯，《地下鐵事件》，上　566-67。

[92] 大塚英志（ŌTSUKA Eiji, 1958- ）以該《地下鐵事件》的記述為線索，從奧姆事件中釐清的成長和暴力問題來解釋《海邊的卡夫卡》（《給初學者的「文學」》〔《初心者のための「文學」》〕〈東京：角川文庫，2008〉290-322。

異端分子而加以排斥，但是村上在此表明完全相反的立場，並且認為自己與麻原有一個共通點：一直不斷地在收集「垃圾」的元素來創造趨勢，將之變成故事。他正朝著麻原陷入的破壞衝動及殺意的相反方向，摸索如何創造作者和讀者都能夠前進的故事——彷彿《星際大戰》裡絕地騎士之於西斯——。在本論文裡，關於《星際大戰》與《海邊的卡夫卡》的影響關連性的考察部分，是特別將這個《地下鐵事件》的記述放在腦海裡來進行考察的。奧姆真理教事件被視為以電影、電視、漫畫為代表的次文化的異端產物。而也有以兒童觀眾為對象、基本上採用次文化的形式呈現的《星際大戰》，在很多地方影響了《星際大戰》，因此《海邊的卡夫卡》或許可以為奧姆真理教事件的問題提供一個回答。

　　本論文花了很多篇幅探討村上春樹作品裡來自於《星際大戰》等先行作品的影響，但這不是為了主張村上春樹在做單純的模仿。雖然來自於先行作品的影響是很明確的，但是村上放進很多材料之後，會加以統御，在自己的小說裡自由自在地活用著。

　　舉例而言，《海邊的卡夫卡》裡的瓊尼・沃克和卡內爾・山德士，被認為是從上述的可茲上校及達斯・維德獲得靈感而得到的造型，但在這裡添加了「商品代表人物」這個特異的設定，並且藉由文章的描寫而獲得卓越的獨創性。這些人物讓觀眾具有了商品代表人物的視覺意象。就這點而言，就與可茲上校、達斯・維德之間劃出了一條界線。即便將作品影像化，只會一味出現奇異的場景，無法表現小說裡那種存在感。（《星際大戰》的達斯・維德已經跟瓊尼・沃克、卡內爾・山德士一樣，變成了商品代表人物，但當初上映時誰都沒看過，所以電影的表現當然是成功的。）

　　就因為是以「在觀眾（讀者）心中已具備視覺情報的商品代表人物身上賦予全新的性格、而且沒有文字以外的視覺情報的小說」這樣的表現方法來進行描寫，所以才能創造栩栩如生的躍動感。這可以說是小說家村上春樹展現其獨創性及筆力的典型範例。

※

　　在本論文執筆中，村上春樹的最新長篇《1Q84》出版了。該書有很多與本論文的內容極為關連之處，但若要進行詳細的考察，就必須另寫一篇論文，在此僅簡單地提示。

　　兩位主人公之中，天吾『從中學到大學一直都是柔道部的主力選手』（BOOK 1 第 2 章），青豆的流派不明，但被設定為使用『像李小龍那樣的』──『武術』（BOOK 1 第 11 章）。其他也有多處提及空手道（BOOK 1 第 7 章、BOOK 2 第 3 章）、劍道（BOOK 1 第 9 章）、合氣道（BOOK 1 第 11 章），其中尤其多次提到日本的武道。

　　在與天吾交合之後，深繪里在空中畫圓，這令人連想到本論文關注的「圓的完結」。

　　　　「小小人（Little People）已經不再騷動了。」她說。簡直像個正在做前線報告的冷靜又能幹的斥候兵。並且以指尖在空中滑溜地畫一個小圓。像是文藝復興時期的義大利畫家畫的教堂壁畫那樣的美麗而完全的圓。沒有開始，也沒有結束的圓。那圓暫時浮在空中。「已經結束了。」（《1Q84》BOOK 2 第 14 章[93]）

天吾和《海邊的卡夫卡》裡的卡夫卡有著相同的過去：除了柔道之外，也有過少年時代被母親拋棄的經驗。青豆則與《現代啟示錄》裡的韋拉德一樣都是一名殺手。青豆欲暗殺的宗教團體教祖向青豆解說《現代啟示錄》曾經參考過的弗雷澤《金枝》裡關於王者更替的記述，並希望青豆殺了他（BOOK 2 第 11 章），這與《卡夫卡》裡的瓊尼‧沃克、《現代啟示錄》裡的可茲上校是一樣的。另外也有關於這位教祖向青豆展示念動力（像絕地騎士和西斯那樣）的描寫。

　　村上春樹在訪談中曾說天吾和青豆兩人『要去月球的黑暗面』[94]。村上此處講的「黑暗面」跟本論文關注的《星際大戰》裡的原力的黑暗面，當然不可謂無關。

　　　　「（前略）對我們生活著的世界而言，最重要的是善和惡的比例必須維持平衡。小小人這東西、或者那裡的某種意志，確實擁有強大的力量。不過他們越使用力量，與之對抗的力量也自動提高。

---

[93] 賴明珠譯，《1Q84》，村上春樹著，BOOK 2（台北：時報文化出版企業股份有限公司，2009）231。
[94] 村上春樹，〈村上春樹訪談 我的小說被需求於混沌的時代〉 19。

世界是這樣保持著微妙的平衡。（後略）」（《1Q84》BOOK 2 第 13
章，標記出自原文[95]）

　　「（前略）我並不知道那個稱為小小人的東西是善還是惡。那
是在某種意義上超過我們的理解和定義的東西。（中略）無論他們
是善是惡，是光是影，當他們要使用力量的時候，其中必然會產生
補償作用。在這種情況下，當我成為小小人的代理人時，在幾乎同
時，我的女兒變成了反小小人作用的代理人那樣的存在。是以這樣
的方式維持著平衡。」（《1Q84》BOOK 2 第 13 章[96]）

《星際大戰》在新三部曲（星際大戰一～三部曲）加入的新設定有「迷地
原蟲（Midi-chlorians）」。迷地原蟲存在於所有生命體的細胞之中，能夠傳
達原力的意志。具有成為絕地騎士素質的人所具有的迷地原蟲的數值很
高。安納金・天行者的迷地原蟲數值超越了最偉大的絕地騎士尤達，被認
為可能是絕地騎士團流傳的預言裡的「能夠使原力平衡的人」（星際大戰
一部曲）。這裡的「平衡」意指安納金最終墮入黑暗面而變成達斯・維德、
以及脫離黑暗面再次變回絕地騎士而死去等事情。

　　這些與上述《1Q84》裡出場的小小人及善與惡平衡等的問題有很多共
通點，自不待言。《1Q84》內含的論點不止於此，即使現在還遠遠未及精
讀的筆者（德永）也能憑直覺感受得到。能夠與具有稀奇少見的筆力及創
造力的這位小說家身處同一個國家、同一個時代，真是不可多得的幸運，
今後筆者也將致力精讀作品。

---

[95] 賴明珠譯，《1Q84》，BOOK 2　205。
[96] 賴明珠譯，《1Q84》，BOOK 2　206。

※村上春樹作品的引用原則上依據以下的單行本，並斟酌參考《村上春樹全作品》（講談社）‧文庫版等。

《尋羊冒險記》（東京：講談社，一九八二年十月）

《挪威的森林》（東京：講談社，一九八七年九月）

《舞‧舞‧舞》上‧下（東京：講談社，一九八八年十月）

《村上朝日堂嗨呵！》（東京：文化出版局，一九八九年）

《發條鳥年代記》第一部～第三部（東京：新潮社，一九九四年四月－九五年八月）

《海邊的卡夫卡》上‧下（東京：新潮社，二〇〇二年九月）

《1Q84》──「a novel BOOK 1」「a novel BOOK 2」（二〇〇九年五月）

※※本文中直接引用的部分原則上括以「」。

※※※本論文的內容很多來自於社會學者御手洗陽與筆者（德永）在專門學校桑澤設計研究所共同主持「媒體文化研究」講座課程二〇〇八年度後期計畫「KafKaf（卡夫卡再創造計畫）」時進行《海邊的卡夫卡》輪流講讀作業時得到的想法及見解。在此向御手洗氏及 KafKaf 成員等參加講座的學生、受邀講師、提供支援的人們致上感謝之意。

※※※※附記（本附記是在校正階段時加進去的。）

　　大塚英志《由故事論解讀村上春樹和崎駿──只有結構的日本》（角川，*One Theme* 21，二〇〇九年七月十日初版発行，未刊載於報章雜誌的新稿）將以《尋羊冒險記》為主的村上春樹作品與《星際大戰》做了比較考察，在談及《地下鐵事件》及《1Q84》方面，與本論文在內容有很多重疊的部分。（附帶一提，註 92 提到的大塚的《給初學者的「文學」》〈二〇〇八年七月〉裡《海邊的卡夫卡》解釋裡沒有提及《星際大戰》。）不過，筆者（德永）第一次讀到上述《由故事論解讀村上春樹和崎駿──只有結構的日本》時，是在本論文初稿提出（二〇〇九年七月十六日）之後，本論文寫出的本文及注釋都與該書的資料無關，茲特筆於此。（另外，筆者〈德永〉對於《星際大戰》與《海邊的卡夫卡》的對比，也刊載於註 20 提到的 *Re: creation* 第二號（二〇〇九年四月），本論文是將該文予以深化的內容。）

參考文獻目錄

CUN

村上春樹（MURAKAMI, Haruki）.〈『同時代的美國 3』做為方法論的無
　　政府主義者——法蘭西斯・柯波拉和《現代啟示錄》〉（〈同時代と
　　してのアメリカ-3-方法論としてのアナ-キズム——フランシス・コ
　　ッポラと《地獄の默示錄》〉），《海》13.11（1981）：162-68。

——.《少年卡夫卡》，5 版。東京：新潮社，2003 年初版，2010。

——.〈關於《海邊的卡夫卡》〉（〈《海辺のカフカ》を中心に〉），《夢
　　を見るために毎朝僕は目覺めるのです 村上春樹インタビュ-集，
　　1997-2011》，湯川豊（YUKAWA Yutaka）、小山鐵郎（KOYAMA
　　Tetsurō）訪問。東京：文藝春秋，2012，97-152。

——.〈村上春樹インタビュー 僕の小說は、混沌とした時代に求められ
　　る〉），*Courrier Japon* 5.7（2009）：17-19。

——.〈『同時代的美國 6』已準備好的犧牲者之傳說——吉姆・莫里森，
　　The Doors 樂團〉（〈同時代としてのアメリカ-6-用意された犧牲者
　　の伝說——ジム・モリソン／ザ・ドア-ズ〉），《海》14.7（1982）：
　　274-83。

——.《村上朝日堂嗨呵！》（《村上朝日堂はいほー！》，賴明珠譯，臺
　　北：時報文化，2007。

——.（〈村上春樹訪談 我的小說被需求於混沌的時代〉（〈村上春樹イ
　　ンタビュー 僕の小說は、混沌とした時代に求められる〉），Courrier
　　Japon 5.7（2009）：19）。

——、川本三郎（KAWAMOTO Saburō）.《電影冒險記》（《映畫をめ
　　くる冒險》。東京：講談社，1985。

CHAI

柴田勝二（SHIBATA, Shōji）.〈殺人、交合的對象——《海邊的卡夫卡》
的過去——〉（〈殺し、交わる相手——『海辺のカフカ』における
過去〉），《東京外國語大學論集》76（2008）：273-53。

DA

大塚英志（ŌTSUKA, Eiji）.《給初學者的「文學」》（《初心者のための
「文學」》）。東京：角川文庫，2008。

DE

德永直彰（TOKUNAGA, Tadaaki）.〈「盜取」的系譜——關於《豐饒之
海》裡的《摩奴法典》〉（〈「盜み」の系譜——『豊饒の海』にお
ける『マヌの法典』をめぐって〉），《埼玉大學紀要 教養學部》
42.2（2006）：1-20。
——.〈村上春樹作品裡的基督教表像——以《尋羊冒險記》《挪威的森林》
為中心〉（〈村上春樹作品におけるキリスト教的表像——《羊をめ
ぐる冒険》《ノルウェイの森》を中心に〉），《埼玉大學紀要教養
學部》43.1（2007）：1-32。
——.〈《挪威的森林》裡的基督教表像——關於邊疆（Limbo）〉（〈《ノ
ルウェイの森》におけるキリスト教的表像——「辺土」をめぐって〉）
收於（《村上春樹研究 2005-2007》（《村上春樹スタディーズ 2005
-2007》，今井清人編。東京：若草書房，2008，62-88。
——.〈關於阿綠——《挪威的森林》裡的女性〉（〈緑に向かって——『ノ
ルウェイの森』の女たち〉），《埼玉大學紀要 教養學部》44.1（2008）：
1-21。

FA

法蘭琪，卡爾（French, Karl）《〈現代啟示錄〉完全指南》（《〈地獄の
默示錄〉完全ガイド》），新藤純子（SHINDŌ Junko）譯。東京：
扶桑社，2002。

GU

谷崎 Tetora（谷崎テトラ, TANIZAKI, Tedora）.〈達斯・維德所落入的「原
　　力」黑暗面是什麼？〉（〈ダース・ヴェイダーの落ちた「フォース」
　　の暗黒面とは何なのか〉（《スター・ウォーズ》とジョージ・ルー
　　カス）,《文藝》別冊《〈星際大戰〉與喬治・盧卡斯》38 別冊（1999）：
　　84-91。

KE

科波拉，愛琳娜（Coppola, Eleanor）.《〈地獄の默示錄〉撮影全記録》
　　（ *Apocalypse Now: The Ultimate A-Z (Bloomsbury Movie Guide)*,《〈現
　　代啟示錄〉攝影全記錄》）,岡山徹（OKAYAMA Tooru）譯。東京：
　　小學館，2002。

LAI

賴明珠譯.《海邊的卡夫卡》，村上春樹著，上。臺北：時報文化出版企業
　　股份有限公司，2003。
——.《1Q84》，村上春樹著，BOOK 2。臺北：時報文化出版企業股份有
　　限公司，2009。
——.《發條鳥年代記 第二部 預言鳥篇》（《ねじまき鳥クロニクル》）〉，
　　村上春樹著。臺北：時報文化，1995。
——.《黑夜之後》（《アフターダーク》》，村上春樹著。臺北：時報文
　　化，2005。

LI

李奧登，詹姆士（Riordan, James, ジェームズ・リオダン）、傑利・柏尼
　　基（Jerry Prochnicky, ジェリー・プロクニッキー）.《吉姆・莫里森
　　——搖滾傳說》（《ジム・モリソン：ロックの伝説》, *Break on Tthrough:
　　The Life and Death of Jim Morrison*，安岡真（YASUOKA Makoto）、
　　富永和子（TOMINAGA Kazuko）譯。東京：東京書籍，1994。

立花隆（TACHIBANA, Takashi）.《解讀《現代啟示錄》》（《解読〈地獄の黙示録〉》。東京；文藝春秋，2002。

JIA

加藤典洋（KATŌ, Norihiro）編.《村上春樹黃頁》（《村上春樹　イエローページ作品別（1979-1996）》。東京：荒地出版社，1996。

NI

尼采，弗里德里希（Nietzsche, Friedrich）.《善惡的彼岸》（*Beyond Good and Evil*），《善悪の彼岸》，木場深定（KIBA Jinjō）譯。東京：岩波文庫，1970。

MING

明里千章（AKARI, Chiaki）.《村上春樹的電影記號學》（《村上春樹の映畫記號學》。東京：若草書房，2008。

Coppola, Eleanor. *Notes: On the Making of Apocalypse Now.*《〈現代啟示錄〉攝影全記錄》. New York: Simon & Schuster, 1979.

Cowie, Peter. *The Apocalypse Now Book* . Cambridge, Mass.: Da Capo P , 2001.

French, Karl. *Apocalypse Now: The Ultimate A-Z (Bloomsbury Movie Guide).*《《現代啟示錄》完全指南》. London: Bloomsbury Publishing PLC, 1998.

Riordan, James & Jerry Prochnicky, *Break on Through: The Life and Death of Jim Morrison.* New York: Morrow, 1991.

覆核日文資料，曾先後得到作者，吉田陽子老師和邱雅芬教授的協調，謹在此致以萬分謝意！總主編謹誌

Into the Depths of Darkness, Centering on *Kafka on the Shore*

Tadaaki TOKUNAGA

Assistant Professor, Department of Communication and Culture,
Faculty of Communication and Culture, Taisho University

Translated by Chun Yen PAI
Ph.D Candidate, Institute of Taiwan Literature,
National Tsing Hua University, Taiwan

Abstract

Based on the dialogues in film *Apocalypse Now* quoted in *Kafka on the Shore*, along with a relevance vision of *A Wild Sheep Chase*, and the comparative investigation on *Star Wars*, which is in a profound relationship with *Apocalypse Now* and its theme song *The End*, this article aims at exploring the sources of character images and story structure. During the process of research, the reason of cursing Kafka's destiny as murdering his father and incest with his mother was revealed. Meanwhile, the fact that *Norwegian Wood* is the prequel of *Kafka on the Shore* could be confirmed. Besides, this article also briefly indicates the relevance of *1Q84* published during the research.

Keywords: Story Structure, Character Images, *Norwegian Wood*, *Apocalypse Now*, *Star Wars*

《國際村上春樹研究》輯二（2015 年 12 月）145-160。

《海邊的卡夫卡》論
——迷宮的卡夫卡

■小島基洋、青柳槇平*著
■白春燕譯

作者簡介：

　　小島基洋（Motohiro KOJIMA），京都大學文學博士，京都大學人間・環境學研究科副教授。近年著有《喬伊斯探險》（Minerva 書房，2010）、〈村上春樹《挪威的森林》論——關於「法文的動詞表」與「德文的文法表」〉，收於《村上春樹研究 2008-2010》（若草書房，2011）。青柳槇平（Shinpei AOYANAGI）札幌大學畢業生。

譯者簡介：

　　白春燕（Chun Yen PAI），女，淡江大學日文系學士，東海大學日本語文學系碩士，台、清華大學台文所博士一年生。《國際魯迅研究》、《國際村上春樹研究》翻譯編委。研究範圍：1930 年代中國、日本、台灣的文學交流、左翼文藝理論流布、多元文化交流；近年發表的論文或著作：〈第一廣場の變遷〉（2010）、〈社會  福祉系移住勞働者の公共性——對抗的な公共圈構築に向けた可能性——〉（2010）、〈1930 年代臺灣・日本的普羅文學之越境交流——楊逵對日本普羅文學理論的接收與轉化〉（2011）、〈論楊逵對 1930 年代日本行動主義文學的吸收與轉化〉（2013）等。

---

*　本稿為青柳槇平關於「迷宮」的畢業論文，並由小島基洋加以補充。本文日文題目是：〈《海辺のカフカ》論：迷宮のカフカ〉，原刊：《文化と言語：札幌大学外国語学部紀要》70（2009）：21-33。

論文提要：

村上春樹《海邊的卡夫卡》這部作品是由兩個「迷宮」的意象「被設置在內部的迷宮」與「位於外面的迷宮」所建構而成的。「被設置在內部的迷宮」意指存在於主人公卡夫卡少年內部的伊底帕斯式的糾葛，「位於外面的迷宮」則意指他與被視為年輕時的母親的少女・佐伯小姐一起生活的森林，兩者互為隱喻。主人公最後離開森林的這個行為，暗示了他已脫離了內心的糾葛。

關鍵詞：《海邊的卡夫卡》、迷宮、森林、伊底帕斯情結、Little Red Corvette

一、序

　　關於《海邊的卡夫卡》（2002）的論述，大致分為兩大流派。一派著重其與時代背景的關連性，將 15 歲的主人公視為酒鬼薔薇聖斗少年、將戰爭主題視為九一一恐怖攻擊事件[1]；另一派則是從精神分析學或心理學的觀點來審視主人公的內在世界[2]。

　　這些論文都是將文本與文本外的內容加以連結，但是本論文則像是彷徨在森林裡的卡夫卡少年那樣，要在文本內部四處走動，從中找出點什麼。在此要提示一個框架，那就是將作品裡頻頻出現的「迷宮」這個主題、以及被描寫得極為深刻的兩位藝術家的音樂全部包括起來，將其作用明確化，提供一個小小的、但很明確的框架。本稿的目的就是要在這個框架的基礎上，將讀完《海邊的卡夫卡》時隱約出現被滌清（catharsis）的感受加以文字化。

---

[1]　以文本之外的事件來討論其關連性的論者有加藤典洋（KATŌ Norihiro, 1948-　）、川村湊（KAWAMURA Minato, 1951-　）、小森陽一（KOMORI Yōichi, 1953-　）等人。加藤在〈關於心靈黑暗的冥界〈limbo〉〉裡以「酒鬼薔薇聖斗」少年為例來討論屬於「受損的」存在的卡夫卡少年，並且將叫做烏鴉的少年視為「酒鬼薔薇聖斗」少年裡 Bamoidooki 神那樣的存在，指出卡夫卡少年患有多重人格障礙。川村則考察其與九一一恐怖攻擊事件的關連性。他指出文本迴避直接談論 9.11 以後的美國，以此將瓊尼‧沃克解讀為山姆大叔，並將作品後半的〈叫做烏鴉的少年〉那一章裡攻擊烏鴉的瓊尼‧沃克的場景解釋為襲擊雙子塔。

[2]　採用精神分析、心理學分析方式的論者有田中雅史（TANAKA Masashi, 1964-　）、山岸明子（YAMAGISHI Akiko, 1948-　）、木部則雄（KIBE Norio, 1957-　）、橫山博（YOKOYAMA Hiroshi, 1945-　）等人。田中雅史援用科胡特（Heinz Kohut, 1913-81）及溫尼可（Donald Woods Winnicott, 1896-1971）的理論，以精神分析學及心理學的觀點進行解讀，指出從少年卡夫卡可以看到自戀型的心象，外在現實及內在現實的中間地帶的心象，以及後退的倫理將這些心象統合起來。不只是出場人物，村上春樹本身也參加了這個過程。另外，山岸明子考察少年卡夫卡能夠渡過危機的各種理由，指出這與發展心理學的觀點是一致的。

二、迷宮的原理

在本論文的開頭，先以下述引文來確認「迷宮」這個母題（motif）在作品世界裡被設定的位置。

卡夫卡少年從年幼時就被父親深深刻印著「你有一天會親手殺死父親，並和母親、姊姊交合」這樣的詛咒。他在 15 歲生日當天離家出走，前往四國的高松。他借住於佐伯小姐擔任館長、大島先生擔任圖書館員的甲村紀念圖書館裡的一間房間。少年在高松生活時，曾經兩度被帶到大島先生擁有的高知山林裡。那裡有一間由大島先生的哥哥伐木用的房舍改建而成的小木屋，少年在這裡度過數日。

下述引文是第二次造訪森林時的場景。在這裡，大島先生使用了「迷宮」的說法，引起少年的注意。當我們以「迷宮」這個主題（theme）為主軸來討論這部作品時，他在這裡說的這段話則成為重要的線索。

①「我們居住的這個世界，一直比鄰著另外一個的世界。你可以某種程度地踏進那個世界，也可以安全地從那裡出來。只要你小心的話。但如果你超過某一個地點的話，就再也出不來了。你會忘記回程的路怎麼走。那是個迷宮。

②你知道迷宮最初是怎麼發明出來的嗎？」

我搖搖頭。

「就目前所知，最初提出迷宮這個概念的，是古代美索布達米亞人。他們拉出動物的腸子——有時恐怕是人的腸子——以其形狀來占卜命運，並且讚賞那複雜的形狀。所以迷宮形狀的基本原型是腸子。也就是說，迷宮這個東西的原理位於你自己的內部。③而且那跟位於你外面的迷宮性互相呼應。」

「隱喻」我說。

「是的。相互隱喻。位於你外面的東西，是位於你內部的東西的投影；位於你內部的東西，是位於你外面的東西的投影。所以你往往會踏進位於你外面的迷宮，以此踏進被放在你自身內部的迷宮裡。在很多時候，那是非常危險的。」[3]

（引文①②③在文本裡是連續寫成的，在此為了方便而分成3段。）

從下一章開始，我們將多次將上述引文對照其他引文，故在此先簡單整理其內容。引文①意指：「那個一直比鄰著的另外的世界，可以某種程度地踏進去，也可以安全地從那裡出來。但那是一個超過某地點就再也出不來的迷宮」。引文②意指：「迷宮的原理就是動物的腸子」。引文③意指：「位於外面的迷宮與被設置在內部的迷宮是一種相互隱喻的關係」。我們在此將這些內容做為框架的基礎來進行下一章的考察。

三、位於外面的迷宮

1.迷宮的森林

我們首先要檢證與第一章引文①和③相關的「迷宮」。以下引文是從第一章引文裡大島先生與卡夫卡少年對話結束之後，大島先生回到圖書館，少年離開小木屋前往森林裡的「小小的圓形廣場」的場景開始。

到此為止算是安全地帶。若是從這裡，可以毫無問題地回到小屋。這是給初級者的迷宮，以電玩來說的話，算是「第一級」，可

---

[3]　村上春樹，《海邊的卡夫卡》，下冊（東京：新潮文庫，2005）271。

以輕鬆過關。可是從這裡開始往前走的話，我就會一腳踏進更複雜、更具挑戰性的迷宮了[4]。

卡夫卡少年之前曾經數度進入森林，但是這次他感覺到充滿於森林中的危險，到了「小小的圓形廣場」就無法再往前了。不過這次他決定更進一步深入森林裡去。

在這裡的森林，終究也是我的一部分——我從某個時候開始有了這樣的想法。我正在我自己的內部旅行著[5]。

將這些引文跟第一章的引文①對照來看，可以推測大島先生說的「位於外面的迷宮」，可能意指著「森林」。如同第一章裡大島先生的建言，在這部作品的世界裡，「森林」被描寫成可以某種程度地踏進去、但繼續往前走就會遭遇危險。再者，我們可以看到引文③「位於外面的東西，是位於內部的東西的投影」這個概念的重複表現。但是，光憑這點些微的論據就將「位於外面的迷宮」與「森林」畫上等號，是不夠充分的。

2.約翰‧柯川（John Coltrane）的迷宮

舉步往森林深處前進的卡夫卡少年為了打破沉默而吹起口哨。他吹的曲子是約翰‧柯川（John Coltrane, 1926-67）以高音薩克斯風吹奏的《我的最愛》（"My Favorite Things"）。少年在這個腦海裡浮現的複雜的即興

---

[4] 　村上春樹，下　303。
[5] 　村上春樹，下　372。

曲加入口哨可以表達的程度的聲音，在被羊齒植物及綠草覆蓋的小徑上往前走去。以下是從這之後的部分摘錄的引文。

> 不知不覺之間，約翰‧柯川已經不吹高音薩克斯風獨奏了。現在耳朵深處響起了麥考伊‧泰納（McCoy Tyner, 1938- ）的鋼琴獨奏。左手彈出單調的伴奏旋律，右手彈著不斷累積的深厚暗沉的和絃。像是在描寫神話場景般，描繪出將某人（沒有名字的誰，沒有面貌的誰）微暗的過去，像內臟般從黑暗之中長長地用力地拉出來的樣子，歷歷在目。至少在我耳朵聽起來是這樣的。很有耐心地、不斷重複地、一點一點地將現實的場面切落下來，再重新組合。那裡有著淡淡的、催眠的危險氣味。那──和森林很像[6]。

如同第一章引文②裡大島先生所說的，「迷宮」的原理就是「腸子」、也就是「內臟」。這個意象被描繪出來，而且還有麥考伊‧泰納那具催眠式的、危險性的氣息，擬似「森林」的鋼琴獨奏以極簡風格（Minimalism）表現出「相同的風景無止盡連綿而去」的「森林」意象。

接著，約翰‧柯川的高音薩克斯風又開始了。卡夫卡少年不知不覺地踏進了夢的領域，叫做烏鴉的少年也不知消失到何處去了。在自問自答的最後，少年感到皮膚深處有某種東西被重組的感覺，聽到腦袋裡響著喀鏘一聲。

> 我的觸覺比剛才變得敏銳多了。周圍的空氣更增透明感。森林的氣息更加濃鬱。在耳朵深處，約翰‧柯川繼續吹著迷宮式的獨奏。那裡是沒有所謂結束這種東西[7]。

---

[6]　村上春樹，下　343。
[7]　村上春樹，下　351。

如同上述引文可以看出，讓約翰・柯川出場是目的為了賦予「「迷宮」的原理是「內臟（腸子）」以及「「森林」就是「迷宮」的意象。這樣一來，透過約翰・柯川，就可以強化「森林」與「位於外面的迷宮」兩者之間的連繫。我們也可以發現，約翰・柯川被賦予「做為「位於外面的迷宮」的象徵」的作用。

四、被設置在內部的迷宮

1.迷宮的詛咒

在此必須再次檢視第一章引文③裡大島先生說過的話，那就是「位於外面的迷宮」與「被設置在內部的迷宮」互相呼應這件事。在第二章已經說明「位於外面的迷宮」與「森林」的關聯性，我們接著要考察與此相呼應的「被設置在內部的迷宮」所指何物。

以下引文摘錄自卡夫卡少年的父親田村浩一遭殺害時的新聞報導。該報導記載著殺害現場的狀況及兒子失蹤之事，最後記載了他身為世界知名的雕刻家的簡歷：

> 他的主題向來都是將人類的潛在意識具象化，超越既有概念的新穎獨特的雕刻風格，在世界上獲得高度評價。以自由奔放的想像力追求迷宮形態所具有的美與回應性的大型「迷宮」系列，是最為一般大眾所熟知的作品[8]。

卡夫卡少年讓大島先生看過這篇報導之後，告訴他「長久以來一直無法說出來的事情」[9]：父親施加在少年身上的「詛咒」。關於父親田村浩一是如何看待自己，其描述如下：

> 對我父親而言，我可能只是像一件作品似的東西而已吧。就像雕刻一樣[10]。

---

[8] 村上春樹，上　415。
[9] 村上春樹，上　425。
[10] 村上春樹，上　426。

田村浩一是少年的父親，同時也是使用「迷宮」形態來將人類潛意識具象化的雕刻家。他在兒子卡夫卡少年的內部設置了一座「迷宮」。宛如少年是「一件作品」似地。那就是「你有一天會親手殺死父親，並和母親、姊姊交合」這個「詛咒」。也就是說，這個「詛咒」就是少年「被設置在內部的迷宮」。

2.王子（Prince）的迷宮

　　卡夫卡少年與佐伯小姐（若依他的「假設」，則是他的母親）第二次交合的夜晚之後的隔天早上，他為了想要在遇到她之前能有一段時間讓自己平靜下來而去了體育館。以下引文即是他像平日那樣地一邊用 MD 隨身聽聆聽王子的歌曲、一邊沿著跑道跑步的情景。

> 　　我一面聽著 Little Red Corvette，一面吸氣、屏息、吐氣。吸氣、屏息、吐氣。正確地重複這個規律。（中略）我想起佐伯小姐。想起跟她做愛的事。我希望什麼都不想，但那不是簡單的事。我把精神集中在肌肉上，讓自己專注於這個規律上。跟平常一樣的機器、一樣的負荷量、一樣的次數。在我耳中，王子唱著 Sexy Mother Fucker[11]。

我們在此要關注"Little Red Corvette"與"Sexy Mother Fucker"。兩首歌的歌詞內容都不值得一提，但我們若聚焦於歌名的話，可以發現有著很多的作用。首先，如同字面上的意思，"Sexy Mother Fucker"象徵著前述說明的、卡夫卡少年因被視為「被設置在內部的迷宮」的「詛咒」而「和母親交合」之事。

　　問題是"Little Red Corvette"。"Corvette"即是通用汽車公司的品牌雪佛蘭（Chevrolet）所販售的跑車型號"Corvette"，應注意的重點在於它的顏色「Red」。以下引文是大島先生談到為何選擇綠色 Roadster 這種夜間高速公路開車時最不易看清的車子。

---

[11] 村上春樹，下　186。

「不過我喜歡綠色。就算危險，還是覺得綠色好。綠色是森林的顏色。而紅色是血的顏色[12]。」

大島先生的車子之所以是綠色的理由在於它是「森林的顏色」。將卡夫卡少年導引至「位於外面的迷宮」（＝「森林」）的 Roadster 有著「森林」的綠色。另一方面，大島先生說紅色是「血的顏色」。前述已說明過綠色的「森林」就是「位於外面的迷宮」，那麼相對於此的「血的顏色」紅色，到底所指何物呢？

在此引用卡夫卡少年第一次與佐伯小姐發生關係那一夜的場景來加以說明。少年愛上了每天晚上不知不覺地出現的 15 歲佐伯小姐的幽靈。某天晚上，少年覺得佐伯小姐像平時一樣出現的房屋裡有著些許的異樣，最後終於發現站在那裡的不是 15 歲佐伯小姐的幽靈，而是生存在現在、現實中的佐伯小姐。

不過我終於發現，空氣裡有著某種不同於平常的東西。異質性的某個東西將那必須絕對完美的小小世界的調和感，給輕輕地卻決定性地攪亂了。我在微暗之中凝神注視著。到底有什麼不同呢？一瞬間，夜晚的風變強了，在我的血管裡流著的血開始有了帶著粘稠感的、不可思議的重量。四照花的枝條在窗玻璃上畫著神經質的迷宮陣[13]。

與佐伯小姐發生關係之事，與被設置在卡夫卡少年內部的「詛咒」有著複雜的牽連。在這個場面的描寫中，出現了流著少年的血管裡的血液的意象，也鮮明地呈現了會開出淡紅色花朵及結出鮮紅果實的四照花的意象。這意味著紅色是象徵「被設置在內部的迷宮」（＝「詛咒」）的顏色。出現於此的王子便具備了象徵「被設置在內部的迷宮」的作用。

那一天的白天，卡夫卡少年跟往常一樣將端咖啡到佐伯小姐的房間裡。他在那裡確認了他的「假設」（＝佐伯小姐是自己的母親）仍是有效的，並且談到了如何填補已失去的時間。然後，當天晚上兩人便再度交合了。

---

[12] 村上春樹，上 234。
[13] 村上春樹，下 110。

你在假設之中，在假設之外。在假設之中，在假設之外。吸氣、
屏息、吐氣。吸氣、屏息、吐氣。王子在你腦子裡像軟體動物般無
止盡地唱著歌[14]。

沿著跑道跑步的場景與上方引文有一個共通點，那就是「吸氣、屏息、吐
氣。」這句話。如同這句話所象徵的，兩者都可以理解成以重複性的運動
所表現出的極簡風格（Minimalism）。這個部分與我們在前一章約翰·柯
川的部分說明過的「森林」的極簡風格互相呼應。

約翰·柯川所象徵的「森林」的綠色，以及王子所象徵的「詛咒」的
紅色（＝血液、四照花的顏色）。這兩個顏色屬於互補色的關係，混合起
來就成了黑色[15]。約翰·柯川和王子都是黑人音樂家，這也應該不是偶然
之事。因此，在此可以清楚描繪出第一章引文③的大島先生所說的內外呼
應的構圖。

---

[14]　村上春樹，下　199。
[15]　加藤典洋在〈column 06. 顏色的故事〉（《村上春樹黃頁　PART2》〔《村上春樹
　　　イエローページ作品別（1995-2004）Part 2》〕，東京：荒地出版社，2004，59）
　　　指出，《挪威的森林》的書皮使用紅和綠是互補色的關係，混合起來就成了黑色，
　　　是喪事之色。

五、迷宮的隱喻

　　在故事的最後，卡夫卡少年終於踏進了「森林的核心」[16]。那是個時光停止流動的異世界。當他待在一間小屋裡時，照料他吃食的是 15 歲的佐伯小姐。她說：「只要你需要我，我就在那裡[17]。」當少女走了出去，接著進來的是現在的佐伯小姐。佐伯小姐催促卡夫卡少年離開森林，但他拒絕。因為他意識到佐伯小姐在現實世界裡已經死了。但是少年為了達成佐伯小姐的願望：希望你在森林外面一直記得我，因此走出了森林，回到高松的圖書館。故事結束於少年搭乘的前往東京的新幹線通過名古屋之時。

　　小說的結局為讀者帶來的感動所由為何？為何卡夫卡「在一場糾葛之後走出森林回歸日常生活」這個決定會讓讀者出現被滌清（Catharsis）的感受呢？在捨棄「森林」生活之後，等待著卡夫卡的現實世界絕對不是平穩的日常生活。學校長期缺課，之前被殺的父親的殺人嫌疑也必須釐清。而且最愛的情人、也就是「假設」上的母親佐伯小姐已經不在了。即便如此，讀者為何在故事結局感受到〈救贖〉、〈救濟〉及〈療癒〉[18]呢？

　　對於本論文釐清的「迷宮」結構，若仔細追查，或許不必參考作品的外部訊息，即可從結構中找出答案。關鍵字就是第 1 章③引文裡的「隱喻」。

卡夫卡的「迷宮」

　　被設置在卡夫卡少年內部的迷宮，即「詛咒」，就是「殺父，和母親、姊姊交合」，而位於外面的迷宮「森林」就是與 15 歲的佐伯小姐（做為

---

[16]　村上春樹，下　352。

[17]　村上春樹，下　430。

[18]　小森陽一指出大多數《海邊的卡夫卡》的讀者都感受到「療癒」或「救贖」的心情，小森對此感到「強烈的危機感」，論文由此開始鋪陳。附帶一提，小森認為該作品是以〈解離〉來消除昭和天皇的戰爭責任、從軍慰安婦問題、9‧11 事件以後的布希政權對於伊拉克的攻擊而形成的故事。相對於此，柴田勝二批判小森的曲解，將該作品謀殺父親的主題解讀為〈謀殺天皇〉，指出村上春樹其實具有小森的問題意識。兩人這種思想犯式的深入閱讀實在令人感到戰慄。

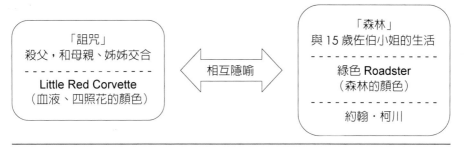

戀愛對象的母親）兩人單獨生活的空間。對於卡夫卡少年而言，留在「森林」裡應該是很有吸引力的選擇，但這也隱喻著生活在「詛咒」之中。相反地，離開「森林」隱喻著脫離「詛咒」。不管前途多麼艱難，卡夫卡少年的回歸意味著走出「迷宮」。從現實上來講，是離開「森林」，從比喻上來講，是解除「詛咒」。卡夫卡少年的詛咒解除了！若要以文字來表現讀者閣上書時出現的被滌清（Catharsis）的感受，應該就是這句話吧。

大島先生對著即將離開高松的甲村圖書館的少年說了一句話：「世界就是隱喻。田村卡夫卡。[19]」這句話成為解讀數頁之後出場的《海邊的卡夫卡》最後場景的關鍵。叫做烏鴉的少年對於在新幹線的車內閉上眼睛的少年說道：

> 「你不妨睡一覺。」叫做烏鴉的少年說。「醒過來的時候，你就已經成為新世界的一部分了。」
> 你即將睡去。然後醒過來時，你就已經成為新世界的一部分了[20]。

當新幹線進入東京東站時，卡夫卡少年醒來了。這時他成了「新世界的一部分」。已經脫離「詛咒」的卡夫卡少年應該已經失去了那個做為隱喻的「森林」，取而代之的是，少年獲得了只屬於他自己的場所：新的內在隱喻。不管那位於世界的何處，但很確定的就是，那已經不再是「迷宮」了。

---

[19]　村上春樹，下　523。
[20]　村上春樹，下　528。

參考文獻目錄

引文摘自村上春樹《海邊的卡夫卡（上）（下）》（新潮文庫，2005）。
引用時只記載上下卷別及頁數。其他參考文獻如下所示：

CHAI

柴田勝二（SHIBATA, Shōji）.〈殺人、交合的對象——《海邊的卡夫卡》
的過去——〉（〈殺し、交わる相手——《海辺のカフカ》における
過去〉），《東京外國語大學論集》76（2008）：273-51。

CHUAN

川村湊（KAWAMURA, Minato）.〈遠離《美國》——「九一一」之後與
《海邊的卡夫卡》〉（〈「アメリカ」から遠く離れて——「九・一
一」以降と『海辺のカフカ』〉），《村上春樹研究　2005-2007》（《村
上春樹スタディーズ（2005-2007）》），今井清人（IMAI Kiyoto）
編。東京：若草書房，2008，214-24。

HENG

横山博（YOKOYAMA, Hiroshi）.〈村上春樹《海邊的卡夫卡》裡的近親
相姦與解離〉（〈村上春樹『海辺のカフカ』における近親相姦と解
離〉），《甲南大學紀要（文學編 2003 年度）》132（2004）：175-95。

JIA

加藤典洋（KATŌ, Norihiro）.〈關於心靈黑暗的冥界〈limbo〉〉（〈心の
闇の冥界（リンボ）めぐり——《海辺のカフカ》〉），《村上春樹
黃頁　PART2》（《村上春樹　イエローページ作品別（1995-2004）
Part 2》）。東京：荒地出版社，2004，141-96。
——.〈向世界的回復、往內閉的連帶——《挪威的森林》〉（〈世界への
回復・內閉への連帶——『ノルウェイの森』〉），《村上春樹黃頁》

（《村上春樹　イエローページ作品別（1979-1996）》）。東京：荒地出版社，2006，113-38。

MU

木部則雄（KIBE, Norio）.〈以精神分析解讀《海邊的卡夫卡》〉（〈精神分析的解題による《海辺のカフカ》〉），《白百合女子大學研究紀要》39（2003）：103-23。

TIAN

田中雅史（TANAKA, Masashi）.〈內部與外部重疊的選擇：村上春樹《海邊的卡夫卡》裡可見的自戀型的心象及後退的倫理〉（〈內部と外部を重ねる選択：村上春樹《海辺のカフカ》に見られる自己愛的イメージと退行的倫理（日本語日本文學）〉），《甲南大學紀要 文學編》143（2006）：21-71。

SHAN

山岸明子（YAMAGISHI, Akiko）.〈從發展心理學看《海邊的卡夫卡》──主人公為何能夠渡過危機呢──〉（〈発達心理學から見た《海辺のカフカ》──なぜ主人公は危機を乗り越えることができたのか〉），《順天堂大學醫療看護學部　醫療看護研究》1.1（2005）：8-15。

XIAO

小森陽一（KOMORI, Yōichi）.《村上春樹論──精讀〈海邊的卡夫卡〉》（《村上春樹論──〈海辺のカフカ〉を精読する》）。東京：平凡社新書321，2006。

A Research on *Kafka on the Shore*: A Maze of Kafka

Motohiro KOJIMA
Associate Professor, Graduate School
of Human and Environmental Studies, Kyoto University

Shinpei AOYANAGI
B.A. Sapporo University

Translated by Chun Yen PAI
Ph.D Candidate, Institute of Taiwan Literature,
National Tsing Hua University, Taiwan

Abstract

The Haruki Murakami's "Seaside Kafka" was the image of two "Labyrinth," in which one was set inside and the other was located outside. The maze set inside meaned Oedipus-style internal disputes presented in Kafka's boy, and the maze located outside meaned the forest in which he lived with the girls Saeki who was regarded as a young mother. The two mutual metaphors meaned that the behavior of the Hero's leaving the forest lastly suggested that he has been out of the heart of the dispute.

Keywords: "Kafka", maze, forest, Oedipus Complex, Little Red Corvette

《國際村上春樹研究》輯二（2015 年 12 月）161-208。

村上春樹長篇小說《海邊的卡夫卡》的日本研究概況

■白春燕

作者簡介：

　　白春燕（Chun Yen PAI），女，淡江大學日文系學士，東海大學日本語文學系碩士，台、清華大學台文所博士一年生。《國際魯迅研究》、《國際村上春樹研究》翻譯編委。研究範圍：1930 年代中國、日本、台灣的文學交流、左翼文藝理論流布、多元文化交流；近年發表的論文或著作：〈第一廣場の變遷〉（2010）、〈社會福祉系移住勞働者の公共性——對抗的な公共圈構築に向けた可能性——〉（2010）、〈1930 年代臺灣・日本的普羅文學之越境交流——楊逵對日本普羅文學理論的接收與轉化〉（2011）、〈論楊逵對 1930 年代日本行動主義文學的吸收與轉化〉（2013）等。

論文提要：

　　村上春樹文學在亞洲蔚為顯學，研究論文數量之多，足以結集為大系，並且具備市場需求性。村上春樹在 2002 年 9 月 10 日出版《海邊的卡夫卡》，發售前就受到日本各界關注，許多日本學者在第一時間發表評論，小森陽一於 2006 年出版《村上春樹論——精讀〈海邊的卡夫卡〉》專書，由秦剛在 2012 年譯成中文，成為台灣及大陸瞭解日本學者解讀《海邊的卡夫卡》的入門書。日本學者對於《海邊的卡夫卡》的評價呈現兩極化，有的給予極高的評價，有的則像小森陽一那樣全面否定。若要全面瞭解日本學者對於《海邊的卡夫卡》的解讀、避免單一偏頗的理解，必須引進更多日本學者的論述才行。本文盡可能地收集日本學者的論文，從否定論、肯定論、文本分析、精神分析、影響論各個面向來參照分析，使日本學者對於《海邊的卡夫卡》的論述得以全方位的呈現。此外，本文從原文文本

分析發現並以實例指出，跨域研究若過度依賴翻譯文本，可能會遺漏某些重要訊息，此時母語研究者對於原文文本的分析，可以為我們提供更寬廣的視野。

關鍵詞：村上春樹、《海邊的卡夫卡》、小森陽一

一、緣起

在台灣，秀威資訊正籌劃村上春樹（MURAKAMI
Haruki, 1949-　）作品的日本研究論文翻譯出版計畫，
第一個階段以《海邊的卡夫卡》為起點。筆者負責與
日本學者及出版社進行授權交涉，並將論文翻譯成中
文，交由秀威出版。本文乃以此計畫為基礎提出《海
邊的卡夫卡》日本研究概況的報告。

二、《海邊的卡夫卡》簡介

《海邊的卡夫卡》在 2002 年 9 月 10 日由新潮社出版發行，2005 年發
行英文版，旋即獲得紐約時報年度十大好書（The 10 Best Books of 2005）[1]及
世界奇幻最佳小說獎（The World Fantasy Award for Best Novel）[2]。村上春
樹在 2006 年獲得法蘭茲‧卡夫卡獎（The Franz Kafka Prize）[3]，一躍成為
世界級知名作家。在日本國內，知名戲劇導演蜷川幸雄（NINAGAWA
Yukio, 1935-　）在 2012 年 5 月首次將《海邊的卡夫卡》搬上舞臺劇，並且
計畫在 2014 年於日本國內再次公演，2015 年巡迴倫敦、紐約等地進行世
界公演[4]，為《海邊的卡夫卡》創造更多的話題，《海邊的卡夫卡》的魅力
可謂無遠弗屆。

---

[1]　紐約時報（http://www.nytimes.com/2005/12/11/books/review/tenbest.html?ex=1291957
200&en=bf38699678e7b01b&ei=5090），2013 年 10 月 6 日查閱。

[2]　「華盛頓郵報」（http://www.washingtonpost.com/wp-dyn/content/article/2007/05/17/
AR2007051701903.html），2013 年 10 月 6 日查閱。

[3]　"The Franz Kafka Prize"（http://www.franzkafka-soc.cz/cena-franze-kafky/），2013 年
10 月 6 日查閱。

[4]　「舞台《海邊的卡夫卡》」官方網站（http://butai-kafka.com/），2013 年 10 月 7 日
查閱。

三、日本研究論文概況

筆者將從「內容分析」、「文本分析」兩個面向來介紹日本研究論文概況，但是在進入「文本分析」之前，必須先行提及《海邊的卡夫卡》評價差異的現象，故在中間添置「評價兩極化」一節。

1.內容分析

筆者根據目前收集到的資料整理出 121 筆（篇）《海邊的卡夫卡》日本研究論文[5]，其中已知有中譯版的只有小森陽一（KOMORI Yōichi, 1953- ）的《村上春樹論──精讀《海邊的卡夫卡》》（《村上春樹論：「海辺のカフカ」を精読する》）[6]。另外，內田樹（UCHIDA Tatsuru, 1950- ）的《當心村上春樹》（《村上春樹にご用心》，2007[7]）已有中譯本[8]，其中〈村上春樹為何被文藝評論家厭惡呢？〉[9]一文稍微提及《海邊的卡夫卡》。除此之外，《海邊的卡夫卡》日本研究論文中譯本付之闕如，由此可以看出中譯引介的迫切性以及本計畫的重要性。

以下從「時間別」及「刊行機構別」兩個面向進行統計分析：

---

[5]　請見附件〈《海邊的卡夫卡》日本研究論文清單〉。其中有 1 筆是小森陽一（KOMORI Yōichi, 1953- ）《村上春樹論──精讀《海邊的卡夫卡》》（《村上春樹論：〈海辺のカフカ〉を精読する》）（東京：平凡社，2006）是專書，共分 5 章談論《海邊的卡夫卡》，但為了方便整理，只視為 1 筆。原本發表於期刊之後又收入圖書的單篇，視為同一筆。

[6]　小森陽一　《村上春樹論──精讀《海邊的卡夫卡》》。

[7]　內田樹（UCHIDA Tatsuru, 1950- ），《村上春樹にご用心》（《當心村上春樹》，東京：Artes Publishing, 2007）。

[8]　內田樹，《當心村上春樹》，楊偉、蔣葳譯（臺北：時報文化，2009）。

[9]　內田樹，〈村上春樹為何被文藝評論家厭惡呢？〉（〈なぜ村上春樹は文芸批評家から憎まれるのか？〉），《當心村上春樹》　165-70。

（一）依時間分類

　　以年度的分類來看的話，2002 年 29 篇，2003
年 12 篇，2004 年 4 篇，2005 年 5 篇，2006 年 9 篇，
2007 年 4 篇，2008 年 11 篇，2009 年 8 篇，2010 年
12 篇，2011 年 11 篇，2012 年 6 篇，2013 年 10 篇。

　　2002 年 9 月 10 日新潮社出版《海邊的卡夫卡》
之後到 9 月底之間，報紙及新聞週刊紛紛刊出書
評，洋洋灑灑共 8 篇，熱鬧非凡。導乎先路的是各
大報章，日本三大報社之一《讀賣新聞》及全國性
經濟報《日本經濟新聞》（9 月 15），另外兩大報
《朝日新聞》和《每日新聞》、以及岡山縣地方報《山陽新聞》（9 月 22
日）陸續跟進。從 2002 年 9 月到 12 月之間總共出現了 29 篇評論，反映
出日本文化界對於《海邊的卡夫卡》極度關注。不過應注意的是，一篇完
整論文從下筆到完成及發表，需要一段相當的醞釀期。2002 年的 29 篇裡，
報紙有 19 篇，新聞週刊有 10 篇，這是因為報紙及新聞週刊的書評字數少、
出版週期短，所以數量佔優。2003 年也因為有一些短評發表，才能維持在
12 篇的數量。至於長篇評論及專書，則從 2003 年陸續在大學學報、文藝
雜誌刊出，甚至以專書形式出版。因此，以年度分類的篇章數量只適合用
來說明《海邊的卡夫卡》的出版熱潮，不適合用來評價學者對於《海邊的
卡夫卡》如何持續關注及其變化。

（二）依刊行機構分類

　　以刊行機構別來看，報紙 19 篇，期刊 30 篇（出版社刊行 25 篇、機
關誌 5 篇），大學學報 28 篇，圖書單篇 42 篇，專書 1 本，電子資料 1 篇。
　　在期刊部分，屬於週刊性質的是新潮社發行的《週刊新潮》、刊載翻
譯自美國版及國際版的報導及日本當地新聞的《新聞週刊（*Newsweek*）日
本版》。
　　在月刊、雙月刊、半年刊部分，日本 5 大文藝雜誌中，除了《文藝》
（河出書房新社發行）之外，《文學界》（文藝春秋發行）、《昴》（集
英社發行）、《群像》（講談社發行）、《新潮》（新潮社發行）都刊出

相關評論。其他還有讀者眾多的綜合文藝雜誌《達芬奇》（Media Factory 發行）、承接自《月刊 Asahi》的《論座》（朝日新聞社發行）、音樂雜誌《錄音藝術》（音樂之友社發行）、知名戲劇雜誌《悲劇喜劇》（早川書房發行）、以詩和評論為主的綜合藝術雜誌《Eureka》（青土社發行）、重視歷史文化的藝術雜誌《藝術新潮》（新潮社發行）、發行已屆 80 年的文學學術雜誌《文學》（岩波書店發行）、以創造勞工階級的戰鬥知性為目標的《社會評論》（星雲社出版）。

另外還有，機關誌《現代文學史研究》（現代文學史研究所發行）、《口譯翻譯研究》（日本口譯翻譯學會出版）、《電子情報通信學會技術研究報告：信學技報》（電子情報通信學會出版）。

在大學學報方面，共有 23 所大學學報刊出。德島文理大學 4 篇，甲南大學 3 篇，其餘 21 所大學各 1 篇。

圖書部分，只有 1 本專門討論《海邊的卡夫卡》的書籍，那就是小森陽一《村上春樹論——精讀〈海邊的卡夫卡〉》。在村上春樹將他與《海邊的卡夫卡》讀者往返郵件的書信集結成《少年卡夫卡》[10]出版，是促使小森陽一寫出此書的動力。至於圖書中的單篇，以村上春樹討論專書裡的單篇較多，42 篇裡就有 36 篇出自村上春樹討論專書。這個現象提醒筆者，除了從各方面多元地討論《海邊的卡夫卡》之外，也必須從整個村上春樹世界的制高點來俯瞰《海邊的卡夫卡》，才能得到更立體的考察。

綜觀上述刊行機構的性質可知，《海邊的卡夫卡》不但在報紙、新聞週刊、文學學術雜誌、綜合文藝雜誌、大學學報被討論，也受到藝術雜誌、音樂雜誌、戲劇雜誌等高度專業度領域的關注，甚至與文學不太相關的電子情報雜誌，都以其專業立場進行了考察，突顯《海邊的卡夫卡》是一部可以有各種不同的解讀和詮釋方式的文學作品。

2.評價兩極化

日本國內對於村上春樹文學一直呈現兩極化的評價，有的給予極高禮讚，有的則完全否定，對於《海邊的卡夫卡》也不例外，茲列舉如下：

---

[10] 村上春樹編著，《少年卡夫卡》（東京：新潮社，2004）。

（一）肯定論

　　《海邊的卡夫卡》在 911 恐怖攻擊事件（2001）一年後出版，自問世以來，好評如潮。該書出版 2 個月後，讀者眾多的綜合文藝雜誌《達芬奇》刊載「Wonder 村上春樹 Land」特輯，將《海邊的卡夫卡》譽為「救贖」的文學[11]。《海邊的卡夫卡》官方網站在 2002 年 6 月到 2003 年 2 月 14 日限定期間公開，讓讀者透過電子郵件寫信給村上春樹，村上春樹也一一回信。總共 1220 件問答集被收錄在前述《少年卡夫卡》一書當中。大多數的讀者都在郵件裡表達自己因讀了《海邊的卡夫卡》而被「療癒」或「救贖」的心情[12]。

　　除了多數讀者的獎譽之外，也有專業評論家發表正面肯定的意見。當時身為文化廳長官的榮格（Carl Gustav Jung, 1875-1961）派精神分析師河合隼雄（KAWAI Hayao, 1928-2007），在 2002 年 9 月 14 日日本箱庭療法學會（The Japan Association of Sandplay Therapy）[13]的演講上，將《海邊的卡夫卡》譽為「偉大的物語小說」，指出烏鴉要少年卡夫卡「聽風的聲音」，剛好就是一位優秀的箱庭治療師必須具備的能力[14]。在出版不久後的報紙書評裡，主持 NHK 電視台「用英語讀村上春樹」[15]的沼野充義（NUMANO

---

[11]　雜誌特輯「Wonder 村上春樹 Land」，《達芬奇》103（2002）。佐內正史（SANAI Masafumi）、川內倫子（KAWAUCHI Rinko, 1972- ）、若木信吾（WAKAGI Shingo）、宮本敬文（MIYAMOTO Keibun），〈以《海邊的卡夫卡》為中心的「救贖」文學。受《海邊的卡夫卡》的文字魂所導引……新銳攝影師的最新作品〉。河合隼雄，〈以前只有神才知道的事，現在卻變成人們不得不做的事〉。沼野充義，〈《海邊的卡夫卡》發出"在空虛的世界裡也要努力活下去"這個訊息〉。岩宮惠子，〈進出「入口的石頭」意味著什麼？我們的「入口的石頭」在哪裡？〉。

[12]　小森陽一，《村上春樹論──精讀〈海邊的卡夫卡〉》　7-16。

[13]　「日本箱庭療法學會」（http://www.sandplay.jp/），2013 年 10 月 6 日查閱。「箱庭療法」是一種使用放有砂子的箱子來進行心理治療的手法。被治療者在治療師的照顧之下自發性地將迷你玩具放在砂箱中，或者使用砂子來自由表現，透過這種遊戲來進行心理治療。參見（http://www.jsccp.jp/near/interview3.php），2013 年 10 月 6 日查閱。

[14]　全文演講內容收於：河合隼雄（KAWAI Hayao, 1928-2007），〈境界体験を物語る──村上春樹《海辺のカフカ》を読む〉（〈邊界體驗的故事──閱讀村上春樹《海邊的卡夫卡》〉），《新潮》99.12（200）：234-42。

[15]　NHK 語學節目（https://cgi2.nhk.or.jp/gogaku/english/yomu/），2013 年 10 月 11 日查閱。

Mitsuyoshi, 1954- ）在 9 月 22 日指出，「村上春樹巧妙地使伊底帕斯神話的架構、以及試鍊與冒險故事的原型，成功地創造出獨特的「成長小說」」，給予極高的評價[16]。另一則報紙書評來自關川夏央（SEKIKAWA Natsuo, 1949- ），他在 9 月 27 日將《海邊的卡夫卡》捧為正統的純文學[17]。

　　長期關注村上春樹文學的加藤典洋（KATŌ Norihiro, 1948- ）認為，《海邊的卡夫卡》是以前的作品未曾有過的、不可思議的、奇妙的小說[18]。在給予村上春樹高度評價這一點，與加藤典洋齊名的川村湊（KAWAMURA Minato, 1951- ）也以肯定的態度指出這是一部有很多空白、空虛、欠缺的小說[19]。

　　另外，德文語學及文學專業的野村廣之（NOMURA Hiroyuki）認為，《海邊的卡夫卡》是一部具有啟蒙式或教育式意圖的成長小說[20]。德國文化藝術專業的西川智之（NISHIKAWA Tomoyuki, 1956- ）以積極與消極、暴力的強弱來比較《發條鳥年代記》和《海邊的卡夫卡》，並表達《海邊的卡夫卡》的主人公的同感與希望[21]。

---

[16] 沼野充義（NUMANO Mitsuyoshi, 1954- ），〈《海邊的卡夫卡》少年們 繼續留在這個世界上〉（〈《海辺のカフカ》　少年たち　この世界に踏みとどまれ」〉），《每日新聞》2002.9.22，11。

[17] 關川夏央（SEKIKAWA Natsuo, 1949- ），〈文藝時評　叫做故事的土地〉（〈文芸時評　物語という土地〉），《朝日新聞》2002.9.27，山根由美惠（YAMANE Yumie），〈文獻總覽〉，《村上春樹スタディーズ 2000-2004》（東京：若草書房，2011）326。

[18] 加藤典洋（KATŌ Norihiro, 1948- ），〈關於心靈黑暗的冥界〈limbo〉——《海邊的卡夫卡》〉（〈心の闇の冥界〈リンボ〉めぐり——《海辺のカフカ》〉），《村上春樹黃頁 PART2》（東京：荒地出版社，2004）141-96。

[19] 川村湊（KAWAMURA Minato, 1951- ），〈遠離《美國》——「九一一」之後與《海邊的卡夫卡》〉（（〈「アメリカ」から遠く離れて　「九・一一」以降と《海辺のカフカ》〉），《如何閱讀村上春樹》（《村上春樹をどう読むか》，東京：作品社，2006）42-57。

[20] 野村廣之（NOMURA Hiroyuki），〈春樹世界裡的『卡夫卡』—關於村上春樹《海邊的卡夫卡》〉（〈〈春樹ワールドの中の『カフカ』——村上春樹『海辺のカフカ』をめぐって〉〉），《東北德國文學研究》47（2003）：39-72。

[21] 西川智之（NISHIKAWA Tomoyuki, 1956- ），〈村上春樹的《海邊的卡夫卡》（解讀恐怖——從日常生活到國際政治——）〉（〈村上春樹の《海辺のカフカ》（恐

　　由此可知，讀者大眾肯定《海邊的卡夫卡》的理由在於它是一本「具有療癒效果的成長小說」。另一方面，評論家們的角度較為分歧，有的跟一般讀者的看法相同，有的則是透過中肯的文本分析來給予肯定。

（二）否定論

　　最早加以批判的是川本三郎（KAWAMOTO Saburō, 1944- ），川本於 2002 年 10 月 18 日批評這部作品的結構欠缺主體、內容散漫[22]。知名女作家角田光代（KAKUTA Michiyo, 1967- ）在 11 月又說她在《海邊的卡夫卡》裡感受到對於「暴力的、無意志的意志」的恐怖感[23]。翌年（2003）1 月，山口直孝（YAMAGUCHI Tadayoshi, 1962- ）指出村上春樹的作品文筆洗煉，但沒有個人主見，淪為被消費的故事[24]。蓮實重彥（HASUMI Shigehiko, 1936- ）指出《海邊的卡夫卡》裡的時間設定有誤。例如裡面的醫生在 1944 年做出的證詞提到「好像正在看一場前衛的戲劇」，但是「前衛的戲劇」應是 1960 年代有名的前衛戲劇家唐十郎（KARA Jūrō, 1940- ）之後才出現的語彙。蓮實重彥認為這是一種「詐欺」，他期許村上春樹能夠展現「相同時代的感性」[25]。

　　最徹底的否定是小森陽一《村上春樹論——精讀〈海邊的卡夫卡〉》一書。小森陽一的問題意識在於，《少年卡夫卡》的郵件裡幾乎全部從「療癒」、「救贖」的方向來看待《海邊的卡夫卡》，但看不到前述角田光代那種對於「暴力的、無意志的意志」的恐怖感，這種特定的閱讀方向會排

　　怖を読み解く——日々の生活から国際政治まで——）〉，《語言文化研究叢書》6（2007）：103-26。

[22] 川本三郎（KAWAMOTO Saburō, 1944- ），〈《海邊的卡夫卡》〉（〈《海辺のカフカ》〉），《週刊朝日》（2002.10.18）：115-16。

[23] 角田光代（KAKUTA Michiyo, 1967- ），〈公寓、沙塵暴、田村卡夫卡——閱讀村上春樹《海邊的卡夫卡》〉（〈アパートのこと、砂嵐のこと、田村カフカくんのこと——村上春樹『海辺のカフカ』を読む〉），《群像》57.13（2002）：156-61。

[24] 山口直孝（YAMAGUCHI Tadayoshi, 1962- ），〈做為消費財的長篇小說——《葬送》、《本格小說》、《海邊的卡夫卡》〉（〈消費財としての長編小説——『葬送』・『本格小説』・『海辺のカフカ』〉），《社會評論》29.1（2003）：122-25。

[25] 蓮實重彥（HASUMI Shigehiko, 1936- ），〈從「結婚詐欺」到卡萊・葛倫（Cary Grant）現代日本小說閱讀〉（〈「結婚詐欺」からケイリー・グラントへ　現代日本の小説を読む〉），《早稻田文學》28.4（2003）：4-29。（根據 2003 年 1 月 18 日在青山書籍中心的演講《蓮實重彥、漫談日本文學》修改而成。）

擠不同意見。而且國家機關首長河合隼雄對於《海邊的卡夫卡》的強力宣傳，更令小森看到這樣的危險性。小森希望以文學評論家的基本職責來釐清《海邊的卡夫卡》這部小說具有怎樣的結構，這樣的結構如何建構讀者的慾望，實現這個慾望會帶來什麼結果。小森透過細緻的文本分析提出各種批判，也在這個過程中使得原本隱藏的結構得以浮現。

關於日本國內對於《海邊的卡夫卡》毀譽不一、尤其是多數文學評論家表達否定立場的現象，內田樹指出文學評論家因村上春樹作品沒有本土味而加以批判，尤其是純文學評論家所做的評價異常低落[26]。尾高修也（ODAKA Shūya, 1937- ）以自身 1970 年代步入文壇的「內向的世代」[27]來審視《海邊的卡夫卡》，指出書中的空白部分沒有被解釋清楚。對於受次文化薰陶的年輕人而言，他們將村上作品當作心靈的避難所，不會去質問作品裡的問題。但對於「內向的世代」而言，這是一種鬆散的表現，村上春樹的作品不值得「內向的世代」繼續關注[28]。

從日本國內「肯定論」和「否定論」的拉鋸戰裡，我們看到讀者大眾的接受及純文學評論家的抗拒，這種評價的兩極化卻凸顯了村上春樹文學受重視的程度。

3.文本分析

島村輝（SHIMAMURA Teru, 1957- ）在〈《海邊的卡夫卡》在日本如何被解讀——少年卡夫卡與《少年卡夫卡》〉[29]一文中，蒐集從《海邊

---

[26] 內田樹，〈村上春樹為何被文藝評論家厭惡呢？〉 165-70。

[27] 「內向の世代（內向的世代）」是對於 1970 前後登場的年輕作家的稱呼，由文藝評論家小田切秀雄（ODAGIRI Hideo, 1916-2000）命名。這些作家將焦點轉向描寫個人內面及個人週邊。引自小學館「kotobank」（http://kotobank.jp/word/%E5%86%85%E5%90%91%E3%81%AE%E4%B8%96%E4%BB%A3），2013 年 10 月 13 日查閱。

[28] 尾高修也（ODAKA Shūya, 1937- ），〈《海邊的卡夫卡》的鬆散〉（〈《海辺のカフカ》のゆるさ〉），《近代文學以後——「內向的世代」所看到的村上春樹》（《近代文学以後 「內向の世代」から見た村上春樹》，東京：作品社，2011）92-102。

[29] 島村輝（SHIMAMURA Teru, 1957- ），〈《海邊的卡夫卡》在日本如何被解讀——少年卡夫卡與《少年卡夫卡》〉（〈《海辺のカフカ》は日本でどう読まれたか——カフカ少年と「少年カフカ」〉），《東亞閱讀村上春樹：東京大學人文學部中國文學科國際共同研究》（《東アジアが読む村上春樹：東京大學人文學部中國文學科國際共同研究》），藤井省三（FUJII Shōzō, 1952- ）編（東京：若草書房，2009）300-21。

的卡夫卡》出版到他本人定稿時的代表性評論，並加以整理，同時分析《海邊的卡夫卡》執筆之時與村上相交甚篤、讓其心儀的河合隼雄的影響程度及其功過，河合是有名的榮格派精神分析師。

　　《海邊的卡夫卡》一般被視為以伊底帕斯故事為架構的成長小說，但書中談論的電影、音樂、宗教、戰爭、人物造型等，都引起評論家從各個角度來進行解讀。其中以包含互文性、影響論、文本詮釋在內的文本分析為最大宗，為了突顯電影文本的差異性，區分為「以書籍為主的文本分析」及「以電影為文本的互文性分析」。其他論文再依屬性區分為「精神分析及心理學分析」、「宗教觀點分析」、「語學分析」、「其他」。筆者在這裡要說明的是，每一篇論文都涉及廣泛，無法簡單歸類，但為了方便說明而做概略分類，每個分類依論文刊行日期依序介紹。

（一）以書籍為主的文本分析

　　重岡徹（SHIGEOKA Tōru）指出，村上春樹作品有著看透人類遙遠未來的浪漫主義，這與吉本隆明（YOSHIMOTO Takaaki, 1924-2012）《關於非洲的階段——史觀的擴張》（春秋社，2006）及中澤新一（NAKAZAWA Shinichi）《對稱性人類學》（講談社，2004）有所重疊。中澤新一與中田少年的內科醫生中澤重一的名字只有一字之差，是村上故意放進去的謎題[30]。

　　小森陽一對於《伊底帕斯》（*Oedipus The King*）故事、《一千零一夜》（*Arabian Nights*）、法蘭茲・卡夫卡（Franz Kafka）《在流刑地》（*In the Penal Colony*）、《源氏物語》、上田秋成（UEDA Akinari, 1734-1809）《雨月物語》、夏目漱石（NATSUME Sōseki, 1867-1916）《坑夫》及《虞美人草》等文學文本如何放進《海邊的卡夫卡》裡的脈絡進行了細緻的考察。小森指出《海邊的卡夫卡》「在文本上製造出一連串無媒介的結合的連鎖」，「具有使閱讀小說文本的所有讀者停止思考的功能」[31]。

---

[30] 重岡徹（SHIGEOKA Tōru），〈村上春樹論：以《海邊的卡夫卡》為中心〉（〈村上春樹論：《海辺のカフカ》を中心にして〉），《別府大學大學院紀要》8（2006）：1-10。

[31] 小森陽一・《村上春樹論——精讀《海邊的卡夫卡》》　155、160。

　　野中潤（NONAKA Jun, 1962- ）以重組字（Anagram）分析，指出「櫻花」這個名字來自於「烏鴉」，暗示兩人的姐弟關係。並且以黑人歌手「王子」（Prince）的音樂來詮釋少年卡夫卡就是放浪的王子（＝伊底帕斯）[32]。

　　片山晴夫（KATAYAMA Haruo, 1947- ）從「祭典」與「憑依」做為關鍵字來解讀《挪威的森林》與《海邊的卡夫卡》，指出村上春樹在創作《海邊的卡夫卡》時明確地意識到《源氏物語》的故事，以此強調村上春樹不只對美國文學，對日本的物語文學也具有極深的造詣[33]。

　　上田穗積（UEDA Hozumi）是目前筆者收集篇數最多的研究者（小森陽一的專書除外）。上田指出《海邊的卡夫卡》與《暗夜行路》的共同點：往「西邊」的流離和背景，都是對於「父親」或「母親」的憧憬和冀求以及憎惡；並以此主張不可輕視村上春樹在日本近代文學的造詣[34]。另外，上田在同時期同一所大學、但不同學報刊載了另一篇論文，討論了《暗夜行路》的意識，進一步指出志賀直哉（SHIGA Naoya, 1883-1971）的文本對於村上春樹建構文本結構有所影響[35]。另外，上田在隔年又發表與《海邊的卡夫卡》有關的論文，指出「佐伯小姐書寫文本，村上春樹組織文本」的模式，兩者之間的互文性創造多重性的敘述效果[36]。在 3 年後，上田又以對父親的描寫來比較 1959 年出版的安岡章太郎（YASUOKA Shōtaō,

---

[32] 野中潤（NONAKA Jun, 1962- ），〈對於《海邊的卡夫卡》的「注釋」的嘗試——烏鴉、櫻花姐、王子——〉（〈『海辺のカフカ』への〈注釈〉の試み——カラス、さくら、プリンス〉），《現代文學史研究》6（2006）：77-85。

[33] 片山晴夫（KATAYAMA Haruo, 1947- ），〈《挪威的森林》與《海邊的卡夫卡》裡的物語表象：以「祭典」與「憑依」做為關鍵字來解讀〉（〈《ノルウェイの森》と《海辺のカフカ》に表れた物語表象：「祭り」と「憑依」をキーワードとして読み解く〉），《日本近代文學會北海道支部會報》11（2008）：1-8。

[34] 上田穗積（UEDA Hozumi），〈直哉與春樹——對於《海邊的卡夫卡》的考察〉（〈直哉とハルキ——「海辺のカフカ」における一考察〉），《比較文化研究所年報》26（2010）：17-28。

[35] 上田穗積，〈田村卡夫卡為何要讀《坑夫》——漱石、直哉、春樹〉（〈田村カフカはなぜ「坑夫」を読むのか——漱石・直哉そしてハルキ〉），《德島文理大學研究紀要》79（2010）：35-43。

[36] 上田穗積，〈《海邊的卡夫卡》是誰寫的——不在的書物的行蹤〉（〈誰が「海辺のカフカ」を書いたのか——不在の書物の行方〉），《德島文理大學研究紀要》80（2010）：77-84。

1920-2013）《海邊的光景》和 2002 年出版的《海邊的卡夫卡》，將後者
視為前者的「平成版本」[37]。

　　甫因專訪村上春樹而獲頒 2013 年日本記者俱樂部獎的文藝新聞記者
小山鐵郎（KOYAMA Tetsurō, 1949-　）[38]指出，上田秋成（UEDA Akinari,
1734-1809）《雨月物語》是出現於夏目漱石（NATSUME Sōseki, 1867-1916）
以來近代自我為中心的日本文學之前的故事，不將自我做為故事的中心，
而是將自我放入故事裡面。這也是村上春樹作品的特徵。在《海邊的卡夫
卡》裡，在生與死的世界、現實與非現實的世界的連接點，存在著《海邊
的卡夫卡》式的《雨月物語》[39]。

　　專門研究志賀直哉（SHIGA Naoya, 1883-
1971）小說的伊藤佐枝（ITŌ Sae）指出《海邊
的卡夫卡》和志賀直哉《暗夜行路》都以詛咒
做為開端，因他者而得到救贖[40]。

　　日本國文學者高田衞（TAKIDA Mamoru,
1930-　）以國文學的觀點進行分析，指出《海邊
的卡夫卡》能夠充分反應上田秋成《雨月物語》
的世界，但他不認同《海邊的卡夫卡》與安岡
章太郎（YASUOKA Shōtarō, 1920- 2013）《海
邊的光景》的關連[41]。

---

[37] 上田穗積，〈與海邊有關的故事—安岡章太郎《海邊的光景》與村上春樹《海邊的
　　卡夫卡》——〉（〈海辺をめぐるイストワール——安岡章太郎「海辺の光景」と
　　村上春樹《海辺のカフカ》〉），《德島文理大學研究紀要》85（2013）：79-92。
[38] 小山鐵郎從 1985 年開始持續關注象徵時代動向的新日本文學家村上春樹，並且進
　　行獨家採訪，對其作品世界加以解讀及解說。小山直接向作家取材所做出的深入
　　報導受到極高的評價，是第一位獲得日本記者俱樂部獎的文藝報導記者。詳見：
　　（http://www.jnpc.or.jp/files/2013/04/6e87e3f07ca7d0adfd96d5bff3dd4b6b.pdf），2013
　　年 10 月 13 日查閱。
[39] 小山鐵郎（KOYAMA Tetsurō, 1949-　），〈第八章——《雨月物語》〉，《通讀村
　　上春樹》（《村上春樹を読みつくす》，東京：講談社，2010）76-84。
[40] 伊藤佐枝（ITŌ Sae），〈來自於咀咒的自由、對於罪行責任的承擔——從志賀直哉
　　《暗夜行路》解讀村上春樹《海邊的卡夫卡》〉（〈呪いからの自由、罪への責任
　　の引き受け——志賀直哉『暗夜行路』から読む村上春樹《海辺のカフカ》），《論
　　樹》22（2010）：27-66。
[41] 高田衞（TAKIDA Mamoru, 1930-　），〈《海邊的卡夫卡》與上田秋成〉（〈『海

　　樅山陽介（MOMIYAMA Yōsuke）以杜斯妥也夫斯基（Fyodor Dostoevsky, 1821-81）長篇小說《卡拉馬佐夫兄弟》（*The Brothers Karamazov*）為例，指出少年卡夫卡是殺父的精神共犯[42]。

　　德國語學及文學專業的松田和夫（MATSUDA Kazuo）對於村上春樹《海邊的卡夫卡》與法蘭茲‧卡夫卡《在流刑地》進行比較，呈現了村上這部小說的特徵，也使法蘭茲‧卡夫卡這部中篇小說的特性得以相輔相成地浮現。以伊底帕斯神話來比較《海邊的卡夫卡》的結構，可以明確看出其做為「成長小說、教養小說」的特徵。松田接著分析村上小說裡提及的《在流刑地》的特質，釐清了法蘭茲‧卡夫卡作品具有反「成長小說、教養小說」的文學性質及特異性。最後，從《在流刑地》的角度來審視《海邊的卡夫卡》的特性，並且同時將《在流刑地》投射於《海邊的卡夫卡》之上，發現兩部小說的特質被多層次地描繪出來[43]。

　　久間義文（KYŪMA Yoshifumi）指出，如同愛因斯坦（Albert Einstein, 1879-1955）以一個方程式 $E = mc^2$ 來解讀宇宙，《海邊的卡夫卡》也可以用一個方程式和偶然的系列來解讀。久間義文以島內景二（SHIMAUCHI Keichi, 1955- ）《三島由紀夫（MISHIMA Yukio）—注入豐饒之海》做為解讀根據，將「田村卡夫卡」少年解釋為三島由紀夫）、也就是「平岡公威（HIRAOKA Kimitake）」少年[44]。

　　鈴木華織（SUZUKI Kaori）以「殺父」描寫來談論村上春樹在《聽風的歌》、《海邊的卡夫卡》、《1Q84》裡面對日本社會態度的轉變的反映[45]。

辺のカフカ』と上田秋成〉），《文學》12.2（2011）：186-213。

[42] 樅山陽介（MOMIYAMA Yōsuke），〈《海邊的卡夫卡》裡的「謎題」〉（〈《海辺のカフカ》の「謎」について〉），《國語國文學》50（2011）：13-24。

[43] 松田和夫（MATSUDA Kazuo），〈成長與自我破壞——村上春樹《海邊的卡夫卡》與法蘭茲‧卡夫卡《在流刑地》——〉（〈成長と自己破壞——村上春樹《海辺のカフカ》とF‧カフカ《流刑地にて》〉），《櫻文論叢》80（2011）：1-36。

[44] 久間義文（KYŪMA Yoshifumi），《《海邊的卡夫卡》一個方程式和偶然的系列》（〈《海辺のカフカ》ひとつの等式と偶然の系列〉），[出版地不明]，（2012.3）。資料來源：九州大学学術情報リポジトリ（https://qir.kyushu-u.ac.jp/dspace/handle/2324/20995），2013 年 10 月 12 日查閱。該書為該作者 2011 年 8 月同名書的修訂版。

[45] 鈴木華織（SUZUKI Kaori），〈無「父」時代的殺「父」：村上春樹《海邊的卡夫卡》論〉（〈「父」なき時代の「父」殺し：村上春樹《海辺のカフカ》論〉），《日本文學論叢》42（2013）：43-64。

淺利文子（ASARI Fumiko）以《坑夫》、《源氏物語》、《雨月物語》為例，指出村上春樹往日本文學靠近的傾向[46]。

（二）以電影為文本的互文性分析

大塚英志（ŌTSUKA Eiji, 1958- ）指出宮崎駿（MIYAZAKI Hayao, 1941- ）電影《地海戰記》和村上春樹《海邊的卡夫卡》的框架都來自於伊底帕斯故事。人不能在現實中殺人，所以必須在故事裡象徵性地殺人，讓自己浴血後成長。因此，中田先生的世界與卡夫卡的世界必須同時存在，才可以說人是活在「現實」裡[47]。

明里千章（AKARI Chiaki, 1952- ）指出村上春樹從盧卡斯（George Lucas）和史蒂芬・史匹柏（Steven Spielberg, 1946- ）的印第安那・瓊斯（Indiana Jones）電影（《法櫃奇兵》*Raiders of the Lost Ark*、《魔宮傳奇》*Indiana Jones and the Temple of Doom*、《聖戰奇兵》*Indiana Jones and the Last Crusade* 等）學習到讓小說不斷前進的動力。其中《海邊的卡夫卡》裡中田先生和星野青年尋找「入口的石頭」的冒險，跟《法櫃奇兵》二部

---

[46] 淺利文子（ASARI Fumiko），〈《海邊的卡夫卡》的日本文學〉（〈『海辺のカフカ』の日本文學〉），《前往國際文化研究的道路——共生及連繫的追求》（《国際文化研究への道：共生と連帯を求めて》），熊田泰章（KUMATA Yoshinori, 1953- ）編（東京：彩流社，2013）199-210。

[47] 大塚英志（ŌTSUKA Eiji, 1958-），〈你與「文學」相會，象徵性地殺人而成為大人〉（〈そして君は「文學」と 出会い象徴的に人を殺し大人になる〉），《給初學者的「文學」》（《初心者のための「文學」》，東京：角川文庫，2008）290-322。

曲《印第安那・瓊斯：魔宮傳奇（*Indiana Jones and the Temple of Doom*）》有著類似地方[48]。

德永直彰（TOKUNAGA Tadaaki）以《海邊的卡夫卡》裡引用的法蘭西斯・柯波拉（Francis Coppola, 1939- ）電影《現代啟示錄》（*Apocalypse Now*）台詞為線索，並將《尋羊冒險記》的關連性放入視野之中，對於《現代啟示錄》及其主題曲"The End"〔由村上春樹最欣賞的歌手搖滾樂團 The Doors 主唱吉姆・莫里森（Jim Morrison, 1943-71）演唱〕的內容、以及與《現代啟示錄》關係深遠的喬治・盧卡斯（George Lucas, 1944- ）《星際大戰》（*Star Wars*）進行比較考察，致力於探索人物造型及故事結構的根源[49]。

（三）精神分析及心理學分析

兒童發展心理學教授木部則雄（KIBE Norio, 1957- ）採用克萊恩派（Melanie Klein, 1882 -1960）精神分析手法，將《海邊的卡夫卡》解讀為 15 歲少年的治療過程：確立母親這個內在對象、並且體驗伊底帕斯情結[50]。

2003 年獲得「日本箱庭療法學會河合隼雄獎」、目前擔任該學會理事的臨床心理師岩宮惠子（IWAMIYA Keiko, 1960- ），以《海邊的卡夫卡》為文本思考何謂現實的多層性，尤其針對進出「入口的石頭」思考與心理治療現場之間的關係[51]。

---

[48] 明里千章（AKARI Chiaki, 1952- ），〈從電影作品解讀村上小說〉（〈映畫作品から村上小說を解読する〉），《村上春樹的電影記號學》（《村上春樹の映画記号学》，東京：若草書房，2008）83-263。

[49] 德永直彰（TOKUNAGA Tadaaki），〈往黑暗的深處──以《海邊的卡夫卡》為中心〉（〈闇の奧へ──《海辺のカフカ》を中心に〉），《埼玉大學紀要（教養學部）》45.1（2009）：1-35。

[50] 木部則雄（KIBE Norio, 1957- ），〈以精神分析解讀《海邊的卡夫卡》〉（〈精神分析的解題による『海辺のカフカ』〉），《白百合女子大學研究紀要》39（2003）：103-22。

[51] 岩宮惠子（IWAMIYA Keiko, 1960- ），〈入口的石頭〉（〈入り口の石〉、〈想像

　　榮格派精神科醫生橫山博（YOKOYAMA Hiroshi, 1948- ）以臨床心理學及分析心理學的觀點進行分析指出，《海邊的卡夫卡》是與親人或他人之間的關係發生危機，嚴重到必須觸犯近親相姦的禁忌才能夠確認彼此的連繫[52]。

　　山岸明子（YAMAGISHI Akiko, 1948- ）是擁有 112 年悠久歷史的順天堂大學醫療看護學部教授，她從兒童發展心理學的觀點分析少年卡夫卡能夠渡過危機的理由：擁有實際給予支持的朋友大島先生、與佐伯小姐的交流、卡夫卡少年的內省能力[53]。

　　田中雅史（TANAKA Masashi, 1964- ）援用科胡特（Heinz Kohut, 1913-81）及溫尼可（Donald Woods Winnicott, 1896-1971）的理論，以精神分析學及心理學的觀點進行解讀，指出少年卡夫卡自戀型的心象[54]。

（四）宗教觀點分析

　　京都大學心靈未來研究中心教授、宗教學者鎌田東二（KAMATA Tōji, 1951- ），從呪殺‧魔境論（呪殺＝詛咒他人至死；這樣的心境稱為「魔境」）出發，指出想像力會造成人格變化。村上春樹描寫佐伯小姐以前的情人在學生運動中被無意義地殺害，那些殺人的人們因「欠缺想像力的心胸狹窄及無寬容性」[55]而以暴力形式出現，就是一種精神（＝欠缺想像力）

的力量〉（イメージの力）、〈故事的走向〉（「向こう側」から来る），《青春期的冒險　心理療法與村上春樹的世界》（《思春期をめぐる冒険：心理療法と村上春樹の世界》，東京：日本評論社，2004）127-41, 142-69, 200-14。

[52]　橫山博（YOKOYAMA Hiroshi, 1948- ），〈村上春樹《海邊的卡夫卡》裡的近親相姦與解離〉（〈村上春樹『海辺のカフカ』における近親相姦と解離〉），《甲南大學紀要（文學編）》132（2004）：175-95。

[53]　山岸明子（YAMAGISHI Akiko, 1948-），〈從發展心理學看《海邊的卡夫卡》——主人公為何能夠渡過危機呢——〉（〈発達心理学から見た「海辺のカフカ」——なぜ主人公は危機を乗り越えることができたのか〉），《順天堂大學醫療看護學部　醫療看護研究》1.1（2005）：8-15。

[54]　田中雅史（TANAKA Masashi, 1964- ），〈內部與外部重疊的選擇：村上春樹《海邊的卡夫卡》裡可見的自戀型的心象及後退的倫理〉（〈内部と外部を重ねる選択：村上春樹《海辺のカフカ》に見られる自己愛的イメージと退行的倫理（日本語日本文学）〉），《甲南大學紀要 文學編》143（2006）：21-71。

[55]　「実にそういうことだ。でもね、田村カフカくん、これだけは覚えておいたほうがいい。結局のところ、佐伯さんの幼なじみの恋人を殺してしまったのも、そういった連中なんだ。想像力を欠いた狭量さ、非寛容さ。ひとり歩きするテーゼ、空疎な用語、簒奪された理想、硬直したシステム。僕にとってほんとうに怖いも

與身體（暴力）之間的狀態。鎌田東二「想像」村上春樹在寫這篇文章時是「想像」著 1971 年日本新左翼連合赤軍在淺間山莊進行的綁架事件、1995 年奧姆真理教發動的地鐵沙林毒氣事件、1997 年神戶發生十五歲少年連續殺害兒童事件「酒鬼薔薇聖斗少年事件」[56]。

　　小林隆司（KOBAYASHI Ryūji）、南征吾（MINAMI Seigo）、岩田美幸（IWATA Miyuki）、平尾一樹（HIRAO Kazuki）、保積功一（HOZUMI Kōichi）從《海邊的卡夫卡》找出關於「佛教」或可能跟「空」有關連的部分，以「紮根理論」（Grounded Theory）進行分析，指出主人公最後得到的是，透過具有「空性」（=色即是空的知覺）的人們的記憶和視野使事物淨化的世界。以此論證《海邊的卡夫卡》具有佛教的世界觀，其被視為「療癒」、「救贖」的作品，並不足為奇[57]。

（五）語學分析

　　在翻譯學分析方面，有李詠青（2007.2）、永田小繪（NAGATA Sae）、平塚 Yukari（HIRATSEKA Yukari, 2009）等依賴明珠及林少華譯本進行比較[58]。廖秋紅以複合動詞比較村上春樹原文與賴明珠中文譯本[59]。塩濱久雄（SHIOHAMA Hisao, 1952-　）指出非利浦・加百利（Philip Gabriel）《海邊的卡夫卡》英譯本裡的大量誤譯[60]。

のはそういうものだ。」『海辺のカフカ（上）』（東京：新潮社，2013）385。

[56] 鎌田東二（KAMATA Tōji, 1951-　），〈呪殺・魔境論（12）靈性、想像力、自由──為了超越靈的暴力〉（〈呪殺・魔境論（12・最終回）靈性と想像力と自由──霊的暴力を超えてゆくために〉），《昴》（《すばる》）25.11（2003）：256-69。

[57] 小林隆司（KOBAYASHI Ryūji）、南征吾（MINAMI Seigo）、岩田美幸（IWATA Miyuki）、平尾一樹（HIRAO Kazuki）、保積功一（HOZUMI Kōichi），〈《海邊的卡夫卡》裡的佛教元素〉（〈《海辺のカフカ》にみられる仏教的要素〉），《吉備國際大學研究紀要（人文・社會科學系）》22（2012）：105-11。

[58] 李詠青，〈關於村上春樹《海邊的卡夫卡》的翻譯問題：以台灣・中國的中文翻本為中心〉（〈村上春樹《海辺のカフカ》の翻訳をめぐる諸問題：台湾・中国の中国語訳を中心として〉），《熊本大學社會文化研究》5（2007）：231-46。

[59] 廖秋紅，〈複合動詞的比較研究──日語版與中文版的《海邊的卡夫卡》──〉（〈複合動詞の比較研究──日本語版と中国語版の《海辺のカフカ》〉），《比較文化研究》89（2009）：125-36。

[60] 塩濱久雄（SHIOHAMA Hisao, 1952-　），〈用英語讀村上春樹（8）─用英語讀《海邊的卡夫卡》（1）─〉（〈村上春樹を英語で読む（8）：《海辺のカフカ》を英語で読む（1）〉），《神戶山手短期大學紀要》48（2005）：37-54。

　　在修辭學分析方面，松川美紀枝（MATSUKAWA Mikie）指出村上春樹為了拓展文字表現，對於比喻和直喻具有一套獨特的機制，故無法以傳統修辭學定義的直喻概念來分析《海邊的卡夫卡》[61]。

（六）其他

　　喜多尾道冬（KITAO Michifuyu, 1936- ）以《海邊的卡夫卡》為何放入舒伯特（Franz Schubert, 1797-1828）鋼琴鳴奏曲第 17 號做為問題意識，從村上春樹的音樂評論〈舒伯特「鋼琴鳴奏曲第 17 號 D 大調」D850 柔軟混沌的今日性〉[62]出發，對於村上春樹的舒伯特論進行各種討論[63]。

　　土居豐（DOI Yutaka, 1967- ）將《海邊的卡夫卡》視為一齣假面劇，探討出場人物的服裝特徵[64]。

　　哲學及表像文化論專業的千葉雅也（CHIBA Masaya, 1978- ）以跳躍式的思考將《海邊的卡夫卡》做假設性的重組，寫出 13 段另類短文，獻給已讀過《海邊的卡夫卡》的讀者做為開胃菜[65]。

---

[61] 松川美紀枝（MATSUKAWA Mikie），〈現代比喻的結構及其效果——著眼於村上春樹《海邊的卡夫卡》裡的直喻表現——〉（〈現代における比喩の構造とその効果——村上春樹《海辺のカフカ》における直喩表現に著目して——〉），《尾道大學日本文學論叢》2（2006）：111-28。

[62] 村上春樹，〈舒伯特「鋼琴鳴奏曲第 17 號 D 大調」D850 柔軟混沌的今日性〉，《Stereo Sound》37:4（2003）：345-52。

[63] 喜多尾道冬（KITAO Michifuyu, 1936- ），〈喜多尾講堂　村上春樹的舒伯特論 1-4〉（〈喜多尾ゼミナール　村上春樹のシューベルト論 1-4〉），《錄音藝術》（《レコード芸術》）53.1（2004.1）：321-23。

[64] 土居豐（DOI Yutaka, 1967- ），〈從 Fashion 解讀村上春樹《海邊的卡夫卡》——假面劇的服裝〉（〈村上春樹をファッションで読み解く《海辺のカフカ》——仮面劇の衣装〉，《村上春樹閱讀提示》（《村上春樹を読むヒント》，東京：ロングセラーズ　KK Long Sales，2009）119-25。

[65] 千葉雅也（CHIBA Masaya, 1978- ），〈另存新檔——做為《海邊的卡夫卡》的開胃菜（Appetizer）〉（〈別名で保存する——《海辺のカフカ》.〈別名で保存する——《海辺のカフカ》を巡って供される作品外（オルドーヴル）〉，）（總特輯 村上春樹——來到《1Q84》，然後接下來⋯⋯），《Eureka》（《ユリイカ》）一月臨時增刊號，42.15（2011）：106-13。

　　加藤千惠子（KATŌ Chieko）、前城裕紀（MAESHIRO Yuki）、Matthew C. Strecher、土田賢省（TSUCHIDA Kensei）採用模糊集群分析方法（Fuzzy cluster analysis）這種電腦計量分析方法，以客觀的手法找出《海邊的卡夫卡》作品的傾向和特徵，對作品進行更深層的理解和解釋[66]。

　　長谷部浩（HASEBE Hiroshi, 1956-　）為《海邊的卡夫卡》首次搬上舞臺（2012.5.3-20）作了介紹[67]。在 3 個月後，永井多惠子（NAGAI Taeko, 1938-　）、小山內伸（OSANAI Shin, 1959-　）發表對於蜷川幸雄舞臺劇《海邊的卡夫卡》的評論[68]。

四、結語

　　以上筆者從「內容分析」、「評價兩極化」、「文本分析」三個面向介紹了日本研究論文概況。在「內容分析」面向，主要分為「依時間分類」及「依刊行機構分類」，以統計數字來敘述。在「時間別」可以看出《海邊的卡夫卡》剛出版的 3 個月裡形成的討論熱潮；在「刊行機構分類」可以看出，除了報紙、新聞週刊、文學學術雜誌、綜合文藝雜誌、大學學報之外，藝術雜誌、音樂雜誌、戲劇雜誌等專業度極高的領域，甚至電子情報雜誌、勞工意識雜誌都刊載了評論，突顯暸解讀《海邊的卡夫卡》的多樣性。

　　在「評價兩極化」面向，分為「肯定論」和「否定論」。在「肯定論」可以看到讀者大眾肯定《海邊的卡夫卡》是「具有療癒效果的成長小說」，而評論家透過分析、個人目的等角度給予肯定的評論。在「否定論」可以

---

[66] 加藤千惠子（KATŌ Chieko）、前城裕紀（MAESHIRO Yuki）、Matthew C. Strecher、土田賢省（TSUCHIDA Kensei）.〈以模糊集群分析方法進行《海邊的卡夫卡》作品解讀〉（〈ファジィクラスタ分析による「海辺のカフカ」の作品把握〉），《電子情報通信学会技術研究報告：信学技報》110.468（2011）：31-36。

[67] 長谷部浩（HASEBE Hiroshi, 1956-　），〈《海邊的卡夫卡》日本首次搬上舞台。蜷川幸雄曰「村上春樹作品真恐怖」〉（〈speak low 『海辺のカフカ』本邦初舞台化 蜷川幸雄曰く「村上春樹作品は恐い」〉），《藝術新潮》63.5（新潮社，2012.5）：116-119。

[68] 永井多惠子（NAGAI Taeko, 1938-　）、小山內伸（OSANAI Shin, 1959-　），〈演劇時評 最終回〉（〈演劇時評（最終回）劇評 The Bee Japanese Version 海辺のカフカ シダの群れ〉），《悲劇喜劇》65.8（2012）：130-55。

看到以小森陽一為首的各種批判聲音，有的辛辣、有的溫和。從日本國內「肯定論」和「否定論」的拉鋸戰裡，我們看到讀者大眾的接受及純文學評論家的抗拒，這種評價的兩極化凸顯了村上春樹文學受重視的程度。

在「文本分析」面向，筆者在島村輝的基礎之上擴充更多論文篇章，分為「以書籍為主的文本分析」、「以電影為文本的互文性分析」、「精神分析及心理學分析」、「宗教觀點分析」、「語學分析」、「其他」等項目來進行介紹。

在「以書籍為主的文本分析」方面，被拿來做互文性分析的以日本文學最多，如《源氏物語》、上田秋成《雨月物語》、夏目漱石《坑夫》和《虞美人草》、志賀直哉《暗夜行路》、安岡章太郎《海邊的光景》、島內景二《三島由紀夫——注入豐饒之海》、吉本隆明《關於非洲的階段——史觀的擴張》、中澤新一《對稱性人類學》。此外還有，希臘文學（《伊底帕斯》故事）、中東文學（《一千零一夜》）、德國文學（法蘭茲・卡夫卡《在流刑地》）、俄國文學（杜斯妥也夫斯基《卡拉馬佐夫兄弟》）。另外，由於《海邊的卡夫卡》在書名及內容上與法蘭茲・卡夫卡有所關連，引來德國語學及文學研究者參與評論，成為《海邊的卡夫卡》研究的一大特色。

在「以電影為文本的互文性分析」方面，做為對讀文本的電影有宮崎駿《地海戰記》、喬治・盧卡斯《星際大戰》、法蘭西斯・柯波拉《現代啟示錄》、喬治・盧卡斯和史蒂芬・史匹柏的印第安那・瓊斯系列電影等。這些論文以電影為關鍵字來解讀村上春樹，創造出不同於前述書籍文本解讀的、新鮮有趣的文本分析。

眾所皆知，村上春樹受榮格派精神分析師河合隼雄（KAWAI Hayao, 1928-2007）的影響甚深，因此「精神分析及心理學分析」是繼前述「以書籍為主的文本分析」之後極受研究者青睞的領域，引來兒童發展心理學教授、臨床心理師、榮格派精神科醫生、醫療看護學部教授，分別以克萊恩派精神分析、心理治療、臨床心理學及分析心理學、兒童發展心理學等做出極有特色的分析。在「宗教觀點分析」方面，宗教學者鎌田東二從呪殺・魔境論進行分析，小林隆司等人指出《海邊的卡夫卡》具有佛教的世界觀。這些論文為這部被喻為「療癒」、「救贖」的作品賦予了正面肯定的意義。

在「語學分析」方面，有兩種中文譯本比較、英文誤譯分析、以複合動詞比較中文譯本等翻譯學研究、以及以比喻和直喻進行的修辭學分析。在「其他」方面，有音樂討論、服裝特徵分析、表像文化式的假設性重組、電腦計量分析方法的文本分析。這些數量不多但領域各異的研究，再次讓我們看到《海邊的卡夫卡》多面向的解讀可能性。

每個人都是獨立的思想個體，其所處的世代背景、外在立場或利害關係等複雜因素，都可能對《海邊的卡夫卡》做出各式各樣不同的解讀或理解，每一種意見都是讓我們更深入《海邊的卡夫卡》作品文學殿堂的墊腳石。

另外，筆者在實際翻譯這些日本研究論文過程中，發現文學作品透過翻譯從日文轉換成中文之後，日本學者的文本詮釋有時無法反映在中譯本裡。在此以德永直彰〈往黑暗的深處——以《海邊的卡夫卡》為中心〉[69]對於《海邊的卡夫卡》第 26 章裡的對話所做的分析為例來做說明。

德永指出在高松車站的旅遊服務中心的對話裡，服務台小姐對著星野青年和中田先生兩人說「大家」，是非常奇怪的。德永認為，或許也可以解釋成服務台小姐誤認為他們兩人是團體旅遊的客人，但比較妥當的解釋應該是，服務台小姐是將已經先到高松的卡夫卡和櫻花姊等人都算進去，才會說成「大家」。而這個場景的原型應該出自《星際大戰四部曲》裡，韓・索羅（Han Solo）、邱巴卡（Chewbacca）、歐比王・肯諾比（Obi-Wan Kenobi）、路克・天行者（Luke Skywalker）、兩具機械人（Droid）在同一艘太空船上展開的旅程。

> 「對不起，好像沒有人聽過這種名字的石頭。」她說。
> 「完全沒有嗎？」
> 女孩子搖搖頭。「不好意思。真抱歉，大家是為了找這石頭，而特地從遠方來的嗎？」

---

[69] 德永直彰，〈往黑暗的深處——以《海邊的卡夫卡》為中心〉　16。

「嗯，是不是該說特地呢，我是從名古屋來的。這位歐吉桑是
從東京的中野區來的。」（《海邊的卡夫卡》第 26 章，標記為德永
直彰所加。筆者翻譯。）[70]

關於「不好意思。真抱歉，大家是為了找這石頭，而特地從遠方來的嗎？」
這句話，賴明珠譯本是「不好意思。真抱歉，你們是為了找這石頭，而特
地從遠方來的嗎？」（標記為筆者所加）。賴明珠應該是為了語句順暢而將
「大家」改成了「你們」。但是這樣一來，只閱讀賴明珠譯本的讀者，便
無法發現這個對話裡的特殊描寫，也不可能提出像德永那樣的分析。筆者
並非意在評論翻譯的優劣，而是要強調跨域研究若過度依賴翻譯文本，可
能會遺漏某些重要訊息。因此，母語研究者從原文文本進行的分析，可以
經由譯介為中文讀者提供更寬廣的視野，這也佐證本譯介計畫的重要性。

---

[70] 日文原文：「すみませんが、誰もそういう名前の石の話は聞いたことないみたい
です」と彼女は言った。（換行）「ぜんぜん？」（換行）女性は首を振った。「申
しわけありません。失礼ですが、みなさんはその石を探して、わざわざ遠くから
お見えになったのでしょうか？」（換行）「うん、わざわざというか何というか、
俺は名古屋から来た。このおじさんははるばる東京の中野区から来たんだ」『海
辺のカフカ（下）』（東京：新潮社，2013）60。

（附件）《海邊的卡夫卡》日本研究論文清單

AN

安原顯（YASUHARA, Ken）.〈子供騙しの幻想譚にうつつを抜かしている　春樹を、ぼくは見限ることにした〉（〈對於那個熱衷於騙小孩的幻想故事的春樹，我已經死心了〉），《図書新聞》2599，2002.9.28，8。

BEI

別冊寶島編集部.〈錯綜複雜的聲音編織成新的故事《海邊的卡夫卡》〉（〈複雑に絡み合うヴォィス達が、新たな物語を紡ぎ出す《海辺のカフカ》〉），《最愛村上春樹！》（《村上春樹大好き！》），東京：寶島社，2012，48-49。

CHAI

柴田勝二（SHIBATA, Shōji）.《村上春樹與夏目漱石──兩位國民作家所描繪的「日本」》（《村上春樹と夏目漱石：二人の國民作家が描いた「日本」》）。東京：祥傳社，2011。

──.〈殺人、交合的對象──《海邊的卡夫卡》的過去──〉（〈殺し、交わる相手──《海辺のカフカ》における過去〉），《東京外國語大學論集》76（2008）：273-51。後收於柴田勝二《中上健次與村上春樹〈脫六〇年代〉的世界走向》（《中上健次と村上春樹：「脫六〇年代」的世界のゆくえ》）。東京：東京外國語大學出版會，2009，255-93。

柴田元幸（SHIBATA, Motoyuki）.〈奧斯特（Auster）、村上春樹、沙林格（Salinger）〉（〈2002 年文學の旅　オースター、村上春樹、サリンジャー〉），《新潮》99.10（2002）：312-15。

──.〈從哈利波特到村上春樹〉（〈ハリ・ポタから村上春樹まで〉），《每日新聞（夕刊）》2002.12.9，2。

CHANG

長谷部浩（HASEBE, Hiroshi）.〈《海邊的卡夫卡》日本首次搬上舞臺。
　　蜷川幸雄曰「村上春樹作品真恐怖」〉.〈《海辺のカフカ》本邦初舞
　　臺化　蜷川幸雄曰く「村上春樹作品は恐い」〉,《芸術新潮》,63.5
　　（2012）：116-19。

CHIN

清真人（KIYOSHO, Mahito）.〈我從何處開始沾染村上春樹？——代序〉
　　（〈僕はどこから村上春樹に手を染めたのか？——序にかえて〉）,
　　《村上春樹的哲學世界　閱讀尼采式的四部長篇小說》（《村上春樹
　　の哲學ワールド　ニーチェ的長編四部作を読む》）。東京：はるか
　　書房（遙書房）,2011,8-19。
——.〈村上春樹和三島由紀夫〉（〈村上春樹と三島由紀夫〉）,《村上
　　春樹的哲學世界　閱讀尼采式的四部長篇小說》（《村上春樹の哲學
　　ワールド　ニーチェ的長編四部作を読む》）。東京：はるか書房（遙
　　書房）,2011,212-23。

CHONG

蟲.〈カフカが泣いてる《海辺のカフカ》〉（〈卡夫卡正在哭泣著的《海
　　邊的卡夫卡》〉）,《週刊朝日》4527（2002.10.25）：132。
重岡徹（SHIGEOKA, Tōru）.〈村上春樹論：以《海邊的卡夫卡》為中心〉
　　（〈村上春樹論：《海辺のカフカ》を中心にして〉）,《別府大學
　　大學院紀要》8（2006）：1-10。
重里徹也（SHIGESATO, Tetsuya）、三輪太郎（MIWA, Tairō）.〈《海邊
　　的卡夫卡》〉（《海辺のカフカ》）,《以村上春樹閱讀世界》（《村
　　上春樹で世界を読む》）。東京：祥伝社,2013,181-205。

CHUAN

川本三郎（KAWAMOTO, Saburō）.〈《海邊的卡夫卡》〉（〈《海辺の
　　カフカ》〉）,《週刊朝日》（2002.10.18）：115-16。

──.三浦雅士（MIURA, Masashi）.〈徹底討論 大作&問題作之 2002 年──《海邊的卡夫卡》〉（〈徹底討議 大作&問題作の 2002 年──《海辺のカフカ》〉），《文學界》57.1（2003）：128-50。

川村二郎（KAWAMURA, Jirō）.〈《海邊的卡夫卡》 少年的成長 神話式的〉（〈海辺のカフカ 少年の成長 神話的に〉），《読売新聞》2002.9.15，12。

川村湊（KAWAMURA, Minato）.〈遠離《美國》──「九一一」之後與《海邊的卡夫卡》〉（〈「アメリカ」から遠く離れて 「九・一一」以降と《海辺のカフカ》〉），《如何閱讀村上春樹》（《村上春樹をどう読むか》）。東京：作品社，2006，42-57。

川上弘美（KAWAKAME, Hiromi）.〈對抗「使人受傷之物」〉（〈「人を損なうもの」に抵抗してゆく〉），《朝日新聞》（書評），2002.9.22，12。

CONG

樅山陽介（MOMIYAMA, Yōsuke）.〈《海邊的卡夫卡》裡的「謎題」〉（〈《海辺のカフカ》の「謎」について〉），《國語國文學》50（2011）：13-24。

CUI

崔洋一（SAI, Yōichi）.〈去書店吧〉（〈本屋さんに行こう〉），《朝日新聞》，2002.9.29，12。

CUN

村上春樹（MURAKAMI Haruki）.〈村上春樹訪談／關於《海辺のカフカ》〉（〈インタビュー 村上春樹／《海辺のカフカ》について〉），《波》36.9（2002.9）：52-57。

──.〈以《海邊的卡夫卡》為中心〉（〈《海辺のカフカ》を中心に〉），《為了作夢，我每天早上都要醒來：村上春樹訪談集 1997-2009》（《夢を見るために毎朝僕は目覚めるのです：村上春樹インタビュー集 1997-2009》），村上春樹，東京：文藝春秋，2010，91-144。

——.湯川豊（YUKAWA Yutaka），小山鉄郎（KOYAMA Tetsurō）.〈村
上春樹長訪：談《海邊的卡夫卡》〉（〈ロング・インタビュー　村
上春樹《海辺のカフカ》を語る〉），《文學界》57.4（2003）：10-42。

DA

《達芬奇》（《ダ・ヴィンチ》雜誌特輯「Wonder　村上春樹　Land」）103
（2002）。內收《海邊卡夫卡》研究論文多篇，已據作者姓名收錄於
本目錄。

大村洋介（ŌMURA, Yōsuke）.〈到《海邊的卡夫卡》旅行〉（〈《海辺
のカフカ》を旅する〉），『「最愛「村上春樹」！／我們喜歡的村
上春樹』（『「村上春樹」が好き!／僕たちの好きな村上春樹』），
《別冊寶島》743。東京：寶島社，2003，2-7。

大塚英志（ŌTSUKA, Eiji）.〈你與「文學」相會，象徵性地殺人而成為大
人〉（〈そして君は「文學」と出會い象徵的に人を殺し大人になる〉），
《給初學者的「文學」》（《初心者のための「文學」》）。東京：
角川文庫，2008，290-322。

DAO

島村輝（SHIMAMURA, Teru）.〈《海邊的卡夫卡》在日本如何被解讀
——少年卡夫卡與《少年卡夫卡》〉（〈《海辺のカフカ》は日本で
どう読まれたか——カフカ少年と「少年カフカ」〉），《東亞閱
讀村上春樹：東京大學人文學部中國文學科國際共同研究》（《東
アジアが読む村上春樹：東京大學人文學部中國文學科國際共同研
究》），藤井省三（FUJII Shōzō, 1952-　）編。東京：若草書房，2009，
300-21。

DE

德永直彰（TOKUNAGA, Tadaaki）.〈往黑暗的深處——以《海邊的卡夫
卡》為中心〉（〈闇の奧へ——《海辺のカフカ》を中心に〉），《埼
玉大學紀要（教養學部）》45.1（2009）：1-35。

FANG

芳川泰久（YOSHIKAWA, Yasuhisa）、西脇雅彥（NISHIWAKI, Masahiko）.
　　〈小說的隱喻結構　反覆結構——《海邊的卡夫卡》〉（〈小說の隱
　　喻構造　反復構造——《海辺のカフカ》）,《村上春樹 看得懂的
　　比喻事典》（《村上春樹 読める比喻事典》）。京都：ミネルヴァ
　　（MIVERVA）書房，2013，256-61。
——.〈在與不在的兩極結構——做為遊戲的《海邊的卡夫卡》〉（〈在と
　　不在の雙極構造——遊戲としての《海辺のカフカ》〉）,《村上春
　　樹 看得懂的比喻事典》（《村上春樹 読める比喻事典》）。京都：
　　ミネルヴァ（MIVERVA）書房，2013，262-70。
——.〈故意漏說的一句話——《海邊的卡夫卡》〉（〈故意に言い落とさ
　　れた一行——《海辺のカフカ》〉）,《村上春樹 看得懂的比喻事
　　典》（《村上春樹 読める比喻事典》）。京都：ミネルヴァ（MIVERVA）
　　書房，2013，274-77。
——.〈隱喻結構——讀《海邊的卡夫卡》〉（〈隱喻構造——《海辺のカ
　　フカ》を読む〉）,《村上春樹與 MURAKAMI Haruki——進行精神
　　分析的作家》（《村上春樹とハルキムラカミ——精神分析する作
　　家》）。京都：ミネルヴァ（MIVERVA）書房，2010，155-91。

FU

福田和也（FUKUDA, Kazuya）.〈真實之物、具體之物——關於村上春樹
　　《海邊的卡夫卡》——〉（〈現実的なもの、具體的なもの——村
　　上春樹《海辺のカフカ》について〉）,《文學界》56.11（2002）：
　　200-08。
——.〈《海邊的卡夫卡》〉（〈《海辺のカフカ》〉）,《村上春樹 12
　　之長篇小說：1979 年開啟的「我」的戰線》（《村上春樹 12 の長編
　　小說：1979 年に開かれた「僕」の戰線》）,福田和也著。東京：廣
　　済堂出版，2012，175-91。
富岡幸一郎（TOMIOKA, Kōichirō）、川村湊（KAWAMURA Minato）.
　　〈文藝　這一年〉（〈文芸この一年〉）,《每日新聞》2002.12.11。

據〈文獻總覽〉，山根由美惠（YAMANE Yumie）編，《村上春樹
スタディーズ　2000-2004》，今井清人（IMAI Kiyoto）編。東京：
若草書房，2005，326。

GAO

高田衛（TAKIDA Mamoru）.〈《海邊的卡夫卡》與上田秋成〉（〈《海
辺のカフカ》と上田秋成〉），《文學》12.2（2011）：186-213。

GAN

紺野馨（KONNO, Kaoru）.〈從一九八〇年代到一九九〇年代/《海邊的
卡夫卡》《1Q84》〉（〈一九八〇年代から一九九〇年代/《海辺の
カフカ》《1Q84》〉），《村上春樹　「小說」的結束》（《村上春
樹　「小說」の終わり》），東京：桜美林學園出版部，2013，185-96。

GUA

絓秀実（SUGA, Hidemi）、渡辺直己（WATANABE, Naomi）.〈二〇〇
二年日本文學回顧〉，《週刊読書人》，2002.12.27，6。

GUAN

關川夏央（SEKIKAWA, Natsuo）.〈文藝時評　叫做故事的土地〉（〈文
芸時評　物語という土地〉），《朝日新聞》2002.9.27。據〈文獻總
覽〉，山根由美惠（YAMANE Yumie）編，《村上春樹　スタディ
ーズ　2000-2004》，今井清人（IMAI Kiyoto）編。東京：若草書房，
2005，326。

HAI

〈《海邊的卡夫卡》有原型嗎？〉（《海辺のカフカ》にモデルあるの？），
《朝日新聞》2002.12.22，14。

HE

河合隼雄（KAWAI, Hayao）.〈邊界體驗的故事——閱讀村上春樹《海邊的卡夫卡》〉（〈境界體驗を物語る——村上春樹《海辺のカフカ》を読む〉），《新潮》99.12（2002）：234-42。

——.〈以前只有神才知道的事，現在卻變成人們不得不做的事〉（〈昔は神だけが知っていたことを、現代は、人間がやらざるをえなくなっている〉），《達芬奇》（《ダ・ヴィンチ》雜誌特輯「Wonder 村上春樹 Land」）103（2002）：38-39。

HENG

横山博（YOKOYAMA, Hiroshi）.〈村上春樹《海邊的卡夫卡》裡的近親相姦與解離〉（〈村上春樹《海辺のカフカ》における近親相姦と解離〉），《甲南大學紀要（文學編）》132（2004）：175-95。

JI

吉岡榮一（YOSHIOKA, Eiichi）.〈「武士之魂與《海邊的卡夫卡》〉（〈「武人の魂」と《海辺のカフカ》〉），《村上春樹與英國》（《村上春樹とイギリス：ハルキ、オーウェル、コンラッド》）。東京：彩流社，2013，90-96。

——.〈再談《海邊的卡夫卡》・文本理論派的批評原理〉（〈再び《海辺のカフカ》をめぐって・テクスト論派の批評原理〉），（《文芸時評：現狀と本當は恐いその歷史》，東京：彩流社，2007，31-46。

JIA

加藤典洋（KATŌ, Norihiro）.〈另一個「噗」——《海邊的卡夫卡》〉（〈もう一つの「プー」——《海辺のカフカ》〉），《文學地圖——大江和村上和二十年》（《文学地図——大江と村上と二十年》》），東京：朝日新聞出版，2008，277-88。

——.〈《血之味》和《海邊的卡夫卡》〉（《血の味》と《海辺のカフカ》），《文學地圖——大江和村上和二十年》（《文学地図——大江と村上と二十年》），東京：朝日新聞出版，2008，344-52。

——.〈關於心靈黑暗的冥界〈limbo〉——《海邊的卡夫卡》〉（〈心の闇の冥界〈リンボ〉めぐり——《海辺のカフカ》〉），《村上春樹黃頁　PART2》（《村上春樹　イエローページ作品別　（1995-2004）Part 2》）。東京：荒地出版社，2004，141-96。

——.〈《海邊的卡夫卡》與「換喻的世界」——遠離文本2〉（〈《海辺のカフカ》と「換喩的な世界」——テクストから遠く離れて（2）〉），《群像》58.2（2003）：136-98。

——.宮台真司（MIYADAI, Shinji）、坪內祐三（TSUBOUCHI, Yūzō）.〈《海邊的卡夫卡》是傑作嗎？三人閱讀村上春樹最新長篇〉（《海辺のカフカ》は傑作か　村上春樹の最新長篇を3氏が読む），《朝日新聞》2002.10.16，12。

加藤千惠子（KATŌ, Chieko）、前城裕紀（MAESHIRO, Yuki）、Matthew C.Strecher、土田賢省（TSUCHIDA, Kensei）.〈以模糊集群分析方法進行《海邊的卡夫卡》作品解讀〉（〈ファジィクラスタ分析による「海辺のカフカ」の作品把握〉），《電子情報通信學會技術研究報告：信學技報》110.468（2011）：31-36。

加來由子（KAKU, Yoshiko）.〈「零世代的50本書」《海邊的卡夫卡》（上・下）[著]村上春樹〉（〈「ゼロ世代の50冊」《海辺のカフカ》（上・下）[著]村上春樹〉），《朝日新聞》，2010.4.11。據《村上春樹スタディーズ 2008-2010》（《村上春樹研究 2008-2010》），今井清人（IMAI Kiyoto）編。東京：若草書房，2011，286。

JIAO

角田光代（KAKUTA, Michiyo）.〈公寓、沙塵暴、田村卡夫卡——閱讀村上春樹《海邊的卡夫卡》〉（〈アパートのこと、砂嵐のこと、田村カフカくんのこと——村上春樹《海辺のカフカ》を読む〉），《群像》57.13（2002）：156-61。

JIU

久間義文（KYŪMA, Yoshifumi）.《《海邊的卡夫卡》一個方程式和偶然的系列》（〈《海辺のカフカ》ひとつの等式と偶然の系列〉），[出版地不明]，（2012.3）。資料來源：九州大學學術情報リポジトリ（https://qir.kyushu-u.ac.jp/dspace/handle/2324/20995），2013 年 10 月 12 日查閱。該書為該作者 2011 年 8 月同名書的修訂版。

LI

李詠青.〈關於村上春樹《海邊的卡夫卡》的翻譯問題：以台灣‧中國的中文譯本為中心〉（〈村上春樹《海辺のカフカ》の翻訳をめぐる諸問題：臺灣‧中國の中國語訳を中心として〉），《熊本大學社會文化研究》5（2007）：231-46。

LIAN

蓮實重彥(HASUMI, Shigehiko).〈從「結婚詐欺」到卡萊‧葛倫（Cary Grant）現代日本小說閱讀〉（〈「結婚詐欺」からケイリー‧グラントへ　現代日本の小説を読む」〉），《早稻田文學》28.4（2003）：4-29。

鎌田東二（KAMATA, Tōji）.〈呪殺‧魔境論（12）靈性、想像力、自由──為了超越靈的暴力〉（〈呪殺‧魔境論（12‧最終回）霊性と想像力と自由──霊的暴力を超えてゆくために〉），《昴》（《すばる》）25.11（2003）：256-69。

LING

鈴村和成（SUZUMURA, Kazuna）.〈書評《海邊的卡夫卡》〉，《山陽新聞》2002.9.22。據〈文獻總覽〉，山根由美惠（YAMANE Yumie）編‧《村上春樹　スタディーズ　2000-2004》，今井清人(IMAI Kiyoto）編。東京：若草書房，2005，326。

──.〈「知らない」ことの美しさ〉（〈「不知道」的美感〉），《週刊読書人》，2002.10.4，1。

鈴木華織（SUZUKI, Kaori）．〈無「父」時代的殺「父」：村上春樹《海邊的卡夫卡》論〉（〈「父」なき時代の「父」殺し：村上春樹《海辺のカフカ》論〉），《日本文學論叢》42（2013）：43-64。

鈴木力（SUZUKI, Tsutomu）．〈綜合排行榜第1名　《海邊的卡夫卡》村上春樹〉（〈「總合ランキング第I位」　「海辺のカフ力』村上春樹」），《 MEDIA FACTORY，達芬奇》（2003.1）。據〈文獻總覽〉，山根由美惠（YAMANE Yumie）編，《村上春樹　スタディーズ　2000-2004》，今井清人（IMAI Kiyoto）編。東京：若草書房，2005，328。

LIU

廖秋紅．〈複合動詞的比較研究——日語版與中文版的《海邊的卡夫卡》——〉（〈複合動詞の比較研究——日本語版と中國語版の《海辺のカフカ》〉），《比較文化研究》89（2009）：125-36。

MING

明里千章（AKARI, Chiaki）．〈從電影作品解讀村上小說〉（〈映畫作品から村上小說を解讀する〉），《村上春樹的電影記號學》（《村上春樹の映畫記號學》）。東京：若草書房，2008，83-263。

明石加代（AKASHI, KAYO）．〈消失的貓和回來的少年——村上春樹從「食人貓」到《海邊的卡夫卡》〉（〈消えた貓と戻ってきた少年——村上春樹「人喰い貓」から《海辺のカフカ》へ〉），《心靈危機與臨床智慧》（《心の危機と臨床の知》）8（甲南大學人間科學研究所，2007）：115-35。

宮台真司（MIYADAI, Shinji）、宮崎哲彌（MIYAZAKI Tetsuya）．〈現代的日本文學有世界水準嗎？〉（〈現代の日本文學は世界水準か？〉），《日本問題。——M2：2》，朝日新聞社，2006：264-268。

MU

木部則雄（KIBE, Norio）．〈克萊恩派的精神分析入門——從兒童的心靈世界開始（第10回）《海邊的卡夫卡》——無意識的空想、空想與

現實、精神分析步驟〉（〈クライン派の精神分析入門——こどもの心的世界から（第 10 回）《海辺のカフカ》——無意識的空想,空想と現実,精神分析プロセス〉），《臨床心理學》11.6（2011）：870-76。

——.〈以精神分析解讀《海邊的卡夫卡》〉（〈精神分析的解題による《海辺のカフカ》〉），《白百合女子大學研究紀要》39（2003）：103-22。

NEI

內田樹（UCHIDA, Tatsuru）.〈村上春樹為何被文藝評論家厭惡呢？〉（〈なぜ村上春樹は文芸批評家から憎まれるのか？〉），《村上春樹にご用心》（《當心村上春樹》）。東京：Artes Publishing, 2007，167-72。

PIAN

片山晴夫（KATAYAMA, Haruo）.〈《挪威的森林》與《海邊的卡夫卡》裡的物語表像：以「祭典」與「憑依」做為關鍵字來解讀〉（〈《ノルウェイの森》と《海辺のカフカ》に表れた物語表像：「祭り」と「憑依」をキーワードとして読み解く〉），《日本近代文學會北海道支部會報》11（2008）：1-8。

PING

平居謙（HIRAI, Ken）.〈《海邊的卡夫卡》〉（〈《海辺のカフカ》〉），《村上春樹小說指南：愉快閱讀全長篇的方式》（《村上春樹小說案內：全長編の愉しみ方》），平居謙著。東京：雙文社，2010，115-26。

平野芳信（HIRANO, Yoshinobu）.〈你在陰暗的圖書館深處悄悄地生活著〉（〈君は暗い図書館の奥にひっそりと生きつづける〉），《國文學解釋與鑑賞別冊 村上春樹主題・裝置・人物》（《國文學解釈と鑑賞別冊　村上春樹：テーマ・裝置・キャラクター》），柘植光彥（TSUGE, Teruhiko）編。東京：至文堂，2008，153-60。

QIAN

千葉雅也（CHIBA, Masaya）.〈另存新檔。做為《海邊的卡夫卡》的開胃菜（Appetizer）〉（〈別名で保存する——《海辺のカフカ》を巡っ

て供される作品外（オルドーヴル）〉），（總特輯 村上春樹——來到《1Q84》，然後接下來……）（総特集 村上春樹——『1Q84』へ至るまで、そしてこれから……），《Eureka》（《ユリイカ》一月臨時增刊號）42.15（2011）：106-13。

千葉一幹（CHIBA, Kazumiki）.〈私批評宣言（33）日朝會談 vs.拉崗=《海邊的卡夫卡》〉（〈クリニック・クリティック（33）日朝會談 VS.ラカン=《海辺のカフカ》〉），《文學界》56.11（2002）：228-33。

淺利文子（ASARI, Fumiko）.〈《海邊的卡夫卡》的日本文學〉（〈《海辺のカフカ》の日本文學〉），《前往國際文化研究的道路——共生及連繫的追求》（《國際文化研究への道：共生と連帶を求めて》），熊田泰章（KUMATA, Yoshinori）編。東京：彩流社，2013，199-210。

QING

清水良典（SHIMIZU, Yoshinori）.〈隱喻的森林 《海邊的卡夫卡》〉（〈メタファーの森——《海辺のカフカ》〉），《村上春樹上癮》（《村上春樹はくせになる》）。東京：朝日新聞社，2006，67-87。

——.〈《海邊的卡夫卡》上下　摸索如何脫離自我之殼〉（〈《海辺のカフカ》上下　自我の殻、抜け出す道模索〉），《日本經濟新聞》2002.9.15，22。

——.〈「近代」回歸的大作〉（〈「近代」回帰の大作〉），《日本經濟新聞》2002.12.29，21。

清水幸惠（SHIMIZU, Sachie）.〈村上春樹《海邊的卡夫卡》論〉（〈村上春樹《海辺のカフカ》論〉），《言語文化論叢》2（2008）：81-89。

SHAN

山岸明子（YAMAGISHI Akiko）.〈從發展心理學看《海邊的卡夫卡》——主人公為何能夠渡過危機呢——〉（〈発達心理学から見た「海辺のカフカ」——なぜ主人公は危機を乗り越えることができたのか〉），《順天堂大學醫療看護學部　醫療看護研究》1.1（2005）：8-15。

山口直孝（YAMAGUCHI, Tadayoshi）.〈狀況 2003 冬季 文學=做為消費財的長篇小說──《葬送》、《本格小說》、《海邊的卡夫卡》〉（〈狀況 2003 冬 文學=消費財としての長編小說──《葬送》・《本格小說》・《海辺のカフカ》〉），《社會評論》29.1（2003）：122-25。

山內則史（YAMAUCHI, Norifumi）.〈《海邊的卡夫卡》置於他社書刊卷頭的驚訝〉（《海辺のカフカ》他社の本で卷頭飾る驚き），《夕刊讀賣新聞》2003.5.6，4。

SHANG

上田穗積（UEDA, Hozumi）.〈與海邊有關的故事─安岡章太郎《海邊的光景》與村上春樹《海邊的卡夫卡》─〉（〈海辺をめぐるイストワール──安岡章太郎《海辺の光景》と村上春樹《海辺のカフカ》〉），《德島文理大學研究紀要》85（2013）：79-92。

──.〈直哉與春樹──對於《海邊的卡夫卡》的考察〉（〈直哉とハルキ──「海辺のカフカ」における一考察〉），《比較文化研究所年報》26（2010）：17-28。

──.〈《海邊的卡夫卡》是誰寫的──不在的書物的行蹤〉（〈誰が「海辺のカフカ」を書いたのか──不在の書物の行方〉），《德島文理大學研究紀要》80（2010）：77-84。

──.〈田村卡夫卡為何要讀《坑夫》──漱石、直哉、春樹〉（〈田村カフカはなぜ「坑夫」を読むのか──漱石・直哉そしてハルキ〉），《德島文理大學研究紀要》79（2010）：35-43。

SHEN

深津謙一郎（FUKATSU, Kenchirō）.〈《海邊的卡夫卡》與九一一以後的想像力〉（〈《海辺のカフカ》と九.一一以後の想像力〉），《村上春樹和小說的現在》（《村上春樹と小說の現在》），日本近代文學會關西支部編。大阪：和泉書院，2011，182-90。

SONG

松川美紀枝（MATSUKAWA, Mikie）.〈現代比喻的結構及其效果——著眼於村上春樹《海邊的卡夫卡》裡的直喻表現——〉（〈現代における比喩の構造とその効果——村上春樹《海辺のカフカ》における直喻表現に著目して——〉），《尾道大學日本文學論叢》2（2006）：111-28。

松浦雄介（MATSUURA, Yusuke）.〈個人化時代裡的寬容姿態——對於村上春樹與他者的態度——〉（〈個人化の時代における寬容のかたち——村上春樹と他者への態度——〉），《村上春樹研究　2000-2004》（《村上春樹スタディーズ（2000-2004）》），今井清人（IMAI Kiyoto）編。東京：若草書房，2005，205-34。

松田和夫（MATSUDA Kazuo）.〈成長與自我破壞——村上春樹《海邊的卡夫卡》與法蘭茲・卡夫卡《在流刑地》——〉（〈成長と自己破壞——村上春樹《海辺のカフカ》とF・カフカ《流刑地にて》〉），《櫻文論叢》80（2011）：1-36。

SU

須浪敏子（SUNAMI, Toshiko）.〈佐伯小姐——《海邊的卡夫卡》的佐伯小姐〉（〈佐伯さん——《海辺のカフカ》の佐伯さん〉），《國文學　解釋與鑑賞別冊 村上春樹主題・裝置・人物》（《國文學解釈と鑑賞別冊　村上春樹：テーマ・裝置・キャラクター》），柘植光彥（TSUGE, Teruhiko）編。東京：至文堂，2008，221-28。

TIAN

田中雅史（TANAKA, Masashi）.〈內部與外部重疊的選擇：村上春樹《海邊的卡夫卡》裡可見的自戀型的心象及後退的倫理〉（〈內部と外部を重ねる選択：村上春樹《海辺のカフカ》に見られる自己愛的イメージと退行的倫理（日本語日本文學）〉），《甲南大學紀要 文學編》143（2006）：21-71。

TU

土居豐（DOI, Yutaka）.〈解讀村上作品的性描寫——以《海邊的卡夫卡》為例〉（〈村上作品の性描寫を解読する——《海邊のカフカ》の場合〉），《村上春樹的情色》（《村上春樹のエロス》）。東京：ロングセラーズ（KK Long Sales），2010，128-34。

——.〈以暴力來解讀村上春樹——（2）堅持於執拗至極的暴力——《海邊的卡夫卡》〉（〈村上春樹をバイオレンスで読み解く——（2）執拗なまでの暴力へのこだわり——《海邊のカフカ》〉），《村上春樹的情色》（《村上春樹のエロス》）。東京：ロングセラーズ（KK Long Sales），2010，47-55。

——.〈從 Fashion 解讀村上春樹《海邊的卡夫卡》－假面劇的服裝〉（〈村上春樹をファッションで読み解く《海辺のカフカ》—仮面劇の衣裝〉，《村上春樹閱讀提示》（《村上春樹を読むヒント》）。東京：ロングセラーズ（KK Long Sales），2009，119-25。

TUO

柘植光彥（TSUGE, Teruhiko）.〈做為 Medium（巫者・靈媒）的村上春樹—「世界的」這句話的意意〉（〈メディウム（巫者・霊媒）としての村上春樹——「世界的」であることの意味〉），《國文學　解釋與鑑賞別冊 村上春樹主題・裝置・人物》（《國文學解釈と鑑賞別冊　村上春樹：テーマ・裝置・キャラクター》），柘植光彥編。東京：至文堂，2008，87-99。後收入：柘植光彥.〈做為 Medium（巫者・靈媒）的村上春樹——「世界的」這句話的意義〉（〈メディウム（巫者・霊媒）としての村上春樹——「世界的」であることの意味〉），《村上春樹スタディーズ 2008-2010》（《村上春樹研究 2008-2010》），今井清人（IMAI.Kiyoto）編。東京：若草書房，2011，30-45。

WEI

尾高修也（ODAKA, Shūya）.〈《海邊的卡夫卡》的鬆散〉（〈《海辺のカフカ》のゆるさ〉），《近代文學以後——「內向的世代」所看到

的村上春樹》（《近代文學以後　「內向の世代」から見た村上春樹》，東京：作品社，2011，92-102。

尾崎真理子（OZAKI, Mariko）.〈「換喻式的批評」的可能性。展開「海邊的卡夫卡」大膽的解釋　「文藝 2003〈1 月〉」〉（〈「換喻的批評」の可能性　「海辺のカフカ」大膽解釈を展開「文藝 2003　1 月〉），《夕刊讀賣新聞》2003.1.27，2。

──.〈對於消失的愛惜　激起創作慾。「教養小說」風格濃厚的長編，從過去質問現代〉「文藝 2002 回顧」〉（〈消失への愛惜　創作促す「教養小說」の色濃い長編　過去から現代を問う〉），《夕刊讀賣新聞》2002.12.10，2。

──.〈紡織而成的夢，與現實對抗〉「文藝 2002〈9 月〉」〉（〈紡ぐ夢、現実と対抗〉「文芸 2002〈9 月〉」），《夕刊讀賣新聞》2002.9.25，2。

XI

喜多尾道冬（KITAO, Michifuyu）.〈喜多尾講堂　村上春樹的舒伯特論 1-4〉（〈喜多尾ゼミナール　村上春樹のシューベルト論 1-4〉），《錄音藝術》（《レコード芸術》）53.1（2004）：321-23。

西川智之（NISHIKAWA, Tomoyuki）.〈村上春樹的《海邊的卡夫卡》（解讀恐怖──從日常生活到國際政治──）〉（〈村上春樹の《海辺のカフカ》（恐怖を読み解く──日々の生活から國際政治まで──）〉），《語言文化研究叢書》6（2007）：103-26。

XIAO

小島基洋（KOJIMA, Motohiro）、青柳槇平（AOYANAGI, Shinpei）.〈《海邊的卡夫卡》論：迷宮的卡夫卡〉（〈《海辺のカフカ》論：迷宮のカフカ〉），《文化と言語：札幌大學外國語學部紀要》70（2009）：21-33。

小林隆司（KOBAYASHI, Ryūji）、南征吾（MINAMI, Seigo）、岩田美幸（IWATA Miyuki）等，平尾一樹（HIRAO Kazuki）.〈《海邊的卡夫

卡》裡的佛教元素〉（〈《海辺のカフカ》にみられる仏教的要素〉），
　　《吉備國際大學研究紀要（人文・社會科學系）》22（2012）：105-11。

小森陽一（KOMORI, Yōichi）.《村上春樹論：「海辺のカフカ」を精読
　　する》（《村上春樹論——精讀《海邊的卡夫卡》》）。東京：平凡
　　社，2006。

小山鐵郎（KOYAMA, Tetsurō）.〈《雨月物語》〉，《通讀村上春樹》（《村
　　上春樹を読みつくす》），東京：講談社，2010，76-84。

——.〈海の力〉（海之力），《通讀村上春樹》（《村上春樹を読みつく
　　す》），東京：講談社，2010，85-95。

——.〈『閱讀村上春樹』空虛的人和貓　關於 T・S・艾略特（Thomas
　　Stearns Eliot）〉（〈「村上春樹を読む」うつろな人間と貓　T・
　　S・エリオットをめぐって〉），《琉球日報》電子版（2013.9.26）。
　　（http://ryukyushimpo.jp/news /storyid-213092-storytopic-137.html）。

YAN

塩濱久雄（SHIOHAMA, Hisao）.〈用英語讀村上春樹（8）——用英語讀
　　《海邊的卡夫卡》（1）——〉（〈村上春樹を英語で読む（8）：《海
　　辺のカフカ》を英語で読む（1）〉），《神戶山手短期大學紀要》
　　48（2005）：37-54。

岩宮惠子（IWAMIYA, Keiko）.〈入口的石頭〉（入り口の石）、〈想像
　　的力量〉（イメ——ジの力）、〈故事的走向〉（「向こう側」から
　　來る），《青春期的冒險　心理療法與村上春樹的世界》（《思春期
　　をめぐる冒険：心理療法と村上春樹の世界》）。東京：日本評論社，
　　2004，127-41, 142-69, 200-14。

——.〈進出「入口的石頭」意味著什麼？我們的「入口的石頭」在哪裡？〉
　　（〈「入り口」を出入りすることの意味は何か　私たちの「入り口
　　の石」はどこにあるのか〉），《達芬奇》（《ダ・ヴィンチ》雜誌
　　特輯「Wonder 村上春樹 Land」）103（2002）：39-40。

YE

野村廣之（NOMURA, Hiroyuki）.〈春樹世界裡的『卡夫卡』──關於村上春樹《海邊的卡夫卡》〉（〈〈春樹ワールドの中の『カフカ』──村上春樹《海辺のカフカ》をめぐって〉〉），《東北ドイツ文學研究》47（2003）：39-72。

野中潤（NONAKA, Jun）.〈《海邊的卡夫卡》的戰敗後──卡內爾.山德士與岡持節子〉（〈《海辺のカフカ》の敗戰後──カーネル・サンダーズと岡持節子──〉），《現代文學史研究》7（2006）：79-86。

──.〈對於《海邊的卡夫卡》的「注釋」的嘗試──烏鴉、櫻花姐、王子──〉（〈《海辺のカフカ》への〈注釈〉の試み──カラス、さくら、プリンス〉），《現代文學史研究》6（2006）：77-85。

YI

伊藤佐枝（ITŌ, Sae）.〈來自於咀咒的自由，對於罪行責任的承擔──從志賀直哉《暗夜行路》解讀村上春樹《海邊的卡夫卡》〉（〈呪いからの自由、罪への責任の引き受け──志賀直哉『暗夜行路』から読む村上春樹《海辺のカフカ》〉），《論樹》22（2010）：27-66。

YONG

永島吉貴（NAGASHIMA, Yoshitaka）.〈「中田先生」論──媒介者〉（〈「ナカタさん」論──媒介する者〉），《國文學　解釋與鑑賞別冊 村上春樹主題・裝置・人物》（《國文學　解釈と鑑賞別冊　村上春樹：テーマ・裝置・キャラクター》），柘植光彦（TSUGE Teruhiko）編，東京：至文堂，2008，229-36。

永井多惠子（NAGAI, Taeko）、小山內伸（OSANAI, Shin），〈演劇時評（最終回）劇評 海邊的卡夫卡〉（〈演劇時評（最終回）劇評 海辺のカフカ〉），《悲劇喜劇》65.8（2012）：130-55。

永田小絵（NAGATA, Sae）、平塚ゆかり（HIRATSUKA, Yukari）.〈做為譯者內心世界再建構的翻譯──以村上春樹《海邊的卡夫卡》為例──〉（〈翻訳者の内的世界における再構築としての翻訳──村上

春樹《海辺のカフカ》の翻訳を例に〉），《通訳翻訳研究》（《口譯翻譯研究》）9（2009）：211-33。

YUAN

遠藤伸治（ENDŌ, Shinji）.〈村上春樹《海邊的卡夫卡》論──與性和暴力有關的現代神話──〉（〈村上春樹《海辺のカフカ》論──性と暴力をめぐる現代の神話〉），《國文學考》199（2008）：1-16。

ZHAI

齋藤美奈子（SAITŌ, Minako）.〈《海邊的卡夫卡》村上春樹〉（〈《海辺のカフカ》村上春樹），《興趣是讀書》（《趣味は読書》）。東京：平凡社，2003，249-55。

──.〈村上春樹與糖果合唱團（Candies）〉（〈「村上春樹とキャンディーズ」〉，《週刊朝日》（2002.11.1）。據〈文獻總覽〉，山根由美惠（YAMANE Yumie）編,《村上春樹　スタディーズ　2000-2004》，今井清人（IMAI Kiyoto）編。東京：若草書房，2005，327。

ZHAO

沼野充義（NUMANO, Mitsuyoshi）.〈《海邊的卡夫卡》少年們　繼續留在這個世界上〉（〈《海辺のカフカ》　少年たち　この世界に踏みとどまれ」〉），《每日新聞》（書評）2002.9.22，11。

──.〈《海邊的卡夫卡》發出「在空虛的世界裡也要努力活下去」這個訊息〉（〈《海辺のカフカ》には空虛な世界の中で、なんとか生きていこうというメッセージがある〉），《達芬奇》（《ダ・ヴィンチ》雜誌特輯「Wonder　村上春樹　Land」）103（2002）：36-37。

──.〈文藝 21　小說〉（〈文芸 21　小說〉），《朝日新聞》（2002.10.3）。據〈文獻總覽〉，山根由美惠（YAMANE　Yumie）編，《村上春樹　スタディーズ　2000-2004》，今井清人（IMAI　Kiyoto）編。東京：若草書房，2005，326。

ZHONG

中條省平（CHŪJŌ, Shōhei）.〈假性文藝時評（61）對於村上春樹《海邊的卡夫卡》的疑問〉,〈仮性文藝時評（61）村上春樹《海辺のカフカ》への疑問〉,《論座》91（2002）：307-11。

ZUO

佐久間文子（SAKUMA, Ayako）.〈回顧 2002　文學〉,《朝日新聞》2002.12.10。據〈文獻總覽〉,山根由美惠（YAMANE Yumie）編,《村上春樹　スタディーズ　2000-2004》,今井清人（IMAI Kiyoto）編。東京：若草書房,2005,327。

佐內正史（SANAI, Masafumi）、川內倫子（KAWAUCHI Rinko）、若木信吾（WAKAGI Shingo）、宮本敬文（MIYAMOTO Keibun）.〈以《海邊的卡夫卡》為中心的「救贖」文學。受《海邊的卡夫卡》的文字魂所導引……新銳攝影師的最新作品〉（《海辺のカフカ》を中心にめぐる「救済」としての文学　《海辺のカフカ』の言霊に導かれで……新進気鋭の寫真家による撮りおろし〉,《達芬奇》（《ダ・ヴィンチ》雜誌特輯「Wonder　村上春樹 Land」）103（2002）：31-35。

とよだもとゆき（TOYODA, Motoyuki）.〈村上春樹的「介入」（commitment）──《海邊的卡夫卡》連鎖的切斷及繼承〉（〈村上春樹の「コミットメント」──《海辺のカフカ》連鎖を斷つことと継承〉）,《村上春樹和小阪修平的 1968 年》（《村上春樹と小阪修平の 1968 年》）,東京：新泉社,2009,288-91。

ドリー（DORI, 秋田俊太郎）.〈海邊的卡夫卡──應該愛上的超萌爺中田先生及不良青年星野　春樹文學革命〉（〈海辺のカフカ─愛すべき萌えじいさんナカタとヤンキー星野くんという、春樹文學の革命〉）,《玩賞村上春樹：你不知道的春樹享樂法》（《村上春樹いじり：あなたはまだ春樹の楽しみ方を知らない》）。東京：三五館,2013,201-20。

Jones, Malcolm.〈歐美人的讀法 卡夫卡與春樹的奇妙之旅　書評〉（〈《海辺のカフカ》歐米での読まれ方──書評 村上春樹の話題作は読者を奇妙な旅にいざなう大傑作〉），*Newsweek* 《新聞週刊》（日本版）20.6（2005）：59。

The Research Overview of Murakami Haruki's Novel, *Kafka on the Shore*, in Japan. Appendix: Articles about *Kafka on the Shore* in Japan.

Chun Yen PAI

Ph.D Candidate, Institute of Taiwan Literature,
National Tsing Hua University, Taiwan

Abstract

The literature of Murakami Haruki is a famous theory in Asia. The number of Articles is huge enough to be organized them into a book. And it is equipped with the demand of the market. Murakami Haruki's *Kafka on the Shore* was published at 10th September, 2002. Many Japanese scholars make comment at the fist time. Komori Yōichi's *Murakami Haruki Ttheory: Intensively Read* Kafka on the Shore was published in 2006, then it was translated into Chinese by Qin Gang in 2012. This book becomes a entrance of Taiwan and the mainland understanding Japanese scholars' unscramble about *Kafka on the Shore.* Japanese scholarss evaluation of *Kafka on the Shore* is completely different. Some give very high marks, while some like Komori Yōichi completely denial. For a comprehensive understanding of Japanese scholars for interpretation of *Kafka on the Shore*, to avoid a biased understanding, more Japanese scholars discussed must be introduced. Collect Japanese scholar papers as much as possible in this article, from negativism, definition theory, text analysis, psychoanalysis, and so on to analyze the influence theory, let the Japanese scholarss discourse of *Kafka on the Shore* completely presented. In addition, this article from the original text analysis found and with examples, points out that if cross domain research excessively relying on the translation text, may miss some important information, the native language researchers for the analysis of the original text, can give us wider field of vision.

Keywords: Murakami Haruki, *Kafka on the Shore,* **KOMORI Yōichi**

論文評審意見

（一）

1) 該文獻綜述材料豐富，較全面地搜集整理了日本的研究成果，尤其體現在報紙和論文集裡的單篇論文方面。

2) 該文獻綜述從否定論、肯定論、文本分析、精神分析、影響論等多個角度入手，分類比較合理。

3) 該文獻綜述還存在兩個問題，具體請看下面的修改意見。不過瑕不掩瑜，建議發表該文獻綜述。

4) 第六頁「有的則為了達成自己的目的而給予盛讚」句意義不明，建議進一步解釋。

5) 第七頁「考察《海邊的卡夫卡》執筆之時與村上相交甚篤、讓醉心的榮格派精神分析師河合隼雄的影響程度及其功過」句，下加線部分似有語病，請修改。

（二）

1) 論文寫作態度認真，研讀並歸納、整理了大量日本學者的研究，工作量大。

2) 該論文梳理出來的關於《海邊的卡夫卡》的論述，可以成為其他學者進一步研究《海邊的卡夫卡》的研究的參考資料，這是這篇論文的意義之所在。

3) 同理，文後所附的各種刊物刊載的關於《海邊的卡夫卡》的論著，也可以為其他學者研究《海邊的卡夫卡》乃至村上文學的參考資料。

4) 可能由於大陸和臺灣的區域差別太大，該論文在現代漢語的表述方面，有一些大陸讀者不能理解或者帶有疑問的地方。這個問題可能是普遍存在的，不只單單是該作者的論文。

5) 關於日本學者的研究論文或論著的分類，在意義上有交叉或重合的地方。

6) 論文最後一個部分對前文進行了總結，但是並沒有在此基礎上進一步分析，為什麼會出現上述的研究現象，與日本的歷史、政治、當今社會現狀，或與迄今為止的村上文學研究有什麼關聯；這些研究論文或論著本身有無互相參考或拓展的關係？目前的研究現狀是否體現了村上文學研究的整體特點或者日本文學研究的整體特點等等。因而顯得深度不是很夠。

（三）

1) 該論文就日本國內針對《海邊的卡夫卡》的研究進行了細緻梳理與述評，為國際村上研究提供較為全面的資料，可謂貢獻。

2) 論文具備較完備的論文形格，寫作規範。

3) 論文引用的資料豐富，表現出了較強的分析能力。

4) P5 不是在行文中通過分析得出，而是直接以「評論細緻中肯」限定加藤典洋的是否合適？

5) 個別地方文字尚可斟酌，如 P7「讓醉心的榮格派精神分析師河合隼雄的影響程度及其功過」，可否改為「讓其醉心」？

《國際村上春樹研究》輯二（2015 年 12 月）209-236。

重寫英雄原型：
《海邊的卡夫卡》的敘事研究

■翟二猛

作者簡介：

翟二猛（Ermeng ZHAI），河北保定人，陝西師範大學文學院在讀博士二年級研究生。

論文提要：

《海邊的卡夫卡》對古希臘神話中殺父戀母的故事進行重寫，這是得到研究者普遍注意的。在「後現代」視野中，「重寫」是一個重要的概念。以此為視角，參照拉葛蘭的英雄原型，便不難發現村上春樹的「重寫」。而俄國形式主義學者什克洛夫斯基的陌生化和空間敘述理論有助於我們理解，村上春樹如何對俄狄浦斯故事進行重寫，以及這種書寫發生了怎樣的「扭曲」。

關鍵詞：村上春樹、《海邊的卡夫卡》、英雄原型、永遠的少年、俄狄浦斯情結

一、引言

　　研究者已普遍注意到，村上春樹（MURAKAMI Haruki, 1949- ）《海邊的卡夫卡》對古希臘神話中殺父戀母的故事進行重寫。在「後現代」視野中，「重寫」是一個重要的概念。儘管村上春樹的這部作品的意涵並不能完全用「後現代主義」涵蓋，但「後現代」仍不失為一個有效的解讀視角。本文主要著力探討村上春樹如何對俄狄浦斯故事進行重寫，以及這種書寫發生了怎樣的「扭曲」。

　　俄狄浦斯的故事[1]是古希臘神話中一個非常著名的殺父娶母的故事，偉大的悲劇作家索福克勒斯（Sophocles）據此創作出戲劇代表作《俄狄浦斯王》（*Oedipus the King*）。俄狄浦斯是忒拜王拉伊奧斯的兒子。在俄狄浦斯出世後不久，拉伊奧斯從神諭中得知，他成人後將殺父娶母，所以用鐵絲穿過他的腳踵，命令僕人將他拋棄在荒郊野外。僕人可憐他，把他送給科林斯王國的一個牧羊人。機緣巧合，科林斯國王沒有兒子，便收養了俄狄浦斯。長大後，俄狄浦斯從神諭中得知自己將殺父娶母，為了逃避厄運便逃離科林斯，恰巧來到忒拜。逃離的路上，受到一夥路人的欺辱，一怒而殺死四個人，其中竟有他的親生父親——忒拜王拉伊奧斯。不久，俄狄浦斯以非凡的智慧除掉了為害忒拜的人面獅身女妖斯芬克斯，被忒拜國民擁戴為新的國王，而且娶了前國王的王后——他的生母為妻，並養育了兩個孩子。毫不知情的情況下，俄狄浦斯成了殺父娶母的罪人。後來，忒拜城內發生大瘟疫。神諭指示唯有找出殺死前國王的兇手，瘟疫才能停止。真相大白後，俄狄浦斯的生母自殺，俄狄浦斯刺瞎自己雙眼後離開忒拜自我放逐，以求懺悔。

---

[1]　索福克勒斯（Sophocles），《俄狄浦斯王》（*Oedipus the King*），羅念生（1904-90）譯（北京：人民文學出版社，1983）。

二、拉葛蘭的英雄原型

拉葛蘭（Fitzroy Richard Somerset Fourth Baron Raglan, 1885-1964）於 1934 年發表的〈傳統中的英雄〉（"The Hero"）[2] 是研究西洋古典英雄神話的經典文本。

1.拉葛蘭的英雄原型

拉葛蘭對西方文學進行分析後，認為傳統英雄故事大致有以下 22 個常見的情節，如下所示[3]：

（1）主人公的母親是王室中的童貞女；

（2）他的父親是國王，並且；

（3）通常和他的母親有近的親屬關係，但是；

（4）她的受孕很不尋常，因此；

（5）主人公被認為是神的兒子；

（6）主人公生下來之後，有人（往往是他的父親）要殺死他；

（7）主人公被救人走；

---

[2] 拉葛蘭（Fitzroy Richard Somerset Fourth Baron Raglan, 1885-1964），《傳統中的英雄》（"The Hero"），《世界民俗學》（*The Study of Folklore*），阿蘭・鄧迪斯（Alan Dundes, 1934-2005）編，陳建憲、彭海斌譯（上海：上海文化出版社，1990）199-222。

[3] 拉葛蘭　204。

（8）一個住在很遠的地方的養父母收養了主人公；

（9）對他的童年我們一無所知。但是；

（10）主人公成年之後，返回故土或是來到或者屬於他的王國；

（11）主人公戰勝了國王或一條龍、大力士、野獸；

（12）隨後娶了公主為妻，公主往往是前任國王的女兒；

（13）主人公做了國王；

（14）在位期間有一段很平靜的時光；

（15）他制定了法律，但是；

（16）不久之後他失去了神或人民的支持與擁戴；

（17）他被人趕出王宮和城市；

（18）主人公神祕地死去；

（19）去世地點通常在高山之上；

（20）主人公的孩子（如果有的話）沒有繼承帝位；

（21）主人公的遺體沒有埋葬；

（22）但是，主人公有一處或多處神聖的墓穴。

拉葛蘭在文中舉了很多例子，這些故事符合上述 22 點中的一點便計 1 分。其中摩西的故事達 21 分；俄狄浦斯的故事次之，得 20 分[4]。

2.《海邊的卡夫卡》與英雄原型

　　依照拉葛蘭所列的 22 種常見的情節，少年卡夫卡的故事勉強得 3 分，而且還有一點出現的時間順序與原型有所不同。這 3 分即契合情節之處在於：第（9），卡夫卡到甲村紀念圖書館安身，不論大島還是佐伯，都對卡夫卡童年一無所知，對他的童年我們只在隻言片語中得知片斷資訊；第（10），卡夫卡從森林深處返回圖書館後，決定回到家鄉；第（14），卡夫卡在森林中生活的幾天也是一段很平靜的時光。其中，第（10）發生在少年卡夫卡冒險歸來之後，是文本故事的結尾，而英雄原型中這一情節是故事的前段。

---

[4]　拉葛蘭　210-11。

少年卡夫卡的故事與英雄原型情節雷同很少，是因為村上春樹以「誤讀」即扭曲經典原意進行創作。

（一）村上春樹對俄狄浦斯故事的「誤讀」

恰如拉葛蘭的分析，傳統英雄的故事是有關個人生涯的程式化的故事，構成一個傳統[5]。人們面對傳統，某種意義上會形成一種對話關係。《海邊的卡夫卡》與俄狄浦斯故事便是如此。1966 年，克麗絲蒂娃（Julia Kristeva, 1941-　）在評價巴赫金（Mikhail Bakhtin, 1895-1975）的一篇論文，提出「互文性」（intertextuality）的概念。認為任何一個文學文本都會依存於較前出現的文本，內容和用語是從其他文本吸收而來，而作一定程度的變換；而且，「互文性」強調的是文化的累積，作者不一定意識得到[6]。

稍後，布魯姆（Harold Bloom, 1930-　）在《影響的焦慮》（*An Anxiety of Influence: A Theory of Poetry*）一書中說後起作者對前代經典文本，有著「殺父戀母情結」中的「殺父」傾向，一種敵對的關係，會對前代作品加以修訂、或者是「誤讀」（misreading）[7]，認為一切文本都存在著互相影響、交叉、重疊、轉換。而且，文本不論在較早或稍晚出現，都有著「互文性」[8]。

---

[5]　拉葛蘭　212。

[6]　互文性，《世界詩學大辭典》，樂黛雲（1931-　）等主編（瀋陽：春風文藝出版社，1993）213-14。

[7]　誤讀，（《誤讀的地圖》）。樂黛雲　592-93。

[8]　朱立元（1945-　），《當代西方文藝理論》（上海：華東師範大學出版社，1997）316。

我們還需認識到，固然以俄狄浦斯的故事為代表的神話故事已成為一種歷史實在，但傳統神話只產生於某一具體的歷史階段，時間的演進必然帶來認識觀念與應對技巧的變化。實質上，傳統神話在於維護既定的整體秩序，而這種秩序必然因個體力量的日益強大受到一定程度的「衝擊」，進而產生變形。「現代神話化詩藝的特點在於：將迥然不同的神話體系加以聚集和混同，以期突出諸如此類神話體系之玄想神話的永恆意義。……神話化詩藝不僅負有對敘事進行處理的功用，而且是訴諸源於傳統神話的種種對應者對現代社會的情景予以隱喻性描述的手段。……因此，傳統神話被襲用時，其含義則發生劇變，甚至往往截然相反」[9]。這也就是為什麼《海邊的卡夫卡》的英雄冒險情節有了許多變異。綜合分析經典英雄原型故事和《海邊的卡夫卡》，村上春樹的改寫主要有以下幾個方面：童年記憶模糊；殺父預言；童年被母親遺棄。

（二）童年記憶模糊

從純粹生理學意義上，兒童被看成是未成熟的成人。不同的學者對於「童年」的年齡外延有不同的界定。不論如何界定，兒童確實有著不同於成人的生理特質和心智結構。「童年記憶」是人對自己在這一時間內的生活和感情體驗的記憶，隨著年齡的增長，這種記憶會不斷沉澱，而隨著時間流逝會發生改變、異化，主體也有期待、自我暗示、迴避、美化等多種心理作祟，因而童年記憶會變得面目全非。但不論發生怎樣的變化，童年的記憶都會伴隨人的一生，對人生觀、世界觀的影響是根深蒂固的。

在拉葛蘭所分析的 18 個傳統英雄故事中，主人公的童年記憶都是十分清晰的。儘管英雄自幼被養父母收養，但他對自己的童年記憶是十分清楚的，也正是由於童年記憶的清晰，英雄才會在得知神諭後離開養父母流浪，並在之後的路上犯下殺父娶母的罪責。村上春樹在處理卡夫卡的故事時則有明顯不同：卡夫卡自小跟父親生活在一起，但童年記憶十分模糊，母親的樣子、甚至名字都已經模糊，家中也沒有留下任何跟母親和姊姊相關資訊，只剩下一張與姊姊在海邊的合影。但就連這僅剩的合影，卡夫卡

---

[9] 葉・莫・梅列金斯基（Eleazar Moiseevich Meletinskii，1918-2005），《神話的詩學》（The Poetics of Myth），魏慶征譯（北京：商務印書館，2009）397。

都記不得何時何地所照，合影本身甚至是個謎，他更加不記得一家人去過哪裡，家裡有關母親的照片好似也被父親燒掉了。卡夫卡不願讓父親拿著他與姊姊的合影，所以去哪裡都一定帶在身邊。不僅如此，卡夫卡在日常生活中還經常發生暫時失憶或者失去知覺的狀況。而在他的這種身體「失控」狀態下，卡夫卡往往做出驚人之舉：打人。他對此是不自知的，他也正是在此情況下殺死了自己的親生父親。記憶之於卡夫卡是殘缺不全的，在他的故事裡，正如少女佐伯所說，記憶只跟圖書館有關，生活在人生樂園裡的人沒有長久的記憶。

　　離家的念頭由來已久，卡夫卡從初中時就開始做思想和身體上的準備，鍛鍊身體，認真上課，去圖書館讀書，刻意避免與父親碰面，隨著日積月累，知識日益豐富、成績越來越好，身體也越來越強健，情緒控制能力也越來越強，甚至變得冷酷麻木[10]。

　　卡夫卡告訴櫻花母親在他四歲時帶著姊姊離家出走，隨後拿出與姊姊在海邊的合影給櫻花看[11]。

　　櫻花略作沉默，旋即推測卡夫卡與其父親合不來，面對詢問，卡夫卡不置可否[12]。

　　卡夫卡告訴櫻花，自己以前也有過時常失去知覺、身體失控的情況，甚至動手打人；而這次情況更加嚴峻，完全失掉了記憶，他絲毫不知道怎樣失去的知覺[13]。

　　卡夫卡告訴櫻花，他與親生父母合不來，母親無緣由地帶著姊姊離開了家庭，卡夫卡離家出走，再無所依靠[14]。

　　聽聞卡夫卡一家的變故，櫻花半開玩笑地說卡夫卡的父親簡直是外星人，而卡夫卡無以應對，只好沉默[15]。

---

[10] 林少華（1952- ），《海邊的卡夫卡》（上海：上海譯文出版社，2007），以下簡稱「林譯」　7-9；3頁、賴明珠（1949- ）譯，《海邊的卡夫卡》（臺北：時報文化出版企業股份有限公司，2003），以下簡稱賴譯（上）　13-15；3頁。
[11] 林譯　92；1頁、賴譯（上）　121；1頁。
[12] 林譯　92-93；2頁、賴譯（上）　121-122；2頁。
[13] 林譯　93；1頁、賴譯（上）　122；1頁。
[14] 林譯　95-96；2頁、賴譯（上）　125-127；3頁。
[15] 林譯　96；1頁、賴譯（上）　126；1頁。

卡夫卡在學校時曾是個問題少年，受到學校處分而回家反省；出現暴力傷人，是因為卡夫卡有時候感覺自己對自己的身體失去了控制；大島說這是卡夫卡必須要超越的人生課題[16]。

卡夫卡告訴佐伯，自己出生在中野區野方，佐伯聽說時眼中一閃，似乎什麼東西觸動了佐伯，卡夫卡難以準確判斷其中所包含的深意[17]。

卡夫卡與佐伯各自訴說自己的祕密，卡夫卡要離開出生地，只是沒有明確的方向，如佐伯所說，人生總有出人所料的事情，就像卡夫卡的父親執意追求死去[18]。

卡夫卡提出有關自己和父母命運的假說：他的父親是愛著佐伯的，父親的死是因為自己追求死亡，而他追求死亡是自知無法真正得到母親；而卡夫卡的母親就是佐伯，在生下卡夫卡後四年離開了卡夫卡父子回到戀人幼年生活的地方；父親對卡夫卡的詛咒是要卡夫卡繼承父親的意願追求佐伯，卡夫卡不過是延續其父追求的載體[19]。

卡夫卡返回房間，再次給佐伯調製好咖啡送來。他告訴佐伯，自己之所以取名「卡夫卡」是因為從來都是孤身一人，想變得更強壯；而卡夫卡所追求的這種強壯是心理的強壯，無關勝負，只武裝內心，要足以承受外力的擠壓[20]。

卡夫卡知曉很多人世事理，更知曉很多佐伯過去的事情，這使佐伯感到吃驚；卡夫卡更明確地告訴她，他是海邊的卡夫卡，是她的戀人，是她的兒子，是名叫烏鴉的少年[21]。

烏鴉開導卡夫卡，母親深愛著他，出於宿命般的無奈才拋棄了他，卡夫卡應該原諒他的母親[22]。

---

[16] 林譯　286-288；3 頁、賴譯（下）　055-058；4 頁。
[17] 林譯　315；1 頁、賴譯（下）　　093；1 頁。
[18] 林譯　315-316；2 頁、賴譯（下）　093-094；2 頁。
[19] 林譯　316-318；3 頁、賴譯（下）　095-098；4 頁。
[20] 林譯　344-346；3 頁、賴譯（下）　132-135；4 頁。
[21] 林譯　346-349；4 頁、賴譯（下）　135-139；5 頁。
[22] 林譯　438-439；2 頁、賴譯（下）　256-258；3 頁。

　　卡夫卡打開電視，只有一個頻道可看，恰逢播放電影《音樂之聲》（真善美），卡夫卡兒時的記憶恍惚間湧起；電影播放完後響起歌聲〈雪絨花〉（〈小白花〉），不久關掉電視機喝完牛奶，最後在熟悉而親切的氣息中睡去[23]。

綜合傳統英雄故事和村上春樹的改寫來看，傳統英雄的童年記憶是清晰的，但清晰中有某種模糊，傳統英雄並不清楚自己身世之謎，因而錯誤地出走並在不知情的前提下犯下殺父娶母之罪。卡夫卡的童年記憶是模糊的，因而不得不費勁心力設想有關身世的假說[24]，但模糊中有某種清晰，他對自己的血統十分清楚，並且時時活在父親「詛咒」的陰影下，因而走上冒險之路，主動來到「死國」（日語中「四國」與「死國」同音），主動與姊姊和母親交合，甚至質疑自己的「出身」，這種「清晰」使得他的殺父娶母的罪行多了一重主動性，因而罪責顯得更觸目驚心。

（三）殺父的預言

　　在傳統英雄故事中，神把英雄將殺父娶母的預言告訴英雄的父親，待英雄成人之後才獲知神諭，因而被迫離開養父母的國度。在接受了命運的安排，機緣巧合地殺父、娶母之後，英雄才知曉自己的身世之謎，而陷入巨大痛苦。他的弒父是偶然為之，是偶然中的必然，而當他得知人生「成功」（成為國王）的背後竟是殺死父親的恐怖真相時，這種成功與失敗的巨大落差、命運有常與無常的痛苦離龉，將英雄拋入痛苦的深淵，最終自我放逐。英雄的遭際滿含著命運的捉弄，折射出的是人的脆弱無力。

　　而村上春樹在《海邊的卡夫卡》中的處理就顯得非常不同。在現代英雄卡夫卡的故事裡，諸如詛咒、關於宿命的預言在他展開冒險之旅之前就已經籠罩在他的心底，其父親一再告誡其殺父娶母的預言，詛咒卡夫卡將成為亂倫的罪人。實際上，卡夫卡與父母（尤其是父親）的相處並不融洽，關係始終都比較緊張。尤其是這預言成為卡夫卡生命的一部分，異常神祕而不可預知，使卡夫卡時常會陷入思想的混亂和對某種預言的恐懼當中。他離家的念頭由來已久，甚至冒出殺死父親的念頭。卡夫卡始終生活在詛

---

[23]　林譯　460-461；2頁、賴譯（下）　286-287；2頁。
[24]　林譯　316-318；3頁、賴譯（下）　095-098；4頁。

咒的威嚇之下，飽受煎熬，小小年紀（十五歲生日時離家出走）便不得不
開始體驗人生的痛苦，最終在離家之後的一個夜空明亮的夜晚殺死父親。

　　這樣，殺父的預言便由模糊變得清晰，英雄的行動由盲目變得主動。
卡夫卡的「探險」意在超脫這一詛咒卻又在潛意識中主動「迎合」並將預
言變成現實，表現出英雄人物的兩重性。他既懷有對形成中的社會統一體
和宇宙進行調整的抱負，也含有其再度紊亂、失範的表徵，這是未成熟的
英雄所共有的局限。而卡夫卡在現代社會中主動「踐行」其父親的預言，
則充分顯現了日本乃至人類社會有待深度整合的混沌狀態。英雄的未成熟
的這一面，仍有其示範及啟示性的意義，對後世的整合消極現象及其他世
俗行動有先導作用。

　　　　在一個天空異常明亮的夜晚，卡夫卡慢慢恢復知覺，醒來時驚
　　異地發現自己躺在神社大殿後的小樹林裡，渾身酸痛，Ｔ恤衫沾染
　　大塊血跡，昏迷之前的記憶卻所剩無幾[25]。

　　　　看到櫻花的留言，確認並沒有流血事件的新聞報導，卡夫卡暫
　　時放下了懸著的心，但還是決定離開櫻花住處和賓館，真正沒了安
　　身之處，不知去向哪裡，似乎回應命運的召喚一般[26]。

　　　　從報紙中得知，卡夫卡的父親死於非命，書房地板上血流成
　　河；卡夫卡的出走被警方定性為失蹤[27]。

　　　　父親死的那天正好是卡夫卡衣衫占滿血跡的同一天，卡夫卡懷
　　疑自己殺死了父親，口頭上又堅稱沒有殺人[28]。

　　　　卡夫卡因父親的死和自己的出走而感到一種生命的茫然無
　　力，大島勸導卡夫卡，萬事萬物都是反諷和隱喻，而卡夫卡的遭際
　　只是他自己本應有的路上的插曲，正如希臘悲劇所講演的，總能化
　　險為夷，卡夫卡有這種力量[29]。

　　　　報紙報導的天降活魚和螞蟥等靈異事件刺激卡夫卡想起了父
　　親給他的詛咒，按此詛咒，他要親手殺死父親、與母親交合、與俄

---

[25]　林譯　73-76；4 頁、賴譯（上）　97-101；5 頁。

[26]　林譯　100-102；3 頁、賴譯（上）　132-135；4 頁。

[27]　林譯　209-210；2 頁、賴譯（上）　274-275；2 頁。

[28]　林譯　210-211；2 頁、賴譯（上）　275-277；3 頁。

[29]　林譯　212-214；3 頁、賴譯（上）　278-280；3 頁。

狄浦斯神話相比，多了一點：與他的姊姊交合；同樣地，父親告訴他，無論怎麼努力，都無法逃出詛咒的判定，這一預言已成為卡夫卡的遺傳基因[30]。

因為父親的死和父親的詛咒，卡夫卡開始感到自己的出生就是一個錯誤，因而也增強了自己確實殺死了親生父親的負疚感；大島的勸慰也只在科學和法律意義上證明卡夫卡沒有殺父，並不足以從心理和情感上開脫卡夫卡殺父的罪責[31]。

卡夫卡出走四國的原因便是為了努力逃出父親的詛咒，但父親的死破滅了這個美夢[32]。

卡夫卡覺得自己從父母那裡繼承的一切都該受到詛咒，迫切想從這個繼承來的軀殼裡逃離出來[33]。

卡夫卡仍然不能確定是否殺死了父親，也沒有人能回答他[34]。

烏鴉用尖嘴將捕靈者啄得皮開肉綻、面目全非，捕靈者始終報以虛無的笑，不能停止[35]。

（四）童年被母親遺棄

在傳統英雄故事中，因為某種錯誤（主人公被認為是神的兒子並將殺父娶母），主人公自幼被生父遺棄，在一個很遠的地方被人收養。一般而言，英雄對於幼年被遺棄的經歷並沒有記憶，因而，對親生父母並無恨意，日後犯下罪行純屬命運的捉弄。

---

[30] 林譯　214-216；3頁、賴譯（上）　280-283；4頁。
[31] 林譯　216-218；3頁、賴譯（上）　283-286；4頁。
[32] 林譯　218-219；2頁、賴譯（上）　286-287；2頁。
[33] 林譯　288；1頁、賴譯（下）　057-058；2頁。
[34] 林譯　422-423；2頁、賴譯（下）　236-237；2頁。
[35] 林譯　474-475;2頁、賴譯（下）　305-307;3頁。大澤真幸（ŌSAWA Masachi, 1958- ）指出殺父的情節，在《1Q84》有所發展：〈並行世界の並行世界〉，《Eureka》42.15（2011，總特集 村上春樹──《1Q84》へ至るまで、そしてこれから……）：22。安藤礼二（ANDŌ Reiji, 1967- ）也有類似的認知：〈時間の消滅──村上春樹の三〇年《Eureka》42.15（2011，總特集 村上春樹──《1Q84》へ至るまで、そしてこれから……），《Eureka》42.15（2011.1）：32。

　　與之截然相反的是，現代英雄卡夫卡對於被遺棄的記憶非常深刻：在他四歲時，母親帶著姊姊離家出走，造成本該相依為命的親生父親與他也合不來。這樣，卡夫卡自幼便失去了家庭的溫暖，深切感到孤苦無依，這給他造成巨大的精神創傷。

　　相較於傳統英雄故事，在卡夫卡的故事裡，「遺棄」英雄這一行為的主體由父親變為母親，這有更深的意涵。母親的遺棄是一切悲劇的根源。相比父親的偉岸威嚴，母親的溫柔慈愛更易給人以愛的溫暖，而母親的遺棄，便徹底宣告了人生的無可依傍。母親不僅遺棄了卡夫卡，同時還拋棄了卡夫卡的父親。父親對卡夫卡的詛咒既包含著被棄之恨，也隱含著是要卡夫卡繼承父親的意願追求佐伯，卡夫卡不過是延續其父追求的工具。至於卡夫卡，他同樣懷有對母親的恨和對母愛的渴望以及對姊姊的愛與恨。在這種扭曲心理作祟下，他才在明知是母親和姊姊的情況下與她們交合，甚至違拗她們的意願。母愛的缺失是卡夫卡出走的原因，母愛的尋得同樣是他歸來的本意。在文本最後，卡夫卡最終原諒了母親的遺棄，決定返回家鄉繼續完成學業[36]。

---

[36] 田間泰子（TAMA Yasuko, 1956-）說 1973 年日本對殺嬰和棄養子女進行立法，書中提供學者對 1973 年《朝日新聞》的統計，有 211 件、《每日新聞》258 件、《讀賣新聞》164 件：《母性愛という制度：子殺しと中絕のポリティクス》（東京：勁草書房，2001）。

三、什克洛夫斯基的階梯式排比

什克洛夫斯基（Viktor Shklovsky, 1893-1984）以提出「陌生化」（defamiliarize）的理論而知名，至於「對稱法」（parallelism），什克洛夫斯基也常常以「陌生化」的觀點分析。又由「對稱法」推演出「梯形結構」（staircase construction）的概念[37]。現把他的觀點作一系統整理：逃避預言所造成的矛盾是預言以外的，這也是一種「陌生化」技巧，俄狄浦斯為了逃避預言等，也屬於這一類；出場人物具有某種特定關係，例如父親與兒子打仗、兄弟是自己姐妹的丈夫、以及丈夫參加妻子的婚禮，小說《戰爭與和平》的人物可以配搭成對，例如拿破崙（Napoleon Bonaparte, 1769-1821）和庫圖索夫（Mikhail Kutuzov, 1745-1813，兩者分別是法俄於波羅金諾戰役的統帥）、別素豪夫（Pierre Bezukov）和保爾康斯基（André Bolkonsky）等；或者有著親屬關係，如《安娜‧卡列尼娜》（Anna Karenina）中的安娜、伏倫斯基（Aleksey Vronsky）與列文（Konstantin Levin）、吉娣（Kitty）[38]。

1.逃避預言：把小說情節拉長的寫法

《海邊的卡夫卡》中，卡夫卡的父親多次預言兒子會殺父並與母親、姊姊亂倫。故事由主人公而及於父親、母親、姊姊，這種「拾階而上」的寫法，什克洛夫斯基將其稱作「梯型結構」。「梯型結構」的佈局形式是傳統小說觀念的反映，這些小說習慣於將人物與客觀世界置於兩極對立統一之中，通過對內外兩重世界的如實描寫而漸次展開情節，故事由開頭進入高潮直至結局，隨著矛盾的解決而收尾。

一般而言，這種結構的小說情節特徵是人物和事件從始至終一步一步地向前發展，經歷從生到滅的全部自然過程，間或設置倒敘或插敘，但整個小說的直線形格局並不發生改變。為了增強藝術效果，村上春樹突破時間對於人物及事件的制約，著意將梯型結構拉寬，加大情節的心理容量。

---

[37] 什克洛夫斯基，《故事和小說的結構》（"The Construction of the Short Story and of the Novel"），《俄國形式主義文論選》，方珊等譯（北京：三聯書店，1989）12。

[38] 什克洛夫斯基，《故事和小說的結構》　22-23。

這是通過空間化寫作來實現的。具體講，即以卡夫卡的「逃避預言」為核心，插進大量主人公的夢境和風景描寫，而又以人物對話為故事的主要展開方式推動情節發展，無形中將小說情節拉長。

以上所述空間化寫作，可以在文本中得到鮮明的驗證。從人物對話來講，開篇即是名叫「烏鴉」的少年與卡夫卡討論離家出走的準備工作，作為一個重要的意象，「烏鴉」在此後的故事發展中往往在一些關節點不期而至，對卡夫卡或安慰、或勸解、或批評、或直抒卡夫卡心中的隱秘念頭、或幫助他解答難題；而圖書館管理員更是不斷與卡夫卡天馬行空地討論各種各樣的問題，還有櫻花、佐伯等重要人物，無一不是健談者；主要人物多以談話的方式存在，極大地放慢了故事展開的節奏。

除了對話，描寫主人公卡夫卡的夢境也是拉長小說情節的重要方法。文本中幾乎每個單數章都有卡夫卡的遐想或者直接的夢境呈現，不斷地在現實與夢幻之間轉換，增強了藝術想像的空間。

再者，間或插入契合人物心境的風景描寫，歷來都是小說家緩衝故事矛盾、同時表現人物的常用手法，這些風景能給人物也給讀者以一定的心理暗示，從而引人深思。這樣的例子在文本中俯拾皆是，在此不再贅述，詳見《海邊的卡夫卡》。

2.亂倫的問題

什克洛夫斯基引用亞里斯多德《詩學》的觀念：殺人不會引起讀者太大的反應，但兄弟仇殺和親人亂倫，則會讓讀者感到震撼[39]。

實際上，傳統神話故事中，儘管產生的文化背景不同，卻又著許多相同的主題，亂倫便是其中一種。亂倫是人類文明發展過程中逐漸形成的一個共

---

[39] 亞里斯多德（Aristotélēs，前 384－前 322），《詩學》（*The Poetics*），羅念生譯（北京：人民文學出版社，1962）37-42。什克洛夫斯基，〈情節編構手法與一般風格手法的聯繫〉（"The Relationship between Devices of Plot Construction and General Devices of Style"），《散文理論》（*The Theory of Prose*），劉宗次譯（南昌：百花文藝出版社，1994）61。愛彌爾·涂爾幹（Emile Durkheim, 1858-1917），《亂倫禁忌及其起源》（*Incest: The Nature and Origin of the Taboo*），汲喆、付德根、渠東譯（上海：上海人民出版社，2003）。

同禁忌，經常在各個民族的神話故事中得到呈現。綜合起來，亂倫的問題主要表現為：殺父、與母親交媾、兄妹（姐弟）亂倫。

（一）殺父

村上春樹無疑受到了日本典籍《源氏物語》的深刻影響。據《源氏物語》所載，人可以成為活著的幽靈，在一定情況下可以遂心所願，超出常規地自由活動，而幽靈源自內心的陰暗[40]。據此我們可以推斷，卡夫卡因為對父親和對自身的憎惡，而具有了穿越時空自由行動的超能力，因此在與父親相隔兩地的情況下殺死了父親。

文本兩次提到了卡夫卡父親被殺的情節：一次是第 16 章，中田在瓊尼‧沃克（捕靈者，即田村浩二）的逼迫下，手拿一把大刀反復刺進他體內，鮮血直流，而卡夫卡父親仍放聲大笑，直至口噴鮮血而死。一次是在第 46 章與第 47 章之間的一章，被捕靈者（卡夫卡父親）激怒的名叫「烏鴉」的少年，化作烏鴉用尖利的嘴將其啄得血肉模糊，而同樣地，捕靈者直至死去仍不住地笑著。前者是近於現實主義的寫法，後者則是超現實主義的寫法。

而與第一次出現卡夫卡父親被殺情節關聯非常密切的是第 9 章和第 21 章。第 9 章寫到，在一個天空異常明亮的夜晚，卡夫卡慢慢恢復知覺，醒來時驚異地發現自己躺在一個神社大殿後的小樹林裡，渾身酸痛，T 恤衫沾染大塊血跡，昏迷之前的記憶卻所剩無幾。卡夫卡內心非常恐懼，茫然失措，想要逃離而又無處可去，便到了姊姊櫻花住處（隨後發生了櫻花替卡夫卡手淫的事）。第 21 章，卡夫卡從報紙中看到，父親死於非命，書房地板上血流成河，而自己的出走也被警方定性為失蹤，卡夫卡也因父親的死和自己的離家出走而感到生命的脆弱與無常。在此前後，卡夫卡一直處於殺父的恐懼與不安中，最終承認了親手殺死生父的事實。第二次寫

---

[40] 人物出入現實與神話之間的寫法，一般認為受《雨月物語》影響。小山鉄郎（Koyama Tetsurō, 1949- ）.〈雨月物語〉，《村上春樹を読みつくす》，東京：講談社，2010，76-84。另外，《奇鳥行狀錄》開始描寫超能力的奇想：羽鳥徹哉（HARORI Tetsuya, 1936-2011）。〈超能力の現代的意味（村上春樹——予知する文学特集）——「ねじまき鳥クロニクル」の分析），《國文學　解釈と教材の研究》（村上春樹——予知する文学特集）40.4（1995）：64-69。

到卡夫卡父親被殺的恐怖場景，則是採用超現實主義的寫法，以烏鴉（某
種意義上等同於卡夫卡）為實施者，完成了對殺父的確認。不過，卡夫卡
曾經的恐懼與不安並非出於殺父的愧疚以及父親死去帶來的難過，相反，
父親的死對卡夫卡更像一種解脫，是幫助父親完成夙願後的解脫[41]。

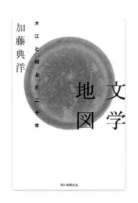

（二）與母親交媾

　　小說多次寫到卡夫卡與母親交媾，佛洛依德將其稱為「戀母情結」，
因是在分析俄狄浦斯的故事得出，故而又稱「俄狄浦斯情結」。這一情結
是一種本能衝動的原欲，是男性的一種持久的心理傾向，有此心理傾向的
男子即便成人都仍然服從和依戀母親，心理上沒有「斷乳」。戀母情結本
質上是相似與互補：男孩與父親同性，所以相似，男孩會向父親學習，吸
納父親的特質成為自己的一部分；與母親不同性，所以互補，相依為命，
男孩在模仿父親的同時會越來越愛母親。

　　卡夫卡的戀母情結又有諸多不同之處。父親曾多次詛咒卡夫卡將殺父
娶母，潛在的一層意思即在於要卡夫卡幫助父親實現追求到佐伯的願望，
這又在內外兩個層面上給卡夫卡以強烈的心理暗示，因而多了一種主動
性。文本中卡夫卡便多次與大島和佐伯提出一種假說，假說裡佐伯是他的
母親，但他仍然與母親做愛，初嘗時尚有羞愧之感，到最後便開始迎合與
享受與母親的性愛。卡夫卡最初愛上的是夜裡出現的十五歲的少女佐伯，

---

[41]　加藤典洋（KATŌ Norihiro, 1948- ）說自 1988 年青年弒父母事件以來，日本殺害父
　　母的非行罪案多起來：《文學地圖：大江と村上と二十年》（東京：朝日新聞出版，
　　2008）293。

進而愛上了真正的母親中年佐伯。卡夫卡更將他的對母親的愛戀直接告訴佐伯，他是油畫中海邊的卡夫卡，更是她的兒子，是她的戀人。

　　卡夫卡自幼被母親遺棄，對母親的依戀在加重一重的同時，也隱含著一層對母親的恨意。因而，卡夫卡與母親佐伯交媾，在一定程度上不排除報復心理作祟，使得文本的意蘊更加複雜，更值得玩味。

（三）兄妹（姐弟）亂倫

　　在早期的神話故事中，亂倫事件所牽涉的人物關係幾乎無所不及，但其中兄妹（姐弟）亂倫的形式最為常見。例如，中國神話中女媧與伏羲是親兄妹；日本神話中，伊邪那岐神（イザナギ）和伊邪那美神（イザナミ）親兄妹結合誕下眾神與日本八座島嶼；埃及神話中，冥王娶自己親妹妹為妻；希臘神話中更多，宙斯（Zeus）和妻子赫拉（Hera）、和平之神克洛諾斯（Cronus）和妻子瑞亞（Rhea）、水之神歐申納斯（Oceanus）和妻子泰希斯（Tethys）是同父同母的姐弟，光之神海潑里恩（Hyperion）和妻子希亞（Thea）、智力之神考伊斯（Coeus）和妻子月之神菲碧（Phoebe）是同父同母的兄妹，等等[42]。

　　在主人公卡夫卡的模糊記憶中，姊姊同母親一樣曾經（可能並不一定是主動）拋棄了他，隨後又同母親一樣在卡夫卡的冒險之旅中扮演了重要角色。與母親佐伯不同，這個角色給卡夫卡帶來了更多的負疚感，實際起到了一種加快卡夫卡冒險的進程的作用。不同於卡夫卡與母親做愛時的兩相迎合，姊姊櫻花不阻止卡夫卡對自己的意淫，而且願意幫卡夫卡手淫，但始終拒絕與之發生肉體關係。不過最後，在卡夫卡的夢境裡，他仍然強行與姊姊做愛，不顧她的感受。這使卡夫卡的冒險蒙上了更多的神祕色彩或不確定性，有些突兀（這也是村上整部文本神祕色彩的一種突出展現）。她的身分本身就非常可疑，卡夫卡究竟有沒有與她交媾也是成疑的，這折射了現代社會帶給人的壓迫感，表明多元化在帶給人們日益豐富的選擇的同時，也帶來了價值與秩序的支離破碎。

---

[42] 小松和彦（KOMATSU Kazuhiko, 1947-　）〈禁忌としての性愛──兄と妹をめぐる物語──〉一文對日本文學與兄妹相姦，有詳細討論：《日本における宗教と文學　創立 10 周年記念國際シンポジウム》（京都：國際日本文化研究センター，1999）65-75。

與母親佐伯、姊姊櫻花交合：

櫻花與卡夫卡打算各自睡去，卡夫卡卻難以入睡，鑽進櫻花被窩想與她做愛，櫻花不同意，只好半妥協地用她天生靈巧的手替卡夫卡手淫以幫他緩解身心負擔，卡夫卡非常享受，不久便暢快地射精[43]。

手淫時，櫻花不允許卡夫卡碰她的身體，但允許他想像自己的裸體，因為想像難以控制[44]。

卡夫卡明確告知大島，自己迷戀著佐伯[45]。

卡夫卡一直未入睡，終於在深夜等到了少女佐伯的出現；身穿藍裙的少女凝視著油畫《海邊的卡夫卡》，卡夫卡凝視著少女；卡夫卡難以抑制激動而失聲叫了佐伯的名字[46]。

面對佐伯，卡夫卡也不能確定自己依戀的是十五歲的佐伯還是五十歲的佐伯[47]。

櫻花告訴卡夫卡他很像自己的弟弟，很喜歡他，希望卡夫卡住到自己這裡，想阻止他繼續住在佐伯管理的圖書管裡[48]。

卡夫卡發覺這次出現於房間的不是少女的幽靈，而是佐伯的實體，這是五十歲的佐伯，她彷彿仍在睡夢中[49]。

佐伯靜靜地凝坐，很久才起身，先是注視著卡夫卡，緊接著看油畫《海邊的卡夫卡》，卡夫卡屏息觀察著一切，努力思考其傳達的訊息的深意[50]。

不久，佐伯來到卡夫卡床邊坐下，愛撫著卡夫卡，隨後與他肆意地做愛，似乎時間之流停止變異。卡夫卡想要叫醒佐伯，然而自身被異變的時間之流吞噬，沒有拒絕與佐伯的性愛，甚至去迎合與享受[51]。

43　林譯　97-100；4 頁、賴譯（上）　127-131；5 頁。
44　林譯　98-99；2 頁、賴譯（上）　129-130；2 頁。
45　林譯　265-266；2 頁、賴譯（下）　028-029；2 頁。
46　林譯　283-284；2 頁、賴譯（下）　051-052；2 頁。
47　林譯　291；1 頁、賴譯（下）　062；1 頁。
48　林譯　299-301；3 頁、賴譯（下）　072-076；5 頁。
49　林譯　302-303；2 頁、賴譯（下）　076-078；3 頁。
50　林譯　302-303；2 頁、賴譯（下）　077；1 頁。
51　林譯　303-304；2 頁、賴譯（下）　077-079；3 頁。

卡夫卡來不及也無法面對這突如其來的變故，更難以思考得清楚，呈現一種渾沌狀態[52]。

卡夫卡想與佐伯做愛，不僅僅是因為受了父親的詛咒，更因為他戀上十五歲少女佐伯的幽靈，經由十五歲的佐伯戀上了五十歲的佐伯，無法自拔[53]。

即便在卡夫卡的假說中，佐伯是卡夫卡的母親，他仍想與她做愛[54]。

隨後佐伯帶卡夫卡來到畫中所畫的沙灘，重溫作畫的情景[55]。

故地重遊，不由得觸景生情，佐伯與卡夫卡聊起一些往事，卡夫卡久久地抱著佐伯[56]。

返回卡夫卡的房間，佐伯與卡夫卡再次相擁做愛；然而佐伯流下無聲的眼淚，打濕了枕頭；世界重歸寧靜[57]。

與佐伯再次做愛後第二天，為避免與佐伯相見的尷尬，卡夫卡來到久違了的公共體育館鍛鍊身體，身體有些許不適，但大汗淋漓仍然不能排除性幻想對他的侵擾，一邊鍛鍊一邊想與佐伯做愛的情景[58]。

烏鴉又一次現身，提醒卡夫卡，他已經與佐伯發生了性愛關係，在她體內射精，卡夫卡已經身處一個越發熟悉的環境，卻透露出了危險，也並不自由，無法離開[59]。

佐伯與卡夫卡既在假說中，又在假說外；在那個寧謐的夜晚，他們再次盡情做愛，然後深情相擁，直到黑夜散去[60]。

卡夫卡回憶與佐伯做愛的場景，幻想佐伯正在寬衣解帶，然後上床、做愛，不由得進入亢奮狀態，陰莖勃起但已不再那麼疼[61]。

---

[52] 林譯　303-304；2頁、賴譯（下）　078-079；2頁。
[53] 林譯　318-319；2頁、賴譯（下）　098-099；2頁。
[54] 林譯　320；1頁、賴譯（下）　100-101；2頁。
[55] 林譯　323-325；3頁、賴譯（下）　105-108；4頁。
[56] 林譯　324-325；2頁、賴譯（下）　107-108；2頁。
[57] 林譯　325-326；2頁、賴譯（下）　108；1頁。
[58] 林譯　341-342；2頁、賴譯（下）　128-129；2頁。
[59] 林譯　343；1頁、賴譯（下）　130；1頁。
[60] 林譯　349；1頁、賴譯（下）　138-139；2頁。
[61] 林譯　401；1頁、賴譯（下）　208；1頁。

意料之外，出現的是櫻花；卡夫卡不能確定這是夢境還是現實，他似夢似醒地來到櫻花的房間，偶有烏鴉的叫聲隱隱傳來[62]。

卡夫卡是因為非常口渴而醒過來的，夜色昏暗而沉寂，他正處在容易迷失的時空裡[63]。

卡夫卡來到時，櫻花正在睡覺，他撫摸她，儘管櫻花提醒卡夫卡他們是姐弟關係，儘管櫻花掩面哭泣，他仍然強行與櫻花做愛[64]。

卡夫卡不願再忍受任何支配和干擾，面對櫻花的拒絕，他最後仍然一泄如注，好似進入一種無邊的黑暗中，他的軀殼也被摧毀淨盡，眼前佈滿黑暗[65]。

不久，卡夫卡重又進入夢境，肆意地與櫻花交合，一泄如注[66]。

四、空間化敘述

《海邊的卡夫卡》敘事上另一個顯明的特色便是「不敘述」或空間化敘述，這帶來別樣的藝術效果的同時，也招致一定的爭議。這是村上春樹對傳統英雄故事進行重寫在藝術上的又一種嘗試。「不敘述」並非真的不展開敘述，而是顛覆傳統的小說建構理念，所謂的小說三要素（人物、情節、環境）並不是十足完備的，主要表現在以下三個方面：疏於人物刻畫，淡化情節鋪設，強化理念渲染[67]。

1.疏於人物刻畫

小說採用第一人稱視角進行敘述，奇數章和兩章《叫烏鴉的少年》以少年田村卡夫卡（烏鴉與卡夫卡實為同一人）為核心視角，偶數章則以老年中田為核心視角。雖然第一人稱視角並不妨礙人物的刻畫，但村上春樹進行了特別的處理，故事的推進只靠人物對話與心理活動（包括夢境）完

---

[62] 林譯　403-404；2 頁、賴譯（下）　211-212；2 頁。

[63] 林譯　404；1 頁、賴譯（下）　211-212；2 頁。

[64] 林譯　404-406；3 頁、賴譯（下）　212-215；4 頁。

[65] 林譯　406-407；2 頁、賴譯（下）　214-216；3 頁。

[66] 林譯　423-424；2 頁、賴譯（下）　237-238；2 頁。

[67] 胡亞敏（1954- ），《敘事學》（武昌：華中師範大學出版社，1994）132-36。

成，而且人物對話與心理活動是片斷式的，人物對話與心理活動停止則故事停止，因而，《海邊的卡夫卡》這一文本中並沒有完整而鮮明的人物形象。相比於人物的性格特徵，讀者更易於捕捉的是人物的某種情緒，進而以這種情緒推想其包含的意蘊。

2.淡化情節鋪設

如前所述，《海邊的卡夫卡》並沒有邏輯嚴謹、事件完備的故事情節，這是與疏於人物刻畫相伴生而存在的。由於疏於人物刻畫，便淡化了故事的戲劇衝突。我們只能循著卡夫卡「逃避預言」的冒險之旅總結出一個大概的故事雛形，然而故事並不完整，邏輯並不嚴謹，文本呈現的只是人物的活動片斷。人物對話與心理活動的無限展開，只會讓讀者忽略時間的存在，從而只記住一個個人物活動的場所等空間概念。這帶來延伸故事心裡空間的便利的同時，無疑也會不斷給普通讀者製造閱讀障礙，從而衍伸出另一種「誤讀」的可能，這需另當別論。

3.強化理念渲染

不論是疏於人物刻畫，還是淡化情節鋪設，都是服務於英雄經由冒險而得以成長這一理念的。在這一寫作動機支配下，主人公不必經歷過多的矛盾衝突，不必在事件的曲折發展中成長，而是大片段地理性追思中得到「試煉」[68]。我們可以看到，卡夫卡經常與烏鴉、大島等就各種各樣的問題展開深入的討論（多是高雅的文學、音樂、繪畫以及人生終極問題），或者獨自凝神沉思，其中引述了大量東西方經典。最終在森林中，卡夫卡完成了自我淨

化。所謂「成也蕭何，敗也蕭何」，強化理念渲染在突出主題意蘊的同時，也招致爭議。美國學者傑・魯賓（Jay Rubin, 1941- ）便注意到了文本可能隱含的說教傾向[69]，這見仁見智，另當別論。

---

[68] 約瑟夫・坎貝爾（Joseph Campbell），《千面英雄》（*The Hero with a Thousand Faces*），朱侃如譯（北京：金城出版社，2012）38-46。

[69] 傑・魯賓（Jay Rubin, 1941- ），《洗耳傾聽：村上春樹的世界》（*Haruki Murakami*

五、結論

綜上可知，面對複雜語境，村上春樹運用陌生化和空間化的技法對英雄探險的模式與內容進行了一定的重寫，從而使現代英雄的卡夫卡的遭遇更加觸目驚心，給讀者更加強烈的心靈震撼。但本質上，英雄歷險的主題並沒有發生改變。如美國學者約瑟夫・坎貝爾（Joseph Campbell, 1904-87）所言，「英雄從日常生活的世界出發，冒著種種危險，進入超自然的神奇領域。他在那裡獲得奇幻的力量並贏得決定性的勝利。然後，英雄從神祕的歷險帶著能為同胞造福的力量回來」。[70]最後田村卡夫卡決定返回家鄉，正是「英雄歸來」的現代演繹。在這種變與不變的映照之下，《海邊的卡夫卡》以其卓越的敘事手法提供給我們更多值得玩味的內容，必會引發更深入的思考。

（拙稿在黎活仁教授指導下寫成，謹在此致以萬分謝意。）

---

and the Music of Words），馮濤譯（南京：南京大學出版社，2012）267-69。
[70] 坎貝爾　20。

參考文獻目錄

AN

安藤禮二（ANDŌ, Reiji）.〈時間の消滅──村上春樹の三〇年〉,《Eureka》
　　42.15（2011，総特集 村上春樹──《1Q84》へ至るまで、そしてこ
　　れから……）：29-35。

DA

大澤真幸（ŌSAWA, Masachi）.〈並行世界の並行世界〉,《Eureka》42.15
　　（2011，総特集 村上春樹──《1Q84》へ至るまで、そしてこれか
　　ら……）：22-28。

LA

拉葛蘭（Raglan, Fitzroy Richard Somerset Fourth Baron）.《傳統中的英雄》
　　（"The Hero"）,《世界民俗學》（*The Study of Folklore*）,阿蘭·
　　鄧迪斯（Alan Dundes）編,陳建寧、彭海斌譯。上海：上海文化出版
　　社,1990,199-222。

LAI

賴明珠譯.《海邊的卡夫卡》,村上春樹（MURAKAMI Haruki）著。臺北：
　　時報文化出版企業股份有限公司,2003。

LIN

林少華譯.《海邊的卡夫卡》,村上春樹（MURAKAMI Haruki）著。上海：
　　上海譯文出版社,2007。

MEI

梅列金斯,基葉·莫（Meletinskii, Eleazar Moiseevich）.《神話的詩學》（*The
　　Poetics of Myth*）,魏慶征譯。北京：商務印書館,2009。

JIA

加藤典洋（KATŌ, Norihiro）.《文學地図：大江と村上と二十年》。東京：
　　朝日新聞出版，2008。

KAN

坎貝爾，約瑟夫（Campbell, Joseph）.《千面英雄》（*The Hero with a Thousand
　　Faces*），朱侃如譯。北京：金城出版社，2012。

LU

魯賓，傑.（Rubin, Jay）.《洗耳傾聽：村上春樹的世界》（*Haruki Murakami
　　and the Music of Words*），馮濤譯。南京：南京大學出版社，2012。

SHI

什克洛夫斯基（Shklovsky, Viktor）.〈故事和小說的結構〉（"The Construction
　　of the Short Story and of the Novel"），《俄國形式主義文論選》，方
　　珊等譯。北京：三聯書店，1989，11-31。
——.〈情節編構手法與一般風格手法的聯繫〉（"The Relationship between
　　Devices of Plot Construction and General Devices of Style"），《散文理
　　論》（*The Theory of Prose*），劉宗次譯。南昌：百花文藝出版社，1994，
　　24-64，

TIAN

田間泰子（TAMA, Yasuko）.《母性愛という制度：子殺しと中絶のポリ
　　ティクス》。東京：勁草書房，2001。

SUO

索福克勒斯（Sophocles），《俄狄浦斯王》（*Oedipus the King*），羅念生
　　譯。北京：人民文學出版社，1983。

XIAO

小山鉄郎（Koyama, Tetsurō）.〈雨月物語〉,《村上春樹を読みつくす》,
　　東京：講談社，2010，76-84。

小松和彦（KOMATSU, Kazuhiko）.〈禁忌としての性愛──兄と妹をめ
　　ぐる物語──〉,《日本における宗教と文學　創立 10 周年記念國
　　際シンポジウム》。京都：國際日本文化研究センター，1999，65-75。

YA

亞裡斯多德（Aristotélē）.《詩學》（*The Poetics*）,羅念生譯。北京：人
　　民文學出版社，1962。

YU

羽鳥徹哉（HARORI, Tetsuya）.〈超能力の現代的意味（村上春樹──予
　　知する文學特集）──「ねじまき鳥クロニクル」の分析）,《國文
　　學　解釈と教材の研究》（村上春樹──予知する文學特集）40.4
　　（1995）：64-69。。

朱立元.《當代西方文藝理論》。上海：華東師範大學出版社，1997。

Rewriting the Hero Archetype:
Study of Narration in *Kafka on the Shore*

Ermeng ZHAI

Ph.D Candidate, Faculty of Arts, Shaanxi University

Abstract

Kafka on the Shore rewrote the ancient Greek story of killing the father and marrying the mother, which has been generally noticed by researchers. In the view of postmodern, rewriting is an important concept. Postmodern is still an effective way of explaining the implication of this novel though incompletely. This paper mainly discusses how Murakami Haruki rewrote the story of Oedipus and how the story was twisted.

Keywords: Murakami Haruki, *Kafka on the Shore*, Hero Archetype, Puer aeternus, Oedipus Complex

論文評審意見

（一）

1) 該作者對拉葛蘭、什克洛夫斯基的理論及互文性都比較瞭解，將這些理論用於《海邊的卡夫卡》所獲得的觀點非常新穎。
2) 該論文的最大價值在於揭示了村上對傳統俄狄浦斯故事的改寫與創新。
3) 摘要和個別錯字、錯誤需要修改。第四節「空間化敘述」似乎少了第三點「強化理念渲染」。結語部分過於簡單，應該對全文和自己的觀點做出總結。
4) 摘要不能照搬第一段，應該是對全文的總結和概括，建議重寫。
5) 18 頁「日本神話中，天照大神與親妹妹結合」似乎不妥，應該是「伊邪那岐神（イザナギ）和伊邪那美神（イザナミ）親兄妹結合」，生下了天照大神（女神）和月読命（つくよみのみこと、女神）、須佐之男命（スサノオ、男神）。

（二）

1) 該論文就《海邊的卡夫卡》的敘事進行了論證，結論較有創意。
2) 論文具備較完備的論文形格，寫作規範。
3) 論據較為豐富，表現出了較強的分析能力。

（三）

1) 論文論點明確，思路清晰，論證較充分，行文較規範。
2) 文章具有一定的理論色彩，但結合理論分析具體文本過程中有時有不夠深入、為理論而理論之嫌。

《國際村上春樹研究》輯二（2015 年 12 月）237-278。

少年卡夫卡的故事[*]

■翟二猛

作者簡介：

翟二猛（Ermeng ZHAI），河北保定人，陝西師範大學
文學院在讀博士二年級研究生。

論文提要：

為了方便讀閱掌握《海邊卡夫卡》的主要人物情節，本內逐章作了摘
要，並附上台灣譯本和中國譯本的頁碼，供大家檢索。

關鍵詞：《海邊卡夫卡》、人物情節

---

[*]　本故事摘要所依據版本分別是林少華譯本（上海譯文出版社 2007 年 7 月第 1 版）
和賴明珠譯本（臺北時報文化出版企業股份有限公司 2003 年版），下文分別簡稱
「林本」和「賴本（上、下）」。

一、《海邊的卡夫卡》之《叫烏鴉的少年》（《叫做烏鴉的少年》）
   摘要

名叫烏鴉的少年詳細詢問卡夫卡旅行經費的問題，卡夫卡準備的錢並不充足，但應付旅費和短時間内的生活沒有問題；即便已經預知隨後可能遇到經費緊張，卡夫卡也不大在乎，打算到時候再想辦法解決。[林本 P1-2; 2 頁][賴本（上）P5-6; 2 頁]
卡夫卡還未完成義務教育，而且有些靦腆，烏鴉便提醒他現世十分險惡、世事難料，卡夫卡的命運就像不斷改變前進方向的灰塵，但烏鴉仍鼓勵他勇於向命運中的風暴挑戰，做世上最強大的十五歲少年。[林本 P2-4; 3 頁] [賴本（上）P6-10; 5 頁]
烏鴉鼓勵卡夫卡，經過一段旅程，他終將成為世上最為強大的十五歲少年；而旅行歸來，卡夫卡並可能不能完全覺察自身的變化，但他肯定將不再是啓程時的自己。[林本 P4; 1 頁] [賴本（上）P9-10; 2 頁]
十五歲生日的時候，卡夫卡離開家，到遠方陌生的城市，在一家小圖書館落腳過活。[林本 P5; 1 頁] [賴本（上）P10; 1 頁]
回顧起來，卡夫卡的經歷像是進行了戲劇化的設計，但不論在何種意義上，它都是真實的。[林本 P5; 1 頁] [賴本（上）P10; 1 頁]

《海邊的卡夫卡》第 1 章摘要

離開家時，經過反復考量，卡夫卡才決定帶哪些物品；除了現金，所帶的都是必需品，有與姊姊在海邊的合影、父親的手機和珍愛的手錶、隨身聽和幾張唱片、筆和本及其他生活用具，沒有帶太多衣服，因為他不打算去寒冷的地方。[林本 P6-7; 2 頁] [賴本（上）P10-13; 4 頁]
有關與姊姊在海邊的合影的記憶，卡夫卡已經模糊，甚至是個謎，他已不記得一家人去過哪裡，家裡有關母親的照片好似也被父親燒掉了。卡夫卡不願讓父親拿著他與姊姊的合影，所以去哪裡都一定帶在身邊。[林本 P6-7; 2 頁] [賴本（上）P10-12; 3 頁]
卡夫卡所帶物品簡單而實用，既滿足了生活必需，也不至於太過招搖，有些物品在用過之後不需要時丟掉也不至於可惜。[林本 P6-7; 2 頁] [賴本（上）P10-13; 4 頁]
卡夫卡覺得，十五歲生日是最佳的離家出走的時機，早一分嫌早，晚一分嫌晚，於是在生日到來時出走。[林本 P7; 1 頁] [賴本（上）P13; 1 頁]
卡夫卡離家的念頭由來已久，從初中時就開始做思想和身體上的準備，鍛鍊身體，認真上課，去圖書館讀書，刻意避免與父親碰面，隨著日積月累，成績越來越好、知識日益豐富，身體也越來越強健，情緒控制能力也越來越強，甚至變得冷酷麻木。[林本 P7-9; 3 頁] [賴本（上）P13-15; 3 頁]

但卡夫卡畢竟還是個少年，他有時也會陷入思想的混亂和對某種預言的恐懼當中，尤其這預言成為卡夫卡生命的一部分，異常神祕而不可預知，使卡夫卡很容易變得頭腦混亂，甚至冒出殺死父親的念頭。[林本 P9-11; 3 頁] [賴本（上）P15-17; 3 頁]
卡夫卡乘坐最便宜的夜班大巴車去四國島的高松，沒有人注意到他，車上也僅坐滿了三分之一，車廂內非常安靜，卡夫卡睡得很沉；到半夜時來了一場大雨，窗外世界忽明忽暗，光影交錯使得卡夫卡不時醒來。[林本 P11; 1 頁] [賴本（上）P17-18; 2 頁]
卡夫卡將目的地定在其嚮往已久的離東京很遠的四國，在去四國的路上，卡夫卡度過了十五歲生日。[林本 P11; 1 頁] [賴本（上）P17-18; 2 頁]
烏鴉祝福卡夫卡「生日快樂」，卡夫卡卻無喜無悲。[林本 P11; 1 頁] [賴本（上）P18; 1 頁]
預言一直縈繞在卡夫卡心間，輾轉難眠，直到午夜時分恰逢十五歲生日到來，他確認自我的堡壘並未坍塌，才放心地睡去。[林本 P11; 1 頁] [賴本（上）P18; 1 頁]

《海邊的卡夫卡》第 3 章摘要

卡夫卡醒來時，天快亮了，半夜開始下的雨不知何時已經停了，窗外隱隱有光閃過，車裡很多人都沉睡著，卡夫卡吃了點餅乾，喝了些水，便打開讀書燈，讀袖珍本書。[林本 P19-20; 2 頁] [賴本（上）P27-28; 2 頁]
卡夫卡抬手看表，發現已經離家十三個小時。儘管事情並沒有發生明顯改變，十五歲生日仍沒有過去，但人生畢竟已翻開了新的一頁。[林本 P19; 1 頁] [賴本（上）P27-28; 2 頁]
凌晨五點多，長途汽車悄無聲息駛下高速公路，停靠在在一個服務站，卡夫卡走出汽車休息時結識了一個年輕女性，給他親人般的親切感。[林本 P20; 1 頁] [賴本（上）P28-29; 2 頁]
這個年輕女人身材比較性感，卻帶有某種孩子般的氣質，讓卡夫卡覺得自然。[林本 P20; 1 頁] [賴本（上）P28-29; 2 頁]
卡夫卡不大愛說話，兩人聊天時基本上是年輕女人問一句他答一句。年輕女人有一個與卡夫卡同齡的弟弟，卡夫卡則有一個與她同齡的姊姊，二人同樣前往高松，卡夫卡便答應她作旅途中的伴侶。[林本 P20-24; 5 頁] [賴本（上）P29-33; 5 頁]
休息大約半小時後，二人返回車內，所有乘客已經就緒，約一個小時後就將到達目的地高松。[林本 P21-22; 2 頁] [賴本（上）P30; 1 頁]
年輕女人對卡夫卡印象很好，感覺他氣質很像電視裡出現的一個樂隊歌手。[林本 P21-22; 2 頁] [賴本（上）P30; 1 頁]
上車後不久，年輕女人沉沉地睡去，卡夫卡細細觀察她，不由得想像她的裸體，更想觸摸她精緻光滑的手，終於忍住沒有碰。[林本 P24-25; 2 頁] [賴本（上）P33-35; 3 頁]
卡夫卡起了性慾，陰莖堅硬地勃起，卻還不明白為何只有那一部分變硬。[林本 P24; 1 頁] [賴本（上）P33-34; 2 頁]

卡夫卡覺得，他就是年輕女人的弟弟，這件事自然而然、合情合理。[林本 P24-25; 2 頁] [賴本（上）P34; 1 頁]
卡夫卡又看了一會兒書，以及窗外的景色，不久悄然睡去。[林本 P25; 1 頁] [賴本（上）P35; 1 頁]

《海邊的卡夫卡》第 5 章摘要

長途汽車路過瀨戶內海大橋時，卡夫卡仍在睡著，錯過了看橋。[林本 P33; 1 頁] [賴本（上）P45; 1 頁]
卡夫卡被同伴叫醒，迎著清晨燦爛的陽光，他們到達目的地高松；陽光閃耀而又柔和，與東京的陽光不同。（太陽初升）[林本 P33; 1 頁] [賴本（上）P45-47; 3 頁]
坐了一夜汽車，卡夫卡與同伴都疲憊不堪。[林本 P33; 1 頁] [賴本（上）P45; 1 頁]
二人互通姓名；櫻花更加珍惜與卡夫卡相遇的緣分，將自己的聯繫方式寫在紙條上交給卡夫卡，告訴他有事時可以聯絡。[林本 P33-34; 2 頁] [賴本（上）P45-46; 2 頁]
雖然不得不與櫻花暫別，雖然「櫻花」也不是姊姊的名字，但卡夫卡始終覺得她就是自己的姊姊，因為名字並不重要，可以隨意更改，就像「卡夫卡」這個名字並不是他的本名。[林本 P34; 1 頁] [賴本（上）P46-47; 2 頁]
卡夫卡來到提前預定的一家費用低廉的賓館，儘管經濟緊張，但暫時不用發愁，安頓下來再做打算。[林本 P34-35; 2 頁] [賴本（上）P47; 1 頁]
卡夫卡進入完全陌生的環境，卻備感自由輕鬆。[林本 P35; 1 頁] [賴本（上）P47; 1 頁]
為打發多餘時間，卡夫卡自小就常進圖書館，在圖書館感覺像家一樣溫馨、安寧，於是已經提前查詢好高松市的圖書館資訊。這裡有一家世代經營的私立圖書館，叫做「甲村紀念圖書館」。[林本 P35-36; 2 頁] [賴本（上）P48-49; 2 頁]
卡夫卡決定去甲村圖書館，便去旅遊服務部門詢問到去圖書館的交通路線。[林本 P36; 1 頁] [賴本（上）P49; 1 頁]
卡夫卡乘坐電車去圖書館，一路欣賞不同於東京的城鎮和自然風光，而車外時有穿校服的中學生走過，不由得神遊其外，深刻感受到命運的無常，但依然孤勇前行。[林本 P36-37; 2 頁] [賴本（上）P49; 1 頁]
卡夫卡初入甲村圖書館，獲准可以在館內自由閱讀。[林本 P37-38; 2 頁] [賴本（上）P48-51; 4 頁]
卡夫卡看到，甲村圖書館設計得古香古色，而其所藏圖書以特殊的專業書籍為主，由甲村家族世代經營。[林本 P38-39; 2 頁] [賴本（上）P51-52; 2 頁]
卡夫卡結識了圖書館管理員大島，在其指引下初步瞭解甲村圖書館。[林本 P38-41; 4 頁] [賴本（上）P51-55; 5 頁]
卡夫卡得知，圖書館現在的負責人是一位叫「佐伯」的女士，是甲村家的親戚。[林本 P39; 1 頁] [賴本（上）P53; 1 頁]

卡夫卡隨後徜徉於寬敞的書庫中，心情愉悅，精心挑選出巴頓版的《一千零一夜》閱讀。[林本 P39-40; 2 頁] [賴本（上）P53-54; 2 頁]
卡夫卡意識到圖書館就是他長期在尋找的目的地，這裡讓他感覺安詳靜謐、十分美妙。[林本 P40; 1 頁] [賴本（上）P53; 1 頁]
午飯時間，卡夫卡在圖書館走廊裡吃自帶食物，漫無目的地看著，此時不斷有各種鳥兒飛過，一隻褐色貓閒適自得，不顧任何鳥兒自顧自地曬著太陽。[林本 P40; 1 頁] [賴本（上）P54; 1 頁]
再次回到閱覽室後，大島與卡夫卡閒談。大島提出遠古神話中有三種人的問題，引發卡夫卡深思，不再能集中注意力讀書。[林本 P41; 1 頁] [賴本（上）P55; 1 頁]
在圖書館遇到中年佐伯，她氣質高雅而又安詳，給卡夫卡一種親切溫馨的母親般的感覺，卡夫卡越發確認她就是自己的母親。[林本 P41-42; 2 頁] [賴本（上）P56; 1 頁]
當天恰逢星期二，按圖書館慣例，由佐伯做嚮導參觀圖書館；佐伯導引卡夫卡瞭解甲村圖書館的歷史和現狀以及日常的運營管理情況。[林本 P42-45; 4 頁] [賴本（上）P56-59; 4 頁]
參觀結束前，佐伯與卡夫卡有一次簡短交談，卡夫卡有些羞澀。佐伯的背影都顯得自然而優雅，卡夫卡試圖去捕捉其中透露出的資訊。[林本 P44; 1 頁] [賴本（上）P59; 1 頁]
下午五點圖書館閉館，卡夫卡向大島詢問了圖書館作息安排，方便下次來圖書館。[林本 P45; 1 頁] [賴本（上）P60-61; 2 頁]
卡夫卡返回賓館，準備夜宵、在賓館登記，一如往常；對於孤獨還不太習慣的卡夫卡不由得回憶起離家以來的經歷和遇到的每一個人，情況還不算壞。[林本 P45-47; 3 頁] [賴本（上）P59-63; 5 頁]
卡夫卡突然關心父親對其出走的反應，使用父親的手機給家裡打了電話，發現手機仍然暢通，說明父親那邊並沒有什麼異常。[林本 P45-47; 3 頁] [賴本（上）P59-63; 5 頁]

《海邊的卡夫卡》第 7 章摘要

由於經費緊張，卡夫卡早餐只能吃賓館提供的食物，這包含在房費內，但不能填飽肚子，烏鴉提醒他必須忍耐，鼓勵他採取適當的措施以解決目前的困境，因為卡夫卡是世上最強大的十五歲少年。[林本 P57; 1 頁] [賴本（上）P76-77; 2 頁]
卡夫卡來到賓館服務處，跟賓館交涉，申請給予他適當的優惠。憑藉外在的良好形象，卡夫卡得到了較為滿意的答覆。[林本 P58; 1 頁] [賴本（上）P77-78; 2 頁]
卡夫卡查詢到公營體育館的詳細資訊，於是到那裡鍛鍊身體，一邊聽音樂，一邊做循環動作，隨後仔細地清洗了一遍身體，包括陰莖、睪丸、腋下和肛門。[林本 P58-59; 2 頁] [賴本（上）P78-79; 2 頁]

坐公車返回車站後，卡夫卡走進熟悉的麵館，邊吃飯邊觀察窗外喧鬧的街景，引發卡夫卡思考生存的意義。(ps.賴本(上)增加了烏鴉對卡夫卡的鼓勵性話語)[林本 P59-60; 2 頁] [賴本（上）79-80; 2 頁]
這天中午，卡夫卡來圖書館讀書，繼續閱讀巴頓版《一千零一夜》，並與大島討論弗蘭茨‧卡夫卡的小說，思索人生的存在狀態，進入一種沉醉的狀態。[林本 P60-62; 3 頁] [賴本（上）P80-83; 4 頁]
在圖書館吃午飯吃到一半時，賓館女服務員打來電話，確認了卡夫卡的資訊，同意了他的住宿優惠申請，卡夫卡暫時鬆了口氣，同時也為自己撒謊感到愧疚，但為生活所迫，也不得不有所妥協。[林本 P61; 1 頁] [賴本（上）P81; 1 頁]
接完電話，卡夫卡與大島交流有關卡夫卡小說的閱讀體驗。[林本 P61-62; 2 頁] [賴本（上）P81-83; 3 頁]
大島得知卡夫卡每天都要來圖書館讀書，便送給他一份往返電車時刻表影本，以方便卡夫卡來往。[林本 P62-63; 2 頁] [賴本（上）P83-84; 2 頁]
大島詢問卡夫卡將來作何打算，卡夫卡坦誠相告，暫時想一個人孤單走下去。[林本 P63; 1 頁] [賴本（上）P84-85; 2 頁]
早上六點半被鬧鐘叫醒，接著吃賓館早餐，偶爾與女服務員搭訕，白天去體育館鍛鍊、在圖書館讀書、吃車站餐館的烏冬面，晚上回到賓館，偶爾手淫，卡夫卡這種一成不變的平淡生活持續了七天。[林本 P63-64; 2 頁] [賴本（上）P84-86; 3 頁]
卡夫卡預知這種平淡的生活一定會發生變化。[林本 P64; 1 頁] [賴本（上）P85-86; 2 頁]

《海邊的卡夫卡》第 9 章摘要

在一個天空異常明亮的夜晚，卡夫卡慢慢恢復知覺，醒來時驚異地發現自己躺在一個神社大殿後的小樹林裡，渾身酸痛，T 恤衫沾染大塊血跡，昏迷之前的記憶卻所剩無幾。[林本 P73-76; 4 頁] [賴本（上）P97-101; 5 頁]
背囊短暫的消失，帶給卡夫卡強烈的恐慌感。[林本 P73-74; 2 頁] [賴本（上）P97-99; 3 頁]
很久之後，卡夫卡才找回斷片的記憶，他艱難地抬手看看手錶，確認當時是 5 月 28 日 23 點 26 分，昏迷了四個小時，也即身體失控了四個小時。[林本 P73-74; 2 頁] [賴本（上）P97-98; 2 頁]
卡夫卡內心非常恐懼，茫然失措，想要逃離，直到發現背囊及裡面的東西失而復得後，才稍稍心安了些。隨後他順著亮光來到神社，為不引起人注意，他在神社衛生間內用力清洗身上的血跡。[林本 P74-75; 2 頁] [賴本（上）P99-100; 2 頁]
烏鴉勸慰卡夫卡要自信地做最強大的十五歲少年，並鼓勵他儘快做該做的事、去該去的地方；經此勸慰，卡夫卡方才長舒一口氣、定下心來。[林本 P75-76; 2 頁] [賴本（上）P100-101; 2 頁]

已至深夜，卡夫卡無處可去，無以打發時間，便與櫻花取得聯繫，獲准前往，坐計程車到櫻花住處。[林本 P76-78; 3 頁] [賴本（上）P101-103; 3 頁]

卡夫卡與櫻花互訴出走的初衷與出走後的經歷，二人因為一些經歷相仿，聽得都很認真，直至夜深。[林本 P78-80; 3 頁] [賴本（上）P103-106; 4 頁]

《海邊的卡夫卡》第 11 章摘要

卡夫卡將自十五歲生日以來出走的經歷，包括莫名滿身血污地出現在神社大殿旁的草地上，都告訴了櫻花，但仍有所保留，有意隱瞞了一些自以為重要的事。[林本 P92; 1 頁] [賴本（上）P121; 1 頁]

卡夫卡告訴櫻花，母親在他四歲時帶著姊姊離家出走，隨後拿出與姊姊在海邊的合影給櫻花看。[林本 P92; 1 頁] [賴本（上）P121; 1 頁]

櫻花略作沉默，旋即推測卡夫卡與其父親合不來，面對詢問，卡夫卡不置可否。[林本 P92-93; 2 頁] [賴本（上）P121-122; 2 頁]

卡夫卡告訴櫻花，自己以前也有過時常失去知覺、身體失控的情況，甚至動手打人；而這次情況更加嚴峻，完全失掉了記憶，他甚至絲毫不知道怎樣失去的知覺以及做過什麼。[林本 P93; 1 頁] [賴本（上）P122; 1 頁]

櫻花幫助卡夫卡處理衣服和身上的血跡，給他換上一件印有鯨魚尾巴的 T 恤，接著幫他按摩放鬆。[林本 P93-94; 2 頁] [賴本（上）P122-124; 3 頁]

卡夫卡對自己失憶幾個小時期間可能做出的事情感到非常害怕，尋求櫻花的安慰。[林本 P93; 1 頁] [賴本（上）P124-125; 2 頁]

卡夫卡告訴櫻花，他與親生父母不合，母親無緣由地帶著姊姊離開了家庭，卡夫卡離家出走便再無所依靠。[林本 P95-96; 2 頁] [賴本（上）P125-127; 3 頁]

櫻花有一隻印有芬蘭童話主人公圖像的咖啡杯，用它喝著熱騰騰的咖啡；沉默了一會兒，詢問卡夫卡有無可投靠的親人，卡夫卡說沒有，只剩自己一個人。[林本 P96; 1 頁] [賴本（上）P126; 1 頁]

聽聞卡夫卡一家的變故，櫻花半開玩笑地說卡夫卡的父親簡直是外星人，而卡夫卡無以應對，只好沉默。[林本 P96; 1 頁] [賴本（上）P126; 1 頁]

櫻花與卡夫卡打算各自睡去，卡夫卡卻難以入睡，鑽進櫻花被窩想與她做愛，櫻花不同意，只好半妥協地用她天生靈巧的手替卡夫卡手淫以幫他緩解身心負擔，卡夫卡非常享受，不久便暢快地射精。[林本 P97-100; 4 頁] [賴本（上）P127-131; 5 頁]

手淫時，櫻花不允許卡夫卡碰她的身體，但允許他想像自己的裸體，因為想像的事也難以控制。[林本 P98-99; 2 頁] [賴本（上）P129-130; 2 頁]

早上醒來，櫻花已經出門去忙了。卡夫卡看到櫻花的留言，確認最近並沒有流血事件的新聞報導，暫時放下了懸著的心，但還是決定離開櫻花住處和賓館。[林本 P100-102; 3 頁] [賴本（上）P132-135; 4 頁]

卡夫卡真正沒了安身之處，不知去向哪裡，成了無根漂泊的浮萍。[林本 P102; 1 頁] [賴本（上）P135; 1 頁]
卡夫卡做出去甲村圖書館的決定，離開櫻花和賓館，卡夫卡隱隱覺得，去圖書館，恰如命運在召喚一般。[林本 P102; 1 頁] [賴本（上）P135; 1 頁]

《海邊的卡夫卡》第 13 章摘要

這一天圖書館只有卡夫卡一個讀者，大島便來與卡夫卡共進午餐，分了一半三明治給卡夫卡，並勸導卡夫卡不要節食，保證補給身體所需的營養。[林本 P112; 1 頁] [賴本（上）P147-148; 2 頁]
飯後，雨停了，但天空仍比較昏暗；大島詢問卡夫卡最近讀書的情況，隨後二人討論共同喜歡的夏目漱石的作品，但卡夫卡積累不足，尚不足以應對大島的深刻追問。[林本 P112-114; 3 頁] [賴本（上）P148-150; 3 頁]
在大島的啓發下和烏鴉的幫助下，借討論夏目漱石作品的機會，卡夫卡對於生死的思考更為深入，得到了大島的鼓勵與肯定。[林本 P113-114; 2 頁] [賴本（上）P149-150; 2 頁]
無處安身的卡夫卡請求管理員大島的幫助，大島建議卡夫卡留在圖書館內幫工。卡夫卡擔心在伯不接受自己，於是在徵得在伯同意前，大島決定暫且帶卡夫卡去遠處某個地方。[林本 P114-116; 3 頁] [賴本（上）P150-152; 3 頁]
太陽下山前，卡夫卡背上行囊坐上大島的車去遠方，車開得很快。[林本 P116-117; 2 頁] [賴本（上）P153-154; 2 頁]
卡夫卡得知大島患有一種叫做「血友病」的怪病，生活中有諸多不便。[林本 P117-118; 2 頁] [賴本（上）P154-155; 2 頁]
從高速路服務站吃過晚餐後，大島與卡夫卡一邊開車，一邊探討舒伯特的音樂。大島認為舒伯特的音樂是向命運挑戰的，旋律簡單，但反而顯得高深，只有經過專業訓練才能理解，這音樂探討的是深層的生存與孤獨問題，只能意會不可言傳。[林本 P118-122; 5 頁] [賴本（上）P155-160; 6 頁]
駛下高速路後，二人在路口小鎮採購了一些生活必需品。[林本 P122; 1 頁] [賴本（上）P160; 1 頁]
天色日深，路旁人煙越發稀少，越發顯得危險，直到天色很晚，大島才載著卡夫卡駛入森林。[林本 P122-123; 2 頁] [賴本（上）P160-161; 2 頁]
大島簡要介紹了林中小屋的情況，並提議日後讓哥哥教卡夫卡學衝浪。[林本 P122-123; 2 頁] [賴本（上）P161; 1 頁]
大島將卡夫卡妥善安置在林中小屋內，這裡用具齊全，忠告卡夫卡最好不要進入森林深處，卡夫卡牢牢記住這個忠告。[林本 P123-125; 3 頁] [賴本（上）P162-165; 4 頁]
卡夫卡覺得，遠離密集的人群到安靜的地方獨處，對於人生也是一種有益的鍛鍊。[林本 P124; 1 頁] [賴本（上）P163-164; 2 頁]

《海邊的卡夫卡》第15章摘要

大島離去後，獨自留在林中小屋的卡夫卡疲憊不堪，但意識卻無比清醒，被黑暗與恐懼包圍，而且總有一種被人監視的感覺。 [林本 P138-139; 2 頁] [賴本（上）P182-184; 3 頁]
烏鴉辛辣嘲諷卡夫卡，才點醒他，使他進入一種超驗的狀態，想起大島所說，孤獨的種類多樣，就像生命中該有的考驗一般，只有用心接受考驗适才安寧。[林本 P139; 1 頁] [賴本（上）P183; 1 頁]
早晨伴隨著群鳥清脆的叫聲，卡夫卡醒來，四圍被金光燦燦的**晨輝**籠罩。因為晨光的普照，森林裡出現一束束光柱，安寧美好，卡夫卡沉浸於其中。[林本 P139-140; 2 頁] [賴本（上）P184; 1 頁]
早飯之後，卡夫卡從大島駁雜的書架中抽出審判阿道夫・艾希曼的書，伴隨著樹林裡群鳥的歡叫聲認真閱讀，並由此思考人類的責任與夢想的問題。[林本 P140-142; 3 頁] [賴本（上）P185-187; 3 頁]
書看得久了，卡夫卡決定活動活動身體，打水、曬衣服，隨後安靜下來，記日記，細心整理自己幾天來的記憶，莫名在神社外醒來、滿身血污、在櫻花住處安宿、櫻花替他手淫，種種映射一一閃過。[林本 P142; 1 頁] [賴本（上）P187; 1 頁]
午後，卡夫卡試著進入森林深處，因為記得大島的提醒和對森林未知生物的敬畏，並沒有走出多遠，而且越發感受到森林所暗藏的危險，他試圖忘掉恐懼，但森林生物的旺盛和未知的危險是顯見的，於是他只好返回小屋。[林本 P142-144; 3 頁] [賴本（上）P187-189; 3 頁]
為保證體魄健壯，卡夫卡習慣性地做了一套簡單的運動，隨後晚餐。[林本 P144; 1 頁] [賴本（上）P189-190; 2 頁]
晚飯後，卡夫卡觀賞漫天星辰，星光耀人，照亮世間的一切。[林本 P144; 1 頁] [賴本（上）P190; 1 頁]
卡夫卡隨後陷於沉思，人世有太多無奈也有太多未知，然而思考而不得，便點燈繼續看書，藉著艾希曼的遭際而展開遐想。[林本 P144-145; 2 頁] [賴本（上）P189-191; 3 頁]
卡夫卡慢慢地習慣了孤獨與黑暗，隨後在**貓頭鷹**的叫聲中沉入夢中。[林本 P145; 1 頁] [賴本（上）P190-191; 2 頁]
卡夫卡再一次在鳥叫聲中醒來，帶上指南針再次進入森林，比前日所到之處更進一步，到達一塊圓形空地，神祕感和孤獨感蕩然無存，體悟到陽光與生存的可貴，隨後原路返回。[林本 P45-146; 2 頁] [賴本（上）P192-193; 2 頁]
午後，一場大雨不期而至，卡夫卡赤身裸體地跑出去，任雨水盡情沖洗自己，貪婪地喝著雨水。在真實的大自然面前，他感覺受到了絕對公正的待遇，似乎被解放了一般。[林本 P146-147; 2 頁] [賴本（上）P193-194; 2 頁]

不久，卡夫卡返回小屋，擦乾身體，凝視著自己的生殖器官，思索大島為何將特殊人的身分告訴自己，試圖挖掘其深意。[林本 P147; 1 頁] [賴本（上）P135; 1 頁]

卡夫卡想保持頭腦清醒，於是沒有手淫，隨後躺在床上聽音樂，但隨身聽電池很快就沒電了，便索性在黑暗與沉寂中思索，但還是擋不住對於莫名預言的恐懼。[林本 P147; 1 頁] [賴本（上）P135; 1 頁]

《海邊的卡夫卡》第 17 章摘要

在小屋生活三天後，卡夫卡習慣了安靜與黑夜，也不再懼怕森林的神祕，多次躺在林中圓形空地沐浴日光、仰望星空，神遊其外；也不再依賴隨身聽而開始領略自然天籟之音，習慣了人生與自然的有常和無常，變得日益淡然，恍若與自然融為一體。[林本 P161-162; 2 頁] [賴本（上）P211-213; 3 頁]

下過幾次大雨，每逢下雨，卡夫卡都脫得精光，跑到室外，任雨水沖洗；若逢晴天，就做做運動鍛鍊身體，流一身汗後便在室外享受裸體日光浴。[林本 P162; 1 頁] [賴本（上）P213; 1 頁]

其餘時間，卡夫卡就閱讀大島書架上的書，閱讀歷史、科學、民俗學、神話學、神話學、心理學等等相關書籍，也閱讀莎士比亞的作品。[林本 P162; 1 頁] [賴本（上）P213; 1 頁]

卡夫卡覺得小屋中的生活安詳得過於完美，來得太早。[林本 P162; 1 頁] [賴本（上）P213; 1 頁]

第四天上午，在卡夫卡裸身享受日光浴時，大島來到小屋，卡夫卡有些難為情而慌作一團，大島忙做勸慰。[林本 P162-163; 2 頁] [賴本（上）P213-214; 2 頁]

除嘗試進入森林深處的事外，卡夫卡將三天來在此處的生活情形都告訴了大島。[林本 P163; 1 頁] [賴本（上）P214; 1 頁]

大島決定帶卡夫卡返回城裡回到圖書館，很快便幫著清潔好了小屋、整理好了物品。[林本 P163; 1 頁] [賴本（上）P214; 1 頁]

離開小屋和森林，卡夫卡有些許不捨，頓生一種虛無感，暫時陷入遐想中。[林本 P163-164; 2 頁] [賴本（上）P214-215; 2 頁]

大島打破二人的沉默，他認為這種孤單的生活固然很妙，但比較艱難，而大自然在一定程度上已經人化，帶有一定的危險性，所以應該返回人世間繼續歷練。[林本 P164-165; 2 頁] [賴本（上）P215-217; 3 頁]

大島看出來，卡夫卡出走是在追求而同時又躲避著什麼，追求而不可得、躲避而不如願，就像希臘悲劇，充滿了命運的有常與無常，對此，卡夫卡表示認同，並引發深思。[林本 P164-166; 3 頁] [賴本（上）P215-217; 3 頁]

大島直言自己沒有預知能力，打消了卡夫卡的這一疑慮。[林本 P166; 1 頁] [賴本（上）P217-218; 2 頁]

大島告知卡夫卡將成為甲村圖書館的一員，工作之餘可以隨意閱讀館藏圖書。[林本 P166-167; 2 頁] [賴本（上）P218-219; 2 頁]
汽車駛過城鎮、進入鬧區，人煙開始繁華起來，對於小屋的靜寂的記憶開始褪去，現代化的事物撲面而來，卡夫卡又回到了現世。[林本 P167; 1 頁] [賴本（上）P219; 1 頁]
在進入圖書館之前，大島向卡夫卡詳細介紹佐伯經歷，以便卡夫卡瞭解，方便日後相處。[林本 P167-174; 8 頁] [賴本（上）P219-228; 10 頁]
佐伯年輕時有一個完美的戀人，戀人便是她終生所要尋找的另一半，二人從一出世便走到一起，青梅竹馬，直到大學時二人才第一次分別，不久，佐伯作了一首詩《海邊的卡夫卡》，譜曲後風靡全國。[林本 P167-170; 4 頁] [賴本（上）P219-223; 5 頁]
二十歲時，佐伯因為戀人的非正常死亡而失蹤，人生也停止在二十歲，把自己封閉在狹小的世界裡；五年後突然返回她戀人的家鄉，料理其祖上創辦的甲村圖書館至今，但仍然幾乎不跟他人來往。[林本 P170-174; 5 頁] [賴本（上）P223-228; 6 頁]
大島提醒卡夫卡注意，佐伯有某種心病，然而不可言說，提請卡夫卡敬重佐伯。[林本 P173-174; 2 頁] [賴本（上）P227-228; 2 頁]

《海邊的卡夫卡》第 19 章摘要

大島將卡夫卡安置在圖書館客房內並幫忙佈置一應生活用具。[林本 P183-184; 2 頁] [賴本（上）P240-241; 2 頁]
卡夫卡發現客房牆上掛著一小幅油畫，畫的是海邊的一個十二三歲的少年；卡夫卡凝視油畫，感覺畫中少年就是佐伯當年的戀人。[林本 P184-185; 2 頁] [賴本（上）P241-242; 2 頁]
次日早晨，大島向卡夫卡交代圖書館工作流程並對其簡要指導，面對新角色，卡夫卡還有些忐忑，大島打消了他的顧慮，隨後各自開始在圖書館的日常生活。 [林本 P185-186; 2 頁] [賴本（上）P242-243; 2 頁]
中午，兩位女權主義者以讀者身分來到圖書館，就圖書館管理和服務展開調查並略嫌傲慢地提出質疑，面對她們的質疑，大島從容應對並就有關女權問題展開了一番辯論，兩位女權主義者論辯不過大島，失意而去。[林本 P186-193; 8 頁] [賴本（上）P243-252; 10 頁]
卡夫卡從大島與兩位女權主義者的辯論中得知，大島是一個非常特別的人，精神上是男性，肉體上是女性，但乳房不大、沒有月經、也沒有男性生殖器官。[林本 P191-194; 4 頁] [賴本（上）P250-253; 4 頁]
面對卡夫卡的好奇，大島告訴他一體雙性的狀況不足以困擾自己，他也無視別人的歧視，只是難以忍受像那兩位女權主義者般缺乏想像而空虛的人和固有的原則。[林本 P194-195; 2 頁] [賴本（上）P253-255; 3 頁]

卡夫卡得知，大島在盡力堅守著自我，抵禦著狹隘、苛刻、僵化、空洞對圖書館的襲擾。[林本 P195; 1 頁] [賴本（上）P255; 1 頁]

《海邊的卡夫卡》第 21 章摘要

卡夫卡從報紙中看到，父親死於非命，書房地板上血流成河，而自己的出走也被警方定性為失蹤。[林本 P209-210; 2 頁] [賴本（上）P274-275; 2 頁]

父親死的那天正好是卡夫卡衣衫占滿血跡的同一天，卡夫卡懷疑自己殺了父親，但又嘴硬堅稱沒有殺人。[林本 P210-211; 2 頁] [賴本（上）P275-277; 3 頁]

卡夫卡不打算回家料理父親喪事，也不準備跟任何人解釋，對父親的死反而並不感到驚訝和悲傷，甚至有一種願望成真的感覺。[林本 P211-212; 2 頁] [賴本（上）P277-278; 2 頁]

卡夫卡覺得從父親那裡繼承的只有遺傳基因，悲劇就像註定了似的無可逃避。[林本 P212; 1 頁] [賴本（上）P278; 1 頁]

卡夫卡因父親的死和自己的出走而感到生命的脆弱和無常。大島勸導卡夫卡，萬事萬物都是反諷和隱喻，卡夫卡的遭際只是自己本應走的路上的插曲，正如希臘悲劇一般，但他堅信卡夫卡有這種化險為夷的力量。[林本 P212-214; 3 頁] [賴本（上）P278-280; 3 頁]

報紙報導的天降活魚和螞蟥等靈異事件刺激卡夫卡想起了父親給他的詛咒，按此詛咒，他要親手殺死父親、與母親交合，與俄狄浦斯神話相比，多了一點：與他的姊姊交合；同樣地，父親告訴他，無論怎麼努力，都無法逃出詛咒的判定，這一預言就跟卡夫卡的遺傳基因似的難以更改。[林本 P214-216; 3 頁] [賴本（上）P280-283; 4 頁]

卡夫卡始終想不明白，父親為何告訴他這一殘酷的預言。[林本 P216; 1 頁] [賴本（上）P283-284; 2 頁]

卡夫卡告訴大島，因為父親有卓越的才華，使他感覺周圍所有事物都是變形的，儘管他創作了一些傑作，卻有意無意用其負面之劍斫傷了身邊的人。[林本 P216-217; 2 頁] [賴本（上）P283-285; 3 頁]

因為父親的死和父親的詛咒，卡夫卡開始感到自己的出生就是一個錯誤，因而也增強了自己確實殺死了親生父親的負疚感；大島的勸慰也只在科學和法律意義上證明卡夫卡沒有殺父，並不足以從心理和情感上開脫卡夫卡殺父的罪責。[林本 P216-218; 3 頁] [賴本（上）P283-286; 4 頁]

葉芝（葉慈）的一句詩啟示卡夫卡，睡夢中同樣有責任，而卡夫卡很有可能在夢中殺死了自己的父親。[林本 P217-218; 2 頁] [賴本（上）P285-286; 2 頁]

卡夫卡出走到四國的原因便是為了努力逃出父親的詛咒，但父親的死破滅了這個美夢。[林本 P218-219; 2 頁] [賴本（上）P286-287; 2 頁]

大島非常理解卡夫卡的遭際，給了他一個緊緊的擁抱，細心勸慰卡夫卡。[林本 P218-219; 2 頁] [賴本（上）P286-287; 2 頁]

卡夫卡拒絕了大島的好意，一個人靜靜思索近來發生的一切；當夜，他夢見了幽靈。
[林本 P219; 1 頁] [賴本（上）P287; 1 頁]

《海邊的卡夫卡》第 23 章摘要

當夜月光如洗，卡夫卡突然驚醒，目睹一個純美少女幽靈的降臨，少女與他年齡相仿，凝神而坐，注視掛油畫的牆壁、注視卡夫卡。少女的美喚醒了卡夫卡的哀痛的感覺。
[林本 P233-235; 3 頁] [賴本（上）P304-306; 3 頁]

卡夫卡躺在床上不敢移動，不想破壞這種寧靜，彷彿死去一般。[林本 P234; 1 頁] [賴本（上）P305-306; 2 頁]

少女幽靈毫無徵兆地離去後，卡夫卡仍久久沉迷於對少女的懷想，這隨後彷彿化作心中的一股力量。[林本 P234-235; 2 頁] [賴本（上）P305-306; 2 頁]

卡夫卡索性開燈坐起來，但什麼也做不成，乾瞪眼等待早晨的來臨，天將亮時才睡了一會兒，醒來時發現枕頭已經被浸濕，已想不出睡夢中為何流淚。[林本 P235; 1 頁] [賴本（上）P306; 1 頁]

早上，生活重新就緒，卡夫卡按大島所教，調製好咖啡。[林本 P235; 1 頁] [賴本（上）P307; 1 頁]

卡夫卡請大島幫忙找佐伯所做〈海邊的卡夫卡〉的唱片，大島提醒他不能在佐伯面前聽此唱片。[林本 P235-237; 3 頁] [賴本（上）P307-309; 3 頁]

卡夫卡與大島在倉庫裡用老唱機聽音樂，唱機閒置多年居然仍能夠順暢工作，二人不由得讚歎工業技術的精熟。[林本 P235-237; 3 頁] [賴本（上）P307-309; 3 頁]

卡夫卡將遇到幽靈的事告知大島，詢問圖書館是否有同齡的女孩兒；大島說幽靈可能是因欲望產生的幻象，而世間可能發生更多不可思議的事，不必奇怪。[林本 P237-238; 2 頁] [賴本（上）P309-310; 2 頁]

中午休息時，大島便將唱片〈海邊的卡夫卡〉交給卡夫卡，唱片竟保存得很好、很新，封面印有佐伯十九歲時的照片，照片也似一種隱喻，指向某種永恆的意義。[林本 P238-239; 2 頁] [賴本（上）P310-312; 3 頁]

卡夫卡念念不忘少女幽靈，進而思考並與大島深入探討有關幽靈的問題；據《源氏物語》所載，人可以成為活著的幽靈，在一定情況下可以逐心所願自由活動，而活靈源自內心的陰暗，只有捨掉生命才能化靈。[林本 P239-243; 5 頁] [賴本（上）P310-317; 8 頁]

閉館前，佐伯簡單詢問了卡夫卡幾句日常事務，而卡夫卡顯得神情慌張，彷彿內心不可告人的隱秘心思被看透一般。[林本 P240; 1 頁] [賴本（上）P313; 1 頁]

大島看出來，卡夫卡似乎在與某一個人相戀。[林本 P240; 1 頁] [賴本（上）P313; 1 頁]

大島走後，卡夫卡一遍遍細細品味唱片〈海邊的卡夫卡〉，思索其何以曾經那麼暢銷，並試圖解讀歌詞與旋律所包含的深意。卡夫卡以為，唱片旋律出色，有兩個特異的和音增光添彩，開始慢慢領悟唱片的意蘊。[林本 P243-245; 3 頁] [賴本（上）P317-321; 5 頁]

卡夫卡堅信少女佐伯是將唱片獻給自己和愛人的，堅信唱片所唱的〈海邊的卡夫卡〉就是圖書館客房牆壁油畫中的少年，並推測油畫少年的孤獨的內心世界對應著卡夫卡的小說世界，而"海邊的卡夫卡"的意蘊便是一個孤獨地遊移於海邊的靈魂。[林本 P245-246; 2 頁] [賴本（上）P319-321; 3 頁]

然而隱喻太多，卡夫卡終於還是沒能撥開暗示性的迷霧。[林本 P246-247; 2 頁] [賴本（上）P321-322; 2 頁]

天色漸暗，卡夫卡又重新閱讀《源氏物語》至晚間十點方才準備入睡，期待少女佐伯的幽靈的再現。[林本 P247; 1 頁] [賴本（上）P322; 1 頁]

《海邊的卡夫卡》第 25 章摘要

在滿懷期待、輾轉反側中，到了夜裡三點，少女佐伯的幽靈再次出現，只凝視牆上的油畫，這次逗留時間較短。卡夫卡在他們之間找到了一個共同點：都在思戀逝去的人。[林本 P258-259; 2 頁] [賴本（下）P019-020; 2 頁]

儘管身體疲憊至極，但卡夫卡並不想睡，天將亮未亮，伴著鳥鳴聲，卡夫卡徹底醒來。[林本 P259; 1 頁] [賴本（下）P020; 1 頁]

寧靜的清晨，卡夫卡獨自在海岸邊行走，不禁想起客房牆上的油畫，想起畫中的少年，妒意油然而生，嫉妒他曾得到佐伯的傾心。[林本 P259-260; 2 頁] [賴本（下）P021-022; 2 頁]

烏鴉一針見血地指出了卡夫卡的心思，這是卡夫卡平生第一次羨慕別人，羨慕著油畫中的少年，妄想穿越時空與十五歲的佐伯戀愛。卡夫卡沉湎於這種癡想而不願自拔，被一種悲涼的情緒包圍，處境比較危險。[林本 P259-260; 2 頁] [賴本（下）P021-022; 2 頁]

卡夫卡回到圖書館並做好開館前的例行準備工作之後，大島才姍姍來遲，卡夫卡請求他幫忙尋找唱片〈海邊的卡夫卡〉的樂譜。[林本 P260-261; 2 頁] [賴本（下）P022-023; 2 頁]

唱片的歌詞富含象徵性意味，卡夫卡與大島便借此漫談開去，談詩歌語言的韻味和人的精神力量等富有隱喻性的東西。[林本 P261-263; 2 頁] [賴本（下）P023-025; 3 頁]

卡夫卡與大島探討佐伯是卡夫卡母親的可能性，因為有諸多疑點：佐伯有著謎一樣的過去，卡夫卡母親也像個迷，家中戶籍甚至沒有她的名字；卡夫卡與姊姊的唯一合影像極了油畫〈海邊的卡夫卡〉；卡夫卡與佐伯對唱片都有特殊的感覺；卡夫卡與佐伯年輕時的戀人非常相像；卡夫卡的父親年輕時曾遇雷擊，佐伯寫過一部關於雷的書，佐伯或許是因為採訪才認識卡夫卡父親。[林本 P263-266;P268;P271; 6 頁] [賴本（下）P025-029; P033;P036; 7 頁]

同樣名為〈海邊的卡夫卡〉的油畫和唱片可能是兩個打開謎底、解讀隱喻的鑰匙。[林本 P265-266; 2 頁] [賴本（下）P028-029; 2 頁]

卡夫卡明確告知大島，自己迷戀著佐伯。[林本 P265-266; 2 頁] [賴本（下）P028-029; 2 頁]

午後，大島將從電腦下載來的樂譜影本交給卡夫卡。[林本 P266; 1 頁] [賴本（下）P029-030; 2 頁]

卡夫卡做好一杯咖啡送給佐伯，隨後與她聊天。卡夫卡告訴她，自己是因為感覺受到了無可避免的損毀才決定出走並力圖找到一個可以改變現狀的場所，這贏得佐伯的共鳴，她鼓勵卡夫卡繼續追求心中的目標。[林本 P266-269; 4 頁] [賴本（下）P030-034; 5 頁]

大島和佐伯走後，圖書館成了卡夫卡一人的天下，他細細品味唱片《海邊的卡夫卡》，慢慢領悟了它的意蘊，意識到，來過房間的那個少女找到了另一世界的入口。[林本 P269-271; 3 頁] [賴本（下）P034-036; 3 頁]

《海邊的卡夫卡》第 27 章摘要

卡夫卡一直未入睡，終於在深夜等到了少女佐伯的出現，她身穿藍裙，凝視著油畫《海邊的卡夫卡》，而卡夫卡凝視著她。[林本 P283-284; 2 頁] [賴本（下）P051-052; 2 頁]

卡夫卡終於難以抑制激動而失聲叫出了佐伯的名字，但佐伯身影轉瞬消失，所有的意義也都跟著消逝了，卡夫卡思緒萬千，腦海中閃過自然萬象。[林本 P284; 1 頁] [賴本（下）P052; 1 頁]

這天中午，警察循著線索找到了甲村圖書館，查找卡夫卡的行蹤，就卡夫卡父親死亡事件詢問卡夫卡的情況，因卡夫卡獨自在客房裡，並不知情，便由大島代為回答相關問題。[林本 P284-286; 3 頁] [賴本（下）P053-055; 3 頁]

卡夫卡在學校時曾是個問題少年，曾受到學校處分而回家反省，甚至打傷過人，這是因為卡夫卡時常感覺自己對身體失去了控制；大島說這些難堪的經歷是卡夫卡必須要超越的人生課題。[林本 P286-288; 3 頁] [賴本（下）P055-058; 4 頁]

卡夫卡覺得自己從父母那裡繼承的一切都該受到詛咒，迫切想從這個繼承來的軀殼裡逃離出來。[林本 P288; 1 頁] [賴本（下）P057-058; 2 頁]

午後，卡夫卡再次給中年佐伯送來咖啡，二人又進行了深入的交流，不過對卡夫卡來說，佐伯是否有孩子仍然是迷。[林本 P288-291; 4 頁] [賴本（下）P058-062; 5 頁]

即便面對現實中的佐伯，卡夫卡也不能確定自己依戀的是十五歲的佐伯還是五十歲的佐伯。[林本 P291; 1 頁] [賴本（下）P062; 1 頁]

《海邊的卡夫卡》第 29 章摘要

卡夫卡為自己不辭而別感到愧疚，特意用圖書館電話給櫻花打電話，告訴櫻花自己住到了熟人處，而且遭到了員警的搜查。[林本 P298-299; 2 頁] [賴本（下）P071-072; 2 頁]
櫻花告訴卡夫卡他很像自己的弟弟，很喜歡他，希望卡夫卡住到自己這裡，本意在於想阻止他繼續住在佐伯管理的圖書管裡。[林本 P299-301; 3 頁] [賴本（下）P072-076; 5 頁]
卡夫卡拒絕了櫻花的好意，因為他迷上了少女幽靈，無論結果怎樣，他都決定要繼續留在圖書館。[林本 P301-302; 2 頁] [賴本（下）P074-076; 3 頁]
當得知卡夫卡愛上的女子並非生活在現實中時，櫻花很替他可惜，提醒他這可能會遇到麻煩，另外交待卡夫卡有問題時可以隨時打電話給她。[林本 P301; 1 頁] [賴本（下）P075-076; 2 頁]
卡夫卡返回房間後，再次聆聽〈海邊的卡夫卡〉，感覺時空都發生了某種異變，體驗到一種超越世俗的空靈感。[林本 P302; 1 頁] [賴本（下）P076-077; 2 頁]
當夜淩晨三點左右，夜深人靜，黑黢黢一片，卡夫卡聽到有人的響動，便醒過來。[林本 P302; 1 頁] [賴本（下）P076; 1 頁]
卡夫卡發覺，這次在房間內出現的不是少女的幽靈，而是現實生活中的佐伯，這是五十歲的佐伯，她彷彿在睡夢中夢遊一般。[林本 P302-303; 2 頁] [賴本（下）P076-078; 3 頁]
佐伯靜靜地凝坐，很久才起身，先是注視著卡夫卡，緊接著看油畫〈海邊的卡夫卡〉。而卡夫卡屏息觀察著一切，努力思考這背後隱含的深意。[林本 P302-303; 2 頁] [賴本（下）P077; 1 頁]
不久，佐伯來到卡夫卡床邊坐下，愛撫著卡夫卡，隨後與他肆意地做愛，似乎時間之流停止，發生變異。卡夫卡想要叫醒佐伯，然而自身被異變的時間之流吞噬，沒有拒絕與佐伯的性愛，甚至去迎合與享受。[林本 P303-304; 2 頁] [賴本（下）P077-079; 3 頁]
卡夫卡來不及也無法面對這突如其來的事情，更難以思考得清楚，大腦一片渾沌。[林本 P303-304; 2 頁] [賴本（下）P078-079; 2 頁]
佐伯走後，卡夫卡陷入思維麻痹狀態，心門打開，想東想西以至於久久不能入眠。[林本 P304-305; 2 頁] [賴本（下）P079-080; 2 頁]

《海邊的卡夫卡》第 31 章摘要

卡夫卡送來咖啡的時候，佐伯正在凝神沉思。[林本 P314; 1 頁] [賴本（下）P092; 1 頁]
卡夫卡告訴佐伯，自己出生在中野區野方，佐伯聽說時眼中一閃，似乎什麼東西觸動了佐伯，卡夫卡難以準確判斷其中所包含的深意。[林本 P315; 1 頁] [賴本（下）P093; 1 頁]

卡夫卡與佐伯各自訴說自己的祕密，卡夫卡一味離開故鄉但沒有明確的方向，一路發生很多意料之外的事，如佐伯所說，人生總有出人意料的事情，就像卡夫卡的父親執意追求死去一樣讓人難以理解。[林本 P315-316; 2 頁] [賴本（下）P093-094; 2 頁]

卡夫卡提出一些大膽的假說：他的父親愛著佐伯，父親的死是主要因為自己求死，而他求死是自知無法真正得到母親；而卡夫卡的母親就是佐伯，在生下卡夫卡四年後便離開了卡夫卡父子回到戀人幼年生活的地方；父親對卡夫卡的詛咒是要卡夫卡繼承父親的意願追求佐伯，卡夫卡不過是延續其父追求的工具。[林本 P316-318; 3 頁] [賴本（下）P095-098; 4 頁]

卡夫卡想與佐伯做愛，不僅僅是因為逃不出父親的詛咒，更因為他戀上了十五歲的少女佐伯，轉而戀上了五十歲的中年佐伯，無法自拔。[林本 P318-319; 2 頁] [賴本（下）P098-099; 2 頁]

佐伯認為卡夫卡的假說過於虛無飄渺，但卡夫卡認為一切都處在變動之中，可以通過隱喻超越現實的障礙，將假說變成現實。[林本 P319-320; 2 頁] [賴本（下）P099-100; 2 頁]

即便在卡夫卡的假說中，佐伯是卡夫卡的母親，他仍迫切想與她做愛。[林本 P320; 1 頁] [賴本（下）P100-101; 2 頁]

卡夫卡向佐伯詢問〈海邊的卡夫卡〉兩個過渡和音的創作靈感問題，佐伯說是從遠方的一個房間裡尋得的。[林本 P320; 1 頁] [賴本（下）P101; 1 頁]

閉館後，大島帶卡夫卡去海鮮館吃飯，一邊看著夜幕下的海，一邊隨意談天說地。[林本 P321-323; 3 頁] [賴本（下）P101-104; 4 頁]

卡夫卡得知，他父親的案件仍未有明顯進展，天降異物的靈異事件也沒了消息。[林本 P321-322; 2 頁] [賴本（下）P102-103; 2 頁]

卡夫卡與大島轉而聊雙方戀愛的事情，卡夫卡坦誠自己在談戀愛，大島便啓發他說，戀愛某種意義上就是在尋找自己欠缺的一部分。[林本 P322-323; 2 頁] [賴本（下）P103-104; 2 頁]

晚間九點多，佐伯來到卡夫卡的房間，告訴卡夫卡，油畫〈海邊的卡夫卡〉是當年寄宿圖書館的一個年輕畫家所畫，畫中場所便是附近的海岸。[林本 P323; 1 頁] [賴本（下）P105-106; 2 頁]

隨後佐伯帶卡夫卡來到畫中所畫的沙灘，重溫當年畫家作畫的情景。[林本 P323-325; 3 頁] [賴本（下）P105-108; 4 頁]

故地重遊，不由得觸景生情，佐伯向卡夫卡講述一些往事，隨後二人久久地抱在一起。[林本 P324-325; 2 頁] [賴本（下）P107-108; 2 頁]

隨後二人返回卡夫卡的房間，再次相擁、盡情地做愛，完事後佐伯流下無聲的眼淚，淚水打濕了枕頭；卡夫卡靜靜地望著窗外泛白的夜空，遠處傳來烏鴉的叫聲。[林本 P325-326; 2 頁] [賴本（下）P108; 1 頁]

《海邊的卡夫卡》第 33 章摘要

與在伯再次做愛後第二天，為避免與在伯相見時的尷尬，卡夫卡來到久違了的公共體育館鍛鍊身體，但大汗淋漓之後仍然不能排除性幻想對他的侵擾，一邊鍛鍊一邊想與在伯做愛的情景。[林本 P341-342; 2 頁] [賴本（下）P128-129; 2 頁]
卡夫卡的性器官有輕微疼痛感，同時各種瑣事也一股腦湧來，卡夫卡難以應對，頭痛欲裂。[林本 P342; 1 頁] [賴本（下）P129; 1 頁]
一番洗浴後從體育館出來，卡夫卡不由自主地走進那家熟悉的餐館就餐，看街頭喧鬧的人流，然而對於前路依然沒有頭緒，不知該去哪裡。[林本 P342-343; 2 頁] [賴本（下）P129-130; 2 頁]
烏鴉又一次現身，在他提醒下，卡夫卡深切意識到，自己已經與母親在伯交合、在她體內射精，而且已經身處一個越發熟悉卻透露出了危險的環境裡，但並沒有感到自由，也無法離開。[林本 P343; 1 頁] [賴本（下）P130; 1 頁]
卡夫卡感到擁有真正的自由很困難，便一直背囊不離身，以為這便是自由的象徵，而大島恰以為古往今來人們喜歡的是不自由，人生的常態便是「四處遊蕩」。[林本 P343-344; 2 頁] [賴本（下）P130-132; 3 頁]
卡夫卡與大島對話時，話語總是很簡短，惹來大島的調侃。[林本 P343-344; 2 頁] [賴本（下）P131; 1 頁]
卡夫卡返回房間，再次給在伯調製好咖啡送來。他告訴在伯，之所以取名「卡夫卡」，是因為自己從來都是孤身一人。卡夫卡一直想變得更強大，而他所追求的這種強大是心理強大，無關勝負，只武裝內心，要足以承受外力的擠壓。[林本 P344-346; 3 頁] [賴本（下）P132-135; 4 頁]
「卡夫卡」在捷克語裡是「烏鴉」的意思，而卡夫卡就是烏鴉，一隻落單的烏鴉，渴盼變得強大。[林本 P345; 1 頁] [賴本（下）P133-134; 2 頁]
在伯不假思索地否認自己認識姓田村的人，否定了卡夫卡的一系列假說。[林本 P346-347; 2 頁] [賴本（下）P134-137; 4 頁]
卡夫卡知曉很多人世事理，更知曉很多在伯過去的事情，這使在伯感到吃驚；卡夫卡更明確地告訴她，他是海邊的卡夫卡，是她的戀人，是她的兒子，是名叫烏鴉的少年。[林本 P346-349; 4 頁] [賴本（下）P135-139; 5 頁]
在卡夫卡的假說裡，在那個寧謐的夜晚，卡夫卡與在伯再次盡情做愛，然後深情相擁，直到黑夜散去黎明到來；沉寂下來，他們又重歸現實，在伯說她沒有任何卡夫卡必須瞭解的東西。[林本 P349; 1 頁] [賴本（下）P138-139; 2 頁]

《海邊的卡夫卡》第 35 章摘要

卡夫卡做了一個噩夢，一直在黑暗的山洞裡尋找著什麼，洞口卻不斷有人喊他，最後只好空手而歸。[林本 P360; 1 頁] [賴本（下）P152; 1 頁]
卡夫卡一早被大島的電話叫醒，發現佐伯不知何時已然離開。[林本 P360; 1 頁] [賴本（下）P152; 1 頁]
大島通知卡夫卡遇到一些麻煩，必須馬上離開圖書館一段時間，讓卡夫卡快速收拾好所需物品，準備離開。[林本 P360-361; 2 頁] [賴本（下）P153-154; 2 頁]
大島很快開車到來，決定再次進入森林中，那裡除了躲避干擾，還能讓人靜下來看書、思考，卡夫卡很喜歡這點。[林本 P361-362; 2 頁] [賴本（下）P153-154; 2 頁]
卡夫卡得知，他父親遇害的案件有了新進展，警方認為卡夫卡關係到案情關鍵，懷疑他可能與人合謀作案，而一個六十幾歲的老年男子去警局自首卻被警方疏忽放走，警方查出了老人的履歷，聯想到天降沙丁魚等奇異事件，展開密切調查，因而準備再次努力尋找卡夫卡的行蹤。[林本 P362-364; 3 頁] [賴本（下）P154-158; 5 頁]
交談中，大島對於卡夫卡與佐伯發生了性關係的事，絲毫不驚訝，似乎已經預感到就該發生一樣。[林本 P365; 1 頁] [賴本（下）P159; 1 頁]
大島建議卡夫卡離開佐伯，因為他發現佐伯正慢慢死去，卡夫卡的出現加速了佐伯的死亡進程。[林本 P365-368; 4 頁] [賴本（下）P159-163; 5 頁]
對於大島所說的狀況，卡夫卡有些自責，大島勸慰他不必愧疚，告訴他世界萬物自有其命理，一切盡在不斷的毀滅與喪失中，卡夫卡所做的任何事都有其意義，不必起急。[林本 P367-368; 2 頁] [賴本（下）P162-163; 2 頁]
大島建議卡夫卡一個人進入山中，身心安寧地過活，隨便做什麼、不做什麼都可以，那只是屬於自己的事，他只需要認真聆聽自然和心靈的跳動。[林本 P368; 1 頁] [賴本（下）P163; 1 頁]

《海邊的卡夫卡》第 37 章摘要

在路上稍作休息並補充生活必需品之後，卡夫卡跟隨大島再次來到林中小屋，小屋仍是上次離開時的樣子。[林本 P382; 1 頁] [賴本（下）P182; 1 頁]
卡夫卡為大島調製好咖啡，稍作調整便到久違的林中小溪打水。[林本 P382; 1 頁] [賴本（下）P182; 1 頁]
卡夫卡盡情呼吸森林的芳香、聆聽自然的律動，很快感覺與自然融為一體。[林本 P382; 1 頁] [賴本（下）P182; 1 頁]
在大島熟睡的時候，卡夫卡便整理小屋的內務，隨後邊品茶邊讀書，讀的是有關拿破崙遠征沙俄的書，腦海中久久縈繞士兵慘死的恐怖景象，而耳畔卻時時響起鳥叫、周遭彌漫著青草香，自然的美與人的惡構成吊詭的兩面。[林本 P382-383; 2 頁] [賴本（下）P182-183; 2 頁]

大島安靜地睡著，卡夫卡讀著書，突然想起大島有女性的身軀，便觀察她，此刻像女性「元神」歸位一般，睡得很安詳。[林本 P383; 1 頁] [賴本（下）P183; 1 頁]
對於卡夫卡為何離開圖書館，卡夫卡與大島都沒有告訴佐伯，而卡夫卡非常想知道自己的離開後佐伯會有怎樣的感受。[林本 P383; 1 頁] [賴本（下）P183; 1 頁]
卡夫卡向大島訴說對於離開佐伯的不捨以及由此帶來的內心煎熬，大島忠告卡夫卡一切只能由他自己去思考、消化。[林本 P383-384; 2 頁] [賴本（下）P183-186; 4 頁]
大島離開前為卡夫卡留下了充足的食品，不再阻止卡夫卡進入森林，而是特意忠告他進入森林時要格外小心。[林本 P385; 1 頁] [賴本（下）P186; 1 頁]
卡夫卡得知，二戰期間軍隊曾在此進行訓練和演習，兩個全副武裝的新兵無故地消失；大島的解釋是，我們居住的世界總是與另一世界聯通，一定情境下我們可以自由進入其中，整個路途恰似迷宮，而迷宮會通往未知的充滿希望的世界，同時也連接著內心，也潛藏著巨大的危險，正如德國童話中的主人公可能置身於危險境地，卡夫卡尤其應該小心。[林本 P385-386; 2 頁] [賴本（下）P186-188; 3 頁]
大島走後，卡夫卡在還留有大島氣息的床上稍作休息，隨後坐在簷廊裡看書直到太陽落山。[林本 P386-387; 2 頁] [賴本（下）P188-189; 2 頁]
晚飯後，卡夫卡靜坐在舊沙發裡，凝神思考佐伯，想像她此刻的狀態，更想瞭解她的內心，想變成一隻烏鴉在空中注視她的行蹤，想瞭解她一顰一笑的意義，因而熄燈入睡後仍奢望佐伯能夠出現在身邊，不論中年還是少年、幽靈還是真人，哪怕頭痛欲裂，仍努力去捕捉黑暗中一些可能的資訊。[林本 P387-388; 2 頁] [賴本（下）P188-191; 4 頁]
烏鴉再次提醒卡夫卡，他與佐伯有很大的不同，雖然卡夫卡已經變得很強大，但仍然有新的世界是未知的，他甚至不能知曉佐伯是否有性欲以及與他做愛時的感受。[林本 P387-388; 2 頁] [賴本（下）P188-191; 4 頁]
卡夫卡想起自己只有十五歲的事實，不由得變得焦慮，對於命運產生絕望感。[林本 P387-388; 2 頁] [賴本（下）P190-191; 2 頁]
卡夫卡上床前仍期待佐伯的來臨，便聆聽黑暗中的風聲，從中體味出某種暗示性的意涵，方才有所釋然，於是沉沉睡去。[林本 P388; 1 頁] [賴本（下）P191; 1 頁]

《海邊的卡夫卡》第 39 章摘要

山中生活的舒緩與寧靜使卡夫卡幾乎感受不到時間流逝的痕跡。[林本 P401; 1 頁] [賴本（下）P208; 1 頁]
這天又是一個週二，卡夫卡想像佐伯應該一如既往地穿著靚麗的衣服，姿態優雅做著慣常的事情，雖然卡夫卡才剛剛離開圖書館，但這竟恍如渺遠的往事一般，變得有些不真實。[林本 P401; 1 頁] [賴本（下）P208; 1 頁]
卡夫卡回憶與佐伯做愛的情景，幻想佐伯正在寬衣解帶，然後上床、做愛，不由得進入亢奮狀態，陰莖堅硬地勃起但已不再那麼疼。[林本 P401; 1 頁] [賴本（下）P208; 1 頁]

性幻想得累了，卡夫卡起身運動，隨後在林間小溪清洗身體，接著返回小屋在廊簷下用隨身聽聽音樂。[林本 P401-402; 2 頁] [賴本（下）P208-209; 2 頁]

午後正值圖書館的參觀時間，夏日當空，卡夫卡入森林，沿小路來到平坦的圓形空地。雖然這裡相對安全，但卡夫卡決定冒險走進更有挑戰性的迷一樣的森林深處，一探究竟。[林本 P402; 1 頁] [賴本（下）P209; 1 頁]

卡夫卡小心前行，感到似乎被一股神祕力量推動著，但並不確定前方是否有路。這裡的各種植物肆意蓬勃地生長，野性十足，人間所有的意義變得日益模糊。頭頂烏鴉的厲聲尖叫似乎在提示危險，四周幽暗，似乎所有的生物都在監視卡夫卡這個外來物，恐懼感開始襲擾卡夫卡，不得不返回起初那個圓形空地，即便已經沐浴到溫暖的陽光，卡夫卡仍心有餘悸。[林本 P402-403; 2 頁] [賴本（下）P209-211; 3 頁]

卡夫卡祈望在伯能夠再次出現，任何形式都可以，為了顯得虔誠、莊重，卡夫卡沒有手淫，但仍未如願。[林本 P403; 1 頁] [賴本（下）P211; 1 頁]

意料之外，出現的是櫻花。卡夫卡不能確定這是夢境還是現實，他似夢似醒地來到櫻花的房間，偶有烏鴉的叫聲隱隱傳來。[林本 P403-404; 2 頁] [賴本（下）P211-212; 2 頁]

卡夫卡因為非常口渴而醒過來，夜色昏暗而沉寂，感覺彷彿迷失在混沌的時空裡。[林本 P404; 1 頁] [賴本（下）P211-212; 2 頁]

卡夫卡來到時，櫻花正在睡覺，便輕輕撫摸她，儘管櫻花提醒卡夫卡他們是姐弟關係，甚至櫻花掩面哭泣，他仍然強行與櫻花做愛。[林本 P404-406; 3 頁] [賴本（下）P212-215; 4 頁]

卡夫卡不願再忍受任何形式的支配和干擾，面對櫻花的拒絕，他最後仍然一洩如注，感覺好似被拋入一種無邊的黑暗中，他的軀殼也被摧毀淨盡，眼前佈滿黑暗。[林本 P406-407; 2 頁] [賴本（下）P214-216; 3 頁]

《海邊的卡夫卡》第 41 章摘要

做好了充足的準備之後（包括求生工具、食品、藥品），卡夫卡決定展開冒險，再次進入森林，這次決定走得更深更遠。[林本 P420; 1 頁] [賴本（下）P233; 1 頁]

卡夫卡用指南針做嚮導，用噴漆標記返回的記號，各種工具齊全，因而雖然再次進入陰氣襲人的森林，但並不感到恐懼，反而有更強烈的探索的好奇心。[林本 P420; 1 頁] [賴本（下）P233; 1 頁]

越往森林深處走，越發感受到它的寂靜，卡夫卡四周不時傳來的各種各樣的聲音顯得愈發清晰可怖。每當聲音響起，卡夫卡就駐足凝神傾聽，但什麼都沒有發生什麼都沒有出現，便繼續前進。[林本 P420-421; 2 頁] [賴本（下）P233-234; 2 頁]

卡夫卡手握柴刀，隱約有一絲絲安全感，然而在森林中，其實最危險的是他自己，他完完全全是森林的不速之客，而他的恐懼完全來自內心。[林本 P421; 1 頁] [賴本（下）P234; 1 頁]

卡夫卡獨自走在森林中，感覺自己被某種神祕力量監視著，揣測他行為的動機，似乎在伺機而動。[林本 P421; 1 頁] [賴本（下）P234-235; 2 頁]
卡夫卡難以打破這種無法捉摸的沉默，於是用口哨哼唱〈我的至愛〉，才稍稍平定下來，曾經熟悉的日常生活的場景又一一閃過腦海。[林本 P421; 1 頁] [賴本（下）P234-235; 2 頁]
卡夫卡順著雨水沖刷出的路艱難前行，心中不知不覺地響起鋼琴獨奏的旋律，恍若身處神話情境。[林本 P421-422; 2 頁] [賴本（下）P235-236; 2 頁]
卡夫卡仍有些惶恐，邊向森林深處走，邊用噴漆和柴刀小心留下記號以便返回。[林本 P422; 1 頁] [賴本（下）P236; 1 頁]
不時有大黑蚊子吸食卡夫卡的血，在驅趕或拍死蚊子的時候，卡夫卡這才真實地感覺到自己的存在。[林本 P422; 1 頁] [賴本（下）P236; 1 頁]
蚊子的襲擾使卡夫卡心煩意亂、焦點迷離，開始展開遐想，想像當年來山中行軍的士兵可能曾經同樣受到蚊子擾亂，想像他們裝備著怎樣的武器，想像自己會在某處遇到他們，想像遠征沙俄的法軍士兵路途上的慘遇，想像有著異常性體征的以及她睡在小床上的形態。[林本 P422-423; 2 頁] [賴本（下）P236-237; 2 頁]
卡夫卡接著深入思考戰爭的根源，同時用柴刀砍了樹幹一刀，耳中響起薩克斯的音樂，支離破碎的現實在他的意念中被重新整合。[林本 P423; 1 頁] [賴本（下）P237; 1 頁]
不久，卡夫卡不知不覺回到夢境，他肆意地與櫻花交合，一洩如注。[林本 P423-424; 2 頁] [賴本（下）P237-238; 2 頁]
卡夫卡迫切想解除父親加給他的詛咒，做一個完全獨立而輕鬆自由的人，哪怕殺死父親、強暴母親和姊姊，從而痛苦地陷入矛盾中，這些既是向父親和他的詛咒發起的挑戰，本身又是詛咒的內容，最終淪為詛咒支配的工具。[林本 P423-424; 2 頁] [賴本（下）P237-238; 2 頁]
烏鴉又一次出現，勸阻卡夫卡不能再任由詛咒支配自己，告訴他不能以暴易暴，戰爭不能消弭戰爭，而應該努力思考事情的根源和解決的方法，克服自己的心魔，去迎接光明，才能做真正最強大的十五歲少年。[林本 P424-425; 2 頁] [賴本（下）P237-239; 3 頁]
卡夫卡仍然不能確定是否親手殺死了父親，這成了無解之謎。[林本 P422-423; 2 頁] [賴本（下）P236-237; 2 頁]
卡夫卡身處密林，再次真切感受到孤苦無依和人生的虛無，開始思考自己的去向，越發感到自己的身體的陰暗與沉重，認為只有銷毀它才能阻止世界繼續被損毀。[林本 P425; 1 頁] [賴本（下）P239-240; 2 頁]
當卡夫卡神遊其外、審視自我時，月光正穿破烏雲，發出萬道奪目的光輝。受此感召，卡夫卡徹底甦醒過來，扔掉了所有外在的裝備，只留下小獵刀以備必要時自殺。[林本 P425-426; 2 頁] [賴本（下）P239-241; 3 頁]
卡夫卡最終身心輕鬆地走進森林的核心地帶。[林本 P426; 1 頁] [賴本（下）P241; 1 頁]

《海邊的卡夫卡》第 43 章摘要

卡夫卡不再做任何記號，一身輕鬆地向森林核心前進。[林本 P435; 1 頁] [賴本（下）P253; 1 頁]
面對不斷重複著出現的各種樣態的樹枝，卡夫卡漸漸習以為常、不再恐懼，也逐漸發現森林的奧秘，開始融入森林，越來越自如。[林本 P435; 1 頁] [賴本（下）P253; 1 頁]
卡夫卡每往裡走一段就丟掉一件物品，直到一無所有，最終拋棄自我血肉之軀，向內心的空白進發。[林本 P435; 1 頁] [賴本（下）P253-254; 1 頁]
一直響著的音樂也悄然消失，取而代之的是來自大自然的聲響。[林本 P436; 1 頁] [賴本（下）P254; 1 頁]
卡夫卡想起在野方的家，而很多事物在父親死之前便已經被損毀，卡夫卡不想再回到那個破損的家。[林本 P436; 2 頁] [賴本（下）P254; 1 頁]
森林中某種神祕的力量仍然試圖將卡夫卡視作異物排除在外，卡夫卡不斷感受到這種威脅，但依然應對自如，自身漸漸與森林融為一體，越發感覺這次旅行就像卡夫卡在自身內部的旅行以便探索自身的奧秘。[林本 P436; 1 頁] [賴本（下）P254-255; 2 頁]
為把自身探問清楚，卡夫卡不得不直視一直困擾他的疑問，思考母親在伯何以不愛自己，何以損毀自己，以及背後所蘊含的深意。[林本 P436-437; 2 頁] [賴本（下）P255-256; 2 頁]
卡夫卡的靈魂脫離軀殼，轉瞬幻化成黑色的烏鴉，進而連同肉身都幻化成一隻黑色的烏鴉。[林本 P438; 1 頁] [賴本（下）P256; 1 頁]
烏鴉開導卡夫卡，母親深愛著他，出於無奈才拋棄了他，這是宿命，卡夫卡應該原諒他的母親。[林本 P438-439; 2 頁] [賴本（下）P256-258; 3 頁]
始終不能確定佐伯是否是自己的母親，卡夫卡被這一問題困擾已久，仍感到不安。烏鴉啟發他此行目的即在於尋找某種意義，並勸他拋掉自身努力思索，然而卡夫卡終於沒有得到確切的答案，陷入迷惘。[林本 P439-440; 2 頁] [賴本（下）P258-259; 2 頁]
正當卡夫卡迷惑時，兩個士兵出現，他們原來在等著卡夫卡的到來。士兵告訴卡夫卡，他們並非失蹤，而是不想再殺人或者被殺，演習時發現森林中存在這樣一個祕密的地方便留了下來。[林本 P440-441; 2 頁] [賴本（下）P260-262; 3 頁]
士兵告訴卡夫卡，在此處，時間是靜止的，人間的一切都是無意義的。[林本 P441-442; 2 頁] [賴本（下）P262; 2 頁]
士兵告訴卡夫卡，森林的核心是一個不同於人間的另一個世界，有一個入口，他倆是守衛和嚮導；卡夫卡隱約感到有必要見見樂園中某位人物，請求士兵帶他進去。[林本 P442; 1 頁] [賴本（下）P262-263; 2 頁]
卡夫卡與士兵都曾是森林的外來者，都經歷了進入森林的考驗，便隨意談談。槍支是士兵最後扔掉的物品，更是一種象徵符號，而卡夫卡沒有什麼象徵符號，卻有一個奇怪的名字。[林本 P442-443; 2 頁] [賴本（下）P263-264; 2 頁]
隨後三人沉默不語，只顧走路。[林本 P443; 1 頁] [賴本（下）P264; 1 頁]

《海邊的卡夫卡》第 45 章摘要

邁過入口後，擔任嚮導的兩個士兵挎著槍仍能健步如飛，而卡夫卡走得越發艱難，只能在後面拼命追趕，並且挺了過來，但這只是初步的考驗。[林本 P453-454; 2 頁] [賴本（下）P277-278; 2 頁]
行走中，卡夫卡仍不免擔心，士兵便開導他，他們已經到了森林最深處，這裡根本無心傷害任何外來者。[林本 P454-455; 2 頁] [賴本（下）P278-279; 2 頁]
由於疲憊，卡夫卡頭腦一片混沌，暫時難以理解士兵的話，腦中回想起大島曾說過的一個隱喻，即腸子是迷宮，感覺自己就在這樣一個迷宮中，這個迷宮就在自己體內。[林本 P455; 1 頁] [賴本（下）P279; 1 頁]
士兵再次向卡夫卡強調，他們逃走是因為不想再見到血腥的殺戮。[林本 P455; 1 頁] [賴本（下）P280; 1 頁]
士兵對卡夫卡意志之堅強和有主見予以肯定，認為卡夫卡並非一般人。[林本 P455-456; 2 頁] [賴本（下）P280; 1 頁]
走過一段長長的陡坡路、轉過山脊、穿過森林，一個平坦開闊的盆地闖入卡夫卡的眼簾，卡夫卡從士兵的眼神中得知，這就是他要找的那個世界。 [林本 P456-459; 4 頁] [賴本（下）P281-285; 5 頁]
卡夫卡凝神觀察，這裡和諧安寧，消除了差別，萬物合而為一，時間失去意義，然而並不與外界隔絕，有一個入口溝通內外，由兩位士兵負責守護和引導，裡面也可以見到不少現代化的器具。[林本 P457-459; 3 頁] [賴本（下）P282-285; 4 頁]
卡夫卡被安排住進一棟與大島的山中小屋非常像的房子，房間內窗明幾淨、一塵不染，設施幾近齊全，無聊時可以看電視節目。[林本 P457；P459-460; 3 頁] [賴本（下）P282-286; 5 頁]
卡夫卡打開電視，只有一個頻道可看，恰逢播放電影〈音樂之聲〉（賴本譯作〈真善美〉），卡夫卡兒時的記憶恍惚間湧起；電影播放完後響起歌聲《雪絨花》（另譯〈小白花〉），不久關掉電視機喝牛奶，最後在熟悉而親切的氣息中睡去。[林本 P460-461; 2 頁] [賴本（下）P286-287; 2 頁]
卡夫卡醒來時周遭一片漆黑，努力喚回記憶才確認自己正身處林中樂園，耳畔隱隱響著熟悉的音樂，這裡的一切都那麼熟悉而古舊，氣氛和諧安寧。[林本 P461; 1 頁] [賴本（下）P287; 1 頁]
卡夫卡起床後，發現少女佐伯正在為他做飯。[林本 P461-462; 2 頁] [賴本（下）P287-289; 3 頁]
卡夫卡好奇地向少女佐伯詢問她及這個世界內的一些情況，佐伯一一相告，並鼓勵卡夫卡，他始終是他自己，誰也不能取代。[林本 P462-463; 2 頁] [賴本（下）P289-290; 2 頁]

| 面對少女佐伯，卡夫卡突然感到非常頭痛，心如刀割，而這種痛苦反而使卡夫卡更加清醒地確認自己身在何處。[林本 P463-464; 2 頁] [賴本（下）P290-292; 3 頁] |
| 少女佐伯告訴卡夫卡，只有他需要，她就會出現。[林本 P464; 1 頁] [賴本（下）P291-292; 2 頁] |
| 少女佐伯離開後，房間只剩卡夫卡一人，無比寧靜，卡夫卡重新思考該何去何從。[林本 P464-465; 2 頁] [賴本（下）P292-293; 2 頁] |

二、《海邊的卡夫卡》之《叫烏鴉的少年》（《叫做烏鴉的少年》）摘要

| 叫烏鴉的少年在森林上空久久盤旋，他可能是世上最孤獨的鳥，蒙上帝恩寵，終於在密林一處縫隙尋得陽光，在那裡俯衝飛下去，發現樹下有一處圓形空地。[林本 P472; 1 頁] [賴本（下）P302; 1 頁] |
| 樹下坐著烏鴉要尋找的捕靈者，向烏鴉誇耀他捕貓取靈的成績，自認為是永生的，無法被抹殺，同時對烏鴉百般嘲諷。[林本 P473-475; 3 頁] [賴本（下）P303-305; 3 頁] |
| 烏鴉用尖嘴將捕靈者啄得皮開肉綻、面目全非，但捕靈者全然不顧這些，始終報以虛無的笑，不能停止。[林本 P474-475; 2 頁] [賴本（下）P305-307; 3 頁] |

《海邊的卡夫卡》第 47 章摘要

| 這裡天黑得早亮得遲。卡夫卡醒來時發覺整個世界都無比安靜，手錶已經停了，感覺時間不再重要。[林本 P476; 1 頁] [賴本（下）P308; 1 頁] |
| 這裡竟見不到一隻鳥，風景和諧但單調，卡夫卡想讀書卻根本找不到一本書，就連用文字書寫的東西也沒有。[林本 P476; 1 頁] [賴本（下）P308; 1 頁] |
| 卡夫卡換上房間衣櫃內的衣服，衣服整潔而合身，還帶有陽光的味道。[林本 P476-477; 2 頁] [賴本（下）P308-309; 2 頁] |
| 天大亮以後，少女佐伯再次來為卡夫卡做飯，動作熟練而姿態優雅。[林本 P477; 1 頁] [賴本（下）P309; 1 頁] |
| 少女佐伯告訴卡夫卡，這個世界時間不重要、人的節律很緩慢、承受力更強，人與這個世界是完全融為一體的。[林本 P477-480; 4 頁] [賴本（下）P309-313; 5 頁] |
| 佐伯啟發卡夫卡，等他完全適應、融入了這個世界，他就將真正成為他自己。[林本 P478-480; 3 頁] [賴本（下）P310-313; 4 頁] |
| 卡夫卡終於領悟到，在這個世界裡，萬事萬物都是融為一體的。[林本 P478-479; 2 頁] [賴本（下）P311-312; 2 頁] |
| 少女佐伯告訴卡夫卡，記憶只與圖書館有關，而這裡沒有圖書館，所以生活在這裡的人沒有長久記憶。[林本 P479-480; 2 頁] [賴本（下）P312-313; 2 頁] |

少女佐伯走後，卡夫卡沐浴著清晨的陽光，陷入沉思。[林本 P480; 1 頁] [賴本（下）P313; 1 頁]
午後太陽當空之時，成年佐伯出現在卡夫卡面前，他一時之間難以判斷是否真實；佐伯認真地忠告卡夫卡應該及時返回原來的世界，儘管她已經不在那個世界。[林本 P480-482；3 頁] [賴本（下）P313-316; 4 頁]
佐伯告訴卡夫卡，記憶對她已不重要，她已把它們銷毀，只希望卡夫卡能夠記住她並把油畫〈海邊的卡夫卡〉交給他，而且要常常看這幅畫。[林本 P482-484; 3 頁] [賴本（下）P315-317; 3 頁]
關於佐伯是否是卡夫卡的母親，他已知悉答案，也明白只可意會不可言傳。卡夫卡清楚，母親非常疼愛自己，儘管母親曾拋棄自己，但他已不再計較這些。佐伯割開靜脈，鮮血直流，卡夫卡吮吸著試圖幫她止血。佐伯徹底釋然，二人永別。[林本 P483-485; 3 頁] [賴本（下）P317-319; 3 頁]
太陽繼續照著，一切歸於平靜，房間重新變得空洞，卡夫卡凝神思考。[林本 P485; 1 頁] [賴本（下）P319-320; 2 頁]
卡夫卡換回原有的衣服，將房間一番清潔整理後，太陽還在高空，他回到森林入口，見兩個士兵仍在守護。[林本 P485; 1 頁] [賴本（下）P320; 1 頁]
卡夫卡告訴士兵決意離開這裡，不再有什麼猶豫和留戀，士兵提醒他要抓緊時間，而且中間不要回頭。[林本 P485-486; 2 頁] [賴本（下）P321; 1 頁]
卡夫卡在士兵帶領下踏上返回現實世界的路，但總感到一股強大的力量拉他留在這裡。卡夫卡在現實與夢幻之間糾結，最後在佐伯的決絕地要求下，他才下定決心返回現實世界，集中精力前行，森林核心的這個寧靜的世界很快消失在背後。[林本 P486; 1 頁] [賴本（下）P321-322; 2 頁]
在入口處，士兵忠告卡夫卡外面世界依舊十分險惡，提醒他不要忘了刺刀的用法，到達目的地前不能回頭，隨後向卡夫卡敬禮，三人作別。[林本 P486-487; 2 頁] [賴本（下）P322-323; 2 頁]
卡夫卡原路返回大島的山中小屋，返回時路上的情形已經模糊，只記得路上不時遇到曾經做的記號，憑本能撿回了曾經丟棄的東西。[林本 P487; 1 頁] [賴本（下）P323; 1 頁]
卡夫卡返回小屋時疲憊不堪，而天快亮了，大自然的聲音愈發清晰，顯得生機勃勃，不久便晨光熠熠，少女佐伯向他張開雙臂。卡夫卡耳畔響起海浪聲，眼見浪花飛舞，意識變得渙散。[林本 P487-488; 2 頁] [賴本（下）P323-324; 2 頁]

《海邊的卡夫卡》第 49 章摘要

卡夫卡返回小屋後的第二天早上，大島的哥哥薩達（Sada）來接卡夫卡回城，說有急事，卡夫卡很快收拾好行李、整理好房間，跟他回城。[林本 P501-502; 2 頁] [賴本（下）P340-341; 2 頁]
薩達（Sada）告訴卡夫卡森林有一股神祕的力量使人變得安寧，而這同樣只可意會不可言傳，卡夫卡在森林中獲得了什麼也不必跟任何人訴說。[林本 P502-504; 3 頁] [賴本（下）P341-344; 4 頁]
薩達（Sada）告訴卡夫卡衝浪的意義並承諾在解決自己的問題後將教他學習衝浪。[林本 P504-505; 2 頁] [賴本（下）P344-346; 3 頁]
卡夫卡告訴薩達（Sada），他的家本來在東京中野，但現在不想再回去。[林本 P505-506; 2 頁] [賴本（下）P346; 1 頁]
薩達（Sada）將卡夫卡送回甲村圖書館後離開，去解決自己的問題。[林本 P506; 1 頁] [賴本（下）P347; 1 頁]
卡夫卡重新回到離別四天的甲村圖書館，恍如隔世。[林本 P506-507; 2 頁] [賴本（下）P347-348; 2 頁]
卡夫卡得知，佐伯在星期二下午去世，看上去走得安寧，沒有舉行喪禮，佐伯臨終前將油畫〈海邊的卡夫卡〉留給卡夫卡。儘管他已在提前知道了這一切，但仍然頭痛欲裂。[林本 P507-508; 2 頁] [賴本（下）P348-349; 2 頁]
卡夫卡告訴大島，打算返回東京，告訴員警所發生的一切，進而完成義務教育，卡夫卡的成長得到了大島的鼓勵與肯定。[林本 P508；1 頁] [賴本（下）P349-350; 2 頁]
大島繼續開導卡夫卡，人生存就有可能不斷失去種種可貴的東西，必須有自身的圖書館，以便及時對自己的內心進行恰當的調整，妥當安置自身。[林本 P509; 1 頁] [賴本（下）P350-351; 2 頁]
經過大島的肯定與開導，卡夫卡露出了難得一見的笑容。[林本 P509-510; 2 頁] [賴本（下）P351; 1 頁]
卡夫卡想儘快返回東京。[林本 P510; 1 頁] [賴本（下）P351-352; 2 頁]
大島將環形唱片〈海邊的卡夫卡〉作為禮物送給卡夫卡。[林本 P510; 1 頁] [賴本（下）P352; 1 頁]
卡夫卡走之前與大島最後一次看佐伯生前工作的房間，因為這裡蘊含著各種各樣的假說。[林本 P510; 1 頁] [賴本（下）P352-353; 2 頁]
大島告訴卡夫卡，雖然世界充滿隱喻，但只有甲村紀念圖書館不包含任何隱喻，這是獨一無二的、無法取代的。[林本 P510-511; 2 頁] [賴本（下）P353; 1 頁]
卡夫卡告別大島後來到高松車站，自知無處可去，只有回到野方的空蕩蕩的家。[林本 P511; 1 頁] [賴本（下）P353; 1 頁]

卡夫卡用高松車站的電話打電話給姊姊櫻花，告訴她自己將返回東京並繼續學業，二人相約東京再見。[林本 P511-512; 2 頁] [賴本（下）P354-355; 2 頁]
櫻花說曾夢到卡夫卡，不過不好的事情什麼也沒有發生；卡夫卡自我安慰般地強調了這句話，不好的事情什麼也沒有發生；最後，他與姊姊告別。[林本 P512; 1 頁] [賴本（下）P354-355; 2 頁]
卡夫卡獨自一人返回，在列車上他閉目凝思，腦中再次出現在伯的幻象；她希望卡夫卡記住她，只有卡夫卡記住她，她才有意義。[林本 P512-513; 2 頁] [賴本（下）P355-356; 2 頁]
卡夫卡感到時間無比沉重，卻難以逃脫它的限定，必須去到世界邊緣。[林本 P512-513; 2 頁] [賴本（下）P355-356; 2 頁]
列車駛過名古屋時下雨，恰如離開東京時一樣，卡夫卡不由得想起了在其他各地所下的雨，森林中的、海面的、高速路上的、圖書館上的、世界邊緣的。[林本 P513; 1 頁] [賴本（下）P356; 1 頁]
卡夫卡身心鬆弛下來，熱淚橫流。[林本 P513; 1 頁] [賴本（下）P356; 1 頁]
烏鴉再次出現在卡夫卡跟前，打消了他的疑慮，告訴他做了正確的事情並鼓勵他已經是現實世界裡最強大的十五歲少年。[林本 P513; 1 頁] [賴本（下）P356; 1 頁]
烏鴉告訴卡夫卡，不管有沒有明白活著的意義，只要看那幅油畫、聽風的聲音就好，睡一覺，他就將成為新世界的一部分。[林本 P513; 1 頁] [賴本（下）P356-357; 2 頁]

三、附錄：大島的故事

《海邊的卡夫卡》第 5 章摘要

夏日的一個上午，甲村紀念圖書館管理員正在圖書館做日常工作，恰逢少年卡夫卡前來閱讀，二人相識。[林本 P37; 1 頁] [賴本（上）P50-51; 2 頁]
大島指引卡夫卡初步瞭解甲村圖書館。[林本 P38-39; 2 頁] [賴本（上）P51-53; 3 頁]
大島與卡夫卡討論神話中有三種人的問題。[林本 P40-41; 2 頁] [賴本（上）P54-55; 2 頁]
下午五點，在卡夫卡離開圖書館前，大島將圖書館大致作息安排告訴他。[林本 P45; 1 頁] [賴本（上）P60-61; 2 頁]

《海邊的卡夫卡》第 7 章摘要

第二天中午一點，一家賓館的女服務員打來電話，通知卡夫卡可以享受賓館優惠，大島便將此消息轉告卡夫卡。[林本 P61; 1 頁] [賴本（上）P81-82; 2 頁]
通過代接這通電話，大島得知少年名叫田村卡夫卡，順著這一名字，二人探討捷克作家弗蘭茨・卡夫卡的作品。[林本 P61-62; 2 頁] [賴本（上）P82-84; 3 頁]
大島瞭解到少年卡夫卡孤身一人來到遠方。[林本 P62; 1 頁] [賴本（上）P84-85; 2 頁]

《海邊的卡夫卡》第 13 章摘要

午餐時間，大島來找卡夫卡閒談，談夏目漱石的作品，隨後瞭解到卡夫卡陷入困境：經濟緊張且舉目無親、無依無靠，於是建議他來到圖書館當自己的助手。[林本 P112-116; 5 頁] [賴本（上）P147-152; 6 頁]
在徵得圖書館負責人佐伯同意前，大島決定先將卡夫卡暫時安置在位於高知山中小屋，相約五點半出發前往那裡。[林本 P115-116; 2 頁] [賴本（上）P151-152; 2 頁]
五點圖書館閉館，隨後大島開車載著卡夫卡去山中小屋，二人路上閒談，大島將自己患有血友病的事告訴卡夫卡，自己並不因此感到困擾，跟常人差異並不大。[林本 P116-118; 3 頁] [賴本（上）P153-155; 3 頁]
二人在高速路服務站解決晚餐後繼續上路，大島提議聽音樂，播放的是舒伯特的鋼琴樂，二人邊欣賞音樂邊討論，談舒伯特的音樂何以如此令人沉迷、談浪漫主義。[林本 P118-121; 4 頁] [賴本（上）P155-159; 5 頁]
大島自稱是特殊的人，不僅是因為患有血友病，還有其他原因，但沒有馬上告訴卡夫卡。[林本 P121; 1 頁] [賴本（上）P159; 1 頁]
舒伯特的音樂播放完後，二人沉默不語、各有所思。[林本 P121; 1 頁] [賴本（上）P159; 1 頁]
大島打破沉默，告訴卡夫卡要去的地方在深山密林中，不僅不舒適，還要面對孤獨，卡夫卡表示並不在乎，大島也沒再多說什麼。[林本 P121-122; 2 頁] [賴本（上）P160; 1 頁]
二人在高速路出口邊的小鎮購買卡夫卡所需生活用品，隨後一路穿越陡崖溪流，晚上九點才到達目的地。[林本 P122; 1 頁] [賴本（上）P160-161; 2 頁]
這裡有茂密的森林和高聳的大山，人跡罕至，山下有一座小屋，小屋幾乎是大島的哥哥一人建造，屋內一應俱全。大島告訴卡夫卡，自己以前常來這裡，工作之後便很少來；自己的哥哥偶爾也會來，日後可以教卡夫卡學衝浪。[林本 P122-124; 3 頁] [賴本（上）P160-162; 3 頁]
等卡夫卡熟悉小屋並幫他妥當安置好後，大島離開小屋，並忠告卡夫卡不要進入森林深處，因為有迷路的危險。[林本 P122-123; 2 頁] [賴本（上）P162-165; 4 頁]

《海邊的卡夫卡》第 17 章摘要

在卡夫卡進入森林第四天後，大島來接他回圖書館，因為佐伯已經同意卡夫卡進入圖書館工作。[林本 P162-163; 2 頁] [賴本（上）P213-214; 2 頁]
返回的路上，大島將其對卡夫卡的最初印象告訴他，他在追求什麼卻又在極力躲避它，好似希臘悲劇中的人物。[林本 P164-165; 2 頁] [賴本（上）P215-217; 3 頁]
大島告訴卡夫卡，自己並沒有預知未來的能力，而卡夫卡將成為甲村紀念圖書館的一部分。[林本 P165-167; 3 頁] [賴本（上）P217-219; 3 頁]

在進入圖書館之前，大島向卡夫卡簡要地介紹了負責人佐伯的一些情況，提醒他注意一些事項，並希望他像自己一樣尊重佐伯。[林本 P167-174; 8 頁] [賴本（上）P219-228; 10 頁]
大島告訴卡夫卡，自己曾經沒有上學也沒有工作，幾乎沒有朋友，主要在家裡看書聽音樂、開賽車，或者去山中小屋，從未離開高松市；而自己的母親是佐伯的朋友，在佐伯返回圖書館之後，自己在母親的引介下被佐伯看中，這才來到圖書館工作，自己與佐伯相處非常融洽。[林本 P172; 1 頁] [賴本（上）P225-226; 2 頁]
大島啟發卡夫卡，人生總有個臨界點，當它來臨時，或者不能後退，或者不能前進，我們只能默默接受。[林本 P73; 1 頁] [賴本（上）P227; 1 頁]

《海邊的卡夫卡》第 19 章摘要

大島將卡夫卡領進他在圖書館的房間並幫他安置好。[林本 P183-184; 2 頁] [賴本（上）P240-241; 2 頁]
次日早上，大島將圖書館服務工作流程告訴卡夫卡，並手把手教他，如與讀者溝通、檢索圖書等等。[林本 P185-186; 2 頁] [賴本（上）P242-243; 2 頁]
大島與卡夫卡討論神話中有三種人的問題。[林本 P40-41; 2 頁] [賴本（上）P54-55; 2 頁]
午飯時，正在參觀閱覽的兩位女士要諮詢一些問題，大島被卡夫卡叫來應對。[林本 P86; 1 頁] [賴本（上）P244; 1 頁]
兩位女士是女權主義者，較為尖刻地指出圖書館不尊重女權並提出一些改正意見，大島對她們的態度和觀點並不以為然，於是與她們展開辯論，最後讓兩位女權主義者啞口無言、敗興而歸。[林本 P186-193; 8 頁] [賴本（上）P244-252; 9 頁]
大島直言自己並非男性，生理上是女性，有女性的生殖器官，但沒有月經，性行為都是肛交；心理上屬於男性，也喜歡男性；儘管如此，大島並不為此感到困擾，也沒有受到什麼歧視。[林本 P191-195; 5 頁] [賴本（上）P250-254; 5 頁]
大島告訴卡夫卡，他既不是變性人，也不是同性戀，無論什麼主義、什麼名頭，都與自己無關，與兩位女士辯論是因為難以控制自我，這是他的弱點。[林本 P195-196; 2 頁] [賴本（上）P253-255; 3 頁]

《海邊的卡夫卡》第 21 章摘要

大島將報導卡夫卡父親遇害的報紙拿給卡夫卡讀，詢問卡夫卡相關情況並安慰他，開導他這是命運的選擇，如希臘悲劇一樣，而這些選擇能讓人變得強大。[林本 P210-213; 4 頁] [賴本（上）P275-279; 5 頁]
大島將天降活魚的報導拿給卡夫卡，二人覺得這是一種隱喻。[林本 P215-216; 2 頁] [賴本（上）P280-282; 3 頁]
得知卡夫卡的父親加給他的詛咒，大島試圖從科學和法律上為卡夫卡證明他並沒有殺死自己的父親。[林本 P215-219; 5 頁] [賴本（上）P282-287; 6 頁]

《海邊的卡夫卡》第 23 章摘要

早上，大島將做咖啡的方法教給卡夫卡。[林本 P235; 1 頁] [賴本（上）P307; 1 頁]
大島答應卡夫卡幫他找〈海邊的卡夫卡〉的環形唱片，並提醒他有佐伯在場時不能聽這個唱片。[林本 P235-237; 3 頁] [賴本（上）P307-309; 3 頁]
大島告訴卡夫卡，圖書館並沒有十幾歲的女孩，那可能是他臆想出來的幻象。[林本 P237-238; 2 頁] [賴本（上）P309-310; 2 頁]
中午時，大島將母親保存在家裡的一張環形錄音唱片〈海邊的卡夫卡〉拿來交給卡夫卡。[林本 P238; 1 頁] [賴本（上）P310-311; 2 頁]
閉館時，大島發現卡夫卡神情恍惚，猜測他可能在戀愛，便詢問他具體情況；得知他見到幽靈的事，便與他探討，啓發他，愛和恨都能重新構建世界、使人成為幽靈。[林本 P240-243; 4 頁] [賴本（上）P313-317; 5 頁]

《海邊的卡夫卡》第 25 章摘要

這天大島來圖書館有些晚，一一檢查了卡夫卡做的開館準備工作，比較滿意並表揚了卡夫卡。[林本 P260-261; 2 頁] [賴本（下）P22-23; 2 頁]
大島答應了卡夫卡的請求，幫他找唱片〈海邊的卡夫卡〉的樂譜。[林本 P261; 1 頁] [賴本（下）P23; 1 頁]
大島與卡夫卡討論詩歌的象徵性問題，併發散開去，後來大島發現卡夫卡可能迷戀著佐伯。[林本 P261-266; 6 頁] [賴本（下）P23-29; 7 頁]
當天中午午飯休息時，大島便冒雨給卡夫卡帶來了唱片的樂譜。[林本 P266; 1 頁] [賴本（下）P30; 1 頁]

《海邊的卡夫卡》第 27 章摘要

這天警察來到甲村圖書館，打算就卡夫卡父親被害案件相關情況詢問卡夫卡，但卡夫卡當時並不在場，大島便代為回答所知情況，警察走後又轉告卡夫卡。[林本 P284-288; 5 頁] [賴本（下）P53-58; 6 頁]
大島啓發卡夫卡，他還有許多應該超越的人生課題。[林本 P286-288; 3 頁] [賴本（下）P56-58; 3 頁]

《海邊的卡夫卡》第 31 章摘要

閉館後，大島載著卡夫卡去海邊的一家海鮮飯館吃飯。[林本 P321; 1 頁] [賴本（下）P101; 1 頁]
大島告訴卡夫卡，儘管西班牙戰爭已經結束，但自己仍想去一次西班牙，參加西班牙戰爭，因為自己有這個權利，而同時又深知自己因為身體的原因不可能去成。[林本 P321; 1 頁] [賴本（下）P102; 1 頁]
大島告訴卡夫卡，他自己也在談戀愛，而戀愛都是人在通過戀愛尋找自身虧欠的那一部分。[林本 P322-323; 2 頁] [賴本（下）P103-104; 2 頁]

《海邊的卡夫卡》第 33 章摘要

這天夜裡大島沒有睡好，來到圖書館時已經十點半，發現卡夫卡已經做好開館準備、正想出去走走，大島便提醒他多加小心。[林本 P341; 1 頁] [賴本（下）P128-129; 2 頁]
大島發現卡夫卡經常背著一副背囊，猜測這對於卡夫卡或許是自由的象徵，便開導卡夫卡，人世間的人其實都不喜歡自由。[林本 P344-345; 2 頁] [賴本（下）P131-132; 2 頁]
大島將卡夫卡去體育館鍛鍊並渴望強大的事告訴了圖書館負責人佐伯。[林本 P345; 1 頁] [賴本（下）P132-133; 2 頁]

《海邊的卡夫卡》第 35 章摘要

一天晚上，員警打電話給大島，試圖通過他找到卡夫卡，而且有些緊急。[林本 P362; 1 頁] [賴本（下）P155; 1 頁]
第二天一早，大島便將卡夫卡叫醒，通知他有緊急事情，讓他快速收拾好行李，打算帶他去高知山中小屋避一避。[林本 P360-362; 3 頁] [賴本（下）P152-155; 4 頁]
大島告訴卡夫卡，員警正在努力找他但並沒有跟大島說太多，於是大島花了一個晚上搜集與案件相關的資訊，案件已有了相當進展，而卡夫卡已成為重點調查對象。[林本 P362-364; 3 頁] [賴本（下）P155-158; 4 頁]
大島勸解卡夫卡不要緊張，至少目前他仍是自由身。[林本 P364-365; 2 頁] [賴本（下）P157-159; 3 頁]
大島猜到了卡夫卡已經與佐伯發生了性關係，提醒他最好離開佐伯，因為佐伯正在死去，卡夫卡會加速她的死亡。[林本 P365-366; 2 頁] [賴本（下）P160-163; 4 頁]

《海邊的卡夫卡》第 37 章摘要

因為前一天夜裡沒有休息，又開車遠行至此，大島疲憊至極，到達小屋之後便倒在床上休息，睡得非常安詳，兩個小時之後才醒來。[林本 P382-383; 1 頁] [賴本（下）P182-183; 2 頁]

大島非常理解卡夫卡此刻的心情，勸慰他不必焦慮，人生總有此一過程，接下來都是需要卡夫卡自己想清楚並作出決斷的。[林本 P383-384; 2 頁] [賴本（下）P184-186; 3 頁]

大島離開小屋前告訴卡夫卡，食物等生活用品可以維持一周，自己或哥哥屆時會來接卡夫卡。[林本 P384-385; 2 頁] [賴本（下）P186; 1 頁]

與上次離開時不同的是，這次大島把這片森林的來龍去脈詳細講給卡夫卡，並真切提醒他進入森林時要萬分小心（不再阻止卡夫卡進入森林）。[林本 P385-386; 2 頁] [賴本（下）P186-188; 3 頁]

《海邊的卡夫卡》第 40 章摘要

又一個星期二的中午，剛剛開館不久，大島正在圖書館借閱台裡面坐著，只見一老一少兩個人逕直朝借閱台走來，便禮貌地主動向他們打招呼。[林本 P410; 1 頁] [賴本（下）P220; 1 頁]

兩個人並沒有專門想看的書，只是對圖書館的建築更感興趣，大島便將圖書館的一些獨特服務專案說給他們聽，大島覺得這兩個人有些奇特，其關係也不明朗，不過並不反感與他們接觸，反而勾起大島一探究竟的好奇。[林本 P410-411; 2 頁] [賴本（下）P220-222; 3 頁]

大島得知兩個人來自很遠的地方，而兩個人尤其是老年人的言行方式非常奇特，乃至於二人離開借閱台去讀書時，大島仍注視著他們，很久才回神繼續工作。[林本 P411-412; 2 頁] [賴本（下）P221-222; 2 頁]

午餐時，星野過來詢問大島圖書館裡哪裡允許吃飯，大島告訴他，簷廊下可以邊吃飯邊賞風光，而這是一個家庭式的圖書館，有別於普通圖書館，為的就是給讀者提供溫馨的讀書場所。[林本 P414; 1 頁] [賴本（下）P225; 1 頁]

吃過午飯，大島與星野閒談，大島便問星野剛才讀了什麼書，星野讀了貝多芬傳記，二人由此漫談開去，談追求自由與個性解放，談音樂，進而談人生的領悟，交談十分愉悅。[林本 P414-416; 3 頁] [賴本（下）P225-228; 4 頁]

《海邊的卡夫卡》第 42 章摘要

難得這一天這麼忙，整整一個下午，大島一直都在忙著回答各種讀者的問題、幫忙查找讀者需要的資料，無暇顧及其他人的情況。[林本 P433; 1 頁] [賴本（下）P251; 1 頁]

當大島察覺時，老人中田不知何時已經走了，圖書館只剩他一個人，非常安靜。[林本 P433; 1 頁] [賴本（下）P251; 1 頁]
大島到樓上來找佐伯，準備下班告別，才發現佐伯已經非常安靜地死了。[林本 P433-434; 2 頁] [賴本（下）P251-252; 2 頁]
儘管大島對此早有心理準備，但當這真的成為現實，他還是有些不知所措，大腦一片空白。[林本 P434; 1 頁] [賴本（下）P252; 1 頁]
很久之後，大島才恢復神智，他看了看手錶，記下了佐伯過世的時間：星期二下午四點三十五分，並決定將這消息告訴卡夫卡。[林本 P434; 1 頁] [賴本（下）P252; 1 頁]

《海邊的卡夫卡》第 49 章摘要

大島打電話給哥哥薩達（Sada），拜託他去林中小屋接卡夫卡來圖書館。[林本 P501; 1 頁] [賴本（下）P340; 1 頁]
不久卡夫卡來到圖書館，大島便將佐伯去世的消息和相關情況首先告訴了卡夫卡。[林本 P506-508; 3 頁] [賴本（下）P347-349; 3 頁]
按照佐伯的遺願，大島將告訴卡夫卡，油畫〈海邊的卡夫卡〉交給卡夫卡保管，隨時可以取走。[林本 P507-508; 2 頁] [賴本（下）P348-349; 2 頁]
大島非常關心卡夫卡接下來作何打算，提醒他逃避不是解決問題的辦法，應該不斷調整自己，保證自己內心的清潔、安寧。[林本 P508-509; 2 頁] [賴本（下）P349-351; 3 頁]
大島答應卡夫卡可以隨時回圖書館，提出開車卡夫卡去車站，被他拒絕，便將唱片〈海邊的卡夫卡〉作為禮物送給卡夫卡。[林本 P509-510; 2 頁] [賴本（下）P351-353; 3 頁]
大島告訴卡夫卡，世界萬事萬物都是隱喻，唯獨甲村紀念圖書館不是隱喻，它是非常實在而獨特的，這一點確定無疑。隨後，二人告別。[林本 P510-511; 2 頁] [賴本（下）P352-353; 2 頁]

四、附錄：佐伯的故事

《海邊的卡夫卡》第 5 章摘要

一個夏日星期二的下午，佐伯按慣例引導包括卡夫卡在內新來的讀者參觀甲村紀念圖書館，並向他們講解圖書館的歷史與現狀。[林本 P41-45; 5 頁] [賴本（上）P56-59; 4 頁]
此時佐伯已人到中年，年紀約四十五六歲，瘦削小巧，擔任著高松甲村紀念圖書館的實際負責人。[林本 P39；P41； 2 頁] [賴本（上）P52；P56; 2 頁]

《海邊的卡夫卡》第 17 章摘要

大島將卡夫卡的情況告訴佐伯並提出將卡夫卡安置在圖書館幫忙，佐伯應允了這一請求。[林本 P166; 1 頁] [賴本（上）P218; 1 頁]
佐伯天資聰穎，表現出眾，而且小學時即有了青梅竹馬的固定的戀人，二人是非常完美的一對。[林本 P167-168; 2 頁] [賴本（上）P219-220; 2 頁]
佐伯十八歲時，她的戀人考進東京一所大學，遠離家鄉去求學，而她在思想保守的父母的要求下考進了本地一所音樂大學，她與戀人因此第一次短暫分別，只靠書信來往。[林本 P168; 1 頁] [賴本（上）P220; 1 頁]
佐伯的戀人離開家鄉、離開戀人去東京求學，意在考驗兩人的感情，使之更堅固，但佐伯自始至終堅信二人從來不會分離。[林本 P168; 1 頁] [賴本（上）P220-221; 2 頁]
十九歲時，佐伯寫了一首詩，又譜了曲，得到東京一個唱片公司一個熟識的製作人的賞識，決定錄製成鋼琴曲唱片發行，於是有生第一次來到東京。[林本 P168-169; 2 頁] [賴本（上）P221-222; 2 頁]
佐伯來到東京後也得以頻繁與戀人相會，事實上二人幾年前中學時就已經發生了性關係。[林本 P169; 1 頁] [賴本（上）P221; 1 頁]
唱片名為〈海邊的卡夫卡〉，為保證唱片完整，一面為鋼琴曲演奏，另一面為器樂曲演奏，發行之後非常暢銷，甚至打破了當時的銷售記錄，所有電臺都反復播放，佐伯靠版稅也有一筆不菲收入。[林本 P169-170;P171； 3 頁] [賴本（上）P221-223;P224；4 頁]
自此之後，佐伯再沒有錄製其他唱片，時隔多年後仍忌諱別人提及她曾錄製唱片的事。[林本 P169; 1 頁] [賴本（上）P222; 1 頁]
不幸的是，正當唱片大受歡迎時，佐伯的戀人被無辜迫害致死。[林本 P170; 1 頁] [賴本（上）P223; 1 頁]
從此，佐伯性情大變，不再唱歌，把自己封鎖起來，幾個月後甚至音訊全無。[林本 P169-170; 2 頁] [賴本（上）P221-223; 3 頁]
在那 25 年後，佐伯突然返回高松，料理完母親喪事後賣掉家裡的房子，另買了一處公寓安居下來，不久成為甲村圖書館的負責人。[林本 P170； 1 頁] [賴本（上）P224; 1 頁]
人到中年的佐伯依然美麗優雅，但仍然很少與他人來往，生活單調而固定，對很多人來說仍然像迷一樣。[林本 P171-172; 2 頁] [賴本（上）P225; 1 頁]
負責管理圖書館後不久，佐伯一個同學介紹其子大島來圖書館工作，佐伯一見如故，非常喜歡大島，除了工作，也時常與他交談。[林本 P171-172; 2 頁] [賴本（上）P225; 1 頁]
佐伯多年後返回圖書館，主要就是為了甲村圖書館，因為佐伯戀人曾經在圖書館裡生活過，仍然能夠感受到他的氣息。[林本 P172; 1 頁] [賴本（上）P226-227; 2 頁]
實際上，幾十年過去了，佐伯的心病仍然沒有治癒。[林本 P173-174; 2 頁] [賴本（上）P227-228; 2 頁]

《海邊的卡夫卡》第 23 章摘要

十五歲的佐伯已經死去，幻化成活的幽靈，出現在住在圖書館的卡夫卡面前，安詳而十分優雅。[林本 P233-235； 3 頁] [賴本（上）P304-306; 3 頁]
唱片〈海邊的卡夫卡〉封面上印著佐伯十九歲時的照片，保留著佐伯優雅的風姿，沉靜而迷人。[林本 P238-239; 2 頁] [賴本（上）P311-312; 2 頁]
閉館前，佐伯如往常一樣從樓上走下來，依稀有十五歲少女的影子。[林本 P240; 1 頁] [賴本（上）P313; 1 頁]

《海邊的卡夫卡》第 25 章摘要

一日午間，佐伯正在辦公室內寫東西，卡夫卡送來一杯咖啡，她於是停下筆，準備與他聊天。[林本 P266；1 頁] [賴本（下）P30; 1 頁]
佐伯詢問卡夫卡是否習慣這裡的生活、為何離開家來到這裡，卡夫卡的回答引得佐伯久久注視著他。[林本 P266-267; 2 頁] [賴本（下）P30-31; 2 頁]
卡夫卡的經歷勾起佐伯的回憶，她在十五歲時也曾經非常躁動，活在這個不斷被毀壞的世界，迫切地想離開它去遠方的世界，以為一定存在一個入口進入一個不受損壞的世界。[林本 P268; 1 頁] [賴本（下）P32; 1 頁]
佐伯告訴卡夫卡，她十五歲時在一定意義上是非常孤獨的，而又沉浸於這種心境，所以沒有進入另一個世界。[林本 P268; 1 頁] [賴本（下）P32; 1 頁]
佐伯鼓勵卡夫卡說，他比她要更加堅強、更加獨立，不像她當初一味逃避現實，卡夫卡是在同現實鬥爭，這讓佐伯想起她年輕時的戀人。[林本 P268; 1 頁] [賴本（下）P32; 1 頁]
佐伯告訴卡夫卡，她曾經做過一些採訪，訪問那些受雷擊而存活的人，寫過一部關於雷電的書。[林本 P269; 1 頁] [賴本（下）P33; 1 頁]

《海邊的卡夫卡》第 27 章摘要

少女佐伯的幽靈再次在深夜來到卡夫卡的房間，凝心注視著卡夫卡。[林本 P283-284；2 頁] [賴本（下）P51-52; 2 頁]
下午，佐伯有些疲憊，出神地看著什麼，此時卡夫卡又給她送來咖啡並關切地詢問佐伯。[林本 P288-289; 2 頁] [賴本（下）P58-60; 3 頁]
卡夫卡問佐伯是否有孩子，佐伯對這個問題並沒有給出明確答案，也沒有責怪卡夫卡的冒昧。[林本 P290-291; 2 頁] [賴本（下）P61-62; 2 頁]

《海邊的卡夫卡》第 29 章摘要

少女佐伯的幽靈再一次悄悄來到卡夫卡身邊，先是靜靜地坐著、看著油畫，不久熟練地脫掉衣服，爬到卡夫卡的床上，盡情與他做愛。[林本 P302-305；4 頁] [賴本（下）P76-80; 5 頁]

《海邊的卡夫卡》第 31 章摘要

這天佐伯工作時不太能集中心神，總是莫名地想著什麼，直到卡夫卡給她送來咖啡，才恍惚回過神來。[林本 P314；1 頁] [賴本（下）P92; 1 頁]

佐伯與卡夫卡隨意閒談，詢問他是否喜歡現在所處的這個地方，告訴他，自己年輕時便非常想離開這裡、找更特別的人和事。[林本 P314-315; 2 頁] [賴本（下）P92-93; 2 頁]

當卡夫卡說他家住東京中野區野方時，佐伯心裡一動，腦海裡閃過很多事情。[林本 P315; 1 頁] [賴本（下）P93; 1 頁]

佐伯二十歲時離開這裡，因為她覺得不離開這裡就難以過活，根本沒有打算再回來，但經歷了很多事後，仍然返回原地，人生諸多不如意者在此。[林本 P315; 1 頁] [賴本（下）P93-94; 2 頁]

佐伯直言，自己是為了死才返回這裡的，而不論生死，每天的生活並沒有本質區別。[林本 P316; 1 頁] [賴本（下）P95; 1 頁]

佐伯得知，卡夫卡的父親已經死了，便追問其父為何赴死，當卡夫卡說他的父親愛佐伯的時候，佐伯心裡又一次震動。[林本 P316-317; 2 頁] [賴本（下）P95-96; 2 頁]

卡夫卡向佐伯提出一種假說，在假說裡，佐伯是卡夫卡的母親，卡夫卡戀著佐伯，卡夫卡可能因此而殺死了父親，這讓佐伯實在難以接受，便讓卡夫卡出去。想一個人靜一靜。[林本 P317-319; 3 頁] [賴本（下）P97-99; 3 頁]

但卡夫卡並沒有離開，而是進一步逼問，問佐伯是否有孩子，問這種隱喻遮蔽著什麼，進而提出想與佐伯做愛，這讓佐伯陷入一種沉重的痛苦[林本 P319-320; 2 頁] [賴本（下）P99-100; 2 頁]

卡夫卡提出關於唱片兩個過渡和旋的問題，讓佐伯沉入回憶中。[林本 P320; 1 頁] [賴本（下）P101; 1 頁]

晚間九點多，佐伯來到卡夫卡的房間，帶他去海邊看當年畫家作畫的場景；這幅畫的創作已是四十年前的事了，那時佐伯第一次來月經，恰逢一個路過的年輕畫家在圖書館歇息，便創作了祝福油畫。[林本 P323-324; 2 頁] [賴本（下）P105-106; 2 頁]

從海邊回來，佐伯與卡夫卡在雙方都清醒的狀態下，再一次做愛，但佐伯還是忍不住哭了，哭得很傷心，淌下許多淚水。[林本 P325-326; 2 頁] [賴本（下）P107-108; 2 頁]

《海邊的卡夫卡》第 33 章摘要

當卡夫卡再次送來咖啡時，佐伯正在伏案寫字，便讓他坐在椅子上，想說些什麼而又久久沒有開口。[林本 P344-345；2 頁] [賴本（下）P132-133; 2 頁]
隨後佐伯詢問卡夫卡健身的情況，鼓勵他必定變得更加強壯，而且他的理解能力已經很強了。[林本 P345-346; 2 頁] [賴本（下）P133-134; 2 頁]
面對卡夫卡對於佐伯是他母親的假說的堅持，佐伯指出其正確與否必須由卡夫卡自己證明，而她也不必對這個假說負責任。[林本 P346; 1 頁] [賴本（下）P134-135; 2 頁]
卡夫卡再次借佐伯的採訪經歷和書詢問佐伯是否認識他父親，佐伯明確予以否認，她腦海中並沒有姓田村的人，但卡夫卡的堅持使佐伯陷入窘境，開始正視卡夫卡的問題，反問卡夫卡的真實身分，而卡夫卡堅持認為佐伯就是他的母親，他是佐伯的兒子，也是她的戀人。[林本 P346-348; 3 頁] [賴本（下）P135-138; 4 頁]
這一夜，佐伯再次與卡夫卡相擁做愛、為卡夫卡口交、撫摸他，之後久久抱在一起，直到天亮。[林本 P349; 1 頁] [賴本（下）P138-139; 2 頁]

《海邊的卡夫卡》第 37 章摘要

佐伯曾經被捲入很多麻煩事，此後便很少干涉世事，以儘量少涉世事為本。[林本 P383; 1 頁] [賴本（下）P182-183; 2 頁]
佐伯是天資聰穎的，但也經歷了很多磨難，這甚至是世所罕見的事。[林本 P387; 1 頁] [賴本（下）P189; 1 頁]

《海邊的卡夫卡》第 40 章摘要

又一個星期二，例行圖書館參觀時間，佐伯照例走下樓，發現讀者中有一老一少兩個人，老年人姓中田，年輕人叫星野，他們跨過一座雄偉的大橋，從遙遠的中野區而來。[林本 P416-417; 2 頁] [賴本（下）P228-229; 2 頁]
非常簡單地介紹了甲村圖書館的緣起後，佐伯邀請中田等人走上二樓正式參觀。[林本 P417; 1 頁] [賴本（下）P229; 1 頁]
隨後的二十分鐘內，佐伯向他們詳細介紹了圖書館的歷史和文人掌故等，講解得依然優雅得體。[林本 P417-418; 2 頁] [賴本（下）P229-230; 2 頁]
下午三點時，佐伯正在伏案讀書，老人中田突然闖了進來，大島也沒能攔住，老人稱有事要說，佐伯便只留下老人詳談。[林本 P418-419; 2 頁] [賴本（下）P230-231; 2 頁]

《海邊的卡夫卡》第 42 章摘要

佐伯一直在等待老人中田的到來，儘管老人禮貌地致以歉意，但佐伯覺得現在正是二人相遇的最好的時機；遲些或早些，反倒會感到困惑。[林本 P427; 1 頁] [賴本（下）P242; 1 頁]
老人中田告訴佐伯，除了貓，他一個朋友都沒有，而這引起了佐伯的共鳴，因為除了年輕時的回憶，她也幾乎沒有堪稱朋友的人。[林本 P427; 1 頁] [賴本（下）P242-243; 2 頁]
中田說他沒有回憶，也不知回憶為何物，只知曉現在發生著的事；而佐伯恰恰相反，只沉於回憶中。[林本 P427-428; 2 頁] [賴本（下）P243; 1 頁]
當兩人陷入沉默時，中田直截了當地提出入口石的問題，他說幾天前打開了入口石，而佐伯也明白這是為了使許多事物恢復該有的原貌。[林本 P428; 1 頁] [賴本（下）P243-244; 2 頁]
得知中田代替一個十五歲少女殺死了一個人時，佐伯猜想可能是因為她自己在多年以前打開了入口石導致事物變異所造成的。[林本 P429; 1 頁] [賴本（下）P244; 1 頁]
正是為了使事物恢復原貌，中田不得不離開中野區；中田同時還忠告佐伯，她不能留在這裡，佐伯聽從了中田的建議，而這也正是她長久以來的追求，痛苦正是她應當承擔的義務，無論多麼痛苦，她都不願意放棄回憶，因為這是她活著的證明。[林本 P429; 1 頁] [賴本（下）P244-245; 2 頁]
佐伯告訴中田，她已經與他口中的少年發生了性關係，她還化作十五歲少女，多次出現在那個少年身邊與他做愛，而這又是不可避免的事。[林本 P430; 1 頁] [賴本（下）P245-246; 2 頁]
佐伯從抽屜裡取出三本資料夾，裡面記錄著她所走過的人生路，佐伯請求中田將這些檔焚毀，得到中田應允之後，佐伯徹底釋然，最後安詳地死去，徹底沉入回憶中。[林本 P430-432; 3 頁] [賴本（下）P246-249; 4 頁]

《海邊的卡夫卡》第 47 章摘要

一天正中午的時候，中年佐伯來到卡夫卡在森林核心中的住處，告訴卡夫卡，記錄她的人生路的記憶的文件都燒毀了，一方面來看看卡夫卡，一方面忠告他無論如何都要儘快離開森林返回原來的世界去生活，同時請求卡夫卡記住她。[林本 P480-482; 3 頁] [賴本（下）P313-316; 4 頁]
佐伯把油畫〈海邊的卡夫卡〉留給卡夫卡，告訴他，只要他需要，她就會出現在他身邊。[林本 P482; 1 頁] [賴本（下）P316-317; 2 頁]
當卡夫卡再次問佐伯是不是自己的母親時，佐伯滿懷深情地向他懺悔，這得到了卡夫卡的原諒，母子倆深情相擁。[林本 P483-484; 2 頁] [賴本（下）P317-318; 2 頁]

佐伯用頭上的髮卡劃破了手腕處的靜脈，卡夫卡用嘴吸允她的手臂上的血，試圖為佐伯止血。[林本 P484; 1 頁] [賴本（下）P319-320; 2 頁]
卡夫卡告訴佐伯，他不明白活著的意義，佐伯便提醒他去仔細觀察那幅油畫。[林本 P484; 1 頁] [賴本（下）P319-320; 2 頁]
最後，佐伯跟卡夫卡道別，離開了他。[林本 P484-485; 2 頁] [賴本（下）P319-320; 2 頁]

Stories of Young Kafka

Ermeng ZHAI

Ph.D Candidate, Faculty of Arts, Shaanxi University

Abstract

In order to facilitate the understanding of the main characters and the plots of *Kafka on the Shore,* this article makes the summary by chapter, and provides the page number in Taiwanese translation and Chinese mainland's translation for information retrieval.

Keywords: Murakami Haruk, Characters and Plots

《國際村上春樹研究》輯二（2015 年 12 月）279-332。

《1Q84》批判

——村上春樹去向何方？

■黑古一夫著
■林嘯軒譯

作者簡介：

　　黑古一夫（Kazuo KUROKO），1945 年生於群馬縣，法政大學大學院博士課程修了（日本近代文學專攻），國立圖書館情報大學助教授、同大教授，築波大學圖書館情報研究科教授、華中師範大學外國語學院日本語科大學院特別招聘教授（楚天學者，2012.9- ）。現為文藝評論家、築波大學名譽教授。近年著有：《大江健三郎論——森の思想と生き方の原理》、《村上春樹——ザ・ロースト・ワールド》、《村上春樹と同時代の文學》、《大江健三郎とこの時代の文學》、《作家はこのようにして生まれ、大きくなった——大江健三郎伝説》、《村上春樹「喪失」の物語から「転換」の物語へ》、《〈1Q84〉批判と現代作家論》。編有：《宮嶋資夫著作集》（全 7 卷）、《日本の原爆文學》（全 15 卷）、《思想の最前線で——文學は予兆する》（全 1 卷）、《日本の原爆記録》（全 20 卷）、《廣島・長崎原爆寫真繪畫集成》（全 6 卷）、《小田切秀雄全集》（全 19 卷）、《大城立裕全集》（全 13 卷）、《大城立裕文學アルバム》（全 1 卷）、《ノーモア　ヒロシマ・ナガサキ』（寫真集　全 1 卷）、《林京子全集》（全 8 卷）、《ヒロシマ・ナガサキからフクシマへ—核時代を考える》、《立松和平全小說》（全 30 卷）等。

譯者簡介：

　　林嘯軒（Xiaoxuan LIN），男。山東師範大學日語專業學士、碩士，山東大學比較文學與世界文學專業博士。主要研究日本近現代文學。2004 年在「世界文學」杯翻譯競賽

中僥倖獲獎，自此專注大江健三郎文學研究。2004-2005 年赴法政大學留學，2010-2011 年赴築波大學訪學。碩士論文〈大江健三郎與莫言文學中的「故鄉」比較〉為中國較早系統比較兩者文學的成果。有《還我祖靈——臺灣原住民與靖國神社》（與他人合譯。臺灣人間出版社）等五部譯著，〈大江健三郎文學「返鄉」原因初探〉、〈挑戰天皇制禁忌的《桃太郎》〉、〈華茲華斯詩學對國木田獨步小說的影響〉、〈夏目漱石「道義上的個人主義」與其《心》〉等論文。現為山東農業大學外國語學院教授。

論文提要：

《1Q84》是通過令人頗感異常的銷售策略而暢銷書化的，無非是因為感到這個國家稱為「文壇」的集合體以及大眾傳媒和新聞界等有意識或無意識地參與了出版社（編輯們）的策略，產生了《1Q84》只能令人感到「異常」的銷售結果。舉例來說，以《朝日新聞》為首的中央大報以及 NHK 等大眾傳媒和新聞界等報導了對日本人中第三位「諾貝爾文學獎獲得者」這一特大新聞寄予期待的消息，這一現狀果真和《1Q84》的暢銷書化無關嗎？當然，推動了這件事的，是 2009 年年初村上春樹獲得了以色列的「耶路撒冷獎」（正確說法是「推動社會中個人自由的耶路撒冷獎」。考慮到在中東的以色列與阿拉伯的對立和戰爭，不得不說這實在是很具諷刺的文學獎）以及他在授獎儀式上所做的「牆壁和雞蛋」演講。

關鍵詞：村上春樹、「耶路撒冷獎」、《1Q84》、諾貝爾文學獎、大江健三郎

一、風行「狂想曲」

2009 年 5 月 30 日，新潮社同時發售了《1Q84》的《BOOK1》和《BOOK2》。不足一個月，兩書的發行總量就超過二百幾十萬部，成為超級暢銷書。約一年之後出版發行的《BOOK3》（2010 年 4 月 16 日出版）也馬上同《BOOK1》和《BOOK2》一樣，獲得了眾多讀者。《1Q84》距村上春樹上一部長篇已經時隔七年。2004 年 9 月，講談社出版了單行本的《天黑以後》，但村上春樹（MURAKAMI Haruki, 1949-）本人卻將這一部四百餘頁稿紙的作品稱為「中篇」（《專刊──村上春樹長篇訪談》，季刊《思考者》2010 年夏季號，新潮社[1]）。後文將詳述我是如何理解《1Q84》這部作品的。《1Q84》的發行方式與暢銷書式的炒作，無疑直接反映了「純文學的蕭條」「出版蕭條」等圍繞現代文學和當今文化狀況的各種形勢。而不涉及這種現代文學狀況同《1Q84》的關係就言及作品內容，將會受到「只見樹木，不見森林」的責難吧。之所以這麼說，是因為我不由地認為，這部長篇成為暢銷書一事同其內容之間，很是背離。

[1]　賴明珠（1947-）、張明敏譯，《「《1Q84》之後」特集──村上春樹 Long Interviews 長訪談》，村上春樹口述、松家仁之（MATSUIE Masashi, 1958- ）採訪（台北：時報文化出版業股份有限公司，2011）。張樂風譯，〈村上春樹三天兩夜長訪談〉（〈村上春樹ロングインタビュー〉），村上春樹著、松家仁之訪談，《大方》1（2011）：18-100。

　　進一步講，圍繞《1Q84》的一連串事件（從其發表方式直到批評樣態），難道不是對始於二葉亭四迷（FUTABATEI Shimei, 1864-1909）的《浮雲》（1987，明治 20 年）、和森鷗外（MORI Ōgai, 1862-1922）的《舞姬》（1890，明治 23 年），後經野間宏（NOMA Hiroshi, 1915-91）和武田泰淳（TAKEDA Taijun, 1912-76）等人的戰後文學直到現代的近現代文學傳統的否定嗎？以下說法聽似誇張，或許可以說，這一事件宣告了以「個人」的確立為基礎的近代國家及其思想（民主主義思想）等的「無效」，告知我們後現代社會的確已經來臨。但《1Q84》果真是一直被稱為「後現代文學」代表的村上春樹文學探索的到達之地嗎？我絕不這樣認為。

1.韓國中國先後以天價購得翻譯權，作為買賣果真划算嗎？

　　言歸正傳，我要說一下圍繞《1Q84》的狂想曲。譬如，據 2009 年 8 月 3 日的《朝日新聞》報導，競標結果是《1Q84》在韓國的版權（翻譯權）以一億一千六百萬日元中標，據稱人們擔心這會給韓國國內現代小說的出版產生不小影響。不知韓國將會給這部長篇定出怎樣的價格，即使村上春樹在韓國再受歡迎，但付出一億一千多萬日元的版權費，作為買賣果真划算嗎？雖然與已無關，我仍不禁擔心。同樣，中國也是以百萬美金（按當時匯率折合九千二百萬日元）競得版權，據說《BOOK1》以第一版一百二十萬部，《BOOK2》以第一版六十萬部的印數已經翻譯出版。雖說村上春樹是每年都被提名諾貝爾文學獎候選人的世界級作家，但發生在韓國與中國等地的版權爭奪戰不是仍然太過異常嗎？我所感受的只是這樣一種印象：僅僅是世界級作家村上春樹的「假象」受到追捧，作品本身並未受到重視。一想到「之前的好評」「膨脹的期待感」成了如此異常的版權爭奪戰的誘因，我就感到一種無以言表的寂寥。當然，即使在韓國、中國以外的美國和德國等歐洲文化圈，《1Q84》也是從日本出版之後不久就被陸續翻譯出版成了各國文字。

2.日本，這個國家對《1Q84》的反應又是怎樣呢？

回顧日本，這個國家對《1Q84》的反應又是怎樣呢？在日本所發生的，同韓國和中國等令人感到異常的《1Q84》版權爭奪戰又有多少不同？至於這是誰策劃的，不得而知。首先是一條「新聞」，說村上春樹從數年前就一直被提名為諾貝爾文學獎候選人以及有一段時間未曾出版新作的村上春樹將於最近發表新作。雖無法判明這是否是有意為之，但這自從 2009年年初開始就反覆傳揚，也的確刺激了以村上春樹擁躉（向村上春樹奉送讚詞的論客和書迷等）們為中心的關心村上春樹者的「枯竭感」。而且，對於這種「枯竭感·飢餓感」，通常將是採取這種手法，即由出版商或有關人員多少透漏一點作品內容，進一步吊起人們的「期待感」。但到了這次的《1Q84》時，他們卻對作品內容隻字未提，結果由此進一步增加了讀者的「飢餓感」。這種出版之前「飢餓感·期待感」的增長，無論如何思考，我都只能認為是出版社的銷售策略。對此，村上春樹在前文提到的〈村上春樹長篇訪談〉中這樣說道：

> 因此，我覺得試圖從這種本質性因素（自己作品中具有「原創性」——黑古注）以外尋找小說暢銷原因的人，尤其是同媒體有關的人中似乎很多。他們試圖硬要將話題歸結到這些方面。那些銷售策略等等類似陰謀史觀的說法，也是其中之一吧。

> 關於這件事，首先可以追溯到《海邊的卡夫卡》。《海邊的卡夫卡》是我和責任編輯商量之後，決定在書將出版的兩個月前製作用於書評的樣本，贈送給有關報紙、雜誌和書店經營者等（也寄給了我——黑古注）。因為我原以為這樣一來，出版之後馬上就會登出書評的。（中略）

> 情況就是這樣，在發售日兩個月前製成了校樣（簡訂本）分發給媒體。本來有所期待的，但看了一下結果，報紙登出書評依然是在出版之後一個月甚至一個半月以後。（中略）

> 於是，我明白了說到底提前製作校樣是沒有任何意義的。因此，《1Q84》時就不再特別做些什麼，只是單純地直接推出了新

　　　　書。並沒有神祕主義什麼的，只是像其他書一樣正常地出版了而
　　　　已[2]。

他說自己什麼也沒做。就像下文論述的那樣，出版社（編輯們）並不是什
麼也沒做。我之所以懷疑《1Q84》是通過令人頗感異常的銷售策略而暢銷
書化的，並不是說村上春樹自身參與了其中，無非是因為感到這個國家稱
為「文壇」的集合體以及大眾傳媒和新聞界等有意識或無意識地參與了出
版社（編輯們）的策略，產生了《1Q84》只能令人感到「異常」的銷售結
果。舉例來說，以《朝日新聞》為首的中央大報以及 NHK 等大眾傳媒和
新聞界等報導了對日本人中第三位「諾貝爾文學獎獲得者」這一特大新聞
寄予期待的消息，這一現狀果真和《1Q84》的暢銷書化無關嗎？當然，推
動了這件事的，是 2009 年年初村上春樹獲得了以色列的「耶路撒冷獎」（正
確說法是「推動社會中個人自由的耶路撒冷獎」。考慮到在中東的以色列
與阿拉伯的對立和戰爭，不得不說這實在是很具諷刺的文學獎）以及他在
授獎儀式上所做的「牆壁和雞蛋」演講。

3.對於村上春樹是否接受「耶路撒冷獎」，人們議論紛紛。

　　關於這一「耶路撒冷獎」，當時正值 2008 年年底至 2009 年 1 月，以
色列加快了針對巴勒斯坦（加沙地區）的攻擊，造成了巴勒斯坦一方數千
人的死傷者（犧牲者）。在這一形勢下，對於村上春樹是否要接受這一「耶
路撒冷獎」，即使接受獎項是否要出席授獎儀式（2 月 15 日）等，人們議
論紛紛。說到村上春樹獲得「耶路撒冷獎」，這連同他被提名為諾貝爾文
學獎候選人、成為亞洲圈中首位獲得捷克的弗蘭茲・卡夫卡文學獎（2006
年）的作家等，也再次告知讀者們村上春樹文學已經如何廣泛地被「世界」
接受。後文將詳述「耶路撒冷獎」同村上春樹文學的關係。可以說，大眾
傳媒和新聞界等將獲得「耶路撒冷獎」同《1Q84》的出版（計畫）關聯起
來大造聲勢，也為這一長篇的暢銷書化作出了貢獻。

---

[2]　賴明珠、張明敏，（第二天）72。張樂風　67。（譯者據日文改譯）

到了臨近出版的緊要關頭，他們更是加強了
這一傾向，繼續刺激讀者的「飢餓感」。或許可
以說，在這種狀況的背景之中，存在認真接受出
版蕭條衝擊的「現代文學（純文學）」相關者們
的焦慮和困惑，或者企盼起死回生的強烈願望
等。這些在《1Q84》出版之前所發生的（被某人
或現代狀況有意設計的）諸般事件使我們認識
到，在正處於成熟資本主義社會的現代，即使是

「文學」，其命運也是無法逃脫「市場原理主義」
的。總之，如果說得一針見血的話，《1Q84》發售之前所發生的各種事件，
難道不是現代文學界（文壇）、大眾傳媒和新聞界熱情高漲，借助「村上
春樹」或「諾貝爾文學獎」這一商標（符號），盼望從中獲得某種「利益」
──或者說得體面一些，是希望「保全」文學的地位──而發生的「狂想
曲」嗎？

4.《群像》和《文學界》兩家文藝雜誌的專刊

而更為「異常」「破例」的事情，發生在《1Q84》發售之後。這就是
《群像》和《文學界》兩家文藝雜誌的 2009 年 8 月號（小說出版是在 7 月
6 日）專刊。《群像》組織了《專刊──10 倍欣賞村上春樹》，《文學界》
組織了《專刊──解讀村上春樹的〈1Q84〉》，《新潮》則在 8 月號登載
了福田和也（FUKUDA Kazuya, 1960- ）的〈現代人能夠得救嗎？──村
上春樹的《1Q84》（前篇）〉[3]。考慮到《1Q84》的出版日期在卷末記載
中是 5 月 30 日（實際發行是在 5 月 30 日之前），再考慮到《新潮》中福
田一文的《1Q84》是新潮社自己出版的，即使瞭解在這之前也偶爾有過在
發售同時就以「書評」形式進行的新書「宣傳」，但這仍是在其他文藝雜
誌的應對中幾乎前所未見的「史上神速」。

因為不論發行《群像》的講談社還是發行《文學界》的文藝春秋，之
前都出版過多部村上春樹的作品，這一結果或許是他們考慮通過與新潮社

3　福田和也（FUKUDA Kazuya, 1960- ），〈《現代人能夠得救嗎？──村上春樹的
　《1Q84》（前篇）〉（〈現代人は救われ得るか──村上春樹《1Q84》（前篇）〉，
　《新潮》106.8（2009）：199-205。

合作，幫忙推動《1Q84》的暢銷書化，如果奏效，也可以多少增加本社既已出版的村上春樹刊本的銷量。事實上，講談社出版的《挪威的森林》不知是否由於《1Q84》效應，累計發行數量超過了一千萬部。考慮到《1Q84》的發行日期和雜誌的發行日期，就可以推測：《群像》動員了安藤禮二（ANDŌ Reiji, 1967-　，文藝評論家）、苅部直（KARUBE Tadashi, 1965-　，政治學者）、松永美穗（MATSUNAGA Miho, 1958-　，德國文學研究家、翻譯家）、諏訪哲史（SUWA Tetsushi, 1969-　，作家）參加的座談會「徹底解讀《1Q84》」等[4]，可以說是相當「勉為其難」才實現的吧。也就是說，在短短一個月左右的時間內閱讀篇幅如此之長的小說，然後設定座談會，根據錄音整理出能夠刊登到文藝雜誌上的稿件（當然，座談會上說的話並非就那樣直接登載，至少也需要校對一次）。如果不是出於某種意圖（策略），這幾乎是不可能做到的吧？莫非平時相互敵視的各家文藝雜誌，僅僅在村上春樹的《1Q84》時才通力合作，結成了友好俱樂部性質的團隊？

5.《每日新聞》〈村上春樹談《1Q84》〉對報導潑了盆冷水

　　但這種舉「文壇」之力的「狂想曲」，仍然被《每日新聞》2009 年 9 月 17 日的《村上春樹談〈1Q84〉》這一報導潑了盆冷水。在這篇採訪報導中，當記者問及「發行已經三個多月，這期間的評論如何」時，村上春樹這樣回答：「我根本沒讀。現在正在寫『BOOK3』。時間上想盡可能提前，在明年初夏時出版」。村上春樹「錯開時期出版續集」或「給本該一度完結的故事推出續集」這一做法，我們在《奇鳥行狀錄》（第一部和第二部是 1994 年 4 月，第三部是 1995 年 8 月，新潮社）時就已經見識過。就這種給我認為已經「完結」的長篇寫「續篇」一事，村上春樹在前文提到的「長篇訪談」中，說在《奇鳥行狀錄》和在《1Q84》時是不同的。他這樣說道：

　　　　寫完 BOOK1 和 BOOK2 之後，當時真想就那樣結束的。創作《奇鳥行狀錄》時，是在 1 與 2 出版之後一段時間才想寫 3 的。但

---

[4]　安藤禮二（ANDŌ Reiji, 1967-　）、苅部直（KARUBE Tadashi, 1965-　）、松永美穗（MATSUNAGA Miho, 1958-　）、諏訪哲史（SUWA Tetsushi, 1969-　），〈座談会　村上春樹《1Q84》をとことん読む〉，《群像》64.8（2009）：142-59。

這一次是在出版之前就有了想寫 3 的念頭。一旦想著動筆寫 3 而開始思考時，卻面對了各種實際問題。因為我原本就沒有寫續集的打算，要說當然也屬當然。（著重號黑古所加[5]）

考慮到這是村上春樹在《1Q84》發售後不久接受《讀賣新聞》採訪（6 月 16 日、17 日、18 日）時所講[6]，其前提是《1Q84》出版了《BOOK1》和《BOOK2》就完結了，就會發現矛盾，因為他在之前的《每日新聞》採訪中說「正在寫『BOOK3』」。或許村上春樹本人並未意識到，但想到出版後所發生的「狂想曲」，就不得不認為這是欺騙讀者的「欺詐行為」。無論是誰，在買書時，不論那是一卷本還是二卷本，甚至是三卷本，只要書上沒有寫明（言明）「未完待續」，就會認為書就此「完結」而將它讀完。但實際上作品存在「續集」時，讀者又該如何應對呢？這難道不算是欺騙讀者的行為嗎？

《1Q84》（村上春樹）的「欺詐行為」，不僅僅波及一般讀者。我對《1Q84》所做的眾多書評，也是受其牽連結果的一部分，因為評論的前提說到底是認為在《BOOK1》《BOOK2》中故事就完結了，所以眾多的書評人通過《每日新聞》報導而感到被村上春樹欺騙了吧。至少我在讀了《每日新聞》的採訪之後，就不得不那樣想了。到了現在，人們知道了在此前《海邊的卡夫卡》（2002 年，新潮社）出版之際，他與編輯商量而編製了校本，期待書評或者介紹等。追捧《1Q84》或許是報紙和雜誌等的自願行為，但眾多讀者（也包括批評家等）不是產生了「受騙」的感覺嗎？我不得不認為，即使是世界聞名、所出作品全為暢銷書的作家，這次的做法也是一種「犯規」。當然，我毫不懷疑村上春樹對待自己作品是「真摯」的，但看一看涉及《1Q84》出版的諸般現象，就會發現它表明了現代文學界如果不經過某位卓越的策略家之手就無望暢銷書化，這反過來又是「文學蕭條」的表現之一。總之，即使說圍繞《1Q84》顯出了現代文學界中何等蒼涼的光景，似乎也不為過吧。

---

[5] 村上春樹，〈《1Q84》を語る　単独インタビュー——〉，豆瓣小組：http://www.douban.com/group/topic/8033417/。檢索日期：2014.5.16。

[6] 尾崎真理子（OZAKI Mariko, 1959- ），〈通往《1Q84》的 30 年——村上春樹訪談〉王煜婷、陳世華譯，《譯林》4（2010）：213-17。

二、一片「禮讚」

　　而如果要同先前的文章聯繫起來，則有在《新
潮》下一期 9 月號上登載的福田和也的「續篇」[7]
和安藤禮二篇幅相當長的〈王國的到來──村上
春樹的《1Q84》〉[8]。與此同時，被其他雜誌「專
刊」動員起來的文學者們的文章，《群像》有小
山鐵郎（KOYAMA Tetsurō, 1949-　）的〈如飲溫
暖的日本茶──讀《1Q84》〉[9]，《文學界》有加
藤典洋（KATŌ Norihiro, 1948-　）的〈「不是一個
級別」的小說〉[10]、清水良典（SHIMIZU Yoshinori,

1954-　）的〈「父親」的缺席〉[11]、沼野充義（NUMANO Mitsuyoshi, 1954-　）
的〈讀罷已是 200Q 年的世界〉[12]、藤井省三（FUJII Shōzō, 1952-　）的的〈《1Q84》
中的《阿 Q》之影──魯迅與村上春樹〉[13]。這些被「緊急」動員起來的
人們的《1Q84》評論，如同此前出版了《村上春樹黃頁》（第一集為 1996
年，第二集為 2004 年，荒地出版社[14]）等，一直不斷讚揚村上春樹文學的

[7]　福田和也，〈現代人は救われ得るか──村上春樹《1Q84》（後篇）〉，《新潮》
　　106.9（2009）：204-10。
[8]　安藤禮二，〈王国の到来──村上春樹《1Q84》〉，《新潮》106.9（2009）：188-203。
[9]　小山鐵郎（KOYAMA Tetsurō, 1949-　），〈温かい日本茶を飲むまでに──《1Q84》
　　を読む（特集 ムラカミハルキを 10 倍楽しむ）〉，《群像》64.8（2009）：160-71。
[10]　加藤典洋（KATŌ Norihiro, 1948-　），〈「桁違い」の小說〉，《文學界》63.8）
　　（2009）：216-19。
[11]　清水良典（SHIMIZU Yoshinori, 1954-　）。〈《父》の空位〉（特集 村上春樹《1Q84》
　　を読み解く──謎と刺激に満ちた七年ぶりの大作を、四人の論者が四つの視角か
　　ら読む），《文學界》63.8（2009）：220-23。
[12]　沼野充義（NUMANO Mitsuyoshi, 1954-　），〈読み終えたらもう 200Q 年の世界〉
　　（特集 村上春樹《1Q84》を読み解く──謎と刺激に満ちた七年ぶりの大作を、
　　四人の論者が四つの視角から読む），《文學界》63.8（2009）：224-27。
[13]　藤井省三（FUJII Shōzō, 1952-　），〈《1Q84》の中の「阿 Q」の影──魯迅と村
　　上春樹（特集 村上春樹《1Q84》を読み解く──謎と刺激に満ちた七年ぶりの大
　　作を、四人の論者が四つの視角から読む）〉，《文學界》63.8（2009）：228-31。
[14]　加藤典洋編，《村上春樹　イエローページ作品別（1995-2004）　Part 1》（東京：
　　荒地出版社，2004），加藤典洋編，《村上春樹　イエローページ作品別（1995-2004）

加藤典洋的〈「不是一個級別」的小說〉中以下引用部分所象徵的那樣，都基本上未出「禮讚」範圍，全無「批評」。

1.加藤典洋〈「不是一個級別」的小說〉的「禮讚」

我對這部作品的評價極高。它同其他作品完全隔絕，也同此前的日本文學拉大了差距。感覺他一繞過拐角，跟跑者便再也不見其身影。

> 這部小說由一對男女主人公的故事，即兩個故事構成。其中一方的故事，有著充滿魅力的冷硬派武打世界。這是將「娛樂性」作為一種文學線索的新嘗試，從這一「娛樂性」的導入之中，我能夠感受到方法性的東西，因為這並非只是想著進行新奇粉飾才引入了看似怪誕的「殺手」這一框架的。此外，這與嘗試借用了著者文學故鄉之一的冷硬派小說框架的《世界盡頭與冷酷仙境》也有不同。日本讀者讀到就會馬上明白，這一設定「引用」自屬於大眾娛樂的電視劇《必殺下手人》系列。如果是追求冷硬派風格，引入著者喜好的設定即可解決。但如果是《必殺下手人》，則這一「引用」的意義就有所不同。因為我們無法認為村上是因喜歡而去看《必殺下手人》的，所以「引用」之源在此暫且被虛化，被「冷凍」，被「置換」。而在此基礎上，完全不可能存在的設定就被「置入」1984 年的日本社會[15]。

在此基礎上，加藤還寫道：「在這一意義上，《1Q84》）與大江健三郎（ŌE Kenzaburō, 1935- ）的《萬延元年的 football》和村上龍（MURAKAMI Ryū, 1952- ）的《離開半島》都不同。如果非要說的話，在「娛樂性」要素的導入乃至混入意義達到了前所未有的「深度」這一點上，近於中上健次（NAKAGAMI Kenji, 1946-92）描繪了黑幫全體、虛構了稀有文學世界的《千年的愉悅》和《奇跡》，但與它們也仍有不同感觸」[16]。

Part 2》（東京：荒地出版社，2004）。

[15] 加藤典洋，〈「桁違い」の小說〉 217。

[16] 加藤典洋，〈「桁違い」の小說〉 217。

　　登載於文藝雜誌《1Q84》專刊中的文章並非全是加藤這樣的「禮讚」，但加藤的文章象徵著各文藝雜誌甚至令人感到「異例」的《1Q84》禮讚。理由從前文引用的加藤文章也可窺見一斑，它是通過「感到」「能夠感到」「有感觸」之類的感覺表達所完成的，這些被他大量運用的詞語，即使在小林秀雄（KOBAYASHI Hideo, 1902-83）的時代，也無非是被當成批評對象的「印象批評」套話。這令我想到：它們是被以只憑這種「印象」而成為村上春樹「專家」的加藤典洋都無法講述的「緊急」（雖然只是我的想像）編入文藝雜誌「專刊」的嗎？如果進一步說明，加藤文中我覺得或許是因「緊急」緣故而犯下的「錯誤」「不周」，僅在引用部分就有兩處。

（一）《1Q84》中作為「娛樂」性「材料」

　　其一，加藤對他稱揚的《1Q84》中作為「娛樂」性「材料」的《必殺下手人》，採用了「電視劇」這一說法。眾所周知，《必殺下手人》的確是電視劇，原作是池波正太郎（IKENAMI Shōtarō, 1923-90）的《殺手藤枝梅安》（全二十篇，1972-90）。加藤為何遺漏（忘記）了池波正太郎的名字呢？或者如果是說「電視劇」，雖然《藤枝梅安》系列和《必殺下手人》不同，但數次被緒方拳（OGATA Ken, 1937-2008）導演搬上螢幕，加藤為何對這也未曾言及呢？無論如何，加藤的指摘都難逃「不周」的非難。基於一知半解的知識評論《1Q84》中的「娛樂性」，不論對村上春樹還是對《1Q84》不都是失禮嗎？此外，《1Q84》主人公之一的「青豆」代替因遭受家庭暴力（DV）而痛苦的女性，受扮演著《殺手藤枝梅安》中首領音羽屋老闆半右衛門角色的「柳府老夫人」委託而殺死施暴男性。無論

如何解釋這是追求「娛樂性」的情節，難道不都過於粗糙嗎？這個世界不會因「私人」制裁（暴力恐怖活動）等而改善或變革。不論古今東西，近代歷史不是已經告訴了我們嗎？

誠然，美貌且聰慧的「青豆」成為「必殺下手人」而去制裁、殺害折磨女性的男性，這作為故事或許是有趣的。也可以說，假如這種有趣早已由池波正太郎的實際作品進行了嘗試，那麼在《1Q84》中安置「私刑制裁人＝必殺下手人青豆」，難道不是村上春樹因過於追求「故事」而犯的失誤嗎？這如果不是「聰明反被聰明誤」之類則萬幸。進而言之，我認為從「必殺下手人青豆」這一設定直到「制裁」故事，雖然任何人都不會像我這樣說，但如果嚴格來看，難道不是「剽竊」自池波正太郎嗎？村上春樹的書迷可能由於和善而對這種「剽竊」不發一言，但這樣果真合適嗎？

（二）對於中上健次《千年的愉悅》和《奇跡》的解讀

此外，對於中上健次的《千年的愉悅》（短篇集、1982 年）和《奇跡》（長篇、1989 年），雖然加藤說「描繪了『黑幫』全體，虛構了稀有的文學世界」，但不論《千年的愉悅》還是《奇跡》，出場的都不是「黑幫全體」。如果按照加藤的說法，那些未曾讀過中上健次作品的人，難道不會誤以為《千年的愉悅》和《奇跡》都是描繪了「黑幫」世界的小說嗎？如同連加藤也知道的那樣，中上在《千年的愉悅》和《奇跡》，或者在此之前的《枯木灘》（1977 年）和《日輪之翼》（1984 年）等作品中所描繪的世界，其主題無非是出生於「小街陋巷」（被歧視部落）中的人們（龍嬸與太一等年輕人）之間錯綜複雜的人際關係以及在「小街陋巷」所具有

的不可思議的能量這一背景下如何養成將「下賤」和「神聖」相連的思想而生存下去。中上是在此基礎上，通過沉著冷靜的文體展開了夢想：如果實現了那種連接「下賤」和「神聖」的世界，就能構想與此前不同的世界吧？如果瞭解了中上的這種文學世界，加藤將「小街陋巷」的人們說成「黑幫」顯然就是誤讀（或者可能是「歧視」。加藤仔細讀了村上的小說嗎？）。即使加藤用這種說法稱讚《千年的愉悅》和《奇跡》等，中上健次在九泉之下也會感到困惑吧。不得不說，加藤對中上文學的解讀過於粗糙。

2.藤井省三「禮讚」也會令著者村上春樹困惑吧

　　再者，順便說一下，雜誌專刊中的有些文章，尤其是以下形式的「禮讚」讓人想到這也會令著者村上春樹困惑吧。這就是先前也曾舉出的《文學界》上藤井省三的文章。藤井在這篇僅從題目即能進行某種程度推測的文章中，將村上春樹的《1Q84》和魯迅（魯迅，周樟壽，1881-1936）的《阿 Q 正傳》結合著進行了論述。

（一）《1Q84》和《阿 Q 正傳》都有「Q」字就說兩者存在相同之處

　　我之所以感到「困惑」，是因為即使承認可以對小說進行任何方法的解讀，也不得不說那只是從《1Q84》表層（詞語的類似性）進行了解讀，並未進行內在的分析性批評，僅僅因為雙方都有一個「Q」字就輕率地將「中國」與村上春樹文學結合起來。譬如，這位中國文學研究者（比較文學研究者）在這次的文章中也再次強調到，他在《中國中的村上春樹》（2007，朝日新聞社[17]）這一著作中也認為村上春樹深受「中國文學（魯迅）」影響，曾將村上春樹的處女作《且聽風吟》（1979 年 6 月，發表於《群像》）中的開頭一節「完美的文章是不存在的，正如完美的絕望不存在一樣」同魯迅的「絕望之為虛妄，正如希望相同」（《野草》，1925[18]）字句結合，由此恣意地定位村上春樹同中國文學有著深刻關係。臨近老年的魯迅在「一九二五年一月一日‧元旦」中寫到「在已經逝去的青春時代

---

[17] 藤井省三，《村上春樹心底的中國》，張明敏譯（台北：時報文化，2008）。
[18] 魯迅，《野草‧希望》，《魯迅全集》，卷 2（北京：人民文學出版社，2005）182。

懷有的『希望』」如今已經失去，但儘管如此，仍說「我只得由我去肉搏這空虛中的暗夜了」[19]。藤井將表明這一決意的文章和《且聽風吟》的「絕望」視為同一心理狀態，其感受性無論如何思考都只能說是可笑的。

（二）說《1Q84》中出現以「自給自足」為基礎的公社「高島塾」的原型，無論如何思考都過於草率。

　　在《文學界》的文章中，因為字母「Q」出現於《1Q84》和《阿 Q 正傳》中，藤井就說兩者存在相同之處，進而只是說了《1Q84》中出現的基於「自給自足」的公社「高島塾」的原型是「山岸會」，早稻田大學畢業的村上春樹理應知道拋下大學教授職位加入「高島塾」的著名中國文學研究者「新島淳良」（NIIJIMA Atsuyoshi, 1928-2002）。但凡是經歷過 1970 年前後「政治季節」的人或是曾對「公社」多少感興趣的學生，

即使並非早稻田學生也理應知道新島淳良。這是常識。他全然未對作品進行對比研討就斷定《1Q84》（村上春樹）和《阿 Q 正傳》存在關係，無論如何思考都過於草率。本來，「山岸會」（高島塾）以「自給自足」為原則的共產主義同不斷探索顛覆國家總體價值觀的「中國革命＝解放中國國民」可能性的文學家魯迅是如何發生聯繫的呢？原本，不是正因為早於中國革命三十餘年實現的俄國革命的過程證明了共產主義的極限性，世界第一次社會主義革命俄國革命才實現了嗎？中國文學研究者藤井省三難道不知道（忘記了）這件事？

　　也就是說，《1Q84》和《阿 Q 正傳》作為文學作品存在何種類似性，或者說具體存在何種影響關係？如果不是在分析作品內容的基礎上進行論證，那就說不上是批評（研究）。無論村上春樹在中國（大陸和臺灣、香港等）博得了怎樣的「人氣」，即使是擔任過《世界如何解讀村上春樹》（獲得國際交流基金資助的專案報告書，2006 年，文藝春秋）的策劃者，藤井那種只能令人感到武斷的「牽強附會」的文章，為何《文學界》還必

---

[19] 魯迅　182。

須登載呢？人們見識了藤井省三的這種文章，只會覺得其中「禮讚」已到極限，做到這等地步也太過度了。

3.《解讀村上春樹的〈1Q84〉》竟然找出「40」個視角

還有一點，《1Q84》的出版令人感到「異常例外」的，就是《1Q84》發賣不足十天，就「緊急出版」了《解讀村上春樹的〈1Q84〉》（村上春樹研究會編，7 月 7 日，Data House）[20]和《如何解讀村上春樹的〈1Q84〉》（7 月 30 日，河出書房新社）[21]。前者由第一部〈關於純愛小說〈1Q84〉的 40 個視角〉（「總論」「第一章 世界與結構」「第二章 作為主題的『深淵』」「第三章 為讀者開敞的窗戶」「第四章 無腦時代的軟色情」「第五章 村上迷觀察日記」）和第二部《「村上春樹擁躉」更感興趣的提示與關鍵》構成。執筆者是「村上春樹研究會」，但試讀之下，「第一部」的寫手總像是一位詩人。如果這一推測成立，雖然有些「視角」同我自身的「解讀」和「評價」相去甚遠，但為了解讀《1Q84》竟然找出「40」個視角，不禁令人嘆服。

但如果想到若是沒有「40」個視角就無法解讀《1Q84》，我還是覺得這僅僅反證了這部村上春樹最新（截止《〈1Q84〉批判與現代作家論》出版的 2011 年 2 月——譯者注）[22]長篇是即便世上的「村上春樹擁躉」也難以解讀（也就是說，就像部分輿論所說的那樣，這部作品中的「謎團」太多。例如，「小小人」為何物，就無法確定）的小說。對於這一「多謎小說」，在同年就出版了《〈1Q84〉村上春樹的世界——解讀震撼心靈的異世界指南》（洋泉社 MOOK）[23]，該書聲稱「尚有眾多謎團」卻又進行著解謎，我總懷疑這種「解謎」書果真能夠解讀《1Q84》嗎？

---

[20] 村上春樹研究會編，《村上春樹の『1Q84』を読み解く》（東京：Data House，2009）。
[21] 河出書房新社，《村上春樹《1Q84》をどう読むか》（東京：河出書房新社，2009）。
[22] 黑古一夫，《〈1Q84〉批判と現代作家論》（東京：アーツアンドクラフツ，2011）。
[23] 芹澤健介（SERIZAWA Kensuke）等編，《〈1Q84〉村上春樹の世界——心揺さぶるその異世界を読み解くためのガイド》（東京：洋泉社 MOOK，2009）。

　　最為重要的是，這種《1Q84》入門書因對村上春樹在耶路撒冷獎獲獎演講《「牆壁和雞蛋」與死亡之影》同《1Q84》的關係以及村上春樹自身所表白的作品風格（文學思想）的「轉換」未設定任何「視角」，呈現出並非是在注目村上春樹文學整體基礎上而決定的《1Q84》視點這一膚淺性。在同心理學者河合隼雄（KAWAI Hayao, 1928-2007）的對談《村上春樹去見河合隼雄》（1996 年 12 月，岩波書店[24]）中，村上春樹發言說，由於經過了阪神淡路大地震和歐姆真理教發動的地鐵沙林事件，他將改變登上文壇以來的作品特徵——「超脫＝不關心社會」，摸索「介入＝關心・關聯社會」。

4.《如何解讀村上春樹的〈1Q84〉》凸顯「拼命銷售」精神

　　另一方面，《如何解讀村上春樹的〈1Q84〉》動員了三十五人的批評家（也包括書評家）、哲學家、宗教學者、音樂家、精神科醫生、民俗學者等對《1Q84》進行了評論。如果列舉經常見於文藝雜誌和綜合雜誌等的執筆者（因敝人淺學，有很多人不認識），（依日文假名順序）有安藤禮二、石原千秋（ISHIHARA Chiaki, 1955- ）、上野俊哉（UENO Toshiya, 1962- ）、內田樹（UCHIDA Tatsuru, 1950- ）、大森望（ŌMORI Nozomi, 1961- ）、加藤典洋、川村湊（KAWAMURA Minato, 1951- ）、栗原裕一郎（KURIHARA Yūichirō, 1965- ）、鴻巢友季子（KŌNOSU Yukiko, 1963- ）、越川芳明（KOSHIKAWA Yoshiaki, 1952- ）、齋藤環（SAITŌ Tamiki, 1961- ）、島田裕巳（SHIMADA Hiromi, 1953- ）、清水良典（SHIMIZU Yoshinori, 1954- ）、鈴村和成（SUZUMURA Kazuari, 1944- ）、豐崎由美（TOYOZAKI Yumi, 1986- ）、永江朗（NAGAE Akira, 1958- ）、沼野充義、平井玄（HIRAI Gen, 1952- ）、森達也（MORI Tatsuya, 1956- ）、四方田犬彥（YOMOTA Inuhiko, 1953- ）等等。在短期之間，竟然動員了如此多的寫手！我有這種率直的感想。不過，加藤典洋、安藤禮二、島田裕巳、森達也等不少人是以「談」的形式投稿，令人反常地領會到那的確是「緊急出版」的東西。話雖如此，但如果站在另一立場，思考為何要在一個多月間從三十五人處征得包括「談」在內的《1Q84》讀後感？《1Q84》

---

[24] 村上春樹，《村上春樹、河合隼雄に会いにいく》（東京：岩波書店，1996）。

竟是如此重要的作品嗎？我就不禁感到這本書也實在是凸顯了「拼命銷售」精神的策劃。

（一）對《1Q84》質疑和批判的文章也收錄在內

　　如果提前說出對該專刊的整體印象，這是一本充滿了向《1Q84》「致敬」的書。當然，像是大森望和豐崎由美的《對談──亂侃〈1Q84〉！》[25]、此前和文壇（姑且這樣說。可以說是狹義上的現代文學界或依存於「文藝雜誌」的世界）未有直接關係的人們，如宗教學者島田裕巳、美國文學研究者越川芳明、社會學者上野俊哉、哲學・宗教學者佐佐木中（SASAKI Ataru, 1973- ）、精神科醫生齋藤環等人對《1Q84》質疑和批判的文章也收錄在內，並非所有都是獻詞文章。例如，佐佐木中開篇就說「這部小說有錯誤。我想是否存在這一當然的疑問：虛構之中是否存在『正誤』問題呢？但在先於這種疑問的層次上，這是一部存在決定性錯誤的小說」。（著重號原文所有）他如下這樣概括談話：

　　如果斗膽採用粗魯的說法，村上春樹所做的事情難道不是和麻原彰晃所為並無不同嗎？正如天吾所為和教祖並無二致一樣。無論

---

[25] 大森望（ŌMORI Nozomi, 1961- ）、豐崎由美（TOYOZAKI Yumi, 1986-），〈圍繞《1Q84》的激烈辯論〉（〈対談《1Q84》メッタ斬り！〉），《村上春樹 1Q84 縱橫談》（《村上春樹〈1Q84〉をどう読むか》），侯為、魏大海譯，河出書房新社編輯部編（濟南：山東文藝出版社，2011）136-47。

多少次，我都會這麼反覆說。這部小說並非在倫理方面或政治方面存在錯誤。他確實講過，要在通過講述故事創造出現實的文學戰鬥中親自對抗。在反復強化這種死亡故事的意義上，這部小說在文學上是完全錯誤的。（著重號原文所有[26]）

《1Q84》是否果真「反覆強化他原本親口講過的進行對抗的死亡故事」，我認為人們對這一判斷大概會有分歧，但如果說到《1Q84》是否向我們展示了「通過講述故事製造出（另一）現實這種『文學』搏鬥」，就不得不說它顯然是缺乏現實性的作品。

此外，宗教學者島田裕已提出了如下「感談」。島田提及了村上春樹在採訪地鐵沙林事件受害者的《地下》（1997 年，講談社）卷末批評了歐姆真理教指導者（領袖）麻原彰晃（ASAHARA Shōkō, 1955- ）一事，認為「十餘年過後，總之已不再單純批判邪教領袖。或者說，已經不能批判了。」他呈現了對《1Q84》的如下疑問：

> 村上春樹在以色列接受文學獎時所做的演講中，比喻性地使用了牆壁和雞蛋，相當明確地闡述了自己的立場已和此前不同。對此產生同感之人不少，但我卻反而從中感到了危險的東西。
>
> 的確，牆壁在現代產生了歧視和差別或更為根本性的政治壓迫，並將其以可見形式顯現出來。實際上，在以色列所控制的巴勒斯坦部分，正在建造從前的柏林牆那樣的牆壁。村上立足於這一現實，講述了牆壁的比喻，宣稱在這種狀況之下，自己始終站在一旦落下就會碎裂的雞蛋一方。
>
> 這表明他作為文學者，不是站在政治性強者一方，而是徹底站在弱者一方這一政治姿態。我甚至認為，這似乎背叛了他在作品中所書寫的東西。（中略）
>
> 即使在巴勒斯坦一方，既有內部分裂，也存在著多種問題。比如：至關緊要的是實施恐怖、自殺式恐怖是否正當？作為對抗暴力

---

[26] 佐佐木中（SASAKI Ataru, 1973- ），〈侮蔑生命的、「死亡物語」的反覆──該小說犯了文學性錯誤〉（〈生への侮蔑、「死の物語」の反復─この小說は文學的に間違っている〉），河出書房新社編輯部編，《村上春樹 1Q84 縱橫談》　74。譯者另作中譯。

性統治的手段，暴力才是唯一的解決策略嗎？因此無法斷言，巴勒斯坦是處於雞蛋一方的。

在包含如此複雜問題的世界中，即使單純地宣稱自己站在容易壞損的雞蛋一方，實際上也會出現只能令人覺得他是從複雜問題逃脫的部分。是否真正存在容易壞損的雞蛋呢？他在小說中對此進行了追問，但其現實的政治性發言卻與此分裂[27]。

（二）「作為對抗暴力性統治的手段，暴力才是唯一的解決策略嗎」

引用有些長。這是從「文學＝小說」外部發來的優秀批評的代表。耶路撒冷獎授獎儀式上的「牆壁和雞蛋」演講同《1Q84》的內容是矛盾的，島田提出了這一根本性質疑。譬如，必須說他腦中思考著「青豆」對「先驅」領袖的制裁（殺人），就對抗「牆壁」（以色列）暴力的「雞蛋」（巴勒斯坦）暴力發出了「作為對抗暴力性統治的手段，暴力才是唯一的解決策略嗎」這一疑問，其作為針對村上春樹「危險性」的警告是極其認真的。

本來，作家站在「雞蛋」（弱者・被壓迫者）一方，如果回顧近現代文學的歷史，就會發現這屬於理所當然的舉動，所以在耶路撒冷獎授獎儀式上，村上春樹並非說了特別的話。這種理所當然的發言之所以被特別提起，理由無非是近幾年村上春樹作為最有希望獲得諾貝爾文學獎的候選人被一直提名。或者說，聽到「牆壁和雞蛋」演講之後，理應有很多人想起了村上春樹基於對歐姆真理教信徒發動的「地鐵沙林事件」受害者和加害者的採訪而寫成的紀實文學《地下》、《約定之地——地下 2》（1998 年，文藝春秋[28]），或者他將阪神淡路大地震所帶來的精神衝擊（創傷）小說化的連續作品《神的孩子都跳舞》（2000 年，新潮社）[29]。之所以這麼說，是因為我認為，「牆壁和雞蛋」演講很好地概括了「地鐵沙林事件」（此

---

[27] 島田裕巳（SHIMADA Hiromi, 1953- ），〈這是站在「蛋」一方的小說嗎？〉，河出書房新社編輯部，《村上春樹 1Q84 縱橫談》 18-19。譯者另作中譯。

[28] 村上春樹，《約定之地——地下 2》（《約束された場所で——underground 2》，東京：文藝春秋，1998）。

[29] 村上春樹，《神的孩子都跳舞》（《神の子どもたちはみな踊る》，東京：新潮社2000）。

前的多起歐姆真理教殺人事件）這一末路。而那是為了擾亂「權力＝暴力」，如果奏效就試圖推翻它而實施的「暴力＝散佈沙林」。

　　總之，就村上春樹作為現代文學作家逐漸獲得人氣的 80 年代後半期的文學特徵，大江健三郎曾說道：

> 　　對社會，或者即使對個人生活至近的身邊環境，都基於不採取任何能動姿態的決心。在此基礎上，對來自風俗性環境的影響不加抵抗地被動接受，而且是像傾聽著背景音樂一樣，同時毫無破綻地編織出自己內在的夢想世界。這就是他的方法。（《從戰後文學到今日的困境》，1986[30]）

不過《地下》以後的作品，顯然證明了他從大江健三郎所說的那種「超脫＝不關心社會」傾向朝著與戰後派文學相通的那種「介入」文學的「轉換」。

5.村上春樹以「轉換」為主軸及其迷失

　　以下內容涉及私事。拙著《村上春樹——從「喪失」的故事到「轉換」的故事》（2007，勉誠出版[31]）正如副標題所示，它以村上春樹的「轉換」為主軸，評論了自初期到《天黑以後》、《東京奇談集》（2005 年，新潮社）的作品。我在其中就表明了疑問，即村上春樹將「阪神淡路大地震」

---

[30] 大江健三郎（ŌE Kenzaburō, 1935- ），〈從戰後文學到今日的困境〉（〈戰後文学から今日の窮境まで〉），《世界》486.3（1986）：243。

[31] 黑古一夫，《村上春樹——從「喪失」的故事到「轉換」的故事》（《村上春樹：「喪失」の物語から「転換」の物語へ》，東京：勉誠出版，2007）。

和「歐姆真理教地鐵沙林事件」當成己事，一舉從 90 年代初就一直推行的「超脫（不關心社會）」推進至「介入（社會參與）」，但在《斯普特尼克的戀人》（1999，講談社）和《海邊的卡夫卡》等作品中，作者自身對這一「轉換」在未有充足確信便「迷失」了。前文所引島田裕巳的《1Q84》批判，未能充分懷有確信便「迷失」批判是相通的。

儘管存在這樣的批判和疑問，但對《1Q84》「讚歌」不止的人們的邏輯，除了先前引用的加藤典洋之外，還能從《留心村上春樹》（2007 年，Artes Publishing）[32]著者、專門研究法國現代思想的內田樹所寫的〈從「父親」脫離的方位〉（轉載於「內田樹研究室」博客）看到這一典型。內田說：「從這次的長篇中可以看到前所未有的巨大變化，那就是『父親』來到了前臺」。他表明了如下結論：

> 《1Q84》中有很多「小父親們」登場。青豆的父親、天吾的父親、「深繪里」的父親、田丸的父親，都將自己的孩子以各種方式拋棄。這就給孩子們留下深深的創傷。
>
> 「小小人」這種「邪惡者」，大概就是這些「小父親們」「鬱悶惡意」的集合意象。（中略）
>
> 《1Q84》在困難歷程之後，結束於主人公們將「邪惡而強大的父親」這一表像本身無效化，從而擺脫了通過讓「父親」在場以說明自身「不完全」這一熟悉習慣。
>
> 那當然並非華麗的勝利，也非令人溫暖的大團圓結局。不過，我認為村上春樹通過這部作品有了對從「父親的束縛」逃脫方法的某種明確把握。那是我從這部作品骨架堅實的故事結構和細部（簡直到了愉悅地步）加注所感受到的[33]。

的確，正如內田所言，在《1Q84》中「父親全面登場」。在這一意義上，也可以將《1Q84》說成是「父子故事」。或許屬於細枝末節，但內田所說的話裡存在「錯誤」。這就是「青豆的父親、天吾的父親、『深繪里』的父親、田丸的父親，都將自己的孩子以各種方式拋棄」部分。「深繪里」的

---

[32] 內田樹，《留心村上春樹》（《村上春樹にご用心》），楊偉、蔣葳譯（台北：時報文化出版企業股份有限公司，2009），原刊東京、Artes Publishing 於 2007 出版。

[33] 內田樹の研究室: http://blog.tatsuru.com/

父親和田丸的父親等，或許正如內田所說的那樣，但不論青豆還是天吾的情況都並非是「被父親拋棄」，而是自己主動「拋棄了父親」吧。如果不是這樣，《1Q84》中有著重要意義的「弒父」意義就變得模糊。在這部最新長篇中，為「父」者如果按照耶路撒冷獎授獎儀式上的演講來說就是「牆壁＝權力」，不論青豆還是天吾都無非是站在「雞蛋」立場上的人物。由於《1Q84》是「雞蛋」想方設法超越（突破）「牆壁」的故事，所以這部作品雖然存在缺陷但並非沒有值得閱讀的一面。但是，身為邪教教團「證人會」熱心活動家的青豆父母，或者作為 NHK 收款人的天吾父親，果真是「牆壁＝權力」嗎？即使他們曾是「牆壁」，青豆和天吾也都不是「被父拋棄」，而是以符合「脫離」一詞所形容的形式離開父親的。我認為，身為「雞蛋」的他們即使有對抗「牆壁」的理由，也不曾有「弒父」的必要吧。進一步說，還有一個問題，即這雖然是《BOOK3》尚未出版時所作的評論，對這部長篇「當時尚未完結」一事，內田是如何思考的呢？

如果這樣思考起來，就無法抹去根本性的疑問，即《1Q84》真正是加藤典洋和內田樹所說的那樣值得「讚詞」的作品嗎？

三、何謂「小小人」——第一個疑問

據前文引用可知，就解讀這部長篇之際的關鍵字之一「小小人」，內田樹說是以青豆為首的出場人物們的「『小父親們』的『鬱悶惡意』的集合意象」，還說是「邪惡而強大的父親」。為何「孩子們」必須從「邪惡而強大的父親」的束縛中逃脫呢？對這一根本性疑問，內田並未充分回應。《1Q84》如題目明示的那樣，儘管與喬治‧奧威爾描寫絕望的「反烏托邦社會（共產主義社會）未來」的《1984》（作於 1949 年）頗有淵源，而且這部長篇中出現了「先驅」和「黎明」等令人想到歐姆真理教以及可謂本國現代化中「公社」先驅的山岸會那樣的組織，我卻不由地認為內田無視這部長篇在根本上和「社會（現實）」交鋒一事（不知是有意，還是充斥讚詞的《留心村上春樹》這一文脈使然？），始終將這部小說的意義封閉於文學「內部」。

換言之，因為我認為莫非村上春樹只是牽強地將在這部長篇（雖然只說《BOOK1》和《BOOK2》即可）中發揮重要作用的「先驅」和「黎明」

同山岸會那樣的「公社」和歐姆真理教那樣的邪教融合，試圖由此編造出冷硬派風格的故事嗎？也就是說，植根於「公社」這一原始共產制社會的社會變革運動同惑於領袖（指導者·靈能者）的「超群能力」而喪失自我，領袖所命之事即使是違法或殺人也徹底執行的邪教教團，原本其思想和模式都有所不同，但《1Q84》卻無視這一不同，讓它們都作為「反社會集團」出現於故事中。如果從批評角度而言，對於《1Q84》中的「先驅」和「黎明」之類的「農業公社」以模糊形式登場且作為歐姆真理教那樣的「反社會組織·集團」出現於作品中一事，為何內田樹和加藤典洋那些向《1Q84》奉獻讚詞的論客（批評家）們不做批判呢？「先驅」和「黎明」這一漫不經心的設定，也同既是「農業公社」領袖又是「深繪里」父親的男性屢屢「強姦」般地性侵包括「深繪里」在內屬於公社的「未來月經」的十歲少女這種欠缺現實性的展開相連。無論再為了讓「故事」有趣，公社領袖不斷強姦公社的少女不也是太過荒誕嗎？

瀏覽過《如何解讀村上春樹的〈1Q84〉》等，我認為被緊急動員其中的論客們雖然都在賣力地書寫（敘述），但總覺得不論作為《1Q84》批評還是村上春樹批評，此前鮮有能夠令人充分信服的文章。原因何在？大概是因為存在這樣一種氛圍：村上春樹已經成為甚至有望榮獲諾貝爾文學獎的世界聞名的「大作家」，在「文壇內」批判村上春樹會遭到封殺。其次，如果假設這也是同《1Q84》爆發性銷售有關的相乘現象，我又心生擔憂：這會造成只要作品「暢銷」就是王道的風潮吧。

在這種「文壇」和出版界，如果說我本人和《1Q84》處於何種關係，正如前文所寫，在這部長篇發售後不久我應《北海道新聞》之邀寫了書評，之後反覆閱讀《1Q84》，不斷思考為何這部長篇在《BOOK1》和《BOOK2》發售三個月左右就顯示了總共售出超過二百幾十萬部的業績，能夠得到前所未有的評價（話題）呢？雖然明知下面這一說法有歧視之嫌，在發售過後三個月左右的 2009 年 8 月末，我在以天然溫泉和冬天的鮟鱇魚菜為賣點的北茨城的家庭旅店組織了大學的研修集訓，在那所家庭旅店為客人準備的書架上，同淺田次郎（ASADA Jirō, 1951- ）的《中原之虹》等並排擺在一起的，就是《1Q84》的《BOOK1》。這讓我再次認識到它竟然是如此博得人氣的作品。我所能得到的結論和基於初次閱讀所寫的北海道的書評一樣，這一小說的主題在於叩問圍繞「小小人」的存在而展開的「善·

惡」相對性或「善‧惡」相互滲透性。如果按村上春樹的話（作品中的話）來說，就是如何評價「先驅」領袖所發表的思想——「這個世界上沒有絕對的善，也沒有絕對的惡。（中略）重要的是，要維持轉換不停的善與惡的平衡。一旦向某一方過度傾斜，就會難以維持現實中的道德。對了，平衡本身就是善。」[34]（著重號原文所有）

那麼，「這個世上既無絕對的善，也無絕對的惡」，即不論「善」還沒有是「惡」都有相對性這一說法，究竟是怎麼回事？誠然，「善」和「惡」都會因立場和情境而變化。對某人（立場）而言為「善」的東西，對其他人（立場）而言可能是「惡」，這種情況世上比比皆是。從這一意義上說，「先驅」領袖（這時，可認為他代言了村上春樹的思想）不過是說了世間常識＝自然普通的話。但是，基於這一「善‧惡」相對性或相互滲透性，「先驅」領袖認為是經營「公社」所需而對十歲少女實施的性強暴（強姦）就得以免罪，青豆的「殺人」也被赦免，但那樣果真合適嗎？當然，我也想到馬上會有人反問：「故事」就是虛構，所以應當無所不可；或者說向「故事」尋求世俗性倫理（道德），不過是受制於逐漸集中到私小說的日本近代文學傳統的思維方式。

但是，雖然或許會被說成陳腐，「文學的作用是——人類既然是歷史性存在，當然是——創造出包括了過去和未來的同時代與生活其間的人們的典型」（大江健三郎《通過始於戰後文學的新文化理論》1986 年）這一思想，才是現代的文學最需要的。如果立足這一立場，就不得不說：雖然將「善」和「惡」都作為相對性的東西容許可能會使得「故事」有趣，卻是錯誤的相對主義。當然，我承認《1Q84》中隱藏的「善‧惡」相對主義才是合乎後現代主義的現代思想，而村上春樹也是有著行進於世界性潮流的後現代主義正中心的作家這一評價。但是無論如何解釋那種後現代主義才是世界性潮流，即使說正因為如此村上春樹文學才被世界接受，或者說《1Q84》是比「純文學」更強烈追求娛樂性的作品，但如果說到文學功能本質上在於回應「人類該如何生存」這一追問，我就無法消除對《1Q84》的疑問。之所以這樣思考，也是因為人們認為村上春樹也在《1Q84》中讓

---

[34] 施小煒譯，《1Q84 Book2　7 月~9 月》，村上春樹著（海口：南海出版社，2010）171。

追求人類「自由」和脫離困境的「救贖」的集團＝組織「先驅」和「黎明」等登場，雖然這同青豆和天吾等的意義不同，但他承認「另一世界＝公社」的存在。村上春樹不也是暗中認可了和大江健三郎同樣的「文學原理」嗎？

　　因此，象徵著「善‧惡」相對性的「小小人」的存在必然成為問題。而在此之前，針對「驚人」暢銷書《1Q84》的「評價」也是同樣，但對於我認為關乎村上春樹文學評價的兩大重要「資料＝事項」，為何向村上春樹奉獻「讚詞」的人們都一致「無視」或「輕視」了呢？不僅是獻詞之人，就連作為「思考者」就《1Q84》接受了長篇訪談的村上春樹本人也對這兩項「資料＝事項」沉默不語。

　　這件事很令人不可思議。首先，關於「讚詞」派共同（心照不宣地）承認的同美國文學的關係，他們雖然偶爾言及約翰‧艾文、雷蒙德‧卡弗、杜魯門‧卡波特、雷蒙德‧錢德勒、斯科特‧菲茨傑拉德等，但幾乎未提及越戰世代的蒂姆‧奧布萊恩（Tim O'Brien, 1946- ）（村上春樹翻譯了其《核時代》〔*The Nuclear Age*〕《士兵的重負》〔*The Things They Carried*〕《七月，七月》〔*July, July*〕等）。尤其是，就蒂姆針對生存於如題目所示的「核時代」（1945-1995 年，看到這一時代區分和發表年份即可明白，這一小說是過去及近未來小說）這一最先進時代的「恐怖」和「危機」而創作的長篇（翻譯為上下兩卷）《核時代》（1989 年 10 月，文藝春秋。這是村上春樹出版《挪威的森林》之後的第一件工作。原作出版於 1985 年），卻無任何人提及。

　　為何這會是個問題？首先，《核時代》總共十三章，分為講述主人公「過去」的章節和描寫「現在」的章節，各章交互並置記述，這一小說結構和方法等與青豆之章和天吾之章交互展開（在《BOOK3》中增加了〈牛河〉一章）的《1Q84》類似。問題在於：儘管如此，卻無任何人提及此事。當然，這種兩個故事交互展開的手法不僅限於《1Q84》，在《世界盡頭與冷酷仙境》《海邊的卡夫卡》等中也可以看到，《1Q84》並非有著特殊結構的故事，但論及作品結構的論客們坐成一排卻無一位提及此處，原因何在？

1.綜合小說論

　　加之，對於《如何解讀村上春樹的〈1Q84〉》中多位論客談及的《讀賣新聞》（2009 年 6 月 16 日、17 日、18 日）上的採訪「致《1Q84》30 年」（採訪者：尾崎真理子）中出現的「綜合小說」，也無任何人提及。在這次採訪中，村上春樹說「（邊說著「9・11」之後人們的現實感發生了變化）同時，我喜歡巴爾扎克那樣寫世俗本身的小說，所以想創作我自己的立體描寫整個時代世相的『綜合小說』。夢想超越純文學這一領域，採取種種方法，確保引出很多話題，從而將人類的生命填充至當今時代的氛圍之中」。他還說「想寫《卡拉馬佐夫兄弟》那般 19 世紀式的綜合小說」[35]。他在《思考者》長篇訪談中也說過同樣的話。

　　「綜合小說」這一說法，儘管早已見於《核時代》的《譯者後記》中。在《譯者後記》中，村上春樹就這一長篇寫道：「讀罷掩卷之後，不知為何彷彿感到需要某種應當抓住的東西。不想就這樣被強大的動量硬拉著拋擲於現實之中，我被這種感情徹底捕獲了。我想，這也可以說是某種空白感──飢餓感・饑渴吧。[36]」（著重號原文所有）接下來，對於「綜合小說」，他這樣寫道：

> 　　如果不懼誤解地大膽明言，我感到或者可以稱《核時代》這部小說為「現代的綜合小說」，甚至也可以說是靈魂的綜合小說吧。總之，這是令人恐懼且真摯的小說。作者將自己內部某種精神性的所有要素和片斷──正因為如此才用盡了有形無形的一切，寫成了這部作品。他就在再無其他可寫的地點，完成了這部作品。其中搜羅了作者精神所介入的現象，注入了所有的能量。作者揭開了所有事物的掩蓋，將所有事物盡可能曝光、驗證於白日之下[37]。

可以推察，在這一引文中給「綜合小說」加上了「現代」，村上大概是意識到它同戰後文學派的野間宏和小田實等所說的「全體小說」以及中村真

---

[35]　柴田元幸（SHIBATA Motoyuki, 1954- ），《翻譯教室》（東京：新書館，2006）。

[36]　Tim O'Brien（ティム・オブライエン, 1946- ），《核時代》（*The Nuclear Age*,《ニュークリア・エイジ》），村上春樹譯（東京：文藝春秋，1994）。

[37]　O'Brien　367-68。

一郎所說的「二十世紀小說」的差異。後兩者是從「社會・生理・心理」全方位捕捉人類而去完成故事。譬如，野間宏的「全體小說」論是基於以下思想：文學應當是從以「全體」方式描繪生活於錯綜的現代社會中的人們之處發現意義。但恐怕村上春樹不想使用「全體小說」這種陳舊的詞語，或者是由於不得不強調自己和戰後派文學的不同，所以才使用了「現代的綜合小說」這一說法吧。如果瞭解了這件事，就可以認為翻譯完《核時代》的村上春樹意欲讓自己的小說成為描繪總動員了人類「全體」或「靈魂・精神」世界的東西。在此意義上，雖然不論加藤典洋所稱揚的《1Q84》中的「娛樂性的導入」，還是也包括加藤在內的「村上春樹擁躉」（向村上春樹大送讚詞的論客）們都完全未曾涉及，但可以認為村上春樹對「綜合小說」的想法是他試圖在這部長篇之中有效利用娛樂性的結果。

　　儘管如此，雖然是舊話重提，「村上春樹擁躉」全然未曾涉及《核時代》，這是為何？《核時代》將「核時代」這一最具有今日性的問題冠為題目，而且既是真誠面對反對越戰運動和由此派生的「革命運動」「黑人解放運動」的故事，又如《譯者後記》所記的那樣，其中的小說方法和思想等又給身為同時代作家的村上春樹很多教益。我不禁認為，一旦提及「核時代」，單憑「讚詞」就無法解決，不管願意與否都將變成同面臨著各種問題的現代社會問題，即核狀況下的「人類」和「社會」「政治」「歷史」的關係，就不得不從正面同這些困難問題對峙，而論客們巧妙地避開了這一問題。或者說，他們害怕如果論及那種核狀況＝政治性問題，就會被排擠出有著避免同現代社會問題交鋒傾向的現代文學界。在前述的《讀賣新聞》採訪中，對於「在《1Q84》中，從學生運動派生出來的集團分裂為政治性團體和自給自足團體，而後者變身為邪教。其背景中也浮現出現代史中的實際事件」這一採訪詞，村上春樹自身做了如下回答：

　　　　我有這樣一種心情，應當繼續思考我們這一代人在 20 世紀 60 年代後半期以後摸索到了怎樣的道路。我們這一代，終究不得不在馬克思主義這一對抗價值失去生命力的地方往後不斷開發新故事。什麼作為代替馬克思主義的坐標軸是有效的？在摸索過程中，

我也強化了對邪教教團和新時代事物的關心。「小小人」也是其中的一個結果[38]。

就與此相同的問題，村上春樹在《思考者》長篇訪談中也作了回答。由此可以理解的是，「小小人」是他「在馬克思主義這一對抗價值失去生命力的地方往後不斷開發新故事」時所能想到的「坐標軸」之一。我們將這件事同此前所說的「善‧惡」相對化關聯，再考慮到產生了「小小人」的「先驅」是有著和這個社會不同的對抗價值的集團＝組織，那麼「小小人」不就是象徵著超越了世俗意味上的「善‧惡」的反社會性、反權力性的「邪惡者」了嗎？如果將這一事件對照《1Q84》內容而言，「小小人」既非我們生存其間的「1984 年」，也非喬治‧奧威爾所設想的「1984 年」，無非是象徵「邪惡者」紛擾的《1Q84》世界的人物。

2.「『邪惡者』紛擾的《1Q84》世界」的「小小人」

但在此必須指出的是，對於象徵「『邪惡者』紛擾的《1Q84》世界」的「小小人」，村上春樹自身在《思考者》長篇訪談中這樣說道:

雖然好像有人批評 1 和 2 有似過山車般地不斷出現很多謎團，而 3 則做了過多的說明。但何處是說明性的呢？我不明白。有很多事情尚未解決。何謂小小人？天吾之母是因為何種原因被何人殺死的？青豆與天吾回歸之後的世界又是何種的世界？這都不得而知[39]。

或者說，儘管他談到了《1Q84》的主題，也還是如下說道:

首先，《1Q84》的中心主題是前往不同的世界吧。說到和此時此地的世界何等不同，最大的差異就是那裡更為原始。譬如，昨天也已談到，那是一個從大地爬出的小小人在黑暗中不為人知地活動著，到處改寫我們原本已經見慣事物的世界。在那裡，宗教也帶有更為原始宗教性的傾向，人和人之間的交往也變得更為直截。說起

---

[38] 尾崎真理子　214。「小小人」此文譯作「小人國」。
[39] 賴明珠、張明敏　40，譯作「總合小說」。張樂風　36。

來，那一技巧性變得不再是內在性的，而是接近了神話世界。在這種情況下，人們為了延續生命，終究不得不掌握更為原初性的膽力，因為存在著並不適用既成價值基準的情況[40]。

問題是，村上春樹所說的「前往不同的世界」，如果用山口昌男（YAMAGUCHI Masao, 1931-2013）風格的文化人類學來說就是「異化」，通過那種「異化」作用所提示的世界令我們（讀者）想像「另一個世界」，結果就起到使現實相對化的作用。也就是說，《1Q84》要想成為對我們有意義的小說，村上春樹所說的「不同的世界＝更為原始的世界」如何使我們生存的「此時此地的世界」相對化，就變得重要。但是，《1Q84》果真做到了這一點嗎？此外，從村上春樹自身在此前的「BOOK1～3」中所說的並未明示「何為小小人」也可以明白，我們雖然不由地被「故事」拖引著讀至最後，但結果卻並未發生明確形式的「異化」，《1Q84》存在這一缺點。正因為如此，就造成村上春樹在《思考者》長篇訪談中也曾暗示過的「可能會寫《BOOK4》《BOOK5》」這種「笑談」一般的言語橫行。我認為，不斷通過「續篇」補足「不足部分」作為創作方法也是「存在」的，但如果從中可以看到「本人是擁有眾多讀者的世界級作家」這種傲慢的話，其中彌漫的難道不是只有腐臭嗎？（我認為核心讀者或許會離他而去）

四、再次質疑

第二大疑問，針對前文出現的村上春樹自身宣揚其思考方式＝作品世界「轉換」的《村上春樹去見河合隼雄》，為何依然無人論及呢？被《如何解讀村上春樹〈1Q84〉》緊急動員的眾多論客們儘管言及「歐姆真理教・地鐵沙林事件」同《1Q84》的關聯，但對言明了村上春樹本人對待社會的姿態由「超脫」「轉換」為「介入」的他與河合隼雄的對談同《1Q84》的關係，不知為何無人論及。此外順便預做說明，我們認為在這一對談中，村上春樹所稱的由「超脫」轉換為「介入」這一說法，對應他在前面的長篇訪談中所說的「什麼作為代替馬克思主義的坐標軸是有效的呢？在摸索過程中，我強化了對邪教教團和新時代事物的關心」。至於理由，無非因

---

[40] 賴明珠、張明敏　47。張樂風　49。

為我相信：人們同這個社會的應有狀態交鋒的坐標軸從「馬克思主義」變為新的某物這一說法，同村上春樹自身將其作品風格和支援這一風格的思考方式從「超脫」「轉換」為「介入」一事相似。在此意義上，村上春樹的「轉換」同《1Q84》內容及其評價等也應當是密切關聯的。儘管如此，為何任何人都不言及此事呢？這很是不可思議。

　　但答案很簡單。不去提及《核時代》內容和談到「綜合小說」的〈譯者後記〉，不去提及《村上春樹去見河合隼雄》中村上春樹自身的「轉換」宣言，是因為任何人都想在村上春樹一旦「轉換」便不妙這一「文壇」內部普遍傾向發揮作用的相位上思考《1Q84》。我不禁認為，儘管這個社會發生了新作發賣不足一個月就發行了二百幾十萬部的「異常」現象，但眾多論客們想著將村上春樹和《1Q84》等作品全部封印在「文學」內部就足夠了。收錄於《如何解讀村上春樹〈1Q84〉》的評論・感想中批評這部最新長篇（截止《〈1Q84〉批判與現代作家論》出版的 2011 年 2 月——譯者注）的，只有島田裕巳和佐佐木中等處於「文壇」外圍乃至周邊的論客這一事實，如實地表明了這一點。典型見於加藤典洋編輯的《村上春樹黃頁》（1996 年，「part2」是 2004 年）等，這個「文壇」不是有著希望村上春樹自成名作《且聽風吟》至今始終作為「後現代主義」小說作家持續存在這類「神話＝願望」嗎？這一「文壇」內部的普遍傾向，我覺得在各種資訊交叉的現代本來是不可能的。又要舊話重提了，我總覺得這也造成了試圖將《1Q84》封印於「文學」內部的集體無意識。儘管很多被稱為文藝評論家和文學研究者的人們對《1Q84》有一些重大疑問或感到奇怪之處，卻對此閉目無視，就像加藤典洋所說的「我對這部作品的評價極高。它同其他作品完全隔絕，也同此前的日本文學拉大了差距。感覺他一繞過拐角，跟跑者便再也不見其身影。」那樣，從結果來看，這同評價《1Q84》之際舉雙手奉獻「讚詞」的「事實」存在關聯。加藤的這一獻詞，因過於露骨而實在令人作嘔。

　　然而，譬如首先說讀過這部小說之後令我生疑之處，是女主人公青豆的「幕後家業」為何被設定為「殺手藤枝梅安」那樣表面上高舉「正義」的殺人者＝恐怖分子呢？我還有根本性的懷疑，就是即使再像加藤典洋那樣試圖思考那是通過導入「娛樂性」而使「故事」豐獲，但那歸根結底不過是「追求遊戲＝娛樂性」，果真憑那種「遊戲」就能給故事帶來豐獲嗎？

而且，「必殺下手人青豆」這一設定是何等漫不經心。還有，如正文開頭所寫，通過恐怖主義使某事好轉＝變化的情況，在此前歷史上如俄國革命準備期間無政府主義者們的作為（恐怖行為和炸彈鬥爭等），或者回顧日本的「一人一殺主義」（血盟團・井上日召〔INOUE Nisshō, 1886-1967〕）等的思想和行動，就會明白古今東西任何地方都不可能存在。誠然，如果說「故事」無所不在，也不是不能理解，但或從整合性而言，或從現實觀來看，總令人覺得「必殺下手人青豆」的導入超出了容許範圍。

如果就作品進一步分析「必殺下手人青豆」的導入，村上春樹作為對抗象徵「邪惡者」（前文已寫，因「惡」不能一元性地規定，故在展開話題之際姑且稱之為「邪惡者」）而設定的「小小人」及其代行者「先驅」領袖、「善」和「正義」的代行者「必殺下手人青豆」，在故事展開上有必然性嗎？也就是說，「必殺下手人青豆」的導入不是過於粗糙嗎？那都不是僅僅為了以冷硬風格＝娛樂性裝扮故事，即為了使故事有趣而設定了女性暗殺者（女超人）嗎？如前文所引，如果《1Q84》的中心主題是「前往不同的世界」，不避贅述之嫌，我要說：對這一主題而言，「必殺下手人青豆」這一「娛樂性的導入」是必要的嗎？

這件事反過來說，還是這樣一個問題：代替家庭暴力（DV）「受害者」肅清＝殺死「施暴者」男性這一「暴力」充分具備冷硬派風格＝娛樂性，但這果真就解決了家庭暴力所面臨的當今課題嗎？也就是說，只要產生家庭暴力（DV）的社會未發生根本性變化，以「暴力」對抗「暴力」的方式絕不可能解決問題，但《1Q84》全然未曾呈現這種可能性，結果在展開上只是追求故事的「有趣」。如果更為具體地連綴話語，「必殺下手人青豆」的工作＝暴力，即使作為讀物會像看電視劇或電影那樣「痛快」，但作為故事卻根本不能令人感到「現實性」。這宛如對抗「世界之惡」（而且那是由「國家」「權力」所決定的，絕非「普遍」現象）的詹姆士・邦德（《007》系列）、哈里・卡拉漢（《警探哈里》系列）那樣，讀者（觀眾）事先已周知那是「虛構的故事」、「虛構」之物，既不會遇到小說（故事）所必須具備的「新世界」，也不存在邂逅了那種世界時的喜悅。

進一步看，在作品欠缺「現實性」這一點上，還有一個重要事件。那就是被認為由十七歲的「深繪里」口述，脫離了「先驅」後的「深繪里」寄身處的學者之女阿薊記述的《空氣蛹》這部小說即使再有創作才能，雖

然經過了很有才幹的編輯幕後活動，依然還得讓一位尚無文名的新人文學獎投稿者「改寫」一番，這一作品果真能榮獲新人獎且成為暢銷書嗎？也許村上春樹是基於自身在新人時代得到編輯助力的經歷或編輯們的傳聞（「我幫忙讓某人獲了獎」之類）而想到了《空氣蛹》的「改寫」，但不得不說這一設定實在粗糙。當然，如果沒有了《空氣蛹》，「深繪里」和天吾的邂逅＝關係就不成立，但從結果來看，作為故事的展開，青豆和天吾的「邂逅」（實際上卻又不讓他們見面）同《空氣蛹》的「改寫」工作到底具有何種意義，在這一點上也只能說交代不清。為給「深繪里」和天吾邂逅做鋪墊，「改寫小說」之類的小伎倆果真必要嗎？進而如果採用粗俗的說法，也可能發生這樣的事，即無法否定這也可能會讓讀者懷疑社會上眾多文學新人獎中的若干也許不是由投稿者而是其他某人「改寫」的。即使再為了讓「故事」有趣，從作品的「現實性」而言，如同「必殺下手人青豆」一樣，我對改寫投稿作品這一部分也無法給予好評。在作品中途，那般熱心拜託（命令）天吾改寫投稿作品的編輯「小松」消失得無影無蹤。我作為讀者也無法理解。

此外，同樣令人不好理解意義的，是「先驅」領袖同未來月經（初潮之前）少女們的「交合」（青豆等必殺下手人們聲稱那是領袖的「強姦」）。作品中雖有相應的說明——領袖曾對青豆這樣講述——自己經常有數十分鐘的「麻痹狀態」，那時會無意識地「勃起」，同三位少女交合。而其理由是「我這種癱瘓狀態被認為是上天的恩寵，是一種神聖的狀態。所以她們在這種狀態到來時，就過來和我交合，希望懷上孩子，懷上我的繼承人。[41]」。如果這樣說的話，只能令人想到這是借自基督教中的「處女懷胎」構思，只會產生寒磣的印象。此外，作為其前提，「深繪里」是給這個世界導入「小小人」的少女，雖然由此可以說明「深繪里」成為知覺者，而領袖成為接受者，但他同三個未來月經的少女進行「孕育繼承者的交合」一事，如前文也已寫過的那樣，只是令人想到是隨意依賴「處女懷胎」神話的設定或是未能超越獵奇趣味範圍的「絕對性」矛盾。是不是這樣呢？

---

[41] 施小煒譯，《1Q84　Book2　7月-9月》，村上春樹著（海口：南海出版社，2010）137-38。

　　就這種「知覺者」和「接受者」的關係而言，在《BOOK1》《BOOK2》階段，最終天吾成為「接受者」，同知覺者「深繪里」一起對抗象徵著「惡」的「小小人」，而在《BOOK3》中，天吾和「深繪里」的關係消失了，令人思考二人的關係此後怎樣了。也許在「BOOK4」或「BOOK5」中，二人恢復了關係，「故事」得以譜寫下去。如果這樣，豈不成了只能通過續篇來補足「故事」破綻了嗎？這難道不是僅僅沿襲了不表明「結論」而將判斷交由讀者這一村上春樹歷來的作品風格嗎？如果同時描繪現實性世界和虛構世界（幻想）這一平行世界的《1Q84》的展開需要依靠這種「曖昧」形式才得以保證的話，結果不是背離了作者試圖描繪這個世上的「惡」其實出自「善」之心性這一錯綜複雜現實的創作意圖嗎？

　　進而，我已在正文多處論及，在耶路撒冷獎授獎儀式上村上春樹所作的演講〈「牆壁和雞蛋」與死亡之影〉中表明的思想，即將強者＝權力（遵守系統的立場）一方稱為「牆壁」，將受權力壓制＝支配一方（民眾・市民）喻為「雞蛋」，身為作家的自己站在「雞蛋」一方，這種想法果真被怎樣地活用於《1Q84》中了嗎？換言之，雖然明知演講這一作家的心聲和作為「虛構＝創作」的《1Q84》並非直接結合的，但我要說《1Q84》中領袖所表明的以下看法，令人深感背叛了獲獎演講〈「牆壁和雞蛋」與死亡之影〉中的思想。

> 　　被叫作小小人的存在究竟是善是惡，我不知道。這，在某種意義上是超越了我們的理解和定義的事物。我們從遠古時代開始，就一直與他們生活在一起。早在善惡之類還不存在的時候，早在人類的意識還處於黎明期的時候。重要的是，不管他們是善還是惡，是光明還是陰影，每當他們的力量肆虐，就一定會有補償作用產生。這一次，我成了小小人的代理人，幾乎同時，我的女兒便成了類似反小小人作用的代理人的存在。就這樣，平衡得到了維持[42]。

其中顯示的思考方式，只是令人認為是同《「牆壁和雞蛋」與死亡之影》中所表明的村上春樹立場相異的「相對主義・曖昧主義」思想。如此一來，就不清楚何種人・權力・思想是「牆壁」，與此對抗的「雞蛋」又是何種

---

[42] 施小煒譯，《1Q84　Book 2　7 月-9 月》193-94。

存在。還有，「先驅」領袖所說的無法簡單區分何者為「善」何者為「惡」這種「相對主義・曖昧主義」，正如受到以色列火箭彈襲擊的巴勒斯坦一方用「人體炸彈」暴力對抗所象徵的那樣，或許正好能夠說明混沌的現代世界。但還有一件事：這同《「牆壁和雞蛋」與死亡之影》結語中的以下言說是同一思想嗎？

> 今天，我想向大家傳遞一件事。那就是我們任何人都超越國籍、人種和宗教等不同，都是人，都是直面堅硬的牆壁即體制的脆弱的雞蛋。
>
> 無論怎樣看，我們都沒有勝算。牆壁太高、太強，而且冷酷。如果我們有勝利的可能，那就是唯有通過相互承認彼此的個性，即自身和他者都是彼此擁有唯一的無可替代的精神之人，相信彼此心連心就能得到溫暖。
>
> 請稍稍駐足嘗試思考此事。我們每個人內心，都有著切實存在的精神。這種東西，體制中是不存在的。我們不能被體制壓榨，不能容忍體制恣意橫行。不是體制締造了我們，而是我們締造了體制[43]。

如果簡單概括此處所主張的，那就是「體制」和「人類」的對立。如此說來，青豆用改錐殺死象徵著「體制」的「先驅」領袖，從「人類」角度來看就是「善」。儘管如此，不知何故卻又這樣處理：在《BOOK2》的最後，青豆也未去會見二十年間一直思念的天吾（也未傳達自己的思念），就像「善＝人類精神」敗給「惡＝體制」一樣，她用手槍自殺。而翻開《BOOK3》，在高速公路上銜槍的青豆已經扣動了扳機，卻並未自殺。作者自身這樣恣意更改故事設定，不斷續寫續篇的做法，難道不會被認為敷衍讀者嗎？這部作品的費解之處，可以說確實也表現在這種展開上，但原因卻在於《1Q84》陷入了「相對主義・曖昧主義」。作者（村上春樹）是站在「善」一方，還是站在「惡」一方？如果村上春樹真正想在《1Q84》中導入娛樂性的話，這話說起來極端，不是應當明確「勸善懲惡」嗎？「相對主義・曖昧主義」，無疑是屬於純文學領域的方法。在以色列，村上春樹那般明確表示要站在「雞蛋＝弱者」一方。雖說那是村上春樹風格的小說創作方

---

[43] 村上春樹　〈我永遠站在「雞蛋」的那方〉。

法，但他自身卻使這一思想在《1Q84》中曖昧不明。儘管他在《讀賣新聞》的採訪中言明，按照自己的方式叩問 1960 年以後「歷史」「思想・社會」的存在方式，導入一切那種事物而而編造的「故事」就是《1Q84》。

　　總之，問題是《1Q84》是否成為了一部討伐「罪惡＝體制」的「故事」。換言之，如果按照《讀賣新聞》中村上春樹的話，不外乎是否將「(《1Q84》這一故事所具現的人類精神) 真實傳達了讀者」。我的結論就是：它未能充分傳達。

五、《BOOK3》之問

　　精神科醫生齋藤環在《BOOK3》書評（《朝日新聞》2010 年 4 月 25 日）中認為《BOOK3》有「三大驚愕」，寫道：「在前一部作品，女主人公『青豆』不是為了救『天吾』而在首都高速的避難處銜槍且扣動了扳機嗎？」他之後又如下記錄了「驚愕」內容。

　　　　第一個驚愕，青豆還活著且身懷有孕。活像處女懷胎般，她懷上了不曾見面的天吾的孩子。或許是胎兒的呼喚令青豆放棄了死。對這一「受孕」，是當作小說性必然接受，還是作為神怪編湊拒絕呢？我決定斗膽賭前者。

　　　　第二個驚愕，「牛河」的故事即將開幕。牛河本來是邪教集團「先驅」中跑腿的中年醜男，他在本集作品中出乎對方意料地利用自己的醜惡，得以「成長」為鍛鍊了得意才智的人物。

　　　　第三個驚愕，在本集作品中，村上春樹「恢復」了久已「低迷」的比喻才能。最後一章關於月亮的描寫是美文筆調，甚至令人懷疑自己的眼睛──這是村上春樹寫的嗎[44]？

齋藤從《BOOK3》得到的「三個驚愕」，正如字面意思所表明的那樣，可以說是眾多讀者都有的同感吧。但是否承認那一「驚愕」的核心或者也可以說是前提，即「青豆還活著」，這一「驚愕」內容就會不同。對於青豆

---

[44] 齋藤環（SAITŌ Tamaki, 1961- ），《BOOK3》書評，《朝日新聞》2010.4.25。
http://book.asahi.com/reviews/reviewer/2011071704688.html。檢索日期：2014.5.16。

的「懷孕」，齋藤採取了「當作小說性必然接受」這一立場，即以承認「青豆還活著」為前提對從《BOOK3》得到的「三個驚愕」進行了說明。但如果不承認「青豆還活著」，那麼原本從《BOOK2》向《BOOK3》的過渡就顯得生硬。如果站在這一立場，齋藤的「三個驚愕」就悉數成了齋藤所說的「神怪編湊」。也就是說，齋藤的「三個驚愕」反過來悉數成了批判《BOOK3》的材料。縱令在《BOOK2》的最後，天吾下決心「我要找到青豆」，「不管會發生什麼，不管那裡是怎樣的世界，不管她是誰」[45]。還有一點，我認為，就齋藤環的「驚愕」而言，「第一個驚愕」中的「處女懷胎」與青豆殺害的「先驅」領袖對未來月經的十歲少女們所實施的具有「強姦」嫌疑的性交和目的存在重合，果真是「神怪編湊」。

　　也就是說，為了讓「青豆還活著」不成為「神怪編湊」，而是作為「小說性必然」，應如何圓滑處理從《BOOK2》向《BOOK3》的展開和過渡就成為問題。在實際創作中會是怎樣呢？還是讓我們引用相關部分試做驗證吧。

　　《BOOK2》

　　對不起，我不能再等下去了。時間已到。演出就要開場了。
　　請讓老虎為您的車加油。
　　「嗬嗬──」負責起閘的小小人嚷道。
　　「嗬嗬──」剩下的六個人附和道。
　　「天吾君。」青豆喃喃地說，然後手指搭上扳機，加重了力道[46]。（著重號黑古所加）

---

[45] 施小煒譯，《1Q84 Book2　7月~9月》　352。
[46] 施小煒譯，《1Q84 Book2　7月~9月》　333。

《BOOK3》

青豆沒有扣下扳機。

九月初的那件事。她站在堵塞的首都高速道路三號線的安全地帶上，沐浴著炫目的朝陽之光，將 Heckler & Koch 的槍口伸進自己的嘴裡。（中略）但是結局是，她並沒有扣動手槍的扳機。在最後的那一瞬間，她放緩了右手食指的力量，將槍口從嘴裡拿了出來。（中略）在那處小公園，我或許能再次遇到天吾。青豆這樣想到。這之後死也可以。再這麼一次，我要賭一下機會。活著——不死——這件事，就有可能會遇見天吾。她明確想到自己還想活著。心情很怪。在此前可曾有過一次懷有這種心情[47]？（著重號原文所有）

看到《BOOK2》和《BOOK3》的不同，就會分明發現「青豆還活著」這一情節是怎樣出自作家的隨意。一度「手指搭上扳機，加重了力道」，接下來卻又說「放緩了手指的力量」。如此一來，認為在《BOOK2》中青豆已經自殺的「認真」讀者就「被巧妙地蒙混」，所以會認為這是「欺詐」吧。此外，就像《BOOK3》的引用部分（也包括中略部分）所明示的那樣，青豆未扣動銜在口中的扳機，其「理由」是「在那處小公園，我或許能再次遇到天吾」，「她明確想到自己還想活著。心情很怪」。這果真能算充分的說明嗎？換言之，我們就無法理解青豆決意「賭上性命」殺害「先驅」領袖一事對她具有何種意義了，而《BOOK3》中也沒有與此相關的說明。如果說因為是「故事」就能讓「本已死去的人」復活，那麼故事＝《1Q84》就能無限增生，即使青豆本已殺掉的「先驅」領袖變成其實還活著，也無法否定。如果這樣，《1Q84》就成了一群「蛇神」通篇東跑西竄的「神怪故事」。但是憑這種故事形態，村上春樹果真認為可以將世界「異化」嗎？

這種從《BOOK2》向《BOOK3》移行中的「隨心所欲」，也波及關鍵部分的《BOOK3》內容，消滅了《BOOK1》和《BOOK2》曾經具有的同現實社會的緊張關係，結果變成即使說由此墮落為和依存於表層＝風俗性意義上的人際關係（戀愛關係）的手機小說等同樣的庸俗「戀愛小說」

---

[47]　施小煒譯，《1Q84 Book3　10 月~12 月》，村上春樹著（海口：南海出版社，2011）19-20。

以及像是尋找殺害「先驅」領袖犯人的「推理小說」也不為過。具體而言，在《BOOK1》和《BOOK2》中發揮重要作用的編輯小松和「深繪里」（深田繪里子）（連同被認為是由她所寫的《空氣蛹》）等、照顧「深繪里」的「戎野先生」及其女兒、還有最為重要但或許因領袖被殺而不得已在《1Q84》中有了特別意義的宗教性公社「先驅」（它作為尋找殺死領袖的兇手＝青豆的組織而登場）、或者為了根絕橫行世上的男性所施家庭暴力而一直盡力的「柳府的老夫人」（其手下在日朝鮮人田丸因殺害「先驅」派來的牛河而出場）、等等，到了《BOOK3》，都從這個故事中消失了。與此相伴，故事也消減了「現實＝社會」，變成了只在青豆和天吾之間成立的單純的「戀愛小說」。

當然，如先前齋藤環所言，到了《BOOK3》，在《BOOK1》《BOOK2》中原本是來自「先驅」而向天吾傳言之人的牛河作為展開故事上發揮重要作用的人物登場，從這一意義上講，的確可謂「驚愕之一」。為何「牛河」在此變身為重要人物呢？現在依然令人苦於理解。村上春樹在名為《思考者》的長篇訪談中，針對也曾出現在《奇鳥行狀錄》中的「牛河」這樣答道：「我認為，《1Q84》的出場人物，青豆和天吾自不待言，不論田丸還是牛河，或者是柳府的老夫人，都在幼年時代被迫壓抑地生存，以某種形式成為被傷害的人們。這些如此下去一籌莫展、或許會被損害的人們，依靠自身力量從中解脫，在孤獨之中創造著自己。對抗體制的個人，必須在孤獨中創造出自己。我認為，小說相當明確地描繪了此事。[48]」他接下來還這樣說道：

> 創造自己一事因人而異，既有成功的例子，也有無法成功的情況。對於青豆和天吾，愛成為重要的關鍵，但對田丸與牛河而言，愛情似乎並無此等效力。田丸粗野而冷酷，雖然很有魅力，但他可以說完結於此時此處，並非強烈追求同他人連帶感的人物。如果問為何這樣，因為追求愛情，如同看到青豆就能明白的那樣，甚至會把自己逼入危險境地。即使牛河，最終也只有走向那種結局[49]。

---

[48] 賴明珠、張明敏　28。張樂風　33。
[49] 賴明珠、張明敏　28。張樂風　33。

此外，在同一長篇訪談中，他還說道：在寫完《BOOK1》和《BOOK2》，構想《BOOK3》之際，「如果從牛河開始故事的話，會是怎樣呢？突然腦中浮現了這種想法」。姑且將「從牛河開始故事」這種「想法＝念頭」置於一邊，在類似推理小說的「戀愛小說」《BOOK3》中，牛河的作用是什麼？最終就像先前已寫的那樣，牛河被田丸殺害而死，結果僅僅扮演了證明青豆和天吾的「過去」以及人際關係的「重要配角」。也就是說，正因為不論青豆還是天吾都有著神祕之處，本應可以發展到移至和現實世界交界的「1Q84」世界中，但由於牛河不斷解明青豆和天吾的「過去」以及人際關係，結果只是起到了使自從十歲時握過手之後再未見面的青豆和天吾的「戀愛」變味而成「普通男女」戀愛的作用。我很有這種感覺。換言之，因為牛河解明了青豆和天吾的過去以及人際關係，使本應出於將現實＝社會「異化」目的而開始創作的《1Q84》僅僅自閉於「戀愛小說」的框架之內。

對牛河在《1Q84》中的這種作用，村上春樹於同一長篇訪談中也結合著創作方法談及：「關於牛河，如果不用第三人稱就絕對無法創作。經過他的那種混入，故事才進一步膨脹。第三人稱的必然性明確顯現出來，我才有了這種創作感覺。」如果承認會被說成見解不同，在這一前提下，我認為《1Q84》到了《BOOK3》，由於牛河作為主要人物登場，作品不是「膨脹」了，而是如前文所述，由於墮向了「戀愛小說」而變得單薄。牛河在《BOOK3》第二十五章被田丸殺害了，我之所以認為直到最後牛河都是「重要配角」，無非是因為覺得牛河之死亡只是「下一個故事＝《BOOK4》《BOOK5》……」的棄子──「先驅」需要「懷有身孕」的青豆（如此想來，我就不禁開始感到《1Q84》就像某種娛樂作品一樣，將會變成《BOOK4》《BOOK5》……永遠沒完的故事。果真會這樣嗎？）。

六、村上春樹（《1Q84》）去向何方

在先前記述的「村上春樹長篇訪談」中，隨處可見村上春樹那種充滿令人想到《1Q84》不會以《BOOK3》完結，還會後續「BOOK4」「BOOK5」的言語。下面記錄其中具代表性的部分。

　　因此，是否會有《1Q84》的「BOOK4」或是「BOOK5」，現在我也無法說清。但在現階段能說的，就是在此之前有故事，在此之後也有故事。這些故事在我心中雖然還是模糊的，但都已經孕育了。也就是說，不能說全然沒有寫續篇的可能性。

　　具體來說，天吾的母親是被何人出於何種原因以何種方式殺害的呢？懷孕的青豆會在新世界生下孩子嗎？出生的孩子又會成為具有何種意義的人物呢？原本青豆又為何非要進入和 1984 不同的「1Q84」的世界中呢？還有多個像這樣應當闡明的問題。這並非解謎，如果作為故事發展的必要步驟繼續寫下去的話。不過，讓故事進一步發展原本是否有意義？不到那個時候，我也不得而知。或許那時我已經沒興趣寫下去了，就像「已經厭煩那個故事」一樣。如果那樣，就擱筆讓這個故事完結。現在無法說清[50]。

　　結論成了「現在無法說清」。按照這種曖昧模糊的說法，雖然不知以後是否會寫「BOOK4」「BOOK5」，但就引用的前半部分來看，續寫《1Q84》的可能性還是很大的。雖然村上春樹自身說過「這並非解謎」，「而是故事發展的必要步驟」，但這些話我一時無法相信。因為我認為，如果從《BOOK1》到《BOOK3》來看，《1Q84》這一長篇小說就是一部「宏大的解謎」故事。不是正因為如此，村上春樹才會讓「必殺下手人」登場，讓「硬漢派殺人者田丸」等登場，故意將它編造成眾多「解謎」的硬漢派風格小說的嗎？

　　本來，村上春樹的小說不論是初期的《尋羊冒險記》（1982 年，講談社）和《世界盡頭與冷酷仙境》（1985 年，新潮社），還是三部曲《奇鳥行狀錄》，抑或經歷了歐姆真理教和阪神大地震之後的《海邊的卡夫卡》以及《天黑以後》，都始終以謎團眾多為特徵。因為謎團眾多，讀者得以始終以比較「輕鬆」的心情邊「解謎」邊閱讀。《尋羊冒險記》中的「羊男」、《世界盡頭與冷酷仙境》中的「暗鬼」、或者是《海邊的卡夫卡》中的「中田」和「入口石」、《天黑以後》中的「中國殺手」等。即使說

---

[50] 賴明珠、張明敏　54。張樂風　54。

村上春樹小說的構成滿是「謎團」，也不為過。正因為如此，村上春樹作為擁有眾多如《村上春樹黃頁 2》等只能說是「解謎」書的新奇作家而被世界極力稱讚。

關於這種「解謎」，村上春樹在先前的長篇訪談中給出的說法是他通過閱讀美國冷硬派‧推理小說或科幻作家艾德‧麥可班恩（Ed McBain, 1926-2005）和庫爾特‧馮內古特（Kurt Vonnegut, Jr., 1922-2007）等，翻譯雷蒙德‧錢德勒（Raymond Thornton Chandler, 1888-1959）的作品學得的。我想說的是，「解謎」並非不好，但「解謎」成為創作小說或閱讀小說的目的，如對照先前所說的「文學的作用」，這果真是有意義的嗎？

對於《1Q84》這個故事，我也存有根本性的疑問。不斷創作續篇這件事，對作者或作品而言，果真是件好事抑或並無意義？我認為，《1Q84》到《BOOK3》已經墮落為青豆和天吾的戀愛小說，從這時開始，這個「故事」便應該就此完結。理由我在此前已屢次論述，無非是因為我這樣覺得：一句話，如果借用耶路撒冷獎授獎儀式中「牆壁和雞蛋」的關係來說，對於「雞蛋＝人類＝這部作品中的青豆和天吾的生存方式和思考方式」雖然寫了很多，但是對於「牆壁＝權力」（在此指「先驅」和容許其存在的社會本身），由於到了《BOOK3》就消失了，宣稱描繪「雞蛋」和「牆壁」緊張關係這一對村上春樹而言是本來意義上的「文學的作用」卻被遺忘了。我認為沒有描寫「牆壁」的現代文學必然會成為「娛樂性」作品，作為這種作品被社會接受。我們對村上春樹的期待，難道果真就是想讓他作為那種「娛樂性」作品的作家而被世界接受嗎？

我認為，文學——也可以替換為「純文學」——其存在意義在於作品世界在對這一現實和社會相對化＝異化之處。《1Q84》中直到《BOOK1》、《BOOK2》階段，「小小人」這一極其不可思議的人物在作品內部起了重要作用。從這一意義上來說，他暗示了在這個社會中有「黑暗部分」（無法判明何者是「善」何者是「惡」的混沌世界）的存在，告訴我們在我們生存的這個世界內部所包含的「悚然感觸」具有現實性。總之，《1Q84》的《BOOK1》、《BOOK2》告訴我們，這個社會所存在的「黑暗部分」或是「悚然感觸」並非日本特有，它也存在於在因互聯網使得各種資訊飛速交織流通這一意義上而變得異常「狹小」的世界當中。

　　然而，就如村上春樹在先前的長篇訪談中所說的那樣，這令人認為《1Q84》並非描寫「牆壁」和「雞蛋」緊張關係的作品，而是出於編織「故事」的興趣和關心才構想的。

> 　　是啊，寫了《奇鳥行狀錄》之類的作品，終於能夠創作出自己也能理解的那種程度的故事世界。不過，當時我雖然說是「故事」，但這話基本無人領會。那個時候，故事尚未被認為是現代文學中的重要命題（中略）。
>
> 　　極其簡單概括的話，戰後的文學是前衛和現實的對立，在現實當中既存在馬克思主義的現實主義，也存在著私小說性質的現實主義。但根本上並無多大區別。與此相對，有拒絕現實主義的前衛派的知性小說，這不久被後現代主義吸收了。而不管哪一陣營，都未特別重視故事。讀完之後讓我認為的確有趣的，基本沒有啊[51]。

關於前半部分，較之村上春樹要早很多的同時代的中上健次和立松和平在承認自身內部的戰後文學傳統的同時，為了實現從中擺脫這一目標而頻頻言及故事。如果想起這些，這一發言只能證明村上春樹的「無知」或是「自滿」。對於後半部分，只需指出一點即可：這與同一長篇訪談中村上春樹所說 1992 年在普林斯頓大學作為客座教授不得不講解日本文學時，「基本上做的是自由的、自己喜歡的事」，選取了「第三新人」（小島信夫〔KOJIMA Nobuo, 1915-2006〕、安岡章太郎〔YASUOKA Shōtarō, 1920-2013〕和吉行淳之介〔YOSHIYUKI Junnosuke, 1924-94〕等）的文學進行講解是矛盾的吧。

　　進一步講，「綜合小說」和村上春樹自身一直「尊敬」的、認為 19 世紀之前存在的「完美小說家」狄更斯（Charles Dickens, 1812-70）、陀思妥耶夫斯基（Fyodor Dostoyevsky, 1821-81）、托爾斯泰（Leo Tolstoy, 1828-1910）、巴爾紮克（Honoré de Balzac, 1799-1850）、司湯達（Stendhal, 1783-1842）等人的文學相關，這同他自己追求的故事之間是何種關係呢？村上春樹曾經說夏目漱石（NATSUME Sōseki, 1867-1916）等 20 世紀的小說家「較之從外部包圍來構建自我，更試圖從內部塑造自我。如果從事如此困難的工作，小說以及小說家最終將無法前行吧」，也說到曾被同「自

---

[51] 賴明珠、張明敏　17。張樂風　24。

我」存在有很深關係的「無心理描寫小說」所吸引。他說自己在《1Q84》中想寫的，是陀思妥耶夫斯基的《惡靈》（*Demons*）那樣的「綜合小說」。然而，《1Q84》真的成為現代版《惡靈》了嗎？眾所周知，陀思妥耶夫斯基的《惡靈》是基於農奴制之上的 19 世紀俄羅斯現實寫成的，並非《1Q84》那樣的「神怪式」故事。《1Q84》是在何種程度上基於 21 世紀的日本和世界而寫成的呢？並且，村上春樹對他今後可能會寫的小說也曾這樣說道：「可能成為以謀求自己重新改編的『神話的再創建』為關鍵字的創作吧」。但在現代，「創建神話」是何等困難？這也說明了眾多現代小說的現實。

　　無論如何，在《BOOK3》付梓之後的今天，村上春樹說自己處於待機狀態：「因為只要等待，該寫的時機就一定到來。我認為靜靜等待就是我的工作」。但如果輕視「自我」的存在，不斷拘泥於「故事」，村上春樹的未來就會和硬漢派作家雷蒙德・錢德勒（村上春樹說想通過自己之手翻譯其所有長篇小說）、《冷血》的杜魯門・卡波特一樣，走向娛樂性作家的道路。總之，雖然是老生常談，但只要不承認自《1Q84》、《BOOK1》、《BOOK2》至《BOOK3》過程中已然明朗的從「社會」的喪失到「戀愛小說」這一變化，謀求從那種縮小化方向轉換，他遲早將淪為單純的「讀物作家」。由於是自己傾注心血寫成的作品，所以他不得不承認吧。因為他自身也說過不存在「完美」小說，也應該謙虛地反覆思考自己作品的「缺陷」吧。

　　雖然已多次反覆，我仍不得不認為：因最為重視而過度拘泥於「故事」的村上春樹在同他尊敬的心理學家河合隼雄的對談中宣稱要從「超脫（不關心社會性事物）」轉換到「介入（與社會保持關聯）」，但這後來怎樣了呢？我在拙著《村上春樹——從「喪失」的故事到「轉換」的故事》中，曾將 90 年代以來顯著「轉換」的村上春樹作為現代作家評價，同時也表明了對這種「迷走」表像的擔憂，當我認為《1Q84》將這一擔憂變成了現實，不由心下淒涼。

　　丸谷才一（MARUYA Saiichi, 1925-2012）在井上廈（INOUE Hisashi, 1934-2010）「送別會」（2010 年 7 月 1 日）演講「比竹田出雲更優秀，比默阿彌更卓越」（《新潮》2010 年 9 月刊）中曾說「過去，平野謙（HIRANO Ken, 1907-78）就 19 世紀 20 年代後半期到 30 年代初期的日本文學，眺望

了三派鼎立之勢的形成。由於看到了藝術派、私小說和無產階級文學三個流派並立，這誠然是明快且正確的圖式。然而，平野謙給出的圖式，不也適合 80 年代之後現在的日本文學嗎？」之後，他又對「現在的三派鼎立」做出了如下說明。

　　　　相當於藝術派的是現代主義文學，其代表是村上春樹前衛且清新的，如果用美國批判用語來說，不是小說而是傳奇吧。而繼承私小說的，雖然和很久之前的私小說作家不論知性關心還是方法意識都全然不同，毋寧說有著近於美國新文學趣旨，但從喜好取材於作者身邊事情這一意義上說，不正是大江健三郎嗎？而繼承了無產階級文學的最優秀作家，非井上廈莫屬[52]。

不愧是精通文學史的丸谷才一才能給出的圖式，我欽佩不已。但一想到戰前（20 世紀 20 年代後半期到 30 年代初）「藝術派」之後的發展，就會擔心「現代藝術派」村上春樹的去向。總之，戰前藝術派（平野謙在提出「三派鼎立」論的《昭和文學的特徵》1950 年、《昭和文學概觀》1951 年、將川端康成（KAWABATA Yasunari, 1899-1972）和橫光利一（YOKOMITSU Riichi, 1898-1947）等新感覺派同堀辰雄（HORI Tatsuo, 1904-53）、谷崎潤一郎（TANIZAKI Junichirō, 1886-1965）等作家以及小林秀雄（KOBAYASHI Hideo, 1902-83）等批評家分類為「藝術派作家」）隨著亞洲太平洋戰爭（始於「滿洲事件」）的激化，這些「藝術派」們全然未曾表露他們對戰爭的「抵抗」姿態，只是表現了或成為戰爭擁護者或堅守沉默的面目。考慮到這一點，就令人擔憂代表「現代藝術派」的村上春樹其今後將走向何方。80 年前和現代雖然在社會存在方式和狀況上都顯著不同，但戰前的「新感覺派」是拘泥於反現實主義方法和這一「語言世界」的，如果想起這一點，就會擔憂近來（在《思考者》長篇訪談中表現的）捨棄了「社會」，拘泥於「故事」和方法的村上春樹的去向。

---

[52] 丸谷才一（MARUYA Saiichi, 1925-2012）在井上廈（INOUE Hisashi, 1934-2010）「送別會」（2010 年 7 月 1 日）演講〈比竹田出雲更優秀，比默阿彌更卓越〉（〈竹田出雲よりも默阿弥よりも──井上ひさしを偲ぶ会で〉），《新潮》107.9（2010）：216-18。

　　村上春樹高度評價河合隼雄，曾說「那時，我雖然使用『故事』一詞發言，但馬上理解我的談話的，只是河合隼雄先生您這樣的人」（《思考者》長篇訪談[53]）。作為我個人，就是再次思考他在同河合隼雄對談中說要將作風從截至當時的「超脫」轉換為今後的「介入」這番話的意義，期待著他從那裡開始……但究竟會怎樣呢？

　　話雖如此，村上春樹今後將去向何方？

七、蛇足之論：圍繞「諾貝爾文學獎」落選

　　2010 年，據說村上春樹再度成為諾貝爾文學獎的有力候選人，大眾媒體和新聞界喧囂地議論紛紛。並非是因為結果仍同數年以來一樣再次落選我才這麼說，從《1Q84》的《BOOK1》《BOOK2》發行開始，我就認為村上春樹暫時不會獲得諾貝爾文學獎吧。至於理由，我認為讀一讀寫到此處的《1Q84》批判就能理解。無論再說《1Q84》作為一部時隔七年的最新長篇不只是在日本，在世界範圍內也廣受閱讀，但小說內容的「怪異性」以及強烈凸顯的「娛樂性」，與「社會」交鋒要素的不足，對照一下此前獲得諾貝爾文學獎者的名單，也無法想像構成諾貝爾文學獎評選委員會的人們會表示「讚美」。

　　對於村上春樹的文學，大江健三郎曾經說到：「對社會，或者即使對個人生活至近的身邊環境，都基於不採取任何能動姿態的決心。在此基礎上，對來自風俗性環境的影響不加抵抗地被動接受，而且是像傾聽著背景音樂一樣，同時毫無破綻地編織出自己內在的夢想世界。這就是他的方法。」（《從戰後文學到今日的困境》1986年）而在 NHK 的「100 年採訪（1）大江健三郎」（2010 年 10 月 11 日播放）中，就村上春樹的文
學，大江健三郎一面堅守像引用中提到的那種基本理論，一面做了如下主旨發言：村上春樹的文學是「都市文學」，同自己這樣以「被四國的森林

---

[53]　賴明珠、張明敏　17；張樂風　25。

包圍著的山間村落」為發言依據的文學在本質上不同。在大江健三郎這一發言的基礎上，如果再想到 2010 年諾貝爾文學獎獲得者是南美祕魯著有《綠之家》（*The Green House*, 1966）以及《世界終末的戰爭》（*The War of the End of the World*, 1981）等著作的馬里奧・巴爾加斯・略薩（Jorge Mario Pedro Vargas Llosa, 1936-　），而其獲獎理由為「製作了權力結構的地圖，敏銳地描繪了個人的抵抗、反抗和挫折」，那麼《1Q84》作者村上春樹未能獲獎，或許可謂理所當然。

並且如果換種說法，正因為《1Q84》並非是實現了村上春樹本人在耶路撒冷獎授獎儀式上的演講「牆壁和雞蛋」思想的作品，因此未能獲得世界評價，即人們未把《1Q84》的作家當作具備了諾貝爾文學獎實力的文學家進行評價。誠然，《1Q84》不論是在國內還是國外都獲得了眾多的讀者，但這眾多讀者並未像在中國占相當大比例的讀者將《挪威的森林》當作上乘的色情小說來讀一樣，將《1Q84》當成優秀的「邪教小說」「娛樂小說（推理小說）」來讀，實屬萬幸。讀者數量並不代表諾貝爾文學獎的獲獎資格，這件事早已為「哈利・波特」的作者迄今為止從未獲得諾貝爾獎提名所證明。

對於村上春樹未能獲得諾貝爾文學獎的這些理由，我認為我們不應只就《1Q84》的趣味性＝暢銷書化鼓噪，而應該反復思考存在於同該社會關係上的文學的極限。如今才更應冷靜地思考這個問題吧。不知讀者尊意如何？

參考文獻目錄

AN

安藤禮二（ANDŌ, Reiji）.〈王國の到來──村上春樹《1Q84》〉，《新潮》106.9（2009）：188-203。

──、苅部直（KARUBE Tadashi）、松永美穗（MATSUNAGA Miho）、諏訪哲史（SUWA Tetsushi）.〈座談會 村上春樹《1Q84》をとことん読む〉，《群像》64.8（2009）：142-59。

CHAI

柴田元幸（SHIBATA, Motoyuki）.《翻譯教室》。東京：新書館，2006。

CUN

村上春樹.（MURAKAMI, Haruki）〈《1Q84》を語る　單獨インタビュー──〉，豆瓣小組：http://www.douban.com/group/topic/8033417/。檢索日期：2014.5.16。

──.〈我永遠站在「雞蛋」的那方〉，《天下雜誌》418（2009.3.25）：http://www.cw.com.tw/article/article.action?id =37158。檢索日期：2014.5.16。

──.《村上春樹、河合隼雄に會いにいく》。東京：岩波書店，1996。

──研究會編.《村上春樹の『1Q84』を読み解く》。東京：Data House, 2009。

──譯.《ニュークリア・エイジ》（《核時代》，*The Nuclear Age*），Tim O'Brien（ティム.オブライエン）著。東京：文藝春秋，1994。

──口述、松家仁之（MATSUIE. Masashi）採訪.〈第一天〉，《「《1Q84》之後」特集──村上春樹 Long Intereviews 長訪談》，賴明珠、張明敏譯。臺北：時報文化出版業股份有限公司，2011。

──.〈村上春樹三天兩夜長訪談〉（〈村上春樹ロングインタビュー〉），張樂風譯，《大方》1（2011）：18-100。

DA

大森望（ŌMORI, Nozomi）、豐崎由美（TOYOZAKI Yumi），〈圍繞《1Q84》
　　的激烈辯論〉（〈対談《1Q84》メッタ斬り！〉），《村上春樹 1Q84
　　縱橫談》（《村上春樹〈1Q84〉をどう読むか》），侯為、魏大海譯，
　　河出書房新社編輯部編。濟南：山東文藝出版社，2011,136-47。

DAO

島田裕巳（SHIMADA, Hiromi）.〈這是站在「蛋」一方的小說嗎？〉，河
　　出書房新社編輯部編，《村上春樹 1Q84 縱橫談》（《村上春樹〈1Q84〉
　　をどう読むか》），侯為、魏大海譯，河出書房新社編輯部編。濟南：
　　山東文藝出版社，2011，18-19 。

FU

福田和也（FUKUDA, Kazuya）.〈《現代人能夠得救嗎？——村上春樹的
　　《1Q84》（前篇）〉（〈現代人は救われ得るか——村上春樹《1Q84》
　　（前篇）〉，《新潮》106.8（2009）：199-205。
——.〈現代人は救われ得るか——村上春樹《1Q84》（後篇）〉，《新
　　潮》106.9（2009）：204-10。

HE

河出書房新社編.《村上春樹《1Q84》をどう読むか》。東京：河出書房
　　新社，2009。

HEI

黑古一夫（KUROKO, Kazuo）.《村上春樹——從「喪失」的故事到「轉
　　換」的故事》（《村上春樹：「喪失」の物語から「転換」の物語へ》）。
　　東京：勉誠出版，2007。
——.《〈1Q84〉批判と現代作家論》。東京：アーツアンドクラフツ，
　　2011。

JIA

加藤典洋（KATŌ, Norihiro）.〈「桁違い」の小説〉，《文學界》63.8）
　　（2009）：216-19。

──編.《村上春樹　イエローページ作品別（1995-2004）　Part　1》。東
　　京：荒地出版社，2004，

──編.《村上春樹　イエローページ作品別（1995-2004）　Part　2》。東
　　京：荒地出版社，2004。

LAI

賴明珠、張明敏譯.《「《1Q84》之後」特集──村上春樹 Long Intereviews
　　長訪談》，村上春樹口述、松家仁之（MATSUIE Masashi）採訪。臺
　　北：時報文化出版業股份有限公司，2011。

LU

魯迅.《魯迅全集》，卷 2。北京：人民文學出版社，2005。

NEI

內田樹（UCHIDA, Tatsuru）.《留心村上春樹》（《村上春樹にご用心》），
　　楊偉、蔣葳譯。臺北：時報文化出版企業股份有限公司，2009。

──の研究室：http://blog.tatsuru.com/

QIN

芹澤健介（SERIZAWA, Kensuke）等編.《「1Q84」村上春樹の世界──心
　　揺さぶるその異世界を　読み解くためのガイド》。東京：洋泉社
　　MOOK，2009。

QING

清水良典（SHIMIZU, Yoshinori）.〈「父」の空位〉（特集 村上春樹《1Q84》
　　を読み解く──謎と刺激に満ちた七年ぶりの大作を、四人の論者が
　　四つの視角から読む），《文學界》63.8（2009）：220-23。

TENG

藤井省三（FUJII, Shōzō）.〈《1Q84》の中の「阿Q」の影——魯迅と村上春樹（特集 村上春樹《1Q84》を読み解く——謎と刺激に満ちた七年ぶりの大作を、四人の論者が四つの視角から読む）〉，《文學界》63.8（2009）：228-31。

——.《村上春樹心底的中國》，張明敏譯。臺北：時報文化，2008。

WAN

丸谷才一（MARUYA, Saiichi）.〈比竹田出雲更優秀，比默阿彌更卓越〉（〈竹田出雲よりも默阿彌よりも——井上ひさしを偲ぶ會で〉），《新潮》107.9（2010）：216-18。

WEI

尾崎真理子（OZAKI, Mariko）.〈通往《1Q84》的30年——村上春樹訪談〉王煜婷、陳世華譯，《譯林》4（2010）：213-17。

XIAO

小山鐵郎（KOYAMA, Tetsurō）.〈溫かい日本茶を飲むまでに——《1Q84》を読む〉，《群像》64.8（2009）：160-71。

ZHAI

齋藤環（SAITŌ, Tamaki），《BOOK3》書評，《朝日新聞》2010.4.25。http://book.asahi.com/reviews/reviewer/2011071704688.html。檢索日期：2014.5.16。

ZHANG

張樂風譯.〈村上春樹三天兩夜長訪談〉（〈村上春樹ロングインタビュー〉），村上春樹、松家仁之訪談，《大方》1（2011）：18-100。

ZHAO

沼野充義（NUMANO, Mitsuyoshi）.〈読み終えたらもう 200Q 年の世界〉
　　（特集 村上春樹《1Q84》を読み解く——謎と刺激に満ちた七年ぶ
　　りの大作を、四人の論者が四つの視角から読む），《文學界》63.8
　　（2009）：224-27。

ZUO

佐佐木中（SASAKI, Ataru），〈侮蔑生命的、「死亡物語」的反覆——該
　　小說犯了文學性錯誤〉（〈生への侮蔑、「死の物語」の反復——こ
　　の小説は文学的に間違っている〉），河出書房新社編輯部編，《村
　　上春樹 1Q84 縱橫談》，69-75。

Criticism of *1Q84*:
Where to go, Murakami Haruki?

Kazuo KUROKO
Emeritus Professor, University of Tsukuba

Translated by Xiaoxuan LIN
Professor, College of Foreign Languages,
Shandong Agricultural University

Abstract

It is a strange sales strategy making *1Q84* a bestseller, just because the aggregate called the Literary World in the country, the mass media and the press consciously or unconsciously take part in the publishing houses' (or editors') strategy, which contributing to a abnormal sales volume. For example, government newspapers led by *Asahi Shimbun* and the mass media as well as the press led by NHK reported some expecting news about the third Japanese Nobel Prize in literature winner, which was really nothing to do with *1Q84*'s selling well? Of course, it was Murakami Haruki winning the Jerusalem Prize (Jerusalem Prize, is short for the Jerusalem Prize for the Freedom of the Individual in Society. We have to say that the prize is ridiculous in consideration of Israel being antagonistic to Arab) in the beginning of 2009 and his speech *Of Walls and Eggs* on the award ceremony that promoted aforementioned affair.

Keywords: Haruki MURAKAMI, Jerusalem Prize, *1Q84*, Nobel Prize in literature, Kenzaburō ŌE

《國際村上春樹研究》輯二（2015 年 12 月）333-356。

跨越無望之愛的生者與逝者
——論《挪威的森林》

■喜谷暢史著
■孫立春譯

作者簡介：

　　喜谷暢史（Nobuchika KITANI），1970 年生於大阪，畢業於都留文科大學研究生院文學研究科，現為法政大學附屬第二高級中學教師、日本文學協會、日本近代文學會會員。近著有「〈新しい作品論へ〉、〈新しい教材論へ〉　評論編」（共著、右文書院、2003）、《千年紀文學叢書》第 7 集（共編著，皓星社，2013）。

譯者簡介：

　　孫立春（Lichun SUN），男，1979 年生，河北人，杭州師範大學日語系副主任，副教授，碩士生導師，博士，主要研究方向為日本近現代文學和文學翻譯；迄今在國內外學術期刊發表論文 26 篇，主編教材 1 部，參編詞典 1 部，出版專著、譯著各 2 部，主持部級、省級、廳級、市級、校級研究課題各 1 項；受教育部和學校公派，先後在九州大學、奈良縣立萬葉古代學研究所、早稻田大學訪學和從事博士後研究。

論文提要：

　　《挪威的森林》是一部饒有解謎樂趣的小說，不僅適合普通讀者閱讀，還有可能用於語文課堂教學。本文試圖揭示「敘述者」——「我」所描述的那份無望之愛（「直子連愛都沒愛過我」）中隱藏的、「我」與直子應有的愛情狀態。過於誠實和愚鈍的「我」雖然不是故意的，但是卻把

直子逼上了絕路。這一點體現在關於 3 個生者與 3 個逝者的「敘述」中。解讀這篇第一人稱回憶體小說時，我們不僅要分析被敘述的「我」，也要解讀敘述者「我」與被敘述的「我」之間的關係，因此也必須追問中年男子回憶往事這一事件本身的意義。另外，這部作品只有在性欲問題（阿美寮、直子的肉體）上，才與村上春樹特有的世界觀——「他界」聯繫在一起。從這個意義來說，《挪威的森林》也不是一般意義上的現實主義小說。

關鍵詞：解謎、第一人稱回憶體小說、性欲的喪失、〈我中的他者〉、
**　　　　百分之百的戀愛小說**

一、然後，無人留下

　　內田樹（UCHIDA Tatsuru, 1950- ）曾把對村上春樹的批判稱作「集體式憎惡（恐懼症）」[1]。後現代主義評論家們曾經不斷地群起而攻之。時代輪迴，這些批判銷聲匿跡之後，「村上春樹時代」悄然而至。為了紀念《1Q84》（新潮社，BOOK1、2，2009 年 5 月；BOOK3，2010 年 4 月）的出版，《思考者》雜誌（新潮社，2010 年 8 月）刊發了很有分量的長篇訪談。但實際上要想瞭解這個作家，我們不得不注意到必須從廣泛的文化領域來審視他。村上先後榮獲弗蘭茲・卡夫卡文學獎、耶路撒冷文學獎，因而在海外享有很高的聲譽，其他的日本當代作家也望塵莫及。他巨人般的形象也被刻畫得淋漓盡致。或許可以說，從一開始便是村上的時代[2]。

---

[1] 內田樹（UCHIDA Tatsuru, 1950- ）在《當心村上春樹》（東京：ARTES 出版社，2007）中提到的有蓮實重彥（HASUMI Shigehiko, 1936- ）、川村湊（KAWAMURA Minato, 1951- ）等。除此之外，代表性的觀點還有柄谷行人（KARATANI Kōjin, 1941- ）的《關於死期》（講談社學術文庫，1995 年 6 月）裡收錄的《村上春樹的「風景」》（《村上春樹の「風景」》，89-135）和島田雅彥（SHIMADA Masahiko, 1961- ）的言論等。

[2] 內田樹在第二本村上研究專著──《再次當心村上春樹》（東京：ARTES 出版社，2010）中寫道：「這一點（引者注：針對評論家的『集體式憎惡』）請允許我更正一下。蓮實重彥為首的少數人仍拒絕評價村上。他們已經是孤立無援的少數派了嗎？（中略）如果是這樣的話，還請蓮實重彥先生等人加油堅持到底。」（149-50）這是以輕鬆的語氣描述了後現代主義話語變化的一例。

　　與此相對，在「教室」中，村上春樹的影響力究竟會是怎樣的呢？我
們可以看到，被選入教材並用於教學活動的作品大多是短篇小說，曾被贊
為文豪的作家們被選用的小說一般是他們代表作的一部分和中篇小說，而
村上的作品仍不能作為教材的「主力軍」被選用。

　　關於被收錄在教科書（《高中國語Ⅰ》，三省堂，第三次修訂版）中
的《螢火蟲》（節選自《挪威的森林》），筆者想論述一下這篇作品以
及其作為教材的可能性。正如注釋裡寫到的那樣，這篇《螢火蟲》並不
是短篇小說集《螢，燒倉房及其他》（新潮社，1984 年 7 月）中收入的
《螢》（初出《中央公論》，1983 年 1 月），而是《挪威的森林》（講談
社，1987 年 9 月）的一部分，即摘錄至第三章末尾──「敢死隊」給「我」
的「螢火蟲」飛走[3]。這一節被安排在「當代的表現手法」單元裡，因此恐
怕也只能停留在品味其「表現手法」上，很難想到它能單獨出現在「閱讀」
課上。

　　例如，在筆者任教的學校、以少數的高三學生為對象的選修課上，老
師與學生之間互相交流「閱讀」心得是可以實現的。而且有一段時期，即
使在公共課上，也會讓學生購買夏目漱石（NATSUME Sōseki, 1867-1916）
的《心》、宮本輝（MIYAMOTO Teru, 1947- ）的《星星的悲傷》等文庫
本作為教材；不僅選取其中的一部分，也會選用整部作品。《挪威的森林》
與《心》一樣，都是謎點很多的作品。閱讀解謎小說是頗有樂趣的一件事，
因此這部作品充分具有成為教材的可能性。

---

[3]　當然，〈螢〉是《挪威的森林》的原型，兩者最大的差別在於對固有名詞的處理
　　不同。

二、接受謎點，緊抓謎點

在《挪威的森林》中，確實有很多謎點貫穿整部作品，例如「以此紀念諸多往事」這樣意味深長的題詞、第一次出版時印在腰封上的「百分之百的戀愛小說」、或者用黑體突出強調的「死並非生的對立面，而作為生的一部分永存」[4]等這樣的文字。

不過，村上的作品印成文庫本時，注解部分就會被完全刪掉。當閱讀文庫本時，筆者發現原作中的「後記」被刪掉了。作品取得商業成功後，連「我希望，這部小說凌駕我個人而流傳下去」這樣的自我獨白，也被視為畫蛇添足；「這是一部極其私人的小說」等這樣的自注也被視為無用的解釋。這樣一來，脫稿後的那份興奮感消失不見了，但可以說這是「作家」在表明自我的態度——拒絕一切任意的解釋。

但是，即使在「教室」中閱讀這部作品時，也不可拋棄「解謎」這一意向。雖然有人批評村上的作品將謎點就此擱置，不作解釋，故作姿態（當然，現代小說並非神祕小說，因此無需揭示所有謎點），但是也有人認為，只要一絲不苟地緊貼文脈，緊抓謎點，就會豁然開朗。筆者這次想緊抓謎點來解讀作品[5]。

這部小說採用的是第一人稱回憶體的結構。「37 歲」的「我」回憶了「我」高中畢業後來東京上大學時「19 歲」到「20 歲」之間的事。「37 歲」的「我」乘坐的波音 747 在漢堡機場著陸時，機艙內倏然響起甲殼蟲

4　作者引用的原文來自於講談社文庫版《挪威的森林》（2004 年 9 月），並注明瞭上下卷的頁碼。譯者保留以上的做法，但譯文採用的是林少華先生的譯本（上海譯文出版社，20011 年）。村上春樹，《挪威的森林》（講談社），上　293；林少華譯，《挪威的森林》　32。

5　例如，綠子父親小聲說的「票，綠子，拜託了，上野車站」（下‧94 頁），與「我」送玲子到上野車站後發給綠子打電話這件事是聯繫在一起的。「票」意味著為了「託付」「綠子」，「我」必須有一個明確的目的地。

樂隊的《挪威的森林》。聽到這首歌，「我彎下腰，雙手掩面」，「難以自已」，往事浮現在眼前。

很顯然，這部小說本身就是一部手記。從「採訪一位畫家」[6]時回想起初美的情形，以及「我才動筆寫這篇文章。我這個人，無論對什麼，都務必行諸文字，否則就無法弄得水落石出[7]」這樣的「敘述」來看，「我」是一個會將事情記錄下來的人[8]。

就像作品中寫的那樣，「當我還年輕，記憶還清晰的時候，我就有過幾次寫一下直子的念頭，卻連一行也未寫成[9]」，「記憶還清晰的時候」，無法寫出與直子的關係以及那無望之愛。然而，如今記憶模糊，才能「敘述」並寫下關於直子的一切。

但是「無論對什麼都務必行諸文字，否則就無法弄得水落石出」的「我」，有必要將事情「弄得水落石出」嗎？搶先一步來講，正在敘述的「我」為了過渡到下一情節，就必須以「書寫」這個行為為契機。問題是，事情發生很久以後才寫的手記，要以怎樣的形式來結尾呢？

在回憶體中，如果僅僅解讀被敘述的「我」，那就不是真正地解讀小說。因此需要解讀敘述者「我」與被敘述的「我」之間的關係，以及被敘述（年輕時的模糊記憶）和正在敘述（中年男子在回憶往事）這兩件事情自身的含義。

雖然是回憶體，但是小說的結尾卻是現場直播的，而且並沒有完結（「我現在哪裡？我不知道這裡是哪裡，全然摸不著頭腦。這裡究竟是哪裡？」[10]）。「我」又像回到了開始敘述時的狀態——混亂不堪。

---

6 村上春樹，《挪威的森林》（講談社），下　131；林少華譯，《挪威的森林》　274。
7 村上春樹，《挪威的森林》（講談社），上　12；林少華譯，《挪威的森林》　6。
8 但如果將「手記」這一前提具體化、將其作為方法論特殊化之後，就會衍生出「給『綠子』的手記」（山根由美惠（YAMANE Yumie），《村上春樹「故事」的認識系統》[《村上春樹「物語」の認識システム》]，東京:若草書房，2007）這一錯誤觀點。筆者認為像「給綠子的手記」這種具體分析故事的文學理論必須與〈閱讀〉嚴格區分開來。
9 村上春樹，《挪威的森林》（講談社），上　22；林少華譯，《挪威的森林》　12。
10 村上春樹，《挪威的森林》（講談社），下　293；林少華譯，《挪威的森林》　376。

　　三島由紀夫的《金閣寺》也採用回憶體的形式，講述了「敘述者」
——溝口放火燒掉金閣寺的經過，金閣寺被燒毀的最後一章也是現場直播
的。這兩部作品都是回憶體，而且具有共同的問題。這是為什麼呢？

　　就《金閣寺》這部作品而言，可以說，「敘述者」「抹去現在，跨越
「敘述者」這一主體來展開故事」。例如，柏木冗長的獨白作為手記是不
自然的，同樣，貫穿於《挪威的森林》上下兩卷的玲子的長篇插曲也是不
自然的。「在此，與其說『敘述者』在寫手記，不如說「敘述者」想通過
場面描寫將讀者吸引進此時間與空間中來」。[11]小說層面上的手記，不同
於具體的手記，形成了小說獨有的時間與空間。它並不是僅僅在講述結束
的事情、無法改變的過去。通過「書寫」而水落石出的事情是什麼呢？剩
下的東西又是什麼呢？這是下一個要提出的問題（具體到《金閣寺》，我
們就會想起「作家」的一句話：「當人們想要繼續活下去的時候，剩下的
只有監獄」）。筆者認為「書寫」這一動態過程有一定難度，「書寫」這件
事本身正是追尋記憶的過程，因此《挪威的森林》具有小說性。這並不是
「嘗試自我療養」[12]的無聊之事，而是為了奪回「下一次」生的機會。因
為「死的人就一直死了，可我們以後還要活下去」[13]，這一真切感受使「手
記」成為必需品。

　　同樣，片山恭一（KATAYAMA Kyūichi, 1959-　）的《在世界中心呼
喚愛》（2001）[14]也是以回憶體的形式俘獲了讀者的心。以這部作品為例
的話，我們在「教室」中就能隨便地討論這部具有「小說」式結構的《挪
威的森林》。通過比較超越歷史的難度，我們就能使日本最受歡迎的兩部
小說成為教材。雖然《在世界中心呼喚愛》的熱潮已經退去，並沒有像村
上的作品那樣被讀者繼續閱讀，但對於幾年前的學生來說，這本書則是回
憶體愛情故事的最佳範例。

---

[11]　田中實（TANAKA Minoru），〈《金閣寺》的超越敘述者——偏向「作家」的東
　　　西〉（〈《金閣寺》の「語り手を超えるもの」——「作家」へ〉），《藝術至上
　　　主義文藝》24（1998）：4-14。

[12]　遠藤伸治（ENDŌ Shinji），〈論村上春樹《挪威的森林》〉（〈村上春樹《ノル
　　　ウェイの森》論〉），《近代文學試論》29（1991）：59-74。

[13]　村上春樹，《挪威的森林》（講談社），上　229；林少華譯，《挪威的森林》　147。

[14]　片山恭一（KATAYAMA Kyūichi,1959-）的《在世界中心呼喚愛》（《世界の中心
　　　で、愛をさけぶ》（東京：小學館，2001）。

　　《在世界中心呼喚愛》的開頭部分提到「我（松本朔太郎）」只是在哭泣。奇妙的告白沒有反省，幼稚又無力（只是在機場呼喊「快救救她！」）。這一告白沒有再生的希望，只是在散佈死的念頭。從這個結構來看，作為「敘述者」的「我」無法從失去心愛之人的悲痛中走出來，也無法再去愛[15]。

　　《挪威的森林》沒有明確提及現在發生的事情（「我」將何去何從，能否振作起來？），也不像《在世界中心呼喚愛》那樣是個徹頭徹尾的愛情悲劇。但是，在談論這些之前，首先應該讀懂「敘述者」——「我」所描述的那份無望之愛。

三、讀懂那份無望的愛情

　　正如第一章末尾所寫的那樣，「直子連愛都沒愛過我」[16]，這已經預告了這份愛情是無望的。直子曾哀求道：「希望你能記住我」，「這樣在你身邊呆過，可能一直記住？[17]」可是，和直子無法相愛的事實大概已經暗藏在這決定性的語句中了吧。但是，這份無望的愛情只是由直子一個人設定的嗎？

　　　　全部結束之後，我問她為什麼沒和木月睡過，其實是不該問的。直子把手從我身上鬆開，再次啜泣起來[18]。

「我」和直子做愛了，這也是直子人生中唯一的一次，之後「我」無心說了這些話。對於「我」的這一言行，很多評論家都批判道「害人之心」「雖

---

[15] 行定勳（YUKISADA Isao, 1968-　）導演在這部小說的文庫本後記（小學館文庫，2006）中，一語道破「這是一個佇立在看不見未來的黑暗前而躊躇不前的少年的故事」，以「僅用數頁文字一筆帶過的朔太郎之後的經歷」為基礎，為了將「與過去對峙的主人公的混亂」狀態搬上螢幕（2004 年 5 月公映）而進行了改編。行定導演嗅到了原作中的死亡氣息，想解救「我」。而方法只有一個，即讓背負已逝女人之宿命的女人成為男方戀愛的新對象，那麼苦惱的就是這個新出現的女人了。與原作不同的是，中年的「我」在澳大利亞土著的土地上，與新出現的女人一起為愛過的女人祈禱了冥福。

[16] 村上春樹，《挪威的森林》（講談社），上　23；林少華譯，《挪威的森林》　13。
[17] 村上春樹，《挪威的森林》（講談社），上　20；林少華譯，《挪威的森林》　11。
[18] 村上春樹，《挪威的森林》（講談社），上　85-86；林少華譯，《挪威的森林》　53。

不是有意，但實在不應該引起三角戀關係的糾葛」[19]等等。雖然最終愛上了兩個女孩，但是「我」認為自己「以誠為本」，「未曾文過飾非」，「時刻小心誤傷任何人」[20]。不能將這場愛情悲劇簡單斷定為「有意傷人」，但是否應該說「我」並非內心有意，而是想「以誠為本」，最終卻背叛了對方呢？這也是小說開頭「我」「難以自已」的原因。

那麼，「我」所說的「未曾文過飾非」、「以誠為本」，其真實情況究竟是怎樣的呢？

正如信中所寫的那樣，「七月間給你發的那封信，我真是緊牙關才寫成的」[21]，直子每次都竭盡全力寫信。直子和「我」發生關係後，從東京不辭而別，來到京都山中與世隔絕的療養院「阿美寮」，想重新振作起來。直子寫信說「我感受到了你對我的好意，並以此感到高興」，「我現在極為渴求這樣的好意」[22]，並請求道「方便時來看我一次」[23]，「我」成了直子與外界聯繫的唯一管道。

探訪「阿美寮」的直子時，「我」「老實地回答」「渴望」那份「好意」的直子，說和「八九個」女孩睡過。「我」還說道「那樣的辯解實在痛苦」，甚至拿不想提及的往事來當例證：「可你心中有的只是木月。一想到這點我心裡就痛苦得不行，所以才和不相識的女孩兒胡來」[24]，從而使自己的行為正當化（直子也被列入「八九個」這個概數中，這豈不是無視直子的感受嗎？）。

之所以與不相識的女孩亂交，是源於受到了住在同一公寓的怪人──永澤的影響。初美是永澤的女友，因為深愛著永澤，所以才會批判永澤墮落的生活態度，結果永澤提到了與「我」的相似點。「我」和他們一起吃飯時，永澤評價「我」時說道：「我同渡邊有相似的地方」，「他和我

19 加藤弘一（KATŌ Kōichi, 1954- ），〈走在異象的森林中──村上春樹論〉（〈異象の森を歩く──村上春樹論〉），《群像》44.11（1989）：194-210。
20 村上春樹，《挪威的森林》（講談社），下 243；林少華譯，《挪威的森林》 344。
21 村上春樹，《挪威的森林》（講談社），上 179；林少華譯，《挪威的森林》 115。
22 村上春樹，《挪威的森林》（講談社），上 184；林少華譯，《挪威的森林》 118。
23 村上春樹，《挪威的森林》（講談社），上 185；林少華譯，《挪威的森林》 118。
24 村上春樹，《挪威的森林》（講談社），上 229；林少華譯，《挪威的森林》 147。

一樣，在本質上都是只對自己感興趣的人，只不過在傲慢不傲慢上有所差別」[25]，「我同渡邊的相近之處，就在於不希望別人理解自己」，「自己是自己，別人歸別人」[26]。永澤再三指出他和「我」的相同點。

除了保留「傲慢」這一看法，按照永澤的話，「我」是不能被免罪的。除了「以誠為本」這一優點，剩下的只能是「只對自己感興趣」、「不希望別人理解自己」，缺乏他者性。從永澤的角度來看，「我」確實欠缺接受「他人」這一資質，因此最終「傷害了所有人」（包括初美的自殺）。這一構思巧妙地被安排在小說的結尾。需要注意的是，從根本上來講，永澤的話是通過「我」——手記的撰寫者、「敘述者」而表達出來的。

丟下直子、一個人自殺的木月也「有一種喜歡冷笑的傾向，往往被人視為傲慢，但本質上卻是熱情公道的人」[27]。以「傲慢」為媒介的話，這三個男人就具有了某種相似性。「我」認為永澤「他也背負著他的十字架匍匐在人生途中」[28]，這一評價也適用於這三個人。一方面，「敘述者」——「我」認為永澤「考慮事物的方式和生活態度不夠地道」[29]，另一方面，「我」又自覺地回想（反芻）起永澤反覆強調的「相似之處」這個詞。「俗物」也好，「高貴」也好，他們擁有的只是「饑渴感」[30]罷了。

「只對自己感興趣的人」——永澤的這句話讓筆者想起了「我」在直子自殺前租賃公寓的事。雖然也是為了讓直子重返社會生活才租賃公寓的，但是「我」搬出宿舍的主要原因是受到學生宿舍「糾紛」的影響，怕受連累而被打。「我」說「總之，是退出宿舍的時候了」[31]，首先考慮的是自己的心緒和情況。（例如，迎來 20 歲生日的直子說「完全沒準備好迎接 20 歲」，而「我」卻回覆說「（到 20 歲）我還可以慢慢準備」[32]，時刻做著萬全的準備。）

---

[25] 村上春樹，《挪威的森林》（講談社），下　125；林少華譯，《挪威的森林》　270。
[26] 村上春樹，《挪威的森林》（講談社），下　127；林少華譯，《挪威的森林》　271。
[27] 村上春樹，《挪威的森林》（講談社），上　48；林少華譯，《挪威的森林》　29。
[28] 村上春樹，《挪威的森林》（講談社），上　69；林少華譯，《挪威的森林》　42。
[29] 村上春樹，《挪威的森林》（講談社），下　139；林少華譯，《挪威的森林》　279。
[30] 村上春樹，《挪威的森林》（講談社），下　130；林少華譯，《挪威的森林》　273。
[31] 村上春樹，《挪威的森林》（講談社），下　187；林少華譯，《挪威的森林》　309。
[32] 村上春樹，《挪威的森林》（講談社），上　80；林少華譯，《挪威的森林》　49。

「可以的話，兩人一同生活好麼？上次我也說過。」「謝謝。你這麼說，不知我有多高興。」[33]雖然直子表達了謝意，但是脫口而出的卻是「假如我一生都不濕，一輩子都性交不成，你也能一直喜歡我」，流露出了內心的不安。「從本質上講，我這人屬於樂天派」[34]——這樣遊刃有餘的回答絕對不會讓對方安心的。儘管如此，直子還是小心謹慎地說「讓我慢慢想想」，「你也好好考慮一下」[35]，試圖讓自己和對方的關係得以平衡。筆者非常重視這番話。

直到直子死之前，「我」一直單方面地提出要求。正如「我並不想催你倉促做出決定。但春天畢竟是適合從頭做事的季節」這樣，指定了具體的日期，但四月「可以復學」[36]這個理由未免過於普通。在與世隔絕的、類似於精神病療養院的「阿美寮」接受治療的生活，與東京的生活相比是截然不同的。單方面的要求只能成為孕育悲劇結局的基礎。

直子說「外邊來的東西大多使我感到惶惶不安」[37]。雖然「我」憤憤不平地說「他們為什麼不肯放直子一條生路呢」[38]，但是這句話最終也在自己身上靈驗了。「我」對「害人之心」這一點毫無自知之明，但是現在的「敘述」卻非常自覺地闡明了回憶不可能一成不變。

關於對「害人之心」這一點毫無自知之明，也可以參照玲子被「老練的女同性戀」玩弄這一插曲。玲子回想自己丈夫時，說道：「他還沒有清楚意識到事情的嚴重性。[39]」儘管丈夫支持和理解陷入女同性戀事件中的玲子，但由於工作的原因，懇求她最多再忍耐一個月[40]，因此最終犯下無法挽回的過失。玲子夫妻生活的破產和直子的死都反映了男人們感情遲鈍這一共同點。

---

33 村上春樹，《挪威的森林》（講談社），下　184；林少華譯，《挪威的森林》　308。
34 村上春樹，《挪威的森林》（講談社），下　185；林少華譯，《挪威的森林》　308。
35 村上春樹，《挪威的森林》（講談社），下　186；林少華譯，《挪威的森林》　309。
36 村上春樹，《挪威的森林》（講談社），下　190；林少華譯，《挪威的森林》　312。
37 村上春樹，《挪威的森林》（講談社），下　177；林少華譯，《挪威的森林》　303。
38 村上春樹，《挪威的森林》（講談社），下　200；林少華譯，《挪威的森林》　318。
39 村上春樹，《挪威的森林》（講談社），下　 30；林少華譯，《挪威的森林》　208。
40 村上春樹，《挪威的森林》（講談社），下　 31；林少華譯，《挪威的森林》　209。

「自以為搬家、安頓新居以及幹活賺錢忙得暈頭轉向，早已把什麼綠子拋在腦後。別說綠子，連直子也幾乎不曾想起。[41]」經營新生活成了「我」自己的目的，因此「我」忽略了深愛的兩位女性。

為了直子的回歸，單方面準備了四個月的計畫最終失敗。在沒有直子、綠子、永澤的「闌珊春日中」，「我不由感到自己的心開始在」「搖顫」。之後，「我的心開始無端地膨脹、顫抖、搖擺、針刺般的痛[42]」，可見「我」只在意自己的悲痛。這一時期寫的書信不是為了安慰對方，而是為了「我本身能得到慰藉」，因此「無論直子還是玲子都沒回音[43]」就是理所當然的了。這些信不能為了「我本身能得到慰藉」，必須為了「渴望我的好意的」直子而寫。

四、作為通路和隘路的書信

直子臨死前，「我」為了將自己的感情傳達給別人，才給玲子寫了信。在信中，「我」將對直子和綠子的愛做了比較，前者是「嫻靜典雅而澄澈瑩潔的愛」，後者「截然相反」，「在行走在呼吸在跳動[44]」。這種表達彷彿把「活生生」的直子埋葬了一般。與平時不同，這封寄給玲子的信上貼了「快遞郵票」，因此不能說直子讀到這封信的可能性是零（玲子一直在讀「我」寄給直子的信[45]。玲子說她們「一直一塊兒洗澡，那孩子就像妹妹似的[46]」，可以說她們是不分彼此的親密關係。正因如此，玲子才會因直子的死而離開「阿美寮」。直子曾說過：「普通處於發育期的孩子所體驗的那種性的壓抑和難以自控的苦悶，我們幾乎未曾體會過。[47]」與這樣和木月度過的歲月相比，「阿美寮」對直子而言，或許是她的第二大不幸）。

---

[41]　村上春樹，《挪威的森林》（講談社），下　193；林少華譯，《挪威的森林》　313。
[42]　村上春樹，《挪威的森林》（講談社），下　217；林少華譯，《挪威的森林》　328。
[43]　村上春樹，《挪威的森林》（講談社），下　217；林少華譯，《挪威的森林》　328。
[44]　村上春樹，《挪威的森林》（講談社），下　243；林少華譯，《挪威的森林》　344。
[45]　村上春樹，《挪威的森林》（講談社），下　222；林少華譯，《挪威的森林》　331。
[46]　村上春樹，《挪威的森林》（講談社），下　274；林少華譯，《挪威的森林》　364。
[47]　村上春樹，《挪威的森林》（講談社），上　263；林少華譯，《挪威的森林》　168。

　　「所以你暫時不要透露給那孩子，交給我處理好了」[48]——這樣說的玲子也是常年生病。她是「音樂老師」[49]，雖然「我」初次見她時誤以為她是醫生，但她畢竟不是醫生。因此，我們或許可以圍繞書信，展開各種各樣的「解讀」。

　　實際上，玲子很明顯地介入了直子的書信。「綠子那人看來很有趣。讀罷那封信，我覺得她可能喜歡上了你。跟玲子一說，玲子說，『那還不理所當然，連我都喜歡渡邊』。」[50]可玲子的解釋確實是變化的，如「好嗎？對你來說，直子或許是至高無上的天使；而在我眼裡，只不過是笨手笨腳的普通女孩兒」[51]這樣的「字條」，與其說是寄給「我」的，不如說是寄給在旁讀信的直子，可以說玲子是個多事的調停人。

　　直子與外界的溝通管道唯有書信。「我」在「1969年」的「泥淖」中，雖然「給直子寫長信」[52]，但是從「我」孤獨的生活現狀來看，也不難想到「我」在其後的書信中會談及綠子。「同秋天來時相比，直子沉默寡言多了[53]」，這也是理所當然的了。

　　不管怎樣，「我」以書信的形式，最終把直子逼到絕境。[54]「我」一方面施壓，一方面又在手記的後半部分，多次使用「責任」這個詞。「我」使用這個詞，向表達愛意的綠子作出這樣的解釋：「不能放棄」「作為某種人的責任」[55]。這與在東京和直子再次相遇時表露出的不獨立相比，可謂是巨大的轉變，那時「我」說「你來的嘛。我只是跟著」[56]。即便對死去的木月，「我」也故作鎮靜地說「將變得愈發頑強」，「變得成熟」，

---

[48]　村上春樹，《挪威的森林》（講談社），下　245；林少華譯，《挪威的森林》　345。
[49]　村上春樹，《挪威的森林》（講談社），上　197；林少華譯，《挪威的森林》　127。
[50]　村上春樹，《挪威的森林》（講談社），下　178；林少華譯，《挪威的森林》　304。
[51]　村上春樹，《挪威的森林》（講談社），下　179；林少華譯，《挪威的森林》　304。
[52]　村上春樹，《挪威的森林》（講談社），下　181；林少華譯，《挪威的森林》　306。
[53]　村上春樹，《挪威的森林》（講談社），下　183；林少華譯，《挪威的森林》　307。
[54]　陳英雄（Anh Hùng Trần, 1962）導演的電影（2010年12月公映）將回憶體這一「敘述」形式剝離，毫無保留地展現了不為自己辯解的「我」，並生動地刻畫了逼迫直子的過程。這一點請參考拙稿〈沒有同伴的生者與逝者——電影版《挪威的森林》〉（〈並走者のいない生者／死者——映画『ノルウェイの森』〉）（《千年紀文學》1（2011）：3）。
[55]　村上春樹，《挪威的森林》（講談社），下　232；林少華譯，《挪威的森林》　338。
[56]　村上春樹，《挪威的森林》（講談社），上　43；林少華譯，《挪威的森林》　26。

「我已不是十幾歲的少年」，「我已感到自己肩上的責任」，「必須為我的繼續生存付出相應的代價」[57]。

直子死後，「我」「自我辯護」似得對死去的木月說：「喂木月，你終於把直子弄到手了」，「也罷，她原本就屬於你。說到底，恐怕那裡才是她應去的地方」，「我對直子已盡了我所能盡的最大努力」[58]。這時，「責任」已不復存在。

如前所述，開頭部分的那句話——「因為直子連愛都沒愛過我」[59]，已經預告了這份愛情是不會圓滿的。但是，在說戀人「愛都沒愛過我」之前，必須要對「我」本人犯下的諸多錯誤宣判。

五、性欲的喪失

永澤說過「不要同情自己」，「同情自己是卑劣懦夫的勾當」[60]。失去直子後，「我」像反抗永澤的上述忠告似得，開始了流浪之旅。我想「在陌生的城鎮睡個安穩覺」[61]，便來到「山陰海岸」、「鳥取或兵庫的北海岸」[62]，並自言自語地安慰自己道：「不要緊，渡邊君，那不過是一死罷了，別介意。[63]」（直子的話）

在失去直子前後，「我」曾想「那般巧奪天工的身體為什麼非生病不可呢？[64]」「我失去了直子，那般完美無瑕的肉體從地球上徹底消失了！[65]」可見「我」對直子的哀悼始終和她的「肉體」密切相關。直子也理解「我」的這種性要求，說「見面就要以完美的面目出現」[66]。

文中寫道，我給直子寫了一封「簡短的信」，信中說「不得相見，實在悵惘莫名。我很想見你，同你說話，無論通過什麼形式都可以。」「我

---

[57] 村上春樹，《挪威的森林》（講談社），下　204；林少華譯，《挪威的森林》　320。
[58] 村上春樹，《挪威的森林》（講談社），下　258；林少華譯，《挪威的森林》　354。
[59] 村上春樹，《挪威的森林》（講談社），上　23；林少華譯，《挪威的森林》　13。
[60] 村上春樹，《挪威的森林》（講談社），下　189；林少華譯，《挪威的森林》　311。
[61] 村上春樹，《挪威的森林》（講談社），下　249；林少華譯，《挪威的森林》　349。
[62] 村上春樹，《挪威的森林》（講談社），下　250；林少華譯，《挪威的森林》　349。
[63] 林少華譯，《挪威的森林》　351。
[64] 村上春樹，《挪威的森林》（講談社），下　200；林少華譯，《挪威的森林》　318。
[65] 村上春樹，《挪威的森林》（講談社），下　254；林少華譯，《挪威的森林》　352。
[66] 村上春樹，《挪威的森林》（講談社），下　198；林少華譯，《挪威的森林》　316-17。

沒有同任何人睡覺。因我不願忘記你接觸我時留下的感覺。對我來說，那比你想的還要重要。」[67]「我自忖這樣反倒能更好地傳情達意」[68]，這句話應該不假吧。因為這是直子能讀懂的最後一封信。

　　流浪時想起了「高中三年時第一次睡過的女友」[69]，「我」深感自責，但這種自責沒有發展為「我」對直子的懺悔，而是婉轉地表明了「我」感情遲鈍。「我」對失去直子感到悔恨，但「我」始終執著於直子的「肉體」，因此從某種意義上可以說這種悔恨是蒼白無力的。

　　於是，「肉體」的問題又被擱置了。玲子說「直子不在以後，我已經無法忍耐獨自留在那種場所的寂寞」[70]，去旭川之前來東京看「我」。直子的遺書只是一行草書──「衣服請全部送給玲子」[71]，這暗示了直子與玲子的關係。玲子曾說過：「直子和我，衣服差不多是一個尺寸」，「無論上衣褲子還是鞋帽」，「我倆經常換衣服穿，或者說幾乎是共產。」[72]這番話也明確了直子與玲子是不分彼此的關係。

　　如果讀者對「我」與玲子做愛一事感到不可思議，那是因為讀者還沒注意到「肉體」問題的重要性。玲子曾因女同性戀事件而產生了巨大的心理創傷，為了能重回「現實」世界，就必須要發生性關係。這是作者精心安排的。「我」對此安然接受，是因為流浪回來後還一直沉浸在性欲問題裡。

　　直子活著的時候，「我」曾想像「這是何等完美的肉體啊──我想。直子是何時開始擁有如此完美肉體的呢？[73]而「肉體」問題和性欲問題與這種幻想場面的「非現實性」因素是聯繫在一起的。這部作品作為性愛小說廣為人知，但「非現實性」因素被限定在性欲問題中。[74]「肉體」問

67　村上春樹，《挪威的森林》（講談社），下　214；林少華譯，《挪威的森林》　326。
68　村上春樹，《挪威的森林》（講談社），下　215；林少華譯，《挪威的森林》　326。
69　村上春樹，《挪威的森林》（講談社），下　256；林少華譯，《挪威的森林》　353。
70　村上春樹，《挪威的森林》（講談社），下　261；林少華譯，《挪威的森林》　357。
71　村上春樹，《挪威的森林》（講談社），下　268；林少華譯，《挪威的森林》　361。
72　村上春樹，《挪威的森林》（講談社），下　267；林少華譯，《挪威的森林》　360。
73　村上春樹，《挪威的森林》（講談社），上　270；林少華譯，《挪威的森林》　172。
74　村上春樹自己把原作稱為「現實主義作品」，如果按字面意思理解的話，那種認為這部小說只寫了「愛與死」之類的觀點就能站住腳了（前面提到的柄谷行人的《關於死期》就是這種觀點）。在同名電影的宣傳冊中，內田樹關於不具備以往穿越式的「非現實性因素」的原作，做了如下論述：「村上春樹的『非現實主義作品』寫

題是這部被稱作「現實主義」小說的裂縫，也是村上作品中通往「他界」的出口。想獲得重生的直子僅有的一次性關係和她的「完美的肉體」都說明了這一點。也正因為如此，「我」從「阿美寮」回來後，綠子才說「瞧你那臉，活像見過幽靈了」[75]。（綠子與「我」沒發生關係，無非是因為她活在「現實」中。）

六、為什麼說這是一部「百分之百的戀愛小說」呢

在「教室」中討論性欲和「肉體」問題之前，我想先談一下未解的謎團[76]：為什麼這番對無望之愛的回憶錄是一部「百分之百的戀愛小說」呢。

「百分之百」、「戀愛」和「小說」的組合讓我們想起了人氣作品〈四月一個晴朗的早晨，遇見一個百分之百的女孩〉（《袋鼠佳日》，平凡社，1983 年 9 月）；修改版收錄於《象的失蹤》{新潮社，2005 年 3 月}）。這部作品看似是一篇筆調輕鬆的短篇小說，寫的是遊戲於都市消費行為之中的男女之間若即若離的愛情故事，但充分體現了「作家」理解描寫對象的方法。

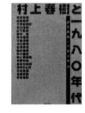

對於「敘述者」來說，這個「百分之百的女孩」「算不得怎麼漂亮，並無吸引人之處，衣著也不出眾」，而且「要明確勾勒百分之百的女孩形象，任何人都無法做到」，僅僅是和她在街上「擦肩而過」。這個搭訕姑娘的故事「自『很久很久以前』開始，而以『你不覺得這是個憂傷的故事嗎』結束」。

搭訕姑娘時用的是誇大妄想式的大話、謊話。「百分之百」與其說是字面意義上的意思，倒不如說是為了突出虛構性的「百分之百」[77]。就《挪

的是關於『下到地下二層的人（「我」、岡田亨、卡夫卡少年、青豆等人）』的故事，而《挪威的森林》講的是作者本人初次下到地下二層時的經歷。」這不是一般意義上的「現實主義」。「非現實性」因素雖然在故事中沒有浮出水面，但它背負著多維宇宙，並與其他作品有著很深的聯繫。

[75] 村上春樹，《挪威的森林》（講談社），下　46；林少華譯，《挪威的森林》　218。

[76] 於敘述的「我」和被敘述的「我」之間的關係，小川洋子（OGAWA Yōko, 1962- ）的〈仰泳〉（〈バックストローク〉）（（《眼瞼》[《まぶた》]，東京：新潮社，2001）可以作為解讀教材。它討論的不是「性」，而是從母愛中獨立的問題。

威的森林》而言，「百分之百」一詞「正確」表達了「我」對直子表達愛情的方式。從這個意義上說，腰封上的話是過度詮釋的。「我」談「我」，也就是在描述「我」所理解的「自己」。總之，被描述的對象「百分之百」僅僅是我所理解的對象，即僅僅是「我裡面的他者」。「敘述者」在記憶模糊的今天開始講述往事，也緣於此。想來，從初期的第一人稱到近作《1Q84》第三人稱的轉變，與其說這是「作家」寫作手法的進步，倒不如說這是跨越了第一人稱「敘述」的難題──自己講自己的故事的不合邏輯性，從而轉向第三人稱形式的。

因此，《挪威的森林》是否是一部「百分之百的戀愛小說」，這個問題在「教室」裡可能會是一個很吸引人的題目，但不會引發建設性的討論[78]作為對象的理解方式，「教室」裡的討論應該退場，否則課堂就會變成一個僅僅交流「戀愛」印象的活動場所。

七、為了「19歲」與「37歲」時的重讀

如前所述，無望之愛是由直子決定的，所以讀者會對「我」的愛情悲劇產生共鳴，並隨故事發展而變化。「直子死了」這件事對「敘述者」打

---

[77] 據說《四月一個晴朗的早晨，遇見一個百分之百的女孩》中的少年少女是《1Q84》裡天吾和青豆這兩個人物的原型。《1Q84》是將多維宇宙這種「非現實性」無限擴大而成的。「很久以前分開後，兩個人都在強烈地尋找對方」──「這個故事究竟是哪裡如此打動了大家呢，把這個小故事擴寫後，最後能成為什麼樣的小說呢？」（出自《思考者》雜誌的長篇訪談）譯者案，參以下的中譯：村上春樹口述、松家仁之（MATSUIE Masashi, 1958-）採訪〈第一天〉，《「《1Q84》之後」特集──村上春樹 Long Intereviews 長訪談》，賴明珠（1947-）、張明敏譯（臺北：時報文化出版業股份有限公司，2011）24。村上春樹、松家仁之，〈村上春樹三天兩夜長訪談〉，張樂風譯，《大方》1（2011）：30。

[78] 川村湊（KAWAMURA Minato, 1951-），〈因《挪威的森林》而覺醒〉（〈《ノルウェイの森》で目覚めて〉），《村上春樹をどう読むか》（東京：作品社，2006）182-90；原刊《群像》，1987年11月）、竹田青嗣（TAKEDA Seiji, 1947-），〈「戀愛小說」的空間〉（〈恋愛小説の空間〉），《村上春樹スタディーズ》，栗坪良樹（KURITSUBO Yoshige, 1940-）、柘植光彥（TSUGE Teruhiko, 1938-2011）編。卷3（東京：若草書房，1999）21-54；原刊《群像》，1988年8月）、三枝和子（SAEGUSA Kazuko, 1929-2003），〈《挪威的森林》與《青梅竹馬》〉，〈《ノルウ£イの森》と《たけくらべ》〉，《村上春樹スタディーズ》，卷3，145-58；原刊《發現》，1990年9月）等同時期的評論都被腰封上的話愚弄了。

擊很大。「敘述者」為了喚起讀者的悲傷情緒，不得不放棄關鍵內容，而
只能使其空白。直子死後「我」去流浪這件事的意義或許必須被批判地理
解，但由於其中穿插著對「16 歲死了母親」[79]的漁夫的情感爆發，不能提
及直子的部分便不容易看清楚了。「我」深陷「肉體」這一極隱私的性欲
牢籠之中，並不認為漁夫對他母親的追思和「我」對直子的哀悼是同一性
質的感情。而且，玲子追憶直子時說「那孩子所愛好的音樂，直到最後也
沒脫離感傷主義這個基調」[80]，這也讓「我」的回憶流於感傷的部分變得
更加不易覺察。

　　要在「教室」裡解讀這部複雜的手記，要注意的是不能將其與「作家」
的生平經歷無端聯繫起來，不能從比較文學的角度來評價[81]，不輕易將其
與亞文化進行比較[82]，也不能引入某些特定規則來隨意解讀[83]。現在，在這

---

[79] 村上春樹，《挪威的森林》（講談社），下　254；林少華譯，《挪威的森林》　352。
[80] 村上春樹，《挪威的森林》（講談社），下　284-85；林少華譯，《挪威的森林》
　　371。
[81] 柴田勝二（SHIBATA Shōji, 1956-　）的《生的重構（1）重生的時間——〈挪威的
　　森林〉的「轉世」》（〈生の再構築（1）生き直される時間——《ノルウェイの
　　森》の「転生」〉，《敘說Ⅱ》2.3（2002）：165-78）就是導入外部規則的典型例
　　子。他認為該作品模仿了三島由紀夫的《豐饒之海》，並從這一恣意的觀點出發，
　　做出了讓人幾乎不能理解的解釋：「綠子是直子的轉世者，這也體現在二人在作品
　　中從未見過面、說過話的寫法中」，「綠子能容忍『我』『腳踏兩隻船』，終究是
　　因為知道直子和自己是『同一』個人」。這是一種隨意解讀文本的典型做法。
[82] 千田洋幸（CHIDA Hiroyuki, 1962-　）的「文學」與資料庫——從《新世界福音戰士》、
　　《星之聲》到《挪威的森林》〉，《村上春樹與二十世紀八十年代》（〈「文学」
　　とデータベース——《新世紀エヴァンゲリオン》《ほしのこえ》から《ノルウェ
　　イの森》〉，宇佐美毅（USAMI Takeshi, 1958-）、千田洋幸編《村上春樹與二
　　十世紀八十年代》（《村上春樹と一九八〇年代》），櫻楓社，2008 年 11 月）一
　　文從《挪威的森林》與《福音戰士》等動漫的相似性出發，提出當代文學是「作為
　　大眾文化借鑒對象的故事資源」、「作為抽樣調查物件的資料庫」，與漫畫、遊戲
　　和輕小說等體裁進行「交流」，「以確保自己的地位」。從興奮地談論與動漫的相
　　似點這一敘述方式來看，作者缺乏「自己的話語也會被消費」這一認識，還一直停
　　留在缺乏批判性的、「80 年代」式的戲謔中。
[83] 石原千秋（ISHIHARA Chiaki, 1955-　）的《解密村上春樹》（《謎とき村上春樹》，
　　東京：光文社，2007）也是導入外部規則並進行恣意解讀的典型例子。德里達（Jacques
　　Derrida, 1930-2004）的「誤配說」雖然跟這部作品沒有任何聯繫，但作者卻突出這
　　一點，於是這部作品就成了「渡邊徹把木月讓給（也就是「誤配」）他的直子送到
　　了木月身邊的小說」。這種恣意性因為特定的解釋規則的緣故，消解了〈閱讀〉的
　　精密性。

部作品的研究現狀中出現了很多不合常理的解讀。「教室」裡的年輕讀者
們要超越對「19 歲的我」的戀愛觀產生的共鳴，從「37 歲的我」的角度
來重讀這部作品。這也是這部作品不斷被閱讀的原因所在。

　　而且，談論無望之愛時，就必須要提到封面題詞——「以此紀念諸多
往事」——裡包含的故事和時代性。封面題詞指的無非是那個「終歸像回
飛棒一樣轉到自己身上」[84]的時代。現在，「10 月草地的風景」「那樣執
著地連連踢著我的腦袋」這一事態，「起來，起來想想，思考一下我為什
麼還在這裡」[85]這一持續的追問，在小說的末尾還不斷被重複，例如又出
現了這個疑問——「這裡究竟是哪裡」。

　　由三位生者和三位逝者承擔的「敘述」，將時代性和無望之愛聯繫在
一起，將年輕時「我」陷入的如「草地的風景」中的那口深井一樣的陷阱
和明顯的錯誤都挖了出來。為了「下一步」的生活而做的努力仍在繼續。

---

[84] 村上春樹，《挪威的森林》（講談社），上　10；林少華譯，《挪威的森林》　5。
[85] 村上春樹，《挪威的森林》（講談社），上　12；林少華譯，《挪威的森林》　6。

參考文獻目錄

CHAI

柴田勝二（SHIBATA, Shōji）《生的重構（1）重生的時間——〈挪威的森林〉的「轉世」》（〈生の再構築（1）生き直される時間——《ノルウェイの森》の「転生」〉，《敘說Ⅱ》2.3（2002）：165-78。

CUN

村上春樹（MURAKAMI, Haruki）.《挪威的森林》（《ノルウェイの森》）。東京：講談社，文庫版，2004。

——.《挪威的森林》，林少華譯，上海：上海譯文出版社，2007。

——口述、松家仁之（MATSUIE Masashi）採訪.《「《1Q84》之後」特集—村上春樹 Long Interviews 長訪談》，賴明珠、張明敏譯。臺北：時報文化出版業股份有限公司，2011。

——口述、松家仁之訪問，〈村上春樹三天兩夜長訪談〉，張樂風譯，《大方》（2011）：18-100。

CHUAN

川村湊（KAWAMURA, Minato）.〈因《挪威的森林》而覺醒〉（〈《ノルウェイの森》で目覚めて〉），《村上春樹をどう読むか》。東京：作品社，2006，182-90。

JIA

加藤弘一（KATŌ, Kōichi ）.〈走在異象的森林中——村上春樹論〉（〈異象の森を歩く——村上春樹論〉），《群像》44.11（1989）：194-210。

MA

馬場重行（BABA, Shigeyuki）、佐野正俊（SANO Masatoshi）編.《「教室」中的村上春樹》（《〈教室〉の中の村上春樹》）。東京：綿羊書房，2011。

NEI

內田樹（UCHIDA, Tatsuru）.《當心村上春樹》。東京：ARTES 出版社，
　　2007。

──.《再次當心村上春樹》。東京：ARTES 出版社，2010。

SAN

三枝和子（SAEGUSA, Kazuko）.〈《挪威的森林》與《青梅竹馬》〉，
　　〈《ノルウ£イの森》と《たけくらべ》〉，《村上春樹スタディー
　　ズ》，栗坪良樹（KURITSUBO Yoshige）、柘植光彥（TSUGE Teruhiko）
　　編，卷 3。東京：若草書房，1999，145-58。

SHAN

山根由美惠（YAMANE, Yumie）.《村上春樹「故事」的認識系統》（《村
　　上春樹「物語」の認識システム》）。東京：若草書房，2007。

SHI

石原千秋（ISHIHARA, Chiaki）.《解密村上春樹》（《謎とき村上春樹》。
　　東京：光文社，2007。

TIAN

田中實（TANAKA, Minoru）.〈《金閣寺》的超越敘述者──偏向「作家」
　　的東西〉（〈《金閣寺》の「語り手を超えるもの」──「作家」へ〉），
　　《藝術至上主義文藝》24（1998）：4-14。

PIAN

片山恭一（KATAYAMA Kyūichi）.《在世界中心呼喚愛》（《世界の中
　　心で、愛をさけぶ》。東京：小學館，2001。

YUAN

遠藤伸治（ENDŌ, Shinji）.〈論村上春樹《挪威的森林》〉（〈村上春樹
　　《ノルウェイの森》論〉），《近代文學試論》29（1991）：59-74。

ZHU

竹田青嗣（TAKEDA, Seiji）.〈「戀愛小說」的空間〉（〈戀愛小說の空
　　間〉），《村上春樹スタディーズ》，栗坪良樹（KURITSUBO Yoshige）、
　　柘植光彥（TSUGE Teruhiko）編，卷 3。東京：若草書房，1999，21-54;

本文原載於馬場重行（BABA Shigeyuki, 1955-　）、佐野正俊（SANO
　　Masatoshi, 1961- ）編《「教室」中的村上春樹》（《「教室」の中の
　　村上春樹》，東京：綿羊書房，2011）133-50。

The Living and the Dead Transcending a Desperate Love, a Discussion of *Norwegian Wood*

Nobutika KITANI

Hosei University Daini Junior & Senior High School

Translated by Lichun SUN

Associate Professor, School of Foreign Languages,
Hangzhou Normal University

Abstract

Norwegian Wood is regarded as an interesting novel filled with puzzles. Not only does it suits ordinary readers but also can be useful for class. This article attempts to explore the supposed love state of "Me" and Naoko, which was implicated inside the desperate love described as "Naoko never ever, loved me" by "Me," the narrator. Although "I" had no intention of compelling Naoko, she was still ruined by the honest fool as "I" were. This was also reflected in the narration for 3 living beings and 3 dead beings. When unscrambling this first-person perspective memoirs, it is significant for us to analyse "Me," the narrator, as well as the relationship between "Me" as the narrator, and "Me" as the naratee. Therefore, the pursuit of questioning the meaning of a middle aged man's recollections of the past itself is necessary. Furthermore, only when it comes to the questions of sexual desire, reffering to Amiyou's and Naoko's flesh, has this work being relevant to Haruki's special outlook of world, which is described as Another World Beyond. From this perspective, Norwegian Wood is no a common modernist novel.

Keywords: Puzzle Solving, First-person Perspective Memoirs, the Lost of Sexual Desire, the Otherness inside "Me", One Hundred Percent Love Story

《國際村上春樹研究》輯二（2015 年 12 月）357-370。

從「青豌豆」至「青豆」
——《1Q84》之後再讀《挪威的森林》

■風丸良彦著
■吉田陽子譯

作者簡介：

風丸良彦（Yoshihiko KAZAMARU），上智大學外語系（文學士）。文藝評論家，現任盛岡大學文學部教授。專業領域為現代美國文學與文化。撰著有《美國文化的問題史性考察》（若草書房，2011）、《集中講義《1Q84》》（若草書房，2010）與《村上春樹「譯」短篇再讀》（みすず書房，2009）。

譯者簡介：

吉田陽子（YOSHIDA Yōkō），文化大革命時期在母親的祖國中國度過，後隨父親返回日本定居。愛知縣立大學碩士，現在在愛知縣立大學攻讀博士後期課程，專門研究文革時代的八個革命樣板戲。論文有〈江青與現代芭蕾舞劇《白毛女》〉（《愛知縣立大學大學院國際文化研究科論集》第 14 號，2013.3），翻譯方面有：工藤貴正著〈從現代（modern）的文藝思潮看「前期魯迅」的開端〉《上海魯迅研究》2012 春（2012. 4）等。

論文提要：

在本論文中，就村上春樹所著《挪威的森林》，主要對如下的三點進行了詳儘論述：一、在故事開頭部分「靜謐」（一對情侶約會場面）的背後，存在著故事中避開提及的「騷動」（學生鬥爭的那種時代的現實情景）。

二、從一對情侶的談話中可以領會得出村上春樹翻譯文體的東京標準話，並還可從出自於作者村上春樹自身的體驗用來理解這種「語言」的由來。

三、《挪威的森林》中出現的「青豆」與《1Q84》的主人公「青豆」的關聯性。

關鍵詞：《挪威的森林》、《1Q84》、村上春樹

一、一九六八年時的真田護城河

　　在星期天下午溫暖的陽光下，每個人看來都那麼幸福。土堤對面及目可見的網球場上，年輕男子脫下襯衫只剩一件短褲在揮著球拍。只有並排坐在長椅上的兩個修女還整齊地穿著黑色冬令制服，令人覺得好像只有她們周圍夏天的陽光還沒有照到，雖然如此她們兩人臉上依然露出滿足的表情在陽光下快樂地交談著[1]。

　　時間是一九六八年五月中旬的一個周日的下午，《挪威的森林》中的「我」也就是渡邊徹與直子實現了時隔一年重逢的心願之時，地點是從日本旅客鐵道（當時當然還是日本國有鐵道）的四谷站沿市谷站真田護城河的土堤。雖說有名的街道櫻花樹上的花朵凋落之後已冒出了嫩葉，但仍是「每個人看來都那麼幸福」，兩個修女以「滿足的表情」在交談著。可不僅是這一些安寧與快活的情景，就連故事中即將降臨到往後的「我」和直子身上的那種青春時代時期中走投無路的一瞬那間，也已經在逆光之中朦朧地被映照了出來。可另一方面，在史實上暗示出逼近而來的「陰影」的那種象徵性「陽光」的情景，此時在那裡也已被顯示了出來。

---

[1]　村上春樹（MURAKAMI Haruki, 1949- ），《挪威的森林》，賴明珠（1947- ）譯，上，（台北：時報文化出版企業股份有限公司，2003）29。

　　從真田護城河的土堤處一望而知的球場，往往會使人誤以為是上智大學的附屬球場，實際上是由新宿區管理的一個室外運動場，除冬季以外平常由上智大學專用，但周日和節日原則上是對新宿區、千代田區、港區的居民以及在職的團體開放的。只是與球場同時設置的硬式網球場無論平日還是休息日都被上智大學的硬式網球部使用著，穿一條短褲揮舞球拍的小夥子很可能是上智大學的學生。兩個修女不用說就知道是跟鄰接上智大學的聖 Ignatius 教會有關的人（在此順便一提，那是創辦上智大學的母體，在大學校園裡設有宿舍的耶穌會是一個有著莊嚴氣氛的男子修道會。現在這種女學生眾多的上智大學成為男女同校是從 1957 年才開始的。）

　　且說在刻印著「我」與直子時隔一年重逢時刻的真田護城河四周，是自那時起僅一個半月後的一九六八年七月二日直至那一年年底斷斷續續發生了騷動，並以此拉開了序幕的地方。（有關那個時代的記錄留有「上智大學　光和影」的影片。筆者在約三十年前看過那部黑白映片，在學生之間發生小衝突的映片之中配有巴赫（Johann Sebastian Bach, 1685-1750）「G 弦上的詠嘆調」的音樂。）

　　那天下午四點，在上智大學，全學共鬥會議的約六十個人（一部分的報道說有八十個人）佔據了大學一號館，並用路障壁壘封鎖了此館。針對全共鬥會議六月五日在青年徒步運動部室內發生了盜竊案後校方引進警察入校內一事，以革命馬克思主義派、社青同解放派為中心在八日組織了起來，十四日就已召開了全日本學生自治會的集會。雖說有些突然的感覺，但正值「我」跟直子在土堤上散步的五月之時，已經舉辦過不少次由文化團體聯合會（文聯）以及索菲節實行委員會（索實）組織的一些未經備案的集會。因此，在《挪威的森林》開頭部分描寫的真田護城河處的情景，可謂是正如文句中所述，是暴風驟雨之前的寂靜。假如「我」和直子的相逢晚了一個多月，不難想像周圍就會充滿了火藥味。

　　七月二日深夜，也就是在築起路障壁壘的那一天，學生們固守的城池輕而易舉地被解除了。也許就是那時的情景吧，筆者還記得曾在大學內部報紙的縮版上看到過神父從教室窗口伸出身子來說服學生的照片，不僅是神父，就是反對封鎖校舍學生的一般學生也有許許多多。據報道說：固守城池的學生被說服於一般學生的那種莫以暴力與國家權力鬥爭的勸說。當時的報紙把這種說服工作報道為既帶有「基督教性」又具有「明智」的。

　　但當然不用之說全學共鬥會議隊員的鬥爭並未就此結束，他們對於校方就參加過固守城池的學生所作出的處分（同年八月二十二日。退學九人、無期停學四人）表示不服從，要求撤銷處分並要有政治活動的自由，從同年十一月七日起再次佔據了大學的總部以及一、三、四號館。十四日學校公認的學生團體「學生會」雖強行排除了封鎖，但以失敗告終。

　　之後就是即將迎來年底的十二月二十一日的淩晨。七百名警察廳機動隊隊員衝進了大學校內，使用催淚彈後僅一個小時就把進行抵抗的學生一個不剩地都逮捕了起來。上午十點大學正門前豎起了鐵板路障，就在此地，守屋美賀雄（MORIYA Mikao, 1906-82）大學校長宣佈了大學將停課六個月（實際上在三個半月後的一九六九年四月八日就取消了停課）。守屋校長說：「引進警察是由我獨自的判斷，為此我將承擔一切責任。我認為：與其不斷發生由於學生之間的衝突而引起的流血悲劇，不如借警察之力為好。（中間省去一部分）像東大那種什麼也不加阻止的做法私立學校是辦不到的。」（《朝日新聞》一九六八年十二月二十一日晚報頭版新聞）。

　　當然東大並不是從一開始就什麼也沒做的，接受了同年（六月十七日）對佔據安田禮堂的學生進行了排除的教訓，校方克制了請求行使公權，但以上智大學為一個轉機，剛進入第二年的一九六九年才不久，東大安田禮堂就再次引進了機動隊解除了封鎖，之後各所大學接二連三地引進了機動隊，這些也都是眾所周知的事了。

　　且說在《挪威的森林》的文本中，從「我」跟直子達成時隔一年後重逢心願的一九六八年五月（第二章）起幾乎是跳過了一步，（到了第三章）時間已經流逝到了一九六九年一月。在此期間，並未寫明兩人有沒重訪過真田護城河處，但對於此後兩人的交往在第三章中寫道「我們和以前一樣在街上走」「我們兩人在東京街頭漫無目的地繼續走著」（第三章）[2]，在那些地方之中很難給人想像成是並不包括兩人重逢地點的真田護城河。但文本中完全脫落了真田護城河一帶陷入混亂之後半年中的情景部分，只描寫了陷入混亂之前的那種照耀著初夏溫柔陽光之景。這不得不看作是帶有意圖性的忘卻，這種意圖性是佯作毫無興趣，而卻暗中主張既存在著可以談論的歷史，也存在著不能談論的歷史。

---

[2]　村上春樹，《挪威的森林》，上　42-43。

二、說標準話的兩人

> 「嘿，我說話的方式跟以前有點不一樣嗎？」臨分手時直子問。「好像有點不一樣噢。」我說。（第二章[3]）

繼「我說」以後，不由得想再加一句「因為你在說標準話」的進一步的表現。再說好像也可以加一句直子回說的「你還說我呢，你自己也是這樣的呀！」的場面。兩人的說話口氣不僅是「有點不一樣」，因為儘管在那時「我」或是直子都是為升學從神戶來到東京最多才過了兩個月，可是兩個人竟都能自然而然地用標準話交談。在此想起了村上登上文壇的處女作《聽風的歌》，雖然那是一個以神戶為舞臺的故事，但登場人物都能自由自在地使用標準話。（在《挪威的森林》第六章中，有一個用京都話說「牠耳背，不大點聲音叫還聽不見呢」[4]的京都女孩子登場。在那個場面中特意加進了「女孩子用京都話說」[5]）這麼一句。正是因為這些人話語中的措詞，才能成為作品給予了讀者「城市化」印象的一個依據。關於這些情況最近村上談了如下幾點：

> 我想可能是因為到東京來，才能寫小說的另外一個理由，是語言問題。我生在關西長在關西，因此在上大學以前當然毫無保留地說關西腔。我變成能說兩種腔調，現在一回到那邊，遇到認識的人立刻會轉回本地腔調，但在東京卻完全用東京的語言說話。結果，就成為第二種語言了。（中間省去一部分）而且最初寫《聽風的歌》時，開頭的幾頁是用英文寫的。我從高中時代開始就一直在讀英文書，開始工作以後也維持讀英文書的習慣，某種程度已經養成轉換別種語言思考事情的癖性了。從關西腔到東京話，從東京話到英語，走過三個階段，我想可能因為有這多重化的語言環境，才能寫

---

[3] 村上春樹，《挪威的森林》，上　34。
[4] 村上春樹，《挪威的森林》，上　190。
[5] 村上春樹，《挪威的森林》，上　190。

出屬於自己的文章。(「思考的人」二○一○夏季號「春上春樹的長訪談」[6])

正如在拙著《越境的「我」》[7]中也提及到的那樣，村上文體的章法結構中的翻譯文體並不是什麼新穎的東西。《挪威的森林》中有如下的這麼一段話：

> 然而我建立在脆弱假設之上的幻想之城，卻因玲子姊的一封信而瞬間崩潰了。而且在那之後，只剩下無感覺的扁平平面而已。我必須想辦法重新調整態勢站起來。我想直子要再一次復原可能要花很長時間。而且就算能復原，復原後的她想必也比以前的她更衰弱，更失去信心吧。(第十章[8])

且說譬如在葛西善藏（KASAI Zenzō, 1887-1928）的《悲哀的父親》(一九一二年) 中有如下的這麼一段話：

> 但是偉大的兒女絕不需要直接的父親。他應該寧肯走遍天涯去尋找和追求自己的道路，直至最終倒下。而且他的孩子不久也會長到他這個年齡的吧，而且從他的死中能學到許多真實的東西吧[9]。

---

6 村上春樹口述、松家仁之（MATSUIE Masashi）採訪，〈第二天〉，《「《1Q84》之後」特集──村上春樹 Long Intereviews 長訪談》，賴明珠、張明敏譯（台北：時報文化出版業股份有限公司，2011）66。

7 風丸良彥，《越境する「僕」》（東京：試論社，2006）247、248。

8 村上春樹，《挪威的森林》，下，144。

9 葛西善藏（KASAI Zenzō, 1887-1928），《哀しき父》，《日本文學全集28 廣津和郎 葛西善藏 集》（東京：新潮社，1964）313，314。

在上述的哪一部作品中都用「然而……而且……而且」或「但是……而且……而且」來連結句子。

　　此外二者都在引用句的句尾以「吧」用來結束句子。反覆出現的連詞和將來揣測的助詞是這些文體的特徵，由此清楚地可以看出，這些都是同受於明治時期之後的日語文體遭到翻譯文體（but, and, will）侵蝕的影響。兩部作品的發表時期相隔七十年以上，在此期間這種文體在日語中真可說是不可勝數，但，假如仍然可謂村上文體在現代以「翻譯文體」給予了讀者深刻印象的話，那就不得不考慮為，出於這種構造性的翻譯文體風格以外的何種東西，使讀者感受到了「翻譯文體」。

　　對此答案直至如今才由村上為我們提示了出來。即，村上風格的翻譯文體不僅是經由英語（歐美語）轉換成日語的翻譯循環，還加進了經由關西腔轉換成標準話的翻譯循環後才形成的。在前文所述的長訪談中村上接著說：

> 如果我寫的文章中，有和別人不同的地方，或許這方面（筆者注：多重化的語言環境）也有關係[10]。

換一種見解來說，初期的三部曲以及《挪威的森林》本來就是（從關西腔轉換為標準話）的幾部翻譯小說。然而這種由日語至日語的翻譯過程不少是跟英語腦力有關的吧。為何能這麼說呢？是因為僅提取出前文「好像有點不一樣噢」這一句話語中「我」的說法就能看得出來，出於說一口標準話的十八歲的年輕人之口究竟是否自然呢？一九六〇年代後半期，實際上年輕人也許曾用過「好像有點……噢」的這種土裡土氣的用法，但更出於自然的說法不正是「好像有點不一樣吧」「或許有點不同吧」的用法嗎？從「好像有點不一樣噢」這種表達方式中可以透視出如同"I think you've changed a little bit."之類的英語用法。再舉一個如下之例：

> 不過能跟妳聊一聊真好。因為我們不是從來也沒有兩個人單獨談過一次嗎？（第二章[11]）

---

[10] 村上春樹口述、松家仁之採訪，〈第二天〉　66。
[11] 村上春樹，《挪威的森林》（上）第二章　32。

這種表現恰如以下的英文表現：

"But I was glad to talk with you, since we've never talked in a couple."

概而言之，村上將關西腔轉換成標準話時是介入了英語的這種可能性被顯露了出來。不用說，其結果是不可能成為自然的標準話的，因此重讀《挪威的森林》的會話文體，就隨處可見那種表現得不很服貼的場面。譬如下面的一些在前文中提及到的「……噢」的表現：

> 「團體生活怎麼樣？和別人一起生活愉快嗎？」直子問。
> 「我也不太清楚。因為才經過一個月多一點而已。」我說。「不過還不太壞。（後部分省略）」（第二章[12]）

這些「噢」用於句尾後的「我」的語調無疑是標準話，但筆者認為是一種人工的標準話。打個比方，就好比賽馬報紙上馴獸員或騎手的解說中屢見不鮮地說「馬匹的狀況不算壞噢。只是假期結束後才不到一個多月噢」的那種語調，尤其是像關西腔的馴獸員或騎手的解說，是經過翻譯後的標準話，聽的人往往會產生一種難以形容的彆扭之感。換言之，這種彆扭之感也正顯示出了「語言性中心」本身的不穩性。

三、二項對立圖式的拒絕與「青豆」的登場

> 死不是以生的對極形式、而是以生的一部分存在著[13]。

出現於第二章的最後部分並在此之後一直支配著《挪威的森林》整體的這一句話，就是指當時的「我」「不是以語言的形式，而是以一股氣團的形式存在我體內」的那種基於根底的某種思想，之後由村上自己歸結成確實的形式，並且不是縈懷著氣團般的東西，而是形成了牢固的一團東西。

> 犯罪者與非犯罪者之間隔著的一層牆比我們想像的要薄得多。假說中存在著現實，而現實中又存在著假說。體制中存在著反

---

[12]　村上春樹，《挪威的森林》（上）第二章　29。
[13]　村上春樹，《挪威的森林》（上）第二章　38。

體制，而反體制中又存在著體制。我想把這樣一種現代社會的結構整體寫成小說。幾乎所有的登場人物我都給起了名字，對每一人物儘量進行了精心細膩的造型，使得即使其中的某一人物就是我們自己本身也不至於感到奇怪那樣。（《讀賣新聞》二〇〇九年六月十六日晨報[14]）

前文所述的含義不言而喻是對二項對立構圖既提出了質疑又提出了懷疑。這種思想的萌芽現在再次從《挪威的森林》（或是在其之前發表的短篇小說《螢火蟲》以及《盲柳和睡女》）中都可以看出來。那次《讀賣新聞》的訪談是在《1Q84》BOOK1‧2 出版不久後進行的，而對這種由二項對立構圖（變得單純化的社會狀況）表明了村上立場集大成的，可以說就是《1Q84》的故事了。

　　有關詳細內容刊登在拙著《集中講義〈1Q84〉》（若草書房，二〇一〇）[15]中，如同《挪威的森林》中的「**死不是以生的對極形式、而是以生的一部分存在著**」一樣，用粗體字表示出來的「**不要被外表迷惑。現實永遠只有一個[16]**」，是作品中對「世上絕大多數的人，並不渴求能證實的真理」（BOOK2 第十一章[17]）、「你看到的不過是觀念的形象，並非實體」

[14]　〈村上春樹氏訪談〉，《讀賣新聞》，2009.6.16，13。
[15]　風丸良彥，《集中講義〈1Q84〉》（東京：若草書房，2010）130-35。
[16]　施小煒譯，《1Q84》（BOOK 1）（海南島：南海出版公司，2010）135。
[17]　施小煒譯，《1Q84》（BOOK 2）（海南島：南海出版公司，2010）164。

（BOOK2 第十三章[18]）、「她不是概念，不是象徵，也不是比喻。而是一個現實的存在，擁有溫暖的肉體和躍動的靈魂」（BOOK2 第十六章[19]）的語句進行了簡明易懂的闡述。進而言之，即，世界上充滿著許許多多標誌性（外觀）的東西，但那些東西歸根結底相互結合的意義（現實）可以說是獨一無二的，用以此來思考問題也就能引出，「外觀」是應該不斷被吸收於現實中，而這二者絕不是存在於二項對立構圖中的這一見解。這毫無疑問地可以看作是對**「死不是以生的對極形式、而是以生的一部分存在著」**的另一種解釋方法。

這種在《挪威的森林》中由「一股氣團」而形成真實形象的過程被描寫在奧姆真理教的地鐵沙林事件紀實文學作品《地下鐵事件》的後記「沒有指標的惡夢」之中。

> 大眾媒體所依存成立的原理結構，可以說相當簡單。對他們來說，所謂地下鐵沙林事件，簡單說就是正義和邪惡、正常與瘋狂、健康與畸形的明白對立[20]。

前文所述的含義別無他意，而正是村上的那種對於由二項對立形成單純化的社會構圖以及把這種構圖輕而易舉地構成社會體系抱有焦慮之感的表現。把這種現實編成神話性行為，其結果跟奧姆真理教編造的「荒唐無稽

---

18 施小煒譯，《1Q84》（BOOK 2） 194。

19 施小煒譯，《1Q84》（BOOK 2） 250。

20 賴明珠譯，〈沒有指標的惡夢──我們正在往什麼方向前進呢？〉，《地下鐵事件》，村上春樹著（臺北：時報文化出版企業股份有限公司，1998）556。

胡編亂造的故事」（《地下鐵事件》後記「沒有指標的惡夢」）中的所作所為是並無相反之處的。

毫無疑問，對於這一點村上投下了懷疑性的視點，以此可以看作在書寫《1Q84》時，「假說中有現實，而現實中又有假說。體制中存在著反體制，而反體制中又存在著體制。我想把這樣一種現代社會的結構整體寫成小說」的這種村上對於故事所持的態度，並將此連綿不斷地貫穿在他的作品之中。如果把這種「體制中存在著反體制，而反體制中又存在著體制」應用於《地下鐵事件》後記之中，即可互換為「正義中有邪惡，邪惡中有正義」「正常中有瘋狂，瘋狂中有正常」。這一些不言而喻是存在於《1Q84》中青豆和宗教組織「先驅」造型的最根本之處的。

對於青豆，村上在（《思考的人》二一○一年夏季號〈村上長訪談〉）中說道：「想到青豆這個名字時，我便想：啊，這個可以[21]」，重讀《挪威的森林》一書時就能知道，其實在故事的末尾，在「我」跟綠吃飯時「青豆」就已經登場了。

> 我們一面在廚房餐桌喝著啤酒一面吃炸蝦，吃青豆飯[22]。

「青豆飯」的「青豆」大致無疑是「青豌豆」吧。也就是說村上有把「青豌豆」叫作「青豆」的習慣。在此跟「正義中有邪惡，邪惡中有正義」「正常中有瘋狂，瘋狂中有正常」有著微妙的重合。即「青豆」介於「青豌豆」肩負著強烈的正義感和使命感而採取行動，但偶爾這種帶有首尾一貫思想的行動，會被社會上看成是非法的，也就是帶有另一種意思的「青豌豆」。

（拙稿參閱了《朝日新聞》、《每日新聞》、《讀賣新聞》各種報刊的 1968 年與 1969 年的縮印版。）

---

[21] 村上春樹口述、松家仁之採訪，〈第一天〉，《「《1Q84》之後」特集——村上春樹 Long Intereviews 長訪談》，賴明珠、張明敏譯（台北：時報文化出版業股份有限公司，2011）24。

[22] 村上春樹，《挪威的森林》（下）第十章　168。

參考文獻目錄

CUN

村上春樹（MURAKAMI Maruki）.《挪威的森林》，賴明珠譯，上。臺北：
　　時報文化出版企業股份有限公司，2003。

──口述、松家仁之（MATSUIE Masashi）採訪.《「《1Q84》之後」特
　　　集──村上春樹 Long Interviews 長訪談》，賴明珠、張明敏譯。臺
　　　北：時報文化出版業股份有限公司，2011。

FENG

風丸良彥（KAZAMARU, Yoshihiko）《集中講義〈1Q84〉》。東京：若
　　草書房，2010。

──.《越境する「僕」》。東京：試論社，2006，247、248。

──.〈村上春樹氏訪談〉，《讀賣新聞》，2009.6.16，13。

LAI

賴明珠譯，〈沒有指標的惡夢──我們正在往什麼方向前進呢？〉，《地
　　下鐵事件》（《アンダーグラウンド》），村上春樹著。臺北：時報
　　文化出版企業股份有限公司，1998，554-82。

From Ao endo to Aomame:
Norwegian wood after *1Q84*

Yoshihiko KAZAMARU
Professor, Faculty of Humanities, Morioka College

Translated by Yoko YOSHIDA
Ph.D candidate, Aichi Prefectural University

Abstract

The article discusses in detail the book *Norwegian wood* written by Murakami Haruki, mainly from three different aspect as follows: Firstly, the "Disorder" (the real situation from the age of students struggle), being avoided referring by the author during his writing, exists at the back of the "Silence" (A scene where there are dating couples) which is the beginning of the story. Secondly, it can be concluded that Murakami Haruki used standard Tokyo Japanese to translate the text from the dialogues of a couple, and the origin of this kind of language can be understood from the experience of Murakami Haruki. Thirdly, we try to find the relevancy of the word Green pea (あおエンドゥ-ao endo) appearing in *Norwegian wood* and the main character Aomame of *1Q84*.

Keywords: *Norwegian Wood*, *1Q84*, Murakami Haruki

《國際村上春樹研究》輯二（2015 年 12 月）371-400。

創作中的自我「介入」

——〈蜂蜜餅〉論

■徐忍宇著
■李葉玲譯

作者簡介：

　　徐忍宇（Inwoo SEO），男，博士。全北大學校講師，日本近現代文學專業。近年著有：〈通向內部黑暗的儀式：論神的孩子都跳舞〉（《九大日文》第 12 卷，2008）、〈對內心陰暗的認可：論村上春樹的《神的孩子都跳舞》〉（《九大日文》第 12 卷，2008）、〈分裂和統合：論村上春樹的《奇鳥行狀錄》〉（《近代文學論集》第 37 期，2011）、〈論村上春樹的《斯普特尼克戀人》〉（《日本文化學報》第 51 集，韓國日本文化學會，2011）、《村上春樹——認可的物語》（《比較社會文化叢書》，花書院，2013）、〈大江健三郎《換子》中的「剝皮」構思」——以和村上春樹《奇鳥行狀錄》的比較為中心）（《日語文學》，韓國日語文學會，2013）。

譯者簡介：

　　李葉玲（Yeling LI），女，廣東輕工職業技術學院講師，日本文化、日語教育專業。2004 年畢業於西安外國語學院日語系，2006 年獲取中山大學日語語言文學碩士學位。畢業後在日本商社工作一段時間後，進入廣東輕工職業技術學院商務日語專業，工作至今。對翻譯工作抱有極大的熱情，常年擔任日語翻譯課程的主講教師，為中信出版社翻譯作品，譯著有《做世界第壹的小企業》。同時努力鑽研教學工作，主持了校級科研專案《日企在職培訓模式與高職商務日語教學》；是校級精品課程《基礎日語》主要參與人。指導學生參加廣東省

高職高專日語演講比賽，獲得省三等獎。參加校內高職教育教學能力測試，獲校三等獎等。

論文提要：

本論著眼於收錄在《神的孩子都跳舞》中的〈蜂蜜餅〉這部作品刻畫的作家自畫像，致力於追溯村上向「介入」轉換的各種背景。眾所周知，美國之旅前的村上春樹基本不看日本文學。他真正開始閱讀日本文學的時期正是從「超然」向「介入」開始轉換的時期。〈蜂蜜餅〉表現了抵抗日本文學的作家自身，而經過美國之旅，身為日本作家的村上開始意識到身分認同問題，本論旨在證實這兩者間「矛盾」的狀況，探求村上的「介入」和他身為日本作家對身分的認同這兩者之間的關係。

關鍵詞：村上春樹、蜂蜜餅（"Honey Pie"）、超然、介入、進退維谷

一、「日本文學」和「進退維谷」

正如吉田春生（YOSHIDA Haruo, 1947- ）《村上春樹的轉換》（1997[1]）、黑古一夫（KUROKO Kazuo, 1945- ）《村上春樹：轉換中的迷失》（2007[2]）等書名所示，多數有關村上春樹（MURAKAMI Haruki, 1949- ）的研究都是以「從超然到介入」為主題展開的。這些研究的開端是村上以下的談話。

> 《奇鳥行狀錄》對我來說是第三階段。先有格言警句、逃離，然後發展到了述說故事這個階段。但我漸漸地明白這樣還缺少些什麼。在這裡，就與介入這件事開始有了些瓜葛。雖然對此我至今還麼有理清思路。至於說什麼是介入，我覺得就是人和人之間的關聯。但它非常吸引我的並不是平常人們說的那樣，「我明白你說的意思，我們牽手吧」，而是那種在「井」中一直掘呀掘，打通原來根本無法逾越的厚壁彼此相聯的參與方式[3]。

「超然」和「介入」的字面意思分別是「保持距離」、「相互關聯」，我想關注的「介入」跟以往的「介入」不同，是村上春樹（以下簡稱村上）談話中的「掘井」、「打通厚壁相聯」這個部分。雖然「掘井」、「打通厚壁相聯」這些表達非常曖昧，但他明確表示了介入的前提是和「以往」的介入不同。但是，「以往」的介入到底指的是什麼？首先，本人想到的是村上經歷的「政治季節」時期，全共鬥（譯者注：全日本學生共同鬥爭會議）一代發起的介入。既然「超然」源自對全共鬥的反抗，那麼首先應該可以排除向它倒退的想法。其次，是第一次世界大戰的戰後派、大江健三郎、

---

[1] 吉田春生（YOSHIDA Haruo, 1947- ），《村上春樹的轉換》（《村上春樹，転渙する》，東京：彩流社，1997）。

[2] 黑古一夫（KUROKO Kazuo, 1945-），《村上春樹：轉換中的迷失》（《村上春樹：「喪失」の物語から「転換」の物語 ヘ：付・中國における村上春樹の受容（王海藍）》，東京：勉誠出版，2007）。

[3] 河合隼雄（KAWAI Hayao, 1928-2007），《村上春樹，去見河合隼雄》，呂千舒譯（北京：東方出版社，2011）50-51。本文譯者在字句上作了修訂。原作者引用東京、岩波書店，1996 版，1995 年 11 月的談話。

中上健次郎等正統派作家們主張的與社會保持積極關聯的方式。因為村上
作品中的「超然」包含了與「日本文學」保持距離的意思。但是，迄今為
止以「介入」為主題的研究，正是從「以往」的「介入」觀展開的，而村
上對這種研究持否定的態度。

只能說村上春樹的文學及其創作方法由「超然」向「介入」的轉換，
只不過是一次半途而廢的轉型而已。即使從結果上看是屬於「未必正確」
的建言，作為生存在這個時代與社會的一名表現者，依然有責任運用自
己的聲音發出「建言、寄語」。（中略）在這一語境中閱讀《神的孩子
都跳舞》，會十分遺憾地認識到一個事實：同河合隼雄（KAWAI Hayao,
1928-2007）對談時曾表示自己正在嘗試「從超然轉換為介入」的村上春樹
的決心和思索（文明批評），至少在目前，還遠遠未能夠發揮出不久前死
去的美國作家庫爾特·馮內古特（Kurt Vonnegut, Jr., 1922-2007）以及大江
健三郎（ŌE Kenzaburō, 1935-　）所提出的的「煤礦裡的金絲雀」式的作
用[4]。

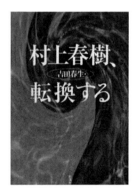

作者村上春樹真正「迴避」的是「美國」。是「911」事件後，在布
希總統的率領下，執意發動阿富汗戰爭、伊拉克戰爭的「美國」。（中略）
對於這件大事（引用者注：「911 同時多發恐怖事件」），村上春樹（至
少據我所知）沒有明確地表態。村上在美國有工作間，在美國翻譯出版了
自己的多部作品，並且自己把許多美國文學翻譯成日語。然而他對「美國」

---

[4] 黑古一夫，《村上春樹：轉換中的迷失》，秦剛（1968-　）、王海藍（1974-　）譯
（北京：中國廣播電視出版社，2008）162-64。

歷史上的這件大事卻基本沒有反應，讓人覺得極度不可思議，甚至不可理解[5]。

　　當然可以說這種批判的原因在於村上自身，因為他曾深入調查過阪神淡路大地震、歐姆真理教事件。然而，不得不說圍繞「以往」的「介入」展開的批判是有偏差的，村上對這種批判持否定的態度。那麼，村上說的「介入」到底為何物？為了探尋答案，必須再次探討村上最初的「超然」對象是什麼。

　　村上的「超然」源自對兩個對象的反抗。第一個在前文中提到過，是與社會相關聯的部分。即源自「政治季節」的終結，和隨之而來的「全共鬥一代」的挫折感（或者說喪失感）。儘管村上積極融入社會，但幻滅的經歷卻讓他與社會越走越遠。村上的「介入」之所以受到強烈的批判，是因為眾多的評論家關注的焦點是他與社會的關聯。處女作《且聽風吟》中有一段挑撥性的文字：

　　　　寫作就是確認自己和與自己有關的諸事的距離，必要的不是感性，是尺子[6]。（原文中打上了著重號）

這是作家「超然」的宣言。但是，「自己和與自己有關的諸事」的內涵僅僅指「自己和社會」嗎？「與自己有關的諸事」也包含了日本文學自身吧。眾所周知，剛成名時的村上基本不讀日本文學。村上是這樣說明原因的：

　　　　我的父母是國語教師。雖然母親在我出生時已經辭去教師的工作，姑且把兩人都算作國語教師。《枕草子》、《源氏物語》等經常出現在家庭的共同話題裡。這對小孩子來說沒什麼意思。因為，我十幾歲時最厭惡兩個事情。一個是老師，另一個是日本文學（笑）。去年，我在普林斯頓大學開設日本文學的課程。所以，我想是姑且克服了……。只不過很喜歡看書，十幾歲時一直是閱讀外國小說，

5　川村湊（KAWAMURA Minato, 1951- ），〈村上春樹走向何方？1995-2006〉，《如何解讀村上春樹》（《村上春樹をどう讀むか》，東京：作品社，2006，作品社）48。

6　林少華譯，《且聽風吟》，村上春樹著，21次印刷（上海：上海譯文出版社，2012）4。譯者案：譯文作了修訂，又這一句是哈特費爾德（Francis Scott Fitzgerald, 1896-1940）的話。

進入大學後，自己想寫點什麼。這時，遇到了反論。因為我如果用日語寫小說、短篇，那就變成了日本文學。但是，我憎恨日本文學。這就是進退維谷吧？遇到反論讓我非常煩惱，完全無法寫下去。於是，大學時期我放棄了寫作[7]。

　　在此，我姑且把「超然」的另一個對象算作「日本文學」。村上在談話中提到討厭日本文學的理由是反抗當國語教師的父母。值得注意的是，村上在用日語寫小說時陷入了「進退維谷」的狀態。雖然「討厭日本文學」卻「創作日本文學」，這種進退兩難的窘境應該並不僅僅出現在他的大學時期。從新文風受到認可成名到蜚聲世界，村上的創作活動一直在「進退維谷」中掙扎。村上迄今為止的作品中一直出現的自我分裂的構思（分身）是這種鬥爭難以磨滅的證據。特別是被稱為「村上春樹」現象的《挪威的森林》在取得商業上的成功後，這種「進退維谷」達到極限狀態。文壇對村上的批評廣為人知，在此僅引用川村湊例舉的軼事。

　　　　本來，不打算寫單行本的論文，受到某文藝雜誌的邀稿才寫了這篇論文。可是該雜誌的主編連看都不看就說「如果是研究村上的論文，不刊登」，拒絕錄用。我對這篇評論有些自信，因此有點失望。日後，我表示希望這篇論文能被收錄到村上春樹論文集，主編這次給了我點面子。現在，該文藝雜誌的編輯原則是否定村上春樹

---

[7]　河合隼雄，《現代的物語是什麼：河合隼雄對談集──聽心聲》（《物語をものがたる：河合隼雄対談集！》），東京：新潮社，1995）236-37。

研究，這讓人吃驚。很多人都記得當時「文壇」有這種氣圍，所以才斗膽寫[8]。

本來對於雖然討厭「日本文學」卻創作「日本文學」的村上來說，「受到日本文學（文壇）的強烈批判肯定給他帶來了深刻的身分認同危機。因此，村上在美國旅居的四年被稱作「逃離日本」（exile＝流亡）。但是，旅美生活沒能讓村上擺脫進退維谷的狀況。反而，村上開始直視「討厭日本文學的自己」和「創作日本文學的自己」，哪怕牽強也必須定義為壹分為二的身分認同。

> 八十年代後半期開始的七年中，我斷續離開日本生活。旅居國外後，才意識到不管是否情願自己終究是日本人。在日本國內時，基本不需要確認身分。但在國外居住後，不管願不願意，這都擺在了眼前。如果不知道何謂日本、何謂日本人，就無法自我定義、無法找到自我。無論我認為自己多麼獨立、與日本文學無關，都不得不直面自己是日本人作家、用日語寫小說這個客觀的事實。在這種狀況下，我開始清楚地意識到，正如口渴的人想喝玻璃杯中的水一樣，自己自然而然地想讀日本的小說[9]。

當然，這種狀況可能與「進退維谷」的最終解除有關。這種苦惱帶來的變化在耗時四年創作的《奇鳥行狀錄》中清晰可見。初期作品中「我」冷淡的態度消失了，積極地修復與他人（久美子）的關係。而且，也「介入」了日本「諾門罕」歷史事件。1997 年《奇鳥行狀錄》的英譯版發行之際，著名的網路線上漫畫 *Salon* 的訪談中，有如下對話：

> 訪談者（Laura Miller）：這次的作品（引用者注：《奇鳥行狀錄》）比以往的作品更具日本感。西方讀者感覺村上先生其他作品中的人物頗具西方感。
> 村上：真的嗎？（中略）

---

[8]　川村湊，《如何解讀村上・前言》　9。

[9]　村上春樹，〈短篇小說對於我來說──為文庫本寫的序〉（〈僕にとっての短編小說──文庫本のための序文〉），《面向年輕讀者的短篇小說介紹》，《若い読者のための短編小說案內》，5 版，東京：講談社，2009）33。

訪談者：遠離日本後，您是怎麼看日本這個國家的？

村上：（長時間沉默）這個問題太大。

訪談者：用日語回答嗎？

村上：（用日語）用日語也很難說清楚。

Wanderlust 主編 唐・喬治：（用日語說）從遙遠的國外遙望自己的
　　　　祖國時，感到身為日本人的意義，也就是說明確了自己身為
　　　　日本人的意義吧？如果一直居住在日本，就不需要考慮這些
　　　　問題。然而，突然意識到自己身處國外，對於自己身為日本
　　　　人的意義，也會出現不同的觀點吧。

村上：是的。也有這個方面……這個問題對我來說太具壓迫性，很
　　　難具體回答。請繼續別的問題吧[10]。

以上是從長採訪截取的一小部分，對於其他問題村上回答得要點明確，然
而涉及與身分認同有關的問題，他恍惚不知如何作答。與饒舌善辯相比，
沉默更能說明村上對於身分認同的煩惱。儘管這次採訪與「介入」宣言時
隔一年多，但是村上仍然沒有明確「作為日本人的意義」。這只是村上在
國外接受的無數採訪的一例。但是，通過這一個例子就可以看出，國外的
採訪必然會涉及「日本社會」和「日本文學」，或者與村上自身立場有關
的評論。也就是說，村上在國外的生活中，經常陷入不得不面對「創作日
本文學的日本人作家」這個身分認同的問題。正像村上自己表明的一樣，
「介入」是身分認同意識覺醒的契機。村上的目標不是「我明白你說的意
思，我們牽手吧」這種表面的「介入」，而是尋找擺脫內心苦惱的答案。
因此，為了更公平地評價村上說的「介入」，與「超然」一樣，不僅要考
慮「與日本社會的關聯」，也要考慮「與日本文學的關聯」。「與日本文學
的關係」相關的研究又將我們帶回到「討厭日本文學的自己」和「創作日
本文學的自己」這個「進退維谷」的問題。

二、對《神的孩子都跳舞》的評價

　　〈蜂蜜餅〉被收錄到短篇連載集《神的孩子都跳舞》（2000）[11]中。從 1999 年 8 月到 12 月，其他五篇短篇的總主題是《地震之後》，在「新潮」連載，只有〈蜂蜜餅〉是在短篇集的最後增補發行的。村上是這樣說明理由的：

> 　　最後一篇〈蜂蜜餅〉沒有在雜誌上連載是因為它跟其他短篇有點性情不一，篇幅也更長（當然是有意的）。（村上春樹接受 Email・採訪〈語言這個犀利的武器〉，採訪者：大鋸一正[12]）

從短篇連載的角度來看，應該把焦點放在與其他短篇的關聯上，但是鑒於本論的主題是村上的身分認同問題，因此這裡把焦點放在〈蜂蜜餅〉「與其他短篇有點性情不一」的差別性上。進入〈蜂蜜餅〉的具體內容前，先來確認人們是如何評價《神的孩子都跳舞》的。村上在執筆這個短篇集時制定了以下的規則：

1) 描寫 1995 年 2 月發生的事情。
2) 採用第三人稱敘事。
3) 篇幅控制在 40 頁左右。（比以往的篇幅略短）
4) 讓各種類型的人物登場。
5) 總主題是神戶大地震，但是不以神戶為舞臺，也不直接描寫地震[13]。

儘管在第 5）點中明確表示「不直接描寫地震」，但是包括本論開篇引用的黑古一夫的論文在內，很多論文都把焦點聚集在「與社會的關聯」上。
　　地震引起的「憎恨」和東京地鐵沙林毒氣事件引發的「邪惡」是類似的事件，「東京安全信用銀行」一名社員「青蛙君」通過戰鬥阻止了它。

---

[11] 村上春樹，〈蜂蜜餅〉，《神的孩子都跳舞》（東京：新潮社，2000）。
[12] 村上春樹，大鋸一正（ŌGA Kazumasa, 1964-, 採訪），〈語言這個犀利的武器〉（〈言葉という激しい武器〉），《Eureka》（ユリイカ）32.4 臨時增刊号（2000）：15。
[13] 村上春樹　〈語言這個犀利的武器〉　14。

也就是說，村上春樹通過寓言故事讓「青蛙君」、「安全信用銀行」的
社員輕而易舉地打到了「黑暗」以及「蚯蚓君」的憎恨和邪惡。這是用
自己心中的隱喻捕捉現實事件的精神。（同前《「地下」寓言》）

　　因此我最後要對歐姆真理教事件、神戶大地震之後村上春樹的
「迷失」狀態做出評價。當初，對於以上事件的發生是介入還是付
諸歷史？若稍有不慎的話恐怕會走上「新歷史教科書編撰會」之風
的歪路（譯者注：這組織常歪曲歷史，如編寫教材不會出現侵略他
國事件）。但是村上春樹在其連載小說《神的孩子都跳舞》裡面，
始終把神戶大地震描寫成每個人都面臨的社會危難來寫，這一點可
以說是正確的。也就是說，正如作品《神的孩子都跳舞》表達的，
這部系列小說通過描寫不同環境中的人們各自不同的遭遇和各自
克服困難的經歷，反映神戶大地震事件。這正是「個體化」的意義。
正因為一個又一個個人危機被克服，通過這些累積，危機的公共性
才成立。這與把社會事件看做「個人」特有問題的態度，或者把它
推給「大家」共同承擔、沉浸在「個人」世界的態度完全不同[14]

---

[14] 大塚英志（ŌTSUKA Eiji, 1958-　），〈劃分「文學」的大江健三郎和「亞文化」的
村上春樹，思考小說家應該在何處殺人？〉（〈「文学」である大江健三郎と「サ
ブカルチャー」である村上春樹の間に線引きし、小說家はどこで人殺しをするべ
きなのかを考える〉），《村上春樹論──亞文化和倫理（《村上春樹論──サブ
カルチャーと倫理》，東京：若草書房，2006）267。

黑古（上述）和川村的論文對這部短篇持否定的態度，而大塚卻持肯定的態度。無論如何，這些論文的共同之處是把焦點放在「與日本社會的關聯上」。當然，即使從介入社會的角度來看，本人也很難贊同「半途而廢」（黑古）的轉換、或者「太過簡單」（川村）的問題解決這些觀點。先撇開這個問題，在此把焦點聚集在「介入」的另一個方面，即「與日本文學的關聯」。

三、〈蜂蜜餅〉中兩人的身分

　　與〈蜂蜜餅〉有關的研究基本上是在《神的孩子都跳舞》的研究中出現。研究〈蜂蜜餅〉的專著有風丸良彥的〈不穿胸罩的女人〉[15]。由於主題不同，在此不參照。過往研究家多關注的是〈蜂蜜餅〉的文末，原文如下：

> 　　要寫和以往不同的小說，淳平心想。天光破曉，一片光明，在那光明中緊緊地擁抱心愛的人們──就寫這樣的小說，寫任何人都在夢中苦苦期待的小說。但此刻必須先在這裡守護兩個女性。不管對方是誰，都不能允許他把她們投入莫名其妙的箱子──哪怕天空劈頭塌落，大地應聲炸裂……[16]

〈蜂蜜餅〉講述了這樣一個故事：被批評「缺乏小說視野」的小說家「淳平」以「地震」為契機，決定「要寫和以往不同的小說」。很多前輩學者研究都提到上面這段引文表明了作家村上創作上的決心，原文如下：

> 　　原來如此，這裡寫新小說的決心可以讀解為對生的肯定的意志，這種意志是村上春樹在以往的長篇小說系列中一直想要表現的東西。這種栩栩如生的意志讓我們接受，是因為作品的主題激發了我們內心深處的共鳴。作品中人物的煩惱很有說服力，讓我們認

---

[15] 風丸良彥（KAZAMARU Yoshihiko, 1958- ），〈不穿胸罩的女人〉（〈ブラジャーをはずす女〉），《再讀村上春樹的短篇》（《村上春樹短篇再読》，東京：Misuzu 書房，2007）163-75。

[16] 林少華譯，〈蜂蜜餅〉，《神的孩子全跳舞》，村上春樹著，7 版（上海：上海譯文出版社，2012）149。

同。小說反映了這個變化過程。〈蜂蜜餅〉由於是短篇，不可避免得在變化過程方面有所欠缺。另一方面，村上成功得把這篇短篇打造成了一部優秀的作品[17]。

正因為如此，在此可以勇敢地說出「現實」不是如此天真。採用第三人稱敘事的這篇小說，「故事」的敘事者由過去的「我」變成了「淳平」，並且，修正結尾不是為了自己而是為了讀者。過去的「我」成熟了，這是村上春樹創作生涯中的一個過程，必須肯定這個過程[18]。

如上所述，多數先行研究對〈蜂蜜餅〉的評價都是基於文末的這段文字。前者把淳平等同於作家自身，帶著懷疑的態度評價最後的決心；後者把視點的變化、救贖性的結尾視為作家的「成熟」，給予肯定的評價。但是，「淳平＝作家」這種簡單的小說讀解圖式依然沒有改變。當然，淳平肯定是作家的分身。如果所有的出場人物身上都有作者自己的影子，那麼它在主人公身上表現得更強烈是理所當然的。但是，如果以「淳平＝作家」這種簡單的方式來讀解，就會遺漏小說的多樣性。還有，作家讓與自己截然相反的出場人物表明自己的決心，這有些讓人捉不著頭腦。那麼，村上自己是如何評價〈蜂蜜餅〉的呢？

---

[17] 吉田春生（YOSHIDA Haruo, 1947- ），《村上春樹和美國》（《村上春樹とアメリカ：暴力性の由來》，東京：彩流社，2006）220。

[18] 大塚英志　262。

　　　我把〈蜂蜜餅〉的主人公設定為一位與我類型截然不同的作家（基本上是相反的類型），即使這樣在他身上仍然能看到我的影子。可能是因為這部作品反映了一個事實，它最接近我以往小說的寫法。我想創作五種類型相對新穎的短篇小說，然後在最後一篇「終結」[19]。

在這段話中，村上列舉了出現把淳平等同於自己這種傾向的原因，即和以往小說的連續性。「與以往小說的寫法最接近」恐怕一方面指的是在〈蜂蜜餅〉中，「高槻、淳平、小夜子」的人物構成模式與以往小說的「鼠（或者木月）、我、直子」等三角關係類似；另一方面，先行研究屢次提到「超自我（高槻）、自我（淳平）、本我（小夜子）」的關係反映了佛洛伊德（Sigmund Freud, 1856-1939）第二場所論。在這篇小說中，第二場所論依舊以「超自我（高槻）、自我（淳平）、本我（小夜子）」的圖式反復，並且採用了自我成長物語式的體裁。但是，傾向把淳平等同於作家村上應該是由於淳平的職業、學歷、出生地、獲獎經歷等人物設定跟村上自身吻合。那麼，我們把目光從淳平和村上的一致性上移開，關注他們的不同，會發現什麼呢？眾所周知，村上通過各種媒體（小說、散文、採訪等）告訴世人自己是與生俱來的「長篇作家[20]」（例如，同前〈短篇小說對我的意義——文庫本序〉）。並且，村上迄今為止打造的自我作家形象是「為了寫小說早睡早起，通過規律的運動嚴格管理健康[21]」（例如《當我談跑步時我談些什麼》2007年7月，文藝春秋社）。必須把最暢銷作家（這可能純屬作家本人的用意）加進去。和村上不同，淳平是位經常「黎明才睡」、只寫「短篇小說」、缺乏「小說視野」、「賣不出去」的作家。那麼，為什麼村上把主人公設定為一位專寫短篇小說的作家呢？日本的正統文學（純文學）一直非常重視短篇小說，短篇作家芥川龍之介（AKUTAGAWA Ryūnosuke, 1892-1927）和長篇作家谷崎潤一郎（TANIZAKI Junichirō, 1886-1965）之間曾展開過「文學趣味性」之爭，爭論以芥川的自殺落下帷幕。然而，出乎兩位作家的意料，後來芥川獎成為作家登上文壇的敲門磚，而谷崎潤一郎獎只頒發給受過短

---

[19] 村上春樹，〈語言這個犀利的武器〉　20。
[20] 村上春樹，《短篇小說對我的意義——文庫本序》　32。
[21] 林上春樹，《當我談跑步時　我談些什麼》（《走ることについて語るときに僕の語ること》，施小煒譯，2版（海口：南海出版公司，2010）109。

篇小說洗禮的作家。由此可見，日本文學重視短篇的傾向非常明顯。還有，
與村上形成鮮明對照，淳平的生活很不規律，這也是借用了無賴派等日本
純文學作家的典型作風。由此可見，村上賦予自己的分身（淳平）相反的
性格，恐怕是象徵分裂為二的身分的一個方面，即「創作日本文學的自
己」。村上許多作品中都出現了「我（譯者注：主人公）／鼠」、「我（譯
者注：主人公1）／我（譯者注：主人公2）」、「渡邊亨／岡田升」等相當
於「自己／影子」的分身。〈蜂蜜餅〉中淳平的好友高槻是村上的另一個
分身，他扮演者「討厭日本文學的自己」的角色。高槻是什麼樣的人物呢？
文中寫道：

> 「高槻是長野人，高中時是足球部的隊長。身材魁梧。高考複
> 讀了一年，因此比淳平年長一歲。人很現實，做事果斷，加上一副
> 討人喜歡的長相，在哪個圈子都是掛帥人物。不過讀書不太行，來
> 文學院是因為沒考上別的院。'但是沒關係。我打算當記者，在這裡
> 學寫文章好了。'他樂觀地說」[22]。

乍一看，他與村上分身這個角色相差甚遠，但是如果從「淳平的影子」這
個觀點來看，就會聯想到他的形象是村上的另一個分身。也就是說，「擔
任足球部的隊長」的經歷折射出村上是一位體育愛好者（馬拉松、鐵人三
項、壁球等）；「讀書不太行」折射出村上過去讀不來「日本文學」；「打算
當記者」與村上大學時期並沒打算寫小說（日本文學），而是勵志做一名
編劇對應。「一副討人喜歡的長相，在哪個圈子都是掛帥人物」與「賣不

---

[22] 林少華譯，〈蜂蜜餅〉　123。本文譯者在字句上作了修訂。

出去」的作家淳平呼應，折射出村上的大眾性，他是最暢銷作家、受世界各國讀者喜愛的作家。當然，即使沒有出現這些與作家村上的共性，正如柄谷行人（KARATANI Kōjin, 1941- ）指出的所有三角關係中的兩個對手都可以從對方看到「另一個自己的分身」，高槻身上也具備村上分身的特性[23]。

　　代表村上分身的兩個形象在小說中插入的寓言故事中被再次反覆。「正吉／高槻」和「敦吉／淳平」的對照就是這種反復。在「淳平／高槻」的對照中，村上的分身性在「淳平」身上表現得更加強烈，而「高槻」的分身性相對隱蔽。然而在插入的寓言故事中，這種關係被顛覆。也就是說，屬於「討厭日本文學的自己」的「正吉」的分身性更易被人理解。

> 「Yes 帳是會算的。正吉從小由人飼養，說話啦算帳啦什麼的都學會了，再說本來就聰明。」
> 「那，跟普通熊有點兒不一樣嘍？」
> 「嗯，跟普通熊略有不同。正吉是比較特殊的熊，所以，周圍不特殊的熊多少有些孤立它。」
> 「孤立它？怎麼回事？」
> 「孤立它就是：『什麼呀，那傢伙，瞧那個臭美勁兒！』這麼一說，大家就用鼻子一哼，把它晾在一邊，硬是相處不來。尤其那個搗蛋鬼敦吉，更是看不上正吉。」

---

[23] 柄谷行人（KARATANI Kōjin, 1941- ），〈關於文學──漱石論Ⅱ〉，《馬克思，其可行性的核心》（《マルクスその可能性の中心》），中田友美譯（NAKADA Tomomi）（北京：中央編譯出版社，2004）192。作者原引用 1990 年岩波書店版。

> 「正吉怪可憐的。」
>
> 「是蠻可憐的。可是，外表上畢竟是熊，人也瞧不起它。人們
> 心想：就算能算帳能講人話，說到底不也還是熊！哪邊都不歡迎
> 它！[24]」

再次重複，與熊「正吉」形成對照的是「討厭日本文學的自己」高槻。「能
講人話」、「能算帳」暗示「討厭日本文學」的村上具備的特殊才能。也就
是說，村上有能力讓自己的小說擺脫正統日本文學的影子（熊語），並且
具備用簡單易懂的語言講故事的能力，以便日本讀者、海外的讀者都能讀
懂。「正吉」被「不特殊的熊」（日本文壇或者評論家）孤立，被人（海外）
視作歸根結底是熊（日本作家），這跟前文提到的「逃離日本（流亡）」後
的矛盾的狀況完全吻合。與此相對，雖然更難理解「敦吉」身上折射出的
村上的分身性，但是和淳平的對照性被凸顯出來。向沙羅講完馬哈魚從「敦
吉」的河中消失的故事後，淳平和小夜子終於發生了關係。小夜子說：

> 「一開始我們就該這樣來著，」移到床上後，小夜子悄聲說道，
> 「可你——唯獨你——不懂，什麼都不懂，直到馬哈魚從河裡消
> 失。[25]」

在小說的現實世界和寓言故事裡分別出現作家的分身形象是因為〈蜂蜜
餅〉是村上的自畫像，或者說是自我像（身分認同）。但是，要看透隱藏
在其中的自畫像必須深入分析出場人物間錯綜複雜的關係。

四、「進退維谷」和「三位一體」

村上的身分認同具有分裂性，即分裂為「討厭日本文學的自己」和「創
作日本文學的自己」。這個問題是村上的特有問題嗎？既然日本的近代文
學是在移植西方文學的基礎上成立的，那麼用日語寫小說的行為就難免會
陷入這種窘境，特別是在國外生活過的作家們都有這種身分認同的問題，
只不過是程度的區別。例如，夏目漱石（NATSUME Sōseki, 1867-1916，

---

[24] 林少華譯，〈蜂蜜餅〉 118。
[25] 林少華譯，〈蜂蜜餅〉 146。

以下簡稱漱石）是在漢文學（已經融入日本社會的文化）的薰陶下成長的，他留學英國學習英國文學、並在它的影響下創作小說，在創作過程中肯定經常碰到身分認同的問題。研究村上和漱石關聯性的論文很多，〈蜂蜜餅〉也有似曾相識的感覺，讓人聯想到漱石的作品。〈蜂蜜餅〉前半部分的故事講述了主人公淳平和友人愛上了同一位女性，卻被捷足先登，錯失良機。這個三角關係的構思和漱石的作品〈心〉有異曲同工之妙，村上在很多作品中對它進行了變奏、反覆。如果說〈蜂蜜餅〉和村上以往的作品不同，恐怕指的是它更接近原典〈心〉。也就是說，以往對〈心〉的變奏是從三角關係解除的地點開始[26]，或者摒棄三角關係的構思，僅保留罪惡感[27]。如果村上通過這些手法試圖隱藏「原典」的存在的話，那麼可見〈蜂蜜餅〉是有意識地參照〈心〉。之所以這麼說，是因為村上沒有改編與〈心〉類似的三角關係的構思，而是原封照搬。還有，從「決定和友人的妻子一起活下去的故事」這一點來說，不僅參照了〈心〉的寫法，更能追溯到《從此以後》。實際上，《奇鳥行狀錄》後村上很多場景的描寫都受到漱石的影響。

> 我在寫《奇鳥行狀錄》時，突然跳出一個形象，那就是夏目漱石的《門》裡面的夫婦。雖然和我寫的夫婦屬於完全不同的類型，但腦海的一角浮現出他們的形象（《村上春樹，去見河合隼雄》[28]。）

還有，《海邊的卡夫卡》中呈現的漱石論與村上通過小說以外的媒介親口講述的漱石論完全一致。當然，可能有人認為三角關係是文學作品中普遍存在的構思，不僅限於漱石的作品。但是〈蜂蜜餅〉中除了這個三角關係，還有一處讓人聯想到漱石的作品，也就是「小夜子」的名字。熟悉漱石作品的讀者恐怕看到「小夜子」這個名字自然就會聯想到《虞美人草》中的同名人物。《虞美人草》的主人公小野清三的身上寄託了漱石內心的苦惱，這個煩惱由西方文化侵蝕的近代和養育自己的日本傳統文化（漢文學）間

---

[26] 石原千秋（ISHIHARA Chiaki, 1955- ）的《解密村上春樹》（《謎とき村上春樹》，東京：光文社，2007）292。

[27] 松本常彥（MATSUMOTO Tsunehiko），〈繞過《第七個男人》看《心》〉（〈《七番目の男》を迂回して《こころ》へ〉，《九大日文》5（2004）：331-55。

[28] 河合隼雄，《村上春樹，去見河合隼雄》　63。

的磨擦引發。正如淳平是村上的分身一樣，小野是漱石的分身。與漱石一樣，作家小野在象徵西方價值的藤尾和象徵日本價值的小夜子間苦惱。也就是說，通過設定和《虞美人草》同名的女主人公，村上提示自己的身分認同問題超越了時代，是日本作家共有的普遍問題。如果以小夜子這個名字為媒介，著眼〈蜂蜜餅〉和《虞美人草》的關聯，就會發現很多關聯的可能性。其中一個是兩部作品中都出現的「表」的象徵性。這個「表」的象徵性是我們解讀〈蜂蜜餅〉中各位分身間關係的鑰匙。

　　藤尾的父親在外派工作地倫敦因病去世，懷錶是他的遺物。這個構思恐怕是暗示隨著近代（西方）價值觀的引進，日本式父性（體系＝制度）的崩潰。父親的遺物懷錶當然象徵著近代化。被近代化的女人藤尾視這塊表為玩物非常珍惜，小說中提到和藤尾的婚姻與繼承懷錶密切相關。也就是說，和藤尾結婚的人自然成為懷錶的繼承者。在象徵近代的藤尾與象徵過去的小夜子間苦惱的文人小野最終選擇了小夜子。〈蜂蜜餅〉中淳平的父親也經營著「鐘錶寶石店」。淳平拒絕繼承父親的家業，被父親斷絕了父子關係。並且，跟《虞美人草》一樣，他和叫「小夜子」的女性結婚了。如果《虞美人草》暗示著近代化造成了日本式父性的崩潰，那麼〈蜂蜜餅〉中的「恩斷義絕」則暗示拒絕父親一代構築的「日本式近代」。從進入大學開始離開父母，到與父母恩斷義絕，是淳平獲得新家人、或者說是新「父親」的過程。

　　松本常彥在前文提到的論文中闡明可以從〈第七個男人〉「我／K」的分身形象中同時找出父親（保護者＝成年人＝「嶄新的自己」）和兒子（受保護者＝孩子＝「過去的自己」）的關係。〈蜂蜜餅〉也同樣如此。

本來，形成淳平、高槻、小夜子間的三角關係，是由於高槻「可以的話，去吃個飯吧」的邀請。韓語中有一個「家族」的同義詞叫「食口」（一起吃飯的夥伴），在高槻的帶領下，三人形成模擬家庭式的「小而親密的團體」。當然，擔當「父親」角色的是高槻。在高槻告訴淳平，他和小夜子有了「深入交往」的場景，高槻像全知的神一樣說：「這東西早晚都要發生的，你得理解。就算現在不發生，也總有一天要發生的。[29]」這表現了高槻身上的父性。與此相反，淳平一直擔當的是被動的「孩子」角色。

> 想一想，淳平和小夜子間的關係從最初開始就一直如此，像被誰決定了一樣。他經常站在被動的立場。把小夜子和他拉到一起的是高槻。高槻在從班上挑選了他倆，組成了三人組[30]。

淳平認為「高槻和小夜子成為一對戀人莫如說是理所當然的事，水到渠成。高槻有那個資格，自己沒有。[31]」他完全接受了高槻的宣言。這恐怕是因為他明白自己「孩子」的立場吧。對於淳平來說，小夜子不是對等的戀人，而是「母親」式的存在。例如，小夜子安慰被高槻的告白打擊得失魂落魄的淳平的場景：

> 小夜子閉起眼睛，微微張口。淳平嗅著她的淚水味兒，從唇間深深吸入她呼出的氣。胸口感覺出小夜子一對乳房的柔軟。腦袋裡有一種什麼東西發生劇烈更替的感觸[32]。

這個接吻的場景不僅沒有讓淳平從高槻那裡奪回小夜子，反而成為順應新關係的契機。這是因為胸口感覺到小夜子的乳房讓他意識到小夜子是「母親」式的存在。如果沒有這種心理動機，就無法解釋小夜子成為真正的母親的時淳平受到的衝擊。

> 小夜子成了母親。這對淳平來說是個令他感到震撼的事實，說明人生的齒輪呀嚓一聲往前轉了一圈，再也無法返回原處[33]。

---

[29] 林少華譯，〈蜂蜜餅〉 125。
[30] 林少華譯，〈蜂蜜餅〉 139。本文譯者在字句上作了修訂。
[31] 林少華譯，〈蜂蜜餅〉 127。
[32] 林少華譯，〈蜂蜜餅〉 128。
[33] 林少華譯，〈蜂蜜餅〉 134。

如上所述，顯然淳平（子）和高槻（父）、小夜子（母）的關係是三者缺一不可的三位一體式的模擬家庭的關係。因為高槻的告白淳平對小夜子死心了，在這個失戀的場景中，通過禁止超自我（以父親為範本的理想自我），也就是說「你不能像父親一樣（不能娶母為妻）」，壓抑了戀母情結（對小夜子的感情）。這是原封不動地借鑒了佛洛伊德的自我模式。如果是這樣的話，「討厭日本文學的自己」（高槻）和「創作日本文學的自己」（淳平）這種矛盾的分身形象是如何跟三位一體聯繫起來的呢？有必要提醒一下，這個矛盾不是指村上的人格分裂狀態，只限於作為作家的村上。從隱喻的意義來說，作家的作品相當於作家的自我。作家村上在創作作品（自我）的過程中，拒絕具有父親身分意義的日本文學，從美國小說中追求自我理想（超自我）。「討厭日本文學的自己」（超自我）和「創作日本文學的自己」（自我）間的矛盾，指的是意識到自己取代「生父（日本文學）」接納了「新父親（美國文學）」，但自己的身分歸根結底是「生父（日本文學）」。但是，〈蜂蜜餅〉中的擺脫矛盾，不是回歸自己的本來身分，也就是說並非和恩斷義絕的「生父」和解、繼承家業（繼承父輩構建的近代、繼承戰後的日本文學這兩種意思），而是自己成為新父親，「成熟」起來。這正是擺脫矛盾的意義。

五、「進退維谷」和"decency"（譯者注：體面、禮儀、社會上高尚行為的標準）問題

　　高槻和小夜子結為夫婦後仍然和淳平保持一如既往的關係，「看上去與其兩人單獨相處，還不如有淳平加進來更為其樂融融」。但是，由於沙羅的出生，淳平（子）被高槻（父）和小夜子（母）從三位一體的樂園中驅逐出去，面臨必須長大成人的局面。在淳平真正長大成熟之前，有一段過渡性的四人體制。即，高槻是沙羅的生父，淳平是取名的「義父」，兩位父親共存，構成了奇妙的家庭關係。最早發現這種奇妙關係的當然是沙羅的生父——高槻（「四」這個數字真是正確的嗎？）。在三位一體式的模擬家庭關係崩潰時，淳平必須離開這種關係，構建自己的家庭。但是，真正隱身而退的不是淳平，而是高槻。表面上，高槻的婚外情導致四人家

庭體系崩潰，實際上小說的重心從頭至尾都是高槻向淳平「轉交父親的角色」。

> 「怎樣，不想和小夜子在一起？」
> 淳平像晃眼睛似的看著高槻的臉：「什麼意思？」
> 「什麼意思？」對方倒似乎吃驚了，「什麼什麼意思？明擺著的意思嘛。不說別的，我可不希望除你以外的人當沙羅的父親。」（中略）
> 「不願同小夜子結婚？不願當我的後任？」。
> 「不是那個意思，只是覺得像做交易似的談這種事是不是合適。屬於 decency 問題。」（中略）
> 「或許你自有你的一套囉囉嗦嗦的想法做法，這我理解。依我看，不過像是穿著長褲脫短褲罷了……」[34]

高槻勸他和小夜子結婚，這讓淳平困惑不已。因為和小夜子結婚從象徵意義上來說等同觸犯「母親」。但是，拒絕結婚又會觸犯「父親」高槻。村上稱這種矛盾的狀態為「decency 問題」。"decency"除了字面上的意思「社會上高尚文雅的行為」，還包涵「著裝」的意思。村上把這個詞的多種意義融入到具體的對話、軼事中。當然，「穿著長褲脫短褲」的對白讓焦點聚集在〈蜂蜜餅〉中反復擺脫矛盾的故事、寓言的插入構造產生的效果。服裝是人工＝制度的表像，隱藏自然狀態的裸體，即使暴露在別人面前也不用羞恥。把自我形成的過程比喻成自然狀態下的幼兒習得制度（父性＝形成超自我）的過程，通過服裝和裸體隱喻，這種表現手法已經是陳詞濫調了吧。聽從高槻的勸說和小夜子結婚，對於淳平來說意味著脫掉衣服（捨棄父性）、露出裸體（自然狀態＝回歸母性），也就是說，這不過是回歸幼兒體驗的「倒退」。不能毫無躊躇就回歸一度喪失的三位一體的樂園。所以，淳平徹底地糾結「decency」問題。「穿著長褲脫短褲」意味著保持父性（褲子）回歸自然（裸體），換句話說，它意味著成熟的成年人確認自己的身分（身分認同）。但是，小夜子當著淳平的面表演「穿著衣服脫胸衣」，這個遊戲輕易地解決了他面臨的矛盾的難題。「穿著衣服脫胸衣」的

---

[34] 林少華譯，〈蜂蜜餅〉　137-38。

插曲和「穿著長褲脫短褲」對應。這個遊戲是應沙羅的要求開始的，這點很重要。「穿著衣服脫胸衣」的遊戲強調了小夜子的乳房，這同安慰失意的淳平的場景是一樣的，刻畫出小夜子「母性」的一面。現在這個遊戲不是為了淳平，而是為了沙羅。高槻說：「我可不希望除你以外的人當沙羅的父親」，賦予淳平「替代父親的角色」的重要任務，也是為了促使淳平意識到他擔負著從「子的角色（喪失）」向「父親的角色（成熟）」轉變的使命。沙羅是淳平解開難題的鑰匙。高槻離開後，淳平和小夜子的關係必須以沙羅為媒介構成新的三位一體。淳平作為沙羅的父親和小夜子結合，促使他成長為成熟的大人，並且找回了一度失去的身分。

六、「進退維谷」和村上春樹的「成熟」

　　《挪威的森林》有四個韓語譯本，讓村上春樹在韓國讀者心中留下深刻印象的是譯名為《喪失的時代》（1989 年 6 月，其他三個韓語譯本的書名與原作相同）的「文學思想社」的版本。這個譯名與其說是小說，不如說是評論，讓人聯想到村上早期作品的關鍵字是「喪失」。正如前文所述，〈蜂蜜餅〉這篇小說描寫了村上形成「作家的自我」的過程。在小說中，從講述「喪失」的初期自畫像到以「地震」為契機走向新「成熟」的近期自畫像，作家的自畫像彷彿編年史般被記錄下來。例如，由於高槻的告白（隱喻地說「不能娶母為妻」的禁忌）「喪失」小夜子的淳平，由於觸摸到小夜子的乳房，接受了已經變化的三人關係。

> 　　「不成，」小夜子低聲說著，搖了下頭，「那是不合適的。」
> 　　淳平道歉。小夜子再沒說什麼。兩人就以那樣的姿勢久久沉默不語。有收音機的聲音從打開的視窗隨風傳來。一首流行歌曲。淳平想，自己肯定至死都忘不了這首歌[35]。

這個場景描寫了「喪失」小夜子時隨「風」傳來的流行「歌曲」。這個場景顯然暗示了村上的處女作《且聽風吟》，它講述的正是「喪失」的故事。淳平想，自己肯定至死都忘不了這首歌。當然，「這首歌」意味著對小夜

---

[35] 林少華譯，〈蜂蜜餅〉 128。

子的「喪失體驗」，暗示講述「喪失」故事的作家自己的身分。還有，叮囑「至死都忘不了這首歌」是為了強調即使今天以「地震」為契機走向「成熟」，作家仍然忘不了自己的身分，他是從「喪失體驗」起步的。《虞美人草》的小野和代表「西方近代」的「藤尾」分手，回到代表「過去」的「小夜子」的身邊，這表明漱石「拒絕認同西方式的身分」。〈蜂蜜餅〉中的淳平和《虞美人草》中的小野一樣，通過和一度「喪失」的小夜子結合走向成熟。淳平挽回小夜子的過程是挽回自己身分（母性存在）的過程。或者，也可以關注高槻和小夜子的女兒沙羅稱呼淳平「淳叔」（淳叔，或者純（文學）叔）。這個稱呼讓我聯想到村上在普林斯頓大學講學時的參考文本《成熟與喪失》的作者──江藤淳（ETŌ Jun, 1932-99）的名字。加藤典洋（KATŌ Norihiro, 1948- ）指出〈蜂蜜餅〉和江藤淳的《成熟與喪失》的結尾同樣出現了「通宵守護者」[36]。無論是「第三新人」文學還是〈蜂蜜餅〉，「通宵守護者」象徵的都是「成熟」（成為父親）。江藤淳在《成熟與喪失》中，從「第三新人」文學中找到了由於美國近代化的入侵崩潰（喪失）的「母性（＝自然或者日本固有文化）」。對「第三新人」的「母性」的執著也是批判戰後派文學家們對於西方思想（近代、父性原理）的輕易認同（身分認同）。「第三新人」文學引起村上的共鳴，也是因為二者的共同態度，即以「喪失」作家的身分（身分認同）為原點，挽回自己的身分。正如柄谷行人的啟示，身分認同本身只能通過「喪失」自然（母性）挽回。

---

[36] 加藤典洋（KATŌ Norihiro, 1948- ）編，〈地震と父なるものの影──《神の子どもたちはみな踊る》〉，《村上春樹　イエローページ作品別（1995-2004）Part 2》（東京：荒地出版社，2004）135。

　　　　可以說漱石終生的「不安」是因為不得不推查這種「替代」（引
　　用者注：沒有確定意義的自然狀態下的身分認同）的根源性。對於
　　他來說身分認同是不可能的。為什麼這麼說呢？因為身分認同指的
　　是只能「自然」地接受制度的派生物。狗是狗，我是我，我是某某
　　的孩子……這類身分認同是共通的。禁止「替代」的制度很強大，
　　並且，要「自然」地適應制度的結果。（柄谷行人，〈關於文學──
　　試論漱石 II〉[37]）

淳平（「創作日本文學的自己」）離開經營鐘錶寶石店的生父，與高槻（「討厭
日本文學的自己」＝新「父親」＝「美國的符號」）、小夜子組成模擬家庭。
但是，淳平為了成長為獨立的成人（或者說作家），必須通過高槻（父親的角
色＝制度）的告白失去小夜子（母親的角色）。淳平挽回一度失去的小夜
子並非意味著向奧狄浦斯式的母體回歸願望倒退。正如小夜子哼唱的《鱒
魚》一樣，儘管喪失自己的身分時只不過是一條魚苗，再次回歸身分時也必
須靠自己長成一條成魚、成長為「父親」。沙羅不需要兩位父親。淳平和
高槻共存的空間已經不存在。正因為如此，「討厭日本文學的自己」的高
槻把小夜子讓給了「創作日本文學的自己」的淳平。沙羅的身上流著高槻的
血，她接受取名的義父淳平做她的親身父親。村上表示為了專心創作不生小
孩，沙羅象徵的恐怕是村上選擇的孩子的替代者──「讀者」。正如村上為
我們讀者創作〈蜂蜜餅〉一樣，淳平為沙羅講述「敦吉／正吉」的故事。

　　在此，我們把視線移到「敦吉／正吉」的故事上。淳平正在為矛盾的
難題煩惱，他編了一個陰暗的故事，把自己的分身（敦吉）關進了動物園。
為了解救被噩夢折磨的沙羅（讀者），淳平想必須編一個充滿希望的新結
局。然而，新結局的啟發是從沙羅那裡得到的。

　　　　敦吉心生一計：用正吉採來的蜂蜜烤蜂蜜餅好了。稍經練習，
　　敦吉曉得自己有烤製脆響脆響的蜂蜜餅的才能。正吉拿那蜂蜜餅進
　　城賣給人們。人們喜歡上了蜂蜜餅，賣得飛快。這麼著，敦吉和正
　　吉不再兩相分離，在山裡邊作為好朋友幸福地生活著[38]。

---

[37]　柄谷行人　189-90。本文譯者另作了意譯。
[38]　林少華譯，〈蜂蜜餅〉　149。

「馬哈魚」從河裡消失後，「敦吉」從正吉那裡得到了援助。顯然，「淳平（子＝受保護的一方）／高槻（父＝保護者）」的關係在「敦吉／正吉」的關係中再現。「敦吉」拒絕了「正吉」的援助，打算獨立，然而走出森林的「正吉」（身分＝自然，走出森裡意味著喪失）面臨的卻是動物園。這裡的動物園讓我們聯想到失去身分「逃離日本」的村上，在避難地美國不得不直面身分認同的混亂，即「創作日本文學的自己」和「討厭日本文學的自己」的矛盾狀況。村上內心同時存在像「正吉」那樣和世間其他人疏遠的精明，以及像「敦吉」一樣喪失身分、混亂的不精明。但是，新的結局是「敦吉」烤蜂蜜餅，「正吉」拿那些蜂蜜餅進城賣給人們，他倆在山裡邊作為好朋友幸福地生活著。這是多麼辯證的幸福的結局！「馬哈魚」消失後，「敦吉」得到了「蜂蜜餅」。那麼，「蜂蜜餅」到底指的是什麼呢？它跟〈UFO 飛落釧路〉中的「盒子」、〈泰國之旅〉中的「石子」、〈青蛙君救東京〉中的「青蛙君」一樣，與其說是隱喻，不如說跟沃爾夫岡・伊瑟爾（Wolfgang Iser, 1926-2007）說的「空白」更接近。似乎把所有的判斷交給讀者自己。恐怕村上自身也在拼命地尋找答案，〈蜂蜜餅〉到底是什麼？作品名「蜂蜜餅」給了我們一個啟示。《挪威的森林》商業上的成功成為村上「逃離日本（流亡）」的契機。「挪威的森林」本來是披頭士歌曲「*Norwegian wood*＝挪威的木材」的誤譯，把它作為作品名對小說的成功起到了推波助瀾的作用。同樣，〈蜂蜜餅〉的作品名讓我們聯想到披頭士的歌曲"Honey Pie"。正如〈蜂蜜餅〉的故事情節參照了「大正時代文人」式的和父母的恩斷義絕、以及〈心〉中的三角關係，"Honey Pie"也是一首復古歌曲，原型是 19 世紀 20 年代真實存在的女演員。"Honey Pie"是這位女演員的昵稱，她離開英國的戀人單身赴美，後來成為好萊塢明星。"Honey Pie"的歌詞內容是被拋棄的男性祈求她返回英國的哀求。試著把從日本文壇的指責中逃離到美國的「討厭日本文學」的村上和這位女演員聯繫起來、把「創作日本文學」的日本小說家村上和這位被拋棄的男性聯繫起來看看。從這首歌曲中不難解讀到被一分為二的村上的身分認同，以及通過合二為一擺脫矛盾的村上的決心。

在此，必須回到本論開篇考察的問題，村上的「介入」到底是什麼？對於村上來說，「介入」的「成熟」並非「我明白你說的意思，我們牽手吧」，而是不斷「掘井」、「打通原來根本無法逾越的厚壁彼此相聯」。

「井」並非很多學者指出的佛洛德式的「無意識」。「討厭日本文學的自己」和「創作日本文學的自己」本來毫無關係，卻在此擦出火花，這是追溯「作家身分（身分認同）」的切入點。由此追溯，無論是「穿著褲子脫內褲」還是「穿著衣服脫胸衣」都打通了「原來根本無法逾越的厚壁」，終於「討厭日本文學的自己」和「創作日本文學的自己」「聯繫到一起」。對於村上來說，「介入」是作家自己挽回「身分認同」的過程。為什麼村上在連載的最後寫了一篇和其他五篇短篇性質不同的〈蜂蜜餅〉？正如「地震之後」這個雜誌連載的總主題表達的，這個短篇集是村上向自己追問向「介入」轉變實情的一部作品。他在〈蜂蜜餅〉中得出了答案。村上的「介入」是挽回創作故事的自己、或者說身為作家的自己的「身分認同（身分）」的過程。

參考文獻目錄

BIN

柄谷行人（KARATANI, Kōjin）.〈關於文學──漱石論 II〉，《馬克思，其可行性的核心》（《マルクスその可能性の中心》）。中田友美（NAKDA Tomomi）譯。北京：中央編譯出版社，2004，185-219.。

CUN

川村湊（KAWAMURA, Minato）.《如何解讀村上春樹》（《村上春樹をどう読むか》）。東京：作品社，2006。

村上春樹（MURAKAMI, Haruki）.〈短篇小說對於我來說──為文庫本寫的序〉（〈僕にとって の短編小說──文庫本のための序文〉），《面向年輕讀者的短篇小說介紹》，《若い読者のための短編小說案內》，5 版。東京：講談社，2009，7-26。

──.《當我談跑步時我談些什麼》（《走ることについて語るときに僕の語ること》。施小煒譯，2 版。海口：南海出版公司，2010。

──、大鋸一正（OGA, Kazumasa）採訪.〈言葉という激しい武器〉，《Eureka》（ユリイカ）32.4 臨時增刊號（2000）：9-27。

FENG

風丸良彥（KAZAMARU, Yoshihiko）.〈不穿胸罩的女人〉（〈ブラジャーをはずす女〉），《再讀村上春樹的短篇》（《村上春樹短篇再読》）。東京：Misuzu 書房，2007，163-75。

HE

河合隼雄（KAWAI, Hayao）.《村上春樹，去見河合隼雄》，呂千舒譯。北京：東方出版社，2011。

──.《現代的物語是什麼：河合隼雄對談集──聽心聲》（《物語をものがたる：河合隼雄対談集！》）。東京：新潮社，1995。

HEI

黑古一夫（KUROKO, Kazuo）.《村上春樹：轉換中的迷失》（《村上春樹：「喪失」の物語から「転換」の物語　へ：付・中國における村上春樹の受容（王海藍）》。東京：勉誠出版，2007。

──.《村上春樹：轉換中的迷失》，秦剛、王海藍譯。北京：中國廣播電視出版社，2008，162-64。

JI

吉田春生（YOSHIDA, Haruo）.《村上春樹的轉換》（《村上春樹，転渙する》。東京：彩流社，1997。

──.《村上春樹和美國》（《村上春樹とアメリカ：暴力性の由來》。東京：彩流社，2006）。

JIA

加藤典洋（KATŌ, Norihiro）編.〈地震と父なるものの影──『神の子どもたちはみな踊る』〉，《村上春樹　イエローページ作品別（1995-2004）Part 2》。東京：荒地出版社，2004，103-40。

LIN

林少華譯.《且聽風吟》，村上春樹著，21 次印刷。上海：上海譯文出版社，2012。

──.，〈蜂蜜餅〉，《神的孩子全跳舞》，村上春樹著，7 版。上海：上海譯文出版社，2012，117-49。

SHI

石原千秋（ISHIHARA, Chiaki）.《解密村上春樹》（《謎とき村上春樹》）。東京：光文社，2007。

SONG

松本常彦（MATSUMOTO, Tsunehiko）.〈繞過《第七個男人》看《心》〉
　　（〈《七番目の男》を迂回して《こころ》へ〉,《九大日文》5（2004）：
　　331-55。

The "intervention" in Haruki Murakami's Works: Take "Honey Pie" as a Case Study

Inwoo SEO
Lecturer, Chonbuk University

Translated by Yeling LI
Lecturer, Guangdong Industry Technical College

Abstract

With the self-portrait of the writer in "Honey Pie" included in *All God's Children Can Dance*, This paper tried to trace a variety of backgrounds of which Murakami devoted to "intervene." As we all know, Haruki Murakami ignored the Japanese literature before his trip to the United States. The period from which he really started to read Japanese literature is "aloof" to "intervene" to start the conversion. "Honey Pie" demonstrated against the Japanese literary, and after the U.S. tour, as the Japanese writer ,Haruki began to realize that the issue of identity recognition. This thesis designed to confirm the situation between these two "contradictory," and explored the relationship between Murakami's "intervention" and his Japanese identity.

Keywords: Haruki Murakami, "Honey Pie", aloof, intervention, dilemma

《國際村上春樹研究》輯二（2015 年 12 月）401-414。

〈出租車上的男人〉研究：
以容格心理學「共時性」作一分析

■黎活仁　伍文芊

作者簡介：

黎活仁（Wood Yan LAI），男，1950 年生於香港，廣東番禺人。京都大學修士，香港大學哲學博士。現為香港大學饒宗頤學術館名譽研究員。著有《盧卡契對中國文學的影響》（1996）、《林語堂瘂弦簡媜筆下的男性和女性》（1998）等。

伍文芊（Elizabeth Man Chin NG），女，現為香港大學醫學院學生，國際金庸研究會最年輕成員。自幼演練「金庸武俠小說」電視劇主題曲。二零零九年四月年應邀往國立台灣大學，為「金庸國際研討會」作開幕式演奏，同年八月再應邀在香港中文大學專業進修學院舉辦之「金庸小說版本展」作開幕式演奏，台大外文系和香港中文大學專業進修學院院長，分別頒授「闡揚國粹」和「弘揚金學，建樹良多」橫匾，以表其對金學弘揚的貢獻。

論文提要：

本文以托多羅夫（Tzvetan Todorov）有關詹姆士（Henry James）「地毯上的圖案」（"The Figure in the Carpet"）的論述，容格（Carl Gustav Jung）心理學的「共時性」（Synchronicity）和「永恆的男性」（animus）理論，對村上春樹短篇〈計程車上的男子〉作一分析。

關鍵詞：〈計程車上的男子〉、托多羅夫、「地毯上的圖案」容格、
##　　　　共時性、村上春樹

一、引言

　　村上春樹短篇〈出租車上的男人〉（賴明珠譯作〈計程車上的男子〉）[1]
的故事梗概如下：女主人公看上一張肖像畫，繪畫的是一個坐在計程車上
的男子；認為很合眼緣，論技巧則稍嫌平庸；女士離婚後，把畫燒掉，有
一次到希臘旅行，中途有男人來搭順風車，一看原來是畫中男子，職業是
演員，之後，再也沒有想過畫中人。托多羅夫（Tzvetan Todorov, 1939- ）
有關詹姆士（Henry James, 1843-1916）「地毯上的圖案」（"The Figure in
the Carpet"）的論述[2]，容格（Carl Gustav Jung, 1875-1961）心理學的「共
時性」（Synchronicity）和「永恆的男性」（animus）理論，對村上春樹
短篇〈出租車上的男人〉作一分析。

---

[1]　林少華譯，〈出租車上的男人〉（〈タクシーに乗った男〉），《旋轉木馬鏖戰記》，
　　村上春樹著，重印（上海：上海譯文出版社，2011）15-30。酒井英行（SAKAI Hideyuki,
　　1949- ），〈《タクシーに乗った男》——夢の終わり／人生の始まり〉，《村上 春
　　樹：分身との戯れ》（東京：翰林書房，2001 101-10。）有討論這一篇，但只是把
　　內容複述一遍。
[2]　托多羅夫（Tzvetan Todorov, 1939- ）有關詹姆士（Henry James, 1843-1916）「地毯
　　上的圖案」（"The Figure in the Carpet"，〈敘事的祕密：享利・詹姆斯〉（"The Secret
　　of Narrative"），《散文詩學：敘事研究論文選》（*The Poetics of Prose*），侯應花
　　譯（天津：百花文藝出版社，2011）100-44。

二、〈出租車上的男人〉的謎:「地毯上的圖案」

　　托多羅夫有關詹姆士「地毯上的圖案」的論述十分有名:詹姆士也認為,他的短篇確有「絕對存在和不在場的原因」,所謂「絕對存在」是指事情因此而發生,是詹姆斯敘事的「一個根本祕密」。一如東方地毯上的圖案。短篇〈多明尼克·費朗先生〉(“Sir Dominick Ferrand”)的祕密是隱私,男主角愛上了孀居的賴夫斯夫人,有一次他在一張買來的舊書桌,發現祕密抽屜藏有一些信,內容揭示賴夫斯夫人是政要的私生女。「地毯上的圖案」也用限制敘述的視角,以部分代替全部,來取得營造祕密的效果。

1.肖像畫的祕密

　　藝術品或肖像畫成功的特點是,如詹姆士短篇〈真品〉(“The Real Thing”),畫家發現由長滿雀斑的鄉下婦女做模特兒,更能描繪出貴族氣質,同樣,以流浪漢擔任模特兒來畫王子和紳士也是合適的人選。〈出租車上的男人〉說平庸畫工才能畫出稱心如意的作品,與此近似,是「地毯上的圖案」的變體[3]。

---

[3]　托多羅夫　134。

2.男演員的特點

　　〈出租車上的男人〉的謎底在結尾時揭曉，畫中人是一個漂亮的希臘男演員，人物性格可借用容格（C. G. Jung, 1875-1961）的「永恆的女性」（阿尼瑪，anima）和「永恆的男性」（阿尼姆斯，animus）來作分析。男演員在永遠的男性的四個階段，可能具備一至三個階的特徵。

　　阿尼姆斯也可分四個階段,見容格夫人（Emma Jung, 1882-1955）的論述說[4]，第一階段著重體能（physical power），運動選手和肌肉發達的健美男子正屬這此類，代表人物是電影中生活於叢林的泰山（Tarzan），泰山身材健碩[5]。第二階段是有計畫能力的人,代表人物是英國詩人雪萊（P.B. Shelly, 1792-822）。容格夫人認為第一和第二階段很難區分，共通點是都是英雄、運動選手之外，還有牛仔、鬥牛勇士、飛行員等[6]，海明威（Ernest Hemingway, 1899-1961）為這一階段的典範，海明威以戰爭英雄、獵人成為偶像。

　　第三階段常常以教授（professor）或牧師（clergyman）的形象出現，代表人物是偉大演說家、前英國首相勞合・喬治（Daivd Lloyd George, 1863-945）[7]。

---

[4]　Emma Jung, *Animus and Anima* (Dallas: Spring Publications, Inc., 1985) 2-3.

[5]　M-L. von Franz, "The Process of Individuation," *Man and His Symbols*, eds. C. G. Jung and M-L. von Franz et al. (Harmondsworth: Penguin Books Ltd, 1990.) 194.

[6]　Emma Jung 3.

[7]　弗朗茲（M-L. von Franz, 1915-98），〈個體化的過程〉（"The Process of Individuation"），

　　第四階段的化身,則是一個宗教經驗調停者(mediator of the religious experience),代表人物是印度聖雄(Mahatma)甘地(M.K. Gandi, 1869-948),甘地是印度獨立運動領袖,在反種族岐視鬥爭中提出「非暴力抵抗」口號,此外,又主張印度教和伊斯蘭教團結合作,和讓婦女得到平等地位。[8]。

阿尼姆斯	特點	人物	希臘男演員
第一階段	體能	泰山、牛仔、運動選手	沒有說明
第二階段	浪漫	拜倫	演員自然較為浪漫
第三階段	口才很好	喬治・勞合	演員也當有口才
第四階段	有協調不同宗教和民族經驗	甘地	沒有說明

　　數字的「四」在容格心理學有特殊意義,精神病患者經常說看到虛空中有個「曼荼羅」(mandala),即相當於萬花筒,萬花筒在肉眼中,看到圓中有四方形,容格因此瞭解到從無意識到有意識,就會一分為四[9]。永遠的男性,是階段地發展,但可能完全具備四個特徵,譬如美國總統克林頓(William Jefferson Bill Clinton, 1946-)在任元首前間,經常跑步,體能極佳,長相漂亮,本來是律師,口才了得,任總統期間,常協調宗教紛爭・在松家仁之(MATSUIE Masashi, 1958 -)的訪談中,村上明確地說

　　收入《人類及其象徵》(Man and His Symbols),卡爾・容格(C. G. Jung)等著,張舉文、榮文庫譯(遼寧:遼寧教育出版社,1988)170,Franz　194。

[8]　弗朗茲　170; Franz　194。

[9]　榮格,《天空中現代神話》(Flying Saucer: A Modern Myth of Things in the Skies),張躍宏譯(北京:東方出版社,1989)114。

他從河合隼雄（KAWAI Hayao, 1928-2007）《日本人的傳說與心靈》讀到容格的四位一體的學說[10]。

三、女性的中年危機

蘇紅軍對女性空間觀作了的整理，認為女性空間的特點，是在閨房、室內、辦公室、墳墓等的被囚禁的空間[11]，〈出租車上的男人〉中的女主人公到希臘旅遊，內容涉及「女性旅遊」的議題。但因為是短篇，故除了碰見畫中男子之外，也沒寫到具體見聞。

1.人物形象模糊

〈出租車上的男人〉中的女主人公在 29 歲時買了哪幅肖像畫，到講述自己的故事，已離婚回日本居住十年、孩子也放棄了，如今獨居，其餘生平資料是空白的，不寫人物名字，據村上的訪談，實有意為之——「剛開始寫小說的時候……很討厭給登場人物取名字」[12]。俄國形式主義認為行動最重要[13]，人物可有可無。羅蘭巴特（Roland Barthes, 1915-80）宣佈人物的死亡[14]。

---

[10] 村上春樹、松家仁之（MATSUIE Masashi, 1958- ），〈村上春樹三天兩夜長訪談〉（（《村上春樹のロングインタビュー》）），張樂風譯，《大方》1（2011）：39。此訪問有台灣譯本可以參照：村上春樹口述、松家仁之採訪，〈第二天〉,《「《1Q84》之後」特集——村上春樹 Long Intereviews 長訪談》（《村上春樹のロングインタビュー》），賴明珠、張明敏譯（台北：時報文化出版業股份有限公司，2011）。河合隼雄（KAWAI Hayao, 1928-2007）《日本人的傳說與心靈》（《昔話と日本人の心》），范作申譯（北京：生活・讀書・新知三聯書店，2007）。

[11] 蘇紅軍,〈時空觀：西方女權主義的一個新領域〉,《西方後學語境中的女權主義》，蘇紅軍、柏棣主編（桂林：廣西師範大學出版社，2006）50-51。

[12] 村上春樹、松家仁之　19。

[13] 施洛米絲・雷蒙－凱南（Shlomith Rimmon-Kenan），《敘事虛構作品：當代詩學》（*Narrative Fiction: Contemporary Poetics*），賴干堅譯（廈門：廈門大學出版社，1991）40。

[14] 雷蒙－凱南　34-35。

人物以變化和差異來取代過去強調較為穩定的「人物特性」[15]的概念，加上敘述者所知有限，就形成「不可靠敘述」[16]

2.女性的中年危機

村上春樹口述、松家仁之採訪的紀錄說：自《且聽風吟》到《舞！舞！舞》，村上人物「始終是三十歲左右的單身男性」[17]，也就是以中年人物為主，容格心理學也是一種「中年學」[18]，以前的心理學重點在童年，但村上人物年齡的設定不明顯是因為受了容格影響的關係。

人物變得模糊，留下很大的「空白」，需要讀者用自已的經驗作一補充。康威（Jim Conway）《男性中年危機》（Men in Mid-Life Crisis）一書提供了這樣研閱窮照的資訊[19]：女性在 35-40 歲之間，就會在追尋：「我是誰？我喜歡我做的嗎？我所做的重要嗎？」[20]的答案。一到了 46-53 歲，「更年期」開始了。

30 歲的女性，結婚約 15 年，小的孩子已經全日上學。雖然尚未是空巢期（empty nest），但已步入了靜巢期（quiet nest）。如果是全職家庭主婦的話，白天在家裡，會胡思亂想：

> 希望做我自己想做的事或職業；
> 回學校去修畢學位；
> 不想委屈自己為別人做事；
> 需要自己的「私人空間」；
> 別人做的事總是不如我意；
> 結婚多年，另一半應該知道我的日子單調得快發瘋了；
> 渴望一些新意，和一些生活的樂趣。

---

[15] 雷蒙－凱南　35。
[16] 雷蒙－凱南　118。
[17] 村上春樹、松家仁之　66。
[18] C.S. 霍爾（Calvin Springer Hall, 1909-85），V. J. 諾德貝（Vernon J. Nordby），《榮格心理學入門》（A Primer of Jungian Psychology），馮川譯（北京：生活・讀書・新知三聯書店，1987）中年階段　132。
[19] 康威（Jim Conway），《男性中年危機》（Men in Mid-Life Crisis）旅途出版社翻譯小組譯，4 版，（華盛頓：旅途出版社（Journey Publishing House），2005。
[20] 康威　155。

這些想法，會導致：1）決定回學校去讀書；2）另找一份職業；3）去探訪舊日的同窗；4）或再生個孩子；5）用自己的方式規劃，重頭再開始[21]。

三、容格心理學的「共時性」

偶然相遇，適用容格心理學的「共時性」（Synchronicity）來解釋。村上多次使這種方法寫作小說。

「共時性」可用中國的一句話來理解；「一說曹操，曹操就到。」容格指出中國哲學的特點，如易占，是「非」因果關係，反之，弗洛依德（Sigmund Freud, 1856-1939）強調童年的創傷對日後的影響，就是因果關係[22]。

有一次患者說夢見友人送她一隻聖甲蟲的寶石，到來進行心理治療時，容格看到視窗忽然出現一隻聖甲蟲，本有嚴重精神障礙女士卻因此霍然而癒——介紹容格心理學入門書都舉這個例來說明[23]。〈出租車上的男人〉有一次到希臘雅典旅行，中途有男人來搭順風車，一看原來是畫中的人物，職業是演員，是美男子，之後，再也沒有想過畫中人。適用「共時性」以為分析。

1.〈遇到百分之一百的女孩〉與共時性

村上在一次訪談中曾涉及共時性，松家仁之問：〈遇到百分之一百的女孩〉[24]中，少男少女偶然相遇，一度分手，「長大成人終於邂逅時」，在《1Q84》則不然，村上春樹回答說「兩人只有等待偶然的到來」，「這時就需要共時性的，類似上天的恩賜的東西」[25]村

---

[21] 康威　15-57。

[22] 霍爾　191。

[23] 常若松，《人類心靈的神話：榮格的分析心理學》（台北：貓頭鷹出版，2000）222-23。
霍爾　191

[24] 林少華，〈四月一個晴朗的早晨，遇到百分之百的女孩〉（〈四月のある晴れた朝に 100 パーセントの女の子に出会うことについて〉），《遇到百分之一百的女孩》，村上春樹著，林少華譯，9 次印刷（上海：上海譯文出版社，2012）9-15。

[25] 村上春樹、松家仁之　58。

上說在各國電影系拍了七八部有關這一短篇的習作,不明白為什麼那麼受歡迎,如果把短篇進一步發展,「究竟會變成怎麼樣的故事呢?以前我常常思考這個問題[26]」答案可能就在偶然。

「我的小說中出現的女性,⋯⋯不是最終消失就是女巫式的引路人」[27]〈遇到百分之一百的女孩〉分兩個部分,第一部分開首和結尾說與會合眼緣的女子迎面擦身而過,沒有描述女孩的任何特徵,也就是「地氈上的圖案」,第二部分假設一對相愛的少男少女,兩人分開,各散東西,約定將來有緣再重逢,結果十年後雖然碰到,卻擦肩而過。

〈遇到百分之一百的女孩〉適用容格的「永恆的女性」(阿尼瑪,anima)來作分析。阿尼瑪原型可以分為四個階段,第一階段是生物的阿尼瑪,以性和生殖為前提,可以夏娃(Eve)為代表,第二階段是羅曼蒂克的阿尼瑪,可以《浮士德》(Faust)的海倫(Helen)為代表,第三階段是聖靈的阿尼瑪,可以西方的聖母、中國的嫦娥和觀音為代表,第四階段表現出過人的叡智,常以帶男性的形象出現,如身披甲冑的雅典娜(Athena)[28]。

阿尼瑪	特點	人物	〈遇到百分之一百的女孩〉
第一階段	性、生殖	夏娃	主角不算特別美麗
第二階段	浪漫	海倫	雙方沒接觸,沒交代
第三階段	聖潔、純潔	聖母	沒交代
第四階段	智慧、雌雄同體	雅典娜	沒交代

3.〈神的孩子全跳舞〉與「共時性」

〈神的孩子全跳舞〉也是以「共時性」建構的。男主人公的母親與眾多男友有過親密關係,她說孩子他爹是個缺耳垂的醫生,但他爹不認賬,因為其母還有不少男友,孩子有一次在火車上看到缺耳垂的男子,尾隨其人到傳聞所任職醫院,也沒趨前相認,內心覺得也就夠了,今後也不必繼續含恨在心[29]。

26　村上春樹、松家仁之　30。
27　村上春樹、松家仁之　41。
28　弗朗茲　165。
29　村上春樹,〈神的孩子全跳舞〉(〈神の子どもたちはみな踊る〉),《神的孩子

4.〈品川猴〉與「共時性」

　　〈品川猴〉（〈品川猿〉）[30]也是用「共時性」
寫作的，女主人公大澤瑞紀經常記不起看自已的姓
名，據小說介紹，丈夫年 30，瑞紀年 26[31]，結婚
三年[32]，一年前開始忘記自已的姓名，於是就教於
心理治療師，據瑞紀的自述，過去是「是何等索然
無味的人生」，「人生幾乎找不出戲劇性因素。……
沒有高潮，沒有低谷，沒有引人入勝的趣聞……」，
令人「感到無聊」[33]？瑞紀無疑正面對中年危機。

　　謎底揭開，原來在中學時宿舍的名牌，以及一位去世了的同學松中優
子的名牌，被一頭猴子偷走，優子去世前曾跟她談及嫉妒，擊中她的要害，
瑞紀一直不為母親和姊姊所愛，被送到遙遠的地方法上學，心有不甘，形
成心結，猴子因為喜歡優子，故偷了其人的名牌，見瑞紀的名牌也在一起，
也順手拿走，瑞紀因此而想忘記過去，形成忘記自己姓名的心理障礙。猴
子跟她說明心結的成因，瑞紀明白了究竟[34]，其病霍然而癒。

五、結論

　　村上春樹的短篇，相對而言，不算重點項目。短篇有短篇的研究方法，
因為短篇更講究研究方法，要做得好就不容易了，而東洋學者偏又較忽視
舶來理論。〈出租車上的男人〉的謀篇，從「共時性」來閱讀，可以領略
其匠心，而且可以肯定的說，是一篇很不錯的小說。

　　全跳舞》，林少華譯，7 版（上海：上海譯文出版社，2012）47-67。

[30] 村上春樹，〈品川猴〉（〈品川猿〉），《東京奇譚集》，村上春樹著，林少華譯，
　　10 版（上海：上海譯文出版社，2012）111-148。葉麦，〈村上春樹『東京奇譚集』
　　論：「共時性」・「受容」と奇譚の生成〉，《国語国文学研究》49（2014）：224-39。

[31] 村上春樹，〈品川猴〉　116。

[32] 村上春樹，〈品川猴〉　114。

[33] 村上春樹，〈品川猴〉　112。

[34] 村上春樹，〈品川猴〉　144。

參考文獻目錄

CHANG

常若松.《人類心靈的神話：榮格的分析心理學》。臺北：貓頭鷹出版，2000。

CUN

村上春樹（MURAKAMI, Haruki）.〈神的孩子全跳舞〉（〈神の子どもた
　ちはみな踊る〉）《神的孩子全跳舞》，村上春樹著，林少華譯，7
　版。上海：上海譯文出版社，2012，47-67。

──、松家仁之（MATSUIE, Masashi）.〈村上春樹三天兩夜長訪談〉（《村
　上春樹のロングインタビュー》），張樂風譯，《大方》1（2011）：
　11-102。

──、松家仁之採訪.《「《1Q84》之後」特集──村上春樹 Long Interviews
　長訪談》（《村上春樹のロングインタビュー》），賴明珠、張明敏
　譯。臺北：時報文化出版業股份有限公司，2011。

──.〈出租車上的男人〉（〈タクシーに乗った男〉），《旋轉木馬鏖戰
　記》，林少華譯，重印。上海：上海譯文出版社，2011，15-30。

──.〈四月一個晴朗的早晨，遇到百分之百的女孩〉（〈四月のある晴れ
　た朝に 100 パーセントの女の子に出會うことについて〉），《遇到
　百分之一百的女孩》，林少華譯。上海：上海譯文出版社，2012，9-15。

──.〈品川猴〉（〈品川猿〉），《東京奇譚集》，林少華譯，10 版。
　上海：上海譯文出版社，2012，111-48。

FU

弗朗茲（von Franz, M-L.）.〈個體化的過程〉（"The Process of Individuation"），
　收入《人類及其象徵》（*Man and His Symbols*），卡爾・容格（C.G. Jung）
　等著，張舉文、榮文庫譯。遼寧：遼寧教育出版社，1988，136-200。

HE

河合隼雄（KAWAI, Hayao）.《日本人的傳說與心靈》（《昔話と日本人
　　の心》），范作申譯。北京：生活・讀書・新知三聯書店，2007。

HU

霍爾, C. S. （Hall, Calvin Springer）、V. J. 諾德貝（Vernon J. Nordby）.
　　《榮格心理學入門》（*A Primer of Jungian Psychology*），馮川譯。北
　　京：生活・讀書・新知三聯書店，1987。

JIU

酒井英行（SAKAI, Hideyuki）.〈《タクシーに乗った男》──夢の終わ
　　り／人生の始まり〉，《村上春樹：分身との戯れ》。東京：翰林書
　　房，2001，101-10。

KANG

康威（Conway, Jim）.《男性中年危機》（*Men in Mid-Life Crisis*），旅途
　　出版社翻譯小組譯，4 版。華盛頓：旅途出版社（Journey Publishing
　　House），2005。

LEI

雷蒙－凱南，施洛米絲（Rimmon-Kenan, Shlomith）.《敘事虛構作品：當
　　代詩學》（*Narrative Fiction: Contemporary Poetics*），賴幹堅譯。廈
　　門：廈門大學出版社，1991。

RONG

榮格（Rong, C.G.）.《天空中現代神話》（*Flying Saucer: A Modern Myth of
　　Things in the Skies*），張躍宏譯。北京：東方出版社，1989。

SU

蘇紅軍.〈時空觀：西方女權主義的一個新領域〉，《西方後學語境中的女權主義》，蘇紅軍、柏棣主編。桂林：廣西師範大學出版社，2006，40-69。

TUO

托多羅夫（Todorov, Tzvetan）.〈敘事的祕密：享利・詹姆斯〉（"The Secret of Narrative"），《散文詩學：敘事研究論文選》（*The Poetics of Prose*），侯應花譯。天津：百花文藝出版社，2011，100-44。

YE

葉菱.〈村上春樹《東京奇譚集》論：「共時性」・「受容」と奇譚の生成〉，《國語國文學研究》49（2014）：224-39。

von Franz, M-L. "The Process of Individuation." *Man and His Symbols*. Eds. C.G. Jung and M-L. von Franz et al. Harmondsworth: Penguin Books Ltd, 1990, 158-229.

Jung, Emma. *Animus and Anima*. Dallas: Spring Publications, Inc., 1985.

A Research of *Man Riding in a Taxi*, with Analysis Based on Jung's Psychological Synchronicity Theory

Wood Yan LAI
Honorary Research Fellow, Jao Tsung-I Petite Ecole,
The University of Hong Kong

Elizabeth Man Chin Ng
li Ka Shing Faculty of Medicine,
The University of Hong Kong

Abstract

Based on Tzvetan Todorov's discussion about Henry James' work, *The Figure in the Carpet*, along with Carl Gustav Jung's psychological synchronicity theory and animus theory, this article is written to analyze Murakami Haruki's short story, "Man Riding in a Taxi."

Keywords: "Man Riding in a Taxi", Tzvetan Todorov, *The Figure in the Carpet*, C.G.Jung, Synchronicity

《國際村上春樹研究》輯二（2015 年 12 月）415-420。

總主編的話

■黎活仁

一、《國際村上春樹研究》輯二的《海邊卡夫卡》專號

問：可否介紹一下《國際村上春樹研究》輯二的《海邊卡夫卡》專號？

答：《海邊卡夫卡》的日文研究資料，過去一年已作了系統的蒐集，白春燕女士的目錄，比日本學者編的要完整得多，而且據原件作了覆核。日本學者今井清人教授（《村上春樹スタディーズ》卷5、《村上春樹スタディーズ（2005-2007）》、《村上春樹スタディーズ（2008-1010）》）和山根由美惠教授（《村上春樹スタディーズ（2000-2004）》），一直編有很詳細的目錄，可為依據，覆核過程中（有幾篇找不到原件），也注意到一些小的錯誤，個別年月日也有弄錯之處。我們在今井教授、山根教授的基礎上，又補充了一些。在此應向兩位前輩致意！《海邊卡夫卡》的日文研究資料的蒐集，得到邱雅芬教授、王靜女士和吉田陽子女士的大力幫助，謹在此再致以萬分謝意！

問：專號的譯稿，以什麼原則收錄？

答：日本的學術論文，部分可以在 cinii 下載，我們先據能下載的，以及在圖書館影印到的部分，選出若干篇，請求授權中譯。大部分都沒問題。當然也有不同意的。

問：專號的內容，你個人有什麼看法？

答：林嘯軒教授、孫立春教授的支援，也應記一筆，沒想到中文能寫得那麼漂亮，治學亦屬嚴謹。好幾篇日本學者的譯作，都極有份量。德永直彰教授大作在芸芸《海邊卡夫卡》研究論文，當在三甲之內，讓人感到敬佩！小森陽一教授對《海邊卡夫卡》的研究，在兩岸都出了譯本，中國讀者是熟悉的，專號的譯稿，圍繞小森教授的著作，提出不一樣的看法，有一定的參考價值。白春燕女士的《海邊卡夫卡》日文

研究目錄，規模宏大，亦屬首創。翟二猛先生的《海邊卡夫卡》主要
人物的情節表，也花了半年時間製作，研閱窮照，有一定方便。

問：譯稿編校有什麼問題？

答：日本學者的論文寫作不規範，把注腳的出版地、出版社、出版年（月、
日──如果是報章的話）補齊，是很大的工程。編校時請作者自己提
供引文的影像，但也有不願配合作的，那麼就要去訂購，或另請朋友
幫忙。如此，都需要時間處理。《國際村上春樹研究》在這方面可以
導乎先路，引領日本學走向國際。

二、《國際村上春樹研究》輯三的《奇鳥行狀錄》專號

問：對日本學者研究村上春樹的資料蒐集，除了《海邊卡夫卡》之外，還
系統地做了什麼？

答：《奇鳥行狀錄》和《1Q84》的日本研究資料，也作了一定的蒐集，《奇
鳥》已比較齊全。廣東中山大學日文系邱雅芬教授的七人小組，集中
翻譯《奇鳥》的日文論文。白春燕女士也在翻一部分。《國際村上春
樹研究》輯三，將會有《奇鳥》的專號，以下譯稿已收到，在整理中。
看題目可知是一個內容宏富的特輯。

1	小島基洋：〈村上春樹《奇鳥行狀錄》論──鐘樓的湯匙或是 208 號房黑暗中閃亮的物體〉（李海蓉譯）
2	加藤典洋：〈村上春樹《奇鳥行狀錄》〉（申冬梅譯）
3	加藤典洋：〈村上春樹《奇鳥行狀錄》（第三部）〉（申冬梅譯）
4	鈴村和成、沼野充義：〈「擰發條鳥」飛向何方？──解讀《奇鳥行狀錄・第三篇捕鳥人篇》〉（李葉玲譯）
5	山崎真紀子：〈村上春樹與北海道──以《尋羊冒險記》《挪威的森林》《奇鳥行狀錄》《UFO 飛落釧路》為中心〉（嚴文紅譯）
6	德永直彰：〈關於《發條鳥年代記》改稿的考察──以新撰組、二二六事件、三島由紀夫、夏目漱石為中心〉（白春燕譯）
7	清真人：《村上春樹的哲學世界》第一章（黃開彥譯）
8	清真人：《村上春樹的哲學世界》第二章（黃開彥譯）
9	田中雅史：〈村上春樹《奇鳥行狀錄》中有關他人的理解與「客體」〉（李葉玲譯）

10	鈴木智之：〈災難的痕跡──作為圍繞日常性問題的《奇鳥形狀錄》〉（申冬梅譯）
11	橋本牧子：〈村上春樹《奇鳥行狀錄》論：「歷史」敘事學〉（申冬梅譯）
12	上村邦子：〈韜晦的快樂──論《奇鳥行狀錄》中出場人物的名字和井的隱喻〉（黃開彥譯）

問：《國際村上春樹研究》翻譯團隊，有哪些單位參與？

答：屈指一算，我刊的翻譯團隊約 15 位，人數不少。

1	首先是廣東中山大學日文系邱雅芳教授的七人小組，集中翻譯《奇鳥行狀錄》的日文論文和專著。七人小組中，申冬梅女士獲授權譯柴田勝二《中上健次と村上春樹：「脫六十年代」的世界のゆくえ》、李海蓉女士在譯《村上春樹読める比喩事典》（芳川泰久），也取得授權。
2	西安陝西師大的張樺老師，帶領四人小組，在譯《1Q84》的日文論文。
3	台灣白春燕女士獨力翻譯多量的日文論文及著作，以及邀約日本學者寫專欄，績效可觀。
4	還有日本的吉田陽子女士，她母親是中國人，幼年在中國渡過二十年，隨父親回到日本又生活了二十多年，具備翻譯的絕佳條件，這一期她給我刊翻譯了一篇。
5	另外，杭州大學的孫立春教授已獲授權翻譯《教室中的村上春樹》。
6	山東農業大學林嘯軒主任，也將會協調相關翻譯工作。

三、《國際村上春樹研究》輯三的日本學者專欄

問：除了翻譯已刊登譯文之外，有沒有請日本學者寫稿？

答：聯絡日本學者授權之後，順便問他們是否願意給《國際村上春樹研究》寫專欄，這樣得到約十位日本學者的善意回應，專欄文章可以先在日本刊登，個別學者以公務羈身，只能偶然配合寫一篇。我們已收到松田和夫教授、柴田勝二教授、清真人教授和鈴木智之的惠稿，都比較長。分別評論《多崎作》（2013 年出的長篇）和《沒人女人的男人》（2014 年 3 月才出版的短篇小說集），和《世界末日與冷酷異境》，這表示我刊已可以跟日本村上研究同步前進了。

1	松田和夫：〈消滅與打開——關於村上春樹《世界末日與冷酷異境》〉（白春燕譯）
2	柴田勝二：〈「記憶」與「歷史」的爭鬥——從《天黑以後》到《沒有色彩的多崎作和他的巡禮之年》〉（白鹿譯）。（評論2013年新出長篇《沒有色彩的多崎作和他的巡禮之年》）
3	清真人：〈陳舊的母題——評《沒有女人的男人們》〉（評論2014年新出短篇《沒有女人的男人》，黃閉彥譯）
4	鈴木智之：〈死的觸發：《多崎作》〉（申冬梅譯）

問：翻譯團隊會否再增加？

答：中國目前學習日語的學生有四百萬人（據東北師範大學「2014年中國日本語教育研究會年會及國際研討會」〔2014年6月21-23日〕閉幕式「中國日本語教育研究會」會長的報告），可以想像日語專業的老師以萬計，翻譯人才不缺乏，將會繼續邀約，譯出日本村上研究的基本參考讀物。

四、中國學者的村上春樹研究論文

問：中國學者的論稿如何解決？

答：目前陝西師範大學博士課程的五位，再加上日文系的張樺老師，將會進行系列村上與城市文學的專題研究，成為《國際村上春樹研究》的祕密武器；六位首先在《國際村上春樹研究》刊登，然後結集，又準備各出一本專著。

問：會辦研討會組稿嗎？

答：對。2014年11月21日，在台中科大的研討會，將會有一村上春樹研究小組。陝西師範大學博士課團隊和張樺老師，都會參加，另外，來自中國和台灣的學者，合計22位左右，論文將通過學術評審，收錄在第三、第四輯。

問：怎樣提高論文寫作的水準？

答：我跟作者以電話保持聯絡，提供我蒐集到的資訊以及適用文化研究理論，鼓勵作者集中一個專題持續發表數篇，默默耕耘，以出版專著為目標。

五、中國村上春樹研究展望

問：還有什麼值得一提的事？

答：我刊的四位編委，都錄取了以研究村上的碩博士生，或者是碩論以村上春樹為專題。

問：台灣方面又如何？

答：淡江大學在 2014 年 8 月 1 日成立村上春樹研究中心。我們與曾秋桂教授也取得聯絡。

問：明年有沒有學術研討會？

答：淡江大學的村上春樹研究中心今年暑假（2015 年 7 月 25、26 日）將在小倉舉行「第四屆村上春樹國際學術研討會」。

六、《國際村上春樹研究》第二輯如何評價？

問：《國際村上春樹研究》第二輯如何評價？

答：花了一年時間，把第二輯各個細節做好，學報要做到這樣的精美，恐怕不大可能，該感謝緣起聚合的團隊，謝謝！

2014 年 11 月 24 日下午 3 時到淡江大學日文系村上春樹研究中心參訪說明

曾秋桂教授（淡江大學日文系村上春樹研究中心主任，前左四）、林金龍院長（台中科技大學，前右五）、李光貞教授（山東師範大學日文系，前左三）、劉研教授（吉林大學文學院，前左二）、呂周聚教授（山東師範大學文學院，前右四）、汪衛東教授（蘇州大學文學院，前右五）、白春燕老師（台、清華大學台文所）、黎活仁（左五）。

Do文評04　AG0181

國際村上春樹研究 輯二

總　編　輯／黎活仁
主　　　編／林翠鳳、李光貞
責任編輯／廖妘甄
圖文排版／楊家齊
封面設計／蔡瑋筠

出版策劃／獨立作家
發　行　人／宋政坤
法律顧問／毛國樑　律師
製作發行／秀威資訊科技股份有限公司
　　　　　地址：114 台北市內湖區瑞光路76巷65號1樓
　　　　　電話：+886-2-2796-3638　傳真：+886-2-2796-1377
　　　　　服務信箱：service@showwe.com.tw
展售門市／國家書店【松江門市】
　　　　　地址：104 台北市中山區松江路209號1樓
　　　　　電話：+886-2-2518-0207　傳真：+886-2-2518-0778
網路訂購／秀威網路書店：https://store.showwe.tw
　　　　　國家網路書店：https://www.govbooks.com.tw

出版日期／2015年12月　BOD一版　定價／550元

|獨立|作家|
Independent Author

寫自己的故事，唱自己的歌

國際村上春樹研究. 輯二 / 黎活仁總編輯. -- 一
版. -- 臺北市：獨立作家, 2015.12
　　面；　公分. -- (Do文評4 ; AG0181)
BOD版
ISBN 978-986-5729-66-0(平裝)

1. 村上春樹　2. 日本文學　3. 文學評論

861.57　　　　　　　　　　　　104002621

國家圖書館出版品預行編目

讀者回函卡

感謝您購買本書，為提升服務品質，請填妥以下資料，將讀者回函卡直接寄回或傳真本公司，收到您的寶貴意見後，我們會收藏記錄及檢討，謝謝！
如您需要了解本公司最新出版書目、購書優惠或企劃活動，歡迎您上網查詢或下載相關資料：http:// www.showwe.com.tw

您購買的書名：_____

出生日期：_____年_____月_____日

學歷：□高中 (含) 以下　　□大專　　□研究所 (含) 以上

職業：□製造業　□金融業　□資訊業　□軍警　□傳播業　□自由業
　　　□服務業　□公務員　□教職　　□學生　□家管　　□其它_____

購書地點：□網路書店　□實體書店　□書展　□郵購　□贈閱　□其他

您從何得知本書的消息？

　　□網路書店　□實體書店　□網路搜尋　□電子報　□書訊　□雜誌
　　□傳播媒體　□親友推薦　□網站推薦　□部落格　□其他_____

您對本書的評價：(請填代號　1.非常滿意　2.滿意　3.尚可　4.再改進)

　　封面設計____　版面編排____　內容____　文／譯筆____　價格____

讀完書後您覺得：

　　□很有收穫　□有收穫　□收穫不多　□沒收穫

對我們的建議：_____

_____

_____

_____

11466
台北市內湖區瑞光路 76 巷 65 號 1 樓
獨立作家讀者服務部　　　　收

....

姓　　名：＿＿＿＿＿＿＿＿＿　年齡：＿＿＿＿＿　性別：□女　□男

郵遞區號：□□□□□

地　　址：＿＿＿＿＿＿＿＿＿＿＿＿＿＿＿＿＿＿＿＿＿＿＿＿＿

聯絡電話：(日)＿＿＿＿＿＿＿＿＿　(夜)＿＿＿＿＿＿＿＿＿＿＿

E-mail：＿＿＿＿＿＿＿＿＿＿＿＿＿＿＿＿＿＿＿＿＿＿＿